Ben Breuer und seine Frau Marie stehen mit ihrer gemeinsamen Firma kurz vor der Pleite. Aber Ben will seinen Kindern Lisa und Tommy trotzdem unbedingt einen tollen Urlaub bieten. Haustausch scheint die Lösung: Ferien so günstig, als wäre man daheimgeblieben! Last-minute findet Ben einen Tauschpartner – mit einer tollen Villa am See. Die ganze Sache scheint keinen Haken zu haben … oder?

Die herrliche Urlaubskomödie mit Traumdomizil – und einem Mann zwischen Pleite, Pech, Pannen und Trompeten.

Wilko Weiss ist Autor des Bestsellers ›Der Hausmann‹. Er selbst ist überzeugt, dass er sich mit Frauen, Kindern, Haushalts- und Erwerbsarbeit super auskennt. Mit seiner Familie samt mehreren Haustieren lebt er in einem teilweise tatsächlich selbstrenovierten Haus auf dem Land.

Weitere Informationen, auch zu E-Book-Ausgaben, finden Sie bei www.fischerverlage.de

WILKO WEISS

LIEBLING, ICH HABE DAS HAUS GETAUSCHT

Roman

FISCHER Taschenbuch

Erschienen bei FISCHER Taschenbuch
Frankfurt am Main, Juli 2015

Satz: Pinkuin Satz und Datentechnik, Berlin
Druck und Bindung: CPI books GmbH, Leck
Printed in Germany
ISBN 978-3-596-19539-8

PROLOG

UNSERE FAMILIE

Von Lisa Breuer (11 Jahre) und Tommy Breuer (9 Jahre)

Unser Papa ist Controller. Also nicht wie beim Nintendo. Sondern er hat die Zahlen im Blick. Früher hat er im Möbelhaus gearbeitet, aber das ging pleite, weil der Chef doof war und sein Geld beim Pokern verloren hat. Dann wurde Papa Hausmann, und Mama hat mit zwei berühmten Architekten, die sie von früher kennt, ein modernes Museum in der Schweiz gebaut. Davor hat sie Hallenbäder und Kindergärten entworfen, von zu Hause aus, im Atelier.

Als Papa Hausmann war, wurde es sehr lustig. Er hat mit uns selber Burger gemacht, für alle Nachbarn der ganzen Stadt Pakete angenommen, und als der Schornsteinfeger kam und Papa die Dachbodenklappe aufmachte, fielen tausend Kilo Styroporkügelchen ins Haus, weil die alten Kartons falsch rum auf der Klappe gelegen haben. Papa wurde das alles zu viel, und er hat heimlich Leute eingestellt, die den Haushalt für ihn machen, ohne es Mama zu sagen. Als sie es gemerkt hat, wurde sie sehr sauer. Zum Trost wollte er ihren Lieblingsmusiker zu uns nach Hause in den Garten locken. Mamas Lieblingsmusiker ist berühmt, aber er wäre sogar gekommen, weil er es spannend fand, für ein paar Leute in einer norwegischen Grillsauna zu spielen. Die musste Papa erst mal bauen, zusammen mit uns, den Nachbarn und seinem besten Freund Gregor. Papa hat sich aber leider mit der Nagelpistole in den Arm geschossen. Mama fand das alles sehr rührend, und sie haben sich wieder vertragen. Als das Museum in der Schweiz fertig war, haben Mama und Papa eine eigene Firma gegründet, um Menschen das Haus schöner zu machen und ihnen mit ihren Geldproblemen zu helfen. Gregor hat gesagt, dass das nicht klappen wird, aber Gregor lebt alleine in einem Hochhaus, guckt den ganzen Tag Sportfernsehen und trinkt sehr viel Bier. Wir trinken lieber Limo, spielen mit Papa und unserer Katze Vinci im Garten oder lassen die kleinen Wii-Figuren auf dem Bildschirm tanzen … mit dem Controller. Wir wohnen nicht in einem Hochhaus, sondern in einer schönen Gegend im Bergischen Land. Und weil es jetzt Sommer ist, freuen wir uns sehr auf die Ferien. Mama und Papa haben uns immer noch nicht verraten, wo wir dieses Jahr hinfahren. Wir sind sehr gespannt.

DAS AUSMISTEN

Der Mann steht mit hängenden Schultern unter den Holzgiebeln. Er sieht uns an wie ein kleiner Junge, der seine Eltern nicht enttäuschen will.

»Ja, ich denke, also … es bleibt dann beim Ausmisten.«

Marie zuckt mit den Schultern und lächelt freundlich, als wäre nichts geschehen. Der Kunde ist schließlich König. Schade nur, dass dieser König nach drei Stunden Beratung zur Umgestaltung seiner Räumlichkeiten am Ende doch lediglich die stumpfe Entrümpelung wählt.

»Herr Werning«, sage ich und hebe die Hände. »Ich weiß, die Zeiten sind hart und wir alle sparen, wo wir können. Aber wenn Sie sich auf unser Modell einlassen und den Dachboden richtig ausbauen, ermöglicht das nicht nur dauerhafte Ordnung, sondern reinigt auch Ihre Seele.« Ich lache kollegial. »Ich weiß, das klingt jetzt sehr esoterisch, aber es ist wahr.« Die Sache mit der Seele hat Marie in unser Geschäft gebracht. Wirkung der Innenarchitektur auf den Menschen. Aura der Ästhetik. Prinzipien des Fengshui. Ich glaube nur wenig daran. Es hat eine gewisse innere Plausibilität, aber als Controller weiß ich, dass sich davon keine leeren Konten füllen. So weiß ich, wie man auf Männer wie Herrn Werning eingehen muss. Ihnen kann man nicht mit dem freien Fluss der Chi-Energie durch das Haus kommen. Ihnen muss man das gleiche Prinzip praktischer erklären. »Sehen Sie«, fahre ich daher fort, während er mich skeptisch mustert, »das ist handfeste Psychologie. Das wird Ihnen jeder ausgebildete Therapeut bestätigen. Der Keller steht für das Unterbewusste und der Dachboden für unseren Verstand. Für das Oberstübchen, sozusagen.«

Marie schaut mich lautlos warnend an, als wolle sie sagen: ›Ben, merkst du nicht, dass es genug ist?‹ Es mag sein, dass es genug ist, aber ich rege mich auf. Marie hält das Klemmbrett mit den Umgestaltungsvorschlägen für das Haus in der Hand, die wir liebevoll und zeitaufwändig erarbeitet haben. Und jetzt will der doofe Sack nur, dass wir ausmisten.

Herr Werning wechselt das Standbein und verschränkt seine haarigen Arme. »Herr Breuer, wollen Sie mir damit sagen, ich hätte einen Dachschaden?«

»Das wollte mein Mann unter keinen Umständen sagen!« Marie legt Herrn Werning die Hand auf den Arm. Wie kann sie nur immer so ruhig bleiben? Sie hat doch selbst die Zeichnungen für das phantastische Lagerkonzept erstellt.

»Ich sage nur, dass sich diese Investition auf lange Sicht lohnt«, versuche ich es ein letztes Mal. »Dafür haben wir ja auch gemeinsam besprochen, wo Sie an anderer Stelle sparen können.«

Das stimmt sogar. In unserer Beratungsfirma für die Optimierung von Haus, Hof und Schatztruhe denkt Marie sich die bessere Raumgestaltung aus, während ich mit den Menschen ihre chaotischen Finanzen durchpflüge. Sie rufen uns extra deswegen an, aber wenn wir ihnen dann aufzeigen, was sie bislang alles falsch gemacht haben, sind sie auch wieder beleidigt.

Herr Werning mustert mich von oben bis unten und scheint sich zum wiederholten Mal zu fragen, ob ich überhaupt beurteilen kann, welches Investment sich lohnt. Meinen Job als Controller in einem großen Möbelhaus habe ich immerhin im letzten Jahr verloren. Ich konnte zwar nichts dafür, aber …

»Also, wie war das jetzt?«, fragt Herr Werning und steigt die Dachbodentreppe hinab. »Hundert Euro für das Entrümpeln und dafür nehmen Sie alles mit?«

Wir steigen ihm nach und folgen ihm in die Küche, wo er uns ungefragt einen Kaffee eingießt.

Ich seufze und nicke.

Das ist unser neues Basispaket. Hundert Euro, und wir nehmen alles mit. Wir mussten es einführen, weil wir sonst gar keine Aufträge mehr bekommen. Hundert Euro für stundenlanges, besenreines Entrümpeln. Im Gegenzug keine Prüfung der Sachen durch den

Kunden. Alles geht für hundert Euro raus. Es ist ein Glücksspiel. Die Hoffnung besteht darin, zwischen den Sachen genug Verkaufbares zu finden, um weit mehr als hundert Euro daraus zu machen. Die Hoffnung besteht darin, dass der Kunde nicht mehr weiß, ob sich in den Kisten Großmutters alter Goldschmuck befindet. Oder eine Originalausgabe von Friedrich Hölderlin. Das Wertvollste, was wir bisher gefunden haben, war eine signierte Ausgabe von *Das Superweib* von Hera Lind. Sie brachte 8,75 Euro auf ebay. So war *Breuer & Breuer Consulting* auf gar keinen Fall gedacht.

»Gut, dann schicken Sie Ihre Leute«, sagt Herr Werning und schlürft an seiner Tasse. Von der Anrichte in seiner Küche ist kaum ein Zentimeter Holz zu sehen. Alles zugestellt. Er drückt mir einen Hunderter in die Hand: »Ohne Rechnung. Ist doch auch in Ihrem Sinne, oder?«

Ich ziehe die Augenbrauen hoch und nehme den knittrigen Schein entgegen. Er fühlt sich an, als wäre er seit seinem Druck durch Millionen schmutziger Hände gegangen. Es muss der schäbigste Hunderter in ganz Europa sein.

Noch im Vorgarten auf dem Weg zu unserem Auto trete ich gegen einen Buchsbaum. Es ist mir egal, ob der König Kunde es mitbekommt.

»Hey!«, schimpft Marie und schaut ängstlich zum Fenster zurück, doch Herr Werning ist nicht zu sehen.

Ich schnaufe und drücke die Taste des Autoschlüssels. Die Türknöpfe schnellen hoch. Marie steigt ein und ruft »unsere Leute« an, die mit dem kleinen LKW kommen und den Inhalt von Herrn Wernings Dachboden in unser Haus transferieren werden. »Unsere Leute« sind der Nachbarssohn Maik und der ehemalige Student Jan, der in meiner Zeit als Hausmann aus den Botentätigkeiten für mich einen Einkaufs- und Kurierdienst für die ganze Kleinstadt gemacht und bei uns nun ein »sicheres zweites Standbein« hat, wie er gern sagt. So sicher, dass wir morgen den 28. haben und ich sein Honorar immer noch nicht überweisen konnte.

Marie legt auf.

Ich meckere, die Hand an der Zündung und den Blick auf dem Haus: »So habe ich mir das alles nicht vorgestellt. Weißt du noch, was wir gesagt haben? Im Wohnzimmer damals, als wir unseren Liebsten die neue Firma vorstellten? Unseren Kindern? Gregor? Deiner Mutter? Wir haben gesagt: Das wird nicht wie im Fernsehen. Unsere Kunden werden keine Messies sein. Und wir werden nicht der *Trödeltrupp*. Wir gestalten Häuser um. Wir gestalten Haushaltsbücher um. Wir machen aus tristen Zweckbauten kleine Villen und aus bescheidenen Möglichkeiten blühende Geldlandschaften.«

Marie reibt ihre Schläfen. Wahrscheinlich habe ich sie in letzter Zeit schon öfter an diesen Abend erinnert.

»Es gibt unsere Firma jetzt gut ein Jahr. Wann haben wir in diesem Jahr einen Zweckbau in eine Villa verwandelt? Wann? Wir *sind* der *Trödeltrupp*.«

Marie klatscht ihre Hände auf ihre Oberschenkel. Das Klemmbrett fällt in den Fußraum. Sie hebt es auf. Sie hat tolle Zeichnungen für Wernings Haus gemacht.

Stauraum, Luft und Lebensfreude. Und freifließende Chi-Energie.

»Sei nicht immer so undankbar!«, sagt Marie, und ich spüre, wie dieser Satz Hitze in meinem Brustraum verursacht.

»Undankbar?«, jaule ich und umklammere das Lenkrad. Ich atme kurz und heftig durch die Nase. Mit geschlossenen Augen sage ich: »Was hat denn das mit mangelnder Dankbarkeit zu tun, wenn wir da wieder nur mit hundert Euro bar und einem Dach voll unbrauchbarem Trödel rausgehen?«

»Hundert Euro haben oder nicht haben«, sagt Marie, und in all meinem Ärger liebe ich sie doch dafür, dass sie gerade in solchen Momenten besonders ruhig bleibt. Sie beharrt auf einer positiven Sicht der Dinge, weil sie daran glaubt, dass diese zu etwas führt. So wie ich Herrn Werning glauben machen wollte, dass er sein Oberstübchen erst mal aufräumen muss, damit sich etwas ändert. Als Controller räume ich allerdings erst mal die Bücher unserer Firma auf, und was ich darin seit Monaten sehe, sind knallrote Zahlen.

Marie sagt: »Du weißt noch nicht, was Jan und Maik da oben finden. Ich habe zum Beispiel einen Fußball von *Cars* in einer Kiste gesehen. Ein Fußball von *Cars* ist schon mal ein Selbstläufer. Außer du schenkst ihn Tommy und freust dich an seiner Freude.«

Ich muss kurz lächeln, als sie unseren Sohn erwähnt, doch dann habe ich sofort wieder einen Druck in der Brust.

»Von hundert Euro können wir gerade mal einen Monat den Strom bezahlen. Unsere Krankenversicherung saugt hundert Euro durch das linke Nasenloch ein und fragt danach, wann es was Richtiges zu essen gibt. Muss ich dich daran erinnern, dass wir bereits alle Möglichkeiten ausgeschöpft haben?«

Marie dreht sich ruckartig im Beifahrersitz zu mir: »Ben, es hilft nichts, wenn du jeden Tag Panik machst. Oder macht dir das Spaß? Mir Angst zu machen?«

Ich nehme die Hände vom Lenkrad. »Schatz, ich will dir doch keine Angst machen. Aber ich sehe doch die Zahlen. Ich bin unser Controller.«

»Dann sag sie mir … aber nicht jeden Tag.«

Marie setzt sich wieder gerade hin und schaut durch die Windschutzscheibe, als wolle sie sagen: ›Nu komm, fahr los.‹

Ich lasse den Motor an.

»Nach Griechenland, Portugal und Spanien stehen nun auch die Niederlande am Bankschalter von Brüssel. Nachdem zahllose Besitzer von Coffeeshops und Campingplätzen ihre Immobilien- und Grundstückskredite nicht zurückzahlen können, droht dem Bankensektor in unserem Nachbarland eine Krise. ›Selbstverständlich helfen wir auch direkten Nachbarn in der Not‹, betonte Antje-Kerstin Wellberger-Gluck vom Europa-Ausschuss der CDU angesichts der polemischen Proteste, die in der Bevölkerung bezüglich der Finanzhilfen ausgebrochen sind. Von ›Wohnwagenwohlfahrt‹ war dort die Rede. Eine große deutsche Boulevardzeitung titelte im Namen des Volkes: ›Was für ein Käse – Milliarden für den Holländer!‹«

Das Brummen des Motors kann die Nachrichten nicht übertönen. Marie macht keine Anstalten, stattdessen eine CD einzuschalten. Sie schaut nachdenklich aus dem Fenster in die Landschaft. Bäume ziehen vorbei, alt und knorrig, wunderschön. Sie mussten für Standplatz, Wasser, Licht und Nahrung ihr ganzes Leben lang niemals Gebühren zahlen.

»›*Solidarität endet nicht am Gartenzaun*‹, *kommentierte Erika Brunswicke-Fahrenheit von der SPD die gehässigen Polemiken. Sie kritisierte die Mentalität der Oberschicht, die sich ans Geld klammere wie das Faultier an den Ast, und betonte die schlimme Lage der Arbeiterinnen und Arbeiter in den schuldengeplagten Ländern.* ›*Wir müssen die Reichen in die Pflicht nehmen*‹, *sagte sie und fügte hinzu:* ›*Es kann zum Beispiel nicht sein, dass die Lohnabhängigen um Tariferhöhungen kämpfen müssen, während sich die selbständigen Unternehmer täglich nach eigenem Ermessen das Geld in die Taschen stecken. Da muss dringend etwas geschehen.*‹«

Marie schaltet das Radio aus. Sie dreht sich zu mir.

»Gut. Ich bin so weit. Sag mir die aktuellen Zahlen.« Schmunzelnd fügt sie hinzu: »Gib's mir. Ich vertrage das. Gib's mir hart.« Sie versucht nicht nur stets, alles positiv zu sehen. Sie hat auch noch ihren Humor bewahrt. »Komm schon«, sagt sie. »Gib's mir hart und gnadenlos.«

Ich muss lächeln und bekomme einen Steifen. So lange, bis ich mir die Zahlen ins Gedächtnis rufe, die ich ihr mitteilen soll.

»962,70 Euro«, sage ich. »Tagesstand. Noch nicht bezahlt sind diesen Monat die Krankenversicherung, das Gas und die Honorare von Maik und Jan.«

Marie weiß, ich rede hier nur vom operativen Tagesgeschäft. Sie weiß: Unser Besitz gibt uns im Hintergrund keine Sicherheit mehr. Alles ausgeschabt und flüssiggemacht, leergekratzt wie der Nudeltopf in einer Jugendherberge.

Marie schluckt. Sieht wieder aus dem Fenster, zu den Bäumen, die kostenfrei und unversichert leben. Den Vögeln darauf. Den Leitplanken.

Dann sagt sie: »Ben, wir können dieses Jahr keine Ferien machen.«

Das sagt sie. Ganz ruhig, als wenn es die logische Konsequenz aus unserer Lage wäre. Nun ist es so: Es ist tatsächlich die logische Konsequenz aus unserer Lage. Ich weiß das. Ich bin Controller. Aber ich bin auch Vater.

»Das meinst du nicht im Ernst, oder?«

Marie schüttelt den Kopf, als wenn meine Widerrede kindisch wäre. Hätten wir keine Kinder, natürlich würde ich dann dieses Jahr den Urlaub ausfallen lassen. Und das nächste. Ich würde achtzehn Stunden täglich arbeiten, bis wir wieder in den schwarzen Zahlen sind. Ich würde zu Hera Lind nach Salzburg fahren, mich zu Herlind Wartenberg durchfragen, denn so heißt sie mit echtem Namen, klingeln, einen Karton gebraucht zusammengekaufter Bücher von ihr auf Brusthöhe wuchten und sagen: ›Frau Wartenberg, bitte seien Sie so gut und signieren Sie diese Werke. Ich habe noch zweitausend Stück im Auto, von allen Flohmärkten in Deutschland.‹ Frau Wartenberg würde signieren, und ich führe heim mit zweitausendmal 8,75 Euro in den Kartons. Vorausgesetzt, ich würde mir mit dieser Menge an signierten Büchern auf ebay nicht selbst die Preise kaputtmachen. Gäbe es nur uns, würde ich all das unternehmen. Und Marie ebenfalls. Sie würde zwanzig Stunden am Tag netzwerken, telefonieren und auf Empfänge gehen, bis sie endlich Menschen gefunden hätte, die Geld haben *und* Hilfe brauchen. Die wirklich wollen, dass wir ihren Reichtum durch Fengshui weiter vermehren. Die goldene Geldschalen und wucherteure Windspiele kaufen, um die Chi-Energie richtig ins Fließen zu bringen. Aber Marie und ich sind nicht allein. Wir haben Tommy und Lisa.

Marie schaltet den CD-Wechsler an, weil sie Trost braucht. Diese elegante, swingende, rockende, auf den Takt genau mit Würde aufgeladene Musik. Ich betrachte den sanften Schwung von Maries Augenbrauen und die Sommersprossen, die sich um diese Jahreszeit bilden. Das Mädchenhafte an ihr. Die Ohrläppchen.

Sie hört ein paar Takte zu, bevor sie Luft holt.

»Einerseits soll ich mit der Esoterik aufhören und brutal realistisch sein. Andererseits willst du Ferien machen, obwohl wir 962,70 Euro Tagesstand haben und, wenn wir die Krankenversicherung, das Gas und die offenen Honorare von Maik und Jan bezahlen, bei ungefähr minus 59,30 Euro landen.«

»Dann müssen wir eben phantasievoll sein«, sage ich.

»Das ist mir klar«, sagt Marie. »Ich werde ihnen Ferien daheim schon irgendwie schmackhaft machen. Ich gehe sicher nicht hin und sage: ›Tommy, Lisa – es ist zappenduster. Die Ferien fallen aus. Ihr müsst in den Steinbruch!‹«

Marie schaut zu den Bäumen. Zur Digitalanzeige des CD-Players. Dann wieder zu mir. Sie sagt: »Vielleicht verkaufen wir es wie ein Videospiel. Abenteuer Heimat. Tommy läuft doch in diesen Spielen immer zigmal durch jeden Bildschirm, um wirklich alles zu sehen. Und wir sagen: ›Kinder, die Kulissen hier in der Umgebung, die haben wir längst nicht alle entdeckt. Wir waren zum Beispiel noch nicht im Wildpark bei den Hirschen. Oder in der Burg mit dem Folterkeller …‹«

»Marie!«, unterbreche ich sie. »Mal abgesehen davon, dass wir an beiden Orten sehr wohl schon gewesen sind, als die Kinder sechs und vier waren, gibt es da das Problem, dass unsere Kinder nicht nur ein gutes Gedächtnis haben, sondern auch noch intelligent sind. Du bist nicht mal beim Wort ›Wildpark‹ angekommen, und sie werden schon fragen: ›Sind wir pleite, Mama???‹«

Marie stützt den Ellbogen auf dem Rahmen der Beifahrertür ab und legt die Stirn in ihre rechte Hand. Sie weiß, dass ich recht habe. Genau das würden unsere Kinder sagen. Ich bin stolz, wenn ich nur daran denke. Und gleichzeitig beschämt über meine Unfähigkeit.

»Aber Ben, was sollen wir machen? Den Fernseher zur Pfandleihe bringen? Oder die Eheringe? Was fragen Lisa und Tommy dann?«

Sie zieht an dem kleinen dreieckigen Hebel in der Mittelkonsole zwischen unseren Ellbogen. Die winzige Flügelklappe springt auf. Taschentücher, Einkaufswagenchips und eine Tüte Pfefferminzpastillen kommen zutage. Sie steckt sich eine in den Mund, kaut einen Augenblick darauf herum und sagt: »Wir müssen ehrlich mit unseren Kindern sein. Wenigstens das.«

Sie sieht mich an. Ich lenke den Wagen. Wenigstens den halte ich in der Spur. Die Musiker auf der CD spielen Sachen, die ich nicht mal aufschreiben könnte, würde ich Noten begreifen.

»Ich bin ein Vater, Marie. Ein Versorger. Und von Beruf Controller. Nicht Philosoph oder Theologe auf Lehramt, wie die meisten unserer Finanzminister. Controller, Marie! Und als solcher soll ich unseren Kindern wirklich die Nachricht vermitteln, dass der Controller gerade die Kontrolle verliert?«

Ich seufze schwerer als eine sinkende Bohrinsel. Marie zerbeißt die Pastille und steckt augenblicklich eine neue nach. Das Auto riecht nach Pfefferminz.

Ich sage: »Nicht in die Ferien fahren, während alle Schulfreundinnen und Schulfreunde sich in die Welt verstreuen – das wäre eine Katastrophe für unsere Kinder, Marie. Der Boden unter den Füßen – weg! Diese Message kannst du ihnen nicht vermitteln wollen. Nicht schon jetzt.«

Der Schlagzeuger in der Anlage spielt ein Break. Er wechselt den Rhythmus, als wäre es nichts. Mit dem einen Taktwechsel hat er wahrscheinlich das Zehnfache unseres Kontotagesstandes verdient.

Marie öffnet einen Spaltbreit das Fenster, atmet tief die Gratisluft der Bäume und Vögel ein, schließt es wieder und sagt: »Vielleicht ist ja im Dachbodeninventar von Herrn Werning wirklich was Wertvolles dabei.«

Ich presse die Lippen zusammen.

»Und wir haben eben hundert Euro steuerfrei gemacht. Das muss man auch sehen.«

»Sicher«, spotte ich und werfe dem CD-Player einen bösen Blick zu, weil es mich mittlerweile ärgert, wie kompetent diese Musiker sind. »Gerade der Herr Werning vergisst Mappen mit Silbermünzen auf dem Dachboden. Für zehntausend Euro.«

»Du weißt es nicht vorher, Ben, du weißt es nicht. Aber du gehst schon vom Schlechtesten aus. Das ist auch ein Grund dafür, dass wir so erfolglos sind.«

»Wie bitte???« Ich bekomme Schnappatmung.

»Ja. Die Kasse ist leer, weil du sie immer leer siehst.«

»Klar. Ich ziehe schlechte Energien aus dem Universum an! Mein Chi hat einen Furz quer sitzen!«

»Genauso ist das«, sagt Marie und meint es auch so. »Du stellst Ordner, die mit Geld zu tun haben, unter den Schreibtisch. Auf den Boden. Du weißt, was das Fengshui dazu sagt.«

»Jetzt hör doch mal mit dem Fengshui auf!«

Marie hört nicht auf. Sie sagt: »Ordner auf dem Boden = ich trete den Wohlstand mit Füßen. Genauso gut könntest du sie hinterm Klo lagern. Das ist alles handfeste Psychologie. Hast du Herrn Werning eben noch erklärt.«

Ich schnaufe, starre auf die Straße und sage nichts mehr. Marie trommelt mit den Fingerspitzen den krummen Takt nach. Sie lächelt schon wieder. Eben noch verärgert, jetzt schon wieder lächelnd. Wegen ein paar Sekunden Musik. Ich bewundere sie dafür, auch wenn ich ihr das nie sagen würde. Das Display im Cockpit zeigt einen aktuellen Verbrauch von 8,2 Liter an. Ich drossele etwas das Tempo, damit wir bis nach Hause wenigstens die Sieben vor dem Komma haben. Irgendwo muss man ja sparen.

DIE ZWEI KARTONS

Nach der Ankunft in unserem beschaulichen Eigenheim lenken wir uns ab, in dem wir Hausarbeit erledigen. Die hatten wir in Folge meines kurzen Intermezzos als Hausmann und der Gründung unserer neuen Firma eigentlich unserer Haushälterin Frau Bombeck übertragen, aber ich musste sie vor drei Monaten »vorerst freistellen«, wie ich es als Controller formulierte. Als Mensch drückte ich ihr die Hand und beteuerte, wie leid es mir täte und dass sie uns sofort als Arbeitgeber zurückgewänne, sobald die Geschäfte wieder besser liefen. Sie verstand es, die Herzensgute. Sie hat ausreichend andere Kundschaft.

Seither teilen Marie und ich uns die Aufgaben im Haus nach Stärken und Interessen. Wenigstens das gelingt gut. Mein Favorit ist die Wäsche, besonders das Von-der-Leine-Nehmen. »Du hängst halt gerne ab!«, lacht mein Freund Gregor immer in seiner Junggesellenbude 2.0, glücklich geschieden zwischen Kühlschrank und Computergehäusen, deren Inneres er sorgsam repariert. Er verdient häufiger als wir hundert Euro bar auf die Hand.

Ich werfe die Hemden, Hosen, Socken und Bettlaken in den großen Wäschekorb, trage ihn ins Wohnzimmer, stelle das Bügelbrett auf und mache den Fernseher an. Das Gerät startet mit dem zuletzt gesehenen Sender. Es ist 3sat. Ich sehe idyllische kleine Fachwerkhäuser und einen Kirchhof mit Kopfsteinpflaster und alten Platanen. Auf dem warm gelbbeleuchteten Schild einer Kneipe steht *Abelhammer: Das Bier*. Die Wirtschaft wirkt, als könnten darin auch die Piraten bei Pippi Langstrumpf feiern. Die Stadt wirkt, als wäre Deutschland noch in Fürstentümer unterteilt. Der Sprecher der Reportage sagt: »Die Brauerei Abelhammer bedeutet für den Ort mehr als nur eine traditionelle, lokale Marke. Sie ist Kulturförderer, Denkmalpfleger und Identitätsstifter in einem.« Die Kamera zeigt ein paar Menschen, die im Märchenland aus Fachwerk und Kopfstein leben. Sie trinken alle das örtliche Bier. Sie lobpreisen den Braumeister. Vor der Kirche wird die Bürgermeisterin befragt. Sie trägt einen Anstecker der Firma am Revers, während im Hintergrund der Brautstrauß einer Hochzeit von den Stufen der Kathedrale in die Hände der Jungfern fliegt. Die Braut sieht glücklich aus. Bei der Bürgermeisterin bin ich mir da seltsamerweise nicht so sicher.

»Hey!«, schimpfe ich, denn das Hemd, auf das ich gerade das Bügeleisen aufsetzen wollte, verschwindet mit einem schnellen »Schlupp!« vom Brett. Unsere Katze Vinci hat es sich geholt und zu Boden gerissen. Sie reißt alles zu Boden, was in ihre Reichweite kommt. Im Haus beträgt diese Reichweite rund 1,50 Meter bei statischen Objekten. Sobald sich etwas bewegt, erhöht sie sich rapide. Die Katze hebt dann ohne Anlauf vom Boden ab, dreht sich im Flug fast komplett auf den Rücken, versucht, das Objekt der Begierde mit beiden Pfoten zu packen, dreht sich im Fallen wieder zurück und landet auf den Beinen. Mit oder ohne Beute. Im Garten kann sie es sogar noch höher. Da schafft sie beim Vorbeifliegen einer Libelle maximal 2,25 Meter aus dem Stand. Ich habe es nachgemessen.

»Wir sind eine von nur noch zwölf Kommunen in Deutschland, die nicht nur schuldenfrei ist, sondern jedes Jahr schwarze Zahlen schreibt«, berichtet die Bürgermeisterin des Brauereidorfes im Fernseher. Sie spult diese unglaublich erfreuliche Tatsache allerdings recht routiniert ab. Könnte ich derlei von unserem Haushalt sagen, würde ich wie ein aufgedrehtes DSDS-Küken, das bei Dieter Bohlen ins Finale gekommen ist, in die Kamera quieken. In die Stimme der Bürgermeisterin mischt sich das Öffnen der Haustür und das helltönende Geschnatter unserer Kinder, die von der Schule kommen. In vierzehn Tagen sind Ferien. Ich zerre das Hemd aus dem Mäulchen unserer Katze, lege es auf den Stapel und stecke zur Sicherheit das Bügeleisen aus. Vinci rast an mir vorbei und rammt ihren kleinen Dickschädel schnurrend gegen die Waden unserer Sprösslinge. Marie begrüßt Lisa und Tommy. Die wuseln um ihre Mutter herum wie Tauben auf der Domplatte. Statt Brotkrumen verteilt Marie Vollkornschokokekse, um sie zu beruhigen.

Die Kinder picken sie nur sporadisch auf, sie haben bereits in der Schulkantine gegessen.

»Papa!«, ruft Lisa und umarmt mich, als ich den Flur betrete. Für einen Moment stelle ich mir vor, meine elfjährige Tochter sei bereits siebzehn. Euphorisch umarmt sie mich, schluckt verlegen und erzählt mir davon, dass ihr Freund und sie gestern das erste Mal Sex hatten. Die Zeit wird rasen, so ist das doch. Und meine Phantasie rast ebenfalls. Ich sehe Lisa heiraten, in der Kirche neben der Fachwerkkneipe im Fernseher. Die Platanen rascheln, die Bürgermeisterin bringt persönlich Champagner vorbei, und die Brauerei hat eine traditionelle Bierkutsche zur Hochzeitskutsche umgebaut. Der Auserwählte unserer Tochter heißt Rodrigo, und die Kutsche fährt für die Flitterwochen bis in seine Heimat, nach Portugal, womöglich spannen sie zwischendurch die Schimmel ab, setzen nach Marokko über und durchqueren mit Allradantrieb die Sahara. Ehe wir uns versehen, wird es so weit sein, denn die Kleinen werden schnell groß. Und niemand kann es bezahlen.

Lisa sagt: »Weißt du, wohin Jenny und Alina in die Ferien fahren?«

Ich schüttele den Kopf. Jenny und Alina sind zwei aktuelle Freundinnen aus der Schule. Noch wechseln die Namen recht schnell.

Lisa zählt auf, die Augen nach links oben gedreht: »Jenny macht Reitferien auf einem Bauernhof bei Linz, und Alina geht segeln mit ihrem Onkel. Der hat ein Boot. Oder sagt man dazu Yacht? Es ist jedenfalls zwölf Meter lang.«

Ich denke über Lisas Frage nach. Alle Schiffe über sieben Meter nennt man Yachten. Neuwertige Exemplare, wie man sie auf der *boot* oder als Schauplatz von Morden in Florida-Serien sieht, kosten eine Million Dollar – pro Meter!

»Jedenfalls fahren sie mit dem Boot über das ganze Mittelmeer. Sie halten überall und gucken sich alle Länder an, die an das Meer angrenzen. Warte, ich kriege sie zusammen.« Lisa kratzt sich mit dem Zeigefinger an der Nase und demonstriert neben der Flurgarderobe ihr Wissen: »Frankreich, Spanien, Italien, Griechenland … und auf der anderen Seite Ägypten, Tunesien …«

Tommy unterbricht die Aufzählung seiner Schwester: »Boris ballert mit seinen Eltern bis nach Bosnien! Mit dem Wohnmobil. Auf dem Weg übernachten sie einfach immer irgendwo. Manchmal auf einem Campingplatz, aber manchmal auch nur an einem See oder in den Bergen. Ist das nicht cool? Papa? Mama? Ist das nicht saucool?«

Marie tätschelt Tommy den Kopf. Er zieht ihn weg. Vinci hat genug vom Um-die-Beine-Streifen, trottet ins Wohnzimmer und zieht sich das Hemd wieder vom Stapel. Sie trägt es als Unterlage zum Terrassenfenster, legt es davor, setzt sich drauf, verschränkt die Vorderpfoten und schaut in den Garten wie eine schon lang desillusionierte Rentnerin.

Ich sage: »Ja, Wohnmobile sind saucool, Tommy«, und denke im Stillen daran, dass ich genau diese Möglichkeit, Ferien zu machen, vorgestern Nacht recherchiert habe. Bei einem ganz normalen Verleiher kostet so ein rollendes Heim hundert Euro am Tag plus einer Kaution, die ich gerade nicht mal in bar dahätte, geschweige denn auf dem Konto. Günstiger wird es von privat zu privat, aber nur in der Nebensaison und nicht in den Ferien. Und wer weiß, welche Gründe jemand hat, privat ein Wohnmobil zu verleihen? Womöglich sind Drogen darin versteckt, oder es ist Hehlerware.

»Und Fabian«, fährt Tommy fort, »fliegt sogar nach Amerika. Die machen eine Busreise von Los Angeles nach New York. Einmal quer durch! Da sehen die Las Vegas und den Grand Canyon. Ist das nicht unglaublich? Der ist 40 Millionen Jahre alt und 1600 Meter tief. Wusstet ihr das?«

Ich liebe es, wie aufgeweckt meine Kinder sind, aber ich hasse jetzt schon die Familie dieses Fabian. Eine Reise quer durch die USA. Womit Fabians Vater wohl sein Geld verdient? Pillen, die über Nacht schlank machen?

»Jetzt beruhigt euch erst mal und legt eure Taschen ab«, sagt Marie. »Und dann erledigt ihr die Hausaufgaben. Ihr wisst doch, wie die Losung lautet.«

Lisa sagt: »Was du jetzt schaffst, freut dich später!«

Marie lächelt.

Ich denke an Yachten, Boote, Wohnmobile und Flugzeuge.

Tommy und Lisa stellen ihre Ranzen in die Küche und ziehen ihr

Schulzeug aus dem schweren Kunststoff. Sie breiten die Materialien für die Hausaufgaben aus.

»Ist voll wenig«, sagt Tommy. »So kurz vor den Ferien machen die doch nix mehr.« Er betont das »kurz vor den Ferien« und sieht uns dabei an.

Lisa hebt ruckartig den Finger: »Der Oberhammer ist die Familie von Vivien. Die fliegen auf die Seychellen. Da gibt es die größten und ältesten Riesenschildkröten der Welt. Und überall wachsen Bananen. Oder Ananas. Oder Mangos! Was wir hier nur im Supermarkt kriegen, das pflückt man da einfach vom Baum!«

Ich seufze. Marie setzt einen Kakao auf, weil die Kinder tatsächlich sofort mit den Hausaufgaben anfangen. Das ist nicht üblich. Eigentlich sind unsere Kinder wie Fußballer, würde mein Freund Gregor sagen: pflegeleicht nur gegen Ende der Saison, wenn sowieso schon feststeht, dass es um nichts mehr geht.

»Vivien und ihre Eltern wohnen in einem Park mit lauter Bungalows. Vivien sagt, es könnte sein, dass sie direkt neben der Haustür einer Palmenspinne begegnen. Die sind größer als Vinci, Mama!«

Marie schüttelt sich am Topf. Lisa lacht. Sie hat keine Angst vor Spinnen, im Gegensatz zu ihrer Mutter.

Tommy kritzelt ein paar Sätze in sein Schulheft, simuliert Konzentration und sieht dann vom Tisch auf. Ich höre den Satz schon, bevor er aus seinem Mund fällt: »Wohin fahren wir denn jetzt dieses Jahr?«

Marie rührt die kochende Milch und sucht Klumpen darin. Ich zwinge mich dazu, den heitersten und überlegensten Blick aufzusetzen, den ich schauspielern kann, hebe die Hand mit dem Zeigefinger der Wunder und sage: »Das ist und bleibt immer noch eine Überraschung! Und ihr erfahrt es erst, wenn wir ankommen.« Ich grinse.

Die »große Überraschung« ist unsere Taktik seit Monaten.

Oder war sie es nur bis jetzt? Wird Marie sich nun am Herd umdrehen und den Kindern die bittere Wahrheit sagen, wie sie es im Auto vorgeschlagen hat? Anscheinend nicht. Sie rührt weiter die Klümpchen aus dem Kakao.

»Och, menno!«, quengelt Tommy, und Lisa spekuliert: »Vielleicht ist es Euro-Disney. Oder wir gehen Klettern im Himalaya. Obwohl, dafür hätten wir alle erst mal üben müssen, oder?«

Es bricht mir das Herz, wie meine Kinder rätseln. Ich erinnere mich daran, wie ich selbst zuletzt mit dem VW-Bus in irgendwelchen Bergen stand, neunzehn Jahre jung, mit Gregor, die Haare lang und ein T-Shirt von AC / DC über den schmalen Hüften. Im Bus lagen Bücher von Charles Bukowski auf siebzehn Paletten Dosenbier. Ich schwor damals, niemals Kinder zu haben oder bürgerlich zu werden, um »nicht abzustumpfen«. Es war der dümmste Satz, den ich jemals geäußert habe. Kinder stumpfen nicht ab. Das absolute Gegenteil ist der Fall. Kinder sind der Anspitzer für das Herz.

Marie schenkt ihnen den Kakao ein und stellt die Schüssel mit den Vollkornschokokeksen daneben. »Ihr Süßen, Papa und ich müssen noch was arbeiten. Macht ihr erst mal die paar Aufgaben fertig, okay?«

Sie murren.

Im Wohnzimmer hat Vinci genug vom Rentnersitzen am Terrassenfenster. Mit einem nervösen Gurren steht sie auf, rast dreimal wie irre über das Parkett und legt sich wieder hin.

Marie und ich verschwinden im Atelier. Eine Ecke dieses Anbaus ist seit der Gründung unserer Firma für mich reserviert. Der Schreibtisch des Controllers, umgeben von zwei IKEA-Regalen voller Ordner. Die aktuellen Hefter stehen allerdings auf dem Boden, neben dem großen Rechner im ultrastabilen koreanischen Gehäuse, wie nur Gregor es bauen kann. Zwei der drei Festplatten sind niemals online, da sie mit Schiebeschaltern komplett vom Netz getrennt werden können. Ich bücke mich, hebe die Ordner auf und schiebe sie ins Regal.

Marie bemerkt es, kommentiert es aber nicht weiter. Sie schließt die Tür und zeigt auf das Holz, hinter dem wenige Räume weiter unsere Kinder brav die letzten Schularbeiten des Jahres erledigen.

»Was machen wir jetzt?«

»Wir machen so weiter. Überraschung …«

»Ja, gut. Aber was *ist* unsere Überraschung in vierzehn Tagen?« Marie schlägt die Rückseite ihrer rechten Hand in die offene Fläche ihrer linken: »Wir brauchen jetzt eine Entscheidung, Ben! Die Wahrheit oder ein Plan B.«

Was soll ich machen? Ohne Mittel? Ich bin Controller. Kein Alchemist. Wortlos setze ich mich an den Rechner und schalte den Bildschirm ein. Den Computer selbst muss ich nicht erst anmachen, denn der läuft immer, wie ein Großprozessor, der in Genf den Urknall ausrechnen muss.

»Aha. Jetzt redest du also nicht mal mehr mit mir.«

Ich haue auf den Tisch. Ein Locher springt auf wie Vinci, wenn sie aus dem Stand abhebt. Was ist nur in den letzten Wochen aus uns geworden? So viel Streit. Man sagt doch immer: Bei Geld hört die Freundschaft auf. Aber die Ehe? Muss die das nicht wenigstens aushalten? Ich drehe mich im Schreibtischstuhl um und ertappe mich dabei, wie ich währenddessen überlege, was das Ding im Verkauf wert sein könnte.

»Marie«, sage ich. »Was soll ich denn da noch reden?«

Sie lacht bitter, verschränkt die Arme und sortiert zwei große Entwurfsbögen auf ihrem Zeichentisch für einen Kunden, der am Ende trotz aller Umbauvorschläge für sein Haus auch nur das Basispaket Ausmisten gebucht hat.

Ich zeige auf den Bildschirm: »Es ist eine Sache der Zahlen, Marie. Keine Sache der Einstellung.«

Sie fährt herum: »Doch! Genau das ist es! Eine Sache der Einstellung!«

»NEIN!«

Ich brülle, aber dämpfe meine Stimme bereits beim Buchstaben »i« in dem kurzen Wort. Unsere Kinder sollen es nicht mitkriegen. Ich kneife das Gesicht zusammen und öffne mein Kalkulationsprogramm.

»Es steht hier doch schwarz auf weiß. Und ich kann machen, was ich will, die Zahlen sind die Zahlen. Warum respektierst du mich nicht als Controller? Das ist mein Gebiet. Das ist keine Frage der Haltung. Ich werfe das Geld doch nicht aus dem Fenster heraus oder kaufe mir heimlich eine Flasche *Ardbeg Uigeadail.*« Das ist der beste Whiskey der Welt. Gregor hat mir davon erzählt. Intensives Raucharoma, Noten von kandierten Früchten, Jod und Torf. Ich werde wohl niemals die Möglichkeit haben, ihn zu genießen.

Marie zeigt auf den Schreibtisch: »Du lässt den Rechner den ganzen Tag laufen!«

Ich puste: »Und du wirfst deine T-Shirts und BHs schon nach einem Tag in die Wäsche!«

Marie lacht.

»Soll ich das mal vergleichend ausrechnen?«, frage ich. »Die Kilowattstunden eines Computers gegen die Kilowattstunden einer Ladung Wäsche? Plus Wasserkosten? Das kann ich machen, das ist kein Problem.«

Marie sagt, die Hände erhoben und die Augen halb geschlossen: »Ben … bitte …«

Ich stehe auf und gehe zu dem kleinen CD-Regal, in dem ich meine gesammelten Werke lagere. Ich ziehe sämtliche Stones-Alben heraus, lege sie auf den Schreibtisch und öffne den Browser. Marie weiß, was mir diese CDs bedeuten. Wie abgespielt sie sind. Vollständig verklebt von Erinnerungen.

Sie sagt: »Da. Das ist auch wieder so was. Eine Märtyrer-Geste.«

»Nein«, entgegne ich, obwohl ich weiß, dass sie recht hat. »Das ist Realismus. Die Kinder brauchen Ferien, wir brauchen Geld.«

Das Internet verrät mir, was alte Stones-Alben in der einfachen CD-Fassung im Zustand »Gebraucht – Gut«, euphemistisch betrachtet, noch wert sind. Es sind im Schnitt 55 Cent. Ich reibe mir die Stirn, schließe Amazon, öffne das Fenster meiner Finanzkalkulation und beginne, Zahlen von links nach rechts zu schieben. Dazu mache ich Notizen mit einem Bleistift wie ein Mathematiker, der nach der Weltformel sucht.

Marie sagt: »Vom Rechnen wird's nicht besser.«

Ich halte mit dem Stift auf dem Papier an. Die Spitze drückt sich in die Fasern.

»Das sagst du mir, Marie? Einem Controller? Vom Rechnen wird's nicht besser?«

Marie kehrt wieder in eine versöhnliche Stimmlage zurück. Es ist *immer* sie, die in solchen Situationen damit den Anfang macht.

Sie sagt: »Ben. Du hast doch selbst früher eine positive Einstellung gepflegt. Als du Hausmann warst und dich selbst motivieren wolltest. Da hast du jede fertige Aufgabe fotografiert und dir eine Galerie gemacht.«

Sie hat ja recht.

»Oder denk mal an deinen Spruch, den du früher auf der Arbeit verbreitet hast. Den der Azubi so gerne nachplapperte. *Das große Geld besteht aus vielem kleinen Geld.* Das war ein richtig toller Slogan, Ben!«

Sie hat ja recht.

»In zwei, drei Stunden kommen Jan und Maik mit dem Inhalt des Dachbodens von Herrn Werning. Ein ganzer LKW voll. Wir werten ihn aus und packen diese Sachen auf ebay. Aber Mick, Keith, Ron und Charlie« – sie stellt sich hinter den Schreibtischstuhl, greift über meine Schultern, schnappt sich die CDs und stellt sie ins Regal zurück –, »die bleiben schön hier.«

Mir steigen die Tränen hinter die Augen.

Wie singt Maries Lieblingsmusiker mit seiner Band von Übermusikern so gerne? »She's too good for me …« In dem Lied meint er es sarkastisch, aber ich empfinde es gerade ganz ernsthaft. Meine Lippen zittern.

Marie umarmt mich von hinten, gibt mir einen Kuss auf den Hinterkopf und sagt: »Ich mache dir jetzt auch noch einen Kakao. Mit Schuss. In Ordnung?«

Ich nicke.

Und rechne weiter.

Gegen 18 Uhr höre ich in der Straße den röhrenden Motor von Jans kleinem LKW, mit dem er als unser freier Mitarbeiter die Entrümpelungen vornimmt. Marie und ich treten vor die Tür. Im Fahrerhaus plaudern der schlaksige Student und der muskulöse rothaarige Sohn unserer Nachbarn amüsiert miteinander, während sie im Wendehammer so drehen, dass die Laderampe vor unserer Haustür zu stehen kommt. Maiks Eltern – die Heyerdahls – sind bereits im Urlaub. River Rafting in der Schweiz. Gerd Heyerdahls Muskeln werden dadurch nicht schrumpfen. Sein Sohn kommt nach ihm, ist allerdings eher die bullige Variante. Wo sein Vater ein japanischer Judoka sein könnte, ist er eher ein holländischer Hooligan. Aber ein gutmütiger …

Der LKW gluckert aus, und die jungen Männer springen aus den Türen.

Ich will, dass Marie recht hat.

Ich will, dass Maik und Jan die Klappe öffnen und antike Möbel zum Vorschein kommen, die sich unter dem Müll auf dem Dach verborgen haben. Belgische Kommoden oder Schreibmaschinen mit Sammlerwert. Silberbesteck in kleinen Truhen. Eine Original-Käthe-Kruse-Puppe.

Marie begrüßt die Jungs, indem sie ihnen zwei Flaschen Bionade überreicht. Sie öffnen sie. Es gibt Bio-Limo mittlerweile auch bei ALDI, denke ich im Stillen, deutlich billiger. Aber ich halte die Klappe.

»Und?«, frage ich.

Jan antwortet, während sich Maik den Holundersaft in einem Zug in den Rachen pörkelt: »Frag lieber nicht.«

Ich werfe einen Blick zu Marie, um zu prüfen, ob ihr das Lächeln schon jetzt aus dem Gesicht fällt. Dabei will ich mich gar nicht freuen, wenn mein Realismus, den sie Pessimismus nennt, siegt. Ich will, dass sie recht hat mit ihrem beständig guten Mut.

Jan sagt: »Dieser Typ wusste ganz genau, was er für ein Geschäft macht.« Er zeigt auf den LKW. »Das meiste von dem Dach konnten wir direkt zum Hof bringen.«

Ich spüre, wie meine Ohren heiß werden. Mit dem Hof meint Jan den Recyclinghof. Das ist unsere Methode. Alles, was sich überhaupt nicht verwerten lässt, wird gar nicht erst hierhergefahren, sondern bereits vor Ort sortiert und auf dem Hof abgeladen. Was auch wieder Geld kostet, anstatt welches einzubringen.

»Was heißt das? Das meiste?«, frage ich zaghaft und fürchte mich vor der Antwort.

Maik stellt die leere Limoflasche ab, rülpst dezent, entschuldigt sich, öffnet die Schlaufen der Plane und schlägt sie hoch, während Jan die Rampe des Lasters hinablässt. Der Schlund öffnet sich.

Was wir sehen, ist: nichts.

In dem gesamten, großen Laderaum stehen zwei Umzugskartons.

Genau in der Mitte, sorgsam festgeschnallt.

Zwei.

Es sieht aus, als hätte man auf ein bankettafelgroßes Tablett zwei Pralinen drapiert.

Marie schweigt. Ruhig schreitet sie zur gelben Tonne auf dem Podest neben der Garage und wirft die zwei Kronkorken der Biolimoflaschen hinein.

Ich zeige auf den Laderaum: »Ihr verarscht uns.«

»Leider nein«, sagt Jan.

»Dann ist in den Kisten Goldschmuck drin«, sage ich mit einem Blick auf Marie, die den gelben Deckel schließt, »oder Sammlermappen mit Silbermünzen.«

»Leider nein.«

Maik schnallt die Kartons ab und schiebt sie über den Boden des Lasters nach vorn an die Rampe. Ich öffne sie. Im ersten befindet sich ein Mischmasch aus üblichem Trödel: alte Taschenbücher, ein Radiowecker, leere Aktenordner, mehrere Kerzenständer. Ich grummele: »Die hättet ihr auch direkt auf dem Hof in den Container schmeißen können. Wir haben noch niemals einen einzigen Kerzenständer verkauft. Niemand hat jemals auf irgendeinem Marktplatz einen gebrauchten Kerzenständer verkauft. Ich frage mich, warum überhaupt noch neue Kerzenständer hergestellt werden. Kerzenständer sind der Material gewordene Wertverlust. Ein schwarzes Loch für Geld!«

Marie kommt hinzu und berührt mich an den Schultern. Sie öffnet den zweiten Karton. Er ist voller LPs. Die erste, die uns anlacht, ist *Lieder der Meere* von Heino.

Jan sagt: »Die Entsorgung des Rests hat auf dem Hof 65 Euro gekostet.«

Ich senke den Kopf und lache sarkastisch. Mein Kopf rechnet. Hundert Euro haben wir bekommen. Minus 65 Euro für den Hof. Minus zwei mal fünf Euro Stundenlohn für Jan und Maik, die den halben Tag gearbeitet haben. Minus Sprit für den Laster. Macht dann für den Auftrag bei Herrn Werning, für den ich laut Marie auch noch dankbar sein soll, unterm Strich: *minus 25 Euro* am heutigen Tage.

Ich spüre, wie es in mir brodelt. Die Kinder dürfen nichts mitkriegen. Sie sind längst mit den Hausaufgaben fertig und spielen gerade im Wohnzimmer *Mario & Sonic bei den Olympischen Spielen* auf der Nintendo Wii. Das Spiel ist zurzeit im Verkauf 11,44 Euro wert, die Konsole selbst ist gebraucht auf 70 Euro gerutscht. Ich sehe sie durchs Erkerfenster, wie sie Spaß haben. Meine Beine tragen mich zur Garagentür neben den Mülltonnen. Ich betrete die Garage. Marie folgt mir. Drinnen nehme ich einen Hammer und eine Kiste alter Nägel, lege einen Balken auf die Werkbank und beginne, die Nägel in das Holz zu dreschen.

Immer härter.

Immer lauter.

Marie sieht es sich fünf Nägel lang an, dann ertönt wieder ihr lautes: »Ben!«

Ich werfe den Hammer zornig in die Ecke. Er kracht gegen einen Schirmständer aus schwerem Stahlguss, in dem wir alte Paddel, Stangen und Teichkäscher aufbewahren.

Jetzt wird auch Marie sauer: »Das ist *genau* das, was ich meine, Ben!«

»Was? Dass wir heute fünfundzwanzig Euro Miese gemacht haben? Mit deinem guten Herrn Werning? Das haben wir nämlich. Habe ich schon ausgerechnet.«

»Nein, dein Zorn, Ben!«

Sie sieht mich betroffen an. Als sei ich krank geworden.

»Dieser fürchterliche, fürchterliche Zorn ...«

Sie kommt auf mich zu, ihre Augen voller Sanftheit und Bedauern, und berührt mich mit den Fingerkuppen an der Wange. Ich bekomme eine Gänsehaut.

Sie sagt, ernst und leise: »Wo ist mein Mann geblieben?«

Ich hebe den Hammer auf und beobachte dabei meine Gedanken. Der Hammer brächte vielleicht zwei Euro im Verkauf. Die Teichkäscher einen, aufgrund der kleinen Löcher vielleicht nur fünfzig Cent. Der schwere Ständer könnte was wert sein, ein Einzelstück, aber er gehört zu uns wie meine alten Stones-CDs oder Maries selbstgebauter Atelierschreibtisch.

Ich sage, ruhiger, aber verzweifelt: »Wir haben alle Quellen angezapft, Marie. Nach außen sieht es so aus, als seien wir solide Bürger, aber ich schulde sogar Gregor noch Geld. Meinem besten Freund! Seit Monaten. Und kann ihm nichts zurückgeben.«

Marie streichelt meine Wange.

Ich schaue auf das Garagentor. Es hat Flecken von innen, Staub und Abgase von Jahren. Ich hätte es längst kärchern sollen, aber wenn man nicht flüssig ist, erscheint es einem unangemessen, den Hochdruckreiniger herauszuholen. Das Garagentor sogar von innen strahlend weiß zu halten ist die Kür für reiche Leute.

Ich gebe mir einen Ruck und sage beim ersten Schritt zurück zur Tür: »Ich nehme jetzt die zwei Kartons und bringe sie zu Gregor. Als Anzahlung.«

Marie bleibt stehen. Ich weiß nicht, ob sie es unsinnig findet, den traurigen Ertrag des heutigen Arbeitstages auch noch zu verschenken, oder ob sie sich sagt: ›Alles ist gut, solange Ben keine Hämmer durch die Botanik schmeißt.‹ Beim schnellen Abschiedskuss behält sie die Augen offen.

DER HAUSTAUSCH

»Schleppst du ein halbes Schwein rauf?«, ruft Gregor durch das Treppenhaus, weil ich beim Hochtragen des ersten Kartons so ächze. Ich sehe nach oben. Er steht in einem weißen Bademantel in seiner Wohnungstür und trägt keine Unterhose. Ich senke schnell wieder den Kopf und rufe: »Oh Gott, ich werde blind!«

Oben angekommen, nimmt er mir den Karton ab.

»Udo Jürgens trug sogar bei seinen Auftritten einen weißen Bademantel«, sagt Gregor. »Und der weiß, worauf es im Leben ankommt. Junge Frauen verführen, griechischer Wein …«

Wir betreten die kleine Wohnung. Der Fernseher läuft. Bunt mit Werbung beklebte Tourenwagen fahren auf Sport1 im Kreis. Gregor nutzt immer noch ein altes Röhrengerät. Er stellt den Karton ab. Ich gehe zum Fernseher und berühre die obere rechte Ecke des Bildschirms ungläubig mit der Fingerspitze. Ein-, zweimal wische ich auf und ab, entferne aber nur Staub.

»Gregor …«, sage ich in diesem scherzhaft entsetzten Tonfall, den wir schon mit achtzehn Jahren untereinander benutzten, »jetzt sag nicht, das Logo von Sport1 hat sich bereits hier oben in den Bildschirm eingebrannt.«

Gregor nickt und öffnet den Karton.

Ich reibe ein letztes Mal mit dem Finger über das Glas. Es ist tatsächlich wahr. Das Logo ist durch Dauerbetrieb eingeprägt worden. Sport1. In allen wachen Stunden läuft bei meinem alten Freund dieser Sender. Nichts beruhigt ihn mehr, sagt er. Beim Essen, beim Umziehen, beim Schrauben an den Rechnern seiner Kunden. Über der Tür hängt immer noch der staubige Fußballschal, den er sich hat drucken lassen. *Ein freier Mann. Eheknast 1994–2007.* Er genießt sein zweites Leben. Er hat nie Kinder gehabt.

»Das Brandzeichen des Junggesellen«, kommentiert er mit Blick auf das Logo im Fernseher, steht auf, holt zwei Sion Kölsch und stößt mit mir an.

»Hast du das gehört mit dem Kevin?«, fragt er mich, nachdem der erste Schluck seine Kehle hinuntergeflossen ist.

»Welcher Kevin?«

»Ja, welcher Kevin wohl. Unser Kevin. Unser ehemaliger Kevin. Vom 1. FC Köln. Der Kevin Pezzoni. Der hat doch seinen Vertrag gekündigt, weil diese paar Bekloppten ihn bedroht und ihm zu Hause aufgelauert haben. Diese Psychopathen, die sich Fans nennen.«

Ich hebe den Kopf kurz an, wie ich es immer tue, wenn ich was begreife. Meine Art des kurzen, lautlosen »Ah, ja«. Es sieht aus wie bei einer Katze, die ihr Schnäuzchen hebt, weil sie in der Luft gleich ein Spielzeug vermutet.

»Diese Chaoten, diese Mobber, wie man das heute nennt, die standen bei dem Kevin vor der Tür, nachdem der FC am dritten Spieltag im Erzgebirge bei Aue verloren hatte«, fährt Gregor fort.

Ich nicke und weiß, dass gleich noch eine Pointe kommt. Fußballgeschichten beruhigen Gregor kolossal. Diesen Sport samt seiner Personalien, Transfers, Intrigen und Anekdoten zu verfolgen ist für ihn die größte Seifenoper der Welt. Eine Seifenoper für Männer.

»Die verlieren also in Aue, ein paar Vandalen lauern ihm auf, er kriegt zu viel und kündigt seinen Vertrag. Und jetzt rate, wo der gute Junge jetzt spielt?«

Gregor wartet keine Antwort ab. »Im Erzgebirge! Bei Aue! Das nenne ich mal einen Konter, oder?«

Gregor setzt sich, ächzend und gemütlich. Er wuchtet sich den ersten Karton auf den Schoß. »So«, sagt er und beginnt, die Platten durchzublättern. »Es beginnt mit Heino. Dann kommen Roland Kaiser und Roy Black.« Ich schlendere mit dem Bier in der Hand zu seinem Schreibtisch. Ein offenes Gehäuse darauf, zwei darunter. Der Monitor seines eigenen Computers zeigt eine abseitige Analyseseite.

»Ah, hier hinten wird's besser«, sagt Gregor, mit den Fingerkuppen flink die Hüllen durchblätternd, »da kommt der Rock'n' Roll.«

»Ich habe noch einen Karton dabei«, sage ich. »Gemischt.«

Gregor sieht von den Platten auf. Er spürt, dass ich nicht wirklich gekommen bin, um ihm von den zweitausend Euro, die ich ihm schulde, ein paar Euro in Sachwerten zurückzuzahlen.

Ich schlucke. Er ist mein ältester Freund, vor ihm kann ich nichts lange verbergen.

Seine Augen nehmen eine besorgte Form an. Sie verlassen die lässige, schmale Cowboy-Schlitzblick-Stellung, in der sie sonst einrasten und werden rundlicher. Er steht auf und sieht mir in die Augen: »Ben? Mach mich nicht fertig. Ist was mit den Kindern?«

Ich würde am liebsten losheulen, vor allem, weil er mich so lieb fragt. Es ist immer was Besonderes, wenn ein Macho mit gigantischem Kölschvorrat, in dessen Fernseher sich das Sport1-Logo eingebrannt hat, lieb fragt. Bei einem Sonderpädagogen, der den ganzen Tag R.E.M. hört, fällt liebes Fragen im Strom seiner sonstigen Sätze nicht auf.

»Ja, es ist was mit den Kindern!«, antworte ich. »Sie verlieren gerade das erste Mal im Leben ihre Ferien.«

Gregor ist einerseits erleichtert und wirkt andererseits so, als wolle er mir aus Strafe für den blinden Alarm eine scheuern.

»Das ist eine Katastrophe!«, betone ich. »Gregor. Das ist schlimm! Für Kinder im Alter von Lisa und Tommy sind die Ferien heilig. Das Wegfahren. Das Abenteuer. In den Ferien sind Kinder wie Hunde – eine Woche empfinden sie so wie wir zwei Monate. Wenn sie erwachsen sind, erinnern sie sich an die Urlaubsorte, als wären sie jahrelang dort gewesen. Aber was das Schlimmste ist: Ihr Vater, der Controller, müsste ihnen jetzt sagen, dass er pleite ist. So pleite, dass er ihnen nicht mal zwei Wochen Borkum oder Norderney spendieren könnte. Das kann ich doch nicht machen. Oder?«

Gregor stülpt die Lippen nach vorne. Im Fernseher röhren die Tourenwagen. Ich kalkuliere im Kopf, wie viel Sprit die dreißig, vierzig Teilnehmer allein in einer Runde verbrauchen, und wünschte mir, der Gegenwert in Euro befände sich auf meinem Konto.

Gregor sagt: »Ich leihe dir was.«

Ich stoße ihn mit der Flasche zurück und mache ein paar Schritte in seine Küche, weil es mir so peinlich ist. Über dem Küchentisch klebt die *Kicker*-Tabelle. Ich denke daran, was Fußballer verdienen.

Das Monatsgehalt eines Innenverteidigers aus der zweiten Liga würde schon für einen guten Urlaub reichen. Die Ersparnisse von Kevin Pezzoni brächten mich und meine Familie wahrscheinlich vier Wochen lang nach Australien. Und mit dem Gegenwert eines einzigen Freistoßes von Marco Reus wäre ich komplett schuldenfrei.

»Du *hast* mir bereits was geliehen!«, sage ich empört. »Damit mir die Versicherung nicht kündigt wegen der fehlenden Beiträge. Aber einen *Urlaub*, den muss ein Mann selbst gebacken kriegen.«

Gregor nimmt einen Schluck Kölsch, weil das immer hilft, wenn man nicht weiß, wie es weitergeht. Kaum ist das goldene Gesöff in seinem Schädel, beginnen seine Augen zu leuchten. Er hebt den Finger der linken Hand, mit der rechten noch die Flasche am Hals. Er stellt sie ab und hastet zum PC.

»Das hab ich doch neulich gesehen«, sagt er, »ein Kunde hatte es in seinen Bookmarks im Browser. Direkt an erster Stelle. Da war ich neugierig, als ich das Wort gelesen hab.«

Ich folge ihm und stelle mich hinter den Schreibtischstuhl. Gregor surft eine Webseite an, *www.haustauschferien.com*. Im Untertitel steht: *Sich wie zu Hause fühlen … überall auf der Welt.* Wundervolle Anwesen sind dort abgebildet, von Mecklenburg bis Mexiko.

»Lese ich das richtig?«, frage ich Gregor und zitiere: *»Für Ferien in aller Welt nicht mehr bezahlen, als wenn Sie zu Hause geblieben wären.«*

»Das ist die Idee«, antwortet Gregor. »Jemand tauscht sein Haus mit deinem für eine verabredete Zeit. Und du wohnst vollkommen gratis.«

»In Mexiko?«

»Ja. Oder in Florida. Wobei da natürlich die Flüge viel zu teuer wären. Aber warte mal …«

Gregor klickt, öffnet Tabs, schließt Tabs … er ist ein digitaler Immigrant wie ich, ein Mann, der ohne Computer aufgewachsen ist und sich erst später in die Technik gefuchst hat, aber mit Benutzeroberflächen geht er so flink um wie ein von Energydrinks aufgeputschter Teenager. Die Tourenwagen auf Sport1 hingegen lassen sich Zeit. Gemächlich drehen sie ihre Runden auf dem vor Hitze flimmernden Asphalt.

»Hier sind ein paar, die noch ganz kurzfristig tauschen«, sagt er.

Ich schaue auf den Bildschirm. Eine Bruchbude in Berlin, wahrscheinlich junge Leute. *Erleben Sie den kultigen Kiez!*, schreiben sie. Im Klartext heißt das wahrscheinlich, … *und wir verwüsten in der Zeit Ihre bürgerliche Bude.*

Zwei Häuser im Bergischen Land, also bei uns selbst um die Ecke, was nicht hilft. Aber im vierten Tab … ich reiße die Augen auf.

Gregor klickt sich durch die Fotos. Vom Haus, vom Garten, vom Riesentrampolin, vom See. Einem See, so weit und klar und blau wie die schönsten Wasser in amerikanischen Dramen. Fehlen nur noch die Berge im Hintergrund. Aber der grüne Horizont mit den kleinen Anglerbooten davor ist auch schon phantastisch. Ich klicke auf den Reiter »Unsere Nachbarschaft« und lese von Ländlichkeit und einem *märchenhaften Dorf*, von Ausflugsgebieten mit Freizeitparks, Tiergehegen und einem Riesenlabyrinth. Klicke wieder zurück auf »Unser Heim« und reibe mir die Augen, weil dort Formulierungen stehen, die wie übertriebene Scherze klingen. Regenwalddusche. Whirlpool im Bad. Fitnessraum. Und: *Hunderte von Filmen, Gesellschaftsspielen und Videogames im Haus*. Ein Kinderparadies. Ein Elternparadies.

Gregor liest die Fakten vor: »Schlafzimmer: drei. Badezimmer: zwei. Plus Wellnessbereich.«

»Und das soll ein Privathaus sein?«, frage ich, weiter ungläubig.

Gregor klickt: »Im Beschreibungstext steht: dreihundert Quadratmeter Wohnraum, ein Hektar Gelände, eigener Zugang zum See mit Steg und Boot.«

Ich reibe mir das linke Auge: »Wieso tauscht der so was?«

Ich sage sofort »der«, weil sich hinter so einem Anwesen nur ein neureicher Geschäftsmann verbergen kann. Oder ein altreicher.

Gregor scrollt nach unten in den Bereich, der auflistet, wo der Villenbesitzer im Tausch gegen sein Anwesen selbst gern hin möchte.

»Die meisten, die sich bei der Haustauschseite anmelden, wollen was Besseres, als sie selbst besitzen«, erklärt Gregor. »Ist ja klar. Sie bieten einen Bungalow in Bonn oder eine Hütte in Herne und wollen dafür ein Strandhaus in Marokko.«

Gregor hat sich zu den Wünschen des Villenbesitzers durchgeklickt. Wo mag er wohl seine Ferien verbringen wollen, wenn er das Paradies bereits selber besitzt? Auf Mauritius? In Australien? Der Karibik? Sicher nicht in einem bürgerlichen Einfamilienhaus im Bergischen Land.

Gregor zieht die Augenbrauen hoch. Vorsichtig wie ein Bombenentschärfer nimmt er den Zeigefinger von der Maus. Als könnte das Angebot sofort wieder verschwinden, wenn er die Seite aus Versehen wegklickt. In der Liste der Wunschziele des neureichen Seemagnaten steht: *Deutschland*. Darunter, als selbsteingegebener Text: *Am liebsten ein beschauliches Einfamilienhaus im ländlichen Bereich*.

Ich nehme vor Schreck einen schnellen Schluck Kölsch. Umgurgelt von Kohlensäure stoße ich ein ungläubiges »Was???« aus der Kehle.

Ich kann es nicht fassen.

Gregor referiert: »Es ist aber wahr. Er schreibt, es soll gar nicht groß sein. In einem bürgerlichen Viertel. Vor allem: ruhig.«

Ich suche nach dem Haken.

Er muss riesig sein.

Ein Haken wie an Hamburger Hafenkränen, die Container heben können.

Der Mann tauscht eine Villa am See gegen ein Familienhäuschen auf dem Wohnhügel? Was hat er davon?

»Wie können wir ihn kontaktieren?«, frage ich.

Gregor sagt: »Du musst dich erst anmelden und dein eigenes Haus im Tausch anbieten. Die einfachste Mitgliedschaft – Silber – kostet … warte eben … 7,95 € im Monat. Bei der Anmeldung bezahlst du direkt für ein Jahr. Das sind also …«

»95,40 €«, rechne ich schneller als Gregor.

Er sagt: »Überweisen, zack, zack, in 24 Stunden hast du deinen Account und kannst eine Anfrage stellen.«

»Ist mir zu langsam«, sage ich und meine eigentlich: ›Ist mir zu teuer.‹

Gregor liegt es auf der Zunge, die Summe für mich auszulegen. Ich sehe es ihm an. Die fünfundneunzig Euro kleben schon am Rande seiner Unterlippe und fallen gleich auf den Tisch. Er weiß, dass ich sie nicht annehmen würde.

»Kannst du die Seite nicht irgendwie hacken?«

Gregor sieht mich an wie einen Jungen, der an den Warp-Antrieb glaubt.

Ich zeige auf den Bildschirm: »Ja, du bist doch ein Fachmann.«

Gregor senkt die Augenlider und bläht ein wenig die Nasenflügel auf: »Ben. Ich schraube Rechner zusammen. Ich kann doch nicht hacken.«

»Das ist bloß eine einfache Homepage. Es wird doch wohl möglich sein, die Daten im Hintergrund da rauszupulen.« Ich simuliere hektisches Tippen. »Hier, deine Tastatur ist dein Pflug – du gräbst schön den Code der Seite um, und wie eine Rhododendronwurzel kommt irgendwann der Name zutage.«

Gregor schmunzelt. Das ist wieder so ein typischer Jugenddialog zwischen uns, als wäre die Zeit stehengeblieben. Eine Falte gräbt sich über seine Nase in die Stirn. Er denkt nach.

»Nachschauen, wo das genau ist, können wir auch so. Musst dich nur eben gratis registrieren. Dann klicken wir auf *Karte anzeigen* und haben die Adresse. Zumindest die Straße.«

»Dann machen wir das!«, sage ich, gebe meine Mailadresse und den Namen unserer Katze als Passwort ein, klicke auf den besagten Button. Google Maps öffnet sich. Die kleine Stecknadel landet direkt am Seeufer. Drumherum ist alles grün markiert. Niemand scheint dort zu wohnen, außer dem Haustauscher. Ein schmaler Weg führt zu dem Gelände. Ich notiere mir den Namen.

»Okay«, sage ich. »Trotzdem müsste ich ihn doch kontaktieren.«

Gregor dreht sich aus dem Stuhl und geht in die Küche, um sich ein neues Kölsch zu holen. Auf halbem Weg fällt ihm ein, dass sein altes noch gar nicht leer ist. Er kehrt um, nimmt es, tut seufzend seine Pflicht, stellt die geleerte Flasche in den Korb unter dem Tisch und nimmt sich die neue aus dem Kühlschrank. Von der Küchentür aus scannt er kurz die Lage bei den Tourenwagen, dann sagt er, das eiskalte Bier in der Hand: »Warum?«

»Wie, warum?«

»Warum musst du ihn unbedingt über das Formular kontaktieren?«

Ich hebe die Arme. »Ja, äh, Gregor? Weil das so gedacht ist?«

Gregor öffnet sein neues Kölsch und sagt: »Ich denke, du solltest dich ins Auto setzen, in diesen Ort fahren und den Mann persönlich fragen.«

»Ich weiß ohne Account hier ja nicht mal, wie er heißt, Gregor. Wie soll ich ihn dann finden?«

Gregor kommt zum Schreibtisch und tippt auf den Monitor. »Das einzige Haus am Ende eines schmalen Weges und dann noch eine Villa am See. Das lässt sich natürlich gar nicht ohne Namen finden. Das verwechselt man schnell mit der nächstgelegenen Sozialwohnung.«

»Ich muss doch erst wissen, ob er überhaupt an einem Haustausch mit mir Interesse hat …«

Gregor überlegt einen Augenblick: »Fahr direkt mit Marie hin. Und mit den Kindern. Die Leute vergessen immer, dass hinter den Einsen und Nullen da im Internet echte Menschen stecken. Aus Fleisch und Blut. Menschen, die sehen und hören und fühlen. Per Mail kann der Mann jeden Interessenten abschießen wie einen von tausend Außerirdischen bei *Space Invaders*. Aber wenn da ein armer Controller mit seiner schönen Frau vor der Tür steht, der den weiten Weg gemacht hat, für seine Kinder …«

Gregor spielt seine Rede übertrieben pathetisch. Er hebt die Hände und verdreht die Augen wie eine Katze, die hinter den Ohren gekrault wird. Ich lächle.

»… wenn große Kinderaugen ihn anschauen und stumm um Urlaub flehen …«

»Ja, ich hab's verstanden«, unterbreche ich ihn. Er hört sofort mit dem Schauspiel auf und konzentriert sich. Sein ernster Sach- und Fachblick erfüllt sein Gesicht, und er öffnet einen Fotoordner auf seiner Festplatte. Es erscheinen Bilder von unserem Haus, mit den Kindern und Vinci im Garten. Ein Graphikprogramm startet, noch ehe ich den Klick überhaupt gesehen habe. Gregor stellt die Flasche neben das Mousepad und sagt, auf den Monitor schauend: »Ich stelle dir eben eine Mappe über euer Haus zusammen. Ist doch genau das, was der Mann sucht.«

Ein schlechtes Gewissen kriecht mein Rückgrat hinauf. Gregor leiht mir nun zwar kein frisches Geld, aber er schenkt mir seine Zeit. Die Zeit, in der er eigentlich arbeiten müsste.

»Du kannst auf die Mappe warten«, sagt er, den Blick unverwandt auf dem Monitor. »Dauert ungefähr eine Stunde.«

»Kann ich in der Zeit irgendwas für dich tun?«, frage ich.

Gregors Hand zeigt auf einen grauen Plastikkorb neben dem Bett. Ein Berg Wäsche liegt darin, obenauf eine unappetitliche Unterhose.

»Du hängst doch so gerne ab. Im Keller müssen die Leinen leergemacht und die neue Maschine angesetzt werden.«

Die Unterhose hat sogar einen Rallyestreifen. In manchen Dingen ist Gregor schmerzfrei. Aber das ist in Ordnung. Wir haben schon mit sechzehn um die Wette onaniert, da kann ich ihm nun auch seine Buxen waschen. Ich stehe auf und gehe zum Korb.

»Vergiss dein Bier nicht«, sagt Gregor, klickend und schiebend. »Kein Gang in die Waschküche ohne Proviant!«

Ich habe eine Stunde, also nehme ich sie mir auch. Ich falte Gregors Wäsche so sorgsam wie ein schlesischer Seidenweber, lege sie Kante an Kante aufeinander und trage sie nach 59 Minuten nach oben wie einen rechteckigen Turm aus *Jenga*-Steinen. Im Tausch gegen die Wäsche liegt meine Mappe bereit. In Farbe ausgedruckt und ordentlich geheftet. Ich stelle den Korb ab, blättere sie durch und schaue Gregor beeindruckt an: »Alter Schwede, in dem Haus würde ich sogar selbst Urlaub machen, wenn ich die Mappe so sehe.«

»Ich bin halt gut«, grinst Gregor. »Und jetzt ab, Frau und Kind ins Auto und der Erste sein!«

»Du bekommst noch einen Karton«, füge ich hinzu, hole das zweite kümmerliche Entrümpelungsergebnis aus dem Wagen nach oben, stelle es neben den Sessel und umarme meinen zuverlässigen alten Freund. Mit dem Kinn über seiner Schulter sehe ich, wie die ersten Tourenwagen ins Ziel einfahren.

DIE INFOPOST

Als ich daheim ankomme, steht ein fremder Wagen vor der Tür. Ein dunkelblauer Passat Kombi, sechs oder sieben Jahre alt. Mein Kopf generiert augenblicklich den Gebrauchtwert des Autos; dann schießt mir unwillkürlich eine Phantasie in den Kopf. Marie und der Fahrer des Wagens flirten im Atelier, es ist ein Kunde mit sportlichem Kreuz, einem Trizeps wie gemalt und Augen, die selbst bei roten Zahlen auf dem Konto immer noch voller Optimismus meeresblau in die Welt schauen. Die Phantasie versetzt mir einen Hieb zwischen die Rippen, doch schon im nächsten Augenblick muss ich lächeln. Marie weiß ja noch nicht, dass ich auch wieder bessere Laune habe. Und eine Lösung in Sicht.

Für die Ferien.

Für die Kinder.

Für uns.

Ich schließe auf, rufe gut gelaunt »Hallo, Familie!« in den Hausflur und höre, noch bevor meine letzte Silbe verklingt, lautstarke Diskussionen aus der Waschküche.

Tommy kommt mir entgegen die Treppe hinaufgerast und erklärt hastig: »Papa! Papa! Da ist ein fremder Mann im Keller. Er will uns eine neue Heizung verkaufen.«

Ich runzele die Stirn. Seit wann gibt es Vertreter für Heizungen? Und warum sollte Marie sie reinlassen?

Ich nehme die letzten Stufen und betrete die hellerleuchtete Waschküche. Vor Monaten habe ich die Neonröhre mit ihrem unangenehmen Licht durch eine LED-Leuchte ersetzt. Kaum zu fassen, was für einen Unterschied im Wohlgefühl das macht. Gerade eben herrscht aber trotzdem keine Harmonie zwischen den Leinen. Vor der Heizung steht Marie mit einem Mann, der statt eines gemalten Trizeps und blauer Meeresaugen ein rundliches Kölschbäuchlein und eine dreckig braune Iris vorzuweisen hat. Ich kenne ihn. Es ist Herr Neurath von den Stadtwerken.

Marie funkelt mich an, als könnte ich etwas dafür, dass der Mann ausgerechnet dann auftaucht, wenn ich gerade weg bin. Zugleich sind ihre Augen dankbar, dass ich endlich da bin. Strenge Gattin und kleines Mädchen in einem – so ist sie, und ich liebe es an ihr.

Herr Neurath sagt: »Da ist der Hausmann!«

»Nicht mehr«, entgegne ich.

Das letzte Mal war der Mann zur Jahreszählerablesung hier.

»Er will uns eine neue Heizung verkaufen!«, betont Tommy in der Tür, der mir zügig gefolgt ist. Lisa bestätigt es mit einem so eifrigen wie misstrauischen Nicken, während sie mit dem Finger die Konservendosen in den Regalen abfährt.

Marie schiebt Lisa zu Tommy und beide gemeinsam aus der Waschküche.

»Wir gehen jetzt nach oben, und der Papa regelt das mit dem Herrn Neurath«, sagt sie und wirft mir dabei einen Blick zu, der unterstreicht, was ohnehin klar im Raum steht: Herr Neurath will uns natürlich keine neue Heizung verkaufen.

»Aber können wir nicht zuhören, wie Papa verhandelt?«, fragt Tommy, und Lisa hüpft auf und ab: »Ja, zuhören! Papa ist im Verhandeln besser als Sükrü Pehlivan!«

Herr Neurath runzelt die Stirn. Er schaut wohl kein Privatfernsehen. Sükrü Pehlivan ist einer der Profihändler vom *Trödeltrupp*. Ein Kollege, sozusagen. Nur dass er grundsätzlich weit mehr als hundert Euro aus einem Einsatz quetscht.

»Bei dieser Verhandlung muss der Papa Ruhe haben«, sagt Marie und scheucht den Nachwuchs unnachgiebig die Stufen hinauf. Als die Beschwerden meiner Kinder verklingen, schließe ich die Tür und sehe den Wasser- und Gasmann an. Er deutet mit seinem Klemmbrett auf die alte Gasheizung, deren blaue Flamme leise vor sich hin brummt.

»Ich muss die Heizung stilllegen.«

Meine Ohren bescheren mir eine Halluzination. Eben haben sie gehört, wie Herr Neurath in selbstverständlichem Tonfall sagt, dass er uns die Heizung stilllegen muss. Ein merkwürdiges Phänomen.

Herr Neurath sagt: »Das ist Ihnen doch klar, oder?«

»Was ist mir klar?«, frage ich zurück.

»Dass ich die Heizung jetzt stilllegen muss.«

Er hat es doch gesagt. Meine Ohren hatten keine Halluzination. Ich stehe in meiner Waschküche, und ein Mann, den ich einmal im Jahr sehe, will mir den Gashahn abdrehen.

»Ist das ein Scherz?«

Ich durchbreche den Höflichkeitsabstand und zupfe an Herrn Neuraths oberstem Hemdknopf. Seine Brusthaare kräuseln sich wie die Minipli-Perücke von Atze Schröder. Üblicherweise bin ich nicht so dreist, aber langsam bekomme ich den Eindruck, nichts mehr zu verlieren zu haben. »Haben Sie die versteckte Kamera hier im Hemd?«, frage ich, und das krause Brusthaar des Gas- und Wasserablesers kitzelt mich an den Fingern. Er macht einen Schritt zurück. Ich lasse von seinem Knopf ab.

Herr Neurath sagt: »Sie haben fünf Mahnungen ignoriert. Fünf. Drei sind üblich, bevor wir das Gas abstellen. Ich habe mich sogar noch für Sie eingesetzt! Weil ich Sie mag, Herr Breuer!«

Fünf Mahnungen?

Wie kann das sein?

Ich bin Controller, ich spüre eine Mahnung schon kommen, wenn sie noch durch die Verteilerfließbänder der Post rattert.

»Ich habe in den letzten Wochen keine Mahnungen bekommen. Nur Infopost, mit neuen Angeboten.«

Herr Neurath klopft mit den Fingerknöcheln auf sein Klemmbrett. »Bewahren Sie die Angebote auf?«

Ich schäme mich fast, es zuzugeben, vor allem vor einem Vertreter der Stadtwerke, die nicht denken sollen, sie könnten mir neue Verträge andrehen. So beiläufig, wie es mir möglich ist, antworte ich: »Glaub schon.«

»Kann ich sie mal sehen?«, fragt Herr Neurath.

Ich führe ihn aus der Waschküche nach oben ins Atelier, an meinen Schreibtisch. Marie beschäftigt die Kinder gerade im Garten.

Sie werfen Vinci Knusperstangen für Katzen hin wie einem kleinen Hund das Stöckchen. Unsere Katze hat einen ausgiebigen Bewegungsdrang. Ich ziehe die zweite Schublade von unten auf, in der ich Angebote, Sonderpostenbroschüren und Rabattgutscheine aufbewahre, sortiert nach dem Alphabet. Ich suche ein paar Sekunden länger, als ich bräuchte, um die noch geschlossenen Umschläge der Stadtwerke zu finden, die nicht normal frankiert, sondern als *Infopost* markiert sind. Es sind exakt fünf Stück.

Ich öffne den neuesten der Umschläge. Er enthält kein neues Sparabo für günstigeres Gas, sondern die fünfte Mahnung.

Herr Neurath schüttelt den Kopf, mehr über seinen Arbeitgeber als über mich, wie mir scheint. Ich sehe ihn an wie ein Fußballer, der den Ball gerade am eigenen Torwart vorbei ins Tor geschoben hat.

»Das kann ja wohl nicht wahr sein, oder?«, sage ich und spüre Oberwasser. »Sie verschicken Mahnungen als *Infopost*?«

Herr Neurath reißt sich zusammen. Er weiß, er steht hier nicht als mein Freund, sondern als Vertreter der Macht, die uns Wasser gibt und Wärme, um es heiß zu machen. Er darf kein Verständnis für mich haben. Er sagt, so selbstverständlich, wie es ihm möglich ist: »Infopost-Porto ist billiger. Die Stadtwerke müssen sparen. Haben Sie das nicht mitbekommen? Wir haben letztes Jahr das ganze Kanalnetzwerk an einen kanadischen Investor vermietet.«

Ich sage, meine Wut schön kommen lassend wie die Kupplung eines alten Ford Mustang: »Seit dreihundertfünfzig Jahren bedeutet der Stempel *Infopost*, dass es sich um ein unpersönliches Angebot zu neuen Produkten handelt und *nicht* um Rechnungen oder Mahnungen, die einen direkt betreffen. Und Sie ändern das einfach und erwarten, dass die Kundschaft es von selbst mitkriegt?«

»Bei allem Respekt, Herr Breuer: Hätten Sie Ihre Beiträge von selber gezahlt, nachdem Sie die Einzugsermächtigung gekündigt haben, würden wir diese Diskussion gar nicht erst führen.«

Ich rupfe die Umschläge aus meiner Rabattschublade und klatsche sie auf den Schreibtisch. Marie schaut besorgt aus dem Garten herein. Sie hört nichts, sieht aber, dass ich wild gestikuliere und den Mann womöglich gleich niederstrecke. Zumindest könnte sie mir das zutrauen, so gereizt, wie ich in letzter Zeit bin. Ich schimpfe: »*Infopost!!!* Herrgottnocheins! Auf eine Mahnung hätte ich doch sofort reagiert! Ich bin Buchhalter, verfluchte Scheiße!«

Herr Neurath dreht seinen linken Fuß Richtung Tür. Das ist eine unbewusste Fluchtvorbereitung. Habe ich mal gelernt, im Workshop »Körpersprache«, den mein Chef im Möbelhaus großzügig springen ließ, bevor er seine eigene Firma verzockte. Herr Neurath bekommt also Angst vor mir.

Er räuspert sich und sagt: »Alle unsere Kunden wurden darüber in Kenntnis gesetzt, dass auch Rechnungen und andere Schreiben betreffs ihres Vertragskontos demnächst aus Kostengründen als *Infopost* verschickt werden.«

»Wann?«, blaffe ich. »Wo?«

Herr Neuraths rechte Hacke hebt sich. Noch mehr Fluchtindizien.

»In Ihrem Mailpostfach. Diese Mitteilung wurde elektronisch versendet statt mit der Post. Auf Papier hätten die Stadtwerke sich das nur als *Infopost* leisten können, und da hätte ja dann wieder keiner reingeguckt, bevor er nicht gewusst hätte, dass *Infopost* ab sofort auch persönlich gemeint ist.«

Ich senke meinen Kopf, umfasse mein Nasenbein mit Daumen und Zeigefinger der rechten Hand, schließe die Augen und atme tief ein. Herr Neurath macht zwei Schritte zur Tür. Er sieht mich wahrscheinlich schon eine Kanone aus der dritten Schreibtischschublade ziehen. Gleich, denkt er, verwandelt sich Ben Breuer in Woody Harrelson und setzt dieses schiefe Lächeln auf, nach dem Woody Harrelson grundsätzlich jemanden erschießt. Das kann er gut, dieses irre Lächeln. Kein zweiter Schauspieler beherrscht es wie er. Ich vermute, innerlich denkt Woody dabei an die Zeit, in der er noch nichts verdient hat und ihm in seiner kleinen Mietwohnung in Los Angeles die Heizung abgestellt wurde. Obwohl, da wäre es eher die Klimaanlage. Marie überlegt sich im Garten sichtlich unschlüssig, ob sie Kinder und Katze allein lassen und ins Haus eilen soll.

»Passen Sie auf, wir machen es so, Herr Breuer«, sagt Herr Neurath. »Ich veranlasse, dass das Gas noch einen Monat lang an bleibt, und Sie überweisen in der Zeit Ihre Schulden. *Ohne* die Mahngebühren. Ist das ein Wort?«

Herr Neurath macht seinen zweiten Fluchtschritt rückgängig und hält mir die Hand hin, strahlend wie ein Glücksbote vom Lotto, der einen satten Gewinn verkündet.

So ist das in Zeiten der Krise. Jemand kommt das ganze Geld holen, lässt eine Münze liegen und erwartet, dass man sich freut.

Ich lasse meine Finger an der Nase und sage mit weiterhin geschlossenen Augen: »Wie viel hat sich denn angesammelt?«

»675 Euro«, antwortet Herr Neurath.

Ich gebe ein seltsames Geräusch von mir. Einen Klagelaut zwischen Schluchzen, Aufstoßen und Fiepen. Wie ein Marder, der sich an einem Bremsschlauch verschluckt.

»Was ist los?«, fragt Herr Neurath.

Ich habe keine 675 Euro übrig, denke ich. Das ist los.

»Migräne«, brumme ich stattdessen. »Grauenhafte Migräne.«

Draußen auf der grünen Wiese vor den sanft im Wind wankenden Thujen ist Marie verschwunden. Sie steht jetzt in der Tür.

»Alles in Ordnung?«, fragt sie.

»Ja«, antwortet Herr Neurath und wirbelt zu ihr herum. »Ihr Mann und ich sind uns einig geworden.«

»Seid ihr das, Ben?«, fragt Marie.

Ich nicke langsam hinter meiner Fingernasenklammer.

»Dann regele ich alles wie versprochen«, trällert Herr Neurath und ist froh, dass er das Haus verlassen kann. Letztes Jahr hat er mit mir noch Smalltalk gemacht, über den örtlichen Fußballverein und den Weggang seines alten Torwarts. Ab heute bucht er dieses Haus als Psycho-Höhle ab.

Die Haustür fällt schneller ins Schloss, als ich die Finger von der Nase nehmen kann. Marie sieht mich an, nun noch mehr das kleine Mädchen als die strenge Gattin. Das Mädchen, das möchte, dass einfach alles gut wird. Ich nehme die Hand aus dem Gesicht, hebe den Kopf, straffe den Rücken und sage: »Haben wir noch Capri-Sonne?«

Maries grüne Mädchenaugen verändern sich. Das Glitzern der Neugier vertreibt den Nebel der Sorge. Capri-Sonne trinken unsere

Kinder grundsätzlich nur im Auto, wenn es auf Ausflug geht. Oder eben: in die Ferien. Im Alltag würde Marie dieses Gesöff auch niemals erlauben, außer es gäbe sie plötzlich in Glasflaschen als *Bio-Sonne*.

Marie nickt: »Colamix, Zitrone und Kirsche.«

»Pack sie ein. Und die Kinder gleich dazu. Wir fahren an einen See.«

»Jetzt? Es ist schon Nachmittag, und morgen haben sie noch Schule.«

Ich fasse Maries Schultern und sehe ihr tief in die grünen Augen. Kein Groll, kein Gejammer über rote Zahlen auf dem Konto. Nur der Mann, der die Dinge regeln kann. Ich stelle mir vor, ich sei Barry White, um meine Stimme eine Oktave tiefer zu senken, lande zwei Oktaven über ihm und brumme dort, immer noch beruhigend genug: »Vertrau mir.«

Marie lächelt, dreht sich um und ruft auf dem Weg zur Terrasse: »Lisa! Tommy! Holt Vinci ins Haus, wir fahren heut noch mal weg!«

FRAU HEUBACH

Marie und die Kinder sitzen mit fragenden Gesichtern im Auto, als sich die Landschaft rund um die Autobahn verändert und große Berge wie Riesen beim Liegestütz ihre bewaldeten Rücken in die Höhe strecken. Sie dachten, ein kleiner Ausflug an den See führe uns nach Köln-Fühlingen, doch jetzt durchquert der Papa bereits fremde Gefilde. Gebiete, die man sonst nur auf den Weg in die Ferien passiert. Mit Marie, früher, als kinderloses Paar, da war das anders. Morgens ans Meer und abends zurück, sechs Stunden Fahrt für eine Stunde Füße im Wasser. Das haben wir gemacht. Oder für zwei Tage in den Süden oder Westen. Fahren, fahren, fahren und dann in Sichtweite des Eiffelturms frühstücken. Saß man schließlich in dem kleinen Café, hatte man das Gefühl, die ganze Welt gehöre einem und alles sei erreichbar, auch im wörtlichen Sinne. Der Motor qualmte noch, wie der französische Kaffee. Unsere Kinder kennen so was noch nicht. Sobald sie im Norden Windräder oder im Süden Tannenwald auf Riesenrücken sehen, geht es üblicherweise in einen längeren Urlaub.

»Ben?«, fragt Marie und schaut skeptisch auf die Digitalanzeige. Schon 152 Kilometer, und der Gatte hält immer noch nicht an.

»Papa, wohin fahren wir?«, fragt Lisa, den Blick so selig wie gebannt auf den Märchenwäldern der hohen Hügel.

»Überraschung«, antworte ich.

»Ich muss Pipi!«, jammert Tommy.

»Das wundert mich nicht«, kommentiere ich sein Begehren. »Guck mal auf den Karton von den Capri-Sonnen. Hinten auf die Packung.«

Tommy runzelt im Rückspiegel die Stirn. Ich nehme eine Hand vom Steuer und gestikuliere. Tommy klaubt die Pappe vom Fußraum des Wagens.

»Ja, dreh sie mal um. Genau. Da steht doch ganz klein drauf, was alles drin ist in dem Getränk.«

Tommy hält sich die Pappe vor die Nase. Marie schaut so skeptisch wie schmunzelnd. Sie fragt sich, was ich pädagogisch bezwecke.

»Lies mal vor«, bitte ich meinen Sohn.

»Wasser, Zucker, Orangensaft aus Orangensaftkonzentrat, Zitronensaft aus Zitronensaftkonzentrat …«

Tommy liest gut, auch die schwierigen Worte. Marie lächelt.

»Glu… Glu… ko… se-Fruk… tose… sirup.«

»Prima«, sage ich, als Tommy das Wort draußen hat. »Weiter.«

»Antiox… Antioxida… Antioxidationsmittel Ascor…«

»Stopp!«, sage ich. Tommy sieht vom Karton auf. »Antioxidationsmittel Ascorbinsäure«, vollende ich die Zutat. »Das, mein lieber Sohn, ist ein Mittel, das nur erfunden wurde, damit Jungs schneller und öfter Pipi machen müssen.«

»Ben!«, unterbricht mich Marie, »jetzt erzähl dem Jungen doch keinen Blödsinn.«

»Doch, ist wahr!«, sage ich. Tommy schaut im Rückspiegel putzig zwischen uns beiden hin und her, ein Halbgesicht hinter einer Capri-Sonnen-Pappe.

»Du kennst doch diese neuen, sauberen Klos auf den Raststätten, wo man mittlerweile 70 Cent einwerfen soll, damit man reindarf?«

Tommy nickt.

»Was viele nicht wissen, mein Sohn: Die Hersteller von Capri-Sonne und die Hersteller dieser Toiletten haben einen geheimen Pakt geschlossen. Hier oben irgendwo, in einer Geschäftshütte in den Bergen. In Capri-Sonne kommt ganz viel von der Säure, durch die man öfter Pipi machen muss, damit die Leute anhalten und 70 Cent bezahlen. Umgekehrt sorgen die Rasthofleute dafür, dass Capri-Sonne immer ganz nah an der Kasse steht und jeder gefragt wird, ob er zu seiner Portion Pommes nicht noch eine Capri-Sonne möchte.«

Marie dreht sich nach hinten um. »Das stimmt nicht, was der Papa da behauptet.«

»Natürlich stimmt es«, sage ich. »So werden Geschäfte gemacht, Tommy. In versteckten Berghütten, von denen aus man das Rauschen der Autobahn nur noch hören kann wie ein Flüstern in der Nacht. Und die Notare, die das Unterzeichnen des Vertrages bezeugen, sind kleine Zwerge und Trolle aus dem Wald selbst. Die Ureinwohner.«

Tommy lacht.

Lisa zeigt aus dem Fenster. »Guck da. In fünf Kilometern kommt so ein Rasthof. Der ist dann wahrscheinlich von der Capri-Sonnen-Mafia.«

»Dann mache ich da Pipi!«, ruft Tommy, ganz erfreut und aufgeregt, als sei Pipimachen durch meine Erzählung zum Abenteuer geworden.

Der Rasthof ist anders als alle, die meine Kinder kennen. Er hat keine *Sanifair*-Toilettenanlage für 70 Cent Eintritt, mit hellblauen Fliesen, Entspannungsmusik und Erfrischungsduftnote in der Luft. Stattdessen führt eine breite Treppe zur Toilette im Untergeschoss, unter einem runden Torbogen aus altem Gemäuer. Darüber befindet sich ein Fenster in der Wand, ein Fenster im Inneren, ein Fenster im Torbogen. Das gesamte Erdgeschoss ist gestaltet wie ein überdachtes mittelalterliches Dorf. Rustikale Tische in der Mitte eines simulierten Marktplatzes, umgeben von noch mehr Fenstern, zwei Meter lange Strünke Knoblauch neben den hölzernen Läden. Der Dielenboden ist uralt und knorrig. Die Theke, an der Marie und Lisa sich einen kleinen Imbiss aussuchen, könnte so in alten Tavernen aus Historienfilmen stehen. An den Ecken des simulierten Dorfes brennen Straßenlaternen.

Tommy steht am Ende der Treppe vor der Tür der Toilette und traut sich nicht, sie aufzumachen.

»Äh, Papa. Man muss hier nirgendwo zahlen.«

»Dann geh rein und lass es fließen.«

Tommy streckt die Hand zur Klinke aus und zieht sie wieder zurück. »Und wenn man doch irgendwo zahlen musste, und ich habe es nicht gemerkt?«

So weit ist es in diesem Land gekommen. Mein Junge hat Angst davor, eine gebührenfreie Klotür zu öffnen. Wie ein Versuchstier, das trotz Hunger nicht mehr an den Napf geht, weil es dort zweimal einen Stromschlag bekommen hat.

»Es ist gratis hier«, rufe ich die Treppe hinunter. »Wirklich, Tommy!«

»Und falls nicht?«

Ich werfe den Kopf zurück. »Dann kommen die bösen Notarzwerge aus den Bergen und beißen dir beim Pinkeln in den Po!«

Tommy lacht nicht. Er will wieder raufkommen.

»Nein!«, rufe ich. »War nur Spaß.« Ich überlege, wie ich meinen Sohn überzeugen könnte, dass man in Deutschland auch mal etwas machen darf, ohne dafür zu bezahlen. Wie ich ihm beweise, dass das Klo in diesem obskuren Phantasialand von Rasthof tatsächlich gratis ist.

»Tommy?«

»Ja, Papa?«

»Hast du hier oben an der Kasse irgendwo Capri-Sonne gesehen?«

Tommy muss kurz überlegen, verneint dann aber entschieden. Er hat ein gutes visuelles Gedächtnis.

»Siehst du. Das ist alles anders hier. Die haben ja auch keinen Burger King im Haus. Guck, es gibt frisches Knoblauchbrot, und von der Decke hängen alte Salamiwürste. Und zu trinken gibt's nur Bier und Limonade von …« – ich beuge mich ein Stück in den Raum zurück und suche nach den Werbeschildern aus Blech, die mir aufgrund ihrer behaglichen, altmodischen Anmutung schon draußen als Hausmarke unter dem Rasthofnamen aufgefallen waren – »… *Abelhammer*. So heißt das hier.« »Alles von Abelhammer. Und wo Abelhammer steht, darf man einfach so Pipi machen.«

Tommy wackelt mit gebeugten Beinen und greift wieder zur Klinke.

Ich bestärke ihn ein letztes Mal: »Weil, Tommy, Abelhammer gehört zu den Guten. Okay? Nicht wie Burger King oder Sanifair. Abelhammer will die Welt für uns schön machen. Salami, Knoblauch, Gratispipi.«

Tommy beginnt langsam zu strahlen. Er glaubt meiner frei erfundenen Werberede, drückt die Klinke hinunter und stürmt in die Toilette.

Nicht nur der Rasthof ist anders. Alles verändert sich, seit wir dort wieder vom Parkplatz gefahren sind. Als wäre die rustikale Gaststätte mit der Dorfplatz-Innenarchitektur eine Art Vorposten einer anderen Welt. Noch vierzig Kilometer sind es bis zu unserem Zielort, und jeder einzelne davon wirkt friedlicher als die Welt vor den Toren des kostenlosen Pinkelns. Die Wälder am Straßenrand sind dichter, die kleinen Parkplätze haben gepflegte Hütten aus hellem Holz als Picknickunterstände, und entlang der Leitplanken stehen mehr braune Hinweisschilder auf Sehenswürdigkeiten als blaue für Ausfahrten.

»Das«, sagt Marie und deutet mit dem Daumen über den Sitz die Strecke zum Rasthof zurück, »war mal Raumgestaltung.«

Unsere Kinder bekommen von dem Gespräch nichts mit. Lisa schaut nach draußen und hat dabei Rihanna in den Ohrstöpseln. Tommy schaut auf den Bildschirm des Nintendo DS und hat dabei Meeresrauschen, Möwen, Musik und Schwertschläge von *The Legend of Zelda* im Ohr.

»Ein wenig kitschig, aber konsequent«, bestätige ich.

»Kitsch hin oder her. So was ist mein Traum, Ben! Dass einer kommt und sagt: ›Frau Breuer, Herr Breuer. Ich weiß, es klingt verrückt und auch nicht machbar, aber ich möchte, dass sie mein Haus so umgestalten, dass es von innen überall so wirkt wie ein uraltes Dorf unter freiem Himmel.‹«

»Ja. Und wir sagen dann: ›Alles ist möglich. Klingen 50 000 Euro Anzahlung fair? 60 000 mit Laternen.‹«

»Du denkst immer nur ans Geld«, sagt Marie, als beleidige das ihre künstlerische Vision.

Ich schnaufe, merke aber, dass überraschenderweise kein Zorn kommt. Das muss an der Umgebung liegen. Der Asphalt flüstert. Die Wipfel der Tannen wiegen freundlich im Wind. Von einem Zweig startet ein Jagdfalke. In welches Märchenland führt uns dein Anwesen, du verrückter Haustauscher?

Flappaflappaflappaflappaflappaflappa.

Die Reifen unseres Autos ruckeln über Kopfsteinpflaster. Fast ist es so, als würde mich der Lärm aus einer Hypnose wecken. Rechts und links der Straße liegen kleine malerische Geschäfte in den Bäuchen alter Fachwerkhäuser. Am Horizont ist ein bewaldeter Berg zu sehen.

»Äh …«, schaue ich meine Frau auf dem Beifahrersitz an, »hast du irgendwann den Anfang des Ortes gesehen?«

Marie deutet mit dem Daumen über ihre Lehne nach hinten: »Sicher. Da war ein großes Schild. Aus Holz. Mit dem Ortsnamen darauf. Handgemalt, in altdeutscher Schrift. Eigentlich war es eher ein großer Blumenkasten. Oben das Schild, unten eine ganze Generation Geranien. Wenn ich recht überlege, ist Kasten untertrieben. Es war eher eine Blumenbar.«

»Aber …«, stammele ich, »wo sind die Spielhallen? Die Reifenläden? Die Tankstellen? Die Matratzenhändler? Wo ist das Dänische Bettenlager?«

»Gibt's wohl nicht«, sagt Marie und zeigt auf die gläserne Tür einer Bäckerei, die sich gerade rechts der Straße öffnet. Die Kundin dreht sich noch einmal um und wechselt ein paar Worte mit der Verkäuferin. Die Frauen kennen sich seit Jahren, das sieht man sofort. Die Backwaren in der Auslage wirken so einladend, dass man den Bäckermeister in seinem Bäckermeisterraum mit glücklichem Gesicht persönlich den Teig kneten sieht. Dazu spielt eine Klaviermelodie, deren Töne von in Zeitlupe in die Luft schießenden Bestäubungsmehlwolken begleitet werden.

Ich drehe mich im Fahrersitz um, als müsste ich einen Schulterblick machen.

»Aber das gibt's doch gar nicht. Ein Ort fängt doch nicht einfach so an. Sogar bei uns im Bergischen kommt immer erst das Dänische Bettenlager. Oder wenigstens ein Gewerbegebiet, wo missmutige LKW-Fahrer sich vor großen Firmenhallen über der grauen Jogginghose am Sack kratzen.«

»Ben«, zischt Marie, »es sind Kinder anwesend.«

»Am Sack kratzen!«, lacht Tommy augenblicklich. Natürlich hat er seine Nintendo-Stöpsel nicht mehr in den Ohren, wenn man sie bräuchte.

»Papa? Was gibt's denn nun hier?«, fragt Lisa und betrachtet die Blumenkübel, das Kopfsteinpflaster und die friedlich umherwuselnden Menschen mit einer Mischung aus Faszination und Langeweile. Würde man den Ort aus einer halbschrägen Vogelperspektive betrachten, ließe sich das geruhsame Treiben an wie ein animiertes Szenenbild aus einem Computerspiel der Sorte *Anno 1404* oder *Die Siedler*. Fehlt nur noch ein Haus am Bach mit knarrender Mühle.

»Guck mal, Papa!«, ruft Tommy, »ein Haus am Bach mit knarrender Mühle!«

Der Zeigefinger meines Sohnes lenkt, in den Vorderraum gestreckt, zwischen unseren Schultern den Blick nach links vorn. Die Straße endet dort, einfach so, vor einem kleinen Flüsschen, hinter dem sich bewaldete Hügel erstrecken. Links und rechts geht es weiter, aber nur für Fußgänger und Fahrradfahrer. Womöglich noch für Kutschen. Links rattert eine historische Mühle, angebracht an einem Haus, das heute als Ausflugscafé dient. Rechts gegenüber wird die Fußgängerzone eröffnet von einem Geschäft mit Fünfziger-Jahre-Neonschriftzug auf der riesigen Fachwerkfront: *Haushaltswaren Mayer & Sohn*. Die Schreibschrift-Buchstaben wirken, als würden sie zwischen zwei und drei Uhr nachts zu flackern beginnen wie *Motel*-Schilder in alten amerikanischen Gruselfilmen.

Ich rolle noch ein paar Meter über das Pflaster, bis die Straße endet und ich die Verzierungen im gusseisernen Geländer der Flussböschung erkennen kann. Dann halte ich an. Eine frohe Frau mit Beagle spaziert vor der Windschutzscheibe von rechts nach links durchs Bild. Ich schalte den Motor aus. Zwei Sekunden lang sagt niemand etwas, als warte die ganze Familie auf das erste Wort ihres Oberhauptes.

Ich zeige nach vorn und sage: »Die Straße führt in den Ort hinein und endet vor einem Berg.«

»Du hättest auch vorhin links abbiegen können«, sagt Marie.

»Mag sein, aber der direkte Weg endet vor diesem gusseisernen

Geländer«, sage ich, während der Beagle sich in die Böschung setzt und kackt. »Und da rattert die Mühle am rauschenden Bach. Die haben noch nicht mal einen Parkplatz für Touristen.«

Marie sagt: »Da hinten waren überall kleine Parkbuchten. Vor der Bäckerei, zum Beispiel. Uhren mit Münzeinwurf und Drehschalter. Diese schönen alten Schalter. Wie die Lichtschalter bei Manufactum. Die aus Bakelit.«

Der Katalog von Manufactum ist bei uns daheim Dauerklolektüre. Ein Sammelsurium ästhetischer, handgefertigter Hochklassewaren mit Bewahrungsbewusstsein … und entsprechenden Preisen. Zwei, drei dieser Bakelitlichtschalter, und ich könnte diesen Monat den Strom bezahlen.

Tommy saugt an seiner Capri-Sonne. Es klingt wie das Röcheln eines Mannes, dem die Kehle durchgeschnitten wurde.

Ich zeige auf den Bildschirm des Navis.

»Es sagt, ich muss geradeaus. Noch 1900 Meter, und wir seien am Ziel.«

Vor uns rauscht der Bach. Die Mühle rattert. Der Beagle ist fertig und tippelt zum Frauchen. Womöglich liegt es an der Hausnummer. Die kenne ich ja nicht, ohne Account bei der Haustauschseite. Also habe ich die Eins genommen. Das Navi hat sie akzeptiert. Und wie sagte Gregor bereits: ›Wie viele große Villen am See können am Ende unserer Zielstraße schon stehen?‹

Ich drehe mich zu meinem Sohn um. »Tommy, was würdest du machen?«

Das Kind antwortet, gestählt von Jahren an der Spielkonsole: »Mit dem Kreissägenaufsatz den Zaun durchschneiden, dann eine Brücke über den Fluss bauen, die Stellung in der Zwischenzeit nach hinten absichern und dann mit der dicken Bazooka einen Tunnel in den Berg schießen.«

Lisa sagt: »Du Honk. Mit einer Bazooka kann man keinen Tunnel in den Berg schießen.«

Marie sagt: »Ben! Woher kennen sich unsere Kinder mit Bazookas und Kreissägenaufsätzen aus? Ich denke, sie spielen nur Golf und *Mario Kart*?«

Tommy wehrt sich gegen seine neunmalkluge Schwester: »Man muss natürlich öfter als einmal schießen.«

»Durch einen Berg kommt man nur mit einer echten Tunnelbohrmaschine. Eigentlich heißt sie Tunnelvortriebsmaschine, und der Bohrkopf ist zwanzig Meter dick. Hab ich bei *Galileo* gesehen.«

»Das kannst du gar nicht bei *Galileo* gesehen haben«, sagt Tommy. »Bei *Galileo* bohren die keine Tunnel. Da stecken sie nackte Mädchen in die Wasserrutsche oder lassen Harro Füllgrabe in den Bergen von Peru Maden mit Chilipaste fressen.«

»Tommy!«, sagt Marie, »es heißt essen, nicht fressen!« Die nackten Mädchen scheinen meine Frau nicht zu stören.

Ich seufze und ziehe an der Klinke der Fahrertür. »Ich gehe jetzt fragen.«

Meine Familie steigt ebenfalls aus dem Wagen. Ich drehe mich um und sage: »Ihr wartet hier. Sonst hört ihr, wonach ich frage, und das verdirbt die Überraschung.«

Marie rollt ganz leicht mit den Augen, sagt aber schnell: »Kinder, wollt ihr zur Mühle?«

»Ja«, sagt Lisa, »mal gucken, was das früher für eine war. Mahlmühle, Sägemühle, Schleifmühle …«

»Ist doch egal«, sagt Tommy. »Jetzt ist es eine Imbissmühle. Mit Eis!«

Mein Sohn hat recht. Am Büdchen der Mühle weht eine Langnese-Flagge über dem Postkartenständer. Viel auffälliger ist allerdings das hübsche alte Bierwerbeschild, das mir von irgendwoher bekannt vorkommt.

»Gut«, sagt Marie. »Papa fragt nach dem Weg, und wir essen Eis. Und vorher stellen wir den Wagen richtig ab. Ich will unbedingt mal diesen Kippschalter an der Parkuhr drehen.«

Ich schaue meiner Frau nach, wie sie den Wagen vor der Bäckerei einparkt, und betrete das Geschäft *Haushaltswaren Mayer & Sohn*. Alte Glöckchen klingeln, als die Oberkante der Tür sie streift. Der Laden ist riesig. Von innen noch mehr als von außen, wo das Fachwerkhaus zwar durchaus einen wuchtigen Eindruck macht, aber nicht solch ein ausschweifendes Labyrinth an Waren vermuten lässt. Herr Mayer und sein Sohn haben alles, was man in Heim und Hof brauchen kann, vom Staubsauger bis zum Fernseher, von der Dübelpackung bis zum Hochdruckreiniger. Das gesamte Sortiment eines Baumarkts und einer Saturn-Filiale, zusammengequetscht in ein Fachwerkhaus, gestapelt wie fünfzigtausend staubige Bücher in einem geheimnisvollen Antiquariat.

In der Mitte des Warenberges sticht eine gutbeleuchtete halbrunde Theke hervor, hinter der Herr Mayer senior steht. Jedenfalls vermute ich, dass er der Senior ist, mit seinen charakterstarken Gesichtsfurchen, dem grauen Wangenbart und dem großen Holzfällerhemd. Herr Mayer senior hat schmale Lippen, kleine Augen, eine leicht vergrößerte Nase und drei Falten zwischen den Augen, die aber sicher nur Arbeitsfalten sind, Konzentrationsfalten, denn Mayer senior sieht zwar ein wenig aus wie Harvey Keitel, aber nicht wie ein zorniger Mann. Vor seiner Theke steht eine kleine Großmutter, die gerade so mit dem Kinn über den Tresen reicht. Da sie sicher eine Einheimische ist, warte ich mit meiner Frage nach dem Weg, bis sie ihr Anliegen vorgetragen hat.

»Herr Mayer«, sagt sie, und ihre Stimme flimmert in einem putzigen, zittrigen Singsang samt der Gemütsruhe, die Worte so langsam herauszubringen, wie sie es nun einmal brauchen. »Herr Mayer, ich glaube, mit meinem Fernseher stimmt was nicht.«

Mayer seniors eben noch von den drei senkrechten Konzentrationsfalten geprägtes Gesicht verwandelt sich. Die Falten verschwinden. Freundliche Fürsorge legt sich über Haut und Stimmbänder. Auf seiner Theke steht eine offene Flasche Limonade. Sie hat das gleiche Logo wie die Bierwerbung an der alten Mühle.

»Was stimmt denn nicht, Frau Heubach?«

Frau Heubach dreht sich ein wenig Richtung Tür, vor der irgendwo da draußen im Ort ihr Fernseher auf Versorgung wartet.

»Ja, das … mit der katholischen Messe, das klappt nicht mehr.«

Mayer senior lächelt: »Sie meinen Bibel TV?«

»Ja.« Frau Heubach nickt erfreut. »Ja. Ist weg.«

Mayer senior hebt die Hand an die Wange und ruft so laut wie ziellos in den Warenmischmasch, der sich hinter der Rundtheke in unendliche Tiefen zieht: »Fabian! Achte bitte mal kurz auf den Laden. Ich muss der Frau Heubach eben die Sender wieder einstellen!«

Der Mann sieht mich an und sagt, als wüsste ich das sicher auch, als wäre es allgemeine Alltagsbildung wie *Nicht mit vollem Magen schwimmen* oder *Die Hecke erst im Frühjahr schneiden*: »Der Glaube wandert. Die wechseln ständig die Frequenz. Bibel TV wandert wie schwimmend verlegtes Parkett.«

Ich nicke.

Aus der Tiefe des Raums kommt keine Antwort.

Mayer senior ruft noch mal, ohne den Kopf zu drehen, die Augen zusammengekniffen wie ein Knollenmännchen von Loriot.

»Faaabiaaaaan!«

»Ja, Papa. Ich hab's vernommen!« Da war er. Mayer junior.

»Der Filius ist in der Werkstatt«, erklärt Mayer senior der alten Frau Heubach, und ich frage mich langsam, ob wir seit dem Rasthof mit dem Gratisklo und den Knoblauchstrünken womöglich ein Zeitportal durchquert haben. Ein Haushaltswarenladen für alles. Mit Werkstatt. Ein Familienbetrieb. Der Vater nennt den Sohn Filius. Der Sohn kennt Verben wie »vernommen«. Und kein Bauhaus oder Media Markt vor der Stadt.

»Kann Ihnen vielleicht mein Sohn weiterhelfen?«, fragt Mayer senior und hebt die Klappe zum Durchgang hoch, durch den er seine Theke verlassen kann.

Ich antworte: »Ich habe nur eine Frage nach dem Weg. Das Navi sagt …«

»… Sie sollen durch den Berg fahren«, vollendet Mayer senior meinen Satz.

Ich schmunzle.

»Wege kann ich besser erklären als mein Sohn«, sagt Mayer senior. »Das liegt daran, dass ich ohne Navigationsgerät aufgewachsen bin. Kommen Sie einfach eben mit. Wir plaudern beim Gehen.« Behutsam legt Mayer senior die Thekenklappe auf ihr Scharnier zurück.

»Wie, mit?«, frage ich.

»Ich muss den Fernseher einstellen«, sagt Mayer senior. »Ist nicht weit. Am Markt, bei der Mühle.«

»Ich soll Sie zur Wohnung dieser Dame begleiten?«, frage ich ungläubig.

»Ja. Was ist dabei? Wir beißen nicht.«

Nein, denke ich, aber ihr wisst nicht, ob ich vielleicht beiße. Ich könnte ein Betrüger sein, ein Dieb, ein Psychokiller. Einer, der nur darauf wartet, alternde Haushaltswarenmeister und zittrige Omas in eine Wohnung zu begleiten, in der mit Sicherheit Geld und Goldschmuck in alten Keksdosen aufbewahrt werden. Aber derlei Gedanken scheint sich hier niemand zu machen. In unserem potentiellen Urlaubsort, jenseits der Zeit, gibt's wohl keine Verbrechen.

Die Wohnung der alten Frau Heubach liegt in der Tat nur wenige Häuser von der Mühle entfernt, direkt an einem großen Marktplatz. In der Ferne ragt hinter den Häusern ein Kirchturm auf. Würde man den Markt schräg überqueren und sich dann noch eine Weile durch die Gassen schlagen, könnte man das Gotteshaus von hier aus zu Fuß besuchen. Marie und die Kinder sehen von ihren Eisbechern auf, als ich hinter dem Haushaltswarenmeister und der kleinen, tatterigen Großmutter herdackele. Mir fällt wieder ein, woher ich das Logo der Bierwerbung und der Limoflasche auf Mayer seniors Theke kenne. Es ist dieselbe Marke, von der auch alle Getränke im urigen Rasthof waren.

Frau Heubach schließt die Tür eines winzigen Fachwerkhauses auf, das in den Laden von Mayer senior zehnmal hineinpassen würde. Die Decken sind niedrig wie in historischen Heimatmuseen, in denen man begreifen soll, wie klein die Menschen damals waren. Es riecht nach alten Dielen, Zimtkuchen, Franzbranntwein und Mottenkugeln.

»Das passiert vielen mit dem Navi und dem Berg«, sagt Mayer senior, der sich unter den Türbögen sogar ducken muss. »Jede Woche stehen ein paar Leute bei mir im Laden. Sogar Lasterfahrer. Fünfzehn Meter lange Vierzigtonner müssen dann rückwärts über die Kopfsteinpflasterstraße zurück, weil sie in die Fußgängerzone zum

Drehen nicht reinkönnen. Wegen der Poller. Hat die Roswitha veranlasst.«

»Wer ist die Roswitha?«

»Ach, Entschuldigung, Sie sind ja ortsfremd. Die Bürgermeisterin.«

Sie nennen ihre Bürgermeisterin beim Vornamen. So klein kommt mir der Ort gar nicht vor.

»Die Anlieger hatten sich beschwert, dass ständig riesige Trucks vor ihren Geschäften drehen. Einmal hat ein Tanklastzug die ganzen Plastikstühle von dem Bistro zwei Türen neben meinem Laden plattgewalzt. Hat der Fahrer gar nicht gemerkt.«

Frau Heubach geht in ihr puppenstubenhaftes Wohnzimmer und schaltet den Fernseher ein. Sie drückt jeden Knopf auf beiden Fernbedienungen, als wäre es eine Mischung aus Festtag und erfolgreich bestandener Prüfung. Wahrscheinlich dauerte es Wochen, bis ihre Kinder oder Enkel ihr vor zwei Jahren, als sie endlich einen Flachbildfernseher geschenkt bekam, erfolgreich begreiflich gemacht hatten, dass man mit dem schwarzen Knüppel nur den Fernseher anmacht und mit dem silbernen mittels des Receivers durch die Programme schaltet.

Sie schaltet auf Programmplatz 22, Bibel TV. Es läuft *Bibel TV – Das Gespräch*. Eine zivilisierte Talkshow, da sich weder provozierende Proleten noch palavernde Politiker im Studio befinden.

»So«, sagt Frau Heubach, als wäre die Hälfte des Tagwerks schon mal geschafft.

Mayer senior räuspert sich: »Ist doch alles gut, Frau Heubach. Bibel TV ist doch noch da.«

»Ja«, sagt die Rentnerin, »aber abends war da immer die katholische Messe. Und die ist da jetzt nicht mehr!«

Ich brauche einen Augenblick, bis ich die Denkweise dieser niedlichen alten Dame überhaupt begreife. Mayer senior glaubt zunächst auch nicht, es gehört zu haben. Er sieht mich an. Wir schmunzeln.

»Frau Heubach«, erklärt Mayer senior mit dem warmen Stimmschmelz eines alternden Soulsängers, »ob da eine Messe läuft oder nicht, das bestimmen die Programmplaner in dem Sender. Verstehen Sie? Da können wir nichts machen.«

Er sagt schon »wir«.

Frau Heubach setzt sich erst einmal. Ihr Ohrensessel umschließt die kleine Frau wie der tröstende Brustkorb eines Riesen. Auf dem Wohnzimmertisch aus Eiche liegt ein Blister Tabletten auf einem Deckchen. Daneben eine Packung Kekse, eine Tasse mit der Aufschrift *Oma ist die Beste* und eine Fernsehzeitung. Sie legt die Hand an ihr spitzes Kinn und überlegt. »Wir«, die wir kaum Beziehungen zur Redaktion von Bibel TV haben, lassen sie nachdenken. Von draußen klingt fast nichts in das kleine Haus. Eine Standuhr tickt. Hinter der Glastür einer kleinen Schrankwand stehen Bierkrüge, die bereits sehr alt sein müssen. Sie tragen ebenfalls das Logo von der Mühle, dem Rasthof und der Limo auf Mayers Theke. *Abelhammer.* Die Marke scheint hier sehr beliebt zu sein.

Frau Heubach nimmt den Finger wieder vom Kinn. Ihre Augen strahlen. »Meinen Sie denn, der Herr Klopek kann da was machen?«

Mayer senior will die Hand vor seine Stirn schlagen, bremst sich aber. Er flüstert mir zu: »Klopek ist der örtliche Satellitenmann. Wir verkaufen zwar auch noch ein paar Fernsehgeräte, aber Klopek verlegt die Kabel und klettert auf die Dächer.«

Er wendet sich wieder der Großmutter zu: »Nein, Frau Heubach. Da kann auch der Klopek nichts machen. Es ist … wie soll ich das erklären? Die Messe läuft auf dem Sender. Und der Sender ist da, Frau Heubach. Er ist da. Wie ich, wenn ich nach Feierabend mal zu Besuch bin. Dann bin ich da. Aber *wann* ich mit Ihnen eine Runde Rommé spiele oder Ihnen helfe, was zum Essen warm zu machen, das kann sich ändern. Verstehen Sie?«

Frau Heubach denkt nach. Ich glaube, sie versteht, denn mit einem Mal hat sie keine Gegenfrage mehr, sondern schaut auf ihre Medikamentenbox mit den Schubfächern für morgens, mittags und abends und sagt, als sei das Problem gelöst und bedürfe nun nicht mal mehr eines Abschlusses: »Ich muss meine Tabletten nehmen. Wo habe ich denn das Wasser stehen?«

»Ich hole es Ihnen«, sagt Mayer senior, steht auf, klimpert in einem Nebenraum, der demnach die Küche sein muss, und kommt mit einem Glas sprudelndem Wasser zurück. Frau Heubach bedankt sich und fuhrwerkt in aller Ruhe die Pillen in ihren Leib.

Mayer senior bemerkt meinen fragenden Blick und sagt: »Ich bin öfters hier.«

Als Frau Heubach ein Weilchen später die Medizin intus hat, verabschiedet sich Mayer senior. Ich nicke der alten Dame zu, und wir gehen zur Tür. Im Flur hören wir, wie sie zum Telefonhörer greift und sagt: »Ich ruf mal den Klopek an. Vielleicht kann der mit der Messe was machen.«

Draußen vor der Tür habe ich das Gefühl, einen halben Tag in der kleinen Fachwerkhöhle verbracht zu haben. Es ist allerdings noch taghell.

»So«, sagt Mayer senior, augenscheinlich nicht beleidigt, dass in diesem Moment trotz seiner wahren Worte noch der Klopek zu Rat gezogen wird. »Jetzt zeigen Sie mir doch mal die Adresse, wo Sie überhaupt hinwollen.«

Ich gebe ihm den Zettel.

Er liest und zieht die Brauen hoch.

»Oh«, sagt er. »Es geht zum großen Mann?«

»Äh … ja«, sage ich, da ich mir denke: Der Besitzer einer solchen Villa wird wohl immer als großer Mann bezeichnet.

Mayer senior erläutert mir den Weg. Die Kopfsteinpflasterstraße zurück, große Kreuzung rechts, auf den Ringwall, einmal außen an der Altstadt vorbei, Kirchplatz passieren, nächste große Kreuzung wieder rechts und dann um den Hügel herum Richtung Seegebiet. Sei angeschlagen.

Seegebiet hört sich gut an.

Wir schlendern während der Erklärung Richtung Mühle, wo Marie und die Kinder gerade ihre Eisbecher bezahlen.

Bevor Mayer senior sich verabschiedet, um wieder zu seinem Laden zu gehen, frage ich ihn: »Was ist das eigentlich für eine Marke?«

Ich zeige auf das Bierschild an der Mühle.

Mayer senior sieht mich lange an. Langsam graben sich Lachfalten in seine Augenwinkel, bevor das Lachen selbst herausbricht. Die Falten sind Vorboten eines kleinen, aber feinen Lachanfalls. Der Haushaltsmeister rüttelt und schüttelt sich und klopft mir auf die Schulter.

»Sie sind gut«, sagt er und entfernt sich Richtung Laden, »Sie sind echt gut.«

»Alles klar?«, fragt mich Marie, die hinter mir aufgetaucht ist und das Echo von Mayers Stimme verklingt. »Wissen wir jetzt, wo's langgeht?«

»Ja«, antworte ich. »Jetzt wissen wir, wo's langgeht.«

DER FELDWEG

Ich lasse das Navi ausgeschaltet und folge den Anweisungen, die Mayer senior mir gegeben hat. Die Kopfsteinpflasterstraße geht nach einigen hundert Metern wieder in dunklen, glatten Asphalt über. Ich kann rechts abbiegen, wo ich vorhin links hätte abbiegen sollen, hätte mein Richtungsbefehlsgerät nicht die Auffassung vertreten, das Zielgebiet sei auf gerader Linie bedeutend schneller zu erreichen, mag auch ein Berg dazwischenliegen. Wir umfahren nun den Altstadtkern auf dem Ring, machen einen Halbkreis ums Zentrum. Doch auch hier ist nichts von dem zu sehen, was sonst an Stadtringen üblich wäre.

»Kein Internetcafé Topluk«, murmele ich. »Kein Dönerimbiss Sürüm Dürüm. Nicht mal ein Grieche.«

Marie hört meinem Gebrumm nur mit halbem Ohr zu. Sie genießt die Kulisse, fragt sich aber immer noch, was wir hier überhaupt tun. Die Läden am Rande der Ringstraße sind eine Confiserie mit goldenem Schriftzug und Geschenkverpackungen in Knisterpapier, ein Lederwarenspezialist, dessen kernige Produktdüfte ich durch die Autolüftung zu riechen glaube, und ein Antiquariat. Alles in Fachwerk. Ich habe im ganzen Ort noch kein einziges Siebziger-Jahre-Architekturverbrechen gesehen, nicht mal bei Gebäuden, an denen Zahnsymbole für Arztpraxen angeschlagen sind.

Als wir den Altstadtkern knapp zur Hälfte umrundet haben, verwandelt sich der Ring von selbst wieder in einen Teil der Stadt. Die asphaltierte Straße verengt sich, die Gebäude rücken links an sie heran, uralte Häuser, ein Musikalienhändler, eine Galerie; aus dem Asphalt wird wieder Kopfstein. Ich stelle mir vor, wie die glatten, polierten Steine wie Pilze im Zeitraffer aus dem Boden schießen, immer direkt vor unseren Vorderreifen. Ein Schild verlangt Schrittgeschwindigkeit auf den nächsten siebenhundert Metern. Rechts von uns öffnet sich der Raum in die Tiefe. Hinter einer Reihe alter Platanen erstreckt sich der Vorplatz der Kirche, deren Turm ich von der Haustür der Frau Heubach am Marktplatz aus erspähen konnte. Von nahem kommt mir dieser Platz irgendwie bekannt vor. Eine Kneipe grenzt an den Kirchhof an, ausgestattet mit einem großen Werbeschild der örtlichen Brauerei, wie es auch an der Mühle hängt. Auf dem Pflaster des Kirchplatzes liegen Reste von geworfenem Reis und weißen Blüten.

»*Hier* sind wir!!!«, stoße ich laut aus, und Marie sowie die Kinder erschrecken sich. Zum einen, weil mein Ausruf derart plötzlich kommt, zum anderen, weil sie sich wahrscheinlich denken: ›Oh Gott. Wenn der Papa bislang nicht wusste, wo wir uns überhaupt befinden, warum fährt er uns dann hierher?‹

Ich lenke mit der linken Hand und zeige mit der rechten zeigefingerzitternd auf die Kneipe und die Bierwerbung im gusseisernen Rahmen, der wie die Ladenschilder in der Salzburger Altstadt über die verkehrsberuhigte Straße ragt.

»Daher kenne ich auch diese Biersorte«, erkläre ich hastig. Marie schaut mich an. »Beim Bügeln habe ich über diesen Ort eine Reportage gesehen. Auf 3sat!« Ich erwarte fast schon Lob, da ich bei der Hausarbeit freiwillig den Bildungssender angelassen habe, anstatt wie Gregor ständig nur Sport1 zu gucken. Ich fahre fort und übertreibe ein wenig: »Diese friedliche kleine Stadt hier, Marie, schreibt als einzige in ganz Deutschland noch schwarze Zahlen! Die Brauerei …« – ich zeige beim Vorbeirumpeln in Schrittgeschwindigkeit noch schnell auf die Wirtschaft – »bezahlt hier alles. Kultur, Architektur, Denkmalschutz. Die alte Mühle.« Ich lasse auch mit der andern Hand das Lenkrad los und schlage mir selber vor die Stirn, völlig begeistert von diesem Fluss der Erkenntnis und des Erkennens. Es fühlt sich an, als ob ich bei einem doppelseitigen Kreuzworträtsel mit einem Schlag auf die letzten drei Worte komme. »*Deswegen* gibt es hier keinen Dönerimbiss Sürüm Dürüm am Ring, sondern ein Pralinengeschäft. *Deswegen* haben sie keine Matratzendiscounter am Ortsbeginn. *Deswegen* haben sie nicht mal einen Ortsbeginn.«

»Ben«, warnt mich Marie, »nimm die Hände wieder ans Steuer.«

Ich ignoriere es, ich bin zu aufgeputscht von meiner Auflösung des großen Rätsels. »*Deswegen* können sie sich antike Parkuhren leisten und einen Ring mit verkehrsberuhigtem Kern. *Deswegen* geht der Haushaltswarenhändler mit zur alten Dame in ihr historisches Häuschen am Markt und sucht mit ihr die Fernsehsender zusammen.«

»Der Haushaltswarenhändler geht mit, weil es ein Dorf ist«, sagt Marie mit Blick auf meine nichtlenkenden Hände. Dann ruft sie »Vorsicht!«, und ich steige in die Eisen, da vor unserer Windschutzscheibe eine Frau quer über die Straße läuft. Sie trägt ein merkeliges Kostüm in Dunkelblau, ist aber bedeutend größer. Lange, blonde Haare. Schönes, aber resolutes Gesicht. Sie muss aus der Wirtschaft gekommen sein und hält auf ein großes altes Eckhaus gegenüber zu. Das Gebäude ist nicht aus Fachwerk, eher ein Altbau der Kaiserzeit, das gläserne Maul in seinem Erdgeschoss ist erst im 21. Jahrhundert entstanden. Die Türen darin öffnen sich dezent zischend von alleine. *Stadtverwaltung* und *Bürgerbüro* steht darauf. Gerade eben schreitet ein Bürger hinaus, einen Umschlag in der Hand und ein paar Prospekte. Es muss ihm also gutgehen, denn niemand, der auf dem Amt schlechte Nachrichten bekommen hat, nimmt danach noch freiwillig Prospekte für das Laientheater oder den Wildpark mit.

Ich würge den Motor des Wagens ab und stehe. Die Frau, die ich fast umgefahren hätte, lehnt sich mit beiden Händen flach auf die Motorhaube und schaut uns durch die Windschutzscheibe an. Für einen Augenblick habe ich den Eindruck, sie schon mal irgendwo gesehen zu haben.

»Mama …?«, fragt Tommy nach drei Sekunden ängstlich, als traue er sich nicht, den Rest auszusprechen – die Frage, ob diese Dame gleich ihren Trommelrevolver rausholt und uns alle erschießt. Ich glaube, dass ich bei dieser Frau handeln muss, steige aus dem Auto und mache mit den Händen entschuldigende Gesten.

»Es tut mir sehr, sehr leid«, sage ich bedauernd und lege zugleich allen Enthusiasmus in die Stimme, den ich für den Ort aufbringen kann. Ich zeige über den Kirchplatz und die Dächer. »Ich war schlichtweg zu abgelenkt von der atemberaubenden Idylle in Ihrem Ort.«

Die blonde Hünin im Merkelkostüm richtet sich auf. Sie nimmt die Hände von der Motorhaube. Nun ist sie einen Kopf größer als ich. Ihren Hals schmückt eine Kette aus Holzperlen, die an kurzhaarigen Bioladenbesitzerinnen unattraktiv aussieht, in Kombination mit edlem Kostüm, langem blonden Haar und einem solchen Hals allerdings großen Reiz hat.

»Das alles hier«, setze ich die Lobrede fort, die meine Unaufmerksamkeit erklären soll, »ist einfach perfekt.«

»Ich danke Ihnen«, sagt die Frau und klopft ihr Kostüm gerade. Als sie spricht, rieche ich, dass sie eine Fahne hat. Eine kleine Fahne. Eine winzige Fahne. Ein Fähnchen. »Ich gebe mein Bestes.«

Ich stutze.

Jetzt weiß ich, warum sie mir bekannt vorkommt. Das ist die Bürgermeisterin! Sie war auch in dem Fernsehbeitrag. Und dank Mayer senior weiß ich nun sogar, dass sie Roswitha heißt. Ich lasse mir nichts anmerken.

»Hände gehören trotzdem ans Steuer«, sagt sie. Nicht böse, nicht pädagogisch. Eher charmant, wie ein kleines, rustikales Necken. Ich schaue nach, wo sich meine Hände gerade befinden, weil ich mir für den Bruchteil einer Sekunde vorstelle, sie wären unbemerkt an ihrer Hüfte gelandet. Wie komme ich auf so einen Unsinn?

»Ja, selbstverständlich«, antworte ich und stecke meine Griffel in die Hosentaschen.

Die Frau schaut zur Wirtschaft zurück, wo ein Windstoß das locker an drei Kettchen in seinem gusseisernen Rahmen angebrachte Bierwerbeschild zum Klappern bringt. Sie dreht den Kopf wieder zu mir.

»Machen Sie sich noch einen schönen Tag in seiner …«, sie korrigiert sich, »… in *unserer* Stadt.« Ein letztes Mal zupft sie ihr Kostüm zurecht, dann geht sie geraden Schrittes zum Stadthaus gegenüber. Ich steige wieder ins Auto.

Marie schaut mich skeptisch an.

»Entschuldigung erfolgreich vorgebracht?«

»Jepp«, sage ich.

»Warst ganz schön nervös«, sagt sie.

»Na ja«, sage ich, »ich hätte die Frau fast umgefahren.« Ich sage bewusst »die Frau«. Marie muss nicht wissen, dass ich beinahe die Bürgermeisterin geplättet hätte.

»Papa hat geflirtet!«, singt Lisa und lacht.

Tommy schaut besorgt im Rückspiegel. Er versteht die Worte seiner Schwester nicht als Witz.

»Sag nicht so einen Quatsch«, verteidigt mich nun Marie, die bis eben wohl das Gleiche gedacht hat. Sie dreht sich zu Tommy um: »Papa flirtet nicht.«

Ich spüre Tommys Blick in meinem Nacken, an meinen Schultern, auf meinem Rücken. Als prüfe er nach, ob ich für den offenen Markt noch tauglich bin.

»Okay«, sagt er beruhigt.

Ich bin also nicht mehr markttauglich.

»Wir fahren jetzt zum Ziel!«, sage ich herrisch und lasse den Motor wieder an.

Die Altstadt und das Seegebiet verbindet ein kurzes Stück Landstraße, an der zu beiden Seiten Schafe weiden. Hat man ihre Mitte erreicht, kann man immer noch die letzten Häuser der Altstadt und die ersten des Wohnbezirks sehen. Sie ähneln den Einfamilienhäusern in unserer Heimat, allerdings gibt es keine Doppelhaushälften. Stattdessen ist schräg über die Weide hinweg eine Feriensiedlung zu sehen. Die Häuser sind aus Holz errichtet und teilweise tunesischblau gestrichen. Was links und rechts von uns gemauert wurde, als wir die Weiden hinter uns lassen, sieht weniger nach Ferien aus als nach den Domizilen von Ärzten, Anwälten und Architekten. Also, Architekten, die Geld verdienen. Roter Klinker, tolle Fensterbögen, manche Eingänge haben ein Vordach auf Säulen, in einem Erker sonnt sich eine Katze. Marie schaut sich die Werke ihrer Kollegen interessiert an. Vielleicht sollte ich einfach wieder den Hausmann mimen und Marie ihre Karriere fortsetzen lassen.

»Am Ende der Straße links abbiegen«, befiehlt das Navi eine Weile später. Wir sind in Schrittgeschwindigkeit zwischen den Wohnhäusern hergeschlichen, obwohl diese hier gar nicht verlangt wird. Jetzt ist das Viertel erst mal zu Ende. Rechts ginge es weiter und wieder in das gepflegte Paradies aus Pfeilern, Portalen und Pampasgras zurück. Links aber, wo wir angeblich einbiegen sollen, führt lediglich ein Feldweg in die Tiefe, am Zaun eines Friedhofs vorbei, hinter dem ein großes Stück Wald beginnt.

»Jetzt links abbiegen.«

Ich lehne mich seufzend in den Sitz zurück und lasse das Fenster runter, damit die frische Luft den Zorn in mir dämpfen kann, der sich nun wieder in meiner Brust bildet. »Ich glaub, mein Schwein pfeift!«, fluche ich.

»Das Gerät will nicht, dass wir ankommen.«

Ich bin froh, dass Marie »das Gerät« gesagt hat und nicht »das Universum«.

Aus dem Eingang des Friedhofs kommt ein Mann. Er ist sehr groß, hat die Hände eines ehemaligen Bergmanns und zwei asymmetrisch im Schädel sitzende Augen. Das linke ist zu weit nach außen gerutscht, und beide zusammen sitzen eine halbe Augenbreite zu hoch, als würden sie von der Stirn magnetisch nach oben gezogen. Der Mund ist breit, die Nase lang. Der Mann hat etwas Echsenhaftes, aber wenn, dann ist er eine Urzeitechse, die kleine Säugetiere in einem Stück quer verschlingen kann. Er trägt eine dunkle Jeans und ein Hemd von *Camp David*. In seiner rechten Hand baumelt eine Gießkanne, in seiner linken hält er einen Rechen. Er hat privat ein Grab gepflegt, also wohnt er hier. Ich lasse das Fenster noch weiter herunter, doch er nähert sich bereits von selbst dem Wagen, als habe er nur darauf gewartet, endlich einem Fremden zu begegnen.

»Na?«, sagt er und deutet mit seinen Echsenaugen auf das Armaturenbrett unseres Autos. »Will es, dass Sie links abbiegen?«

»Genau«, bestätige ich.

Der Mann stellt die Kanne ab und lehnt den Rechen an den Zaun der letzten Ruhestätte. Er zieht eine Packung aus der Tasche und steckt sich eine Zigarette in den Mund. Bevor er sie anzündet, redet er weiter, während das Tabakstäbchen an seiner Unterlippe herumzittert.

»Ist richtig, was das Navi sagt«, erklärt er.

»Wie kann das richtig sein?«, frage ich und deute aus dem Fenster auf den Weg. »Das sind zwei ausgefahrene Spuren mit einer Grasböschung in der Mitte.« Ich denke an das Satellitenbild von Google Earth. Nur ein schmaler Weg führt zum Haus. Dass es ein Feldweg ist, hätte ich nicht gedacht. Und der Friedhof ist mir als solcher auch nicht aufgefallen. Heranzoomen wäre von Vorteil gewesen.

»Ja, kann man doch befahren, oder?«

»Sicher …«, stammele ich, da alles, was die Echse sagt, mich auf seltsame Weise einschüchtert. Als wäre ich wieder in der siebten Klasse und er der Jägersohn aus der Oberstufe. Er hält das Feuerzeug auf Höhe der Zigarette und die linke Hand gegen den kaum vorhandenen Wind, spricht aber weiter, bevor die Flamme erscheinen kann. Als habe er nicht ausreichend Geduld, auf sich selbst zu warten.

»Der große Mann hat keine Lust auf Durchgangsverkehr«, sagt er und lacht verächtlich. »Sein Vater war da anders. Der hat noch selber im Dorf gewohnt, im größten Haus, am Marktplatz.« Er nimmt die ungerauchte Zigarette wieder aus dem Mund, steckt sie samt Feuerzeug in seine Hemdtasche, dreht sich halb in Richtung Wald, legt beide Hände in sein Hohlkreuz, drückt sich durch, seufzt schwer und sieht dabei zu den Bäumen, die hinter den Grabsteinen aufragen. Seine Stimme hebt an, als müsste er plötzlich gegen einen Sturm oder das Tuten von Frachtschiffen ansprechen wie ein Fischer beim Interview mit dem NDR.

»Aber der Junior, der hat sofort, nachdem der Alte unter der Erde war, das Riesengrundstück am See gekauft. Da gab es bis dahin noch gar keine Straße. Nicht mal den Feldweg da.«

Der Echsenmann muss husten. Es klingt ungut. Rasselig und schleimig. Ab und zu scheint sich der Mann seine Zigaretten also doch anzuzünden.

»Außer ihm hat hier auch keiner eine Genehmigung bekommen, direkt bis ans Wasser zu bauen. Die normalen Leute mit den Bungalows und den Ferienhäusern, die müssen alle ihre Badetaschen aufs

Fahrrad packen, wenn sie schwimmen gehen wollen. Nimmt ihm aber auch keiner übel. Niemand beißt die Hand, die ihn füttert, oder? Pah.«

Ich frage mich, ob der Echsenmann wirklich von dem Mann redet, der mit uns das Haus tauschen will. Es klingt jedenfalls so. Als ob da hinten, am Ende des langen Weges, hinter den Wäldern, niemand sonst wohnt.

»Papa«, flüstert Tommy mir ins Ohr. Er hat sich nach vorn gebeugt, und sein Kopf klebt an meiner Stütze. »Können wir jetzt weiterfahren? Ich finde den Mann gruselig.«

Da bin ich mit meinem Sohn einer Meinung. Der Echsenmann pflegt jene Mischung aus unterschwelliger Besserwisserei und Bitterkeit, wie sie gönnerhaften Handwerksmeistern zu eigen ist, die schon alles gesehen haben und für die alle Menschen grundsätzlich nur lächerliche Laien sind.

»Also einfach da durchfahren, ja?«

»Jepp«, nickt der Echsenmann und atmet ein, als wolle er noch was hinzufügen.

Tommy sagt »Papaaaaa …« und drückt mir die Knie in den Rücken.

Ich bedanke mich, würge damit einen möglichen weiteren Vortrag ab und rumpele über den Feldweg unserem Ziel entgegen.

»Folgen Sie der Straße für einen Kilometer«, sagt die Frau im Navigationsgerät.

Nach tausend Metern Achsenrappeln macht der Feldweg eine Kurve und mündet in einen asphaltierten Wendehammer. Der helle Sand des Wegs weht auf das Grau des Steins wie am Beginn einer Strandpromenade an der Ostsee. Am Wendehammer steht kein Haus, sondern nur ein Tor, links und rechts von Wald flankiert. Auf dem Navi-Bildschirm ist er grün markiert, doch am oberen Rand des Monitors ist bereits der große See zu sehen. Ich schalte den Motor aus.

Das Tor ist breit genug, dass sogar ein Laster hindurchpassen würde. In einem der beiden stilvollen Pfeiler aus altem Naturstein steckt eine Klingel samt Gegensprechanlage unter dem halbrunden Fischauge einer Kamera. Es gibt weder Firmen- noch Namensschild.

Maries Blick schwankt zwischen Sorge, Misstrauen und Neugier. In jedem Fall hält sie es von Sekunde zu Sekunde für wahrscheinlicher, dass ich den Verstand verloren habe.

»Papa, was machen wir hier?«, fragt Lisa, halb belustigt, halb besorgt. Meine Tochter hat eine herausragende Intuition. Sie spürt immer, wenn etwas nicht stimmt. Nur dass ihr Vater pleitegeht und daher mit Männern, die sich am Ende eines tausend Meter langen Feldwegs verstecken, das Haus tauschen muss, liegt weit außerhalb ihrer Vorstellungskraft.

Ihr großer Bruder lässt seine Phantasie spielen: »Ich weiß es! Papa ist jetzt Detektiv geworden und muss jemanden beschatten!«

Marie dreht den Kopf über ihre Schulter Richtung Rückbank: »Dann würde euer Papa wohl kaum so auffällig direkt vor dem Tor vorfahren, oder? Und zu seinem Auftrag auch noch Frau und Kinder mitnehmen.«

»Doch!«, sagt Tommy, »er ist ein Familiendetektiv. Er nimmt uns mit, damit wir uns keine Sorgen machen. Und damit wir ihm helfen. Wenn zum Beispiel einer durch ein winziges Kellerfenster muss, schickt er uns rein, weil er zu dick ist.«

»Dein Vater ist nicht dick«, sagt Marie, und ich will schon dankbar lächeln, als sie hinzufügt: »Nur unsportlich.«

Ich lasse mir nicht anmerken, wie sehr es mich ärgert, steige aus, gehe um den Wagen herum und ziehe meine Aktentasche aus dem Kofferraum. Darin steckt die Mappe mit den Bildern unseres Hauses, die Gregor mir gemacht hat. Ich schließe den Kofferraum wieder und gehe zum Tor. Der Weg dahinter ist fünf, sechs Meter weit einzusehen, dann biegt er scharf rechts ab. Links und rechts davon wuchert weiterhin Wald. Auf der Rückseite sind die Natursteinpfeiler mit Efeu bewachsen. Die ersten Blätter ranken sich langsam um die Ecke und greifen keck nach der Lautsprecherbox der Gegensprechanlage.

Die Beifahrertür öffnet sich. »Sag nicht, das hat heute mit einem Kunden zu tun?«, ruft Marie.

Ich drehe mich um und hebe die Hand. »Alle im Auto bleiben!«, rufe ich, etwas zu forsch, nicht dazu geeignet, den Kindern die Idee vom Detektivjob und Marie die Überzeugung auszureden, dass ich verrückt werde. Sie sollen noch nicht hören, was ich hier spreche. Ich versuche immerhin einfach so, ohne vorherige Mail, ohne eigenen Account auf der Haustauschseite, eine Villa zu ergattern, und das bei einem Mann, der sich versteckt.

Ich klingele.

Mein Herz klopft wie bei einem Azubi-Anwärter, der sein erstes Vorstellungsgespräch erwartet. Eine Weile passiert nichts. Dann knackt es in der Box.

»Manfred«, ruft ein Mann, und es plätschert im Hintergrund, »ich bade hier. Wenn ihr proben wollt, geh einfach … oh … du bist es ja gar nicht.«

»Nein, ich, äh … mein Name ist Ben Breuer. Ich habe …«

Stotternd und ungelenk fummele ich die Mappe aus der Aktentasche.

»Ich habe Ihr Anwesen bei *haustauschferien.com* gefunden und bin sofort losgefahren. Also, ohne Account, wissen Sie? Ich konnte einfach nicht abwarten. Ich habe genau das, was Sie umgekehrt suchen. Hier, ich habe da ein paar Bilder …«

Ich halte die Mappe vor die Fischaugenkamera.

Wie das vom Auto aus für meine Frau und meine Kinder aussehen muss. Krumm gebeugt hantiert der Vater mit einer Mappe vor einer Kamera in einem Pfeiler herum, die Wangen rot, die Adern pochend. Und was muss der Mann erst denken, wenn ein Irrer vor seinem Tor herumhampelt, statt sich wie jeder zivilisierte User per Internet zu melden? Andererseits … er sagt, er bade gerade. Wer baut sich eine Gegensprechanlage in die Badewannenfliesen ein?

Der Mann sagt nichts, also blättere ich vor der Kamera stoisch durch die von Gregor layouteten Seiten wie ein Bestatter vor den bedröppelten, schweigenden Angehörigen durch einen Urnenprospekt. Aus dem Haus kommt nichts mehr. Wahrscheinlich hat der Mann seine Wanne verlassen. Oder er ist aus Angst vor dem Verrückten vor seiner Tür einfach untergetaucht. Ich blättere durch, bis ich fertig bin. Dann lasse ich die Mappe sinken.

Der Hausbesitzer schweigt beharrlich.

Das war's dann wohl.

Ich schlucke.

Zu nichts fähig bin ich.

Ich bin Controller … und pleite.

Ich bin ein Mann … und nicht mehr marktfähig.

Ich bin ein Vater … und kann meinen Kindern keine Ferien bieten.

Gesenkten Hauptes mache ich den ersten Schritt zurück zum Wagen, aus dem heraus meine Familie mich irritiert anblickt.

Nach fünf Schritten ertönt hinter mir ein Surren. Dann ein »Klick«.

Das Tor schiebt sich quietschend auf.

Marie und die Kinder betrachten die sich langsam öffnende Zufahrt wie das Dimensionstor zu einem Märchenwald … oder einem Gruselschloss.

Ich lege die Aktentasche wieder in den Kofferraum und steige in den Wagen.

»Ben …«, sagt Marie, doch jetzt hebe ich wieder zuversichtlich die Hand.

»Abwarten«, flöte ich, »alle einfach abwarten.«

DIE PARAGRAPHEN

Die sechs Meter Weg bis zur Kurve sind tatsächlich dicht bewaldet. Unwillkürlich sehe ich die triefenden Tränensäcke von Horst Tappert vor mir, denn auf diesen paar Metern hinter dem herrschaftlichen Zufahrtstor könnte eine alte Folge von *Derrick* spielen. Fritz Wepper geht in die Knie und hebt das Tuch über der Leiche im Unterholz an, die in dem privaten Wäldchen versteckt wurde. Horst Tappert sagt brummig, doch zugleich mit seinem ureigenen, süffisanten Lachen: »Wer sich einen eigenen Forst leisten kann, hat die Leichen im Unterholz statt im Keller.«

Marie und die Kinder schauen skeptisch in die knorrigen Schatten.

Nach der Kurve wandelt sich die Szenerie. Der Wald weicht üppigen, mit Mulch bedeckten Pflanzflächen, aus denen schöngeschnittene Buchsbäume wie übergroße Bonsaiskulpturen herausragen. Am Rande des Weges, der sich bergauf schlängelt, stehen pro Quadratmeter ein gefühltes Dutzend Figuren aus Terrakotta im Mulch. Einfache, helle Dekorationsstücke, wie man sie in jedem Baumarkt kaufen kann. Igel. Singvögel. Tauben. Schildkröten mit erhobenem Köpfchen. Sie sind Stangenware, aber besser gepflegt als in normalen Gärten. Sie sehen aus wie eben erst gekauft, als würden sie täglich mit dem Hochdruckreiniger von Dreck, Staub und Grünspan befreit.

Marie sagt, leise und halb zu sich selbst: »Das sind ja Hunderte von den Dingern. Eine Terrakotta-Armee aus Täubchen. An mit der Nagelschere geschnittenen Buchsbäumen.« Sie sieht mich an, beugt sich über die Mittelkonsole und flüstert, damit die Kinder kein Wort mitkriegen: »Ben, so sehen die Gärten von Psychopathen aus.«

»Wenigstens haben die Buchsbäume keine Tierformen«, sage ich.

Die Terrakotta-Armee auf Mulch endet an einem großen, gepflasterten, runden Vorplatz. Er erinnert mich an die Vorplätze von Villen in ZDF-Spielfilmen. Die Musik hebt an, Ruth Maria Kubitschek öffnet die Tür des Anwesens, und in einem Cabrio kommt winkend der Sohn mit seiner Frau und den Kindern angefahren, einen Pullover lässig über die Schulter geworfen. Der Vorplatz wurde aus riesigen Natursteinplatten gelegt. Sie sind hell und sauber, sie könnten so, wie sie nun unter unseren Reifen hindurchfließen, auch im Foyer eines karibischen Hotels liegen. Links und rechts der dreistufigen Treppe, die zur Tür hinaufführt, ragen Rosenstöcke aus einem breiten Streifen blendend weißer Marmorsteine. Zwischen den einzelnen Steinchen lugt kein einziger Grashalm hervor. Kein Blättchen Unkraut. Nur die Stämme der Rosen und das ein oder andere rote Blatt, das sich dekorativ auf dem strahlenden Weiß zur Ruhe gelegt hat. Ich schalte den Motor aus, und wir steigen aus dem Wagen. Aus dem Kofferraum klaube ich meinen Aktenkoffer.

Kaum dass wir alle acht Breuer'schen Füße auf den rustikalen Granitplatten des Vorplatzes haben, öffnet sich die Tür, und das blendende Weiß der Marmorsteine vorm Haus wiederholt sich im blendenden Weiß des Bademantels, den der Hausherr trägt. Er hat also tatsächlich gebadet, als ich geklingelt habe. Das letzte Mal habe ich einen weißen Bademantel am Körper meines besten Freundes Gregor in seiner Bude im Riehler Hochhaus gesehen. Wobei Gregors Frotteefummel gegen dieses Prachtexemplar hier aussah wie ein angefressener, überfahrener Otter im graubraunen Schneematsch.

»Verzeihen Sie, aber ich hatte nicht mit Besuch gerechnet.«

Marie sieht mich fragend an. Die Kinder tuscheln über den unfassbar weißen Bademantel. Es fallen Worte wie »Superflausch« und »unsichtbar im Schnee«. Ich vermute, das Modell kostet ungefähr so viel wie meine offenen Posten bei den Stadtwerken. Ich nehme die erste Stufe. Marie tastet mit der Fußspitze vor, als befürchte sie, das Anwesen könnte sich als aus Pappmaché entpuppen. Schließlich betritt sie die breite Stufe, dreht sich um und schaut den Hügel hinab. Sie weiß nicht, was wir hier tun, aber sie ist sichtlich fasziniert von der landschaftsplanerischen und architektonischen Potenz.

Der Hausherr beugt sich einen Hauch vor und drückt mir fest und sicher die Hand.

Sein Lächeln betont ein paar Krähenfüße. Zwischen den charmanten, graubraunen Augen und der kräftigen Nase zeichnet sich ein umgekehrtes V ab. Er hebt seinen solide behaarten Arm und zeigt lachend auf sein rechtes Ohr.

»Ich habe noch Schaum im Lauscher. Aber ich wollte mir dann doch nicht entgehen lassen, wer den Schneid hat, direkt zu mir zu kommen und das Internet einfach zu ignorieren.« Seine Stimme ist angenehm tief. Voll und kräftig. Sie erfüllt die gesamte Kulisse wie in kristallklarem Dolby Surround.

Ich erwidere den Händedruck des reichen Mannes, so fest ich kann. Seine graumelierten Koteletten konturieren die harten Striche des Lebens in seinem Gesicht. Ich halte den Händedruck zwei Sekunden, neige meinen Kopf in Richtung meiner Familie und flüstere ihm ins noch leicht schaumgefüllte Ohr: »Sie wissen noch von nichts.«

»Oh«, erwidert er, amüsiert und neugierig, wendet sich allen zu und sagt: »Dann kommen Sie erst mal alle rein in die gute Stube.«

Ich frage mich, was er macht. Auch an der Haustür nicht die Spur eines Firmenschilds. Nicht mal der Name ist angeschlagen. Stattdessen rankt eine Rose in den Radius der Tür hinein.

Wir betreten die Villa und können sofort das gesamte Erdgeschoss überschauen. Kein Flur, kein Schlauch. Der Blick fällt sofort geradeaus in das gigantische Wohnzimmer, dessen Zentrum mit den weißen Ledersofas eine Ebene tiefer in den großen Raum eingelassen wurde. Wir selbst stehen auf der oberen Ebene, die Füße auf Echtholzdielen. Über uns erstreckt sich eine Galerie, zu der links eine Treppe hinaufführt, so dass man von oben auf das Zentrum mit den Sofas hinunterblicken kann … und von den Sofas wiederum ohne Unterbrechung bis zum Dach hinauf. Es mündet spitz in eine Pyramide aus Glas.

Liegt man abends auf dem weißen Leder und lenkt den Blick in der Werbepause nach oben, funkeln über einem die Sterne. Wobei … in diesem Wohnzimmersaal gibt's gar keine Werbepause. Kein

Fernseher, nirgends. Dafür eine umfangreiche Bibliothek an der rechten Wand, ausschließlich mit gebundenen Titeln. Antiquarische Romane, Kunstbücher, Bildbände.

An der Kopfseite hat der Saal keine Wand. Nur Glas, Glas, Glas und hindurch ein freier Blick auf eine riesige Terrasse und den sanft zum See hin abfallenden Garten in der Größe eines Landschaftsparks.

»Da hinten ist der See!«, ruft Lisa und fügt erstaunt hinzu: »Sie haben einen eigenen Steg?«

»Wohl eher eine eigene Insel …«, murmelt Marie, als wir dem Hausherrn in Richtung Terrassenfront folgen und nun auch besser erkennen, was die scharfen Augen unserer Kinder längst wie im Zoom vor sich sehen.

»Da sind ja Sprungbretter an der Insel dran!«, ruft Tommy aus. »Und im Garten steht ein riesiges Trampolin!«

Der Hausherr lacht: »Das größte, das man für Geld kriegen kann. Es sei denn, man ist beim Zirkus. Wollt ihr nach draußen?«

»Ja!!!«, üben sich unsere Kinder im Synchronjubeln.

Der Hausherr legt seine Hand auf den Griff der gläsernen Schiebetür.

»Dürfen sie?«, fragt er uns, als wären unsere Kinder kleine Hunde oder Katzen, die bereits wild mit dem Schwanz wedelnd am Glas scharren.

Wir nicken.

Er zieht an der Tür, und der Nachwuchs bedrängt sich bereits gegenseitig, als gerade mal ein schmaler Spalt offen ist. Kaum gibt die Tür sie frei, rasen Lisa und Tommy Richtung Trampolin und Sprungbrettsteg, als hätten sie wie aufgezogene Duracell-Häschen den ganzen Tag vor der Scheibe gewartet. Die Glasfront ist so perfekt gewischt, dass man das Glas nicht sieht. Es ist, als stünde man bereits im Garten. Die Terrasse ist aus denselben urtümlichen, südländischen Granitplatten gelegt wie der Vorplatz. Aus Kübeln wachsen tropisch anmutende Palmblätterpflanzen. In der Mitte steht ein Tisch mit vier wunderschön verzierten Stühlen aus Gusseisen. Rechts hat sich der Mann einen Steingrill hinmauern lassen, der samt Arbeitsfläche und Aufhänghaken für das Grillbesteck größer ist als jede Einbauküche in einem Arbeiterviertel. Eine solche Südseite habe ich das letzte Mal am Haus eines Gangsters in Florida gesehen, in einer amerikanischen Krimiserie. Hinter dem Riesentrampolin raschelt ein hochgewachsener Bambushain.

»Möchten Sie Kaffee? Tee?«

Der Hausherr geht zu einem türlosen Durchgang neben der Bibliothek, hinter dem sich anscheinend die Küche verbirgt.

Marie greift nach meiner Hand und spannt ihre Armmuskeln an, damit ich stehen bleibe und ihm nicht sofort folge. »Das hast du dir ja prächtig ausgedacht«, sagt sie ärgerlich. Auf ihrer Nasenwurzel bilden sich Falten.

»Wie bitte?«

Sie schweift mit der Hand über die Möbel, die Galerie, die Terrassenfront, den Garten, in dem unsere Kinder unter dem sonnigen Nachmittagshimmel gerade auf Deutschlands größtem Trampolin immer weiter in die Höhe schießen. »Na das!«, faucht Marie. »Du schwatzt einem besonders solventen Kunden einen Auftrag für unsere Firma auf und nimmst die Kinder mit, damit sie sehen, dass wir nicht nur für Pfennigbeträge Dachböden entrümpeln. Damit sie beruhigt sind und denken, dass es läuft. Schön. Aber was, Ben, was …« – sie kneift die Augen zu, legt ihre hübsche Stirn in Falten und presst die Finger in die Handflächen – »was zum Teufel willst du an diesem Anwesen noch optimieren? Das hier ist p-e-r-f-e-k-t!«

Ich schmunzle.

Draußen schleudert das Trampolin unsere Kinder bereits über die Drei-Meter-Marke.

»Marie«, sage ich und fühle mich gut, so kurz vor der Auflösung meines Plans, »wir sind nicht aus beruflichen Gründen hier.«

»Und wozu hast du dann einen Koffer mit Firmenunterlagen dabei?«, zischt sie und deutet auf das Lederutensil, dessen Griff meine Finger umklammern.

Der Hausherr streckt seinen Kopf aus dem offenen Küchendurchgang. »Ähm … wenn Sie mir nicht sagen, was Sie möchten, kann ich schlecht Heißgetränke machen.«

»Ich nichts, danke«, sagt Marie.

»Kaffee, schwarz«, sage ich.

»Ja, ja«, erwidert der Hausherr, »aber die Frage ist: welche Bohne? Aus welchem Land? Ich habe ein paar Dutzend Sorten hier.«

Statt zu antworten, stehe ich schweigend und ratlos neben meiner verwirrten Frau.

»Gut, ich mache dann einfach mal«, sagt der Hausherr, und es ertönt ein Klappern und Rattern wie von der Theke eines italienischen Cafés. Wir betreten die Küche und sehen den Mann an einem Vollautomaten arbeiten, der sowohl in seiner Größe wie in seiner Anmutung einem italienischen Sportwagen der sechziger Jahre ähnelt. Die Echtholzküche zieht sich quadratisch um eine Mittelinsel aus schwarzem Marmor herum. Kein Fernsehkochstudio der Welt hat je eine solche Kulisse gesehen. Über der Mittelinsel hängen schmiedeeiserne Pfannen von der Decke. Marie und ich erkennen sie beide aus dem Manufactum-Katalog. Ich habe sogar auswendig den Text dazu im Kopf: *Schwer, unverwüstlich, rustikal und geeignet für strengsten Gebrauch auf Elektroherden, Gasherden und dem offenen Feuer des Grills*. Man merkt sich die Anpreisung edelster Produkte vor allem dann, wenn man sie sich nicht leisten kann.

Der Hausherr nimmt die fertige Tasse vom Abtropfgitter der Maschine und reicht sie mir. Ich schnuppere daran, als sei ich plötzlich Sommelier für Kaffeebohnen. In dieser Küche muss man so etwas tun.

»Bohnen aus Madagaskar«, sagt der Mann mit Europas schönster Küche. »Sie reifen im Magen von Schlangen.«

Ich nehme die Lippen wieder vom Tassenrand.

»Kleiner Scherz!«, fügt er lachend hinzu.

Ich trinke.

Er sagt: »Es sind Schleichkatzen.«

Ich halte im Schlucken inne. Marie betrachtet die Pfannen. Am Horizont schlagen unsere Kinder Salti und fliegen dabei weit über die Bambusspitzen hinaus Richtung Wolkendecke. Ich trinke weiter, Schleichkatzenmägen hin oder her. Der Kaffee ist einfach zu gut, er duftet atemberaubend. Mein Blick fällt auf die Armbanduhr des

Gastgebers. Eine *Dornblüth & Sohn*. Auch zu ihr ist mir der Katalogtext vertraut, sie eröffnet sogar die aktuelle Ausgabe: *eigenständig, klar, kompromisslos*.

Der Hausherr deutet auf meine Tasche: »Darf ich mir die Mappe Ihres Hauses noch mal mit eigenen Augen statt nur durch meine Torkamera ansehen?«

Marie blickt von den Pfannen zu uns Männern. »Eine Mappe *unseres* Hauses?«

Der Kaffeemeister blättert und schlendert dabei aus der Küche durchs Wohnzimmer hinaus auf die Terrasse. »Mhm …«, murmelt er und blättert weiter. Lächelt hier. Lacht dort erfreut auf. Murmelt wieder. Jubelt leise. Als füge sich ein Puzzle zusammen.

Wir folgen ihm nach draußen. In sieben hüfthohen Pflanzkästen neben der Grillstelle wachsen frische Kräuter, markiert durch kleine, in Schreibschrift beschriftete Steckschilder aus Holz. Rosmarin, Thymian, Oregano. Der Mann blickt von der Mappe auf und sieht mich an.

Unsere Kinder haben es geschafft, dem höllischen Katapult lebend zu entkommen und sehen sich gerade die Steginsel mit den Sprungbrettern an.

»Sie haben ein schönes Zuhause«, sagt der Mann, der sich Uhren von *Dornblüth & Sohn* und Kaffeebohnen aus Schleichkatzenmägen leisten kann.

Marie kriegt zu viel: »*Wir* haben ein schönes Zuhause? Wollen Sie uns auf den Arm nehmen?« Ihre Wangen glühen.

Ich glaube, das Schlimmste für sie ist, immer noch nicht eingeweiht zu sein.

»Ist unser Zuhause etwa nicht schön?«, frage ich gespielt traurig.

»Was? Nein. Ja. Doch. Sicher. Aber im Vergleich mit dem hier … das …« Marie zermahlt mögliche weitere Worte zu seltsamen Lauten, schüttelt sich, richtet sich gerade auf und sagt: »Ich will jetzt auf der Stelle wissen, was hier vor sich geht!«

Oh, ich kenne diesen Ausdruck. Und mein Tauschpartner anscheinend auch. Es ist der Blick, der bei einer Frau bedeutet: ›Da stehen zwei Männer gemeinsam im Bunde und schließen mich aus ihrem Wissen aus wie ein doofes Kind. Machen Pläne. Bestimmen über mein Schicksal. Wenn dieser demütigende Zustand noch länger als fünf Sekunden anhält, werde ich diese Kerle mit dem rechts neben mir befindlichen Grillwerkzeug zerteilen und auf den Granitplatten verbluten lassen. Das ist zwar grausam, aber dann habe ich die Dinge wenigstens wieder in der Hand.‹

Ich muss jetzt mit der Wahrheit rausrücken, obwohl ich noch gar nicht weiß, ob der Deal zustande kommt. Ich weiß nicht, wie der Millionär da das eben gemeint hat: ›Sie haben ein schönes Zuhause.‹ Es kann auch jovial gewesen sein, mitleidig und mitfühlend. Oh mein Gott, sicher war es so gemeint! Tröstend und väterlich. Ich würde so etwas sagen, wenn mir ein afrikanisches Hungerkind seine Wellblechhütte im Township zeigt und mich mit großen Augen fragt, was ich davon halte. Das Kind hat die Hütte von außen liebevoll angemalt, und auf dem einzigen Fensterbrett steht ein Kasten mit Blumen. ›Wie findest du es, großer Onkel?‹ Ich würde dem Kind die Schulter tätscheln und sagen: ›Ihr habt ein schönes Zuhause.‹

Ich bekomme Kopfschweiß.

Marie zählt innerlich die Zeit bis zur Zerteilung der geheimniskrämerischen Männer ab. Unsere Kinder kommen herbeigelaufen und versuchen dabei, ihre Begeisterung für das Gelände und die Katapultkraft des Trampolins in Worte zu fassen.

Ich muss ihnen allen jetzt sagen, was wir hier tun.

Ich räuspere mich.

»Marie, Kinder, das hier ist …« – ich schaue zum reichen Mann. Ich kann es noch nicht sagen. Er muss mein Angebot erst annehmen. Mein lächerliches Angebot. Ben Breuers kleines Häuschen im Bergischen gegen die gutgetarnte Millionärsvilla am See. Ich bin sein afrikanisches Kind aus dem Township.

»Also, das …«

Der Wohlhabende klappt meine Mappe zu und nickt.

Er nickt.

Die Augen halb geschlossen, die Lippen vorgestülpt.

Er nickt … er macht den Deal!

Ich sage: »Das, liebe Familie – ist dieses Jahr unser Ferienhaus!!!«

Lisa macht tellergroße Augen. Tommy springt auf und ab, als stünde er noch auf dem Trampolin. Marie legt den Kopf nach links und knickt etwas ein, als müsste sie sich Haar vom Ohr schütteln.

Ich lege den Arm um ihre Schultern und sage triumphal zu unseren Kindern: »Deswegen haben eure Mutter und ich euch so lange nicht verraten, wohin es in die Ferien geht. *Das* ist die große Überraschung! Diese Villa!«

»*Unsere* Villa?«, fragt Tommy. »Mit dem Trampolin? Und dem Steg?«

Der Hausherr beugt sich zu ihm runter und sagt verschwörerisch: »Warte mal, bis du den Raum mit den dreihundert Spielen siehst.«

Tommy reißt den Kopf hoch.

Marie fragt: »Hat er eben dreihundert Spiele gesagt?«

Die Kinder quietschen: »Wirklich??? Hier können wir wohnen?«

»Ja«, bekräftigt der reiche Mann, »und ich wohne so lange bei euch.«

Marie würde gerne laut sagen: ›Schön, dass ich das auch mal erfahre!‹ Da sie allerdings nicht offenbaren darf, dass sie nichts wusste, sagt sie es lautlos.

Die Kinder klopfen weiter den Hausbesitzer ab: »Dürfen wir auch das Boot benutzen?«

»Zeigst du uns die dreihundert Spiele?«

»Und was ist denn in der Scheune?«

»Sie haben auch eine Scheune?«, frage ich. Unsere Kinder sehen mehr als wir.

»Ach, das ist …«, setzt der Gastgeber an, lenkt aber sofort ab, indem er auf die Terrassentür zeigt: »Kommt, ich zeige euch den Spieleraum, und dann mache ich Erwachsenensachen mit euren Eltern.«

Er schreitet voran in sein Haus zurück, das bald unseres ist. Die Terrasse setzt sich weiter unten in Form von Holzstegen fort, die durch eine breite, mehrstöckige Teichlandschaft führen, mit Wasserfällen und plätschernden Läufen zwischen den Ebenen. Drei Meter unter dem Terrassenniveau mündet das Paradies der Außenaquaristik in einer zweiten, kleineren Terrasse aus Holz, um welche das Schilf plätschert. Große Koi-Karpfen drehen dort unten ihre Runden. Wie beiläufig sagt der Mann im weißen Bademantel, bevor er das Haus wieder betritt, mehr zu den Kindern als zu uns: »Ach ja, und ihr habt freien Eintritt im *Wirrland*. Das ist ein Freizeitpark am nördlichen Ortsrand. Die haben da die größten Irrgärten in Europa. Da könnt ihr so oft hingehen, wie ihr wollt. Ich kenne die Leute ganz gut.«

Tommy und Lisa schauen sich an und geben sich High Five.

Im Haus schiebt der Mann eine weiße Tür auf, die dem offenen Küchendurchgang genau gegenüberliegt. Sie führt in ein zweites, viel kleineres Wohnzimmer, das nur für den Medienkonsum gedacht ist. Links hängt eine große Leinwand mit Kinoboxen. Auf einem Schafsfell vor der Sofalandschaft aus weißem Polster liegen Controller von Nintendo und Sony, tief eingegraben in den langflorigen Flausch. Die Geräte sind direkt in Nischen in der Wand eingelassen. Konsolen, DVD- und Blu-ray-Player sowie ein Tuner, der die überall im Raum verteilten Surround-Boxen ansteuert. Die Regale an den Wänden auf der Sofaseite enthalten so viele Filme und Spiele, als hätte der Mann eine Saturn-Filiale betreten, den Arm schweifen lassen und lässig »Alles!« gesagt.

Im Hauptsaal wird gelesen und in die Sterne geschaut.

In der Küche wird gekocht, mit schmiedeeisernen Pfannen.

Und hier drin flimmert es, bis die Augen bluten.

Ich denke erneut an den Katalogtext zur Uhr dieses Mannes: *eigenständig, klar, kompromisslos*.

»Ich mache euch die Wii an, okay? Nehmt euch, was ihr wollt.«

Er wendet sich an uns, während die Kinder sich auf dem Flauschteppich fläzen.

»Keine Sorge, die Titel sind alle jugendfrei. Ich bin kein Freund von Gewalt.«

Die Anlage brummt sich hoch, und wir gehen wieder auf die Terrasse. Drinnen ertönt die erste, heitere Melodie eines Spieles. Die Kinder kieksen.

»Einen Augenblick, ich hole eben meine Papiere«, sagt der Hausherr.

Marie und ich stehen einen Moment allein.

Im Plätschern der Teichläufe.

Im Branden des Sees.

Im Rauschen der Baumwipfel.

Rechts des Stegs ist das Gelände bereits wieder bewaldet. Links von Teichlandschaft und Wiese verstellt eine Mischung aus hohen Büschen, kleinen Bäumen und dem Bambushain den Ausblick auf das weitere Gelände.

Marie sagt: »Warum weihst du mich in so was nicht ein?«

Sie will mich nicht mehr mit dem Grillbesteck zerlegen, aber sie kann das Paradies auch noch nicht vollständig annehmen.

»Das war eine völlig spontane Aktion«, sage ich. »Ich habe nicht mal eine Mitgliedschaft bei dieser Haustauschseite angemeldet. Nur das Haus gefunden, die Adresse rausgesucht … Gregor hat mir die Mappe von unserem erstellt.«

»Natürlich, der Gregor. Mit dem sprichst du über alles.«

»Marie …«

Die Zunge huscht Marie sekundenschnell zwischen den Lippen hin und her. Ihr Blick wandert über Teichschilf und Granitstein. Dann rastet er auf meinen Augen ein. Unausweichlich. Fixierend. Man kann nicht mehr vorbeisehen. Überall Gattinnenaugen.

»Als Hausmann hattest du eine heimliche Putzfrau. Einen heimlichen Einkäufer. Einen heimlichen Gärtner. Ich gebe dir einen kleinen Tipp, Ben. Die Worte ›Putzfrau‹, ›Einkäufer‹ und ›Gärtner‹ haben mich in dieser Aufzählung am wenigstens aufgeregt …«

»War es eine gute Idee oder nicht?«

»Schon …«

»Und darf ich dich als Ehemann nicht auch mal überraschen? Es ist ja nicht so, dass das hier dasselbe wäre wie ein verschleiertes Scheitern beim Hausputz …«

»Selbst wenn, Ben, da muss es doch einen Haken geben! Ein Mann, der in so was wohnt, tauscht doch nicht freiwillig –«

»So!«, unterbricht der reiche Mann unser Gespräch, legt mit der linken Hand eine Kladde auf den Terrassentisch und stellt eine Flasche Wein daneben. Zwischen den Fingern der rechten Hand hat er drei Stielgläser aufgefächert. Er dreht sie mit einem Schwung richtig herum, stellt sie auf den Tisch und öffnet den guten Tropfen.

»Rotwein okay?«, fragt er.

Marie liest das Etikett und nickt sprachlos.

»Ich fahre«, sage ich.

»Nur ein Schlückchen. Sie verpassen etwas.«

»Beim Fahren gilt für mich null Promille: eigenständig, klar, kompromisslos.«

»Aber noch einen Kaffee aus dem Magen der Schleichkatze nehmen Sie?«

»Sehr gern.«

Der Mann huscht in seine Küche.

Marie sagt: »Der führt doch was im Schilde.«

»Er tauscht mit uns seine Villa für die Ferien, Marie. Warum bist du so misstrauisch? Du bist doch sonst für positives Denken. Misstrauen ist eigentlich meine Aufgabe.«

Marie zeigt auf den Wein: »Weißt du, was das ist?«

Ich schüttele den Kopf.

»Das ist ein 2008er Tignanello. Die Flasche kostet 85 Euro. So was tischen sogar Architekten nur auf, wenn sie ein fertiges Museum zu feiern haben. Und der stellt es einfach so hierhin!«

»Er ist halt wohlhabend.«

»Wohlhabend?«, kreischt Marie fast, senkt schnell Kopf und Lautstärke und zischt: »Du kriegst gleich deinen zweiten Kaffee aus gemahlenen madagassischen Schleichkatzen!«

»Nicht die Katzen werden gemahlen, die brüten nur die Bohnen aus.«

»Der Mann trägt immer noch seinen weißen Bademantel, Ben. Es ist möglich, dass es, seit wir hier sind, darunter frei schwingt.«

»Was hast du denn für Phantasien, Marie?«

»So, hier ist der Kaffee!«

Der Gastgeber stellt mir die Tasse hin, und ich muss nun dank meiner Frau an den Freischwinger unter dem weißen Superflausch denken, obwohl ich nicht einmal weiß, ob er überhaupt real ist.

Der Mann hebt sein Glas. Wir stoßen an, Wein an Wein an Kaffee. Im Spielzimmer triumphiert Tommy über seine Schwester: »Ich zock dich ab!!!«

Unser Gastgeber klopft mit beiden Händen gleichzeitig auf seine und unsere Mappe und sagt: »Also, wir machen das. Wie lange? Die ganzen Schulferien?«

»Das wäre unglaublich«, sage ich.

Marie funkelt mich an, als säße ich – geifernd und die Kreditkarte auf dem Schoß – nachts mitten in einem psychotischen Schub auf dem Sofa und würde im Verkaufsfernsehen drei Wohnmobile zum Preis von einem bestellen. Ihr Blick dauert nur eine Millisekunde. Dann richtet sie sich an den Gastgeber.

»Sagen Sie, war mein Mann schneller als alle User von der Haustauschseite, oder warum haben wir dieses unverschämte Glück? Ich meine, Sie waren ja noch nicht mal bei uns zu Hause.«

Der Mann tippt zufrieden lächelnd auf meine Mappe: »Das Exposé zu Ihrem Haus ist phantastisch. Es ist genau das, was ich suche.«

»Warum?«

»Wie, warum?«

»Warum tauschen Sie dieses … dieses – sehen Sie, ich finde nicht mal Worte dafür – gegen ein einfaches Einfamilienhaus in einem bescheidenen Viertel?«

»Genau deswegen. Um mich ein paar Wochen lang zu fühlen wie ein normaler Mann.«

»Was heißt denn, Sie wollen sich ›normal‹ fühlen?«

»Na ja, ich möchte es etwas einfacher haben. Wie Menschen, die ein großes Haus besitzen, in den Ferien aber lieber in ihre Blockhütte fahren. Oder im Wohnmobil eben nur eine Pfanne mitnehmen. Und vier Sätze Besteck.«

Ich schnaufe leise. Ein Millionär, der sich ärmer fühlen will. Da ist er ja bei uns genau richtig. Unser Haus ist seine Hütte.

»Wir haben eine Katze, das wissen Sie? Die wir mitnehmen wollen.« Marie schaut hinein zu den teuren Ledersofas. Sie erwartet ein Nein.

Der Mann sagt: »Sicher. Machen Sie das.«

»Wir kommen hier einfach so an, überfallen Sie im Bademantel, wollen zwei Kinder und eine Katze mitbringen … und Sie hatten keine anderen Angebote von Menschen, die Ihrem Haus weniger Schaden zufügen könnten als vier Kinderfüße und achtzehn Katzenkrallen?«

»Doch. Aber die waren nicht bereit, meine Bedingungen zu unterzeichnen.«

Marie haut auf den Tisch, greift aber schnell nach der teuren Weinflasche, damit diese nicht umkippt. Ihr triumphales »Aha!« ertönt daher nicht sofort, sondern erst, als sie sicher ist, keinen wertvollen Tropfen zu verschütten.

»Sie denken, jetzt kommt ein schiffskrangroßer Haken, nicht wahr? Ein richtiger Hamburger Containerfrachthaken.« Der Mann im Flauschmantel, dessen Namen wir immer noch nicht kennen, lacht. »Keine Sorge, der Haken passt eher an eine Angel. Auch wenn Ihre Vorbewerber um den Haustausch das anders sahen.«

Er öffnet die Pappkladde und holt eine ausgedruckte Seite heraus. Eine einzige.

Marie spitzt Ohren und Augen. Wir rücken zusammen und beugen uns über das Papier. Ich suche nach dem Logo der Haustauschseite, finde es aber nicht. Es ist kein Formular des Internetanbieters, sondern ein Vertrag Marke Eigenbau. Sein Ersteller nimmt in Ruhe einen Schluck Wein, tippt in die Mitte der Seite und sagt: »Ihre Vorbewerber hatten Probleme mit den Paragraphen vier und fünf.« Er winkt zugleich ab, während er das sagt und rollt mit den Augen, als hätten diese Leute sich angestellt wie schwule Kaninchen.

Marie und ich suchen die entsprechenden Stellen.

§ 4

Die tauschenden Parteien verpflichten sich, sich während der Zeit des Haustausches ***nicht*** *gegenseitig zu kontaktieren. Eine Ausnahme von dieser Regel bilden lebensbedrohliche Notfälle.*

Ich sehe vom Vertrag auf: »Wir dürfen Sie bei uns daheim nicht anrufen? Und Sie rufen uns hier nicht an?« Marie tippt auf den nächsten Punkt. Ich überfliege den Abschnitt und lese ihn danach laut vor.

§ 5
Die tauschenden Parteien verpflichten sich, alle an den jeweiligen Hausbesitzer gerichteten Anfragen nach eigenem Ermessen zu beantworten sowie sich um alle Belange, die sich an seinem Wohnort ergeben, in gleichem Maße zu kümmern, wie der Hausbesitzer es bei eigener Anwesenheit täte.

Wir schauen den Mann an. Er lächelt. Um uns herum verbinden sich das Plätschern des Wassers, das Rauschen der Bäume und das Lachen der Kinder im Spielraum zu einer Symphonie der Weltzufriedenheit.

»Soll das heißen, wir sollen Sie während Ihrer Abwesenheit vollständig vertreten?«, fragt Marie. »Oder besser gesagt, nicht wir, sondern *mein Mann*?«

Sie sieht mich an, als traue sie es mir nicht zu, vertretungsweise Millionär zu sein.

»Das mache ich bei Ihnen auch«, sagt der Mann. »Ich kümmere mich um alle Belange. Ich nehme Ihre Post an. Ich gehe ans Telefon. Ich sammele Pakete für die Nachbarn ein, die nicht da sind – falls das bei Ihnen so üblich ist.«

Ich murmele: »Kaum …«

»Ich gieße alle Pflanzen, sprenge den Rasen und mache Smalltalk mit den Menschen, die vorbeikommen. Ich bin in den kommenden Wochen deren Ersatz-Ben-Breuer. Und Sie sind der Ersatz-Abelhammer. Das meint der Paragraph. Ist doch eigentlich ganz einfach, oder?«

»Warten Sie mal«, sagt Marie. »Was haben Sie eben gesagt?«

»Ist doch eigentlich ganz einfach, oder?«

»Nein, davor!«

Marie schaut auf den oberen Rand des Vertragsblattes, auf dem der Name steht. Ich tue es ihr gleich. In Sekundenschnelle schießen die Bilder der letzten zwei Tage durch meinen Kopf. Die Reportage auf 3sat über diesen Ort hier und seinen großen Mäzen mit der Traditionsbrauerei. Die Schilder auf dem Rasthof, an der Mühle und der Wirtschaft gegenüber der Kirche. Die Flasche auf dem Tresen von Mayer senior.

»Nein …«, hauche ich, »… *Sie* sind der Abelhammer?!«

»Ja«, sagt er, ganz ruhig, als wäre es nichts. »Nennen Sie mich Alfons.«

»*Sie* sind der Mann, der hier alles bezahlt? Die alten Gebäude, die Kirche, die Kultureinrichtungen, die ganze kleine Stadt?«

»Meine Familie trägt diesen Ort seit vier Generationen, ja.«

Marie lehnt sich im Stuhl zurück, als wolle sie das ganze Angebot weit von sich schieben: »Dann wundert mich ja nicht, dass das keiner unterschreibt.«

»Wieso?«, fragt Abelhammer, vollkommen unschuldig.

»*Sie* vertreten?«, erklärt Marie. »Den großen Mäzen? Genauso gut könnte man über die Ferien für Franz Beckenbauer einspringen.«

Es regt mich auf, dass Marie sich aufregt. Vor allem, weil sie recht hat. Aber ich *will* dieses Haus, will diese Ferien für meine Kinder. Jede Zelle meines Körpers ist in Aufruhr bei dem Gedanken, in dieses Spielzimmer dort drüben gehen und meine Kinder dort wieder herauszerren zu müssen – ›Sorry, ihr Lieben, ihr habt das Paradies gesehen, aber wir müssen wieder in unser Township aus Schulden zurück, der Urlaub fällt aus!‹ Das kann ich nicht bringen, das darf ich nicht bringen, nicht ich, der Controller. Ich versuche, so ruhig wie möglich zu wirken, und stelle nun auch eine skeptische Frage.

»Warum lassen Sie sich nicht von einem Mann aus ihrer Firma vertreten? Warum von einem Fremden, der keine Ahnung von Ihren Verpflichtungen hat? Wieso verknüpfen Sie den Haustausch mit dieser Sache?«

Marie atmet sichtlich auf, dass ich diese Frage stelle. Ich habe wohl doch noch nicht den Verstand verloren. Wir siezen den Mann immer noch, obwohl er uns seinen Vornamen angeboten hat. Aber ich kann ihn nicht mal innerlich bereits Alfons nennen. Jetzt, wo ich weiß, wer er ist, bleibt er der Abelhammer.

Abelhammer beugt sich vor, als säßen wir drei alle gemeinsam an einer verqualmten Theke, und wendet den Kopf abwechselnd Marie und mir zu, als er sagt: »Wir reden doch hier nicht von großen Dingen. Niemand soll in Abwesenheit meine Firma leiten. Das machen tatsächlich meine Vertreter. Wir sprechen bloß über Menschen, die privat an meiner Tür klingeln. Und ich wette – das sind bei Ihnen sogar ein paar mehr.«

Ich denke an unser Paketregal im Flur. An den Gasmann. Den Wassermann. Den Schornsteinfeger. Wer klingelt hier?

Abelhammer lehnt sich wieder zurück und breitet die Arme aus: »Wirke ich wie ein Mann, der seinen Ruhm auskostet? Haben Sie irgendwo an der Tür oder vorne am Tor ein Firmenlogo gesehen? Oder meinen Namen?« Er siezt auch uns weiter, da wir nicht so schnell auf das ›Alfons‹ eingegangen sind. Das zeugt von Manieren.

Marie presst die Lippen zusammen. Ganz langsam will sie anfangen, ihm zu glauben … auch weil sie weiß, dass dieser Urlaub alternativlos ist.

»Ich bitte Sie«, sagt Abelhammer, »Termine wie Franz Beckenbauer! Ich mag diese Stadt. Ich weiß, was ich alles fördere. Aber das machen meine Leute. Das ist nur ein Name. Abelhammer. Der Mensch, der Mann, der trägt tagsüber einen Bademantel und wohnt am Ende eines Feldweges, den ich absichtlich niemals habe asphaltieren lassen. Auf beiden Seiten ist mein Anwesen geschützt durch Wald. Signalisiert man so seine Volksnähe?«

Marie trinkt noch einen Schluck Wein, ich schätze, der Schluck war zwei Euro wert. Ich kratze mich hinter den Ohren.

»Das wird alles halb so wild, glauben Sie mir.« Abelhammer verschränkt gemütlich die Arme. Dann löst er eine Hand und deutet mit dem Zeigefinger auf die Teichanlage und den Garten. »Und für das alles hier, da habe ich Leute. Sie müssen nicht mal mähen. Oder die Fische füttern. Es sei denn, sie haben Freude daran.«

Marie spitzt die Lippen.

Ich spüre, dass meine rechte Ferse nervös auf- und abwippt.

»Und warum dürfen wir uns gegenseitig nicht anrufen, wenn wir Fragen haben?«

»Weil wir Urlaub machen«, antwortet Abelhammer. »Ich … *und Sie!*« Er gießt nach, in jedes Glas acht Euro. »Sie möchten doch auch nicht, dass ich mich alle paar Minuten melde: ›Herr Breuer, Frau Breuer, der Nachbar fragt nach den Aufsätzen für den Akkuschrauber – darf er sie sich leihen?‹ Verstehen Sie? Das sind doch keine

Ferien. Ich entscheide so was eigenmächtig – und Sie bitte schön auch. Daher der Paragraph. Glauben Sie mir: Fängt man einmal mit dem Nachfragen an, hört man nicht mehr auf.«

Was der Mann sagt, klingt immer plausibler.

Ich nehme noch einen Schluck des Kaffees aus geraspelten Schleichkatzen, greife nach dem Vertragsblatt und zitiere den Schlussparagraphen:

§ 10
Verstößt eine der tauschenden Parteien wiederholt gegen die hier vereinbarten Regeln, hat die andere Partei das Recht, den Haustausch mit sofortiger Wirkung zu beenden.

Ich sehe vom Blatt auf.

»Sie meinen das wirklich wörtlich?«

»So, wie es da steht. Manchmal muss man streng sein, um eine gute Zeit zu haben. Sie sind auch selbständig, lese ich in Ihrer Mappe? Dann kennen Sie trotzdem bestimmt noch die Zeit, als Sie einen Chef hatten. Wenn Sie dem erlaubten, Sie in den Ferien *nur in Ausnahmefällen* anzurufen, klingelte es doch schon, wenn der Boss nicht den An- / Aus-Knopf am Computer fand.«

Abelhammer verschränkt die Arme, schließt die Augen und hält sein Gesicht für zwei Sekunden in die pralle Sonne.

Marie und ich sehen uns an. Ich stelle mir vor, wie sich der von der Sonne gewärmte Granitstein unter unseren Füßen wohl ohne Schuhe anfühlt. Unten am Steg glitzert der See.

Abelhammer öffnet die Augen wieder: »Und? Was sagen Sie?«

Marie steht auf und deutet ins Wohnzimmer. »Dürfen mein Mann und ich uns einen Augenblick beraten?«

Abelhammer lächelt: »Aber natürlich.«

Ich höre ein wenig Mitleid für mich in seinen Worten. Gönnerhaftes Verständnis dafür, dass ich solche Dinge von meiner Frau absegnen lassen muss. Wahrscheinlich musste er sich nie irgendwas absegnen lassen, weil er sich Pfannen aus Schmiedeeisen und Weine für zwei Euro den Schluck leisten kann. Allerdings sehe ich auch keine

Bilder einer Frau in diesem Haus. Ich grummele und folge Marie ins Haus. Wir gehen in die Küche. Draußen dreht der reiche Mann sein Gesicht wieder in die Sonne, während unsere Kinder die »Plings«, »Plongs« und putzmunteren Popmelodien des Nintendospiels durch die Raumklangboxen schallen lassen.

»Der Haken ist größer als ein Angelhaken«, sagt Marie.

»Marie …«

»Ja, nix ›Marie‹. Sich selbständig um die Belange des Hauses kümmern. Und dann nicht anrufen dürfen.«

»Ich finde das vernünftig. Wenn man tauscht, tauscht man. Stünde dieses Haus hier in Mexiko, würden wir auch nicht jeden Tag anrufen.«

»Es gibt heutzutage Flatrates.«

»Was soll denn hier schon passieren? Du siehst doch, wie er sich abschottet. Wahrscheinlich kommt nicht mal ein Postbote hier rauf.«

»Ich habe ein komisches Gefühl, Ben. Ein komisches Gefühl.« Sie fährt mit dem Finger über den sportwagengroßen knallroten Kaffeevollautomaten. Zu ihrer Überraschung zeigt sich an der Kuppe kein Staub.

»Marie«, sage ich und bemühe mich wieder, meine Stimme brummig zu senken und das Niveau zwei Oktaven über Barry White zu erreichen. »Wir waren … wir *sind* blank. Du wolltest eine Lösung. Jetzt stehen wir hier und ermöglichen den Kindern Ferien in einem Paradies.«

Marie schaut auf die Terrasse. Tommy und Lisa sind vom Spielraum raus zu Abelhammer gelaufen und berichten ihm mit dem lebensfrohen Eifer, den nur Kinder haben, von den Ergebnissen ihrer Partien.

Ich atme tief ein, zwischen madagassischer Kaffeebohne und Schmiedeeisenpfanne. Gelassen und bestimmend zugleich erwähne ich das Offensichtliche: »Wir können jetzt nicht mehr absagen.«

Marie verschränkt die Arme, schiebt das rechte Bein vor das linke und schüttelt den Kopf auf eine Weise, die zwei mögliche Deutungen zulässt: a) Toll, wie du das eingefädelt hast, so dass ich es nicht mehr verhindern kann, du arglistiger, anmaßender Macho. b) Toll, *dass* du das eingefädelt hast, so dass ich es nicht mehr verhindern kann, du arglistiger, anmaßender Macho.

Sie atmet tief ein und geht zur Terrassentür. Als sie sie öffnet, flutet das euphorische Plappern unserer Kinder die ganze Villa.

»MamaderTommyhatmicherstviermalhintereinanderbesiegtaberdannhabeichaufgeholtunddasistsupergeilaufsoeinergroßenLeinwandundwiedasklingtundrappeltundderHerrAbelhammerhatsogarauchschondieWiiUdawirmüssensienurnochauspackenundanschließenhatergesagtunddasBootdürfenwirwirklichdasBootbenutzen?«

Marie setzt sich, nimmt einen Schluck Wein, sieht zum See hinüber … und unterschreibt.

ALPHA-RELAXING

Auf der Heimfahrt sind die Kinder laut, und ich bin still. Eigentlich geht es mir gut. Ich habe das Internet umgangen und einen großartigen Deal für die Ferien eingefädelt. Vor meinem inneren Auge plätschert die beleuchtete Regenwalddusche, und vor meinem inneren Ohr raschelt der Bambus. Dennoch schleichen sich mit jedem Kilometer, den wir uns vom Märchenland entfernen, schon wieder die Sorgen an.

»Ich glaube, unsere Kinder werden ihre ganzen Ferien in der Luft verbringen!«, sagt Marie mit einem Schulterblick auf unsere euphorischen Sprösslinge im Heck. Sie schwärmen seit der Abfahrt von Abelhammers Abenteuerland und trotz der dreihundert Videospiele vor allem von den Sprungbrettern am See und dem Riesentrampolin mit der Katapultkraft einer Raketenabschussbasis. Ich reagiere nicht auf Maries Satz, also versucht sie es weiter: »Immer, wenn wir uns draußen im Garten fragen, wo die Kinder gerade sind, müssen wir bloß den Kopf in den Nacken legen.«

Ich muss fast schmunzeln, als ich es mir vorstelle. Aber ich lasse mich nicht darauf ein. Es ist rührend, wie Marie versucht, mein Abdriften in die miese Stimmung zu verhindern, das sie längst bemerkt hat. Sie spürt es bereits, wenn mein Fuß gerade mal die krümelige Kante der Grube berührt, in die mein Gemüt zu rutschen droht. Dafür liebe ich sie. Ich versuche, ganz bewusst an den Luxus zu denken, den wir uns bald leihen dürfen. Alfons Abelhammer hat uns vorhin noch den Rest seiner Villa gezeigt. Das Badezimmer ist so groß wie unsere Küche, und die Whirlpoolwanne hat er in eine kleine künstliche Grotte aus täuschend echten Felsen eingelassen. Er hat sie sich von einem Kulissenbauer einrichten lassen. Die Grotte ist beleuchtet, genau wie die Dusche. Man kann mit der heilsamen Wirkung verschiedener Lichtfarben spielen. Im Autoradio spielt Maries Lieblingsmusiker wieder mit der heilsamen Wirkung virtuoser Eleganz. Hier ist nicht Polyethylen, sondern Polyrhythmik das Zauberwort.

Marie legt ihre Hand auf meinen rechten Oberschenkel und sagt: »Das hast du gut gelöst.«

Mein Herz macht einen Sprung, mein Kopf notiert Pluspunkte.

Mein Handy klingelt. Es steckt in der Mittelkonsole und ist mit der Freisprechanlage verbunden. Diese Einrichtung habe ich mir gegönnt, wobei »gegönnt« das falsche Wort ist. Ich bin Familienvater und Unternehmer – jederzeit rangehen zu können, ohne mein Leben oder einen Strafzettel zu riskieren, ist für mich elementar. Ich gehe sofort ran. Könnte ja ein neuer Auftrag sein.

Es ist meine Schwiegermutter.

»Hallo, mein geliebter Schwiegersohn!«, sagt sie, »ich weiß, ihr habt in letzter Zeit massig viel zu regeln. Deswegen habe ich jetzt auch seit ganzen acht Tagen nicht angerufen.«

Anscheinend erwartet sie ein Lob für diese asketische Leistung. Es ist für ihre Verhältnisse allerdings tatsächlich eine große Sache. Acht Tage im Leben einer Schwiegermutter sind keine acht Tage im Leben eines verzweifelten Selbstständigen, dem die Felle wegschwimmen. Ähnlich wie bei Hunden oder Katzen kann man für die Zeitrechnung von Schwiegermüttern das Sechs- bis Siebenfache rechnen.

»In der Zwischenzeit waren wieder zweimal meine Punkte weg«, sagt meine Schwiegermutter und meint damit ihr Computer-*Mah-Jongg*. »Da habe ich den Gregor für angerufen.«

Ich schlage mir innerlich die Hand vor die Stirn. Der arme Mann leiht mir Geld und muss dafür auch noch die Fernberatung für meine Schwiegermutter übernehmen.

»Ja, der hat mir dann auch gleich erklärt, wie ich meinen Anrufbeantworter wieder in Gang kriege. Und wieso ich auf den ganzen CDs, die mir die Marlies immer brennt, nichts höre, wenn ich sie in meine Stereoanlage schiebe. Die sind nämlich mit MP3 gebrannt! Und meine Anlage, die kann das natürlich nicht. Das kann nur der Computer. So was erklärt mir der Gregor alles, Ben, in aller Ruhe. Der Gregor macht deine Schwiegermutter auf ihre alten Tage noch richtig schlau, und das, obwohl er den Schreibtisch voll hat. Wusstest du, dass der Mann, der dieses MP3 erfunden hat, aus Deutschland kam? Aber er selbst hat niemals richtig was davon gehabt. Überleg mal, Ben, wenn der so reich geworden wäre wie dieser Zuckerhut, dieser Zuckerbart, na … wie heißt er noch gleich? Dieser junge Jude da aus Amerika?«

»Zuckerberg, Mutter. Und Jude sagt man nicht.«

»Ja, jedenfalls – stell dir mal vor, der deutsche MP3-Mann wäre so stinkreich geworden. Dann hätte Frau Merkel jetzt das Kostümtäschchen voll mit den Milliarden, und die Straßen hier in Köln würden vernünftig aussehen, obwohl wir dem Griechen und dem Spanier aus der Patsche helfen.«

Meine Ohren werden heiß.

Beide.

Nicht nur das linke, in dem das Headset steckt.

»Geld ist nicht nur dazu da, in Merkels Kostümtäschchen zu wandern, Mutter.«

»Ich mein ja nur … hast du mal die Schlaglöcher auf der Neusser Straße gesehen? Da verschwinden ganze Kinder drin, so tief sind die. Und warum verschwinden sie darin? Weil sie wild auf der Straße rumlaufen, da es nicht genügend Kita-Plätze gibt! Da hat die Frau Brunswicke-Fahrenheit von der SPD doch recht, wenn sie sagt, dass auch mal die selbständigen Unternehmer ranmüssen.«

So funktioniert die Welt meiner Schwiegermutter. Kinder irren elternlos durch die Gassen und verschwinden in Schlaglöchern, weil mir noch nicht genug Geld aus der Tasche gezogen wurde. Ich schnaufe.

»Ich bin selbständiger Unternehmer, Mutter. Ist es dir lieber, ich überweise mein Geld direkt zum Straßenbauamt und an die Kölner Kitas, anstatt davon den Wasserlieferanten zu bezahlen, damit du keine Kisten schleppen musst?«

Meine Schwiegermutter stockt einen Augenblick, als sei ich plötzlich Hellseher geworden. Erstaunt stößt sie hervor: »Genau *deswegen* rufe ich eigentlich an! Der Wassermann sagte, die Abbuchung sei zurückgewiesen worden. Ich habe ihm gesagt, das kann nicht sein, mein Schwiegersohn ist Controller. Er sagte, die Firma versucht es in zehn Tagen noch mal. Wenn dann immer noch nichts zu kriegen sei, tue es ihnen menschlich zwar leid, aber dann müsste ich einen anderen Kölner Händler finden, der sich überhaupt noch die Mühe macht, für die drei Kisten Wasser im Monat.«

Ich schlucke.

Marie reibt stoisch mein Bein.

Die Kinder schwärmen blindwütig weiter von der Ferienvilla, völlig unberührt von der Wirklichkeit, die sich hier vorn im Headset entfaltet.

»Ich werde das prüfen, Mutter. Keine Sorge. Und sag dem Mann, beim nächsten Mal soll er direkt mit mir sprechen.«

»Mach ich!«

»Schön.«

»Ist meine Tochter denn auch in der Nähe, oder …«

Ich gebe Marie das Handy, ehe meine Schwiegermutter ausgesprochen hat.

Daheim stürze ich augenblicklich ins Atelier an meinen Schreibtisch und öffne das Onlinebanking. Marie versorgt die Kinder in der Küche mit frisch aufgebackenen Biobrötchen.

Bankfilialenzahl.

Kontonummer.

Geheimzahl.

Umsatzanzeige.

– 27,62 €

Der Getränkelieferant, dem wir meiner Schwiegermutter zu Weihnachten geschenkt haben, damit sie nie mehr Plastikpullen in den Altbau wuchten muss, hat mit der Lastschrift ins Leere gegriffen, weil meine Lebensversicherung schneller war. Meine *Lebens*versicherung! Ich stütze mich auf den Schreibtisch, lasse den Kopf sinken und kann nur noch lachen.

Marie betritt das Atelier und schließt die Tür. Sie lehnt sich von innen dagegen und drückt mit beiden Händen nach, als wisse sie schon jetzt, dass es besser ist, den Schall zu dämpfen.

»Was ist?«, fragt sie, und ich hebe langsam wie ein blutender Boxer den Kopf.

»Meine Lebensversicherung«, sage ich, und statt Spucke und Blut tropft mir Sarkasmus aus den Mundwinkeln. »Ausgerechnet meine *Lebens*versicherung hat dafür gesorgt, mir endgültig das Genick zu brechen. Meine *freiwillig* abgeschlossene Lebensversicherung, in die ich *aus eigener Entscheidung* einzahle.«

Ich balle die Faust und schlage mit voller Wucht auf meinen Schreibtisch, so dass Locher, Tacker und Stifthalter kurz abheben. Ich weiß, wie sehr Marie das hasst. Doch ich kann gerade nicht anders. Mein Zornpunkt glüht in der Brust.

»Ich kann nicht mal mehr meiner Schwiegermutter das Wasser bezahlen. Das Wasser, Marie! Was für eine Symbolik. Das Wasser! Die Grundlage allen Lebens!«

»Ben, lass bitte dieses alberne Pathos.«

»Albern? Hier: minus siebenundzwanzig zweiundsechzig! Das nennst du albern?«

»Wir kommen gerade von einem Haustausch, den du verrückter Held eingestielt hast, gegen alle Wahrscheinlichkeit. Die Kinder werden Ferien haben und glauben sogar die Geschichte, dass wir wegen dieser Überraschung so lange geschwiegen haben, wo es hingeht! Du solltest dich freuen!«

Ich will mich nicht freuen, gerade wenn ich *sollte*.

Warum versteht Marie das nicht?

»Mutters Wasser, Marie!«

»Ja, mein Gott, das Wasser. Ich habe noch hundertfünfzig Euro oben in meiner Dose. Die zahlen wir am Automaten ein, und das ist wieder gedeckt.«

Ich puste.

»Puste nicht«, sagt Marie. »Denk nicht immer an alle Probleme gleichzeitig. Löse sie Schritt für Schritt.«

Ich laufe auf und ab wie ein Löwe im Käfig. Sie versteht es nicht. In meinem Kopf entstehen tausend Vorwürfe. Mein Herz und mein Verstand wissen, dass es falsch ist, meiner Frau jetzt auch nur einen davon vor die Füße zu spucken, aber mein Zornpunkt sagt, sie solle froh sein, dass ich von tausend möglichen ganze neunhundertneunundneunzig gar nicht erst äußere.

»Wenn es nach dir gegangen wäre, hätten wir den Kindern die bittere Wahrheit sagen müssen, dass wir kein Geld für Urlaub haben«, sage ich und zeige zischend auf die Tür.

»Ja, aber du hast eine Möglichkeit gefunden. Sei doch stolz darauf.«

»Stolz??? Ich habe heute den ganzen Tag in dieser Villa gezittert, Marie! Gezittert habe ich innerlich, ob ein Millionär im Bademantel genug Güte und Gnade zeigt. Weil er unsere einzige Option war. Weißt du, wie beschissen sich das anfühlt, wenn das Wohl und Wehe eines erwachsenen Mannes von der Entscheidung eines anderen Mannes abhängt?«

»Ihr habt einen Deal unter Männern gemacht. Da war nichts Ehrenrühriges dran.«

»Pah! Ein Deal unter Männern. Er ist der Riese, und ich der Zwerg auf seiner Schulter. Das siehst du doch genauso, wenn du ehrlich bist.«

»Ich habe dich niemals als Zwerg gesehen, Ben. Du bist mein Mann.«

Es ist so schön, wie ruhig sie bleibt, denkt mein Verstand. Mein Herz stimmt zu: Du tobst, und deine Frau bleibt liebevoll. Also hör auf, nach Antikomplimenten zu fischen, an die du selbst nicht glaubst. Aber ich höre nicht auf.

»Ich habe doch gesehen, wie du das Haus angeschaut hast, Marie! Die offene Architektur. Die Natursteinterrasse. Die Küche. Die Pfannen. Tu nicht so, als sei dir nicht auch der Katalogtext von Manufactum durch den Kopf gegangen.«

»Ist er. Na und?«

»Der Mann hat uns Wein für fünfundachtzig Euro eingeschenkt. Fünfundachtzig Euro! Das ist das Doppelte der gesamten monatlichen Wasserlieferung deiner Mutter! Daran denke ich, wenn ich so eine Flasche sehe. Und du denkst bei jedem Schluck: ›Hätte ich mich bloß nie darauf eingelassen, mit meinem Mann eine Firma zu gründen. Wäre ich mal schön im Architekturbüro geblieben und er als Hausmann bei der Wäsche. Dann könnten wir uns auch bald so einen Wein leisten.‹«

Jetzt verändert sich ihr Gesichtsausdruck.

Verstand und Herz sagen: Na toll, Ben. Super gemacht. Jetzt ist sogar ihre Geduld am Ende. Bauch und Zornpunkt regen sich etwas ab. Sie haben ausreichend Verletzungen verursacht.

Marie sagt, die Augen schmal und die Aussprache so präzise, dass sie jeden Buchstaben aus einem Marmorblock herausmeißelt: »Ich finde es unverschämt, dass du mir solche Gedanken unterstellst.«

Sie hat recht.

Es ist unverschämt.

Aber ich kann jetzt nicht mehr zurück. Wie sehr wünsche ich mir einen Reset-Knopf für Streitsequenzen.

»Du weißt, dass ich dich immer unterstütze, Ben. Und den Schuh, dass unsere gemeinsame Firma nicht läuft, ziehe ich nicht nur dir an.«

»Ach?«, sage ich patzig, »nicht *nur*?«

»Nein. Du kannst mir gerne vorwerfen, den Markt für kostspielige Generalüberholungen von Häusern überschätzt zu haben. Aber du musst auch dir vorwerfen lassen, fast vom ersten Tag der Firma an zu einem unerträglichen, ungeduldigen Miesepeter mutiert zu sein. Das merken die Kunden, unterschwellig, dass aus so einer Hand keine bessere Energie ins Haus kommt.«

Ich schnaufe.

»Schnauf nicht«, sagt Marie. Nun ist sie es, die ein paar Schritte im Löwenkäfig macht und zu überlegen scheint, ob sie sagen soll, was ihr auf der Zunge liegt. Sie kommt zu dem Schluss, dass es raus muss.

»Der Schuh, den du dir anziehen musst, Ben, ist ausgelatscht und alt. Ein Fetzen von Schuh, den du überstreifst, obwohl du bessere im Schrank hast. Dieser Schuh ist dein Bewusstsein. Dass du uns arm *denkst*.«

»Ha!!!«, stoße ich aus und spüre, wie ich vollständig die Kontrolle verliere. Ich weiß, dass etwas dran ist, an dem, was sie sagt. Aber ich denke zugleich an die Kontostände. Die Fakten. Mein Fuß tritt den Papierkorb neben meinem Schreibtisch. Er rollt scheppernd durch den ganzen Raum und verteilt zerrissene Umschläge, Tesafilmreste mit Katzenhaaren und gammelige Apfelschnitze auf dem Parkett. Ich trete Dinge durch die Gegend wie der letzte Prolet.

Marie sagt, die Klinke bereits in der Hand: »Und du willst ein paar Wochen lang einen Millionär vertreten.«

Sie öffnet die Tür und verlässt das Atelier … mit einem Schnaufen.

Fünf Stunden später schleiche ich die Treppe zum Schlafzimmer hinauf. Die Kinder schlafen, erschöpft und glücklich. Sie haben eine Menge Eindrücke zu verarbeiten. Von unserem Streit vorhin haben sie lediglich den Papierkorbtritt mitbekommen. Ich habe ihnen erklärt, als Marie bereits oben im Bett war, dass ich mich nur deswegen so geärgert hätte, weil mir beim Moorhuhnschießen auf dem PC kurz vor dem Rekordpunktestand die Kiste abgestürzt sei. Sie haben es geglaubt.

Gedrückt von der Last meiner Schuld, fehlt mir eigentlich die Kraft, überhaupt zu gehen, doch der Wille, alles wiedergutzumachen, schiebt mich die Stufen hinauf. Reue ist mein Treppenlift.

Lautlos schiebe ich die angelehnte Schlafzimmertür auf und sehe Marie im Bett. Sie hat sich Kissen in den Rücken gestopft und sitzt am Kopfende, die Beine lang unter der Decke. Sie spielt *Professor Layton* auf dem Nintendo DS. Eine Serie von Rätselspielabenteuern, für deren erfolgreiches Austüfteln man die Fähigkeit zur kreativen und vor allem ausdauernden Problemlösung braucht. Die Musik des Spiels klingt wie ein altes französisches Chanson ohne Text. Ich bleibe in der halboffenen Tür stehen und traue mich nicht einzutreten.

»Kann ich irgendwas tun?«, frage ich, und in jeder Silbe liegt Bedauern. Marie ist kein Mensch, der Konfliktzustände ewig aufrechterhalten möchte. Sie will, wann immer es geht, die miese Stimmung durch gute ersetzen. Für sich, für ihre Mitmenschen, für die Welt. Immerhin lenkt sie seit Stunden einen charmanten britischen Gentleman und seinen fleißigen kleinen Assistenten durch ein geheimnisvolles Dorf, anstatt wie ich nur selbstmitleidig in den Seilen zu hängen. Marie antwortet nicht sofort. Sie löst zu konzentriert ein Rätsel.

»Schatz? Kann ich irgendwas …«

»Zehenklavier!«

Das ging schnell. Kopf hoch, Antwort, Kopf wieder zum Bildschirm.

Ich lächele, hole das kleine iPod-Abspielgerät aus dem Büro, das wie eine Miniaturversion eines alten Ghettoblasters aussieht, und suche in der Liste der Lieder den passenden Song für das Zehenklavier. Es ist »Somebody That I Used to Know« von Gotye. Zu den Tönen dieses Liedes kann man das Zehenklavier am besten beginnen.

»Düb, düb düb, dü, düb düb düb düb düb.«

Ich hocke mich vor das Bett, entblöße Maries Fuß und tippe ihre süßen Zehen in der rhythmischen Reihenfolge der »dübs« in dem putzigen Pophit an. Sie kichert. Das rhythmische Stupsen ist lediglich der Beginn des von mir als Reuemaßnahme patentierten *Zehenklaviers*©. Aufs Stupsen folgt die Hauptsache – eine ausgiebige, kräftige, sinnliche Fußmassage.

Ich lege mich ins Zeug.

Marie schließt die Augen.

Legt das Nintendo zur Seite.

Lehnt sich zurück.

Stöhnt.

Das liegt daran, dass die Fußmassage gut ist. Richtig gut. Anders geht es auch nicht. Eine Fußmassage muss gut sein, sonst ist sie nur sinnloses, würdeloses Walken und Quetschen. Da kein Mann von Natur aus eine professionelle Fußmassage beherrscht, habe ich sie mir beibringen lassen, von einem Fußguru. Zwei Wochen dauerte der Intensivkurs bei dem kräftigen Mann mit der runden Brille, der früher Bodyguard war und nun Fußreflexzonenmassage betreibt … und anderen beibringt.

Das Lied von Gotye ist längst zu Ende, und im iPod spielt Glenn Gould nun seine »Goldberg-Variationen« von Bach. Ich massiere weiter zu der majestätischen Musik. Meine Frau stöhnt. Wäre ich nicht in der Absicht heraufgekommen, meine negativen Energien von vorhin wieder wettzumachen, würde ich glatt denken: Sie stöhnt mehr, wenn ich ihre Füße massiere, als wenn ich …

»Ben?«, unterbricht Marie meine Gedanken.

»Ja.«

Sie greift nach einem schmalen, gebundenen Buch auf ihrem Nachttisch. Es steht dort aufrecht, genau zwischen dem neuen Ken Follett und dem neuen Martin Walser. Meine Frau braucht Abwechslung. Sie reicht mir das Buch. Ich soll wohl aufhören und es nehmen. Auf dem Cover sind weiße Wolken in einem hellblauen Himmel abgebildet. *Erholung beginnt im Kopf* steht über der Hauptwolke. *Tiefenentspannung durch Alpha-Relaxing.*

Ich lege das Buch zur Seite und sage: »Ich weiß eine andere Art der Tiefenentspannung.« Dann klettere ich aufs Bett und schleiche auf allen vieren auf Marie zu wie ein Panther. Unter der Decke macht es empört: »Mäh!« Ich habe unseren eigenen Panther gequetscht. Schnurrend liegt Vinci, wohl schon seit Stunden, als lebendige Wärmflasche bei meiner Frau.

»Ich meine das ernst, Ben. Probier es aus. Das ist kein Unsinn, wenn ich sage, dass man durch sein Denken Zustände anzieht. Verstärkt. Vermindert. Gelassenheit macht wohlhabend. Hektik hilft niemandem. Es gibt berühmte Architekten, die das genauso handhaben. Sogar Wissenschaftler.«

Ich setze mich neben sie auf meine Betthälfte und schlage das Buch auf. Es geht um Meditation. Man soll sich hinsetzen und Kugeln aus purem Licht imaginieren. Für den Anfang in den Händen, später auch im Kopf.

»Hier«, sage ich und zitiere von Seite 19, *»bei einigen stellt sich ein angenehmes Kribbeln ein.«* Ich lege das Buch wieder zur Seite und küsse Maries Hals: »Es kribbelt schon bei mir.«

Sie drückt mich sanft weg. »Ben!«

Ich seufze. »Das probiere ich später, okay?«

Ich nehme mir meine aktuelle Nachtlektüre zur Hand. *Die Welt aus den Fugen* von Peter Scholl-Latour.

Marie registriert es mit einem schnellen Seitenblick. Sie sagt: »Wenn du das jetzt liest, statt die Meditation auszuprobieren, haben wir morgen wieder eine schlechte Nachricht in der Post.«

Ich frage mich, ob sie das wirklich ernst meint.

Sie schält sich aus der Decke, um auf Toilette zu gehen. Wahrscheinlich das erste Mal seit Stunden. Auf dem Weg zum Badezimmer schaltet sie Glenn Gould aus. Vinci folgt ihr, da unsere Katze am liebsten ein Häufchen setzt, wenn sie den Menschen auf der Toilette synchron begleiten kann.

Ich blicke zu dem Meditationsbuch an meinem Bettrand. *Alpha-Relaxing* gegen *Die Welt aus den Fugen.* Für eine Sekunde ziehe ich in Erwägung, mir lieber dreißig Minuten lang warme Lichtbälle in den Handflächen vorzustellen, als einem gestandenen Mann bei seinen Reisen durch den Irak, Afghanistan und Pakistan zu folgen. Dann greife ich doch zum Realisten mit dem Wüstenstaub an der Jacke.

GEEICHTES ZÄHLRAD

»Keine Sorge, ich kaufe nur den günstigsten Joghurt«, sagt Marie vor der Haustür. Sie fährt in die Stadt, um das Nötigste zum Essen zu holen und das letzte Bargeld einzuzahlen, damit Schwiegermutter weiter ihr Wasser bekommt. Die Kinder genießen das süße Nichtstun in der Schule vor den Ferien, und ich habe mir heute vorgenommen, meine Lebensversicherung anzurufen und die Einzugsermächtigung wieder auf einzelne Überweisungen umzustellen.

»Bevor du gehst«, sage ich und klimpere mit dem Schlüsselbund, den Briefkastenschlüssel zwischen Daumen und Zeigefinger, »du hast gestern gewettet, dass heute eine schlechte Nachricht in der Post ist, wenn ich den Peter lese, anstatt zu meditieren.«

Sie nickt.

Ich schließe den Briefkasten auf. Werbung, Prospekte, die Postkarte eines entfernten Bekannten, der kinderlos und somit schon jetzt im Urlaub ist. Thailand. Ich schließe den Kasten.

»Siehst du? Keine Rechnung. Keine Hiobsbotschaften.«

Sie stupst mir mit dem Zeigefinger auf die Nasenspitze: »Da hast du wohl noch mal Glück gehabt.«

Wir küssen uns.

»Wenn du wiederkommst«, flüstere ich, »bevor die Kinder aus der Schule zurückkommen. Sollen wir da mal ein wenig … Tiefenentspannung angehen?«

Sie schmunzelt neckisch: »Mal schauen …«

Mein Herz klopft.

Marie steigt in den Wagen.

Ich gehe ins Haus, das die nächste Stunde nur mir und der Katze gehört. Vinci weiß das und rennt schon mal vor, um sich präventiv auf meine Tastatur zu legen. Ich hole mir einen Kaffee aus unserer kleinen, nichtitalienischen Maschine. Er ist bereits gemahlen, und die Bohnen hatten keine Zeit, in den Mägen schmeichlerischer Schleichkatzen zu reifen. Er erfüllt dennoch seinen Zweck. Ich stelle die Tasse im Atelierbüro neben die Katze, unter der meine Tastatur begraben ist, suche die Nummer der Versicherung heraus und greife nach dem Telefonhörer. Bevor ich abheben kann, klingelt es.

»Breuer?«

»Spreche ich da mit Breuer?«

»Nein, Sie sprechen mit Steinbrück, deswegen habe ich eben Breuer gesagt.«

Die Anruferin ignoriert meinen Einwurf. »Herr Breuer, mein Name ist Grabinski-Bleichwasser, Stadtverwaltung.«

»Ja?«

»Es geht um das Jahresticket für den Schulbus Ihrer beiden Kinder. Thomas und Lisa Breuer.«

»Ich weiß, wie meine Kinder heißen, danke. Was ist mit dem Ticket?«

»Es war nicht rechtens.«

»Wie, es war nicht rechtens?«

Ich nehme einen Schluck Kaffee. Es ist erstaunlich, dass etwas schlechter schmeckt, wenn es *nicht* im Magen von Schleichkatzen vor sich hin gegärt hat.

»Es verhält sich so«, erklärt Frau Grabinski-Bleichwasser, »nach der seit 2005 gültigen Schülerfahrtkostenverordnung für NRW wird einem Grundschüler sein Jahresbusticket ab einer Länge von zwei Kilometern Schulweg in voller Höhe vom Staat erstattet.«

»Und dafür war ich immer sehr dankbar«, entgegne ich. »Man soll nämlich dankbar und positiv gestimmt sein. Sagt meine Frau.«

»Da hat Ihre Frau sicher recht, Herr Breuer, aber ehrlich soll man auch sein. Ehrlichkeit kommt gegenüber dem Staat immer an erster Stelle.«

Was redet die Frau da?

Wie um sich auf einen anstrengenden Satz vorzubereiten, holt die Beamtin Luft und sagt: »Der Schulweg Ihrer beiden Kinder betrug über die gesamten vier Jahre nicht zwei Kilometer, sondern einen

Kilometer und 983 Meter. Wir sehen uns daher gezwungen, die Ihnen zugekommenen Erstattungen für die Jahrestickets nachträglich zurückzufordern.«

Ich verstehe nicht, was die Frau sagt.

Das heißt, ich verstehe es schon, ich bin Controller, aber ich kann nicht begreifen, dass es wahr sein soll. Wenn es schließlich wahr wäre, würde mein Zornpunkt in der Brust sich augenblicklich in glühendes Magma verwandeln und der Papierkorb für meine Trittabsichten nicht mehr annähernd ausreichen.

»Frau …?«

»… Grabinski-Bleichwasser.«

»Frau Grabinski-Bleichwasser, wollen Sie mir gerade erklären, ich soll die bislang erstatteten Jahrestickets aus mehreren Jahren zurückzahlen, weil der Schulweg angeblich siebzehn Meter zu kurz gewesen ist?«

»Nicht *angeblich*, Herr Breuer. Er *war* siebzehn Meter zu kurz. Wir haben mit einem geeichten Zählrad nachgemessen.«

Das war der Satz der Sätze.

Ich stehe vom Schreibtisch auf, den Hörer in der Hand. Vinci bleibt liegen. Gelassen öffnet die dösende Katze ihr linkes Auge, als geschehe hier nichts Dramatisches. Als habe nicht gerade eine Beamtin der Stadtverwaltung gesagt, dass zwei Gehilfen aus ihrer Anstalt irgendwann in den letzten Wochen mit einem geeichten Zählrad den ehemaligen Schulweg meiner Kinder bis zu unserer Haustür abgelaufen sind.

»Ich wollte Sie nur schon mal darüber in Kenntnis setzen, dass da bald was kommt«, sagt Frau Grabinski-Bleichwasser, als sei sie meine freundliche Späherin. »Man muss sich ja schließlich auf so was einstellen.«

Ich halte den Hörer zu und laufe wieder löwennervös auf und ab. Die Katze blinzelt.

So funktioniert die Welt des Staates: Hat er mal leere Kassen, misst er einfach nachträglich Schulwege nach, um Rechnungen schreiben zu können, deren baldige Ankunft er in all seiner Gnade zeitig ankündigen lässt. Ich denke an mein Bett. An die weißen Wölkchen auf dem hellblauen Buch. Ich habe das *Alpha-Relaxing* verweigert und bekomme jetzt die Quittung. »Wenn du das jetzt liest statt die Meditation auszuprobieren, haben wir morgen wieder eine schlechte Nachricht in der Post.« Marie war nah dran. Nicht in der Post hat sich die schlechte Nachricht versteckt, sondern im Hörer.

Da ich seit einer Weile nicht mehr spreche, rechnet mir Frau Grabinski-Bleichwasser vor, was ich schon längst im Hinterkopf kalkuliert habe. Schließlich merke ich mir alle Zahlen. Ich habe keine Zahl vergessen, seit ich mit zwölf Jahren mein erstes eigenes Haushaltsbuch eröffnete. Erster Eintrag: *Eingang Taschengeld, 5 Mark.* Zweiter Eintrag: *Eingang gefundenes Geld, auf Straße, zehn Pfennig.* Ich freute mich mehr über den Fund als über die sichere Einnahme des Taschengeldes. Der Groschen war eine herrliche Überraschung.

»Die Tochter volle vier Jahre, der Sohn bislang drei, macht sieben Tickets à 390 Euro, da sind wir bei 2730 Euro. Zahlbar innerhalb eines Monats nach Erhalt der Rechnung, die Ihnen in rund zwei Wochen zukommt. Sie haben also sechs Wochen ab heute. Normalerweise ist die Frist etwas länger, aber da Sie laut meinen Unterlagen eine eigene Firma betreiben, können wir für Sie nicht die Frist geltend machen, die einem einfachen Angestellten zugute käme. Das verstehen Sie sicher.«

»Aber natürlich«, sage ich, »ich trinke täglich Kaffee aus geraspelten Schleichkatzen und bade danach in italienischem Wein. Wie Unternehmer das so tun.«

Frau Grabinski-Bleichwasser räuspert sich.

Ich warte ab, ob noch etwas kommt. Nach fünf Sekunden sage ich: »Das war jetzt kein Scherzanruf, oder?«

»Nein, Herr Breuer.«

Ich sage »Augenblick, bitte«, lege die Frau zur Seite, öffne die Tür zum Garten, gehe hinaus, schaue mich um, finde eine kleine Gartenschaufel, nehme sie, überlege mir, worauf ich damit einschlagen könnte, so dass keine bleibenden Schäden entstehen, finde nichts und presse einfach nur meine Hände flach auf beide Seiten der Schaufelfläche, die zwar stumpf sind, sich aber dennoch schmerzhaft in meiner Haut abzeichnen. Dann gehe ich wieder rein.

»Frau Grabinski-Bleichwasser?«

»Ja?«

»Das sind 160,59 Euro pro fehlendem Meter Schulweg. Das ist Ihnen bewusst?«

»Ich kann rechnen, Herr Breuer. Ich sitze hier im Rechnungswesen.«

Ich weiß nicht mehr, was ich sagen soll.

Langsam gewöhne ich mich daran, dass es Rechnungen hagelt, aus heiterem Himmel, unerwartet, grundlos.

»Ich bin nicht einverstanden«, sage ich, kraftlos, die Spuren der gequetschten Gartenschaufel in der Hand. »Protokollieren Sie das.«

»Ist zur Kenntnis genommen. Ich wünsche Ihnen alles Gute, Herr Breuer.«

»Das ist schön«, sage ich, und lege auf, den Blick starr auf der Tastaturkatze, dem Wahnsinn nah.

Ich habe das *Alpha-Relaxing* verweigert.

Es hat mich 2730 Euro gekostet.

»Vinci«, sage ich zur Tastaturkatze, »ich gehe jetzt rauf. Lichtbälle machen.«

Ich liege auf einem OP-Tisch in einem feuchten, kargen Gebäude. Einer Lagerhalle vielleicht oder einem Hangar. Ich kann nichts sehen. Schritte hallen. Sohlen quietschen. Ich will mich aufrichten, doch ich bin festgeschnallt. Nackt. In der Finsternis erscheinen zwei Lichtbälle. Ihr heller Schein schält zwei Hände aus dem Dunkel, auf deren Innenseite die Bälle luminiszieren. Die Hände gehören zu einem Mann, dem nun ein dritter Lichtball mitten auf der Stirn wächst. Schattenumflort erscheint sein Gesicht über mir. Es ist Herr Neurath von den Stadtwerken. Er trägt Mundschutz und Kittel. Ich zerre an meinen Fesseln.

»Ist Ihnen kalt, Herr Breuer?«, fragt Herr Neurath, und seine Stimme hallt höhnisch durch die Halle. Sie wird wabernd lauter und leiser, als würde ein überdrehter Kiffer immerfort am Regler der Stereoanlage drehen. »Das darf Sie nicht wundern, wenn Ihnen kalt ist, Herr Breuer«, tönt Neuraths Stimme, »ich habe schließlich die Heizung abgestellt. Har har har har!!!«

Ein wahnsinniges Lachen. Herr Neurath wirft den Kopf nach hinten und offenbart eine Menge Zahnreihen. Gleichzeitig zieht er sich Operationshandschuhe über. Unter dem Gummi leuchten die Lichtbälle in seinen Handflächen weiter. Er reicht ein zweites Paar Handschuhe über den Tisch hinweg, und ich folge der Bewegung mit dem Kopf. Links von meiner Schlachtbank steht eine große, knochige Frau mit pechschwarzen Haaren und eingefallenen Augenhöhlen. Als sie die Handschuhe über ihre zweigartigen Finger zieht, knacken die Gelenke wie altes Holz. Langsam beugt sie den Kopf, sieht auf mich hinab und sagt: »Die Heizung ist zwar jetzt aus, aber es reicht nicht, Herr Breuer. Es reicht nicht!«

Jetzt, wo ich ihre Stimme höre, weiß ich, wer sie ist. Frau Grabinski-Bleichwasser von der Stadtverwaltung, die ich beim Schulbusgeld meiner Kinder um siebzehn Meter betrogen habe. Herr Neurath steckt ein Kabel in eine Steckdose und reicht der hageren Beamtin eine kleine elektrische Knochensäge. Ich schnappe nach Luft und reiße stärker an den alten braunen Ledergurten, die mich halten. Zwei Hände legen sich auf das Fußende des Operationstisches. Sie gehören zu einem hochgewachsenen Mann mit dunklem Vollbart und kleiner Brille. Er trägt seinen Lichtball nicht in den Händen oder auf der Stirn, sondern direkt im Herzen. Hell leuchtend pocht es durch Haut, Hemd und Strickjacke hindurch wie eine Glühweinbude auf dem winterlichen Waldweihnachtsmarkt. Auf der Jacke ist das Logo meiner Lebensversicherung eingestickt.

»Sie müssen Ihre Schulden bezahlen, Herr Breuer«, sagt der Lebensversicherungsriese beruhigend brummig. Er beginnt, meine Füße zu massieren, während Neurath und Grabinski-Bleichwasser mit einem Filzstift schwarze, gestrichelte Linien auf meine Leiste und entlang der Schultern zeichnen.

»Die Arme sind allenfalls Durchschnittsware«, sagt Neurath, doch Grabinski-Bleichwasser, die den Edding entlang meiner Leiste führt, tröstet ihn: »Für die Beine kriegen wir mehr auf dem Gliedermarkt. Sind zwar keine Athletenstelzen, aber man merkt, dass er viel läuft.«

»Ja«, lacht Herr Neurath, und der Klang wabert wieder durch die finstere Halle, »ich glaube, sie hetzen ihn. Har har har har!!!«

»Gentlemen«, brummt der Lebensriese und lässt meine Füße los, um die großen Hände zu heben, »etwas Contenance bitte.«

Er rettet mich.

Er muss.

Er ist meine Lebensversicherung.

Er wird sie aufhalten.

»Wir wissen doch alle«, sagt er, verlässt plötzlich das Fußende und lässt sich von Herrn Neurath die Knochensäge geben, während Frau Grabinski-Bleichwasser geisterhaft um den Tisch huscht und ihm einen Mundschutz hinter dem Kopf zuknotet, »dass das mit Abstand Wertvollste an Herrn Breuer, dem Controller … sein Gehirn ist!«

Ich will schreien, doch kein Ton entrinnt meiner Kehle. Der Lebensriese beugt sich über mich und schaltet die sirrende Säge ein, um mir den Schädel aufzuschneiden. Die Gesichter von Neurath und Grabinski-Bleichwasser schieben sich gleich mit dazu. Nun sind die Lichtbälle allesamt auf ihre Stirnen gewandert.

»Freuen Sie sich einfach, Herr Breuer«, sagt der Lebensriese, »wenn wir fertig sind, haben Sie alle Schulden beglichen.«

Ich werfe den Kopf hin und her. Panisch. Stimmlos. In das grausame Sirren der Säge hinein sprechen meine Schlächter nun nur noch meinen Vornamen. Immer wieder.

»Ben?«

»Ben?«

»Ben?«

Ich öffne die Augen und sehe Marie in der Tür zum Schlafzimmer stehen. Selbst hocke ich im Schneidersitz mit Kissen im Rücken am Kopfende des Bettes. Meine Unterarme sind auf den Beinen abgelegt, meine Handflächen wie kleine Schalen nach oben gerichtet. Die vorgeschriebene Haltung zur Meditation und Tiefenentspannung nach *Alpha-Relaxing*. Ich wollte Lichtbälle machen. Stattdessen wurde ich fast zersägt. Schweiß steht mir auf der Stirn und in den Achseln.

»Ben!«, verwandelt Marie ihr rufendes Fragen in ein erstauntes Lob. »Du hast ja *Alpha-Relaxing* gemacht!«

»Ja«, sage ich stolz und rühre mich. Mein Rücken sinkt erleichtert in die Kissen.

Marie kriecht zu mir auf die Matratze und fragt: »Und? Wie war's?«

»Phantastisch. Meine Gedanken wurden von Frieden und Ausgeglichenheit durchströmt.«

»Siehst du!«, sagt sie und klopft auf die Matratze. Ob sie die Ironie in meinen Worten absichtlich überhört? So tut, als ob ich's wörtlich meine, damit ich gezwungen bin, weiterzumachen?

»Heute bist *du* mal spirituell«, sagt sie und springt wieder aus dem Bett, »und *ich* bin dafür analytisch.« Sie holt ihr Handy aus der Handtasche, die sie beim Reinkommen einfach neben den Türrahmen hat fallen lassen. Es ist ein wenig Fummelarbeit, denn das Innere der Handtasche ist mittlerweile vollständig von unserer Katze ausgefüllt. Ein paar Sekunden wühlt Marie in dem schnurrenden Fellberg, dann hat sie ihr Telefon.

»Wen rufst du an?«, frage ich.

»Rüdiger.«

»Rüdiger. Unseren Anwalt?«

»Ja.«

»Was ist passiert? Hat Tommy wieder den Sohn eines Besserwissers mit einem Dinkelbaguette verprügelt? Wurde gegen Lisa Anzeige wegen Diskriminierung dümmerer Mitschülerinnen gestellt, weil sie zu klug ist und es auch noch offen zeigt, indem sie in Anwesenheit der anderen schlaue Dinge sagt?«

Marie ist kurz davor, mich zu ermahnen, aber so, wie sie eben meine Ironie ignoriert hat, übersieht sie nun auch meinen Sarkasmus. Sie zieht ein Blatt Papier aus ihrer Tasche, faltet es auf und streicht es auf dem Bett glatt. Es ist eine Kopie unseres Vertrages mit Abelhammer. Wortlos wählt sie Rüdigers Nummer und schaltet den Lautsprecher ein, damit ich mithören kann. Für das Telefonat setzt sie sich auf den Bettrand, den Rücken zu mir. Ich muss daran denken, was Johnny Depp mal geantwortet hat, wann und warum er sich in Vanessa Paradis verliebte. Er sagte: »Ich saß hinter ihr und sah ihren Hals.«

»Marie! Das ist ja schön!«

Rüdiger freut sich für meinen Geschmack ein wenig zu sehr über Maries Stimme am Hörer. Als Anwalt kann er sicher seine Lebensversicherung *und* Mineralwasser bezahlen. Das Recht hat niemals Flaute. Marie erläutert ihm unseren Haustausch und den Vertrag. Mein Blick gleitet an ihren Flanken zur Hüfte hinab, während sie das tut. Ihre Sanduhrfigur ist eine Augenweide. Ein einziges Wohlgefühl. Das Kribbeln, das ich eigentlich vorhin bei der Meditation hätte spüren müssen, sagt jetzt hallo.

Rüdiger hört Marie in aller Ruhe zu und sagt: »Okay.«

»Wie, okay? Das ist tatsächlich rechtskräftig?«

»Jeder Vertrag, den zwei Menschen miteinander schließen, ist rechtskräftig«, sagt Rüdiger im Lautsprecher, und ich höre ihm die Freude an, die ihm das Telefonat macht. Wir kennen ihn seit zehn Jahren. Er geht so leidenschaftlich mit Paragraphen und Präzedenzfällen um wie ich mit Zahlen und Kalkulationen. Obwohl ich nicht nur mit Kalkulationen leidenschaftlich umgehen kann. Marie soll auf der Stelle aufhören zu telefonieren!

»Jeder Vertrag ist gültig? Selbst ohne Notar?«

»Selbst ohne Notar, Marie.«

»Egal, wie er formuliert wurde?«

Rüdiger lacht: »Marie, du könntest hier und jetzt zu deinem Nachbar gehen und einen Vertrag darüber abschließen, der ihn dazu verpflichtet, jeden Tag eure kleine Tüte Biomüll auf einem Präsentationskissen in seiner Schubkarre viermal um den Block zu fahren, bevor er sie dann in seine Tonne wirft. Würde er das unterzeichnen, müsste er es machen. Oder eben die Sanktionen tragen.«

Marie schmunzelt. Mir entfährt ein lauter, schnorcheliger Lacher. Einer, der durch die Nase kommt. Ich stelle mir vor, wie unser Nachbar Gerd Heyerdahl in kurzer Hose mit seinem gemeißelten Oberkörper unser Biomülltütchen schauschieben geht.

»Hallo, Ben!«, sagt der unsichtbare Justitiar im Lautsprecher.

»Hallo, Rüdiger!«

Marie sagt: »Das ist ein sehr plastisches Beispiel mit der Biomülltüte als Monstranz. Aber hier, unser Fall, der hat doch Deutungsspielraum, oder?« Sie zitiert erneut Abelhammers wichtigsten Paragraphen: »*Die tauschenden Parteien verpflichten sich, alle an den jeweiligen Hausbesitzer gerichteten Anfragen nach eigenem Ermessen zu beantworten sowie sich um alle Belange, die sich an seinem Wohnort ergeben, in gleichem Maße zu kümmern, wie der Hausbesitzer es bei eigener Anwesenheit täte.*«

Rüdiger sagt: »Das heißt genau das, was es heißt. In der Zeit des Haustauschs seid ihr im Prinzip Alfons Abelhammer. Und er ist die Familie Breuer. Also, funktional betrachtet.«

»Das steht da aber nicht.«

Rüdiger zitiert aus dem Kopf: »*Sich in gleichem Maße um alle Belange kümmern wie der Hausbesitzer.* Das bedeutet, ihr tut in der Zeit, was Abelhammer tun würde. In der Causa Mülltüten-Monstranz würde man auch nicht schreiben: *Der Nachbar fährt die Biomülltüte viermal um den Block.* Man würde formulieren: *Der Vertragspartner garantiert in den im Folgenden genannten Straßenzügen eine angemessene Präsentation des täglichen Biomülls.*«

Marie seufzt. Ein Seufzen in Sanduhrform.

Ich schlinge meine Arme um ihre Schultern, küsse ihren Hals und sage, ganz charmanter Bestimmer: »Rüdiger, wir legen jetzt auf.« Dann brumme ich, so tief ich kann, »du machst dir zu viel Gedanken«, lege meinen Unterkiefer auf Maries Schulter und umarme sie fest. Innerlich zähle ich dabei die sechs Sekunden, nach denen – ob Marie will oder nicht – die Ausschüttung von Glückshormonen beginnt.

Es funktioniert, seit ich im letzten Jahr darüber gelesen habe.

Nur, dass Marie heute sieben braucht.

Dann lassen wir uns rückwärts in die Kissen fallen.

ALGEN UND SCHWIEGERMÜTTER

»Mein Gott, ist das schön«, sagt Alfons Abelhammer, und für eine dämliche Sekunde durchfährt mich ein alberner Schauder, kindliche Prominentenehrfurcht. Da steht ein Millionär auf meiner Schwelle, einer der bedeutsamsten Mäzene des Landes, der Mann hinter den Etiketten auf den Flaschen im Getränkemarkt. Und er lebt ab heute in meinem Haus.

Ich habe Kaffee gemacht. Er duftet bereits durch den Flur nach Standard-Arabica-Bohne. Immerhin ist er fair gehandelt. Marie würde »die zwei Euro mehr« für das Siegel der Gerechten selbst dann noch ausgeben, wenn das Lesegerät an der Edeka-Kasse beim Scannen unserer EC-Karte automatisch eine Telefonverbindung zu Peter Zwegat herstellen würde. Abelhammer fächert mit den Fingern durch den Farn vor unserer Familienhaustür. Er lässt den Blick über die Rabatten vor dem Erkerfenster schweifen. »Das ist alles so schön … übersichtlich!«

Heute zieht er ein, und wir fahren ab.

Die letzten Schultage sind wie im Flug vergangen. Gregor hat erst mal eine Kiste Abelhammer gekauft, als er vom Haustausch hörte, und die Geschäfte, die es zu regeln gibt, bevor man in die Ferien geht, halten sich in Grenzen, wenn man gerade keine Geschäfte macht.

Neben Abelhammers rechtem Fußknöchel steht nur ein einziger Koffer. Vinci umstreicht sein linkes Bein. Die Kinder stehen im Flur wie zwei Messdiener. Die Arme hinter dem Rücken verschränkt, strahlen sie den Wohltäter an, der freiwillig ein kleines Land mit Stegen, Wäldchen, See und Supertrampolin gegen ein Einfamilienhaus mit Gartenteich tauscht.

»Ähem«, räuspere ich mich mit Blick auf den Koffer, »habe ich in unserem Vertrag einen Paragraphen übersehen, der Ihnen erlaubt, während der Zeit hier meine Klamotten aufzutragen, die ich im Schrank hängen lasse?«

»Bitte?« Abelhammers Aufmerksamkeit schwenkt nur langsam von Farn zu Koffer. »Ach so!« Er lacht. »Nein, nein, keine Angst, Herr Breuer. Ihre Hemden und Hosen bleiben im Schrank. Sie wissen doch, ich mache das, weil ich die Reduktion genießen will. Keine Fragen mehr: Was ziehe ich heute an? Stattdessen: mehr waschen und bügeln. Und ich habe schon gesehen: Der Rasen hier ist schnell gemäht.«

Er betritt das Haus und läuft durch die Zimmer. Alles bringt ihn zum Strahlen in seiner Schlichtheit. Auf das Wohnen in unserem sauer verdienten Eigenheim freut er sich tatsächlich so, wie normale Menschen sich darauf freuen, ein paar Wochen campen zu gehen.

Unser Wagen ist schon fertiggepackt. *Wir* haben mehr als einen Koffer. Mein Blick zischt kurz den grünen Hügel schräg gegenüber hinauf, auf dessen Kuppe die nächste Wohn- und Spielstraße verläuft. Bevor Abelhammer bemerken kann, nach was ich da genau Ausschau halte, erkläre ich ihm, Raum für Raum, schnell und laut das Haus.

Eine halbe Stunde später verabschieden wir uns. Abelhammer hat sich bereits umgezogen und steht in einer kurzen Hose in der Haustür, als seien wir bei ihm zu Gast gewesen. Wenigstens ist er nicht auf der Stelle in seinen schneeweißen Bademantel geschlüpft. Er genießt das Gefühl unseres Gemäuers im Rücken. Stolz und zufrieden lehnt er sich an den Rahmen wie ein Junge, der das erste Mal im Wohnwagen mit Vorzelt übernachtet.

»Sie kennen unseren Vertrag«, sagt er. »Funkstille während der Ferien. Wenn also noch Fragen sind, fragen Sie jetzt.«

»Dürfen wir bei dir wirklich jedes Spiel spielen?« Tommy hüpft auf und ab.

Abelhammer neigt huldvoll seinen Kopf. »Jedes Spiel, das im Regal steht.«

Lisa fragt: »Bei den Obstbäumen an der Scheune, sollen wir da alles ernten, wenn es reif ist?«

»Welche Obstbäume?«, frage ich, und mir fällt ein, dass uns Abelhammer die obskure Scheune, die meine Kinder nun zum zweiten Mal erwähnen, bei seiner Hausführung dann doch nicht mehr gezeigt hat.

»Erntet und esst!«, sagt Abelhammer und hebt dabei die Hände wie ein Messias der Fruchtbarkeit. Er schmunzelt. »Die Pflaumen sind besonders gut.«

»Wo stehen die denn?«, fragt Lisa aufgeregt, die seit diesem Schuljahr weiß, dass sie Botanikerin werden will. Oder Paläontologin. Ihr geht das Wort flüssiger von den Lippen als mir. »Pflaumenbäume habe ich an der Scheune gar nicht gesehen.«

»Tja … es gibt noch viel zu entdecken«, entgegnet Abelhammer, und wüsste ich es nicht besser, hätte ich in diesem Augenblick ein kleines, schadenfrohes Funkeln in seinem Auge entdeckt. Aber was soll schon sein? Schlimmeres als ein paar wilde Füchse kann sich auf seinem Hektar Land kaum verbergen.

Lisa strahlt wie eine Forscherin, die auf Dschungelexpedition geht. Tommy strahlt wie zu Beginn eines neuen Abenteuerspiels auf dem Nintendo, dessen zu erforschende Karte 20 000 Quadratkilometer umfasst.

Ich muss mich erneut zwingen, nicht nach oben auf den Hügel zu schauen, strecke dem Millionär meine Hand hin, drücke seine und sage: »Pakete für die Heyerdahls bitte immer annehmen. Alles andere nicht. Seien Sie hart dabei, besonders der Grieche von GLS lässt sich kaum abwimmeln. Im Teich müssen Sie die Algen angeln, aufdrehen mit der Gartenkralle, das habe ich Ihnen ja eben gezeigt.«

Und wie ich das habe, denke ich. Zwanzig der dreißig Minuten Hausführung gingen dafür drauf, denn Abelhammer gewann richtig Spaß daran. Immer wieder steckte er die lange Gartenkralle ins grüne Wasser und drehte sie so lange, bis die Fadenalgen sich darum gewickelt hatten wie grüne Spaghetti. Bei sich zu Hause muss er das anscheinend nie machen. Er sagte ja, er habe Bedienstete dafür. Hier genießt er fortan, selbst Hand anzulegen.

Ich fahre fort: »Und falls meine Schwiegermutter anruft und Beratung am Computer wünscht, weil sie nicht mehr ins Netz kommt oder ihre Punkte beim *Mah-Jongg* verschwunden sind …«

»… dann helfe ich ihr!«, sagt Abelhammer.

Eigentlich wollte ich sagen, dass er sie zu mir aufs Handy verweisen soll. Aber wenn das so ist … »Wirklich?«, frage ich ungläubig, und Marie sieht mich leicht empört an, weil ich ihre Mutter so freudig an einen Fremden abschiebe.

»Aber sicher«, sagt Abelhammer. »So lautet doch unser Vertrag: Sie übernehmen meine Belange, und ich übernehme Ihre. Algen und Schwiegermütter sind wunderbar. Besser als dieser ganze Papierkram.«

Er lässt meine Hand los und macht eine scheuchende Bewegung. »Und jetzt ab mit euch. Ihr habt dreihundert Spiele zu entdecken. Und siebenundzwanzig Obst- und Fruchtsorten.«

Lisa horcht auf.

»Und denk dran«, fügt er hinzu, »der Begriff ›Frucht‹ umfasst vieles …«

Lisa lächelt.

Wir steigen in den Wagen, die Kinder nach hinten zur klagenden Katze. Tommy gibt ihr ein Leckerli durch das Gitter des Korbes. Lisa notiert sich auf einem *Avatar*-Notizblock, dass sie siebenundzwanzig Obst- und Fruchtsorten zu entdecken hat. Ich schließe die Tür. Wir fahren los. Marie und die Kinder winken aus den Fenstern. Abelhammer winkt im Rückspiegel. Kurz vor der Kurve hinter Heyerdahls Haus schaue ich tatsächlich länger als nur eine halbe Sekunde die steile Wiese hinauf zur Straße auf dem Hügel. Der Mann, der dort oben in einem geparkten Auto sitzt, nickt unmerklich mit dem Kopf.

Es ist Gregor.

Wir haben ihn beauftragt, unseren Haustauschpartner regelmäßig zu beschatten, damit sich Marie nicht jeden Tag in den Ferien fragen muss, ob der Haken an der Sache vielleicht doch Schiffskrangröße hat. Gregor hat sich breitschlagen lassen, für mich, wie er betonte, für meinen Ehefrieden und weil ich ihm neulich die Wäsche so schön zusammengelegt hätte wie früher nur seine Frau. Dabei hat er viel zu tun mit seinem Computerdienst. Die Platten, die ich ihm neulich von Herrn Wernings Dachboden mitgebracht habe, um meine

Schulden abzustottern, hat er gerade mal zur Hälfte durchgeschaut und die Wiederverkaufswerte bei ebay und Amazon nachgesehen. Zurzeit kommt er dabei auf 8,72 Euro. Das Einzige, was mein schlechtes Gewissen beruhigt, ist die Überzeugung, dass mein alter Freund dieses Beschatten aus seinem Auto heraus auch ein wenig genießt. Immerhin hat er sein Leben lang alle Folgen von *Derrick, Der Alte* und *Ein Fall für zwei* verfolgt. Selbst von hier aus der Ferne wirkt es sehr zufrieden, wie er sich in seinem Sitz lümmelt. Jetzt fehlt ihm nur noch ein Schlapphut. Wir biegen um die Kurve, und unser Privatdetektiv verschwindet aus meinem Blickfeld.

»Komm, ruf ihn an«, sagt Marie wenig später. Draußen ziehen goldene Felder an den Fenstern vorüber, während Maries Liebling sie im CD-Wechsler besingt.

»Gregor? Jetzt schon? Wir sind gerade mal eine halbe Stunde auf der Piste. Meinst du, Abelhammer hat unser Haus in der Zeit schon zur Raketenbasis ausgebaut?«

»Ruf an, Ben.«

Ich seufze und wähle.

»Die Familie Breuer …«, meldet Gregor sich, leicht spöttisch, in seiner breitesten kölschen Betonung. »Keine Sorge. Das Vögelchen liegt brav auf eurer Terrasse und wärmt sich das Gefieder.«

»Das geht nicht, Onkel Gregor!«, ruft Lisa in die Freisprechanlage, »Gefieder kann man nicht bräunen!«

»Dann ist der Mann eben …« – Gregor überlegt – »ein Waschbär.«

Tommy kichert.

Lisa ruft: »Auch Fell kann man nicht bräunen!«

»Ach nein?«, fragt Gregor. »Und woher kommt dann der Braunbär?«

»Onkel Gregor …«, erwidert Lisa und rollt die Augen, als sei dieser Witz für sie als Elfjährige nun wirklich zu platt gewesen.

»Die Spezialeinheit Thielen jedenfalls meldet keine besonderen Vorkommnisse.«

»Siehst du«, flüstere ich Marie zu, »sag ich doch.«

»Bleib dran, Gregor, ja?«, sagt sie. »Ich freue mich auf die Villa, aber ich fühle mich immer noch nicht so ganz wohl bei der Sache.«

»Ich hab noch ein paar Computer zu machen. Ich bleibe noch eine halbe Stunde, und dann beschatte ich ihn heute Abend wieder. Okay?«

»Du bist ein Schatz!«, ruft Marie.

»Ja«, antwortet Gregor, »deswegen bin ich auch geschieden.«

Die Leitung schließt sich, und die Musik setzt wieder ein. Das ruhig fließende Lied über die goldenen Felder ist einem dynamischen Lebensbejahungsstück gewichen, bei dem der Drummer leichthändig zeigt, was er kann. Er betont den Takt zwischendurch mit winzigen Zweiunddreißigsteln auf dem großen, hellen Becken. Rhythmisches höre ich, weil man es zählen kann.

Tommy ahmt auf der Rückbank eifrig in der Luft das Schlagzeug nach. Das ist neu bei ihm, seit ein paar Wochen. Er trifft sogar das imaginäre Becken immer genau dann, wenn es wirklich geschlagen wird! Die Songs klingen im Fleisch und Blut meines Sohnes. Er zählt nicht bloß den Takt, er spürt ihn. Das bleibt aber auch nicht aus, da Marie im Auto wirklich *niemals* etwas anderes hört. Einmal hat uns Tommy in die Vertragswerkstatt begleitet und sich lautstark gewundert, warum in einem Vorführwagen gleicher Bauart ein Radiosender lief. Er dachte, Maries Platten klängen in diesem Modell ab Werk direkt aus der Karosserie.

»Wir können ganz gelassen sein, Schatz«, sage ich und lege meine Hand auf Maries Oberschenkel. »Du hast doch gehört, was Abelhammer rausgerutscht ist.«

»Was soll ihm rausgerutscht sein?«

»Algen und Schwiegermütter sind wunderbar. Besser als dieser ganze Papierkram. Das hat er gesagt. Besser als dieser ganze Papierkram. Das ist doch ein weiteres Indiz dafür, dass er seine Rolle als großer Zampano nur vom Schreibtisch aus durchführt, ganz still und leise in seiner versteckten Burg. Der Mann ist nicht Carsten Maschmeyer.«

Marie legt ihren nackten, süßen Fuß auf die Lüftung.

Das Brummen ändert seinen Klang.

Die zwei Schlagzeuger im Auto grooven vor sich hin.

Marie sagt: »Hm.«

Es gibt bei ihr üblicherweise drei Bedeutungen dieses Wortes, je nach Betonung:

a) »Ich höre dir noch zu.« Ein mittellanger, beiläufiger Laut, weich weggenuschelt wie durch eine Wolldecke. b) »Die Diskussion ist jetzt beendet!« Ein kurzer, abgehackter Laut, hart abgeschnauft, fast auf der Kippe zum »Hrmpf!«, und c) »Ich würde dir sehr gerne glauben und tendiere gerade sogar dazu, aber die Zweifel, die in meinem Kopf plärren, kann ich noch nicht ganz abstellen.« Ein kurzer, aber zum Ende hin abgeschliffener Laut, weich und sonor, wie ein wortloser Gedanke, der Überdruck ablässt.

Das »Hm« gerade war ein ganz klares c). Marie möchte glauben, dass es keinen schiffskrangroßen Haken gibt. Sie braucht nur noch einen kleinen Schubser in Richtung Sorglosigkeit. Ich strecke meinen Arm über die Mittelkonsole mit dem Schalthebel aus und halte ihr meinen Zeigefinger an die Wange. Nur Hinhalten muss man ihn bei ihr, wie bei einer Katze, und sie dann selbst entscheiden lassen, wie es weitergeht. Sie lächelt ganz behutsam, drückt ihre Zehen gegen die Lüftung und neigt schließlich den Kopf, um ihre Wange gegen meinen Finger zu pressen.

Es dauert genau sechs Sekunden.

DER STAFFELSTAB DES GLÜCKS

Ich stehe am teuren Gasherd von Alfons Abelhammer und schwenke die schmiedeeiserne Manufactum-Pfanne. Vom offenen Küchenfenster dringt das fröhliche Quietschen und Plappern meiner Kinder hinein. Lisa durchsucht das Gelände nach den siebenundzwanzig Obst- und Fruchtsorten, die Abelhammer erwähnt hat. Ihr Bruder steht drei Meter über dem Trampolin in der Luft wie eine kleine, kugelige Videospielfigur, die man mit dem Katapult durch die Landschaft schießt. Der Bambushain neben dem Trampolin raschelt im Wind vor sich hin, der sanft vom See hinüberweht. Marie sonnt sich auf einer Teakholzliege.

Der Stiel der Pfanne in meiner Hand fühlt sich an wie Gusseisen gewordener Wohlstand. Die kleinen Drillingskartoffeln, die ich im toskanischen Olivenöl schwenke, glänzen wie Goldklumpen. Ich habe sie aus Abelhammers Vorratsschrank, ebenso wie das Öl, das *für seinen intensiv-fruchtigen, leicht scharfen Geschmack prämiert* worden ist, wie der Katalog der schönen Dinge zu berichten weiß. Auf einem Brettchen neben dem Herd liegen die geviertelten, selbstgezogenen Tomaten aus Abelhammers Garten bereit. Lisa hat sie gepflückt und als eine der zu entdeckenden siebenundzwanzig Obst- und Fruchtsorten auf ihrer Liste abgehakt. Meinen Einwand, dass eine Tomate doch Gemüse sei, konterte sie strahlend mit ihrem botanischen Wissen. »Die *Solanum lycopersicum* ist eine Frucht, Papa, genau gesagt eine Beere.« Sie merkt sich diese Dinge wie ich die Katalogtexte aus Waltrop. Gleich wandern also diese roten Früchte in die Pfanne zu den Kartoffeln, und ich freue mich auf diesen einen Handgriff wie früher auf einen ganzen Badeurlaub. In dieser teuren Küche, mit Schmiedeeisen bratend, eine Schürze über der Jeans und meine Familie draußen im Glück wissend, gerate ich zum ersten Mal seit vielen Jahren wieder in einen Zustand, den keine Meditation der Welt und nicht mal Glückspillen erzeugen können: den Fluss der Freude und Vorfreude. Die meisten kennen ihn aus der Kindheit, vor allem aus den Zwischenzeiten ganz ohne Verpflichtungen, den Sommerferien und der Weihnachtszeit. Man freute sich in jedem Augenblick auf den nächsten. Die Momente gaben sich gegenseitig den Staffelstab des Glücks in die Hand, da die nächste Zukunft grundsätzlich nur Spaß versprach. Man lag auf dem Badetuch am Strand, las Karl May oder Mark Twain und hatte die Wahl. Aufstehen und ins Meer springen. In der Holzbude an der Düne ein Eis kaufen. Tennisplatzlinien in den harten Sand zeichnen, den die beginnende Ebbe freigelegt hat, und darauf mit dem Sohn der Strandnachbarn ein Match spielen. *Jede* Möglichkeit war eine gute, und selbst wenn man liegen blieb und keine wählte, schnurrte man bereits vor Glücksgefühl, da man sie alle vor sich hatte. Dieses Gefühl verschwindet mit den Jahren. Einen »Flow« spürt man allenfalls noch bei der Arbeit, solange man welche hat und nicht als Selbständiger selbst ständig den Aufträgen und Forderungen hinterherläuft. Man ist ein freier Mensch und könnte auch heute im nächsten Augenblick *theoretisch* alles machen. Praktisch allerdings landet der Staffelstab des Glücks immer auf dem kalten Boden der Tatsachen, denn es gibt *immer* etwas zu tun, das weit dringender ist, als Freude zu haben.

»Liebling!«, ruft Marie von der Teakholzliege ins Haus, »ich glaube, da brennt dir was an!«

Ich tauche aus meinen Glücksgedanken wieder in der Küche auf, sehe die Drillinge qualmen, schichte sie schnell um, kippe toskanisches Öl nach und schiebe die Tomaten vom Brett. Gerade noch mal gutgegangen. Öl und Tomatenwasser lassen eine wohlriechende Dunstwolke aus der Pfanne schießen. Alles brodelt.

Doch in mir herrscht zum ersten Mal seit Monaten Ruhe.

In der anbrechenden Nacht liegen Marie und ich auf dem Bett und hören der Stille zu, die durch das offene Fenster dringt. Es ist natürlich keine Stille, sondern das harmonische Zusammenspiel von Klängen, die einem überhaupt erst bewusst machen, wie ruhig es draußen ist. So wie die Lichtkegel alter Laternen in einer Altstadtgasse von Paris die Dunkelheit betonen. Der See plätschert leise und genügsam vor sich hin. Der Bambus raschelt. Grillen zirpen. Als hätten wir ein Haus in der Toskana getauscht und nicht bloß in Süddeutschland. Das macht wohl die insektenfreundliche Flora. Die Luft, die ins Schlafzimmer dringt, ist mit dem Duft Dutzender von Abelhammers Pflanzen aufgeladen. Und dem von Früchten. Lisa hat bisher zehn von ihnen identifiziert. Erst zehn. Das Gelände muss gigantisch sein. Die Kinder schlafen seit zwei Stunden wie die Steine. Das Hüpfen, Schwimmen, Spielen und Erforschen hat sie müde gemacht. Tommys Sprunggelenke müssen jetzt noch glühen. Unser Detektiv in der Heimat hat auch bei seiner Abendschicht keine besonderen Vorkommnisse beobachten können. Abelhammer saß bis Sonnenuntergang auf der Terrasse und löste Kreuzworträtsel.

»Seltsam, oder?«, sagt Marie in die Stille hinein. Wir liegen beide auf dem Rücken, kerzengerade. Ihre Fingerkuppen streicheln die Innenfläche meiner Hand. Ich schnurre. Auf diese Weise entstehen dort Lichtbälle.

»Was?«, flüstere ich, um das Rascheln und Rauschen von draußen nicht zu übertönen.

»Wir liegen in einem fremden Bett.«

»Ein Bett in einem Ferienhaus wäre auch fremd.«

»Ja, aber das ist das Bett des Abelhammer.«

»Wie sich das anhört, Marie. *Das Bett des Abelhammer.* Wie ein Porno.«

Sie kneift mich: »Alber jetzt nicht rum!«

»Der Abelhammer«, sage ich und male den gedachten Schriftzug des DVD-Covers in die Luft über dem Bett, *»die Macht und das Gemächt.«*

»Ben!«

»Marie … er hat sein Bett sicherlich frisch bezogen.«

»Das Laken mag gewaschen sein, aber der Geist des Schläfers lebt in der Matratze.«

Ich drehe mich zur Seite und schaue meine süße Frau an. Sie meint das so, wie sie es sagt. Und heute finde ich es unglaublich süß.

»Ich liebe dich«, sage ich.

»Ich liebe *dich*«, antwortet sie.

Der Bambus raschelt.

»Sollen wir diese Matratze mit neuem Geist aufladen?«, frage ich.

Sie lächelt. Das heißt noch nichts. Dann aber fährt ihr die Zunge unbewusst über die Unterlippe. Das heißt etwas. Ich beuge mich zu ihr und füge dem perfekten Glück des Tages einen gebührenden Abschluss hinzu.

LASSE UND KILIAN

Schon bevor ihre Füße am Morgen den Boden berühren, spüre ich, dass Marie aufsteht. Dabei habe ich einen tiefen Schlaf. Doch hier möchte ich wach sein, möchte den Tag beginnen, mit ihr, mit den Kindern. Eine Millisekunde vor Maries erster Regung bemerke ich bereits die leichte Veränderung in der Drucklage der Matratze, höre ich ihr zufriedenes Aufstehseufzen. Einen Moment später setzt sie ihre süßen Füße auf die Dielen. In meiner Phantasie plätschert nun Wasser um ihre Knöchel, denn im ganzen Haus fließt der Fluss der Vorfreude. Ich tue so, als ob ich noch schlafe. Marie steht auf und stellt sich ans offene Fenster, um die frische Morgenluft vom See einzuatmen. Eine halbe Sekunde lang zeichne ich mit meinem heimlich geöffneten linken Auge ihre Silhouette nach, da zuckt diese Silhouette ruckartig zusammen und weicht vom Fenster zurück. Ein erstickter Schrei entweicht der Kehle meiner Frau. In einem Spielfilm wäre es ein hohes Kreischen gewesen. In der Wirklichkeit klingt es, als müsse sie nach einem Schlag auf den Solarplexus einen Frosch hochwürgen.

»Marie?«, frage ich und richte mich auf, keine Sekunde länger Schlaf simulierend. »Was ist?«

Sie wendet sich halb zu mir um und flüstert: »Da liegen Männer auf dem Rasen vor der Terrasse. Zwei Männer. In Armeeschlafsäcken!«

Ich stehe auf, noch nackt vom nächtlichen Vergnügen, gehe zu ihr und schaue aus dem Fenster. Tatsächlich. Zwei dunkelbraune Schlafsackwürste aus knitterigem, robustem Bundeswehrmaterial. Im Gras, leicht schräg zur Terrasse, aber präzise parallel zueinander, wie der Doppelslash in einer Internetadresse. Die Männer darin haben ihre Arme in die an den Schlafsäcken angebrachten Ärmel gesteckt und die riesigen Kapuzen weit über die Augen gezogen. Man erkennt ein weiches, kurzes Kinn mit kleiner Kerbe und daneben ein kantiges, langes mit knallrotem Ziegenbart. Das kurze Kinn hat seine Arme eng neben dem Körper abgelegt. Der Ziegenbart hat sie auf der Brust gefaltet, als wäre er beim Beten eingeschlafen. Die Sonne steht bereits hoch am Himmel. Es ist kurz vor acht Uhr.

Marie sieht mich an.

Ich lege meinen Zeigefinger auf die Lippen, gehe zum Bett, ziehe mich leise an, gebiete meinem Weibchen, im sicheren Nest zu bleiben, und schleiche barfuß die Treppe hinab. Hinter der Tür des Gästezimmers, in dem meine Kinder schlafen, ist noch nichts zu hören. Schnell husche ich an der Terrassenfront vorbei in die Küche und hole mir dort ein Nudelholz. Es ist ein effektiver Knüppel, denn wie alles hier stammt es aus dem Katalog der guten Dinge. *Zwei Kugellager sorgen für ein leichtgängiges Arbeiten.* Und die 1,7 Kilo Gewicht dafür, dass dieser *Profi-Teigroller* als Waffe taugt.

Ich öffne die Terrassentür, gehe zum Rand des Natursteins und sage, laut und autoritär: »Hey!!!«

Der rote Ziegenbart wacht sofort auf. Erst zieht er sich zusammen wie ein Wurm, dann springt er im Schlafsack auf die Füße. Der ist am unteren Ende nicht fest verschlossen, die Füße können raus, wahrscheinlich, um im Notfall zügig weglaufen zu können. Dank der Ärmel umhüllt der gesamte Sack den Rotbart aber weiter wie ein Anzug. Lediglich die Kapuze fällt nach hinten. Sie offenbart rotes Resthaar, das weit hinter den Stirnansatz zurückgewichen ist. Die Augen sind wasserblau. Nacken und Schultern zeugen von regelmäßigem Training.

»Was soll das hier?«, fahre ich ihn an, doch sein Blick bleibt völlig ruhig, ganz ohne Unrechtsbewusstsein. Sein Kumpel schläft sogar weiter vor seinen Füßen, die Arme unverwandt im Gras, wie ein Stein.

»Oh«, sagt der Rotbart, »wir wussten nicht, dass Sie schon eingezogen sind. Ich dachte, Alfons fährt erst morgen. Wir waren zwei Tage unterwegs, sind erst gestern Nacht wiedergekommen. Hätten wir gewusst, dass Sie schon da sind, hätten wir heute Nacht erst mal in der Hütte gepennt.«

Ich versuche ihm zu folgen. »Welche Hütte?«

Er dreht sich halb um und zeigt mit dem linken Armeeschlafsackarm in das Waldstück am See, das rechts neben dem Steg beginnt: »Na, unser Zuhause. Zwischen den Tannen.«

Ich schüttele den Kopf und schaue kurz zu Marie hoch, die am Fenster steht und nun selbst Ausschau nach der Hütte hält.

»Ihr wohnt auf diesem Gelände?«

Der Rotbart ändert den Ausdruck in seinem Gesicht, zieht die Lippen ein wenig zusammen und lässt die Brauen tanzen, als wären wir nach den paar Sätzen bereits so weit, miteinander scherzen zu dürfen. »Ha. Wohnen ist gar kein Ausdruck.«

Ich runzele die Stirn.

Der Rotbart lacht, abgehackt und keckernd, es passt zu seinem Ziegenbart: »Sagen wir mal so: Wenn das ganze Gelände hier ein großer Backofen wäre, dann wären wir beide die Selbstreinigungsfunktion.«

Ich weiß nicht, was ich davon halten soll. Marie hebt im Fenster die Arme, Handflächen nach oben. Der Rotbart wirft einen vorsichtigen Blick auf das Nudelholz und streckt mir dann die Hand hin. Ich zögere einen Augenblick, wechsle den Teigroller von meiner rechten in meine linke und greife zu.

»Lasse«, sagt der Rotbart. Sein Händedruck ist kräftig. »Und das da unten ist …«, Lasse stupst mit der Fußspitze die Armeewurst auf dem Rasen an, »… Kilian.« Die Wurst brummt. Entschuldigend legt Lasse den Kopf schief: »Er hat einen zu tiefen Schlaf. Ich sage ihm immer, im Ernstfall wird ihn das den Kopf kosten. Der Feind wartet nicht, bis man ausgeschlafen hat.«

Lasse schiebt seinen Fuß unter Kilian und hebt das Bein, so dass die Armeewurst ins Rollen kommt. Bevor sie eine ganze Umdrehung gemacht hat, öffnet sich die Pelle, und Kilian erscheint. Eben noch schlafend, schält er sich nun aus dem Sack. Langsam, aber zielstrebig. In seine Stirn fällt das volle Haar eines britischen Musikers. Unter den strähnigen Ausläufern schauen zwei große Augen hervor, die in Sekundenschnelle von Schlaf auf Neugier umgeschaltet haben. Kilians Wangen sind glattrasiert. Seine Schläfen zieren schmale, gepflegte Koteletten.

Lasse wendet sich an ihn und stemmt die Arme in seine Hüften, als befände er sich seit Stunden in einer Unterhaltung mit mir: »Ich muss mich doch schwer wundern, Klitschi. Da sind die Gäste schon auf dem Areal, und du pennst einfach weiter.«

Kilian, der für den Rotbart anscheinend Klitschi heißt, reicht mir die Hand. Sein Händedruck ist unentschlossener als der seines Kollegen. Nicht weich, nicht hart. Er moduliert den Druck während der Begrüßung, als könne er sich nicht dafür entscheiden, welchen Weg er einschlagen soll.

Im Fenster neben Marie sind unsere Kinder und die Katze erschienen.

»Was sind das für Leute?«, fragt Tommy neugierig und angstfrei. »Und warum hat Papa ein Nudelholz in der Hand?«

»Wir sind die Leute, die euch jetzt Frühstück machen!«, ruft Lasse zum Fenster hinauf. »Als Entschädigung für den Schreck am Morgen.« Er sieht wieder mich an. »Gehen Sie erst mal wieder rein, hm? Schön duschen? Lecker in den Tag kommen. Wir fahren dann zum Bäcker.«

Lasse zieht nun auch endlich den Reißverschluss seines Armeeschlafsacks auf und lässt die Hülle fallen. Ein beeindruckender Brustkorb kommt darunter zum Vorschein, über den sich ein olivgrünes T-Shirt spannt. Weiter unten lässt die Baumwolle ein Sixpack vermuten. Im Schlafzimmerfenster zeichnet sich in Maries Gesicht ein Lächeln ab. So schnell, spontan und unkontrolliert, dass sie es selbst gar nicht merkt. Die jungen Männer werfen ihre Schlafsäcke über die Schultern und gehen Richtung Waldstück.

»Bis gleich!«, rufen sie, und Lasse redet noch ein wenig auf Kilian ein, ihn scherzhaft tadelnd, was für ein verschlafener Gastgeber er doch sei. Nach einer Minute Wanderung verschwinden sie zwischen den Tannen.

»Ich rufe den Abelhammer an und erzähle ihm von den jungen Männern«, sage ich zehn Minuten später. Ich habe die Terrassentür von innen abgeschlossen und stehe mit Marie oben im Bad, dieser Grotte aus Kunstfelsen, Palmen und Licht. Marie kämmt sich Haare aus den

Haaren. Vinci sitzt im Katzenklo, das wir hier oben aufgebaut haben. Sie vollzieht gerade ihr großes Geschäft. Konzentriert stiert sie dabei geradeaus zur Tür, der kleine Körper leicht zitternd, die Ohren nach vorne geklappt. Sie ist wie in Trance. Genüsslich gelähmt. Kacken ist der Rausch der Katze. Die Klümpchen fallen mit einem so deutlichen Geräusch in den Sand, als ließe sie sie aus zehn Metern Höhe in den Kasten plumpsen.

Plock!

Marie hält ihre Hand auf mein Handy: »Tu das nicht.«

Plock!

»Aber Marie. Das sind entweder Hausfriedensbrecher, dann muss ich ihn anrufen, oder es sind tatsächlich seine persönlichen Geländepfleger, die auch noch hier wohnen … dann muss ich ihn erst recht anrufen, weil er uns nichts von ihnen erzählt hat.«

»Du kennst die Paragraphen, Ben. Keine Telefonate während des Haustauschs.«

Plock!

Mein Gott, wie die Katze stinkt. Ich öffne das Fenster, mit einem etwas zu kräftigen Ruck. Ich frage mich, warum ausgerechnet Marie sich nicht aufregt.

»Du hast doch nach dem Haken bei der Sache hier gesucht«, werfe ich ihr vor. »Den schiffskrangroßen Haken. Ja, da unten hast du ihn!«

»Dieser Haken hat nicht die Form eines Schiffskrans, sondern die Figur von Bruce Willis in jungen Jahren.« Marie lächelt. Sie fährt mit der Haarpflege fort.

Ich schaue unentschlossen auf mein Telefon.

Marie beugt sich nach vorn, kämmt sich die Haare durch und sagt hinter dem wunderschönen, schon am Morgen glänzenden Vorhang: »Du hast ganz zu Recht gesagt, diese Ferien seien alternativlos. Also lass das Telefon stecken und warte ab, was passiert.«

»Guck mal, Papa, der hat ja noch mehr Controller hier!«

Tommys Ruf aus dem Spielzimmer lässt mich zusammenzucken. Zum einen, weil ich auf der Terrasse stehe und mein Blick gerade von derart schönen Croissants, Brötchen und Brezeln hypnotisiert wird, wie man sie sonst nur in der Werbefotografie zu sehen bekommt. Zum anderen, weil ich mir vorstelle, mein Sohn hätte zusätzlich zu Lasse und Kilian noch mehr Leute gefunden, und zwar ein paar Controller wie mich, die in winzigen, geheimen Büros im Schrank arbeiten und Abelhammers Zahlen prüfen. Er meint aber bloß Lenkräder und Tennisschläger für die Spielkonsole.

Marie sitzt voller Vorfreude auf das Frühstück am Tisch und bedankt sich bei Lasse, der Tee aus frischer Pfefferminze eingießt. Sie wächst in kleinen Töpfen auf der Holzterrasse am Teich. Die Brötchen, welche die Jungs besorgt haben, stammen aus der Bäckerei, deren Theke mir schon bei unserer Ankunft im Dorf aufgefallen war. Die Frühstückstafel ist liebevoll gedeckt. Kein Stück Käse liegt in Plastikhüllen auf dem Tisch. Gouda, Emmentaler, Old Amsterdam und Roquefort sind auf Brettchen angerichtet. Die Eier stecken in Bechern aus dunklem Holz. Selbst die Marmelade haben Lasse und Kilian nicht im Glas belassen, sondern wie im Hotel in kleine Schälchen umgefüllt.

Marie und die Kinder beginnen mit einem Appetit zu essen, als ließe ich sie daheim darben. Und sie machen sich überhaupt keine Sorgen darüber, dass unsere zwei Wohltäter bereits in der Küche geklimpert haben, als wir noch längst nicht wieder im Erdgeschoss waren. Sie besitzen Schlüssel vom Haus.

»Also gut«, unterbreche ich nach zehn Minuten das selige Kauen und Knuspern, »wer seid ihr? Alfons Abelhammers Leibgarde?«

»Das auch«, antwortet Lasse. »Deswegen üben wir so viel. Schlafen im Garten. Um bereit zu sein. Du musst immer bereit sein. Auch wenn unser Klitschi hier so seine Schwierigkeiten mit der Reaktionszeit hat, nicht wahr?«

Kilian ignoriert die Lästerei. Er hält sein Brötchen behutsam zwischen zwei Fingern, wie ein Lord an der königlichen Tafel. Lasse hingegen umgreift es mit der Faust, als würde er von einem Klumpen rohen Fleischs abbeißen. Beide sind auf ihre Weise britisch. Kilian ist der Adel aus Buckingham, Lasse die Arbeiterklasse aus Barnsley. Kilian sagt mit Zufriedenheit in der Stimme: »Wir sind auch Gärtner, Hausmeister, Elektriker, Köche, Förster …«

Ich hebe meinen rechten Zeigefinger und deute auf den Wald. »Und ihr lebt da drin, in einer Hütte?«

»Was heißt hier Hütte?«, sagt Kilian, »es sind satte zwanzig Quadratmeter. Mit Klo und Dusche. Und Herd.«

Lasse patscht ihm, den Mund voll und die Augen halb geschlossen, mit den Fingerspitzen auf den Unterarm: »Klitschi, es ist eine Hütte.«

»Ja, Lasse«, wehrt sich Kilian, und seine Stimme knarrt etwas tiefer, während er den Kopf vorschiebt und zugleich die Nasenspitze hebt, »aber unsere Hütte ist eine absolute Spitzenhütte. Allein schon, weil wir sie selbst gebaut haben.«

»Tatsächlich?«, fragt Marie interessiert. Männer, die selber Blockhütten bauen können, faszinieren sie als Architektin anscheinend mehr als die komplexen Finanzgebäude eines Controllers.

»Warum?«, frage ich.

Die Jungs warten ab, bis der Erste reagiert.

»Wie, warum?«, fragt Lasse.

»Warum macht ihr das? Als Leibeigener für Abelhammer arbeiten?«

»Weil es abwechslungsreich ist«, sagt Lasse.

»Weil wir gerne etwas tun«, sagt Kilian.

»Ja, etwas tun ist das Wichtigste. Wer zu viel denkt, wird depressiv.«

»Wobei, man darf schon denken, also technisch und so, handwerklich. Nur nicht existentiell. Dann lieber machen.«

Marie lächelt schon wieder.

Vielleicht kommt es vom Zuckerstoß durch die Konfitüre. Sie stammt auch aus dem Nobelkatalog und soll entstanden sein, als ein zerstreuter Koch der napoleonischen Armee die Tagesration der Milch zu lange kochte. Andererseits quittiert sie seit heute Morgen alles, was Lasse und Kilian sagen, mit einem Lächeln. Sogar ihre naiven Lebensweisheiten. Niemals über Existentielles nachdenken? Eine Einstellung, die man nur pflegen kann, wenn ein Millionär als Arbeitgeber dafür sorgt, dass man sich über seine Existenz sowieso keine Sorgen machen muss.

»Und?«, frage ich und nestele mir eine Scheibe Old Amsterdam vom Brett, die auf der Stelle zerbröselt. »Verdient ihr gut beim Biermeister?«

»Ha!«, keckert Lasse wieder auf seine Ziegenbockart und wackelt mit dem Kopf wie eine Holzspielpuppe: »Was heißt hier verdienen? Bier kriegen wir, das ist auch schon alles. Wir können froh sein, wenn er uns alte Zeitungen runterreicht, als Klopapier.«

»Jetzt veräppel die Leute nicht«, sagt Kilian. Er schaut Marie und mich vertrauensselig an: »Wir verdienen ganz gut. Nicht so viel wie in unseren alten Jobs, aber dafür ist es ein besseres Leben.«

»Eure alten Jobs?«

Kilian zeigt auf Lasse und sagt: »Autoprüfer bei der Dekra.«

Lasse zeigt auf Kilian und sagt: »Nuklearprüfer beim TÜV.«

Marie und ich rufen beide gleichzeitig aus: »Nuklearprüfer???«

Lasse senkt den Kopf und tunkt seinen Brötchenklumpen etwas pampig in den See aus Marmelade auf seinem Teller.

»Was prüft denn ein Nuklearprüfer beim TÜV?«, fragt Marie.

»Die Kernkraftwerke«, antwortet Kilian, belässt es aber dabei und stochert mit seinem Löffel im Ei, als sei ihm das Thema unangenehm.

Lasse zeigt mit dem Teigzuckerklumpen in seinen britischen Arbeiterfingern auf Kilian und sagt schmatzend: »Unser Klitschi hier war eigentlich immer ein Grüner. Und dann landet er beim TÜV in der Abteilung für die Atomkraft. Da hieß es gute Miene zum bösen Spiel, nicht wahr, Klitschi? Immer schön strahlen.«

Marie lacht.

Kilian hebt wieder Löffel und Kopf: »Das war es ja gar nicht. Ich habe ja nicht nur die Werke überprüft. Ich habe vor allem geforscht. Ich hatte ein ganzes Team. Wir sollten prüfen, ob es Hand und Fuß hat, was die Kerntechniker sich bei der Transmutation ausgedacht haben. Da verwandelt man den stark radioaktiven Atommüll in schwach radioaktiven Atommüll. Also, im Bestfall. Das sollten wir erforschen. Ob das klappt. Ob es sicher ist. Ob wir selbst Ideen dazu haben, als Ingenieure. Das war ein Befehl von ganz oben. Von Angela, sozusagen. Macht den Müll erträglicher. Ist ja auch besser, als sich an Schienen zu ketten. Aber dann kam Fukushima und der Ausstieg. Und mit dem wurden auch die Gelder für Transmutationsforschung gestrichen. Als ob der Müll verschwindet, bloß weil man ein paar Kernkraftwerke ausschaltet!«

Kilian senkt erneut den Kopf und zieht Eigelb auf seinen Löffel. Beleidigt wie ein Kind fügt er hinzu: »Drei Jahre lang sechzehn Stunden Arbeit am Tag. So habe ich mich da reingekniet. Und dann? Alles für die Tonne! Weil das immer so ist in der Welt. Es interessiert keinen!« Kilian hebt den Arm und zeigt einmal rund über das Gelände. »Hier, ob der Teich gemacht ist. Der Rasen gemäht. Der Steg repariert. *Das* interessiert einen, und dieser eine heißt Alfons Abelhammer. Oder das Frühstück hier, da *sehe* ich, dass es euch schmeckt. Deswegen hat Lasse ganz recht: Beschäftige dich niemals mit den großen Dingen. Es interessiert keinen.«

Nun kaut Lasse schon zufriedener. Befriedigt von der Respektsbekundung seines Kumpels, tunkt er das Brötchen mit der rechten Hand liebevoller in die Konfitürenpfütze, den linken Arm samt Ellbogen auf den Tisch gestützt.

»Ich sage euch: Das Wichtigste im Leben habe ich von Lasse gelernt.« Kilian nickt, einen Krümel im Mundwinkel.

Lasse kaut wortlos glücklich weiter. Lisa und Tommy haben fasziniert zugehört, wissen nun aber nicht so recht, ob sie betroffen sein müssen.

Marie sagt: »Doch.«

Wir schauen sie alle an.

»Was, doch?«, fragt Kilian.

»Es interessiert jemanden, nämlich mich.«

Ich drehe den Kopf und schaue rüber zum Teich, damit Marie nicht sieht, dass ich leicht die Augen verdrehe. Ausgerechnet sie, Miss Biomarkt, die alle Häuser am liebsten so bauen würde, dass sie mehr Energie erzeugen als schlucken; ausgerechnet sie, die einen Mercedes der E-Klasse kaum gratis annehmen würde, weil alles, was eine E-Nummer auf der Hülle hat, gefährliche Zusatzstoffe enthält; ausgerechnet meine Fengshui-Lichtbälle-Gattin interessiert sich auf einmal für Details der Kernkraft?

Kilian schaut sie misstrauisch an.

Lasse sagt: »Klitschi? Du weißt, dass wir heute noch eine große Aufgabe vor uns haben?« Die jungen Männer schauen hinüber zum Bambus, der neben dem Trampolin raschelt.

Marie legt Kilian ihre Hand auf seine, die den Eierlöffel hält: »Tut, was ihr zu tun habt. Aber du erzählst es mir später. Ja, Kilian?«

Sie betont das »Kilian« am Ende, als wolle sie Lasse demonstrieren, dass sein kluger Freund nicht Klitschi heißt.

Ich grummele, stehe auf und fange an, die Teller abzuräumen, obwohl noch gar nicht alle fertig sind. Als großen Haken des Urlaubs scheint Marie die unerwarteten Mitbewohner nicht anzusehen – oder diesem Haken zumindest gerade eine puschelige Schutzhülle aus rosa Schafsfell anzuziehen.

Und ich weiß nicht, was ich davon halten soll.

Kurze Zeit später beginnen Lasse und Kilian mit ihrer »großen Aufgabe«. Umgezogen und in Gartenarbeitskleidung gehüllt, schieben sie eine Schubkarre in Richtung des Bambushains neben dem Trampolin. Mein Sohn, der die letzte halbe Stunde wieder in der Luft verbracht hat, hört mit dem Hüpfen auf und klettert von der Sprungmatte.

»Was macht ihr jetzt?«, fragt er.

Kilian antwortet ihm: »Wir ziehen einen tiefen Graben um den Bambus.«

»Warum?«

»Um da eine Rhizomsperre reinzutun. Das ist eine superdicke Wand aus ganz hartem Kunststoff, die verhindern soll, dass der Bambus sich weiter auf der Wiese ausbreitet.«

Tommy steht vor Kilian, vier Köpfe kleiner, und sieht zu ihm auf. Wortlos fordert er weitere Erklärungen. Kilian lächelt und geht in die Hocke, während Lasse in Ruhe die Schubkarre auspackt. Es kommen Schaufeln, Spaten, Scheren und ein ganzer Kasten Bier der Marke Abelhammer zum Vorschein. Am Vormittag!

In den Pflanzungen zwischen Teichgebiet und Bambushain raschelt es. Lisa ist auf botanischer Pirsch. Das Gebüsch öffnet sich, und sie steht vor ihrem Bruder und Kilian, der gerade den Peter Lustig gibt.

»Sieh mal, Tommy«, sagt er und klopft auf dem Boden. »Hier drunter sind überall Wurzeln von dem Bambus. Der Bambus ist nämlich eine besondere Pflanze.«

Lisa mischt sich ein und nimmt Kilian das Wort aus dem Mund: »Seine Wurzeln wachsen nicht bloß nach unten, sondern zur Seite.«

»Genau«, nickt die botanische Britentolle, und Lisa lächelt so verlegen wie stolz. Kilian sagt: »Dieses Wurzelgeflecht nennt man Rhizom. Der Bambus ist die stärkste Pflanze, die man sich überhaupt vorstellen kann. Wenn man sie nicht bändigt, krabbelt sie bis unter das Haus und stemmt es irgendwann hoch.«

»Ehrlich?«, fragt Tommy.

»Es gibt auch andere Bambussorten«, sagt Lisa, »da wächst die Wurzel ganz normal nach unten. Die nennt man horstig.«

Kilian klatscht lautlos in die Hände. »Wow, du kennst dich aber gut aus.«

Lisa wird rot: »Na ja, danke.«

Lasse rammt die Spitze seines Spatens in den Boden am Rande der Pflanzung. Schnaufend sagt er: »Den horstigen Bambus hat ein gewisser Horst Evers erfunden, deswegen heißt der so.« Er drückt den Spaten mit dem rechten Fuß tiefer in den Boden, damit er Halt hat.

»Glaub ihm kein Wort, Tommy«, sagt Kilian, »Horst Evers ist ein Komiker.«

Lasse springt mit beiden Füßen auf die Schaufel und treibt sie so in den festen Gartenboden. Er biegt den Spaten vor und zurück, dann zieht er ihn heraus und setzt eine Blattbreite weiter wieder an. Marie beobachtet es mit Interesse. Sie liegt auf einer Decke im Gras – den Nacken und die frei aus dem Tanktop ragenden Schultern mit Sonnenmilch eingecremt – und hat das erste umfangreiche Buch seit langem aufgeschlagen. Einen telefonbuchdicken Historienschinken. An langer Aufenthaltsdauer in Kopfkathedralen merkt man, dass Marie Urlaub hat. Viele Seiten hat sie allerdings noch nicht geschafft, denn sie verfolgt das Geschehen am Bambus schräg gegenüber. Lasse vollführt seinen nächsten Spatensprung. Er trifft erneut auf Anhieb das Blatt. Links und rechts des Stiels kommen seine Füße auf und drücken den Stahl in die Erde. Sein Trizeps spannt sich dabei an, als hätte Neo Rauch auf einem Gemälde mit dem Titel *Mann bei der Arbeit im Freien* zur Konturierung der Muskeln noch eben einen präzisen schwarzen Strich gesetzt.

»Die Eltern von dem Horst, die hatten Humor«, sagt Lasse und biegt erneut den Spaten, damit die Erde sich lockert. »Die wohnten nämlich in Evershorst und nannten deshalb ihren kleinen Evers Horst.«

»Das stimmt allerdings wirklich!«, lacht Kilian, steht auf und holt sich sein eigenes Arbeitsgerät, um Lasse nicht allein schuften zu lassen. Aber während Lasse ein extrem robustes Modell aus Stahl verwendet, faltet Kilian nur einen kleinen schwarzen Klappspaten auf. Das Blatt findet seinen Weg in den Boden, doch beim Aufstemmen der Erde verbiegt sich auf der Stelle der gesamte Stiel.

Lasse unterbricht seine Arbeit und betrachtet Kilians Malheur. Der steht krumm da, den verbogenen Spaten in der Hand, die Schultern eingesunken, als warte er nur auf den Spott.

»Also, ich muss mich doch schwer wundern, Klitschi, was du da wieder für einen Scheiß gekauft hast.«

Ein lautes, übertriebenes Lachen bricht aus Kilian hervor. Er gackert wie ein psychotischer Truthahn, der erstmals im Leben begriffen hat, was es mit Thanksgiving auf sich hat. Während das Gegacker seinen Körper schüttelt, schaut er auf das verbogene Produkt.

»Das ist doch wieder vom Speick, oder? Hm? Klitschi? Ist das wieder vom Speick?«

Kilian nickt während seiner seltsamen Lachbuße.

»Der Speick ist was für Hobby-Überlebende«, sagt Lasse. »Wie oft hab ich dir gesagt, wenn schon, dann musst du direkt beim BW-Shop bestellen?«

Sie reden wohl von Online-Versendern. Ich frage mich, ob sie tatsächlich den ganzen Tag hier verweilen wollen.

Sie wollen.

Kilian holt sich ein frisches Werkzeug, und Lasse vollzieht einen präzisen Spatensprung nach dem anderen. Die ersten Klumpen Erde werden aus den gestochenen Linien gebrochen. Ein kleiner Hügel aus Aushub wächst parallel zu dem Graben vor dem Bambus. Ich sitze am Tisch auf der Terrasse und habe mir ebenfalls ein Buch geholt, direkt aus dem großen Regal von Abelhammer. Ich könnte mich damit auch auf die Liege legen, aber irgendwas in mir wehrt sich dagegen, es mir vollständig bequem zu machen. Der Urlaub hat noch nicht begonnen, solange diese fremden jungen Männer schwitzend und schnaufend arbeiten. Der Roman, den ich mir geschnappt habe, ist ein Thriller von Michael Ridpath und heißt *Feindliche Übernahme*. Ich schaffe mehr Seiten als Marie, die ständig vom Buch zur Bambusbaustelle aufsieht.

Als Lasse und Kilian zwei Meter geschafft haben, stellen sie die Spaten ab, ziehen je ein Bier aus dem Kasten und öffnen mit einem lauten, völlig synchronen »Plopp!« die Bügelverschlüsse.

»Ja, ich sag mal prost, ne?«, keckert Lasse.

Ich lege mein Buch auf den Knien ab und warte, ob Marie etwas sagt. Sie muss jetzt etwas sagen. Die zwei jungen Männer stehen um Punkt zwölf Uhr mittags neben ihren Schaufeln und trinken das erste Bier. Vor den Kindern!

Marie richtet sich auf der Decke auf und legt ihr Buch zur Seite.

Gut. Meine Frau hat ihre Vernunft noch nicht verloren.

»Kilian, sag mal …«, eröffnet sie ihre Rede, und ich freue mich darauf, dass sie den beiden jetzt den Kopf waschen wird, »… wenn ich dich jetzt frage, ob …«

Ich stelle mir in meiner Phantasie vor, wie Maries Satz nun weitergehen wird. Sie könnte sagen: ›… ob ihr noch alle Tassen im Schrank habt, meinen Kindern hier am helllichten Tag Alkoholismus vorzuleben?‹ oder ›… ob ihr meinen Kindern nicht gleich auch ein Bier anbieten wollt, wenn ihr schon mal dabei seid?‹

Marie sagt: »… wenn ich dich jetzt frage, ob man ein Atomkraftwerk einfach so abschalten kann, ist die Frage dann naiv?«

Ich glaube, ich höre nicht richtig. Womöglich bin ich eingeschlafen und träume.

Kilian schlendert zu Marie hinüber, sein kühles Bierchen aus dem Hause des Chefs in der Hand.

Marie sagt: »Ich frage mich das halt, wenn ich das höre. Atomausstieg. Es wird abgeschaltet. Und dann sehe ich die Katastrophe in Japan und denke mir: So einfach kann das wohl doch nicht sein mit dem großen roten AUS-Knopf, oder?«

Ich fasse es nicht. Was macht sie denn da?

Kilian setzt sich zu ihr auf die Decke. Ein Picknick aus Wissen und Bier. Er mustert sie, als sei er immer noch nicht ganz sicher, ob sie das wirklich interessiert. Marie schlägt die Beine unter. Ihre Schultern sind Kilian nun viel näher als mir. Meine Kinder umgarnen derweil den muskulösen Rotbart.

»Ja, also …«, beginnt Kilian seine Erklärung, »wenn man die reine Physik nimmt, werden zum Abschalten einfach die Steuerstäbe eingespeist, in den RDB.«

»Den was?«

»Den Reaktordruckbehälter. Der Riesenbottich mit Wasser, wo die Brennelemente drin sind, die das Wasser erhitzen. Diese vielen dünnen Stangen in den eckigen Sammelkästen. Da werden die Steuerstäbe zwischengeschoben.«

»Okay.«

»Ja, und die Steuerstäbe, die haben einen sehr großen Einfangsquerschnitt für Neutronen. Die müssen nämlich raus aus den Elementen, sonst geht die Kettenreaktion ja endlos weiter.«

Marie legt den Finger ans Kinn. Die Sonne scheint, und sie lässt sich in aller Ruhe von einem Ingenieur, der schon am Mittag säuft, die Kernkraft erklären. Der andere Mittagstrinker erzählt nicht ganz so seriös. Gerade zieht er eine dicke Bambuswurzelknolle aus der ausgehobenen Erde, hält sie meinen Kindern vors Gesicht und sagt: »Wenn ihr die hier irgendwo hinwerft, einfach so, in einen Garten oder auf einen gepflasterten Weg. Sogar auf Fliesen. Irgendwann« – er macht eine Bewegung, als würde die Knolle sich wie ein Maulwurf in die Erde graben – »frisst sie sich in den Untergrund, treibt Wurzeln, vermehrt sich, und dann kommt der Bambus aus der Erde, aus den Wänden, aus der Decke – und greift nach dir!«

Lisa lacht. Tommy ebenfalls, aber er gruselt sich auch ein wenig, denn er kann seiner kindlichen Phantasie noch nicht den botanischen Rationalismus seiner Schwester entgegensetzen.

Marie fragt derweil ihr lebendiges Telekolleg Nuklearphysik mit der Nuckelbierflasche: »Also, das heißt, diese Steuerstäbe sind wie klebrige Fliegenfänger, an denen die Neutronen kleben bleiben?«

Kilian strahlt, denn er hat in der Schule gelernt: Wirklich zugehört und begriffen hat nur derjenige, der den Stoff mit eigenen Worten wiedergeben kann. Und Maries Vergleich mit dem Fliegenfänger war so was von eigen, dass Wissenschaftler Kilian nun seinen Beweis hat: Es interessiert sie wirklich.

Er strahlt so sehr, dass seine Augen sich vergrößern. Dann verkleinern sie sich wieder, und er schaut traurig hinüber zum See.

»Wow«, sagt er. »Sonst sagen die Leute, wenn ich so was erkläre, immer nur *hm, hm*, und ich sehe, wie sie innerlich ihre Einkaufsliste machen. Aber du …«

Jetzt reicht's mir.

Ich lege meinen Roman ab, gehe ins Haus und suche in den Schränken des Spielzimmers nach Spielen, die nicht elektronisch sind. Irgendwo waren sie, Abelhammer hat mir das Fach gezeigt. Ich finde es in einer weißen Kommode links neben der Fernsehcouch. Alle Klassiker, kaum angetastet. *Carcassonne, Die Siedler, Der Palast von Alhambra.* Ich ziehe *Monopoly* aus dem Stapel, denn dieser alte Schinken ist und bleibt immer noch das Spiel, das meine Kinder am liebsten mögen. Die Industrie kann noch so viel Technik zur virtuellen Unterhaltung erfinden: Wenn ich laut »Monopoly?!« rufe, kämen meine Kinder sogar aus einem Holodeck herausgerannt, in dem gerade exklusiv für sie die Welt von *Avatar* simuliert wird und sie auf einem dieser bunten Riesenvögel durch die Luft gleiten dürften.

Ich trete wieder auf die Terrasse. Das Bild, das sich mir zeigt, ist unverändert. Links der rotbärtige Rhizomrattenfänger mit meinen Kindern. Rechts der beatleske Erklärbär auf der nuklearen Wolldecke.

Ich knalle den Spielkarton auf den Tisch und rufe: »Wer hat Lust auf eine Runde Monopoly???!!!«

Alle fünf sehen auf, kurz, wie Antilopen in der Savanne, die beim

Knacken eines Astes in der Nähe synchron die Köpfe heben … und dann weitergrasen. Marie führt ihre Plauderei mit Kilian fort und signalisiert den Kindern, dass sie den Papa gerne in die Hypotheken treiben dürfen. Lasse führt seine Gruselgeschichten über den unbesiegbaren Bambus zu Ende, wirft die Knolle auf den Aushub zurück und sagt: »Es ist heiß. Ich geh mich erst mal abkühlen, bevor ich weiterschaufle.«

»Dann komm ich mit!«, sagt Tommy, der sonst immer die Chance nutzt, da *Monopoly* im Alltag aufgrund seiner Länge viel zu selten gespielt wird. Er liebt es, genau wie Lisa, und er hat einen ganz eigenen Ansatz: Mein Sohn kauft grundsätzlich die billigen Straßen auf der ersten Geraden. In der Post-, Elisen- und Chausseestraße zieht er »Sozialwohnungen« hoch, er liebt dieses Wort, seit er es mal irgendwo aufgeschnappt hat, »Sozialwohnungen«, es geht ihm über die Lippen wie anderen Kinder das Wort »Bushido«. Hat er genug Kapital gesammelt, um seine zwei roten Hotels in der Bad- und der Turmstraße aufzustellen, wartet er jedes Mal, das letzte Hotel in der Hand, bevor er es absetzt, bekommt rote Wangen, kichert und sagt dann: »Und hier kommt der Puff!«

Und jetzt?

Jetzt geht er lieber mit Lasse schwimmen.

Cool wie die Surfer schlendern der große und der kleine Junge zur Steginsel mit den Sprungbrettern.

Ich sehe Lisa an, dass sie gern mit ins Wasser gehen würde, doch sie zögert, schaut zu mir, wie ich allein am Tisch sitze, und kommt dann herüber.

»Ich spiele mit dir, Papa.«

Ich schlucke gerührt und frage: »Auto? Hut? Bügeleisen?«

Lisa wählt den Hund.

Zwanzig Minuten später gehören meiner Tochter alle Bahnhöfe sowie das Wasserwerk und der Stromversorger. Sie weiß, wo man den Hebel ansetzen muss. Bei den Straßen hat sie sich gezielt den Kulturgürtel unter den Nagel gerissen. Runde für Runde hat sie gespart und Kaufoptionen außer Acht gelassen, um in der Goethe-, Schiller-

und Lessingstraße Häuser und Theater hochzuziehen. Wo Tommy sich beim Spielen vorstellt, wie die »Sozialwohnungen« seiner hellblauen Straßen von innen aussehen (gefliester Wohnzimmertisch, Wanduhr von Schalke, Kettenraucher in Jogginghose), erzählt Lisa zwischen den Spielzügen von den feinen Damen und Herren, die vor Beginn der Vorstellung am Lessing-Theater ihre Mantelkrägen hochschlagen.

»3200 Mark«, sagt sie und hält die Hand auf.

Ich zahle und schaue dabei zur Decke und zum See.

»Papa?«

»Ja?«

»Bist du sauer, weil Lasse und Kilian hier sind?«

Ich schiebe im geschlossenen Mund meine Zunge hin und her.

»Ich sag mal so: Ich bin froh, dass es auf dem Spielplan kein Kernkraftwerk gibt.«

Lisa zählt das Geld.

Am Steg plätschert es laut, als Lasse nach einigen Runden im See in Badehose aus dem Wasser steigt. Tommy steht gerade neben dem Sprungbrett, doch er schiebt seinen Hüpfer auf, um Lasse zu betrachten. Das glitzernde Nass tropft dem Rotbart von Kinn, Kiefer und Schlüsselbein, als er sich auf den Steg hochzieht. Marie und Kilian drehen den Kopf und bewundern den Körper, der sich da in der Sonne zeigt.

Ich höre, wie Marie sagt: »Oh … ich glaube, ab jetzt nenne ich ihn Poseidon.«

Kilian weiß nicht, was er von dieser Bemerkung halten soll.

Meine Finger schon.

Krampfhaft umschließen sie das Auto, das ich als Spielfigur gewählt habe, als wolle ich es zwischen meinen Kuppen zerquetschen.

Lisa bemerkt es. »Papa?«, fragt sie.

»Ja«, antworte ich, den Blick schießschartenartig auf Lasses Show gerichtet.

»Können wir spazieren gehen?«

Ich löse meinen Blick von dem unverschämten Körper und sehe meine Tochter über dem Spielplan an. Am Hauptbahnhof herrscht großes Gewusel, aber am Südbahnhof picken nur ein paar Tauben die Brotkrumen aus den Pflasterritzen.

»Wo willst du denn hin, Süße?«

Lisa muss nicht lang überlegen.

»Auf den Friedhof.«

Sie ist so lieb. Nimmt in Kauf, langweilig auf dem nahegelegenen Friedhof am Ende der Schotterpiste spazieren zu gehen, nur um mich aus dieser seltsamen Situation zu holen.

»Wirklich?«, frage ich.

»Ja«, sagt sie. »Ich mag Friedhöfe. Ich gucke mir gerne an, was auf den Grabsteinen steht.«

Ich atme schwer.

Auf der Wolldecke erklärt Kilian meiner Frau das Reaktorschutzsystem. Auf der Holzsteginsel am See steigt mein Sohn auf das Sprungbrett und macht einen Salto ins Wasser, während Lasse ihn anfeuert.

»Gut«, sage ich. »Gehen wir auf den Friedhof.«

SCHEISSE ZU GOLD

Der feine Kies der Wege zwischen den Gräbern knirscht unter unseren Sohlen, als ich verwundert beobachte, dass meine Tochter tatsächlich jede Inschrift inspiziert. So genau müsste sie gar nicht sein, wenn sie nur mit mir hergelaufen ist, um mich abzulenken. Manche Grabsteine liest sie im Vorbeigehen, vor anderen bleibt sie sekundenlang stehen wie eine Besucherin im Museum vor einer interessanten Skulptur. Am Rand des Friedhofs fällt das Sonnenlicht durch Baumkronen gefiltert auf die Gräber und taucht die Marmorblöcke und Beete in gelbgrünes Licht. Die weichen Schatten darin wirken wie Schokochips in einem Zitrone-Waldmeister-Eis. Die Gräber in der Mitte und weiter vorn liegen schattenfrei im Sonnenlicht. Hier sorgt der glühende Himmelskörper für Gedenken in High Definition.

»Du bist wirklich gerne hier, oder?«, frage ich meine Tochter in das leise Kiesknirschen hinein.

Sie nickt.

In ihren Augen steht der friedliche Ausdruck des Vorfreude-Flows. Grab für Grab ein bisschen Freude. Ob ich mir Sorgen machen muss, dass sie ein Grufti wird?

Ich halte Ausschau nach einem Grab, auf dem *Abelhammer* steht. Immerhin existiert die Brauerei seit vier Generationen in diesem Ort. Doch ich finde keins. Wahrscheinlich hat die Bierdynastie irgendwo anders eine private Gruft.

»Guck mal, Papa«, sagt Lisa und bleibt vor einem Grab mit einem marmornen Gedenkstein in Form eines aufgeklappten Buchs stehen. »Der Mann hier ist nur dreiundvierzig geworden. Das wäre ja so, als wenn du bald stirbst.«

Ich lege meine Hand auf Lisas Schulter: »Ich sterbe nicht so bald, Süße.«

»Aber das weiß niemand«, sagt Lisa. »Ich kann auch morgen überfahren werden.«

»Sag nicht so was.«

Wir schweigen einen Moment vor dem Grab. In das aufgeschlagene Buch ist ein Spruch eingraviert: *Nutze Deine Zeit, um Geschichte zu schreiben*. Unter dem Namen des Verstorbenen steht *Historiker*. Ich vermute stark, er hat sich diese Inschrift angesichts seines nahenden Endes auf dem Krankenbett selbst ausgedacht.

Die Bäume rascheln.

Ein alter Mann dreht an der Wasserstelle quietschend den Hahn auf und hält die Gießkanne darunter. Mit einem hohlen Bumpern trifft der Strahl im Kannenkörper auf das Plastik auf.

»Wenn du wüsstest, du hättest nur noch ein Jahr«, sagt Lisa, »würdest du dann auch noch immer so wütend sein?«

Die Frage meiner Tochter klingt leise über den Platz, aber sie geht mir durch Mark und Bein wie ein Donnerschlag. Ich drehe mich zu ihr und hocke mich vor das Grab des Historikers, um auf Augenhöhe zu sein. »Wie kommst du denn darauf, dass ich wütend bin?«

»Ich merke das. Ich bin deine Tochter.«

»Aber …«

»Im Atelier neulich, da hast du den Papierkorb nicht getreten, weil dein Computer beim Moorhuhnschießen abgestürzt ist, oder?«

Ich senke den Kopf und schüttle ihn.

Der alte Mann hat seine Gießkanne gefüllt und schlurft zu einem Grab genau gegenüber dem, vor welchem wir knien. Ich nicke ihm lautlos zu. Er beginnt, die Blumen und die Hecke zu wässern.

»Ihr streitet viel, Mama und du.«

»Wir haben Meinungsverschiedenheiten.«

»Seit ihr versucht, den Leuten die Häuser schönzumachen, wirst du jeden Tag wütender, Papa.«

»Ja, weil … ach Schatz, du bist zu jung, um das zu verstehen.«

»Ich bin elf!«, entrüstet sich Lisa. »Ich weiß, dass eine Tomate eigentlich eine Frucht ist, dass Bambus entweder Rhizome hat oder horstig wächst und dass ich meine erste Regelblutung kriege, sobald ich schwerer bin als fünfunddreißig Kilogramm.«

Der alte Mann lässt seine Kanne fallen.

Meine Wangen werden heiß.

»Lisa! Auf dem Friedhof spricht man nicht vom Eisprung.«

»Ich laufe gleich quer über alle Gräber und singe laut vom Eisprung, wenn du nicht zugibst, dass du total wütend bist, Papa!«

Der alte Mann klaubt seine Kanne wieder auf und geht schnell neues Wasser holen, obwohl eigentlich alles nass ist.

»Okay, okay. Ich bin wütend. Weil … weil …« Nein, ich bin Controller. Ich werde auch nicht zwischen den Toten zugeben, dass wir insolvent sind. Es ist ja sowieso nur vorübergehend.

»Es macht Tommy Angst, wenn du wütend bist«, sagt Lisa, und es bricht mir das Herz, das zu hören. Zum einen, weil es heißt, dass es auch ihr Angst macht und sie es diplomatischer ausdrückt als ein Erwachsener. Zum anderen, weil ich nun ein Mann sein soll, dessen Frust seinen Kindern die Geborgenheit nimmt? Ich??? Solche Männer sieht man am frühen Abend im Privatfernsehen!

»Oh, Schatz …«, sage ich und nehme meine Tochter in den Arm.

Ihr Kinn auf meiner Schulter sagt sie: »Vielleicht haben Lasse und Kilian ja recht, Papa. Vielleicht denkst du einfach nur zu viel.«

»Ja«, sage ich, weil ich in dieser Situation nichts anderes sagen kann, »vielleicht.«

Ich merke, dass der Zornpunkt in meiner Brust zu glühen beginnt, obwohl mein Herz und mein Verstand gerade voller Überzeugung meine Tochter trösten. Muss sie mir ausgerechnet die zwei Störenfriede unserer Ferien als Vorbild für ein ausgeglicheneres Gemüt vorschlagen? Ich schäme mich dafür, dass mich das sauer macht. In meinem Augenwinkel werden die Worte der Grabinschrift eines fast Gleichaltrigen von der Sonne gewärmt.

Wir lösen die Umarmung. Lisa sieht mich mit ihren braunen Augen genau an und sagt: »Stell dir doch einfach vor, jeder Tag wäre der letzte Tag deines Lebens. Oder die letzte Woche. Und dann frag dich, ob du lieber wütend sein oder lieber Spaß haben würdest.«

Ich lächele.

Beschämt, dass mein Kind mir so etwas erklären muss.

Stolz, dass mein Kind mir so etwas erklären kann.

Und erleichtert, denn mit dieser Haltung wird sie eher Buddhistin als Grufti.

Auf dem Rückweg zum Haus nehme ich mir fest vor, den Rest des Tages alles gelassener zu betrachten.

Als wir zurückkehren, sind bereits zwei Baustellen entstanden. Lasse und Kilian schaufeln weiterhin am Bambus … und Marie steht am großen Grill der steinernen Außenküche. Marie hat sich die nötigen Zutaten aus der Küche nach draußen geholt und mischt in der Sonne Grillsoßen zusammen. In einer Glasschüssel hat sie bereits das Sojahack mit Zwiebeln, Paniermehl und Peperoni angerührt, aus dem sie immer ihre täuschend echten Frikadellen formt. Ich spüre, dass es in meinem Zornpunkt piekst, als wäre es ein Vorrecht von mir als Mann und Haustauschorganisator gewesen, den Außengrill als Erster zu benutzen. Ich unterdrücke das unsinnige Gefühl. Tommy hilft Lasse und Kilian beim Ausheben des schmalen Bambusgrabens. Er schafft es nur, ganz kleine Klumpen aus dem Erdreich zu schaufeln, doch jeder einzelne davon macht ihm sichtlich Freude. Er hat angefangen, sich beim Arbeiten die Gesten der Großen abzugucken. Jetzt zum Beispiel wirft er seinen Aushub mit dem beiläufigen Schnaufen eines Autobahnarbeiters im Hochsommer auf den Hügel, lässt die Schippe fallen und greift nach seiner Flasche, um mit den Kollegen anzustoßen. Lasse und Kilian haben für ihn eine Limonade aus dem Hause Abelhammer aus dem Vorrat gekramt, die auch Haushaltsgerätemann Mayer senior während der Arbeit trinkt. Die Bügelflasche sieht genauso aus wie die vom Bier. Den Graben haben Lasse und Kilian höchstens zu einem Viertel geschafft, den Kasten Bier bereits zur Hälfte.

»Teste mal, wie tief wir sind, Klitschi!«, befiehlt Lasse, und Kilian klappt einen Zollstock auf.

»Was brauchen wir für die Rhizomsperre?«

»Neunzig.«

Kilian misst. Kaum hat er die Zahl vom Zollstock abgelesen, startet er wieder sein irres, gackerndes Lachen.

»Reichen auch zweiundvierzig?«, brüllt er, und seine Augen stülpen sich noch weiter aus dem Schädel.

Lasse reißt seinen Mund auf und lässt ein lautes, übertriebenes »Öh!« ertönen, hart und kurz ausgestoßen wie das Stottern eines Auspuffs. Er beugt sich zum Zollstock und liest selber ab, als könne er Kilians Augen nicht trauen.

Kilian lässt sein Gelächter ausklingen und sagt scherzend: »Und wenn wir die Sperre einfach oben aus dem Boden gucken lassen? Wie einen kleinen schwarzen Zaun? Ist vielleicht praktisch als Mähkante.«

Lasse richtet sich wieder auf, stemmt die Arme in die Hüften und schüttelt den Kopf: »Klitschi, ich muss mich doch sehr wundern über deine Einstellung.«

»Ja, aber Lasse …«, sagt Kilian und wechselt nun wieder aus dem irren Lachen in seine knarrende Stimmlage bei vorgeschobenem Kopf, in der er scherzhaft intoniert, was er eigentlich ernst meint, »… mit den Schaufeln hier, da kommen wir nicht viel tiefer. Oder wenn, dann dauert das so lange, bis in Amerika kein hellbrauner Hawaiianer, sondern eine pechschwarze, lesbische Sozialistin zum Präsidenten gewählt wurde.«

Da ich mir auf dem Friedhof vorgenommen habe, die Dinge gelassener zu betrachten, fällt mir plötzlich auf, woran mich die Interaktion der beiden jungen Männer erinnert. Ihre Art des Dialogs. Der Nonsens. Die stille Hierarchie. Die immer wiederkehrende Abfolge von Provokation und Scherz. Das blinde Verständnis untereinander, welcher Tonfall auf welchen zu folgen hat.

Gregor und ich haben als junge Männer so miteinander gesprochen. Aus Problemen Witze gemacht. Meinungen als Scherz geäußert. Zeit verplempert und es genossen. Lieber noch einen schwachsinnigen Satz mehr. Und ein Bier. Ich war damals Kilian, der Nerd, und Gregor war der große Lasse, der die Welt verstand. Heute habe ich eine Frau und zwei Kinder und Gregor eine Junggesellenbude mit Scheidungsgedenkschal in Fußballoptik. Dafür hat Gregor Geld.

Ich begrüße Marie mit einem Kuss, und sie fragt mich nach unserem Spaziergang, während die Gabel beim Soßenrühren in der Glasschüssel klimpert. Ich sage Marie beruhigende Dinge. Dann schlendere ich zu den Jungs, lasse mir von meinem Sohn eine Limonade statt eines Biers reichen, stoße mit ihm an und sage: »Es gibt für so was doch bestimmt eine Maschine, oder?«

Lasse und Kilian sehen mich erstaunt an.

»Ja, sicher«, sagt Kilian. »Sie heißt Grabenfräse.«

»Und?«, frage ich. »Warum benutzt ihr sie nicht? Ich nehme an, Abelhammer hat genug Geld, um so ein Ding zu besorgen.«

Lasse, dem von der Anstrengung des Schaufelns trotz seines zwischenzeitlichen Bades im See die Adern an den Schläfen hervorstehen, spielt wieder den Empörten: »Ben. Ich darf doch Ben sagen, oder?«

Na prima. Da bin ich einmal nett, und schon habe ich das Du am Hals. Ich erinnere mich an eine Erwerbsregel der Ferengi, dieser Kaufmannsspezies aus *Star Trek*, mit den großen Ohren: »Einer guten Tat folgt die Strafe auf dem Fuße.« Gregor würde dem zustimmen, auch wenn er *Star Wars* mehr zu schätzen weiß. Ergeben nicke ich.

»Also Ben«, setzt Lasse neu an, »es ist so.« Er senkt den Kopf und dreht dafür die Pupillen nach oben, wie ein Agent in verschwörerischer Verhandlung. »Ein Mann muss jederzeit fähig sein, ohne fremde Hilfe auszukommen. Und das heißt auch: ohne unnötige Hilfsmittel. Vor zweitausend Jahren gab es noch keine Grabenfräse.«

Kilian nickt zustimmend.

»Vor zweitausend Jahren hat auch noch keiner versucht, den Bambus zu bändigen«, wende ich ein.

Lasse ignoriert es. Er fährt fort: »Hier, Klitschi, mein Kollege … der ist mal« – Lasse lacht und schüttelt sich, bevor er weiterspricht –, »der ist mal fünftausend Kilometer mit seinem Bus durch Europa gefahren und hatte nicht mal einen Kanister mit Sprit dabei. Oder Zigaretten.«

»Wieso Zigaretten? Ihr raucht doch gar nicht.«

»Als Tauschmittel«, sagt Lasse, »wenn das Währungssystem zusammenbricht.«

»Also«, sage ich, »es ist schon recht unwahrscheinlich, dass ausgerechnet in den zwei Wochen, wo einer in die Ferien fährt, europaweit das Währungssystem zusammenbricht.«

»Ja?«, fragt Lasse. »Tatsächlich? Ich finde, man muss jederzeit dafür gewappnet sein, dass schon morgen überall bewaffnete Männer mit filzigen Wollmützen an den Zapfsäulen stehen, die die Tankstellen übernommen haben. Und dann sagen die: ›Hallo, Ben, du willst tanken? Willst schön nach Hause mit deiner Familie? Dann lass mal lecker Zigaretten rüberwachsen. Der Preis für einen Liter Diesel steht heute bei … zwölf Fluppen.‹«

Kilian schmunzelt.

Lasse steckt den Spaten in den Boden und unterstreicht seine kleine Aufzählung mit einem gezielten Sprung auf die Kanten des Blattes.

Da die Jungs wieder konzentriert arbeiten, halte ich es für sinnvoll, den Tisch decken zu gehen. Immerhin beginnt Marie gerade, aus dem Sojahack die Frikadellen zu formen. Ich hole vier Tischsets aus Abelhammers Schublade für Tischsets. Bei uns daheim teilen sich die Dinger den Platz mit Brettchen, Raspeln, Serviettenhaltern und zwei Kerzenständern, die man nur an Weihnachten braucht.

»Da fehlen zwei Gedecke«, sagt Marie, die Finger im tierfreien Hack.

Die Gartenerde reibt sich am Spatenstahl.

»Dann fehlt da aber auch echte Wurst«, kontere ich.

Marie schmeckt die Mischung ein letztes Mal ab und mischt noch einen Löffel Dijonsenf unter.

»Ist alles mit ihnen abgesprochen. Heute probieren sie mal vegetarisch.«

»Ach, ist alles schon abgesprochen, ja?«, sage ich. »Wann denn das?«

»Als mir Kilian und Lasse ihre Hütte gezeigt haben.«

»Sie haben dir schon ihre Hütte gezeigt?«

Ich bleibe stehen, Besteck und Sets in der Hand, und ernte im Vorbeigehen einen mahnenden Blick meiner Tochter. Der Blick sagt: ›Papa, ich merke, du würdest jetzt gern diese Teller mit lautem Getöse auf die Terrasse werfen, aber ich erinnere dich daran, dass es nicht lange her ist, dass wir beide auf dem Friedhof ein ernstes Gespräch hatten.‹

Ich schlucke, lege die Sachen auf den Tisch, hole noch zwei Gedecke und bereite den Tisch für sechs Personen vor.

Marie formt die Frikadellen fertig und legt die ersten auf den gasbetriebenen Grill.

Das »Schrack!« und »Tschiiiiing« des Stahlspatens in der Erde wird nun flankiert vom Brutzeln der fleischlosen Buletten. Eigentlich ganz angenehm, die Kombination. Fast meditativ. Würde Lasse nicht in diesem Moment ein kleines Radio einschalten. Das würfelförmige Gerät hat gerade mal die Größe einer Kinderfaust … aber auch dessen Lautstärke. Es rauscht, bis sich ein Sender meldet. Danach schallt deutscher Schlager über den See und durch die Täler. Ein Mann singt: »Du, ich fang dir den Mond mit einem gold'nen Lasso ein / dann wird es um dich nie wieder dunkel sein.« Ich schmunzle. Lasse lacht. Sicher dreht er den Regler nun weiter, bis er einen Popsender gefunden hat. Vorher aber singt er noch die nächste Zeile mit, um sich über den Kitsch lustig zu machen. »Deine Haare leuchten grenzenlos«, grölt er, Ton für Ton exakt synchron, als habe er das Lied schon mehr als einmal gehört. Bei den nächsten Worten winkt er Marie am Grill: »… und deine Augen tun es sowieso.«

Kilian wippt im Takt mit, und Lasse stellt das Radio nun vorsichtig wie ein rohes Ei in der Schubkarre ab. Ohne den Sender zu ändern!

Gelähmt höre ich mir das Lied zu Ende an, bis ein Moderator sagt: »Das war der große Andreas Martin mit ›Du, ich fang dir den Mond‹, zurzeit auf großer Tournee durch Deutschland, und wir verlosen noch zwei Karten für das kommende Wochenende in der Taubertalhalle.« Der Moderator hat diese sanfte, sorglose Stimme, wie sie immer bei Schlagersendern verwendet wird. Er betont das Gesagte außerdem auf jedem zweiten Wort, als mache er Knoten in ein dickes Seil, das als Treppengeländer benutzt wird.

»War dir eigentlich klar«, fragt Marie, während sie die Frikadellen wendet, »dass die Kernspaltung im Grunde Alchemie ist?«

Ich weiß nicht, was ich sagen soll. Bis gestern war die Kernspaltung für sie einfach nur böse. Und dass diese jungen, geschlechtsreifen Männer ernsthaft Schlager mögen, stört sie, in deren Auto grundsätzlich nur ein einziger, dem deutschen Schlager *sehr* ferner Sänger läuft, anscheinend auch nicht.

»Kilian hat es mir erklärt«, fährt sie fort, während im Radio Andrea Berg ein Duett mit Semino Rossi startet. »In den schmalen Röhren beschießt man Uran mit Neutronen. Uran ist der Kernbrennstoff. Er zerfällt in zwei ungefähr gleich große Trümmerkerne. Das Zauberwort heißt in etwa: Die beiden Stücke ergeben nicht wieder die Ausgangssumme. Was übrig bleibt, wandelt sich sofort in Energie um. So, als würdest du einen Holzscheit spalten, und die herumfliegenden Splitter und Fasern fangen auf der Stelle Feuer.«

»Aha«, sage ich und denke mir: Der Junge erfindet verdammt gute Bilder. Das würde ich natürlich niemals laut sagen. Vor allem jetzt nicht, wo ich beobachten muss, wie er beim Schaufeln die Schnulze mitsingt.

Ich frage: »Sind die Soßen fertig?«

Marie nickt.

Ich trage die Schälchen zum Tisch und frage mich dabei, mit welchem Thema ich anfangen soll. »Stört es dich eigentlich nicht, dass die zwei den ganzen Tag trinken, Marie?«

»Ben. Sie machen Gartenarbeit. Wenn du das Auto wäschst, trinkst du auch hin und wieder ein Bier dabei.«

Aber keinen halben Kasten, denke ich mir im Stillen, und ich höre dabei auch keine Schlager. Ich sage es aber nicht laut. Stattdessen nehme ich Maries Gelassenheit als Erlaubnis, mir selbst ein kaltes Abelhammer aus dem Kühlschrank in der Küche zu holen. Das zweierlei Maß der Ehe erwartend, stehe ich einen Augenblick mit der ungeöffneten Flasche im Fenster, bis Marie es bemerkt. Ihre Augen verweilen einen Moment lang auf der Flasche. Dann sagt sie: »Bring mir auch eins mit raus!«

Ich stutze.

»Ja, mein Gott. Wir haben Urlaub, Ben!«

Was geschieht mit meiner Frau?

Sie trinkt am Tag und grillt, während Schlager läuft.

Ich gehe nach draußen und gebe ihr das Bier.

»Prost«, sagt sie und trinkt so kräftig wie der durstige Mann auf der Tuborg-Dose, bis sie weiterspricht, »die Pointe kommt noch.« Sie wischt sich ein wenig Schaum von der Lippe, mit dem Handrücken, den Pfannenwender für die Frikadellen auf dem Grillrost in der Hand. »Die zwei Teile, die entstehen, wenn man Uran spaltet, die sind nicht selber wieder Uran. War dir das klar, Ben? In den Brennstäben zerfällt das Uran in andere Elemente. Xenon, Strontium, Brom, Krypton, Plutonium … theoretisch kann sogar Gold daraus werden! Das ist so, als lägen nach dem Holzhacken nicht zwei Holzscheite auf dem Block, sondern ein Klumpen Eisen und ein Klumpen Blei.«

Ich habe während ihrer Erklärung selbst getrunken. Das Bier von Abelhammer schmeckt sehr gut. Herb und frisch, so, als wäre es immer naturkalt, auch wenn es nicht wie bei uns aus dem Kühlschrank kommt. Ich nehme die Flasche vom Mund: »Sag das noch mal.«

»Ein Klumpen Eisen und ein Klumpen Blei.«

»Nein, das davor. Man kann Uran zu Gold zerschießen?«

»Ja. Frag Kilian.«

»Das geht gerade nicht, er ist mit Andrea Berg beschäftigt.«

»Ja«, sagt Marie, »putzig, nicht?«

Einige Gassenhauer später sitzen wir am Tisch und essen. Die Jungs waren so freundlich, das Radio leise zu drehen. Die verkommenen deutschen Barden wispern nun leiser im Hintergrund dahin als die raschelnden Bambusblätter.

»Da ist doch Fleisch drin!«

Lasse besteht seit drei Frikadellen darauf, dass Marie heimlich echtes Hack untergemischt hat. Ein großes Lob von einem Fleischesser. Er weiß das und macht ein Theater, als hätte Marie die Weltformel entdeckt. Von mir aus soll er. Ich mag es, wenn meine Frau sich freut. Und ich schraube mir gerade das dritte Hausbier in den Schädel. Angesichts der Tatsache, wie wenig ich in den letzten Wochen getrunken habe, entfaltet Abelhammers Gebräu eine wuchtige

Wirkung. Sagen wir es so: Lisa muss mich seit Beginn des Essens nicht mehr mit Blicken ermahnen.

»Sag mal, Kilian«, frage ich spontan, bevor ich es mir anders überlege. »Stimmt das wirklich, dass man Uran zu Gold zerschießen kann?«

Ich denke an Herrn Neuhaus von den Stadtwerken. An Frau Grabinski-Bleichwasser. An das Wasser meiner Schwiegermutter.

»Klar«, antwortet unser Nuklearanlagenberater und tunkt seine Frikadelle in die Barbecuesoße, »da gibt es nur zwei Probleme. Erstens kannst du nicht steuern, ob es Gold wird oder was anderes. Und zweitens: Selbst wenn Gold dabei entsteht, dann klebt es sozusagen in den Brennstäben. Also in den Dingern, die so stark strahlen, dass man bis heute kein Endlager dafür findet.«

»Das heißt also, ich wäre reich, aber verstrahlt.«

Lasse, Marie und die Kinder lachen. Das tut gut.

Kilian sagt: »Na ja. Selbst, wenn wir annehmen, du könntest auf ebay gebrauchte Brennstäbe kaufen und in denen wäre ausschließlich Gold entstanden, sprechen wir hier von Teilchen auf atomarer Ebene. In so einem Stab ist wahrscheinlich weniger drin als das geschredderte Verschlussglied einer Halskette.«

Ein Geräusch ertönt von innen am Terrassenfenster. Es klingt wie Füße, die in einer gefüllten Badewanne herumrutschen. Vinci kratzt mit den Pfötchen an der Scheibe.

Lasse öffnet sich ein neues Abelhammer und sagt: »Mein Chef hatte mal eine Katze mit Schilddrüsenproblem. Sie wurde radioaktiv bestrahlt, das macht man dabei so. Das Tier war elf Tage in Quarantäne. Aber ihre Scheiße …« – Lasse lacht wieder, ruckartig, er schüttelt sich, da er schon weiß, was gleich kommen wird –, »… die hat noch vier Wochen nachgestrahlt. Er musste sie zu Hause in einem Spezialeimer sammeln. Durfte sie nicht in den Restmüll schmeißen.«

»Guten Appetit«, sagt Marie, kichert aber ebenfalls dabei.

Lasse sagt: »Was ich mich jetzt frage, Klitschi: Theoretisch hätte man doch auch aus dieser Scheiße Gold machen können, oder?«

»Ja. Wenn du auf ebay einen tragbaren Neutronengenerator findest.«

»Moment«, wende ich ein, »da bin ich doch schon und suche nach Brennstäben.«

Wir drei lachen uns kaputt. Es ist sicher das Bier. Aber auch die Erinnerung daran, wann ich zuletzt so einen Unsinn geplappert habe. Im Urlaub mit Gregor, jung und leberstark, frei von allen Sorgen.

»Und ich gehe jede Wette ein«, ruft Lasse, seine vierte Bulette in die Luft haltend, »dass da Fleisch drin ist!«

Nach dem Essen helfe ich den Jungs beim Grabenbuddeln. Ich kann nicht umhin, mir zuzugestehen, dass die schlichte, körperliche Arbeit etwas Befriedigendes hat, aber ich hoffe so auch, die beiden für heute schneller zum Feierabend zu kriegen. Irgendwann müssen auch sie sich in ihre Hütte zurückziehen. Zu den Klängen von Matthias Reim, Michael Wendler und Jürgen Drews treiben wir die Spaten in die Erde. In der Breite macht sich der Graben gut. Die Tiefe lässt weiterhin zu wünschen übrig. Doch Abelhammers Arbeitstiere werden nicht müde.

Es dämmert bereits, als ich mit Schwielen an den Händen den Spaten beiseitelege. Auf der Terrasse ist von selbst das Licht angegangen. Marie hat sich ein Glas Wein eingeschenkt und sich wieder in ihre fiktive Kathedrale zurückgezogen. Die Kinder lassen drinnen auf der großen Leinwand die Pixelpuppen tanzen.

Ich steige zu Marie auf die Terrasse. »Sie gehen nicht«, sage ich.

»Es ist ihr Revier.«

»Marie! Ihr *Revier* … das sind doch keine Hunde.«

»Jetzt lass sie doch.«

»*Ich* habe dieses Haus für die Ferien gemietet. Gut, getauscht, das ist wie gemietet. Stell dir mal vor, das wäre ein Hotel, und du hättest den ganzen Tag die Bauarbeiter vor dem Fenster.«

»Wie du schon sagst, Ben. Du hast getauscht, nicht gemietet. Und mit diesem Tausch verhält es sich ganz wie mit der Kernspaltung. Es gibt zwei ungleiche Teile, und der Rest ist reine, freigesetzte Energie. Et voilà, da siehst du sie schaufeln.«

Ich bemühe mich, nicht zu schnaufen. Mein Körper baut die Geduld schneller ab als das Bier, das sie erzeugt hat. Wie Falschgeld stehe ich neben Marie, die einfach weiter in ihrem historischen Roman liest.

»Ich rufe mal Gregor an«, sage ich.

In der Küche stelle ich eine Tasse unter die Auslassdüse des roten Rennwagens und drücke auf schwarzen Kaffee. Wenigstens eine Dauerfreude. Der Motor zermahlt die Bohnen. Gregor geht ran.

»Hallo, Ben. Wie sieht's aus bei Onkel Dagobert in Entenhausen?«

»Onkel Dagobert hat seine Enkel dagelassen. Also, zwei davon. Trick und Track. Sie wohnen auf dem Gelände und machen den Garten. Außerdem grillen sie mit uns. Und haben Schlüssel fürs Haus.«

»Ehrlich?«

»Ja. Was macht der Krösus in unserem Verschlag?«

»Läuft den ganzen Tag im weißen Bademantel rum und genießt die Beschränktheit des Hauses. Vorhin ist er mehrfach hintereinander das Wohnzimmer auf- und abgegangen und hat dabei die Schritte gezählt. Er hatte eine kindliche Freude daran, wie klein das Endergebnis war, nehme ich jedenfalls an. Hat sogar so Trippelschritte versucht, wie die Fußballer beim Training. Tipp, tipp, tipp auf dem Laminat.«

»Und sonst?«

»Sonst nix.«

Ich nehme die Tasse aus dem Kaffee-Ferrari und nippe am heißen Schwarz. Gregor schweigt.

Ein zweiter Anrufer klopft an.

»Du, Greg, ich glaub, Thea ist dran.«

»Dann bin ich mal schnell weg!« Er legt auf.

»Ja, Breuer? Wer klopft?«

Die Stimme meiner Schwiegermutter ertönt.

»Ich weiß, ihr seid gerade erst knapp zwei Tage im Urlaub und ihr wollt eure Ruhe. Und dieser Mann, der da jetzt bei euch zu Hause wohnt, hat gesagt, er hilft mir bei allen Problemen. Ich hab ja erst wieder auf dem Festnetz angerufen, als ob ich nicht wüsste, dass ihr weg seid. Da kannst du mal sehen, wie verwirrt ich schon bin. Na jedenfalls, bei dieser Sache kann der gute Mann nichts tun, da muss ich dich selber sprechen.«

»Was ist denn, Mutter?«

»Ihr habt doch die Wasserrechnung jetzt bezahlt, oder?«

»Ja, sicher«, sage ich und denke daran, dass Marie Geld aufs Konto gezahlt hat.

»Weil, der Wassermann, der sagt, sie hätten jetzt erneut versucht, den Betrag einzuziehen, und es wäre wieder nicht gegangen.«

Der Kaffee verbittert in meinem Hals.

»Ich meine, ich weiß, das ist sicher alles nur ein Missverständnis, Ben. Vielleicht sind die auch einfach zu doof, die richtige Kontonummer zu benutzen. Womöglich sitzen da auch gar keine Menschen mehr bei denen in der Verwaltung. Das ist doch jetzt auch bei den Amerikanern so, mit diesen Drohnen. Da hat jetzt die erste in Afghanistan einen Konvoi abgeschossen, obwohl kein Mensch das befohlen hat. Nur der Computer. Vielleicht ist das bei Getränke Fabritius auch so.«

»Es ist sehr unwahrscheinlich, dass Getränke Fabritius seine Buchhaltung ausschließlich den Maschinen überlässt, Mutter. Das macht man nur bei unwichtigen Dingen wie Militärdrohnen.«

»Ich wollte jedenfalls nur … ich muss euch das ja sagen, auch wenn ihr in den Ferien seid. Nicht dass –«

»Mutter, schon gut, ich regle die Sache«, sage ich und beende schnell das Gespräch.

Die Spielgeräusche meiner Kinder im Ohr, eile ich nach oben ins Schlafzimmer und klappe meinen Laptop auf. Abelhammer hat mir Zugang zu seinem Haus-DSL gewährt. Es ist so schnell, dass die Konturen meiner Bankseite bereits auf dem Kunststoff des Monitors erscheinen, bevor ich überhaupt die Stromzufuhr geöffnet habe. Abelhammers DSL hat Vorahnungstempo. Eingeloggt ins Konto sehe ich, warum der Getränkelieferant meiner Schwiegermutter wieder ins Leere gegriffen hat. Das Geld, das Marie neulich extra für diesen Zweck eingezahlt hatte, wurde vom ADAC weggeschnappt. Der Mitgliedsbeitrag hat das Guthaben in zwei ungleiche Teile gespalten. Der strahlende Rest reicht nicht für Wasser. Und in meinem Wohnzimmer genießt Abelhammer die kurzen Wege.

Ich muss mich dringend hinsetzen und die Stichtage solcher Abbuchungen gegenprüfen. Für normale Menschen sind Einzugsermächtigungen wie die Erlaubnis, von Heckenschützen verfolgt zu werden, aber ein Controller muss die Killer kommen sehen. Ich unterdrücke den Impuls, den Rechner gegen die Wand zu werfen, stehe auf und gehe zum Fenster, um Marie zu fragen, ob sie mich heute noch braucht. Sie liest nicht mehr, sondern steht mit dem Glas in der Hand am Rand der Terrasse und plaudert mit Kilian. Wortlos schließe ich das Fenster wieder und hocke mich mit dem Rechner aufs Bett, um meinen Job zu machen.

In der Nacht herrscht wieder die himmlische Stille. Draußen das Rascheln der Blätter. Drinnen Maries leises Atmen. Es ist 3:15 Uhr, und ich bin halb aus dem Schlaf aufgetaucht. Zur Hälfte ist mein Kopf noch darin versunken. Wäre der Schlaf tatsächlich Wasser, würde es glitzernd die Konturen meines Schädels nachzeichnen. Das Auftauchen geht planmäßig vonstatten, denn ich nehme es mir vor, damit mir durch das langsame Wiedereinschlafen die Nacht länger vorkommt. Eine Technik, von der ich nicht mal Marie jemals etwas erzählt habe, denn dieser nächtliche Kokon gehört allein mir. Und der Trick dazu auch. Kurz bevor ich beim Einschlafen wegdrifte, sage ich mir selbst eine Zeit, zu der ich in der Nacht den Kopf aus dem Schlaf zu strecken gedenke, um ihn danach wieder unter die dunkle, glitzernde Oberfläche zurücksinken zu lassen. Bevor das geschieht, liege ich rund eine Viertelstunde wach. Fünfzehn Minuten, in denen niemand redet, niemand anruft, niemand Rechnungen anmahnt. Fünfzehn Minuten, in denen niemand etwas fragt, niemand etwas will und niemand mir erklärt, wie ich Gold erzeuge, an das ich dann nicht herankomme. Fünfzehn Minuten des reinen, stillen Friedens, der hier noch schöner ist als daheim, da die Grillen zirpen und der See sein Nachtlied in ein Dunkel singt, das wirklich dunkel ist. Vor unserem Haus gibt es zwei Straßenlaternen, doch Abelhammers Park liegt in seliger Finsternis.

»Du musst die Ostflanke schützen. Ich gehe nach Westen.«

»Gerade hieß es noch andersrum.«

»Klitschi, du hörst nur nicht zu!«

»Au! Jetzt bist du mir auf den Fuß getreten.«

Die halb gehauchten, halb gehetzten Sätze aus dem Garten werden begleitet vom Schein zweier extrem starker Taschenlampen. Wie Skalpelle zerschneiden sie den absoluten Frieden *meiner* einsamen Viertelstunde in der Nacht. Alles andere als nur noch halb wach, werfe ich die Füße aus dem Bett und stelle mich ans offene Fenster. Auf dem Rasen vor der Terrasse stehen Lasse und Kilian in halb geduckter Stellung, zwei Gewehre in der Hand und schwere Rucksäcke auf den Schultern. Die Lichter, die das letzte Refugium meines Lebens zerschneiden, werden von den zwei Stirnlampen abgesondert, die sie auf dem Kopf tragen. Ihre Augen sind von Schutzbrillen verdeckt.

»Was macht ihr denn da?«, zische ich.

»Nächtliche Feldübung«, antwortet Lasse, als wäre es das normalste von der Welt.

»Sind das etwa echte Gewehre?«

»Paintball«, sagt Lasse. »Das sind empfindliche Dinger. Komm, Klitschi, stell erst mal ab.«

Kilian will sein Gewehr senken, kommt dabei aber an den Abzug. Mit einem dumpfen, lauten »Pflopp!« zerplatzt die Farbkugel an der Hauswand, zwei Zentimeter neben dem offenen Fenster. Ich bin zu überrascht, um sofort zu reagieren. Vom Lauf des Gewehrs bis zum Aufprall neben mir an der Wand hat es nicht mal eine Tausendstelsekunde gedauert. Die Farbpatronen müssen eine Wucht haben, die einem Controllergesicht ohne Schutzbrille das Auge ausschlagen kann.

»Oh Gott, Entschuldigung, Herr Breuer!«, sagt Kilian, der vor lauter Schreck wieder zum Sie gewechselt ist, und sinkt in sich zusammen.

Lasse sieht den Vorfall gelassener: »Also, Klitschi, ich muss mich doch sehr wundern, wie du heute Nacht mit deiner Ladungssicherung umgehst.«

Marie knipst das Nachttischlicht an, blinzelt und fragt mit Mäusestimme: »Was ist denn los?«

»Was los ist?«, schnaufe ich und halte es auch nicht auf. »Dein lieber Nuklearberater hat eben mit einem Paintballgewehr auf mich geschossen.«

Marie steht auf, kommt ans Fenster, grüßt die Jungs auf dem Rasen und mustert mich von Fuß bis Kopf.

»Er hat die Wand getroffen«, sage ich und zeige es ihr.

»Ach so, dann …«

Ich japse: *»Ach so, dann?«*

»Es tut mir unendlich leid, Marie!«, ruft Kilian, hebt dafür kurz den Kopf und lässt ihn augenblicklich wieder sinken, Kinn auf die Brust, als habe die Reue seine Muskeln an Hals und Nacken vollständig aufgelöst.

»Jetzt guck dir an, wie er sich krümmt, Ben.«

»Ja, ach, der arme Kerl.«

»Geht ins Bett, Jungs!«, sagt Marie. »Ist heute Nacht, glaube ich, besser so.«

Sie sagt das, als wäre *ich* in dieser Situation der gefährliche Mann. Die Jungs trotten davon. Tadelnd redet Lasse auf Kilian ein, der den Kopf auf dem Weg zum Waldstück kein einziges Mal mehr hochnimmt.

Marie steigt wieder ins Bett.

»Ja, wie? Das war's jetzt?«, frage ich.

»Sie machen es nicht wieder«, sagt sie.

»Sie haben auf mich geschossen!«

»Aus Versehen, Ben! Bei ihrer Übung. Warum stehst du überhaupt mitten in der Nacht am Fenster?«

»Warum streifen die mitten in der Nacht mit zwei Flutlichtern auf dem Schädel durch die Botanik und stören unseren Schlaf?«

»Also, ich bin nur durch dein Geschimpfe wach geworden.«

»Ja, Ben, der schimpfende Spießer!«

»Mein Gott, sie sind ein bisschen jeck mit ihrem Survival da. Okay.«

Tausend Sätze rattern mir durch den Kopf, die ich gleichzeitig entgegnen will. Mein Bauch grollt. Mein Zornpunkt glüht wie ein Nuklearbrennstab.

»*Die* machen Survival, Marie? *Ich* mache Survival. Ich! Jeden Tag!«

Marie zieht die Decke höher.

Ich stapfe vor dem Bett auf und ab. »Jede Minute tickt mein Kopf, Marie, und macht Survival. Weißt du, was ich vorhin getan habe, in den Ferien? Ich habe sämtliche Einzugsermächtigungen und Mitgliedschaften überprüft, die ich in meiner Datenbank finden konnte. Wusstest du, dass wir immer noch bei sechzehn wohltätigen Organisationen Mitglied sind? Die buchen bei uns Geld ab für die Armen! Dass ich nicht lache!«

»Ben, bitte …«, sagt Marie, aber ich höre jetzt nicht auf, Verstand, Bauch, Zornpunkt, Herz, alle toben in der Empörung des Missverstandenen, der wegen der Stirnlampen zweier erwachsener Pfadfinder nicht mal seine stillen fünfzehn Minuten kriegt.

»Weißt du, woran ich denke, wenn ich Vincis Katzenklo reinige, Marie? Wenn ich den gebrauchten Katzensand durch die blauen Schlitze des Schäufelchens schüttle wie der Goldgräber den Flusskies am Klondike? Ich denke mir: Schüttel länger, Ben, schüttel länger. Schüttel so, dass jeder Krümel Sand, der klein genug ist, ins Katzenklo zurückzufallen, wirklich ins Katzenklo zurückfällt, denn so sparst du in der Woche geschätzte 150 Gramm. Und da der 15-Kilo-Sack Katzensand, den wir uns gönnen, rund 15 Euro kostet, sind das immerhin 15 Cent. Denn das große Geld besteht aus kleinem Geld, und wenn die Scheiße unserer Katze schon nicht zu Gold zerschossen werden kann, weil wir keinen Neutronengenerator haben und Vincis Schilddrüse niemals radioaktiv bestrahlt wurde, so kann ich doch zumindest den Katzensand in bares Geld verwandeln, nämlich in eine Ersparnis von 15 Cent pro Woche, das ist immerhin ein Brötchen. Man kann also sagen, dass ich pro Woche eines der Schnittbrötchen, das wir beim Frühstück essen, vollständig aus dem gebrauchten Sand des Katzenklos geschüttelt habe.«

»Du wirst wahnsinnig, Ben.«

»Nein, ich werde immer rationaler. Denn wir Controller sind die wahren Überlebenskünstler. Die Alchemisten. Die Elitetruppe, auch ohne Dreck unter den Nägeln. Hätte die Welt auf die Controller gehört, hätte es keine Finanzkrise gegeben, kein Lehman Brothers, kein Griechenland, nix! Aber die Welt hört ja nicht, sie denkt, Survival-Künstler, das sind die Hüttenheinis mit den Stirnlampen!«

Die Tür des Schlafzimmers geht auf, und Lisa steht darin, Tommy hinter ihr. Er trägt seinen *Cars*-Schlafanzug und schläft im Stehen weiter. Sie hat ihn mitgebracht, um ihr Anliegen zu unterstreichen. Vorwurfsvoll sieht sie mich an, den schreienden Papa, die Mama mit der Decke an der Nase verschüchtert im Bett.

Ich weiß nicht, wo ich hinsehen soll.

Herz,

Verstand,

Bauch,

alle auf Kehrtwende.

Der Zornpunkt? Erloschen.

Ich blicke auf den tobenden Mann von eben, als würde ich ihn nicht kennen und hätte ihn auch nicht eingeladen.

Lisa seufzt.

Schwer.

Dann dreht sie sich auf den Flauschsöckchen um und schiebt ihren kleinen Bruder wieder den Flur hinab.

Ich lege mich langsam ins Bett, ziehe schweigend die Decke über mich und versinke lautlos in meiner Scham.

Wortlos knipst Marie das Licht aus.

DER BUSSARD

Es ist erst sieben Uhr und der Streit somit nicht mal vier Stunden her, als ich die Treppe hinunterschleiche. Üblicherweise würde ich nach einer großen Aufregung um halb vier nachts erst mal bis elf im Bett bleiben, doch jetzt zieht es mich in die teure Küche, um für meine Familie ein großes Frühstück vorzubereiten, ehe es das ansässige Paramilitär mit Schlüsselgewalt tut. Reue ist mein Morgenrot.

Ich schließe die Küchentür, damit das Mahlwerk des roten Kaffee-Ferraris niemanden weckt, und suche nach Zutaten für selbstgemachte Bio-Brötchen. Ich habe das Rezept in meiner Zeit als Hausmann gelernt, dieser sorglosen Epoche, die mir, während sie stattfand, so belastend und stressig vorgekommen ist. Abelhammers Küche sowie die Speisekammer, die gegenüber der Eingangstür an den Raum anschließt, geben alles her, was ich benötige. Die Speisekammer ist wie ein begehbarer Kleiderschrank für Nahrung. Meine Laune hebt sich mit jedem Griff, den ich darin ausführen kann, ohne in Schubladen wühlen zu müssen oder mit dem Ellbogen das halbe Regal abzuräumen. Platz ist reiner Luxus. Ich stelle Dinkelmehl, Öl und Salz auf die Arbeitsplatte und in Wasser aufgelöste Frischhefe auf die Heizung, die ich leicht aufdrehe, damit der Hefeklumpen sich schneller auflöst. Unglaublich, dass der Mann Frischhefe im Kühlschrank zurückgelassen hat, bevor er gefahren ist. Als hätte er geahnt, dass ich sie brauchen könnte für meine Entschuldigungsbrötchen, mein Wiedergutmachungsbrot, mein Reuegebäck. Zur Dekoration der schmackhaften Teigfladen finde ich Sesam, Mohn und Sonnenblumenkerne. Dreißig Minuten werke ich, richte Wurst und Käse an, während der Teig zieht, schneide Obst in Form und stelle frischpressten Orangensaft her.

Als ich fertig bin und die Brötchen im Ofen backen, trete ich mit einer Tasse Kaffee auf die Terrasse hinaus. Alles schläft. Der

See plätschert. An der Teichanlage rascheln die Schilfbüschel. Die Privatsoldaten liegen tief schlafend in den Betten ihrer Hütte, die Farbgewehre an die Wand gelehnt und die Stirnlampen am Garderobenhaken. Einsam wacht in einem Wipfel ein kleiner Jagdvogel, es dürfte ein Bussard sein. Die Stille zu hören, zu riechen und zu schmecken stimmt mich bereits friedlich. Brötchen zu backen und ein Wort wie »Bussard« zu denken noch viel mehr. Wann habe ich das letzte Mal »Bussard« gedacht? Ich denke »Bank« und »Schulden« und »Mahnung«, ich denke »Preis« und »Beleg« und »Fälligkeit«. Was für einen Unterschied es macht, plötzlich »Bussard« zu denken!

Ich schaue auf die Teakholzliege mit dem bequemen beigen Polster. Vielleicht ist es einen Versuch wert. Aus der Küche entweicht warmer Brötchenduft. Ich stelle die Rückenlehne der Liege hoch, setze mich auf das Polster, kreuze die Beine zum Schneidersitz, lege die Unterarme auf die Oberschenkel und richte meine Handflächen offen nach oben, um Energie aus dem Universum zu ziehen und in dem Hohlraum Lichtbälle entstehen zu lassen. Womöglich lerne ich es doch, das Alpha-Relaxing, für Marie, für Lisa, für Tommy, für mich. Aus dem Schlaf auftauchen kann ich ja schließlich auch. Ich atme tief ein und lasse die frische Morgenluft durch jede Zelle meiner Lungen fließen. Es tut gut. Ich habe nun See im Brustkorb. See, Laub und Bussard. Ich sehe den Vogel vor mir, während ich weiteratme.

Ein und aus.

Ein und aus.

Der Bussard vor meinem inneren Auge lobt mich durch ein knappes Nicken. Sein Schnabel bewegt sich. In den schwarzen Augen spiegelt sich die Landschaft.

Meine rechte Hand wird wärmer. Ich zucke fast zusammen, da ich es nicht fassen kann. Das ist doch Hokuspokus, wahrscheinlich stehen Lasse und Kilian neben mir, haben sich angeschlichen und gerade ein Wärmekissen in meine Hand gelegt. Oder sie hocken neben der Liege und hauchen ihren Atem auf meine Lebenslinien. Ich sollte nachschauen, aber ich lasse die Augen geschlossen. Fast so, als seien sie ohnehin zu schwer, sie jetzt zu öffnen, aber das ist Unsinn, ich will einfach nicht, ich ahne nämlich, dass die Wärme in meiner Hand echt ist und dass ich gerade meinen ersten Meditationslichtball erzeuge. Erneut atme ich tief ein, damit der Friedensball wachse und gedeihe … da lässt ein laut einsetzender Marschrhythmus ihn in tausend winzige Splitter zerspringen.

»Ram – tatataaaa – Ram – tatataaaa – Ram – tatataaaa – ta – TAMM!«

Große Trommeln, kleine Trommeln, Querflöten, scheppernde Schellen.

Die Meditation ist dahin, die Ruhe zerstäubt. Erst geht der Bussard in meinem Kopf, dann raschelt es in der realen Baumkrone, und der echte Jagdvogel fliegt davon.

Wo kommt das her?

Ich stehe auf und folge dem Geräusch infernalischer Marschmusik. Mein Weg führt durch das kleine Stück Wildnis zwischen Teichanlage und Bambushain. Diese »Wildnis« scheint bewusst nicht getrimmt zu sein, um einen Kontrast zur strengen Form zu schaffen, denn mitten in einer organisch gewachsenen Blumenwiese erhebt sich nach einigen Metern eine kantige, geometrische Skulptur. Zwei Platten aus rostigem Stahl, aneinandergelehnt wie Spielkarten, aber leicht versetzt, die eine berührt die andere nicht am oberen Rand, sondern nur im oberen Drittel. Es wirkt, als müssten sie eigentlich umfallen. Sie können nur so schwerelos erscheinen, weil sie garantiert fest im Boden verankert sind. So wie ihr Besitzer sorglos durchs Leben schweben und sich moderne Stahlkunst für den Garten kaufen kann, weil sein Fundament aus einem Vermögen gegossen ist.

Der Marschmusiklärm schallt aus der großen Scheune, die ich mir immer noch nicht angesehen habe. Hoch ragt das Gebäude neben der sich weiter in die Tiefe ziehenden Wildwiese auf. Ein Schober wie aus amerikanischen Spielfilmen, eine Scheune für einen Showdown.

Das Tor steht offen.

Abelhammer hat so getan, als sei die Scheune weder der Rede

noch des Vorführens wert, ein Lagerraum allenthalben, doch jetzt offenbart sich vor mir ein Partysaal, wie man ihn anderswo vermieten würde. Klapptische mit roten Filzdecken an der linken Wand, Wasserflaschen, Thermoskannen und Kekse darauf. Die rechte Flanke dekorativ abgehängt mit Netzen und Tarnfleckplanen. An der Hinterseite eine rund einen Meter hohe Bühne, nicht aus Pressspan, sondern aus professionellen Stellelementen. Die Kapelle, die mir am frühen Morgen den Bussard vertrieben hat, steht allerdings davor, auf dem Boden. Rund dreißig Männer und Frauen. Volles Haus. Als die Marschmusiker mich bemerken, halten sie mit dem Getöse inne. Der Kapellmeister lässt seine Hände sinken. Ich kenne ihn. Es ist Mayer senior aus dem Haushaltswarenladen.

»Sie???«, frage ich.

»Sie???«, fragt er.

»Es ist acht Uhr morgens!«, beschwere ich mich.

»Ja«, antwortet Mayer senior, »der frühe Vogel fängt den Wurm. Am Tage haben alle ihre familiären Verpflichtungen.«

»Der frühe Vogel …?«, stammele ich und bringe den Satz gar nicht erst zu Ende. Lieber raufe ich mir die Haare. Alle Ruhe ist futsch.

»Wir proben hier immer«, sagt Mayer senior.

»Das ist ja interessant. Abelhammer hat es eher so dargestellt, als ob hier drin allerhöchstens Spinnen auf den Putz hauen.«

»Wo ist er denn?«, fragt Mayer senior.

»Wer, der Putz?«

»Der Alfons.«

»Im Urlaub!«, brülle ich und sehe im Augenwinkel, dass Lasse und Kilian im Scheunentor stehen. Ein Raunen geht durch die Reihen der Musiker. »Herr Abelhammer ist bei mir daheim«, sage ich, »wir haben die Häuser getauscht!« Ich drehe mich zu den Jungs um. Sie zucken leicht zusammen. »Warum informiert ihr die Kapelle nicht, dass sie gerade nicht proben können? Warum informiert ihr mich nicht, dass das hier kein verlassener Lagerraum, sondern eine Partyscheune für Marschmusikproben ist?«

»Wir dachten, Alfons hätte das erwähnt«, erwidert Kilian schüchtern.

»Was soll das heißen, dass wir hier gerade nicht proben können?«, fragt Mayer senior. »In zwei Wochen ist das besondere Konzert.«

Er sieht mich an, als hätte ich einem Tierarzt verboten, ein Dutzend kleine Kätzchen zu retten. »Ich hoffe doch, dass Alfons dann wieder da ist, um die Veranstaltung zu moderieren. Oder übernehmen Sie das?«

Ich versuche, Mayer senior zu folgen. Ich denke an Abelhammers seltsamen Vertrag. Jeder übernimmt die häuslichen Pflichten des anderen. Die Moderation einer volksmusikalischen Veranstaltung zähle ich nicht dazu. Oder sehe ich mittlerweile aus wie Karl Moik?

»Alfons wird da sein«, lüge ich. »Er lässt doch keine Veranstaltung im Stich, die er selbst sponsert.«

»Das würde mich auch sehr enttäuschen«, sagt Mayer senior.

Meine Ohren sausen. Wollen die jetzt wirklich weiterproben? Marschmusik? Mit hundertzwanzig Dezibel? Um acht Uhr morgens? Meine Bussardmörder? »Wie sind Sie überhaupt unbemerkt hier reingekommen?«, frage ich fuchsig. »Eine ganze Kapelle? Zwei Dutzend Mann? Mit Pauken und riesigen …« – ich überlege, wie die Dinger heißen – »Schellenstäben?«

»Über den Waldweg«, sagt Mayer senior, ganz selbstverständlich.

»Welchen Waldweg?«

Kilian schaut schuldbewusst zur Seite. Lasse grinst frech.

»Na ja«, erklärt Mayer senior und zeigt aus dem Scheunentor an den Jungs vorbei Richtung See und Waldstück mit Hütte. »Man geht über den Friedhof und dann durch den Wald.«

»Wie, *man geht*? Es gibt einen Zugang aufs Gelände über den Friedhof und durch den Wald? Von hinten?«

»Klar. Niemand kommt bei Alfons von vorn.«

Ich schaue zu den Jungs. Kilian hat sein Kinn wieder auf die Brust abgelegt und die Nackenmuskeln komplett abgeschaltet. Lasse zuckt mit den Schultern.

Ich brülle: »Wa-rum er-fah-re ich so was nicht???«

»Ben«, keckert Lasse in seinem scherzhaften Ziegenbocktonfall, »das ist genau das, wovon ich immer rede. Ein Mann muss nicht nur fähig sein, ohne Hilfe in der Wildnis zu überleben. Er muss auch fähig sein, selbsttätig ein Gelände zu erkunden, ohne dabei Hilfe von Ortskundigen zu erhalten.«

Das meint der Junge ernst. Er schürzt die Lippen und legt den Kopf schief, als wolle er sagen: ›Oder nicht?‹

Ich schnaufe, stapfe, trampele und suche nach einem Wurfgeschoss. Das Einzige, was ich finde, ist eine Packung Kekse auf dem roten Filz neben den Thermoskannen. Ich schleudere sie in Richtung Lasse. Der duckt sich weg, und der süße Knabberkram landet vor den Füßen meiner Familie, die soeben hinter den Jungs aufgetaucht ist. Tommy sieht noch sehr verschlafen aus, da er grundsätzlich eine Stunde braucht, um in den Tag zu kommen, aber der vorwurfsvolle Blick meiner beiden Mädels belegt, dass sie bereits sehr wach sind. Wach und wütend. Wahrscheinlich, weil ich schon wieder tobe. Dabei habe ich den Tag ganz bewusst mit Lichtbällen und Bussarden begonnen. Und selbstgebackenen … ach, du Scheiße! Die Brötchen!

»Wir haben gerade die Küche gelöscht, Ben.«

Lisa begleitet Maries Satz mit einem Nicken bei zusammengepressten Lippen. Einem Nicken, das sagt: ›So sieht's aus, Papa. Du hast Frau und Kinder alleine in einem Haus gelassen und im Erdgeschoss den Ofen angezündet.‹

»Ich hätte nie gedacht, dass Brötchen Feuer fangen können«, sagt Marie.

Jetzt sehen mich alle Anwesenden an, als sei ich der Dämon. Das Nachtwesen aus der Scheune, hinabgestiegen aus dem Gebälk, um Familien und Kapellen zu meucheln. Schon wieder werde ich nach gutem Tagesbeginn mit besten Absichten zum Bösewicht gemacht, da bleibt mir nur die Flucht nach vorn.

»Ich wollte euch ein schönes Frühstück machen, Marie! Selbstgebackene Dinkelbrötchen. Mit Sesam, Kürbiskern und Mohn. Hast du denn nicht die Säfte gesehen? Das Obst? Die vorbereiteten Käseplatten?« Ich zeige beidhändig auf die Scheunenwand Richtung Villa und gehe dabei halb in die Hocke. »Sogar in der Alphawelt war ich. Ich hatte einen Lichtball! Und einen Bussard!«

Mayer senior runzelt die Stirn. Der Kapellmeister denkt, ich sei verrückt.

»Es sind doch *die* hier!«, klage ich, »da stehen sie doch mit ihren Lärmwerkzeugen. Und *du* Marie, *du* hattest Angst vor einem Haken, und jetzt schau dir das an: Der Haken ist ein ganzer Spielmannszug!«

Marie schüttelt den Kopf, als sei alles, was ich sage, totaler Mumpitz.

Tommy schiebt sich an ihrem rechten Bein vorbei langsam in die Scheune, da er jetzt erst begreift, was hier drin vor sich geht. Das vielfältige Schlagwerk in Form von Trommeln und Pauken öffnet in ungewohntem Tempo seine verschlafenen Augen. Während Marie, Lasse, Mayer senior und ich beginnen, wild durcheinander zu reden wie vier Politiker, die gleichzeitig bei Maybrit Illner zu Wort kommen wollen, berührt Tommy behutsam die Trommel eines jungen Marschmusikers mit den Fingern, als sei sie ein Heiligtum. Der Mann beugt sich zu ihm runter und wechselt mit meinem Sohn ein paar Worte. Dann gibt der Wahnsinnige ihm die Stöcke in die Hand.

Tommy beginnt zu trommeln, und ein gleichmäßiger Wirbel bringt die zwecklose Debatte unter uns Erwachsenen am Scheunentor zum Erliegen. Mayer senior setzt den Blick auf, den Trainer einschalten, wenn sie ein junges Talent nicht zu sehr loben wollen, obwohl es allen Grund dazu gibt. Marie lächelt, als spiele unser Sohn engelsgleich die Harfe statt mit eifrigem Blick die Blechtrommel. Sogar Kilian hebt seinen schuldschweren Kopf, erstaunt vom rhythmischen Talent meines Filius. Tommy trommelt noch ein paar Takte in die erstaunte Stille der Zuhörer. Dann hört er auf und sieht schüchtern in die Runde. Eigentlich ist er ja Fußballer, aber ich hätte wissen müssen, worauf das ständige Luftschlagzeugspielen im Auto hinausläuft.

»Wow!«, sagt der Trommler, der ihm die Stöcke in die Hand gegeben hatte. »Du hast ja richtig was drauf!«

Tommy wird rot.

Marie freut sich, dass wenigstens ein Mann in der Familie sich wieder dem Bereich einer Kompetenz annähert.

Mayer senior fragt: »Möchtest du vielleicht bei uns mitspielen? Das wäre doch was für den Abend. Ein Gaststar aus dem Norden.«

Wie sich das anhört … *Norden.* Bloß, weil wir ein wenig höher auf der Landkarte liegen, sind wir doch keine aus Norwegens Wäldern angereisten Wikinger.

Tommy springt vor Freude auf und ab. »Darf ich mitspielen, Papa???«

Was soll ich jetzt sagen? Würde ich das nach diesem Morgen verneinen, stünde ich nicht nur als Vater da, der seine Familie fast mit Brötchenbriketts verbrennt, sondern auch noch als missgünstiger Talentverhinderer. Außerdem, na ja, er hat schon gut getrommelt. Ich nicke, spüre aber, dass ich mich gleichzeitig von einem Vater selbst in einen kleinen Jungen verwandle und sage schmollend: »Aber heute Nachmittag gehen wir zusammen in den *Wirrgarten*. Diesen Freizeitpark. Nur wir, die Familie Breuer. Ohne Anhang.«

Keiner sagt etwas. Womöglich ist es auch irritierend, einen erwachsenen Controller mit Schmollmund auf Antwort warten zu sehen.

Lisa tritt vor und sagt: »Das machen wir, Papa!«

Ich nehme sie in den Arm.

Lasse sagt: »Dann fahre ich mal helle Brötchen holen.«

Kilian sagt: »Und ich schrubbe Marie den Ruß aus dem Ofen.«

DIE WIRRGÄRTEN

Urlaub.

Da ist er wieder.

Er heißt *Wirrland.*

Am Eingang des Freizeitparks bekommen wir freien Eintritt nach Nennung des Namens Abelhammer. Er hat uns sozusagen auf der Gästeliste eingetragen. Wir werden mit den Kindern an der Besucherschlange vorbeigewinkt wie Münchener Prominente ins P1. Gut, es ist nur ein Freizeitpark, keine Diskothek der High Society, und hinter den Toren warten statt Glas, Stahl, Leder und einer Tanzfläche aus schwarzem Marmor nur flatternde Eiscreme-Fahnen und ein rundgemauerter Springbrunnen, dessen Fontäne dem Rüssel einer Elefantenskulptur entweicht, aber gratis an der Schlange vorbeizudürfen fühlt sich gut an.

Der Park ist für den Sommer geschaffen. Saftig grüne Hügel und Täler mit künstlichen Seen. Auf den Hügeln thronen gigantische Kletterspinnen, in deren roten Seilen Kinder kleben wie Fliegen in Netzen der Schwarzen Witwe. An den Seeufern ankern begehbare Piratenboote. Das Gelände ist erstaunlich groß und behaglich verwinkelt gestaltet. An jeder Ecke findet sich ein weiterer, unauffälliger Zugang zu einer kleinen Attraktion. Ein Barfußpfad in einer Wildwiese, ein Tiergehege, ein Bach mit Trittsteinen, der sich seinen Weg durch ein Waldstück bahnt, so dass die Baumkronen das Licht zu Hunderten kleiner Spotlights brechen, die Wasser und nasse Steine glitzernd aus dem Schatten kristallisieren. Der Park hätte seinen Namen *Wirrland* bereits ohne seine Hauptattraktionen, die *Wirrgärten*, verdient: drei ganzjährig geöffnete Labyrinthe aus hohen, dichtgewachsenen Buchsbaumhecken. Sie haben phantasievolle Bezeichnungen, die auf den Schwierigkeitsgrad hinweisen. Der kleine Wirrgarten heißt *Erste Schritte*, der mittlere firmiert unter dem Titel

Die verlorene Zeit, und der schwierigste lockt die Besucher mit der Verheißung: *Ohne Wiederkehr*. An den Eingängen sind die Irrgärten auf großen Schautafeln aus der Vogelperspektive abgebildet.

Da es sich die gesamte Familie Breuer im Leben gerne schwermacht, stehen Marie, die Kinder und ich nun vor der weißen Schautafel mit der härtesten Herausforderung. Der Wirrgarten *Ohne Wiederkehr* ist fünf Fußballfelder groß, teilt uns die Tafel mit. Ferner weist sie darauf hin, dass Kinder darin niemals alleine laufen gelassen werden dürfen und spricht die wohlmeinende Empfehlung aus, es auch als Erwachsene lieber zu zweit zu versuchen. Schließlich wolle man ja nicht zu den Unglücklichen gehören, die niemals wieder den Weg hinausgefunden haben und deren Rufe man im Park des Nachts noch höre.

»Da wollen wir rein!«, spricht Tommy aus, was auch Lisa denkt.

Marie wehrt sich nur zaghaft: »Meint ihr nicht, wir sollten erst mal die leichteren ausprobieren?«

Tommy sagt: »Wir sind Männer und keine Memmen, die sich erst mal die Frisur richten müssen.«

Marie ist befremdet: »Wo hast du das denn her, Tommy?«

»Von Papa. Das sagt er immer, wenn er Fußball guckt.«

»Ben!«

»Ja, nun … die Profis machen heute Werbung für Shampoo und Unterwäsche und sehen aus wie Orlando Bloom. Kannst du dir Berti Vogts als Unterwäsche-Model vorstellen?«

»Man lernt nur durch Herausforderungen«, sagt Lisa und nimmt uns die Entscheidung ab, indem sie einfach in die Hecken rennt. Tommy folgt ihr.

Marie und ich sehen den Kindern einen Moment lang nach. Ihr Blick tadelt mich, dass ich unserem Sohn Ressentiments gegen metrosexuelle Männer eingebe, doch für Diskussionen haben wir keine Zeit. Noch ein paar Sekunden, und der Wirrgarten *Ohne Wiederkehr* hat unsere Kinder verschluckt. Wir geben Sporen.

Urlaub.

Da ist er wieder.

Er hat die Form von Buchsbaumhecken.

Seit zwanzig Minuten laufen wir durch die Gänge, und der Effekt ist faszinierend. Die Hecken sind über drei Meter hoch und so dicht, dass sich kein Ast beiseitedrücken lässt. Die Gänge wirken fast wie Tunnel, Freilichtröhren mit dem offenen Himmel als Dach, klaustrophobisch und zugleich offen, ein seltsames Gefühl. Immer wenn man glaubt, sich sicher zu sein und eine Abbiegung bereits zu kennen, steht man überraschend in einer Sackgasse. Es gibt Wege, die geht man geradeaus, auf demselben Weg wieder zurück, dreht sich um und findet sich an einer Kreuzung wieder, an der man nicht gestartet ist. Als würden sich die Wände verschieben wie die Treppen in Harry Potters Internat oder die Spielkarten beim Brettspiel *Das verrückte Labyrinth*. Wir haben uns am Eingang in zwei Teams aufgeteilt. Marie geht mit Tommy und ich mit Lisa. Sie zeigt mir wortlos ihre Freude über meine gute Laune. Ihr Lächeln ist ein Lob für jede friedfertige Sekunde. Vor ein paar Kreuzungen haben sich die Teams getrennt, aber wir hören die beiden anderen einen Gang weiter durch den Buchsbaum rufen. Marie fragt lachend, ob wir wohl zu Weihnachten wieder zu Hause seien. Ich antworte, dass ich mir da sicher sei, die Frage sei nur, in welchem Jahr. Die Kinder lachen. Ich genieße diesen Augenblick, diesen Kokon spielerischer Sorglosigkeit. Meine Nase glaubt sogar, den Buchsbaum zu riechen, obwohl diese Allerweltshecke anders als die ätherische Thuja eigentlich keinen Eigenduft hat. Meine Laune macht den Duft. Meinethalben kann es noch Stunden dauern, bis wir den Ausgang finden. Schließlich sind wir hier drin endlich mal unter uns.

FLITSCH!

Ein harter Wasserstrahl fliegt durch unser Blickfeld, direkt auf dem Weg, der unseren Gang als nächster quert. Eine T-Kreuzung mit Abzweigungen nach links und rechts, geradeaus der Blick auf die grüne Wand … und auf den durchs Bild stolpernden Kilian, der dem zweiten Wasserstoß nun nicht mehr ausweichen kann. Gnadenlos prasselt der Strahl auf seine Schulter, während er sich auf dem Boden zusammenrollt. Der Wasserwerfer ist ein großes Gewehr in Lasses

Händen, das nun samt seinem Träger erscheint, eine Kunststoff-Kalaschnikow mit Fünf-Liter-Füllaufsatz.

Kilian wimmert.

Lasse stellt endlich den Beschuss ein.

Lisa amüsiert sich.

Marie und Tommy fragen hinter der Hecke, was bei uns drüben gerade passiere.

Lasse übernimmt die Antwort. »Unser junger Freund Klitschi hier lässt mich doch sehr wundern«, ruft er über die Hecke, »er denkt, bloß weil es plötzlich leise wird, wäre der Feind ihm nicht mehr auf den Fersen.«

Lisa stupst mich an und zeigt auf Lasses Füße. Er ist ohne Schuhe unterwegs. Wahrscheinlich hat er sie irgendwann mitten im Einsatz oben auf eine Hecke geworfen. »Mama!«, ruft Lisa, »Lasse und Kilian verfolgen sich gegenseitig mit Wasserpistolen. Und Lasse hat bei dem Spiel noch nicht mal Schuhe an.«

Urlaub.

Da ist er wieder dahin.

Abgepfiffen von den zwei keckernden Kletten.

»Wir spielen nicht, Lisa«, sagt Lasse spitzbübisch, »wir trainieren für den Ernstfall.«

Marie meldet sich hinter der Hecke zu Wort. Amüsiert steigt sie auf Lasses ironischen Ton ein.

»Den Ernstfall?«, ruft sie, und Lasse hebt straußengleich den Kopf, um besser zu lauschen, »welchen Ernstfall? Dass der Feind in Deutschland über Nacht Irrgärten pflanzt und wir alle morgens aus der Haustür direkt in den Buchsbaum stolpern?«

Lasse lacht: »Das ist ein schönes Bild, Marie. Aber ich spreche vom Häuserkampf ohne vorherige Ortskenntnis. Ohne Karte. Beirut, Damaskus, Teheran. Und wenn Hamburg oder Köln einmal Kriegsgebiet sind, sieht sogar dort alles gleich aus. Das kann man sehr gut im Wirrgarten üben.«

Marie kichert.

Aha. Ich darf unserem Sohn gegenüber nicht mal den harten Fußballer alter Schule propagieren, aber die soldatischen Endzeitphantasien von Lasse findet sie witzig. Mein Zornpunkt springt mit einem lauten »Fump!« an, wie die Flamme im Brenner einer Gasheizung … solange die Stadtwerke sie nicht abstellen.

»Hat man nicht mal im größten Wirrgarten vor euch Ruhe?«, schimpfe ich mitten in die gute Laune aller anderen hinein.

Lasse schaut mich an wie einen cholerischen Kunden, der eine völlig intakte Limousine wegen einer Fluse auf der Fußmatte reklamiert.

»Wir trainieren hier öfter«, sagt er.

»Können wir mitmachen, Papa?«, ruft Tommy von nebenan. Lisa scheint ebenfalls nichts dagegen zu haben. Ihr Blick bittet einerseits um Erlaubnis und mahnt andererseits die Cholerikbremse an.

Kilian rappelt sich auf. Lasse schiebt sein T-Shirt hoch, um eine kurze Wasserpistole aus dem Hosenbund zu ziehen. Kilian hat ein feuchtes Kleinkaliber mit Klettband am Fußgelenk versteckt. Mit einem lauten Ratschen zieht er es auf, begleitet von einem respektvollen Augenbrauenheber seines Meisters und Majors.

»Wir haben noch Ausrüstung!«, ruft Lasse. »Soll ich eine Wasserpistole rüberwerfen? Wir könnten zwei Teams bilden.«

Ich kneife die Augen zusammen und zwinge mich, leise zu sprechen, was meine Äußerung allerdings nur noch bedrohlicher wirken lässt. »Ihr könntet uns auch einfach mal als Familie in Frieden lassen.«

»Papa!«, sagt Lisa.

»Ben!«, sagt Marie.

Ich hebe die Hände. »Gut«, sage ich patzig, »okay. Macht Häuserkampf. Kein Problem. Ich wollte sowieso noch in die Stadt.«

»Ben«, sagt Marie.

Ich schaue Lasse an: »Könnt ihr meine Familie nachher zurückfahren?«

»Wir sind mit Kilians Auto da«, antwortet Lasse. »Wenn man das Auto nennen kann.« Kilian hebt sein Gewehr. Lasse neigt den Kopf, als wolle er sagen: ›Ja, komm, du musst zugeben, dass ein Lupo kein Auto ist.‹

»Du steigst jetzt wirklich aus?«, fragt Marie hinter der Hecke.

»Ich steige nicht aus, ich kümmere mich wirklich ums Überleben.«

Lisa schüttelt den Kopf.

Herz und Verstand sagen mir, dass eine Runde Häuserkampf mit den erwachsenen Kindern von Abelhammers Areal mich nicht umbringen würde, aber im Bauch brodelt das Störfeuer.

»Wo geht's raus?«, frage ich Lasse und akzeptiere zu Fluchtzwecken seine Fähigkeiten als Kommandant und Überlebenskünstler.

»Links, links, rechts, rechts, zweite links, dritte rechts, vierte links.«

»Ben!«, sagt Marie.

»Viel Spaß, ihr fünf«, sage ich und laufe los, ehe mein Gedächtnis die Wegbeschreibung wieder vergisst.

Lasse hatte recht.

Links, links, rechts, rechts, zweite links, dritte rechts, vierte links.

Die Tatsache, dass ich mir das nach einmaligem Hören merken konnte, ist ein süßer Tropfen auf den heißen Stein von Bitterkeit, der mir auf dem Weg in die Stadt im Magen liegt. Mein Vorhaben war nicht erfunden, ich hätte das, was ich jetzt tue, später ohnehin noch erledigen müssen. Heimlich. Hätte mir Ausreden erdenken müssen, um Marie weder mit meiner Schmach noch mit Existenzsorgen in den Ferien zu belästigen. So gesehen kommt mir der Streit sogar recht.

Ich fahre langsam, damit es länger dauert. Allein im Auto – das ist auch ein Kokon. Fast so wie mein programmiertes Aufwachen in der Nacht. Ich öffne das Schiebedach und lasse das Sommerrauschen hinein.

Wann hat das angefangen?

Wie kann es sein, dass ich, ein Controller, während der Ferien in einem kostenfrei getauschten Haus in den Stadtkern fahre, um ein Pfandleihhaus zu finden, das mir für meine Uhr, mein riesiges Ersatzrad oder meinetwegen die unter dem Fahrersitz zusammengelegte Regenjacke mit der Wolfstatze ausreichend Geld zur Einzahlung auf mein Konto auslegt, damit der Kölner Getränkemarkt nicht aufhört, meiner Schwiegermutter Wasser zu liefern?

Wie konnte es dazu kommen?

Der Anfang vom Niedergang war zugleich einer der schönsten

Tage meines Lebens. Marie und ich hatten die Kinder in Köln bei der Schwiegermutter abgeladen und steuerten danach zurück auf die A1 Richtung Norden in der Absicht, so lange zu fahren, bis das Land aufhört und Wasser kommt. Eine romantische Vorstellung wie aus Märchen und Filmen. Eine, die funktioniert. Aus der Autobahn wurden Landstraßen durch Wälder und schließlich Landstraßen an Deichen. Wir hielten in einem Ort namens Horumer Siel, ohne Hotelreservierung und Plan und spazierten am Strand entlang. Dieselben Füße, die am Morgen noch heimische Dielen knarren ließen, wandelten jetzt im Nordseewasser. Als es dämmerte, bestellten wir in einem Restaurant mit Blick aufs Meer Fisch und Wein und stießen an auf das, was es zu feiern gab. Schuldenfreiheit. Einen Tag zuvor hatten wir bei der Bank unser Haus abbezahlt, den ganzen Rest, auf einen Schlag. Ich hatte ein knappes Jahr als Hausmann hinter mir, und über das Züricher Museum, das Marie gemeinsam mit ihren alten Studienkollegen und heutigen Star-Architekten Gideon & Stefan gebaut hatte, liefen immer noch Reportagen im öffentlich-rechtlichen Kunstfunk. Die vielen Jahre davor mit mir als Controller im Möbelhaus und Marie als städtischer Auftragsarchitektin in Heimarbeit waren ein langer, ruhiger Fluss gewesen. Gleichmäßig plätscherten die Gelder herein und in Form moderater Kreditraten und Lebenskosten wieder hinaus – während stets genug Reserve im Filter zurückblieb, um den Kindern Ferien zu ermöglichen und die Schwiegermutter nicht dehydrieren zu lassen. Eine nervenschonende Zeit, aber für meine hochtalentierte Frau auch so langweilig wie ein Grundrechenkurs für ein Mathe-Genie. Das Schweizer Engagement ermöglichte ihr, sich kreativ zu entfalten – bei unerschöpflichem Budget und einer persönlichen Honorarhöhe, für die sie vorher die gesamte deutsche Provinz von Amberg bis Zwickau mit Hallenbädern und Kindergärten hätte pflastern müssen. Der Gedanke, sämtliche Schulden mit einem Federstreich loswerden zu können, ließ uns beide nicht mehr los. Das Glücksgefühl, die Ziellinie acht bis zehn Jahre früher als geplant zu durchschreiten, war unwiderstehlich. Von unseren Ersparnissen blieben nach dieser Aktion immer noch 30 000 Euro übrig.

»Komm, nehmen wir den Wein für fünfzehn Euro«, sagte Marie

im Restaurant am Meer, und ich liebte sie für diese wohltemperierte Luxushaltung. Wir aßen und tranken bis zehn Uhr abends; dann fanden wir Unterschlupf bei einem Cousin des Gastronomen, einem Bauern mit Pension am Hof, der schon halb im Bett war und aus Familientreue noch einmal aufschloss. Wir schliefen in einem alten Landhausbett mit butterweicher Matratze, Oberbetten von Frau Holle und dem Blick auf einen gigantischen Acker mit grober, dunkler Krume, die sich mutig gegen den Wind stemmte. Ein großes Kreuz hing an der Wand, und ich war froh, dass wir verheiratet waren, als wir das Landhausbett in dieser Nacht ganze drei Mal zum Quietschen brachten.

Ich erreiche den Ortskern und halte auf dem Platz vor der Bäckerei, wo Marie bereits bei unserem ersten Besuch die Parkuhr gefüttert hat. Anders als damals gehe ich nicht geradeaus auf den Hügel zu, sondern folge dem Bürgersteig rechts und biege da, wo sich das Kopfsteinpflaster der breiten Sackgasse und der Asphalt der Ringstraße treffen, links in die Gassen ein. Auf dem Boden dieser Stadt findet sich kein einziges plattgetretenes Kaugummi. Die Mülleimer sind frei von Aufklebern, und in den Furchen und Fugen der Mauern sehe ich weder Moos noch Dreck. Als ob Fugenpuler hier nachts ihre Aufgabe verrichten, lauter kleine Lasses und Kilians, die mit Stirnlampen auf dem Kopf den Schmutz aus den Ritzen schnitzen.

Mir war mulmig, damals, an dem Tag, als Marie und ich zur Bank gingen, um uns zu befreien. Mir war mulmig, als wir zum Meer fuhren und die Füße ins Wasser steckten. Mir war mulmig, als wir die Weingläser zum Klingen brachten. Ich gestand es mir nicht ein, nicht mal mir selbst gegenüber, und sagen wollte ich schon gar nichts. Dabei hätte ich die zwei Gesetze beherzigen sollen, die jeder Controller kennt. Es dauert immer doppelt so lange, und es wird jedes Mal dreimal so teuer. Aber wir wollten es. Den Neustart. Unsere eigene Firma. Das kreative Beratungsgeschäft für Menschen, die Haus und Finanzen aufmöbeln wollen. Marie und Ben, das perfekte Doppel, die Stärken und Fähigkeiten vereint. Von Anfang an schrieb *Breuer & Breuer – Consulting rund ums Heim* Verluste. Täglich gaben wir mehr aus, als wir einnahmen, und griffen auf unsere Reserven zurück. Weil man als Gründer einen langen Atem haben muss, weil es dauert, bis sich ein Konzept durchsetzt … und was es sonst noch für Wirtschaftsweisheiten aus dem Motivationsphrasenschwein gibt.

Doch es war nicht nur das Betriebliche.

Meine Lieblingsweisheit, die damals im Möbelhaus außer mir als Controller nur noch der eifrige Praktikant Gero teilte, drehte sich im Privaten ins Negative.

Das große Geld besteht aus vielem kleinem Geld.

Wie wahr das war.

Hatte Vinci mal wieder eine Wohnzimmerpalme zerstört – Hauskatzen können bei kurzfristigen Anfällen eine 2-Meter-Pflanze in weniger als zehn Sekunden zerlegen –, wurde im Gartencenter eben eine neue gekauft. Sie kostete ja »nur« 17,90 Euro. Luden wir uns Gäste ins Haus, speisten wir sie nicht mit ein paar Toffifee und Kartoffelchips ab. Wir kochten, warm und kalt, Maries Lieblingsmusiker in der Anlage, frische Kräuter, beste Zutaten. Dazu ein Wein, keinen billigen, schon etwas »Vernünftiges«, und für die Männer mindestens das Kölsch von Sion. Ein Abend, der unseren Ansprüchen entsprach, schlug mindestens mit 150 Euro zu Buche.

In der Firma hätte ich solche Mehrausgaben als Controller kontrolliert – als Ehemann konnte ich sie nur protokollieren. Was hätte ich sagen sollen, ohne als verkniffener, liebloser Spießer dazustehen, der seiner Familie das Schwarze unter den Nägeln nicht gönnt? Tut mir leid, Schatz, aber der Zimmerpalmenplatz im Erker bleibt erst mal leer? Oder: Fortan laden wir uns nur noch selbst bei Freunden ein, richten aber keinen Abend mehr selber aus? Derlei Knauserigkeit wäre für Marie noch schlimmer gewesen als die beständige Gletscherschmelze unserer Reserven. Sie folgt anderen Überzeugungen als ich Erbsenzähler. Sie glaubt fest daran, dass nur derjenige Wohlstand anzieht, der gleichzeitig »mit warmen Händen« gibt. Meine Hände wurden immer kälter und feuchter dabei. Unser Selbstbild – »wir gehören zum gehobenen Mittelstand« – aufzugeben wäre aber auch mir niemals in den Sinn gekommen.

Ein Teegeschäft. Ein Porzellanladen. Ein Nähcafé. Mein Gott, diese Stadt hat ein Nähcafé. Kurse zum Nähen, Häkeln und Stricken bietet die Besitzerin in ihrer kleinen Puppenstube an. Auf der Glastür neben der Klinke prangt ein schwarzgoldener Sticker Schulter an Schulter mit den Öffnungszeiten: *Mit freundlicher Unterstützung von der Brauerei Abelhammer*. Die Menschen in diesem Ort haben Zeit, gemütlich Nähkurse zu buchen. Doch weit und breit keine Pfandleihe.

Nach zehn weiteren Minuten habe ich anscheinend ein Hufeisen gelaufen, denn ich stehe an einem bekannten Ort. Geradeaus schaue ich auf die alte Mühle. Links von mir führt die Kopfsteinpflasterstraße zur Bäckerei und zum Wagen. Mein Gesicht wird auf der rechten Seite vom Fünfziger-Jahre-Neonschriftzug der *Haushaltswaren Mayer & Sohn* beschienen.

Ich schlucke.

Spätestens als unsere Firma sämtliche Reserven verbrannt hatte, hätten wir aufhören sollen. Stattdessen nahmen wir eine Hypothek auf das erst sechs Monate zuvor abbezahlte Haus und ließen eine Kölner Werbeagentur unseren Auftritt verbessern. So ist das, wenn statt humorlosem Controlling das Prinzip Hoffnung regiert.

Ich betrete Mayers buntes Warenparadies und fühle mich winterlich, obwohl wir Sommer haben. Das liegt wohl an den Glöckchen über der Tür. Jedes Mal, wenn ich solche bimmeln höre, schiebt mein inneres Akustikarchiv einen heulenden Winterwind hinterher, den ich mit dem Schließen der Tür verstummen lasse.

Passend zu meiner Phantasie ist niemand im Laden. Nur Mayer junior steht hinter der Theke und hantiert mit einem kleinen Stromprüfer an der Rückseite eines alten Weckers herum.

Ich schleiche mich an, unschlüssig, was ich sagen soll.

Mayer junior blickt auf.

»Der Chef ist nicht da?«, frage ich.

Mayer junior zeigt an die Decke: »Schläft. Ist platt vom Proben.« Der Finger wandert von der Decke zu meiner Brust. »Hey, Sie sind doch der Herr Breuer, der jetzt in Alfons' Haus wohnt. Papa hat mir davon erzählt, von der Probe heute Morgen.« Mayer junior reibt seinen schmalen Kinnbart. Er ist schlank und hat ein spitzes Gesicht. Auf seinen Wangenknochen könnten Zwerge bei starkem Schneefall Ski-Abfahrt proben. Im rechten Nasenflügel und im linken Ohr stecken Ringe. Der linke Unterarm ist mit einem Schriftzug tätowiert, der mir nichts sagt. Englische Worte, die sich wie der Titel einer alten Horrorfabel lesen. Wahrscheinlich der Name einer Band.

»Das wird was mit dem Konzert«, sagt der junge Mann und schaut dabei in die Eingeweide des Weckers, als wäre die Musik seines Vaters eine ähnlich komplexe Sache wie die Mechanik des alten Wachmachers, »… das wird eine echte Herausforderung.«

»Das glaube ich allerdings auch«, sage ich und lächele. Marschmusik ist sicher nicht seins. Außerdem will ich etwas von ihm. »Sagen Sie …« Ich suche auf seinem Kittel nach einem Namensschild. *P. Mayer*.

»Kannst du sagen. Ich heiße Patrick.«

»Ja, Patrick, ähm …«

Ich kann ihn doch nicht fragen. Immerhin bin ich kein Fremder mehr. Andererseits – wenn Schwiegermutter auf dem Trockenen sitzt, habe ich einen tieferen Tiefpunkt erreicht, als hier mal eben meine Wohlstandswürde zu verschachern.

»Ja, Patrick. Sag mal. Wo ist denn bei euch im Ort das Leihhaus?«

Patrick neigt das Kinn nach vorn und streckt zugleich den Hinterkopf nach oben. »So was haben wir hier nicht.«

Er sagt es, als hätte ich nach einem Puff gefragt. Oder der NPD-Ortsgruppe.

»Oder einen Second-Hand-Ankäufer. So einen, der alles nimmt?«

»Auch nicht. Wenn man hier bei uns auf die Schnelle Geld braucht, fragt man die Familie. Oder den Nachbarn.«

»Oder Alfons …«, sage ich.

»Nun ja …«, sagt Patrick.

»Okay«, sage ich und tippe mit dem Finger auf einen imaginären Knopf in der Luft. »Sagen wir: einen fabrikneuen Wagenheber, ein unangetastetes Set zum Aufpumpen von Autoreifen *und* einen Verbandskasten, noch eingeschweißt. Was würdest du mir dafür geben?«

»Herr Breuer«, sagt Patrick und beugt sich in gespielter Dramatik nach vorn, fast so, wie Lasse es tun würde. »Sie wollen doch nicht etwa Ihre Familie ohne Verbandskasten durch die Welt fahren.«

»Ich will aber auch nicht meine Schwiegermutter verdursten lassen!«, belle ich und bin froh, dass keine anderen Kunden im Raum sind. Ich hebe beide Hände auf Höhe meiner Schläfen, wie um mich selbst ruhiger zu dirigieren. Ein halber Zentner Luft entweicht seufzend meinen Lungen. »Es nützt nichts, wenn ich bei einem möglichen Unfall in zwei Jahren einen frischen Verband im Auto habe, meine Frau aber gar nicht verbunden werden will, weil sie immer noch um ihre Mutter trauert, deren Getränkelieferant ich nicht bezahlen konnte.«

Ich weiß nicht, was mich dazu bringt, derart ehrlich zu sein, aber es ist mir egal, wie ich vor dem tätowierten Mayer-Sohn dastehe. Wer Geldnot hat, dem bleibt keine Zeit für Stolz.

Patrick fragt nicht weiter nach, was für wirres Zeug ich da rede. Er begreift das Wesentliche.

»Herr Breuer.«

»Sag Ben.«

»Ben. Wie ich schon gerade erklärte, helfen wir uns hier im Ort gegenseitig.«

»Ich will keine Almosen. Ich will mein Auto ausschlachten. Wäre ich Chirurg, stünde meine Niere schon als Top-Angebot bei ebay China.«

»Gut. Keine Almosen. Würdest du denn das, was du brauchst, als Bezahlung für einen Freundschaftsdienst annehmen?«

Ich horche auf. »Was für ein Freundschaftsdienst?«

»Ein anspruchsvoller. Ist die Gage bestimmt wert.«

»Fünfzig Euro?«

»Aber locker.«

»Worum geht's?«

Patrick zeigt zum Telefon auf der Theke. An der Wand dahinter hängt ein Kalender von der Brauerei Abelhammer.

»Die Frau Heubach hat angerufen. Sie schiebt Panik. Ich weiß nicht genau, was sie hat. Irgendwas wieder mit ihrem Fernseher. Ich kann hier jetzt nicht weg, und Papa braucht gerade wirklich seine Ruhe. Wenn du vielleicht …?«

Ich lächele. Wahrscheinlich muss ich einfach nur Bibel TV wieder einstellen und der alten Dame ein paar Tabletten raussuchen. »Mach ich!«

Patrick öffnet die Kasse und gibt mir die fünfzig Euro. Ich zögere einen Augenblick. Dann stecke ich sie ein, bedanke mich und gehe zur Tür. Die Glöckchen warten. Draußen tobt in meiner Phantasie ein Schneesturm, doch der Weg rüber zum kleinen Fachwerkhaus gegenüber der Mühle ist heiter wie eine Softdrinkwerbung.

DER GEISTIGE WIRRGARTEN

»Es ist furchtbar. Ganz furchtbar!«

Das sind die Worte, mit denen mich Frau Heubach nach dreimaligem Klingeln an ihrer Tür begrüßt, und während sie sie äußert, tapst sie bereits über die Dielen in ihr winziges Wohnzimmer zurück. Entweder erkennt sie mich wieder, oder sie öffnet einfach jedem, der bei ihr klingelt und lässt ihn eintreten wie einen Enkel oder einen Sohn. Eine fatale Angewohnheit in jeder anderen Stadt, in diesem Ort aber womöglich üblich.

»Ach!«, seufzt Frau Heubach und lässt sich in den Sessel fallen, als habe sie keinerlei Kraft mehr, diese Welt zu ertragen. »Ach!«

Ihr Seufzen ist kein beiläufiges, kein Gewohnheitsseufzen aus Lebenserfahrung, kein »Ich habe Rücken und Knie«-Seufzen, sondern ein existentielles. Versunken in ihrem Sessel deutet sie zittrig auf den Fernseher.

»Furchtbar. So furchtbar …«

Ich schaue hin.

Eine Reportage über den 11. September. Die Flugzeuge fliegen in einer Endlosschleife in die Türme des World Trade Centers. Der dunkle Qualm entweicht in Form der Wolke, in der Esoteriker damals die Fratze des Teufels ausgemacht haben. Aus den Fenstern rieseln Menschen wie Herbstlaub.

Frau Heubach schluchzt und hält sich beide Hände vor das Gesicht.

Sie glaubt, das seien aktuelle Nachrichten, vor allem, da die Bilder auf N24 laufen. Sie begreift nicht, dass N24 grundsätzlich keine Nachrichten zeigt und das »N« im Sendernamen nur für den Börsenticker und die am Bildschirmrand durchlaufenden Kurzmeldungen steht, während mit »24« gemeint ist, dass der Saftladen rund um die Uhr billige Dokumentationen auf dem Niveau der SAT.1-Posse *24 Stunden* sendet.

Ich hocke mich vor ihren Sessel und berühre sie behutsam an beiden Schultern.

»Frau Heubach«, sage ich, so warm und beruhigend ich kann, »das passiert nicht jetzt gerade. Es ist nur eine Reportage.«

Die alte Dame hört mich nicht. Sie schüttelt hinter ihren schützenden Händen den kleinen Kopf: »Das ist das Ende. So furchtbar. Alle werden kämpfen. Ich habe es schon mal erlebt. Alle gegen alle. Das Ende.«

Jetzt begreife ich, warum Patrick mir fünfzig Euro Gage für die Beruhigung von Frau Heubach gegeben hat. Bei meinem letzten Besuch hielt ich sie nur für ein wenig naiv, als sie seinen Vater fragte, ob er nicht dafür sorgen könne, dass der Prediger auf Bibel TV wieder zur gewohnten Zeit seinen Dienst antritt. Nun muss ich erkennen, dass Frau Heubach mehr als altersnaiv ist. Die Demenz klopft an im Fachwerkhaus. Frau Heubach lebt in einem geistigen Wirrgarten.

Sie nimmt die Hände wieder vom Gesicht und sieht mich aus feuchten Augen an. Ganz leise und bestimmt, als wolle sie mich Jungspund warnen, sagt sie: »Es wird Krieg geben.«

»Keine Sorge«, sage ich. »Afghanistan, Irak … ist alles schon erledigt!« Ob das eine gute Beruhigung war? Ich greife zur Fernbedienung und schalte um. Gleichzeitig wechsele ich vom erwachsenen »ich« zum altenpflegerischen »wir«. »Wir sollten uns was anderes ansehen!«

n-tv zeigt Bilder schwerer Überschwemmungen in Bangladesch. Menschen rufen um Hilfe. Autos laufen voller Wasser. Ein Haus schwimmt vorbei.

Ich schalte um.

Auf DMAX drücken ein paar bärtige Männer mit manischer Freude den Griff einer gelben Vorrichtung herunter und sprengen eine Halle.

Ich schalte um.

Die Ärzte von *Grey's Anatomy* fuhrwerken auf Sixx einem Patienten mit acht Händen gleichzeitig im offenen Leibe herum. Seine Aorta feuert einen kräftigen Blutstrahl auf Eric Dane, so zielgenau wie Lasse seine Wassermunition auf Kilian.

»Oh Gott! Oh Gott! Oh Gott!«, klagt Frau Heubach.

Ich schalte die Kiste aus und werfe die Fernbedienung auf den Teppich, als sei sie verhext. »Wissen Sie was, Frau Heubach? Der Fernseher ist böse! Das Fernsehen ist böse! Wir lassen das einfach bleiben.« Dann setze ich mich aufs Sofa und seufze ähnlich stark wie Frau Heubach eben. Es tut gut. Macht die Lunge frei. Zugleich fühle ich mich eng und atemlos. Nicht, weil das Fachwerkhaus so klein ist, sondern weil beim Anblick der alten Dame ganz langsam Erinnerungen hochkommen.

Frau Heubach wimmert ein wenig nach, als flackerten die Bilder des bösen Fernsehers immer noch vor ihrem inneren Auge.

Ich schweige und schnalze mit der Zunge. Warte ab.

Frau Heubach beruhigt sich. Oder besser gesagt: Sie vergisst ihre Panik von eben im Bruchteil einer Sekunde. Die Angst vor dem Dritten Weltkrieg verschwindet aus ihren Augen und macht einem leicht ärgerlichen Ausdruck Platz.

»Wer bist du?«, fragt sie. »Machst du den Fernseher wieder ganz?«

»Ich bin der Ben. Ich habe den Fernseher eben erst ausgemacht.«

»Du bist vom Fernsehladen.« Frau Heubach schwingt ärgerlich ihren Arm. »Mach ihn wieder ganz!«

»Nein. Er ist böse.«

Frau Heubach überlegt eine halbe Sekunde, ob ich recht haben könnte. Sie sucht nach Zusammenhängen wie ein Kind nach einem Ergebnis beim Kopfrechnen.

»Der ist nicht böse! Da ist Bibel TV drin!« Sie verschränkt die Arme und schmollt.

Sie werden wieder Kinder, denke ich und bekomme diese Flauheit im Magen. Erinnerungen. Zwiespältige Gefühle. Kinder sind goldig. Wenn sie nicht Eltern sind. Oder Großeltern.

Frau Heubach gibt die kurzen Arme wieder frei und schaltet erneut den Gesichtsausdruck um wie einen Fernsehkanal. »Ich habe Hunger!«

Sie sieht mich an. Auch hierfür habe ich nun die Zuständigkeit. Was Lasse wohl jetzt für einen keckernden Scherz machen würde?

Ich stehe auf und suche in ihrer Küche nach Essbarem. Brot, Butter, Honig.

»Machst du mir was Warmes?«, ruft Frau Heubach.

Ich antworte reflexartig mit »Ja!« und bekomme eine weitere Anweisung, die so klingt, als tauche die alte Frau für wenige Sekunden aus ihrem Wirrgarten auf. Als strecke sie den Hals über die Hecken.

»Im Schrank unten neben dem Kühlschrank stehen so fertige Teller. Für die Mikrowelle. Die nehme ich immer. Die nehme … ich … immer …«

Bei der Wiederholung des Satzes schwinden die Worte, und ihr Hals sinkt wieder hinter die Hecke zurück.

Ich finde die »fertigen Teller«, es sind eingeschweißte Schalengerichte.

»Fisch in Dillsoße mit Kartoffelbrei?«, rufe ich, bekomme aber keine Antwort. Mit dem Karton betrete ich das Wohnzimmer. »Fisch?«

Frau Heubach hebt den Kopf: »Was ist jetzt mit dem Fernseher?«

Etwas Seltsames geschieht mit mir. Etwas, das nicht geschehen darf. Ein Impuls durchfährt mich, als würde ein Magnet abgestoßen. Alle Möglichkeiten verengen sich auf nur noch eine einzige: raus hier.

Raus aus diesem Haus.

Denn es kommt hoch, in einem Schwall, die ganze saure Mischung. All die vielen Male, die ich für meine eigene Mutter Essen zubereitete, Getränke auswechselte, eine andere Musik einlegte, weil die, nach der sie zuvor so nachdrücklich verlangt hatte, sie nach einer Sekunde schon wieder störte wie ein kratziger Pulli. Als meine Mutter sich verwandelte, war ich gerade zwanzig. Wie alt ist der Sohn von Frau Heubach, und wo befindet er sich gerade?

»Fernseher!!!«, ruft Frau Heubach und feuert Blitze aus der Spitze ihres faltigen Zeigefingers Richtung Mattscheibe.

Ich schalte das Gerät ein und stelle es auf den Bibelkanal, immer noch getrieben von dem Impuls zu verschwinden. Er ist unfair. Er ist falsch. Denn die Menschen im geistigen Wirrgarten sind hilflos, nichts weiter, sie sehen immer nur bis zur nächsten Abzweigung und niemals über die Hecke. Und wir, die Gesunden, wir sind drei Meter groß, beobachten sie, wie sie sich verlaufen, und schimpfen. Wir empfinden ihre Flüche nicht als Hilferufe, sondern als undankbar.

»So«, sage ich, so beherrscht ich kann, »sehen Sie, Frau Heubach? Bibel TV. Jetzt wird alles gut.«

Sie will etwas erwidern, doch ich stürme in die Küche, schließe die Tür und warte drei Minuten, bis der Fisch mit Kartoffelbrei sich warmgedreht hat. Dann stelle ich ihr das Essen auf den Wohnzimmertisch und verabschiede mich, ohne weitere Einwände abzuwarten.

Statt zum Haushaltswarenladen oder zum Auto zurückzugehen, wende ich mich nach links und überquere den Marktplatz in die entgegengesetzte Richtung. Die Filiale meiner Bank, in der ich die unverdienten fünfzig Euro einzahle, liegt in einer Verbindungsstraße zwischen dem Markt und dem Kirchplatz mit Bürgeramt und Kneipe. Ich habe das recherchiert, gestern, als ich noch glaubte, die Kohle für Schwiegermutters Wasser aus einer Pfandleihe zu holen. Die kleine Filiale hat keinen Einzahlungsautomaten. Als ich den Fünfziger mit der EC-Karte auf die Theke lege, schaue ich die Angestellte nicht an. Ich verschwinde so schnell, wie ich Frau Heubachs Wohnung verlassen habe, und gehe immer noch nicht zum Auto, sondern in Richtung Kirchplatz. Ich muss noch etwas laufen. Ein paar Dorfjugendliche krakeelen an mir vorüber wie ein Sekundensturmtief. Auf sie folgt ein alter Mann mit struppigem Hund. Die Pfoten des Mischlings klackern auf dem Pflaster wie kleine Bleistiftspitzen. Die Sohlen des Mannes schlurfen auf dem Asphalt.

Neunzehn Jahre lang kannte ich meine Mutter als Frau von Format. Eine Organisatorin, ein Mensch mit vier Händen. Ihre wichtigste Stunde war die letzte des Tages. Egal, was um sie herum geschah, ob sie Stress hatte, ob sie krank war, ob in New York die Türme fielen – vor dem Schlafengehen setzte sie sich an den Küchentisch und protokollierte den Tag.

Immer.

Tagebuch.

Terminkalender.

Und vor allem: Haushaltskladde.

Jede Quittung nahm sie in die Hand wie eine Postkarte aus fremden Landen. Übertrug die Zahlen in präziser Schrift in die kleinsten Zeilen und Kästchen.

Sie wusste immer Bescheid über den Stand der Dinge.

Sie war größer als drei Meter.

Sie stand auf Stelzen weit über allen Hecken und überblickte das Land bis zum Horizont.

Bis die Stelzen brachen und sie in den tiefsten Wirrgarten fiel, den man sich vorstellen kann.

Einfach so. Ohne Grund. Ohne Sinn. Von wegen Dankbarkeit und Pläne des Universums, Marie. Das Leben schert sich nicht um positive Energien, und es folgt erst recht keinem Plan, wenn es die Planvollen höhnisch ins Dickicht stürzt.

Der Kirchturm läutet die Glocken. Trotz der Sonne wirkt der Platz mit den Platanen herbstlich. Das gusseiserne Schild ragt stoisch über dem Eingang auf den Bürgersteig hinaus. *Abelhammer: Das Bier.* Die Fenster der Wirtschaft kleben als braune Glasbausteine im Fachwerk. Hinter diesem Dunkel kann man sich gut verkriechen. Wenigstens für einen Moment ab in den Kokon.

Ich betrete das Gasthaus.

In einer Nische hocken ein paar plaudernde Menschen. Es könnten Einheimische sein oder Wandertouristen. Sie wirken wie eine Animation, die diese Nische ständig bevölkern muss. Mal laut, mal leise sprechend, beugen sie sich vor und zurück wie mechanische Figuren in der Kulisse eines Fahrgeschäfts.

Der Wirt trägt ein schwarzes Polohemd mit der Aufschrift *Abelhammer*. Die Schürze um seine Hüfte schmückt dieselbe Werbung.

Ich setze mich an die Theke, direkt neben eine Frau, die mit sämtlichen Fingern den Rand ihres Glases umfasst hat und den Boden mit leisem Kratzen über die Theke dreht.

»Ein Abelhammer«, sage ich und frage zu meiner eigenen Überraschung meine Tresennachbarin, ob sie ebenfalls etwas möchte. Eigentlich ist es nicht meine Art, am helllichten Tag fremde Frauen auf einen Drink einzuladen. Eigentlich ist es nicht mal meine Art, am helllichten Tag zu trinken. Aber hier drin gibt es keinen helllichten Tag, sondern Dämmerung rund um die Uhr.

Die Frau muss einen Moment überlegen, ob sie sich einen ausgeben lassen darf. Dann hebt sie den Kopf, hört auf, ihr leeres Glas zu drehen und sagt: »Ein Hasseröder, bitte.«

Die Kulissenpuppen in der Sitznische horchen kurz auf. Der Wirt schmunzelt, als kenne er das schon von ihr.

Sie dreht sich zu mir.

Oh Gott.

Seriöses Kostüm, blondes Haar, resolut attraktive Züge – das ist die Frau, die ich vor ein paar Tagen fast überfahren hätte. Die Bürgermeisterin. Roswitha. Ich lasse mir nichts anmerken. Sie wiederum erkennt mich nicht wieder.

»Sie trinken nicht vom örtlichen Meister?«, frage ich.

Sie pustet aus, als rauche sie gerade. Es würde zu ihrem Gesichtsausdruck passen, könnte sie das Gesagte mit dem kräftigen Ausdrücken einer Zigarette begleiten.

»In der Kneipe habe ich noch die Wahl.«

»Oh. Das klingt bitter.«

Sie seufzt: »Die Leute beklagen ständig, dass die Wirtschaft die Politik bestimme, weil sie Firmen umsiedelt und den Kommunen das Geld entzieht.« Sie lächelt bitter, den Blick auf den *Abelhammer*-Stickereien an Hemd und Schürze des Wirtes. »Aber es geht auch andersrum. Wenn eine Firma fast alles bezahlt, was die Stadt betrifft, ist so ein Politiker nur noch der Kassenwart.«

Der Wirt stellt uns die Getränke hin. Mir ein frisch Gezapftes aus Alfons' Hahn. Ihr eine Fremdmarke aus der Flasche.

Wir stoßen an.

»Wir sind alle nur Kassenwart«, sage ich. »Wir können bloß feststellen, was los ist. Damit, es zu ändern, ist es schon lange vorbei.«

»Da sagen Sie was!«

Wir starren einen Augenblick auf die Gläser, wie zwei alte Tresenkumpels, die sich ihr Leid klagen.

»Neulich war ich auf der Suche nach einem Geschenk im Buchladen«, sagt sie, hebt die Hand und malt ein gedachtes, großes Regal in die Luft: »Früher? Die ganze hintere Wand nur Kriminalromane. Und Thriller. Das hat mir gefallen. Das ist zwar Unterhaltung, aber trotzdem etwas Realistisches.«

Wie sie »Realistisches« ausspricht, gefällt wiederum mir. Ich höre darin einen Frust, den ich gut verstehen kann. Den entscheidenden Spritzer Bitterkeit, der mir täglich vorgeworfen wird, als trüge ich ihn als einziger Mensch der Welt in mir.

»Und jetzt?«, fährt sie fort. »Was ist jetzt dort, wo einst die Krimis waren? Die Ermittler mit dem scharfen, analytischen Verstand? Die menschlichen Schwächen und Triebe? Die schöne, strenge Wahrheit? Was steht da jetzt? Lebenshilfe! Esoterik! Bücher mit Titeln wie *Sei dir selbst eine Insel.* Da kriege ich einen Anfall. Sicher kann ich mir selbst eine Insel sein, aber was hilft das, wenn das kleine Eiland von Kriegsschiffen umgeben ist und der Tsunami anrollt?«

Ich sehe die Frau an wie das neunte Weltwunder. Ein weibliches Wesen an den Gestaden des nüchternen Denkens. Dass ich das noch erleben darf. Erneut hebe ich mein Glas.

»Auf Analytik und Realismus.«

Sie lächelt. »Sie hätten mich neulich fast überrollt«, sagt sie vollkommen ruhig, und ich verschlucke mich beim Trinken.

»Macht nichts«, sagt sie. »Ist ja alles gutgegangen.«

Ich schweige.

Sie leckt sich Bierschaum von der Oberlippe und reicht mir die Hand: »Schmiedebach. Bürgermeisterin. Nenn mich Roswitha.«

»Breuer. Abelhammers Haustauschpartner. Nenn mich Ben.«

»Abelhammers was?«

»Sein Haustauschpartner. Der große Mann ist in den Ferien.«

Roswitha knallt ihr Glas auf den Tresen: »Wie bitte? Er hat mir nichts gesagt!«

»Da bist du nicht allein. Der Kapellmeister ist genauso verwundert.«

»Der alte Mayer?«

»Ja, er probt mit seinen Krachschlägern in meiner Scheune. Also, in Abelhammers Scheune.«

»Na prima.« Roswitha nimmt noch einen kräftigen Schluck. Dass die Bürgermeisterin eines Ortes, der im Prinzip einem Mäzen gehört, tagsüber sein Bier trinkt, ließe sich als gutes Pflichtbewusstsein auslegen. Dass sie um vier Uhr in die Kneipe geht, um Alkohol fremder Abfüllung zu saufen, ist geradezu sexy.

»Was heißt: na prima?«

»Ach, nichts …«

»Nein, komm. Sag.«

Ob das Bier es macht, dass wir miteinander wie alte Freunde umgehen? Sie ziert sich künstlich, ich hake nach. Das unterhaltsame kleine Spiel.

Sie knibbelt am Bierdeckel.

»Es ist albern.«

Ich warte ab.

Sie redet weiter: »Morgen Mittag wird in der Stadthalle der Preis für den besten Taubenzüchter des Bundeslandes verliehen. Du brauchst gar nicht lachen, ich weiß, nach welch provinziellem Klischee das klingt.«

Ich lache überhaupt nicht, doch sie wird von einem Kichern durchgeschüttelt. »Lach nicht!«

»Ich lache doch gar nicht.«

»Du lachst innerlich!«

»Das ist ja albern.«

»Taubenzüchtung ist ein ernstzunehmender Sport«, sagt sie und lacht dabei nun offen. »Und der Landesmeister stammt aus unserer Stadt.«

»Das ist mehr, als manch andere Stadt von sich sagen kann.«

»Alfons sollte eigentlich die Urkunde überreichen. Und ein paar Worte sagen.«

Normalerweise müsste ich mich jetzt aufregen. Noch eine Vertretungsleistung, die mir aufgebürdet werden soll und vor welcher der große Mann geflüchtet ist. Doch seltsamerweise fühle ich mich hier, mit Realistin Roswitha an meiner Seite, eher herausgefordert.

»Ich mach's.«

»Was?«

»Den Taubenzüchter auszeichnen. Alfons' Rede halten. Gib mir die Eckdaten, und ich mach's.«

Roswitha spitzt anerkennend die Lippen.

Ich hebe den Zeigefinger, die Hand noch am Glas: »… wenn ich meine Familie mitbringen darf. Und es einen Artikel in der Lokalzeitung gibt.«

Roswitha hebt ihr Glas: »Auf den Zuchtsport!«

»Auf den Zuchtsport«, sage ich und stelle mir vor, wie meine Familie noch immer desorientiert durch den Wirrgarten tappt.

Ich hingegen, auf dem Hocker zwischen Zapfhahn und Zuchtsport, bin völlig klar.

ZUCHT UND ORDNUNG

Es gefällt mir, auf dieser Bühne zu stehen. Zwar bin nicht ich der Star, sondern der kleine Mann im zu eng sitzenden Konfirmationsanzug, der mit verschränkten Armen auf seine Urkunde als bester Taubenzüchter des Bundeslandes wartet, aber ich bin der Redner. Der Gastgeber. Der heutige Abelhammer in der nach ihm benannten Stadthalle.

Die mit Tausenden kleiner Löcher durchsetzte Täfelung der Wände erzeugt eine unglaublich gute Akustik, die ich so nur aus Theatern kenne. Selbst das Kratzen meiner Schuhe auf dem alten Holz der Bühne liegt so klar und deutlich in der Luft, als säßen die Besucher in einem dunklen Kino mit digitalem Soundsystem. Marie und die Kinder sitzen in der ersten Reihe neben den Angehörigen des Züchters, einem Ehepaar in den Mittvierzigern und ihrer Tochter, der Enkelin des Taubenmanns. Die Frau schaut liebevoll und stolz zu ihrem Vater auf. Der Mann checkt heimlich geschäftliche Post auf seinem Telefon, die Tochter wohl eher private. Die zweite Sitzreihe wird von Taubenzüchterfreunden und rund zwei Dutzend Vertretern der interessierten Bevölkerung eingenommen. Direkt hinter meiner Familie nehmen gerade Lasse und Kilian Platz, die zu spät gekommen sind. Kilian trägt noch seine Gartenhose und steckt sich einen Arbeitshandschuh in die Tasche. Den Rest der ersten Reihe bevölkern einige Lokaljournalisten: eine kleine, unförmig gewachsene Frau mit Lesebrille in Lindenblattform, ein junger Mann, der sich in fünf Jahren bei der Süddeutschen sieht und auf dem Wege dahin die Ochsentour durch die Regionalpresse macht, und ein beleibter Doppelgänger von Gérard Depardieu mit rotem Schal auf einem grünen Pulli, der die Größe eines Seesacks hat.

Der Techniker dreht das ohnehin schon gedimmte Saallicht herunter. Die Bühne ist jetzt ein Kokon aus Licht im Dunkel der getäfelten Halle. Holz überall, an den Wänden, als Parkett auf dem Boden unter den Stuhlreihen und als Balken unter dem alten Spitzdach. Als säße man in einer gigantischen Kiste zur Verschickung nach Übersee.

Roswitha tritt ans Mikrophon und begrüßt die Menschen. Ein Scheinwerfer erhellt ihr dezent geschminktes Bürgermeisterinnengesicht. Der Spot blendet denjenigen, der gerade am Rednerpult steht, aber wartet man wie ich zwei Schritte daneben auf seinen Einsatz, kann man die rechte vordere Ecke des Publikums noch erkennen. Ich lächele Roswitha zu, nicht das erste Mal an diesem Mittag in der dunklen Halle. Ich bin aufgeputscht und kann unser Tresentreffen nicht vergessen. Doch obwohl ich mich gerade das dritte Mal dabei erwische, mit der Bürgermeisterin zu flirten, erkenne ich in Maries Gesicht keinerlei Skepsis. Sie bemerkt nicht mal, dass zwischen mir, dem Controller, und Roswitha, der Realistin, eine gewisse Verbindung herrscht. Zum einen traut Marie mir als mürrischem Miesepeter so etwas wie einen Flirt wahrscheinlich gar nicht mehr zu. Zum anderen ist sie auch jetzt wieder viel zu beschäftigt damit, mit Kilian und Lasse zu scherzen. Lachend beugt sie sich über den Stuhl nach hinten wie ein Schulmädchen, das während der Pflichtaufführung von *Der gute Mensch von Sezuan* die ganze Zeit lieber mit den heißen Jungs hinter ihr schäkert.

»... und übergebe ich also nun das Mikrophon an den Mann, der Alfons Abelhammer heute vertritt. Applaus für Ben Breuer.«

Oh, ich bin schon dran.

In gespielter Eile überwinde ich die zwei Meter Distanz zum Rednerpult, nicke Roswitha zu und stelle mich hinter das Mikro. Der Scheinwerfer leuchtet mir ins Gesicht wie ein Auto mit Fernlicht auf der Landstraße. Bevor die erste Reihe im Dunkel verschwindet, sehe ich noch, wie meine Kinder besonders eifrig klatschen. Wir haben Urlaub, draußen scheint die Sonne auf Steg, See und Teich, aber ich halte eine Rede zur Taubenzucht in einer lichtlosen Stadthalle aus dunklem Tafelholz. Eigentlich müsste ich mich ärgern. Doch wenn meine Kinder klatschen, fühle ich mich gut. Außerdem sind nun alle ruhig. Mein Räuspern erfüllt den Raum, und ich weiß: Die nächsten paar Minuten wird mir wirklich zugehört. Ein schönes Gefühl. Für das Zusammenbasteln der Rede habe ich mir gestern Abend zwei Stunden Zeit genommen. Irgendwann kam Marie von hinten an meinen Stuhl getreten, legte ihre Hände auf meine Schultern und küsste mir wortlos den Kopf, als verzeihe sie mir die Flucht aus dem Wirrgarten und meine Solorunde in der Stadt. Als sei sie schon zufrieden, wenn ich mich überhaupt irgendeiner Tätigkeit friedlich hingebe. Und das tat ich. Die Rede, die ich nun halten werde, ist anders als das, was man sonst in Stadthallen hört. Sie soll Roswitha beeindrucken und die Journalisten aus ihrem Routineschlaf wecken. Sie soll allen zeigen, was man aus einer Taubenzüchter-Urkundenverleihung machen kann.

»Früher«, beginne ich, und es klingt wie das erste Wort, das ein Faust-Darsteller in die Stille des Theatersaales schleudert, »… früher las ich in der Lokalzeitung immer nur die Todesanzeigen.«

Leises Gemurmel unter den Journalisten.

Ein Kichern.

In der ersten Reihe erlischt das Display der Züchter-Enkelin.

Der Anfang war schon mal gut.

»Ich dachte mir: Wer außer den Beteiligten selbst liest diese Artikel? Wer will ernsthaft wissen, was in der Kreisliga beim Fußball geschieht? Wie die A-Jugend im Handball verloren hat? Was die Kaninchenzüchter gerade treiben?«

Ein dreifaches Kichern. Ich glaube, von den Jungs und Marie. Die Kombination aus »Treiben« und »Kaninchen« in Kombination mit den Züchtern erzeugt Bilder, die ich nicht mal beabsichtigt habe.

»Ich kann nicht für den Fußball sprechen, den Handball oder gar die örtliche Canasta-Runde, aber mit der Taubenzucht, damit habe ich mich beschäftigt. Zu dieser Aufgabe, in Vertretung für Alfons Abelhammer eine Rede zu halten, bin ich selbst gekommen wie die Jungfrau zum Kinde. Ein Taubenzüchter dagegen, und noch dazu der beste« – ich schaue zum Preisträger hinüber, der im Bühnendämmer versteckt wie ein Holzschnitt lächelt –, »bekommt seine Siegertaube nicht geschenkt.«

Eine Ruhe im Saal … es ist herrlich.

Ich spreche so gut wie zuletzt auf der Firmenversammlung des

Möbelhauses vor drei Jahren. Betont, dramatisch, mit den richtigen Pausen. *90 Prozent der Wirkung einer Rede wird nicht von ihrem Inhalt, sondern von ihrer Form bestimmt,* lässt sich in Fachbüchern nachlesen. Rhetorik ist also fast alles. Dennoch freue ich mich darauf, nun loszuwerden, was ich mir gestern über die Taubenzucht angelesen und in eine fulminante Form gebracht habe. Nach diesen Worten werden der Schwiegersohn und die Enkelin des Züchters mit anderen Augen auf die Leistung ihres Großvaters blicken. Roswitha wird mich als Redenschreiber für den Landtag vorschlagen, und der junge Journalist, der die Jahre bei der Lokalpresse eigentlich nur irgendwie überleben will, wird in Reportagen über zünftige Züchter seine Berufung finden.

Mit einer ausladenden Geste des linken Arms ziehe ich die Aufmerksamkeit und das Scheinwerferlicht auf Erwin Dübelbauer und seine Taube.

»Nehmen wir nur einmal diesen Mann und seine Siegertaube, das Scheckweibchen 02574-08-257, welches es in der vergangenen Saison auf sage und schreibe 6722 Preiskilometer gebracht hat.«

Im Publikum ertönt ein lautes Schnipsen.

Erwin Dübelbauer blinzelt ins Licht.

Roswitha sagt: »Ich glaube, da gibt's eine Frage …«

Eigentlich scheint es mir unhöflich, dass die Presse jetzt schon Fragen stellt, aber ich kenne die örtlichen Gepflogenheiten nicht.

»Ja?«, horche ich laut ins Dunkel des Zuschauerraums.

Die Stimme, die sich meldet, ist nicht die eines Journalisten. Sie tönt aus Lasses Brustkorb.

»Die Taube heißt 02574-08-257?«

»Ja. Also …«, sage ich ruhig und will meine Rede fortsetzen, doch Lasse lässt mir keine Chance.

»Aber das geht doch nicht!«

Ich schließe kurz und langsam die Augen. Meine Rede beginnt, sich durch die Ablenkung zu verflüssigen. Innerlich baue ich ein Bassin, damit sie nicht wegfließt. »In der Taubenzucht ist es so, dass …«

Wieder unterbricht mich Lasse. Nicht boshaft wie ein Politiker, der einen Revierkampf um Redeanteile führt. Nicht giftig wie ein

Betriebsratsvorsitzender, der das Controlling als Peitschenhalter der Sklaventreiber darstellt. Nein. Lasse kann einfach nicht anders. Er redet nicht berechnend wie ein Erwachsener. Er muss nur wie ein übereifriger Junge sofort alles loswerden, was ihm in den Sinn kommt. Und gerade das ist das Schlimme.

»Diese Taube da ist über Berge und Täler geflogen. Dörfer und Städte.« Der rote Ziegenbart keckert. Ich glaube, er ist sogar von seinem Sitz aufgestanden. »Sie macht keine Pause, sie fliegt einfach durch. Sie lässt sich nie krankschreiben. Sie arbeitet wahrscheinlich mehr als wir alle hier zusammen. Und dann bekommt sie nicht mal einen richtigen Namen?«

Taubenzüchter Erwin sieht mich fragend an, als hätte ich den Zwischenrufer persönlich mitgebracht. Roswitha runzelt die Stirn. Das Publikum findet Lasses Eingabe allerdings sehr amüsant.

»Das ist eine gute Frage!«, ruft der junge Redakteur, bei dem nun nicht durch meine Rede, sondern durch Lasses Geplapper eine unerwartete Freude am Lokaljournalismus erwacht ist.

Meine Kinder und meine Frau kichern und finden nichts an der Unterbrechung meines Vortrags.

Die Enkelin des Züchters sagt: »Opa, gib ihr doch einfach jetzt einen Namen! Dann steht sie direkt mit dir in der Zeitung!«

Ich antworte für Erwin auf diesen infamen Vorschlag: »Das ist in der Taubenzucht weder so üblich noch erwünscht!«

»Ach, kommt schon, jetzt seid nicht so …«, sagt Lasse.

»Genau!«, brummt Gérard Depardieu.

So läuft das in dieser Welt. Man erarbeitet sich voller positiver Energie ein Thema, das man selbst bis gestern noch lächerlich fand, und steht dann gemeinsam mit dem Landesmeister der Tauben vor einer Horde Laien wegen Namensverweigerung als Tierquäler da.

»Name! Name!«, ruft Lasse und stachelt meine Kinder, die Enkelin und ein paar Bürger an. Sogar die örtliche Presse fällt in den Chor ein. Wahrscheinlich hatten sie selten so viel Spaß.

»Verdammt nochmal!«, belle ich durch das Mikrophon in die Albernheiten. »Würden Sie wohl damit aufhören! Es geht hier nicht um irgendeinen Nippes! Es geht hier um ZUCHT und ORDNUNG!

Da sind eindeutige Zahlen und Kennzeichnungen zwingend. Wir sind hier nicht in der Waldorfschule, wo alle Erster werden und es egal ist, ob acht von zehn Teilnehmern Maximilian heißen! Hier geht es um die Ordnung der Zucht.«

So war meine Rede nicht geplant.

Irgendwie geraten mir die Konsonanten zu hart und die Vokale zu kehlig. Ich glaube, ich habe gerade wie ein sehr alter, fanatischer Österreicher geklungen. Züchter Erwin macht große Augen. Das Publikum verstummt, als wolle es sich unter den Sitzen verstecken. Ich atme durch, senke meine Stimme und bringe die Urkundenverleihung nüchtern und gemessen zu Ende. Von meiner ursprünglich geplanten, sehr pathetischen Rede zur Größe und zum Ruhm der Zucht verwende ich kein Wort mehr. Sie könnte nach diesem kleinen Anfall missverstanden werden.

»Großartig«, sagt Gérard Depardieu nach der Veranstaltung im Foyer der Halle. Zwar hat der Vorraum Fenster und Türen aus Glas, doch schluckt auch er das Licht ganz ähnlich wie der Saal. Was drinnen dunkles Holz ist, sind hier braune Fliesen und dunkelroter Ziegelstein. Die Komposition erinnert mich an die unheimlichsten Turnhallen meiner Kindheit. Depardieu wedelt mit seinem wurstigen Lokaljournalistenfinger vor meinem Gesicht herum. »Ich weiß gar nicht, wo ich mit der Geschichte anfangen soll.«

Sein junger Kollege ist ebenso begeistert. Gerade interviewt er Lasse vor einem Schaukasten mit Plakaten für kommende Veranstaltungen. Taubenzüchter Erwin und seine Familie stehen mit Marie, Kilian und den Kindern zusammen. Lisa hockt vor dem Käfig in Erwins Hand und steckt den Finger durch die Gitter, damit Babette auf der Kuppe herumpicken kann. Das ist der Name, auf den man sich letztlich geeinigt hat, damit die Journalisten Ruhe geben.

Babette.

Die erste Zuchttaube mit Namen.

Die Regeln von Jahrhunderten, von einem rotbärtigen Jungen im Manneskörper zerstört. Roswitha hat sich verabschiedet, da sie »noch viel auf dem Tisch« hätte. Da ich weiß, wie es um ihre Arbeitsmoral bestellt ist, vermute ich eher, dass ich bei ihr innerhalb von nur 24 Stunden mindestens 54 % an Ansehen verloren habe. Es würde mich zumindest nicht wundern. Immerhin hat mir Lasse nicht nur die Butter vom Brot genommen, sondern auch noch den Teller, den Tisch und die gesamte Frühstücksterrasse inklusive des Fundaments entfernt.

»Sagen Sie«, ruft der junge Journalist und zeigt an Lasses Bart vorbei auf das Plakat im Glaskasten. In einem ziemlich lustigen, respektlosen Comic-Stil ist dort eine Marschkapelle gezeichnet. Die Trommler haben rotgeränderte Augen, und aus den Querflöten fliegen neben verzerrten Noten ganze Fischgräten. Bei der Kapelle stehen außerdem drei tätowierte Jugendliche mit E-Gitarren und einem mit Panzertape geflickten Mikrophon. Die Veranstaltung ist für Samstag in zwei Wochen angekündigt. *Wir blasen euch den Marsch!* Gesponsert, selbstverständlich, von der Kulturstiftung Abelhammer.

»… stimmt es, dass Sie auch dieses Event in Vertretung von Alfons Abelhammer moderieren?«

Ich blicke zu Marie. Sie hat Spaß im Taubenschlag. Als das Licht der Halle wieder anging und ihr schönes Gesicht aus dem Dunkel hob, hat sie mich angesehen, als hätte ich auf der Bühne Hühnern den Kopf abgebissen.

Mit einem Stampfen, als sei ich ein Hulk, der seine Fähigkeiten nicht drosseln kann, gehe ich rüber zu dem jungen Journalisten. Ich stelle mir vor, wie die braunen Fliesen unter meinen Füßen zerspringen.

»Nein, das stimmt nicht! Ich vertrete hier überhaupt niemanden mehr. Ich bin nämlich im Urlaub.«

»Abelhammer ist im Urlaub«, sagt der Journalist.

Marie hebt den Kopf und schaut zu uns herüber. Meine Rumpelstilzchen-Schockwellen sind gerade durch den Boden bei ihr angekommen.

»Wir sind *beide* im Urlaub!«, tobe ich.

»Aber Alfons hat gesagt, dass Sie das übernehmen.«

»Tatsächlich? Haben Sie mit ihm gesprochen?«

»Nein. Mit seiner Mobilbox. Und die sagt: ›Ich bin die ganzen

Schulferien über verreist und nicht erreichbar.‹ Also, Alfons, nicht die Mailbox. Die ist ja erreichbar. Und weiter sagt sie: ›In dringenden Fällen wenden Sie sich bitte an Ben Breuer, der in dieser Zeit in meinem Haus wohnhaft ist.‹«

»Das sagt Alfons' Mailbox?«

»Ja.«

Mein Hulkstilzchen-Fuß stampft auf. Marie hat sich aus dem Taubenschlag gelöst und kommt näher. Ich zücke mein Telefon wie ein Sheriff seine Waffe. Aus dem Holster direkt ans Ohr.

»So. Jetzt ist es so weit. Jetzt rufe ich ihn an!«

»Wen? Abelhammer?« Lasse macht große Augen.

Marie zieht mich beiseite. »Was ist denn jetzt schon wieder los?«

Ruckartig zeige ich auf das Plakat. »Diesen Marschkapellen-Abend soll ich auch noch moderieren! Und ich erfahre es nicht etwa vorher von dem, der mir das alles eingebrockt hat, sondern zwischen Saaltür und Foyer-Angel von einem jungen Lokalredakteur. Und deswegen rufe ich Alfons jetzt an.«

»Die Vereinbarung, Ben. Kein Kontakt. Rechtskräftig und bindend.«

Dass Marie diesen Nichtanrufspakt so ernst nimmt! Sie ist doch sonst nicht so ängstlich. Es scheint mir, sie will unter gar keinen Umständen diesen Urlaub abbrechen. Für eine halbe Sekunde schaut sie über meine Schulter zu Lasse. In meinem Rücken spüre ich das Glühen eines roten Ziegenbarts. Ich ignoriere es und sage: »Bei gar nichts vertrete ich Alfons hier mehr, Marie. Du siehst ja, wozu das führt. Man bereitet die Rede aller Reden vor, und dann steht man da wie der letzte Depp.«

»Du hättest mit der Situation auch souveräner umgehen können.«

Ich schiebe Marie einige Schritte Richtung Eingang, bis das Glühen des Rotbarts in meinem Rücken nicht mehr spürbar ist. Dennoch flüstere ich, als ich sage: »Die Situation da drin hatte einen Namen. Er fing mit ›L‹ an und hört mit ›asse‹ auf.«

Marie sieht mir in die Augen. Traurig und schön. Richtig deuten kann ich es nicht.

»Ich rufe jetzt Alfons an.«

Bevor sie mich weiter aufhalten, anschauen, überreden oder beeinflussen kann, gehe ich zur Tür, stoße sie auf, laufe weit ausschreitend über den Vorplatz und wähle die Nummer.

Es klingelt drei Mal. Der Vorplatz ist mit sechseckigen Steinen gepflastert. Aus den Rändern drängen sich Moos und Grashalme. Große Pflanzkübel mit Stiefmütterchen grenzen den Platz von den Parkbuchten ab.

»Bei Breuer?«, meldet sich Alfons in meinem Haus.

»Breuer selbst!«, erwidere ich.

Der große Mann schweigt zwei Sekunden. Dann sagt er: »Ich dachte, wir haben eine Abmachung.«

Es ist gut, dass er das sagt. Es bringt meinen Zornpunkt angemessen auf Touren.

»Ja«, sage ich, »und wo steht in dieser Abmachung, dass ich in meinen Ferien keine Sekunde Ferien kriege? Dass eine Kapelle mich am frühen Morgen mit Marschmusik malträtiert? Dass zwei dauerplappernde Faune in Menschengestalt das Gelände bewohnen? Oder dass ich in der Stadthalle Festreden auf den besten Taubenzüchter des Landes halten muss?«

Alfons lacht: »Ach Gottchen, das war ja auch noch …«

Ich blaffe: »Ja, das war auch noch!!!«

Bevor ich mich weiter beschweren kann, dass ich die Kapelle, die mich morgens aus meinen Alphawellen trommelt, in zwei Wochen auch noch feierlich moderieren soll, fragt Alfons Abelhammer mich völlig ruhig: »Sind Sie mit meinem Haus unglücklich, Herr Breuer?«

Ich denke an Pfannen, als er das fragt. An Schmiedeeisen. An das Rauschen des Sees und der Blätter. An das Wellness-Badezimmer.

»Hallo?«

»Natürlich bin ich mit dem Haus nicht unglücklich. Das Haus ist phantastisch. Es geht doch auch nicht um das Haus. Es geht um …«

»Und die Rede für den Taubenmann. Ich bin sicher, Sie haben sie bravourös gemeistert.«

Für eine Sekunde freue ich mich, dass er mir das zutraut.

»Das hätte ich, oh ja. Ich hatte mir die wohl beste Rede zurechtgelegt, die jemals irgendein Mensch auf die Taubenzucht gehalten hat, aber ich kam nicht dazu, sie loszuwerden, weil der Pumuckl unter Ihren zwei Hausschergen mir in den Rücken gefallen ist.«

»Lasse? Was ist denn passiert?«

Wie er das fragt, mein Gott. Seine Stimme klingt wie Nougatpaste, die ein Bootsbauer mit Schleifpapier aufs helle Heckholz aufträgt.

Ich berichte ihm von dem peinlichen Geschehen, das die stolze Taube 02574-08-257 in Babette verwandelt hat.

Abelhammer amüsiert sich köstlich.

»Ich finde das nicht zum Lachen.«

»Ach, Ben. Herr Breuer. Die Presse war doch sicher glücklich, oder?«

»Aber wie …«

»Sehen Sie? Und das ist eine große Kunst. Bei einer Urkundenverleihung zum Thema Taubenzucht der Presse eine gute Geschichte zu geben.«

Ich will etwas erwidern, muss aber erst mal ein paar Zweige des gedanklichen Dickichts wegschlagen, das Alfons Abelhammer mit seinen Bemerkungen in meinem Kopf entstehen lässt. Es klingt schon wieder so, als sei die Sache gut gelaufen.

»Sagen Sie … ach, warum siezen wir uns eigentlich immer noch. Ich habe doch schon bei unserer ersten Begegnung gesagt, dass ich Alfons heiße. Wir tauschen die Häuser, da können wir uns doch endlich duzen, oder?«

Er wartet keine Antwort ab. Lieber schmirgelt er noch ein gutes Pfund Nougat auf das Bootsheck.

»Jedenfalls, Ben. Hattest du in deiner Sturm- und Drangzeit einen besten Freund?«

»Klar«, sage ich und denke mir im Stillen: ›Und der sitzt wahrscheinlich gerade auf dem Hügel schräg gegenüber und beobachtet dich mit dem Fernglas dabei, wie du mit mir telefonierst, Alfons.‹

»Waren das nicht unsere besten Jahre? Diese Zeit, in der jetzt Lasse und Kilian stecken? Ich jedenfalls kann zugeben: Mindestens dreimal pro Woche wünsche ich mich dorthin zurück.«

Es ist, als könne er mir in den Kopf sehen. Ich schweige.

»Und jetzt sag mal ganz ehrlich, Ben. Was war im Nachhinein das Allerschönste an dieser Zeit. Der Alkohol? Die Frauen? Die zu Schrott gefahrenen Autos? Nein! Das Allerschönste, das Befreiendste, das große Durchatmen des Geistes – das war doch dieses göttliche Quatschreden. Oder?«

Ich brumme. Gedanken an Gregor und mich kühlen gegen meinen Willen den Zornpunkt herunter. Damit er wieder aufflammt, erinnere ich mich daran, dass die Nougatstimme am anderen Ende der Leitung mich ganz bewusst im Dunkeln darüber gelassen hat, worauf der Vertrag zum Haustausch hinausläuft.

Als könne er meine Gedanken hören, sagt Alfons: »Ich erfülle auf dieser Seite der Leitung auch alle sich ergebenden Pflichten.«

»Ach ja? Vor wem mussten Sie denn eine Rede halten?«

Ich kann den Mann einfach nur in Gedanken duzen. Im Gespräch gehen mir die zwei Buchstaben weiterhin nicht über die Lippen.

»Keine Rede. Eine Anleitung. Deine Schwiegermutter brauchte Hilfe am Computer.«

Ich weiß nicht, ob ich schmunzeln oder schlucken soll.

»Sie rief hier an, da fiel ihr ein: Der Schwiegersohn hat ja das Haus getauscht. Sie wollte dich sofort auf dem Handy anklingeln, Gregor sei gerade nicht erreichbar. Ich bot ihr meine Hilfe an, denn, wie ich schon damals bei unserem Deal sagte: ›Algen und Schwiegermütter? Kein Problem!‹ Sie hat sich einen Augenblick geziert. Das berühmte Höflichkeitszieren, bevor es losgeht. Wobei ich sagen muss: So kurz habe ich es noch nie erlebt. Ich glaube, es hat bloß eine Achtelsekunde gedauert.«

»Und dann?«, frage ich.

»Dann hat sie ihre Frage gestellt. Das war um 13:37 Uhr. Ich weiß nicht, wie spät es war, als wir fertig wurden. Ich konnte die Uhr nicht mehr ablesen, da alles tiefdunkel war.«

Nun schrumpft mein Zornpunkt erneut, da ich innerlich mit dem Aufrechnen beginne. Eine Taubenzüchterrede von zehn Minuten plus zwei Stunden Vorbereitung gegen einen halben Tag Computertelefonat mit der Schwiegermutter. Wobei einem solch ein halber Tag nicht bloß wie ein halber Tag vorkommt. Ein halber Tag mit

Mutter am Hörer verwandelt einen Mann in Captain Picard, dessen Seele einst ein ganzes Leben auf einem fremden Planeten verbrachte, während sein Körper lediglich ein paar Augenblicke bewusstlos war.

»Sie musste ihr Passwort ändern. Bei GMX. Irgendeine Sicherheitswarnung. Ich habe sie angeleitet. Erst mal online, beim Anbieter selbst. Einloggen, *Mein Account*, Passwort. Drei Schritte. Dreißig Minuten. Wobei achtundzwanzig davon dafür draufgingen, dass sie mir die Nachrichten von der GMX-Startseite vorlas und kommentierte. Wusstest du, dass Bradley Cooper Fußfetischist ist? Oder Russell Brand der Yoga-Partner von Demi Moore?«

Ich kenne nicht mal die Namen. Also, die der Männer. Die Stimme meiner Schwiegermutter, wenn sie Gas gibt, liegt mir im Ohr.

»Irgendwann«, fährt Alfons fort, »waren wir dann drin. Das Passwort ändern. ›Was soll ich bloß nehmen?‹, fragte sie. ›Den Namen eines Vertrauten‹, sagte ich, ›aber keinen aktuellen, den man leicht mit Ihnen in Verbindung bringen kann. Am besten eine alte Liebe, gemischt mit Ihren Glückszahlen.‹ Das hätte ich nicht sagen dürfen. Wusstest du, dass Wolfgang an allen Tagen des Jahres zwischen der zweiten und dritten Zehe eine schwarze Sockenfluse hatte? Außer an Weihnachten?«

Wolfgang war der Mann, der am längsten bei Schwiegermutter leben durfte. Ich weiß nicht, ob ich schmunzeln oder mich schämen soll.

»Gut. Das Passwort bei GMX selbst zu ändern war jedenfalls gegen 16:30 Uhr erledigt. Ein Kinderspiel. Drei Stunden, ein geändertes Passwort – das war weitaus ergebniseffizienter als die meisten Marketing-Meetings, denen ich als Firmenchef beiwohnen muss. Deine Schwiegermutter wollte schon auflegen, da fiel mir ein, dass ja auch die Einstellungen im Mailprogramm von Windows aktualisiert werden müssen. Sonst kommt die Post nicht mehr auf den Computer. Und da ich unseren Vertrag mit allen Konsequenzen gern erfülle, sagte ich es ihr.«

Ich stelle mir vor, wie es ist, Schwiegermutter durch die Kontenmenüs von Outlook Express zu führen. Ich glaube, langsam ist mein Haustauschpartner tatsächlich im Plus.

»Ich habe viel gelernt in diesen Stunden mit deiner Schwiegermutter«, sagt Alfons. »Zum Beispiel, wie eng Atmung und Software zusammenhängen. Klickt sie irgendwo hin, wo sie nicht hinklicken soll, zieht sich ihr gesamter Brustkorb zusammen, und ihre Stimme wird schmal wie Nähgarn. Ich glaube, sie erwartet dann Strafen und Flüche.«

Ja, ich bin ein schrecklicher Schwiegersohn.

»Ich war jedenfalls geduldig. Vergaß ohnehin alles. Hunger. Durst. Bedürfnisse. Die Toilette musste ich nicht aufsuchen, denn ich nahm ja nichts mehr zu mir. Die Nachbarn fuhren fort und wieder vor. Wir wanderten durch Menü und Menü. Es gab Fortschritte, aber auch Rückschläge. Immer wenn sie gar nicht mehr begriff, was sie tun sollte, entwich ihr ein seltsamer Laut. Als begänne sie zu weinen, aber nicht direkt am Hörer, eher weiter weg, als hockte sie in einem hundert Meter tiefen, von der Menschheit vergessenen Brunnen.«

»Ja«, bestätige ich, »das ist das wässrige Wimmern. Es gibt noch das kehlige Klagen und den schnalzenden Schluchzer.«

»Du hast bereits *Begriffe* dafür entwickelt?«

»Ja. Manchmal gelingen Schwiegermutter sogar Kombinationen aller Sorten in Reihe. Sagenhafte Klangstafetten.«

Alfons schweigt einen Moment, wahrscheinlich sind es seine Pietäts-Sekunden.

Als sie verstrichen sind, lachen wir beide los, schallend. Die sechseckigen Pflastersteine unter mir geraten ins Vibrieren. Ich presse das Moos aus den Ritzen.

Marie und die vier Kinder schlendern herbei und fragen mich lautlos, was so witzig ist. Erleichtert und froh, dass mein Telefonat mit dem Millionär, dessen Villa wir bewohnen dürfen, augenscheinlich nicht im Ende der Ferien mündet.

»Dann wünsche ich euch noch viel Freude, Ben«, sagt Alfons, und ich antworte, den Blick auf meiner Familie und den zwei jungen Männern, ganz so, als hätte ich im Gegensatz zu ihnen nun eine besonders enge Bindung zu einem Prominenten und könnte stolz darauf sein: »Dir auch, Alfons, dir auch!«

THE EARLY BIRD CATCHES THE WORM

Es ist Morgen, und wieder bin ich vor allen anderen wach. Mein neuer Kokon eigener Zeit. Die Tauben und das Telefonat mit Alfons haben mich noch den ganzen gestrigen Tag beflügelt. Ich habe das Gefühl zugelassen, auch da mir mein Geheimagent vor Ort – Gregor – bestätigte, wie fleißig sich Alfons Abelhammer um unser Haus kümmert, wenn er nicht gerade bis in die tiefe Nacht mit der Schwiegermutter telefonieren muss. Den Rasen habe er bereits zweimal gemäht und sogar die Kante an den lose aufliegenden Randsteinen geschnitten. Der Teich sei durch nachhaltiges Algenangeln so klar, dass man die Fische frei schwebend über dem Grund betrachten könne. Und was das Innere des Hauses angehe – eines Vormittags habe Alfons fröhlich pfeifend das bräunlich verschmierte Vlies der Dunstabzugshaube zur Mülltonne getragen. Das letzte Mal habe ich es gewechselt, als ich noch reiner Hausmann war. Die Klarheit des Teichs konnte Gregor nur bewundern, weil mein Freund bei Technik keine Kompromisse macht: Sein Fernglas ist Safari-scharf. Was er in den Augen des Millionärs zu sehen bekommt, so Gregor, ist die glückliche Dankbarkeit eines Mannes, der nach zwanzig Jahren Fütterung im Streckbett endlich wieder selber laufen, essen und sein Zimmer aufräumen darf.

Ich schlurfe in die Küche der Villa. Vinci, die auf dem weißen Ledersofa geschlafen hat, öffnet ein Auge. Zwei Sekunden später höre ich ihre Pfoten auf dem Wohnsaalboden und das »Klickklickklick« der halb ausgefahrenen Krallen, das sich der Küche nähert. Ich stehe an der großen roten Kaffeemaschine und zögere, das Mahlwerk anzuwerfen, bevor die Tür nicht geschlossen ist. Der erste Lärm des Tages kommt dann aber ohnehin nicht von mir, sondern von Vinci. Sie ist auf die Kochinsel gesprungen, steht auf den Hinterbeinen und bringt mit der rechten Pfote die schmiedeeisernen Pfannen zum Klingen, was so viel heißen soll wie: ›Bevor der Mensch seinen Kaffee trinkt, füttert er die Katze!‹ Ich lausche. Im Haus bleibt es still. Niemand hat das Scheppern des Gusseisens bemerkt.

Ich gehe zur Speisekammer, öffne eine Schale, fülle sie in den Napf und lausche einen Moment dem gierigen Schmatzen unseres Stubentigers. Vinci frisst vorgegrillte und mit glänzender Gourmetsoße überzogene Putenstreifen von Sheba mit den gleichen Geräuschen, die ein Tiger beim Zerfetzen großer Rohstücke hinter Zoogittern von sich geben würde.

Ich denke darüber nach, meinen Frühstücksversuch mit den selbstgebackenen Brötchen von neulich zu wiederholen. Aber vorher werde ich meditieren. Ja. Noch vor dem ersten Kaffee. Mein Zornpunkt liegt so still und abgekühlt da wie ein Waldsee um vier Uhr morgens im Februar.

Ich gehe ins Wohnzimmer und setze mich im Schneidersitz auf das weiße Sofa. Ich schließe die Augen. Öffne die Hände. Warte auf Lichtbälle. Stattdessen schleicht sich in meinem Kopf ganz leise Musik heran. Sie nähert sich dem Haus mit monotonem Discofox-Rhythmus und der zahngebleicht grinsenden Heiterkeit einer über das Tanzgestampfe gesungenen Schlagermelodie. »Wie ein Wolf in der Nacht …«, singt ein Mann, und ich sehe förmlich vor mir, wie er dabei die offene Hand nach vorne ausstreckt und – mit dem Oberkörper im Takt zuckend – den Kopf ein wenig schief legt. »Wie ein Wolf in der Nacht, der auf der Lauer sitzt und wacht / weil er spürt, dass noch was passiert …«

Der unerträgliche Tanzkitsch wird von Schritten und leisem Geplapper begleitet. Das kommt nicht aus meinem Kopf. Es sind die Jungs. Lasse und Kilian. Mit ihrem Kurbelradio und klapperndem Gartenwerkzeug gehen sie um das Haus herum nach vorn, so früh auf wie Rentner oder Kleingärtner, begleitet von ihrer unfassbaren Lieblingsmusik. »Wie ein Wolf in der Nacht, dem man die Beute wegschnappt / hab ich geheult, so wie ein Wolf in der Nacht …«

Ich höre Satzfetzen. Lasse ist wieder dabei, Kilian zu necken, und muss sich über irgendwas »schwer wundern«. Wahrscheinlich hat

Kilian die falsche Rosenschere eingepackt oder den Unkrautstecher vergessen. Das Lied ist zu Ende, und der bestens gelaunte Moderator spricht über den Interpreten Jörg Bausch. Dann entfernen sich die Klänge zur Vorderseite des Hauses. Richtung Vorplatz, Buchsbäume und Terrakotta-Armee, Richtung Rosenstöcke in perfekt unkrautfreiem Marmorstein. Das Großprojekt »Bambussperre« haben die beiden Hausfaune immer noch nicht abgeschlossen, doch zwischendrin zupfen, reißen, schneiden, harken, fegen und räumen sie unablässig auf dem Gelände herum, zwölf Stunden am Tag mindestens, meistens begleitet vom $^{4}/_{4}$-Takt der Kegelclubmusik.

Ich atme tief ein.

Nehme mir vor, mich nicht aufzuregen.

Denke daran, wie ich es als Controller durchaus genieße, an diesem Ort jeden Tag auf Rabatten zu schauen, die so perfekt gepflegt sind wie Fünf-Sterne-Hotelanlagen in Tunesien, während ich mich daheim jedes Mal ärgere, die vorgesehenen Formen unseres Gartens immer nur unter dem Wildwuchs zu erahnen. Unser Garten ist ein Ideal, das man anstrebt und niemals erreicht. Abelhammers Park ist ein Ideal, das durch die niemals ruhenden Hände zweier eifriger Endzwanziger beständig Wirklichkeit bleibt.

Ich meditiere weiter.

Atme.

Sitze.

Ich spüre: Ungeduld. Keine Lichtbälle in den Handflächen. Keine Hitze. Nur am Hintern, weil das Leder immer noch vom Nachtschlaf der Katze gewärmt ist. Das Haus, in dem ich hocke, geht mir durch den Kopf. Draußen der Garten, der Park. Und hier drinnen: unendliche Möglichkeiten. Nicht als Stressfaktor, sondern als Angebot. Als Kind habe ich häufig davon geträumt, versehentlich in einer Bibliothek oder einem Plattenladen eingeschlossen zu werden und in aller Ruhe alles ausprobieren und in die Hand nehmen zu können. Keine Lichtbälle. Ich öffne die Augen. Vielleicht besteht die Lösung ja auch darin, sich seine eigene Form der Meditation auszudenken. Ich rutsche vom Sofa, und Vinci, die sich längst sattgefressen hat, springt mit einem vorwurfsvollen Seitenblick wieder hinauf. In der Küche werfe ich bei geschlossener Tür den Ferrari an, brühe mir einen Kaffee und schlendere schließlich mit der Tasse in der Hand durch den großen Saal. Einfach nur so. Schlendern. Gucken. Nippen. Es tut gut.

Womöglich ist das meine Meditation.

Das Breuer'sche Bummeln.

Vor dem großen Bücherregal bleibe ich stehen und schaue mir die Einbände an. Alfons sortiert thematisch. Weltliteratur, Krimis, Bildbände, Astronomie. In der Abteilung für Ratgeber und Wirtschaft bleibt mein Blick auf einem Buchrücken kleben. Der Untertitel unter dem eigentlichen Titel ist auf den Kopf gestellt gedruckt. Das Werk heißt:

Umgedreht

Von der Kunst, die Welt der anderen auf den Kopf zu stellen

Ich ziehe den Band aus dem Board und klappe ihn auf. Der Autor – ein Coach für Führungskräfte – erklärt die Prinzipien, die man anwenden muss, um aus einem *knurrenden Wolf* ein *dankbares Schoßhündchen* zu machen. Er ist weder in der Wortwahl zimperlich noch in seinen Versprechen. *Hundertprozentige Wirkungsgarantie!*

Ich überfliege die Kapitel.

Mir wird flau.

In der akustischen Ferne vorm Haus ertönt das leise »Plingpling« einer Gartenkralle, die an Steinchen stößt, und die Schlagermusik, welche die Arbeit begleitet.

Technik Nummer eins: Die Marginalisierung.
Spielen Sie das Ereignis, welches Ihr Gegenüber verärgert hat, durch Wortwahl und Tonfall Ihrerseits beiläufig, aber ohne Arroganz herunter. Machen Sie daraus eine Niedlichkeit. Ziehen Sie dem Ungeheuer einen Strampler an.

Wie hat Alfons reagiert, als ich ihm gestern erzählte, dass ich die Taubenzüchterrede für ihn halten musste?

»Ach Gottchen, das war ja auch noch …«

Ach Gottchen … der Strampler.

Technik Nummer zwei: Dankbarkeit erzeugen
Verweisen Sie auf alles Positive, das Sie Ihrem Gesprächspartner haben zukommen lassen, gern in Form rhetorischer Fragen.

Wie fragte Alfons, als mein Zornpunkt noch glühte?

»Sind Sie mit meinem Haus unglücklich, Herr Breuer?«

Ich musste an edle Pfannen denken und fühlte mich im reinen Luxus.

Technik Nummer drei: Loben
Unterstellen Sie Ihrem Gegenüber ausschließlich Gutes. Preisen Sie seine Fähigkeiten, ob vorhanden oder nicht. Wandeln Sie die Aufgaben, die Sie auf Ihn abwälzen, in Chancen um, die Sie ihm geben, damit er seine Großartigkeit darin beweisen kann.

Wie sagte Alfons? »Ich bin sicher, Sie haben die Rede bravourös gemeistert.« Und: »Es ist eine große Kunst, bei einer Urkundenverleihung zum Thema Taubenzucht der Presse eine gute Geschichte zu geben.«

Ich lasse das Buch kurz sinken, um zu atmen. Die Katze schnarcht bereits wieder. Das leise pumpende Radio der Jungs macht kurz Moderationspause, bevor das nächste Lied beginnt. Gleicher Rhythmus. Gleiche Melodie. Das Bücherregal war teurer als daheim unser ganzes Obergeschoss.

Technik Nummer vier: Verbrüderung
Suchen Sie nach Gemeinsamkeiten zwischen sich und Ihrem Kontrahenten. Teilen Sie gewisse Generationserfahrungen? Geschmäcker? Den Lieblingsverein? Verbrüderung ist der schnellste Weg in den Kopf des Gegenübers. Bieten Sie das Du als Belohnung für sich andeutende Fügsamkeit an.

Sich andeutende Fügsamkeit?

Belohnung?

Bin ich ein Hund, dem man Leckerli hinwirft?

Zwei Regeln gibt es noch.

Technik Nummer fünf: Schuldgefühl erzeugen
Stellen Sie ausführlich dar, was Sie selbst wiederum für Ihren Gesprächspartner getan haben. Sorgen Sie dafür, dass im Kopf Ihres Gegenübers das Aufrechnen beginnt – und zwar erst dann, wenn die Summe zu Ihren Gunsten ausfällt! (Vorsicht: Das Aufrechnen funktioniert meist nur bei Männern.)

Ich denke an Alfons' Bericht, wie er Schwiegermutter in Computerdingen beraten musste, während draußen die Jahreszeiten vorbeizogen.

Zu guter Letzt rät der Manipulationsratgeber zu dem Trick, mit dem Alfons unser Gespräch gestern auf dem Vorplatz beendet hat:

Technik Nummer sechs: Lästern über ein gemeinsames Objekt
Eine noch stärkere Bindung als gemeinsame Interessen und Vorlieben erzeugen gemeinsame Abneigungen und Lästerobjekte. Finden Sie heraus, über was oder wen sich Ihr Gegenüber gern das Maul zerreißt, und reißen Sie mit!

Gestern Nachmittag habe ich mit Alfons Abelhammer über meine Schwiegermutter gelästert. Und gelacht. Und am Ende, als meine Familie vor mir stand, habe ich ihn geduzt und mich toll gefühlt, zu dem großen, mir überlegenen Mann eine so kumpelhafte Beziehung geknüpft zu haben.

Ich schlage das Buch zu.

Das Schlimme ist nicht bloß, dass ich mich habe manipulieren lassen.

Das Schlimme ist, dass der liebe Alfons sich nicht mal die Mühe gemacht hat, bei meiner Gehirnwäsche die Reihenfolge der Kapitel zu ändern. Wahrscheinlich kann er sie sich so besser merken.

Ich stelle das Buch wieder ins Regal.

Matt. Müde. Bitter wie Lebertran.

Was habe ich mir nur gedacht?

Der Mann, dem dieses Haus gehört, lebt nicht in meiner Welt. Er besitzt eine der größten unabhängigen Brauereien Deutschlands. Er hat zwei Leibsklaven, die sieben Tage in der Woche rund um die Uhr harken, buddeln und stechen, damit das Auge des Millionärs niemals auch nur ein Unkrautgewächs entdeckt. Er besitzt den ganzen Ort. Er kann sich eine Kaffeemaschine leisten, die dem Nettojahreslohn eines Krankenpflegers entspricht, und ich muss Patrick Mayer um Geld anpumpen, um Schwiegermutter das Wasser zu zahlen. Für Alfons Abelhammer bin ich bloß ein Insekt. Eine Fliege auf der Haut. Wäre er ein Nashorn, wäre ich der kleine Nutzvogel, der dem großen Rammbock die Parasiten aus den Falten pickt. Wenn ich Glück hätte.

Mit dem Kaffeebecher in der Hand gehe ich nach draußen und setze einen Fuß vor den anderen im duftenden Morgengras.

Vielleicht muss ich einfach akzeptieren, was los ist. Vielleicht muss ich trotz des Manipulationsbuchs aufrechnen und feststellen, dass ich tatsächlich ein Parasit in der Lederhaut des großen Nashorns bin.

Die Koi-Karpfen in der Teichanlage bestätigen mit ihrem Nicken meine Gedanken. Stoisch erzeugen sie Blubberbläschen an der Oberfläche. Manche strecken das Mäulchen aus dem Wasser, doch für die Fütterung sind Lasse und Kilian zuständig. »Ich habe meine Leute für so was«, hat Alfons damals bei unserer Vertragsbesprechung gesagt. Genau genommen hat er nicht gelogen. Er hat nur Details weggelassen.

Die Stahlskulptur in der Wildwiese steht in ihrer ewig schweren Leichtigkeit da. Ein Schmetterling landet für eine Sekunde auf den gigantischen, gegossenen Spielkarten und fliegt wieder davon. Hier hinten hört man das Gartenwerkzeug und den Schlager vorm Haus überhaupt nicht mehr. Die Villa schluckt alles. Der Schmetterling flattert in paradiesischer Ruhe.

Ich müsste zorniger sein, als ich es bin, aber ich bin Controller.

Ich rechne auf.

Und jeder Schritt auf diesem wohltuenden, den Wohlstand atmenden, mir gratis zur Verfügung stehenden Gelände bringt Alfons wieder ein wenig mehr ins Plus.

»BOWAHHHHJAAAJAAAHHHHHHHHHHHHHHHHHHHHH!!!«

Ein Schrei ertönt aus der Scheune.

Laut wie die Apokalypse und verstärkt durch eine Mikrophonanlage.

Dann setzen Gitarre, Bass und Schlagzeug ein.

Nicht so, wie man Gitarre, Bass und Schlagzeug als zivilisierte Menschen zu spielen hat, also bluesig oder rockig. Erdig. Rustikal. Meinetwegen pressend und drückend wie bei Led Zeppelin oder auch quietschend und heulend wie bei Jimi Hendrix.

Nein.

Diese Instrumente werden wie Waffen eingesetzt.

Sie spielen keine Melodien, sondern verteilen Schläge. Sie spielen keinen Rhythmus, sondern ein Geschützfeuer. Sie sind das dämonische Gegenteil von Lasses und Kilians Schlagern. Ihr kleines Radio ist ein Flüstern im Halbschlaf gegen diesen Lärm. Ungefähr so wie die Musik, die man hört, wenn auf einem Campingplatz frühmorgens der Supermarkt mit dem Brötchenverkauf öffnet, sechshundert Meter entfernt am Eingangstor. Aber das hier, das ist Krieg.

Ich schaue auf mein Handgelenk.

Es ist acht Uhr morgens.

Gerade eben war ich noch im Schmetterlingsmodus.

Als ich die Tür der Scheune aufreiße, schreit der junge Mensch am Mikrophon schon wieder und verzerrt dabei sein Gesicht so, dass überall nur noch waagerechte und senkrechte Schlitze zu sehen sind … außer beim weit aufgerissenen Mund.

»EIWAWAWAHHHH!!!«

Der Mensch, der schreit, schwingt gleichzeitig die Gitarre. Er hält sie fest, als habe sie einen eigenen Willen und wolle sich die ganze Zeit von der Leine reißen. Der Bassist trägt keine Schuhe und springt mit dunklen Füßen über den Scheunenboden. Auf dem Bühnenpodest sitzt der Schlagzeuger an seiner Schießbude und hat die Ärmel seines T-Shirts aufgekrempelt.

Das Trio Infernale bricht mit einem Fiepen in den Boxen seine Probe ab, als sie mich bemerken. Der Schreiteufel am Mikrophon lässt sein Gesicht wieder locker, und es erscheinen Konturen, ein Nasenring und zwei Augen. Der Schreiteufel ist Patrick. Mayer junior.

»Guten Morgen, Ben!«, sagt er.

»Guten Morgen, Ben???«, erwidere ich, und meine Stimme kommt in lächerlich quietschender Höhe heraus. »Was zum Teufel war das eben?«

»Das? Das war ›Within My Blood‹, der erste Song unserer neuen CD.«

»Within …?«

»… my blood. Within my blood / I walk alone!«

»Tut mir leid«, sage ich, »das hatte ich nicht verstanden. Was ich gehört habe, war: Bowahhhhjaaajaaahhhhhhhh / eiwawawahhh!!!«

Patrick sieht mich gütig an, als wolle er sagen: ›Das kommt schon noch. Als Kind mochte ich auch keinen Kaffee.‹

»Es ist acht Uhr morgens, verflucht.«

»Wir proben immer so früh. Das ist Aberglaube. Unsere Band heißt schließlich The Early Bird Catches The Worm. Wir spielen Screamo.«

Ich fasse das alles nicht.

Vor allem, dass ich innerlich schon wieder mit dem Aufrechnen beginne. Patrick hat mir fünfzig Euro gegeben, und ich bin gerade mal zwanzig Minuten bei Frau Heubach gewesen. Für den Rest hat er wahrscheinlich eine Probe mit seinen Krachschlägern gut. *Vorsicht*, steht in Alfons Manipulationsbuch, *das Aufrechnen funktioniert meist nur bei Männern.* Der Autor hätte hinzufügen sollen: *Aber besonders gut klappt es bei Controllern.*

Patrick sagt: »Es ist eigentlich ganz gut, dass du wach bist. Wenn du in zwei Wochen die Veranstaltung moderierst …«

»Ich sagte, ich mache das nicht«, entgegne ich müde. »Und außerdem: Das ist doch ein Marschmusik-Konzert der Kapelle deines Papas. Was hat das mit euch zu tun?«

Patrick schaut zu seinem Bassisten. Der runzelt die Stirn und kratzt sich mit dem linken Fuß am rechten Knöchel. Der Schlagzeuger schraubt eine Flasche Wasser auf und trinkt glucksend aus dem Kunststoff.

»Reden wir hier beide von *Wir blasen euch den Marsch!*?«

»Ja.«

»Haben Sie das tolle Comic-Plakat nicht gesehen?«

Ich denke an das Foyer der Stadthalle. Plakat … ja, richtig. Die Kapelle war darauf überzeichnet wie Figuren bei *Clever & Smart.* Und neben ihr tobten drei junge, tätowierte Männer mit Gitarren.

»Oh nein …«, sage ich.

»Oh doch!«, sagte Patrick strahlend. »Der Untertitel lautet *Treffen der Generationen.*«

Das muss ich übersehen haben.

Begeistert spricht Patrick weiter: »Wir spielen an dem Abend gemeinsam. Die Marschkapelle und das Screamo-Trio. Die Alten und die Jungen. Wobei bei den Alten natürlich auch Junge trommeln. Wie ich hörte, sogar dein Sohn.«

Ich gehe zur Bühne, denn ich muss mich setzen.

»Glaubst du, die Abelhammer-Kulturstiftung würde so ein Theater um eine Veranstaltung betreiben, wenn sie nicht auch was Neues und Pfiffiges hätte? Die Brauerei muss zusehen, dass sie jung bleibt. Wie Diebels, die überall ihr Bier auf den Festivals verkaufen. Oder Jägermeister mit ihrer Rockliga.«

Im Scheunentor erscheinen Marie und die Kinder. Wieder mal. Ich bilde mir ein, den Hauch einer Zornesfalte bei meiner Frau zu erkennen, weil sie um acht Uhr morgens mit Screamo geweckt worden ist, doch er verschwindet sofort wieder, als Tommy begeistert auf die Bühne rennt und den Drummer fragt, ob er sich mal an ein richtiges Schlagzeug setzen darf.

»Sie spielen Screamo«, begrüße ich Marie in unserem Urlaubstag. »Das bedeutet übersetzt Schrei. Mit O.«

Marie kommt zu mir und küsst mich auf die Stirn. Lisa schaut kritisch, was Papas Zornpunkt macht.

»Ist ja nur einmal in der Woche«, sagt Marie, als sei sie die Managerin der Gruppe. Der Dankbarkeitstrick muss bei ihr gar nicht erst angewendet werden.

»Äh …«, sagt Patrick. »Eigentlich schon, aber da wir bald mit Papas Kapelle zusammen das erste Mal in der Geschichte der Musik den Marsch und den Mosh verbinden …«

»Ich dachte Screamo«, spotte ich.

»Schon, aber mit ein paar sorgsam gesetzten Anteilen von Metal und Mosh«, antwortet Patrick ganz ernsthaft, als würden wir hier über Musik sprechen. Unschuldig fährt er fort: »… da dies also das erste Mal ist, dass so ein *Treffen der Generationen* stattfindet, wird hier eigentlich jetzt so gut wie täglich geprobt.«

Wie er das sagt, der junge Hengst.

Es *wird* nun hier täglich geprobt.

Einfach so, beschlossene Sache.

Dann beschließe ich jetzt auch etwas.

Ich klatsche auf meine Oberschenkel, stehe auf, zwinge mich zu einem Lächeln und sage: »Gut. Trommel ruhig ein bisschen, Tommy. Ich hole dann mal Brötchen.«

Marie freut sich, dass ich mich beherrsche. Lisa zieht skeptisch die linke Gesichtshälfte hoch. Doch sie lassen mich gehen. Denn sie wissen nicht, wo ich eigentlich hinwill.

DIE AHNENGALERIE

Das Firmengebäude der Brauerei Abelhammer hätte ich mir anders vorgestellt. Weitläufig, gepflegt, mit einem Park drum herum und Innenhöfen mit Sitzbänken, hinter denen der Hopfen rankt. Einen Innenhof gibt es, aber er wirkt nicht so, als sei er für Besucher hergerichtet, und das Einzige, was sich hier rankt, ist Efeu. Von den Mauern des wuchtigen Gebäudes ist kaum noch ein Stein zu erkennen. An einer Stelle hat man versucht, der scheußlichen Rankpflanze Herr zu werden, und es wieder aufgegeben. Ich erkenne es daran, dass der Bewuchs sich nur halb so weit nach außen wölbt wie überall sonst, wo die Blätter das Volumen der Wand verdoppelt haben. Zwischen den Pflastersteinen des Hofs zeigt sich einiges Unkraut. Ein Löwenzahn hier, ein Sauerampfer da. Sogar eine Kippe liegt frech auf dem glattgewetzten Rundrücken eines Steins. Undenkbar, dass so etwas auf Alfons' Privatgelände geschehen könnte. Der Efeu, der sich dort um das Tor und den bewaldeten Vordereingang rankt, wird absichtlich zur Tarnung stehen gelassen, bevor sich hinter ihm der bestgepflegte Terrakotta-Hügel der Welt öffnet. Dieser Innenhof hier hat noch niemals die Füße, Besen, Krallen und das Kurbelradio von Lasse und Kilian gesehen.

Eine breite Treppe führt zum Haupteingang. Der Türrahmen und die Griffe sind aus vergoldetem Messing, doch er glänzt nicht mehr, ist blind geworden. Hinter dem zugewachsenen Geschäftsgebäude ragt ein hoher, rechteckiger Turm in die Höhe. Diesen Bereich habe ich auf der Hinfahrt hinter Zäunen gesehen. Rechteckige Gebäude in Grau. Rampen, Laster und Tausende gestapelter Kästen. Die eigentliche Brauerei. Der Geruch des Hopfens, der beim Vorbeifahren durchs offene Fenster hineinwehte, liegt auch hier im Efeuhof in der Luft. Er erinnert mich seltsam an Gras, an Haschisch, an frühe Jugendtage mit Gregor in Amsterdam und

Utrecht. Ich steige die Stufen hinauf, greife nach dem Messing und schiebe die Tür auf.

Hat der Efeuhof etwas von einer verlassenen Forschungsstation in *Jurassic Park*, erinnert mich der Flur, in dem ich nun stehe, an das alte Hotel von *Shining*. Ein roter Teppich, eine kleine Sitzgruppe mit Magazinen für wartende Geschäftskunden und ein beleuchteter Glaskasten, in dem in einer edlen alten Holzkiste drei Bierflaschen ausgestellt sind. Die Etiketten sind verblasst und lösen sich an den Ecken ab. Risse ziehen sich durch das Papier wie Furchen in alter Männerhaut. Die Kiste ist in ein dekoratives Nest aus Stroh, alten Brettern und Hopfen gebettet.

»Der Anfang von allem«, spricht eine Stimme in mein rechtes Ohr. Die Frau klingt, als habe sie das schon sehr oft gesagt, doch sie betont es so sorgsam wie eine Hörbuchsprecherin. »Die ersten drei Flaschen, die hier abgefüllt wurden. Im Jahre 1894.«

Ich drehe den Kopf und sehe die Frau an. Mitte dreißig, schwarzes Kostüm, kleiner Kopf, große Augen und eine geföhnte, blonde Welle, die rund zwanzig Jahre zu alt für sie wirkt. Als hätte man Keira Knightley mit Hannelore Kraft gekreuzt.

»Wird das Bier in den Flaschen nicht schlecht?«

Keira Kraft lächelt: »Es sind nur die ersten drei Flaschen. Nicht die ersten drei Flaschen und ihr Inhalt.«

Ich schaue gespielt beschämt auf den Boden. Zwei schmalere Gänge gehen von dem breiteren Vorflur mit Schaukasten und Sitzgruppe ab. Im Gang links hängen riesige Ölgemälde an den Wänden. Männerporträts. Von meiner Position aus kann ich nur das erste richtig erkennen. Der Herr darauf trägt seinen Schnurrbart spitz gezauselt und schaut in die damals noch nicht vorhandene Kamera, als habe er gerade Napoleon besiegt und Europa erobert.

»Mein Name ist Ben Breuer. Ich wohne zurzeit im Haus Ihres Chefs Alfons Abelhammer und möchte gern seinen Stellvertreter sprechen.«

Prüfend sieht die Frau mich an. Die beleuchtete Glaskastenauslage taucht unsere Begegnung in goldbraunes Licht. Ich unterstreiche mein Anliegen mit einem festen Händedruck.

»Kommen Sie mit.«

Sie schreitet vor durch den Flur mit den Ölgemälden. Das Bild des Gründers mit dem spitzgezauselten Bart zeigt bei genauerem Hinsehen nicht nur die Euphorie der Macht. In seinen graublauen Augen glänzt auch genuine Freude. Die Freude darüber, tatsächlich eine Firma gegründet zu haben. Die Freude darüber, fortan jeden Tag aus rein beruflichem Anlass ein frisch gezapftes Bier kosten zu dürfen, ja geradezu kosten zu müssen. Aber auch die Freude über das Leben selbst. Der Gründer Adalbert Abelhammer – Urgroßvater von Alfons – wirkt wie ein Mann, der sich vorstellen konnte, jeden Moment einfach so zum Lustwandeln in den Wald zu fahren. Oder weiter hinauf ans Meer, rauf auf den Deich, den Schnurrbart in die steife Brise halten.

Sein Sohn Albrecht – Alfons' Opa, ein Gemälde weiter – hat diese Freude verloren. Er leitete die Brauerei von 1929 bis 1962. Das heißt, der Mann musste das Unternehmen durch die Nazizeit manövrieren. Da war nicht viel mit Lustwandeln, da hieß es entweder Konversion zum Unmenschen oder geschickte Anpassung samt innerer Emigration und unerträglicher Ansammlung von Schuld. Ich versuche, in seinen Augen zu erkennen, was zugetroffen haben mag, doch sie geben keine klare Auskunft. Mit professioneller Kälte fixieren sie einen Punkt neben dem Betrachter. Sie schauen nicht in die ferne Zukunft. Sie ziehen es vor, immer nur den nächsten Schritt zu sehen. Würde Albrecht Abelhammer heute leben und als Fußballtrainer arbeiten, wären seine liebsten Worte im Gespräch mit Journalisten: »Wir denken nur von Spiel zu Spiel.«

Keira Kraft huscht zügig über den roten Samt des Teppichs, der alle Geräusche schluckt. Sie wiegt nur 42 Kilo, doch selbst meine Schritte sind nicht zu hören. Die Zeit dehnt sich in diesem dunklen Schlauch, in dem lediglich die Gemälde beleuchtet sind.

Die Porträts lenken meine gesamte Aufmerksamkeit auf sich. Wir erreichen die Höhe, auf der Alfons' Vater hängt, Armin Abelhammer. Firmenchef von 1963 bis 1989. Er musste die Brauerei durch die Hippiezeit und den Deutschen Herbst bringen. Er hätte wieder lustwandeln können, sogar einen täglichen Konsum des eigenen

Produkts in der Größenordnung von ein bis zwei Kästen hätte ihm niemand übelgenommen, zumindest nicht begleitet von der richtigen Musik und mit einem Prosit auf Mao und Rudi Dutschke. Es waren andere Zeiten als die Epoche seines Vaters, doch auch sie forderten von einem Mann eine Entscheidung: entweder Konversion zum Revoluzzer oder geschickte Anpassung samt innerer Emigration und unerträglichem Zwang zur Verheimlichung der wahren Identität als begeisterter Kapitalist. Wahrscheinlich hat Armin Abelhammer die Kulturstiftung gegründet, um als erfolgreicher Unternehmer zugleich ein guter, solidarischer Mensch zu sein, ein Freund der progressiven und langhaarigen Biertrinker, ein Förderer von Kunst, Kommune und Krachmusik. Inwiefern das Kalkül oder Überzeugung war, ist an seinen Augen ebenso wenig abzulesen wie bei seinem Papa die Einstellung zu den Nazis. Auch Armin schaut aus dem Bild hinaus am Betrachter vorbei, jedoch nicht kühl und professionell, sondern mit einer rätselhaften, schwer einzuschätzenden Vieldeutigkeit. Es könnte Ironie und Humor sein, aber genauso gut Verschlagenheit.

Alfons' Blick auf seinem Porträt wiederum ist als einziger von allen sehr einfach zu deuten: Er war peinlich berührt, überhaupt für ein Ölgemälde Modell sitzen zu müssen. Seine Augen suchen die Tür und sprechen von Flucht. Der Maler war so aufrichtig oder auch unhöflich, das Unwohlsein seines Gegenübers nicht zu kaschieren.

Mit Alfons Abelhammer endet die Galerie auf dem dunklen Flur. Mir wird bewusst, dass kein blutsverwandter Erbe ihm an der Wand folgen kann. Alfons Abelhammer hat weder Frau noch Sohn.

»So, da sind wir.«

Keira Kraft klopft an die Tür des Chefbüros. Auf dem Schild neben dem Rahmen steht *Alfons Abelhammer / Inhaber* sowie *Markus Windhof / Stellvertretender Geschäftsführer*.

»Ja, bitte?«, tönt es von drinnen.

Der Chef hat in diesem Hause also kein Vorzimmer mit Sekretärin. Gäste und Bittsteller werden schon zuvor am Glaskasten abgefangen.

»Hier ist ein Herr Breuer, der Sie sprechen möchte. Er sagt, er wohne im Haus vom Chef.«

»Einen Moment, bitte!«

Wir hören, wie hinter dem braunen Holz der Tür ein Ordner zugeklappt, ein Buch zugeschlagen und beide Objekte in ein Regalfach geschoben werden. Danach Schritte. Markus Windhof öffnet persönlich die Tür.

»Danke, Frau Laus«, sagt er, drückt meine Hand und zieht mich in sein Büro. Ich denke direkt »sein Büro«, denn nach Alfons' sieht es einfach nicht aus. Genauso wenig wie die Abelhammer-Stadthalle oder die Abelhammer-Kneipe am Kirchplatz. Alfons bevorzugt weiße Sofas, weißes Holz und große Fenster. Das Chefbüro am Ende des Flurs ist dunkel wie die Stadthalle, die Kneipe oder der schmale Flur der Ahnen. Die Bücher und Ordner in den Regalen stehen so perfekt auf einer Linie, als habe Markus Windhof irgendwo einen Stab mit langem Querblatt versteckt, der ihm dazu dient, seine Bilanzen mit einem Griff auf Linie zu schieben wie ein Croupier, der mit dem Rateau die Jetons platziert. Das dunkelbraune Echtholz der hochwertigen Regale wirkt so sauber, als sei es vor Minuten frisch lasiert worden.

»Markus Windhof. Was kann ich für Sie tun, Herr Breuer?«

»Ich bin der Haustauschmann.«

»Der was?«

»Der Mann, mit dem Alfons Abelhammer für die Ferien sein Haus getauscht hat. Ich wohne mit meiner Familie bei ihm. Er wohnt alleine bei uns.«

Herr Windhof lehnt sich ein Stück zurück und zieht eine Braue halb in die Höhe.

»Ist das so?«

»Das wissen Sie nicht?«

»Ich weiß nur, dass Alfons sich für ein paar Wochen abgemeldet hat, um, wie er sagte, ›einen experimentellen Urlaub‹ zu machen. Ich dachte, er sei Klettern in den Anden oder Schippern auf dem Amazonas. Was Männer halt so machen, wenn sie fast vierzig Jahre lang durchgearbeitet haben.«

Herr Windhof wirkt ein wenig beleidigt, dass er über das Vorhaben seines Chefs nicht ins Vertrauen gezogen wurde. Ich frage mich, warum Alfons den Haustausch geheim hält. Schämt er sich für seine freiwillig bescheidene Feriengestaltung? Egal, deswegen bin ich nicht hier.

»Wie auch immer, Herr Windhof. Sagen Sie mir doch bitte, wie das in zwei Wochen mit der Moderation dieses Konzertes laufen wird. Ich gehe davon aus, dass Sie das als Stellvertreter übernehmen?«

»Welche Moderation?«

Entweder lügt er schamlos oder weiß auch in dieser Sache von nichts. Seine mit dem Rateau auf Linie gebrachten Ordner sprechen eher für Ersteres. Ein Mann wie Windhof hat den Überblick. Würde er einen Sport betreiben, wäre er der Mann, der beim Curling vor dem gemächlich rutschenden Curlingstein die Bahn wischt. Ich halte das Glühen in meinem Brustkorb im Zaum und erkläre ihm, wovon ich spreche.

Doch als ich fertig bin, sagt er glasklar und glaubhaft: »Damit habe ich nichts zu tun. Das betrifft die Kulturstiftung. Ich kümmere mich darum, dass unsere Ware ihre Ziele in der Welt erreicht.«

Mit beiden Händen rückt er die Schreibtischunterlage gerade. Sorgsam und liebevoll, als wäre es ein Gebet an die Ordnung in der Welt.

Ich bin Controller, ich glaube ihm, denn langsam erkenne ich in ihm einen Artgenossen. Seine Ordnungsliebe mag in der Liste der psychiatrischen Krankheiten bereits eine ICD-10-Nummer haben, doch sie ist auch Ausdruck einer Gewissenhaftigkeit, wie ich sie einst selber im Möbelhaus an den Tag legte. Windhof ist ein Mann, der mit wenigen Klicks oder Anrufen in weniger als einer Minute präzise Auskunft darüber geben könnte, wie viele Flaschen Abelhammer Export heute Vormittag am Flughafen von Kapstadt oder in einer finsteren kleinen Trinkhalle am Rande von Belgrad verkauft worden sind. Nur wo sein Chef genau die Ferien verbringt, das wurde ihm als Stellvertreter nicht mitgeteilt. Nun denn, ich wusste damals als Controller auch nicht, dass mein Chef in seiner Freizeit sein Vermögen und damit auch das Möbelhaus verspielt. Da hat

Windhof es mit intransparenten Angaben zum Urlaubsort noch gut getroffen.

»Die Kulturstiftung hat ihr Büro oben«, sagt Windhof. »Den Flur zurück, am Glaskasten vorbei, zweiten Flur durch, mittig die Treppe hinauf, oben dann letzte Tür rechts. Ich weiß allerdings nicht, ob Herr Wupper da ist. Das weiß man nie so genau. Ist eben ein Kulturarbeiter. Sie wissen schon.« Windhof lacht.

Ich schmunzele, bremse aber meine Begeisterung, weil ich an das Manipulationsbuch denken muss. *Technik Nummer sechs: Lästern über ein gemeinsames Objekt.* Schließlich könnte ich jetzt am Strand sitzen und Tequila trinken. Oder wenigstens im Garten der Villa den neuen Ridpath lesen, während meine Kinder über dem Rand des Buches vom Trampolin in die Luft katapultiert werden.

Ich bedanke mich und gehe den präzise beschriebenen Weg nach oben. Im Flur, an dessen Ende das Stiftungsbüro von *Abelhammer Kultur* liegt, hängen keine Ölgemälde. Stattdessen ist ein alter Zeitungsartikel eingerahmt. Der örtliche Kurier, eine Ausgabe aus dem Jahr 1968. *Armin Abelhammer gründet Kulturstiftung* verkündet die Schlagzeile, und Alfons' Vater wird mit den Worten zitiert: *»Eigentum schafft Verantwortung. Als Unternehmer möchte ich der Gesellschaft etwas zurückgeben.«*

Auf dem Foto steht Armin Abelhammer aufrecht und groß zwischen seiner Frau und seinem kleinen Sohn, dem zehnjährigen Alfons. Er sieht seinen Papa nicht an, wie ein Sohn seinen Vater ansehen sollte. Gäbe es ein Foto, auf dem Tommy mich so ansieht, würde ich ihn fragen, wovor er sich fürchtet. Armins Frau bemüht sich um einen Blick, der den Gatten preist und ihm für die kommenden Aufgaben eine Rückendeckung römischer Legionsqualität verspricht. Sie trägt eine Halskette mit einem silbernen Kreuz als Anhänger.

Dieser Flur hier oben hat an seinem Ende wenigstens ein Fenster. Die Tür rechts daneben steht offen. Auf dem Schild steht *Jens Wupper, M. A. / Kulturstiftung.* Der Mann hat also einen Magister, aber sein Leben lang versäumt, den Doktor anzuhängen.

Ich werfe einen Blick in den Raum. Er ist verlassen, also von Menschen. Dinge befinden sich darin im Überfluss. Es sieht aus, als seien

Maik und Jan von daheim mit unserem Firmen-LKW vorgefahren und hätten mehrere unverkäufliche Dachbodeninhalte durch das Fenster geschüttet.

Jens Wupper, der Magister, hat seinen Schreibtisch so vollständig unter Papier begraben wie die Natur das Gebäude unter dem Efeu. Seine Regale sind nicht nur schwarz statt braun und von IKEA im Standardmaß aus Pressspan statt von einer Schreinerei aus Echtholz maßgefertigt worden – sie kennen auch keinen Zustand lasierten Glanzes. Ihr Furnier ist entweder mit Pappschubern, Ordnern, Büchern oder kleinen Kartons voller CDs zugestellt oder unter einer grauen Schicht aus Staub verschwunden.

Der Computer surrt bei offenem Gehäuse. Neben der Tastatur liegen Mappen mit Bewerbungen für die Förderung durch die Stiftung. Jeder will an die vom Hopfenprofit gefüllten Töpfe. In einer Mappe klebt die Demo-CD einer Rockband namens »Gartenschlauch«. Einer anderen liegt ein selbstgedruckter Gedichtband bei. An den Wänden kleben Poster von Veranstaltungen, die *Abelhammer Kultur* gefördert hat. Konzerte, Theaterstücke, Lesungen. Dazu Urkunden und Auszeichnungen für den Denkmal- und Landschaftsschutz. Am klobigen PC-Monitor, der niemals gegen einen Flatscreen ausgetauscht wurde, prangt ein Aufkleber von Nirvana. Direkt daneben verspricht ein Sticker aus eigener Herstellung: *Abelhammer Kultur – wir wuppen das!*

Draußen gurgelt eine Klospülung.

Jens Wupper, M. A., nähert sich durch den Flur, bemerkt mich aber noch nicht, da er damit zu tun hat, seinen Hosenstall zu schließen. Sein Kopf ist unverhältnismäßig groß für seinen kleinen, gedrungenen Körper. Er trägt eine graue Jeans und ein Karohemd aus Fleece. Auf seiner großporigen, knolligen Nase sitzt eine Hornbrille, allerdings nicht in Berliner-Werbetexter-Schwarz, sondern in einem knalligen Kleinjungenblau.

»Hallo«, sage ich.

Die Hornbrille huscht hektisch aufwärts.

»Äh … hallo.«

Ich folge dem Mann in seine Höhle. Mir fällt auf, dass sie den

Büros von Herrn Windhof in der Architektur des Gebäudes weitestmöglich entgegengesetzt liegt. Windhof links unten. Wupper rechts oben. Der Mann gießt mir ungefragt Kaffee aus einer Kanne ein, die ich im Gewächs der Dinge niemals bemerkt hätte. Ich erläutere ihm mein Problem.

»Wie bitte??? Alfons ist bei *Wir blasen euch den Marsch!* nicht anwesend?« Herr Wupper ist ehrlich empört. »Ich wusste nicht mal, wo genau er Urlaub macht. Ich dachte, für das Konzert schneit er zwischendurch wieder rein. Er ist früher immer zwischendurch wieder reingeschneit.«

»Für Herrn Windhof war er bis eben am Amazonas.«

Wupper schaut auf den Boden vor der Tür. »Der Windhof und ich reden nicht viel miteinander.« Es hört sich an, als hätte er am liebsten »Windhund« statt Windhof gesagt.

Er steht vom Schreibtischstuhl auf und läuft auf den schmalen Wegen auf und ab, die der gnadenlos vollgestellte Boden ihm lässt.

»Das ist die wichtigste Veranstaltung für *Abelhammer Kultur* in diesem Jahr. Wenn man's genau nehmen will, ist es die einzige Veranstaltung für *Abelhammer Kultur* in diesem Jahr.«

Es schwingt Bitterkeit mit in Wuppers Worten. Wegen seines Hangs zum Chaos könnte ich zu ihm niemals eine Verbindung knüpfen, aber sein Tonfall hört sich so an, wie ich mich gerade fühle.

»Das ist ein Spitzenkonzept!«, schimpft er, und mir fällt auf, dass zahllose Kartons auf dem Boden prall mit Faltblättern, Flyern und Plakaten gefüllt sind. Alle tragen das witzige, dynamische Comicmotiv.

Jens Wupper, M. A., klopft mit der Rückhand auf ein paar Zeitschriften: »Marsch und Mosh, Treffen der Generationen. Für dieses Event haben sich sogar fünf Redakteure von Musikmagazinen angekündigt. Der *Metal Hammer* will kommen. *Rock Hard.* Sogar einer vom *Rolling Stone*!« Wupper schwellen Wangen und Nase.

Zugegeben, die Nennung des letzten Magazins beeindruckt mich. Zwar lese ich nicht jede Ausgabe, da ich grundsätzlich keine Abos abschließe, doch der *Rolling Stone* begleitet mich durch mein Leben, seit ich Geschmack entwickelt habe. Wenn eine Redaktion, die seit ihrem Bestehen bis heute ununterbrochen Bob Dylan, Bruce Springsteen, die Rolling Stones und Neil Young auf die Spitzenplätze der Wertungen wählt, sich für die erste musikalische Begegnung von Marschkapelle und jugendlicher Cholerik interessiert, sollte ich meinen Horizont womöglich doch ein wenig erweitern.

Wupper bleibt kurz stehen und sieht aus dem Fenster.

»Wenn ich's nicht besser wüsste, würde ich sagen: Alfons interessiert sich gar nicht mehr für das alles hier.«

Ich schweige und lasse ihn reden. Die blaue Hornbrille dreht sich wieder mir zu. »Er verschludert schon seit längerem Termine. Antwortet nicht auf Anfragen. Als sei ihm alles nur noch lästig. Das dürfte ich gar nicht sagen …«

Ich wittere meine Chance. Meine Chance, endlich Urlaub zu haben, die Moderation nicht übernehmen zu müssen und dem Mann eins auszuwischen, der mich am Telefon wie eine Laborratte in Kapitelreihenfolge nach dem Standardwerk der Manipulation gelenkt hat.

»Rufen Sie ihn doch einfach an«, sage ich.

»Sein Handy ist aus.«

»Hier«, sage ich, nehme mir einen Kuli mit *Abelhammer Kultur*-Aufdruck und kritzele meine Festnetznummer auf ein Blatt. »Rufen Sie ihn hier an. Ich darf ihn in den Ferien nicht stören, das ist ein Deal. Aber Sie sind sein Stiftungsleiter.«

Jens Wupper, M. A., zögert keine Sekunde. Er legt den Zeigefinger auf seine Lippen, während es noch tutet, und signalisiert mir, Alfons nicht zu verraten, dass ich in seinem Büro sitze. Nach dreimal Klingeln hebt er die Hand.

»Ja, Alfons, Jens hier. Nein, nicht Thea aus Köln, sondern dein Stiftungsleiter. Du, ich muss heute beim Essen von jemandem erfahren, dass du in zwei Wochen nicht da sein wirst, um dem Publikum und der Presse den Marsch zu blasen?«

Die Antwort am anderen Ende der Leitung fällt laut aus. Fast so, als spräche dort nicht der Alfons, den ich kenne, der warmstimmige Nougatraspler, sondern einer seiner strengen Vorväter aus dem Flur.

»Ich verstehe nicht, warum du mich so anpflaumst!«, wehrt sich

Wupper. »Bei dieser Sache waren ausnahmsweise mal alle in der Firma begeistert. Vor allem das Marketing. Von wegen Verjüngung und so. Wann hat das Marketing zuletzt eine Kultursache ernst genommen?«

Es bellt weiter im Hörer.

»Woher ich das weiß, dass du …? Habe ich doch gesagt, aus dem Flurfunk. Beim Essen. Und umgekehrt frage ich dich – warum *weiß* ich so was nicht?«

»…«

»Ja, natürlich bist du der Chef.«

Wupper schiebt Papiergewächse auf der Fensterbank hin und her.

»Ja, selbstverständlich kannst du spontane Entscheidungen treffen.«

Wupper rollt mit den Augen.

»Ja … Alfons, ja … aber man kann doch *kommunizieren*. Jetzt muss ich hier bei der Sache den Moderator-Larry mimen, oder was?«

Das Gekläffe im Hörer deutet darauf hin, dass Alfons es sich anders vorstellt.

»Wie bitte? Ein Vertrag? Mit wem? Deinem Ferienpartner?«

Ich schüttele den Kopf. Unter dem Schreibtisch von Wupper, der anscheinend früher mal ein großer Schultisch war, klebt ein hartes Kaugummi.

»Okay, weißt du was? Mach deine Ferien. Ist ja nur das erste Projekt seit Jahren, das auch die überregionale Presse interessiert. Ist ja nur mein Baby, für das ich sogar Leute vom *Stone* rankarre.«

Alfons ist nicht zu bremsen. Es rattert im Hörer wie eine Stuka.

»Ist gut, Alfons. Ich lege jetzt auf.«

Wupper legt auf.

Seine Schultern sinken nach unten. Die riesige Brille bleibt an ihrem Platz, doch der Kopf scheint dahinter zu schrumpfen.

»Machen Sie sich keine Sorgen«, überwindet er sich, *mich* zu beruhigen, obschon er selbst gerade in tiefe Frustrationsfelder fällt. »Ich übernehme das dann mit der Moderation.«

Ich zögere keine Sekunde, Wuppers Angebot anzunehmen.

»Ist ja auch Ihr Baby«, sage ich, stehe auf und drücke ihm die Hand.

Zufrieden, meinerseits Alfons in der Ferne den Marsch geblasen zu haben, tänzele ich die Treppe hinab und durch den Flur am Glaskasten vorbei hinaus ins Freie.

Kaum habe ich den Efeuhof halb durchquert, da klingelt mein Handy.

»Breuer?«

»Was fällt Ihnen ein, in meiner Firma herumzuschnüffeln!!!???«, brüllt Alfons.

»Da ist es hin, das *Du* …«, sage ich ruhig.

Diese Antwort muss der große Mann erst mal verdauen. Ich überlege, wie ich die manipulativen Tricks aus seinem Buch auch gegen ihn anwenden kann. Erst mal tue ich instinktiv unschuldig und übernehme die brüderliche Anrede, die ich ihm gestern verweigert habe. »Ich weiß gar nicht, wovon du sprichst …«

»Ach kommen Sie, Herr Breuer! Sie haben meinen Leuten verraten, wo ich genau stecke, und dem Wupper sogar die Festnetznummer gegeben. Verkaufen Sie mich nicht für dumm.«

Gut, das klappt nicht.

Dann eben Technik Nummer drei: *Loben*.

»Alfons. Ich weiß doch, du bist ein richtig guter Chef. Und noch dazu ein guter Mensch. Warum regelst du die Dinge nicht ordentlich, bevor du in die Ferien gehst?«

»Das habe ich! Alle wussten, dass ich weg bin und meine Ruhe möchte. Ich bin der Boss. Ich muss nicht genau Auskunft darüber geben, wo ich mich befinde. Und alle relevanten Dinge hatte ich vorher geregelt.«

»Nicht die Moderation bei *Wir blasen euch den Marsch!*«

»Ach, dieses Gedöns habe ich halt vergessen …«

Habe ich das gerade wirklich gehört? Hat Alfons das Großereignis seiner Stiftung »Gedöns« genannt? In einem derart raunzigen Tonfall, dass dagegen selbst Gerhard Schröders Beschimpfung der Familienpolitik zu Kanzlerzeiten liebevoll klang?

»Das ist doch kein Gedöns!«, sage ich und sehe die Kartons mit den Hunderten von Plakaten und Faltblättern in Wuppers Büro vor mir. »Das ist ein Spitzenkonzept!«

»Ach was«, sagt Alfons, »*The Wall* von Pink Floyd war ein Spitzenkonzept. Oder Richard Wagners Manifeste zum Musiktheater.«

Ich denke an Mayer senior und seine Kapelle. Tommy mit den Trommelstöcken. Den Haushaltswarenladen. Patricks Leuchten in den Augen, wenn er von dem *Treffen der Generationen* spricht.

»Es ist das einzige Großereignis von *Abelhammer Kultur* in diesem Jahr«, sage ich. »Die Menschen im Ort hier freuen sich darauf!«

»Die freuen sich auf alles.«

Wie kann er so über sein Volk reden?

»Es kommt ein Redakteur vom *Rolling Stone*«, sage ich. »Der Zeitschrift, die vor einigen Monaten ganze zwölf Seiten zur Neuauflage von *The Wall* gebracht hat.«

»Ja, die wissen halt auch nicht mehr, was sie tun.«

»Alfons! Der *Stone*!«

»Machen wir uns doch nichts vor«, frotzelt der Millionär in meinem Haus in den Telefonhörer. »Dieses Event ist albern und allenfalls symbolisch. Mit echter Kultur hat das nichts zu tun.«

»So«, sage ich pampig. »Meinst du?«

»Ja. Ich komme langsam in das Alter, wo ich mir erlauben kann, ehrlich zu sein.«

»Gut«, schnaufe ich. »Weißt du was, Alfons? Das wollen wir doch mal sehen, wie wenig Kultur das ist und wie irrelevant, wenn ich im *Rolling Stone* auf einer Doppelseite am Mikrophon zu sehen bin und den Jubel auf die Kapelle und die Band lenke, während die Blitzlichter flackern und sich das Internet mit Meldungen zur neuen Musikrevolution füllt.«

»Tu, was du nicht lassen kannst«, sagt Alfons.

»Das werde ich!«, sage ich und zermalme die Kippe, die immer noch im Efeuhof frech auf dem Pflaster liegt. »Das werde ich!«

Ich lege auf.

Ha!

Dem habe ich's gegeben. Kein Wort mehr darüber, dass ich ihn in den Ferien nicht anrufen darf. Klein gemacht habe ich ihn, den unzuverlässigen Chef. Da soll noch mal einer sagen, dass man mich manipulieren kann.

WIE EINE LÖWIN

»Ihr Mann ist einfach klasse!«

Jens Wupper, M. A., stößt über dem Terrassentisch mit seinem wurstigen Finger in die Luft, als schwebte dort ein großer Stoffbär, dem er stellvertretend für mich in die Seite knufft. Lasse und Kilian sind wieder am Graben für die Rhizomsperre zugange, die den Bambus aufhalten soll. Sie verweigern weiterhin den Einsatz von Maschinen statt eigener Muskelkraft. Lasse hält ein Abelhammer-Bier in der Hand, während Kilian in die Hocke geht und mit dem Zollstock die Fortschritte misst. Neunundfünfzig Zentimeter Grabentiefe. Es bleibt viel zu tun. Mein Sohn überschlägt sich neben der Baustelle in der Luft über dem Trampolin. Lisa ruft aus dem Waldstück: »Hier!!! Wilde Brombeere!!! Die fünfzehnte Obstsorte!!!«

Vinci, die leider nicht ins Freie darf, da wir sie auf diesem Areal leicht verlieren könnten, springt hinter der Terrassentür aus dem Stand zwei Meter in die Höhe, um die Pranke nach einer Hummel zu schlagen, die sich außen an der Scheibe nervös summend das Köpfchen stößt.

Auf dem Tisch liegen Unterlagen und Werbematerialien zu *Wir blasen euch den Marsch!*. Jens Wupper ist hier, um meine Moderation näher zu besprechen. Kaum hatte mich Alfons Abelhammer gestern am Telefon erneut übers Ohr gehauen, rief er seinen Stiftungsleiter an und teilte ihm mit, dass ich mit Begeisterung die Moderation übernehme. Ich war noch nicht vom Hof, da öffnete sich das Fenster von Wuppers Büro, und die blaue Brille schickte mir verbale Freudenfanfaren hinunter. Erst in diesem Augenblick begriff ich, was geschehen war. Zurück im Haus schlug ich das Manipulationsbuch auf. Man sollte solche Bücher womöglich auch mal zu Ende lesen.

Regel Nummer sieben: Umkehrung der Protestrolle
Wenn Sie wollen, dass ein trotziges Kind etwas tut, verlangen Sie bekanntlich einfach das Gegenteil von ihm. Diese wirksame alte Technik funktioniert auch bei Erwachsenen, vor allem, wenn sie damit kombiniert wird, die gewünschte Handlung von der Befolgung eines Befehls in eine rebellische Aktion umzuwerten. Inszenieren Sie es so, dass der Manipulierte das Gefühl hat, mit dem, was er tut, gegen Ihre Arroganz und Ihre Abschätzigkeit zu protestieren.

Nackenmuskelfrei ließ ich den Kopf auf meine Brust sinken, wie es sonst nur Kilian beherrscht, und blieb eine halbe Stunde so vor dem Regal stehen, bis meine Kinder mich fanden.

»Ich finde das so gut!«, feiert Jens Wupper mich weiter vor Marie, und sie nickt erfreut, da sie ebenfalls alles gut findet, was damit zu tun hat, dass ich mich auf unseren Ferienort einlasse. Man sieht ja an der Tatsache, dass an dem Terrassentisch gerade ein Meeting stattfindet, wie viel Urlaub das alles ist.

»Lass mich noch mal versuchen!«, sagt Lasse drüben am Bambus und nimmt den Stahlspaten von Kilian entgegen. Bevor er mit seiner Sprungtechnik beginnt, um das Blatt erneut tiefer in die harte Erde zu treiben und endlich die Marke von sechzig Zentimeter zu überwinden, zieht er in der Sonne sein T-Shirt aus und beginnt, mit einem augenzwinkernden Lächeln zu posen. Er steht mit dem Rücken halb zur Terrasse und lässt die Muskeln, die sich entlang seiner Wirbelsäule und seiner Schultern auftun, im Zeitraffer emporwachsen wie Berge. Von den bolivianischen Hügellandschaften, die sein Trizeps und Bizeps ausbilden, ganz zu schweigen. Während er posiert, lacht er Marie an und tut so, als praktiziere er diese Show lediglich ironisch, als sei er als alternativer Rotbart natürlich meilenweit von den steroidgetränkten Hohlbroten entfernt, die derlei Gesten ernst meinen. Falls meine Augen mich nicht täuschen, würde ich sagen, Lasse hat sich heute Morgen mit Öl eingeschmiert. Ganz sicher täuschungsfrei ist die Tatsache, dass meine Frau gerade rote Wangen bekommt. Während Lasse sich daranmacht, den Graben zu vertiefen, kommt Kilian rüber zum Tisch.

»Er hat noch nie ein Fitnessstudio besucht«, sagt er, während Marie weiter den athletischen Jungen beobachtet, wie er gezielt mit beiden Füßen auf das Blatt der Schaufel springt. »Das ist alles natürlich«, erklärt Kilian weiter und deutet an, dass er sämtliche von Lasses Muskeln meint, indem er mit seinem Zeigefinger einen gedachten Faden einmal um seinen eigenen Körper schwingt. »Nur Arbeit im Garten, viel Schwimmen im See und jeden Tag Liegestütze, Klimmzüge und Sit-ups. Keinen Cent muss man für Fitness ausgeben. Das habe ich von Lasse gelernt.«

Kilian setzt sich auf einen freien Stuhl neben Marie. Wupper sieht ihn an, als lebten sie im Sternensystem Abelhammer auf zwei verschiedenen Planeten.

Lasse gräbt. Kilian beobachtet ihn dabei mit fast dem gleichen bewundernden Blick wie meine Frau. »Ich habe alles von Lasse gelernt. Alles, worauf es im Leben ankommt.« Kilian schüttelt den Kopf, als könne er bis heute sein Glück nicht fassen, diesen rotbärtigen Mann getroffen zu haben. Sein Kopf positioniert sich im Profil genau neben dem Maries. Wäre es ein Gemälde, schauten die beiden, das Haar leicht im Wind flatternd, in gemeinsamer Betrachtung eines Heiligtums melancholisch aus dem Bild heraus.

Da sitze ich also, den Tisch voller Papiere zur Planung einer Veranstaltung, in die mich ein reicher Mann hineingequatscht hat, während ein blaubebrillter Kobold auf meine Gedanken wartet und meine Frau in gemeinsamer Verzückung mit einem jungen Mann, dessen Geist sie bewundert, einen anderen jungen Mann beobachtet, dessen Körper sie bewundert. Das ist Urlaub.

Mein Handy klingelt.

Auf dem Display erscheint eine Nummer mit der Vorwahl unserer Stadt. Allerdings nicht aus unserem Haus.

Ich stehe auf, entschuldige mich und gehe hinein. Als ich die Terrassentür öffne, versucht Vinci, sich nach draußen zu drängen. Ich schiebe sie mit dem Fuß zurück. Sie faucht.

»Breuer?«

»Ich habe für Sie gekämpft«, sagt eine Frau ohne vorherige Begrüßung. Die Stimme kenne ich. Es ist Frau Grabinski-Bleichwasser von der Stadtverwaltung. »Wie eine Löwin habe ich mich für Sie eingesetzt, Herr Breuer.«

Ich frage mich, welche Manipulationstechnik das nun wieder darstellt. Die Frau, die von mir 2730 Euro haben will, weil der Schulweg meiner Kinder all die Jahre lang siebzehn Meter zu kurz für die Erstattung der Bustickets war, will sich nun selbst für mich eingesetzt haben. Wahrscheinlich so, wie sich die amerikanischen Siedler für die Indianer einsetzten.

»Leider ist es nun so«, sagt Frau Grabinski-Bleichwasser, »dass die Zahlung jetzt doch schon fällig wird, und zwar bis Ende kommender Woche.«

Meine Ohren klingeln.

Ich sehe die Zahl vor mir: Zweitausendsiebenhundertdreißig Euro. Ich sehe meinen Kontostand. Ich sehe Pfändungen.

»Die Rede war von sechs Wochen«, sage ich … und füge innerlich die vier Wochen hinzu, die ich einkalkuliere, bis die erste Mahnung eintrifft. »Wie kann sich das auf zwei Wochen verkürzen?«

»Geben Sie nicht mir die Schuld«, sagt Frau Grabinski-Bleichwasser, »sondern lieber Frau Brunswicke-Fahrenheit.«

»Diese SPD-Politikerin, die ständig sagt, sie wolle die Selbständigen mehr in die Pflicht nehmen?«

»Die Finanzministerin unseres Bundeslandes, ja. Sie macht nun ernst. Bald ist Wahl. Die Menschen wollen Taten sehen.«

»Welche Menschen?«, motze ich.

»Bitte schreien Sie nicht so«, sagt Frau Grabinski-Bleichwasser. »Denken Sie bitte daran, wer sich für Sie eingesetzt hat.«

»Welche Menschen wollen Taten sehen!?«, schreie ich nun erst recht. »Welche Menschen machen ihre nächste Wahl davon abhängig, dass ich aus heiterem Himmel über zweitausendsiebenhundert Euro zurückzahlen soll? Wo leben die? Wo schlagen die ihr Camp auf? Occupy Breuer? Wo sind die Massen, die mich leiden sehen wollen?«

»Ich lege jetzt auf, Herr Breuer. Die Papiere mit der aktualisierten Forderung gehen Ihnen dieser Tage zu. Außerdem sende ich Ihnen die Daten per Mail, denn Sie sind ja als armer Mann anscheinend in

Urlaub, wie der Herr, der bei Ihnen daheim das Haus hüten muss, mir mitteilte.«

»Dieser Herr …«, setze ich an und grolle dabei wie ein Bergmonster, doch Frau Grabinski-Bleichwasser unterbricht mich: »Ich habe mich für Sie eingesetzt, Herr Breuer. Kaum geschlafen habe ich in den letzten Tagen. Und wissen Sie was? Wenn ich in die Ferien fahre, dann lasse ich von meinen Nachbarn die Blumen gießen. Einen Hausdiener, der rund um die Uhr vor Ort ist, kann ich mir als Beamtin leider nicht leisten.«

Sie legt auf.

Vinci kratzt mit den Pfoten an der Terrassentür.

Draußen lachen, graben, hüpfen, buddeln und forschen heitere Menschen, große wie kleine. Nichtsahnend, wie es um uns steht.

Alfons Abelhammer hat sein Leben lang keine Geldsorgen gehabt. Ich frage mich, was all die Bücher wert sind, die hier im Wohnzimmerregal stehen. Im Spielzimmer nebenan liegen die Controller auf dem Boden. Die weißen Nintendo-Knüppel, die Nunchuks, zwei Mikrophone für *Singstar*, ein Lenkrad. Der Mann ist erwachsen, hat weder Kinder noch Enkel. Aber er richtet sich ein Spielzimmer mit Hardware und Software ein, das weitaus mehr wert ist als vier Jahre Bußgeld wegen eines zu kurzen Schulwegs.

Die Terrassentür schwingt auf, und mein Sohn streckt den Kopf hinein.

»Pass auf, die Katze!«, sage ich.

Tommy wirft sich in Sekundenschnelle auf den Boden und deckt Vinci wie ein kleiner Wrestler mit Brust und Bauch ab. Die Katze quiekt. Ich eile Tommy zu Hilfe und ziehe das kratzende Bündel Protestfell unter ihm hervor. Vinci schimpft. Könnte sie reden, müsste ich meinem Sohn wegen mangelnder Jugendfreiheit ihrer Auslassungen die Ohren zuhalten. Ich trage die Katze in die Küche, öffne den Kühlschrank und werfe ihr zum Trost eine Scheibe erstklassiger Putenbrust auf die Steinfliesen.

»Wir wollen Fußball spielen, Papa!«, sagt Tommy.

Vincis Tigerschmatzgeräusche im Rücken, gehe ich mit ihm hinaus und erkläre ihm sanft, dass ich Verpflichtungen habe.

»Der Herr Wupper muss mit mir noch was besprechen.«

»Der mit der blauen Brille?«, fragt Tommy. »Der macht den Schiedsrichter!«

Zwanzig Minuten später sind auf der großen Wiese zwischen Bambus und See zwei Tore aufgebaut, und ich spiele mit Tommy und Kilian gegen Lisa und Lasse. Meine Tochter hat ihre Suche nach den siebenundzwanzig Obst- und Fruchtsorten auf dem Gelände unterbrochen, kurz vor dem Anpfiff jedoch bereits die sechzehnte gefunden. Im Waldstück, in dem die beiden jungen Männer leben, gesellte sich zu der Wildbrombeere noch die Wildhimbeere hinzu.

»Papa, ich stehe voll frei!!!«, ruft Tommy und winkt.

In der Tat. Er steht sogar so frei, dass er an Lisa vorbei locker ins Tor einschieben könnte. Doch ehe ich abspielen kann, luchst Lasse mir den Ball ab und schießt ihn ins Tor auf der anderen Seite. Jens Wupper pfeift.

»Och, Mann, Papa – du passt überhaupt nicht auf!«

Da hat mein Sohn recht. Ich passe nicht auf. Früher, als ich mit Lisa und Tommy im Garten *Reflex Man* spielte und meine Kinder mir in ihren Rollen als *Bonecrusher* und *Supergirl* in unserem selbsterfundenen Sport den Ball immer so zuwarfen, dass ich ihn jedes zweite Mal absichtlich nicht fing, während ich zugleich so tat, als hielte sich der *Reflex Man* für unbesiegbar – da war ich bei der Sache! Heute ist die Diskrepanz zwischen dem Helden, den man als Papa darstellen sollte, und dem Versagen in der Wirklichkeit leider kein lustiges Spiel mehr. Und das Einzige, woran ich beim Fußballspiel denke, ist das Geld, das die Profis verdienen. Sie könnten mit einem Halbstundenlohn meine Schulden begleichen.

Lasse holt den Ball aus dem Tor und schaut, während er sich bückt, um ihn wieder auf den gedachten Anstoßpunkt zu legen, zu Kilian hoch: »Ich muss mich doch sehr wundern, Klitschi, wie du mich da gerade durchgelassen hast. Das war kein guter Einsatz für dein Team.«

Kilian seufzt und lässt wieder auf der Stelle Kopf und Arme sinken. Ich frage mich, was das für ein Spiel zwischen den beiden ist.

Kilian hat Kernkraftwerke analysiert, während Lasse bei der DEKRA Motorhauben öffnete. Und doch lässt der Autoprüfer den Nukleartechniker mehrfach am Tag zusammenschnurren wie einen Ballon, aus dem Luft entweicht.

»Sind alle wieder so weit?«, fragt Wupper.

Marie steht am Rande der Wiese neben dem Bambusgraben und beobachtet das Geschehen. Tommy nickt und erwartet aufgeregt wie eine Katze im Jagdmodus den erneuten Anpfiff. Lisa lächelt und geht ebenfalls in diesem kleinen Kick auf. Ich an ihrer Stelle würde ihn als lästige Unterbrechung meiner botanischen Suche betrachten. Ihre Mission ist schließlich gerade eine andere. Doch sie freut sich über alles, was geschieht. Sie kann Ferien machen. Ich hingegen beobachte, wie der Ball vor meinen Augen verschwimmt und meine Gedanken wieder zu den Bilanzen schweifen. Selbst wenn ich alle offenen Posten auf der Stelle bezahlen könnte – was ist im nächsten Monat? In einem halben Jahr? In einem ganzen? Schulden sind wie ein Erdrutsch. Wie kann ich da am Fuße des Berges in Ruhe Fußball spielen?

Wupper pfeift an.

Lasse lässt sich absichtlich von Tommy den Ball abnehmen, damit mein Sohn Spaß hat.

»Papa!«, ruft er und passt zu mir.

Der Ball rollt in meine Richtung, und ich wuchte mich gerade noch rechtzeitig aus den zähen, klebrigen Tiefen meiner Grübeleien, um ihn mit dem Fuß zu stoppen und ihn nicht an mir vorbei unbeteiligt in den Waldrand kullern zu lassen. Als das Leder meinen Fuß berührt, springt für einen Augenblick ein Schalter um. Ich erinnere mich an die Tage als Junge auf dem Bolzplatz. An das kurze Intermezzo von Gregor und mir in der Jugendmannschaft von Viktoria Köln. Der Club hat sich gut gemacht, hat mir Gregor neulich erzählt. Er spielt in der vierten Liga und hat mit Albert Streit sogar einen ehemaligen Vollprofi in der Mannschaft, der beinahe in den WM-Kader von 2006 gerutscht wäre. Die Gedanken an unnützes Fußballwissen verscheuchen für den Augenblick die Sorgen in meinem Kopf. Meine Lungen atmen gegen meinen missmutigen Willen die frische Luft aus Gras, Wald und See ein, und ich spüre den Willen, mich endlich auf dieses kleine Spiel einzulassen. Eine Runde Spaß wird erlaubt sein, auch unter Schulden. Ich sehe, wie Kilian sich freiläuft und seinen Lehrer Lasse abschüttelt, mache drei Schritte und passe ihm genau in den Fuß, so dass er den Ball sanft und ohne meine kleine Tochter zu gefährden über sie ins Tor lupfen kann. Ausgleich für mein Team. Tommy jubelt, klatscht Kilian ab, läuft zu mir, springt einen Meter vor mir ab und wirft mich auf den Rasen. Wir lachen. Mein Sohn hat viele Ecken und Kanten. Es fühlt sich an, als verfüge er über sechs, sieben Ellbogen. Ich bekomme herrliche blaue Flecken und merke, dass ich zu lange nicht mehr mit ihm getobt habe. Der Fußball beginnt, mir Freude zu machen. Ich frage mich, ob es im Haus einen einfachen, tragbaren Grill gibt, so dass wir uns nachher alle auf den Steg setzen und dort essen könnten, Pappteller in der Hand und die Füße im Wasser.

Das Haustelefon klingelt. Der Hörer liegt auf dem Terrassentisch. Marie holt ihn und geht ran. Nach ein paar kurzen Worten gibt sie ihn an mich weiter. Ich rappele mich aus dem Rasen auf.

»Ja?«

»Herr Breuer? Hier ist Mayer. Ich wollte nur sagen: Mein Sohn und ich kommen heute Abend in der Scheune proben. Also, mein Sohn und seine Band und ich mit dem Spielmannszug. Wir alle zusammen.«

Das war's dann mit dem ruhigen Grillabend auf dem Steg.

»Was ist?«, fragt Wupper und hält die Schiedsrichterpfeife hoch.

»Heute Abend ist hier Probe!«, antworte ich. »Mit allen.«

»Phantastisch!«, sagt Wupper. »Dann können wir das ganze Programm direkt mit Moderation durchgehen.«

»Ja, phantastisch«, sage ich im Tonfall eines Strafgefangenen, dem mitgeteilt wird, dass er zwar nicht begnadigt wurde, es ab Montag aber zum Kartoffelbrei auch Rosenkohl gibt.

»Wir wollten nur nicht, dass Sie wieder unangenehm überrascht werden«, sagt Mayer senior im Telefonhörer.

»Alle Menschen sind sehr zuvorkommend zu mir«, erwidere ich. »Oder sie kämpfen für mich, wie Löwen.«

»Bitte?«

»Wir sehen uns heute Abend. Grüßen Sie Ihren Sohn.«

Ich lege auf und schaue die Teams auf dem Gartenrasen an: »Können wir jetzt weitermachen?«

Wupper pfeift an, und Tommy passt zu mir. Ich laufe zwei Schritte auf das gegnerische Tor zu, als mir Lasse ohne Vorwarnung von links hinten in die Beine tritt. Ich gerate ins Straucheln, und da die Beine des Rotbarts immer noch da sind, knallen auch noch unsere Schienbeine gegeneinander. Ich falle hin und fange mich, weil es so überraschend kommt, so hölzern und ungeschickt ab, dass ich mir das linke Handgelenk verknicke. Lasse rollt sich seinerseits durch das Grün, allerdings nicht schmerzverzerrt wie ich, sondern eher wie eine Mischung aus tollendem Hund und Jungen, der den Freizeitkick etwas zu ernst nimmt.

Ich setze mich auf dem Rasen halb auf und brülle ihn an: »Sag mal, geht's noch, du Pisser?«

Marie reißt entsetzt die Augen auf. Meine Kinder schauen mich an, als hätte ich vor ihnen eine kleine Katze gegessen. Selbst Lasse scheint erschrocken, weniger über meine Wortwahl als vielmehr über meinen Tonfall. Mein Ausruf kam so spontan aus mir herausgeschossen, als wären zwischen meiner Zeit als Halbstarker bei Viktoria Köln und dem heutigen Tag nicht ganze siebenundzwanzig Jahre vergangen.

»Entschuldigung!«, sagt Lasse, als wäre sein Foul reiner Zufall gewesen.

Ich zische und halte mir den Unterschenkel. Der Schmerz lässt nur langsam nach. »Du kannst dir deine Entschuldigung wo hinstecken!«, schimpfe ich.

»Ben!«, ermahnt mich Marie. Mich, den Niedergetretenen! Ich spüre, dass sie mich nun am liebsten ganz offen zur Predigt ins Haus ziehen würde, doch sie geht quer über das Spielfeld, reicht mir die Hand, hilft mir beim Aufstehen und sagt in die Runde: »Ich schaue mir unseren Verletzten mal drinnen an. Spielt ruhig so lange ohne zu zählen weiter.«

Neben ihr humple ich zum Haus.

Als sie die Terrassentür öffnet, geht Marie in die Hocke und schiebt mit einer einzigen, flüssigen Bewegung ihre Hand unter den Bauch unserer Katze, um sie vor der Flucht in den Garten zu hindern. Ein Griff, der uns in unserem Ferienhaus bereits in Fleisch und Blut übergegangen ist.

»Was war das eben für ein Tonfall, Ben?«

Marie steht zwischen den unschuldsweißen Sofas des Millionärs und presst ihre Hände in die Hüften.

Ich gebe mich schmollend. »Das war ganz normale Fußballsprache. So schnauzt man sich eben an im Eifer des Gefechts. Und wenn abgepfiffen wird, ist alles wieder gut.«

»Ben. Bitte rede das jetzt nicht klein. So aggressiv, wie du da draußen herumgebrüllt hast, sollten dich deine Kinder niemals erleben. Und ich im Übrigen auch nicht, wenn du möchtest, dass ich mich nicht eines Tages frage, wo der liebenswerte Mann geblieben ist, den ich geheiratet habe.«

»Aber Marie! Lasse hat mich doch gefoult! Wie kann es denn sein, dass ich nun wieder der Böse bin? Er hat mir zwischen die Beine getreten!«

»Ach, Ben.« Marie wirft den Kopf nach hinten, löst die Hände von ihren Hüften und läuft aufgebracht zwischen Terrassenfenster und Sofa hin und her. »Das steht doch in keinem Verhältnis. Dieser kleine Rempler …«

Ich pruste: »Kleiner Rempler? Marie, das war ein übles, brutales Foul!«

»Ben, jetzt hör aber mal auf. Das war ein Schubser.«

Ich schaue Marie mit dem Blick eines Jazzers mit fünfzig Jahren Berufserfahrung an, dem sein kleiner Neffe erzählt, der Schlagzeuger von Tokio Hotel sei der beste Musiker auf der ganzen Welt. »Ja, klar, Marie. Das kannst *du* auch beurteilen, was ein Foul und was nur ein Schubser war!« Sie bleibt stehen.

Dieser verächtliche Tonfall war auch nicht besser, als wenn ich sie direkt angebrüllt hätte. Anstatt sich aufzuregen, sieht sie mich nun traurig an. Ganz so, als hätte ich aus dem Bergmassiv unserer Beziehung erneut eine komplette Flanke herausgebrochen.

Einen Augenblick stehen wir schweigend im Wohnzimmer. Nach zehn Sekunden Stille wechselt Maries Blick von Vorwurf zu Fürsorge. Von knallharter Konfrontation zur authentischen Absicht, die Situation wieder in liebevoll-konstruktive Bahnen zu lenken.

»Was ist nur los? Ben?«

In meinem Rücken das teure Bücherregal, werfe ich die Arme hoch.

»Gar nichts ist los, Marie! Ich erwarte doch lediglich, in einem Ferienhaus – sei es auch gratis und getauscht – ruhige, besinnliche, meinetwegen auch abenteuerliche, schöne, idyllische Stunden mit *meiner* Familie verbringen zu können und nicht rund um die Uhr von anderen Menschen umgeben zu sein.« Ich atme kurz durch, bevor ich weitermache, und zeige zur Decke. »Dieses Ferienhaus« – ich versehe das Wort »Ferien« durch das Zucken von Zeige- und Mittelfinger mit Gänsefüßchen – »ist ein größerer Taubenschlag als mein Büro im Möbelhaus damals kurz vor dem Jahresabschluss oder während der Weiberfastnacht.«

»Gut«, sagt Marie, »dann gehen wir jetzt da raus, schicken Lasse und Kilian in ihre Hütte und den Herrn Wupper in sein Büro, schnappen uns die Kinder und fahren in die Tropfsteinhöhle.«

»Welche Tropfsteinhöhle?«

»Die riesige, unglaubliche, märchenhafte, atemberaubende Tropfsteinhöhle, von der deine Kinder seit Tagen sprechen.«

Ich schaue Marie an wie ein Yak.

»Seit Tagen?«

»Ja, Ben. Natürlich machen sie es nicht so auffällig. Sie erwähnen es beim Frühstück. Oder beim Mittagessen. Manchmal auch beim Abendbrot. Auf der Toilette haben sie den Prospekt dazu ausgelegt.«

Ich frage mich, ob Marie mich aufzieht, aber für solche Scherze ist die Lage zu ernst. Bekomme ich tatsächlich nicht mehr mit, was meine Kinder sich wünschen? Ich sollte jetzt zusagen. Sollte meine Frau umarmen, ihr einen Kuss geben, sie Richtung Terrassentür drehen, die Arme von hinten um ihre Taille schlingen, mein Kinn auf ihrem Kopf ablegen und sagen: ›Ich liebe dich, Schatz.‹ Danach hinausgehen, die Kinder einsammeln, Wupper auf heute Abend vertrösten, die Jungs an den Bambus schicken und mit meiner Familie in Europas wahrscheinlich eindrucksvollste und mit persönlich von Abelhammer gespendeten Stalaktiten ausgestattete Tropfsteinhöhle fahren.

Aber ich kann nicht.

Irgendetwas in mir wehrt sich dagegen, obwohl ich weiß, dass es das Richtige wäre.

»Was ist?«, fragt Marie. »Du guckst schon wieder so, als hätte ich dir vorgeschlagen, dass wir alle gemeinsam einen Familienausflug zum Internisten machen, um uns eine flotte Darmspiegelung zu gönnen.«

Wie soll ich es Marie bloß erklären?

Ich kann es ja selbst kaum fassen.

Das Naheliegendste, was ein Vater in dieser Situation tun sollte – einfach die Sachen packen und in die Tropfsteinhöhle fahren –, erscheint dem Controller in mir als das Fernliegendste, das es in meiner Lage geben kann. Wenn ich ehrlich bin, will ich überhaupt nirgendwo hin. Wenn ich ehrlich bin, wäre es mir am liebsten, Marie und die Kinder würden alleine in eine Mutter-Kind-Kur an die Nordsee fahren, während ich mich so lange in einem dunklen, schlechtbelüfteten, lediglich mit einer Kaffeemaschine und den billigsten denkbaren Keksen ausgestatteten Büro einschließe und so lange durcharbeite, bis wir unsere Schulden los sind und ich noch dazu ein Notfallpolster aufgebaut habe. *Das* ist es, wonach mir ist. Kein Fußball. Keine Tropfsteinhöhle. Kein Grillen am See. Einfach nur *zuerst* das wirklich Dringende erledigen.

Ich bin Controller. Ich kann keine Stalaktiten bewundern, da während dieser Zeit nichts, aber auch gar nichts für die Reduktion der Schulden getan wird. Schulden, von deren neuester Ausprägung Marie nicht einmal etwas weiß.

Ich sollte ehrlich sein und ihr von den 2730 Euro für den zu kurzen Schulweg unserer Kinder erzählen. Oder die Klappe halten und mit guter Miene in die Höhle fahren.

Stattdessen tue ich, was ich nicht tun sollte. Ich rege mich auf. »Sind Stalaktiten wirklich das Wichtigste auf der Welt?«

»Ben. Eben hast du noch gesagt, du bist so genervt, weil du mit deiner Familie nicht in Ruhe Urlaub machen kannst. Also mache ich den Vorschlag, nur mit den Kindern in eine weitentfernte Tropfsteinhöhle zu fahren und …«

»Ja«, unterbreche ich Marie. »Wir gehen zwei Schritte in dieser Tropfsteinhöhle, und kaum, dass wir uns versehen, wird hinter einer Ecke der rote Ziegenbart deines muskulösen Poseidons hervorlugen! Fünfhundert Meter weiter steht dann unserer Nukleartechniker schmal und aufrecht, aber mit auf die Brust geklapptem Kopf, die Arme eng angelegt, zwischen den Formationen und tarnt sich als Stalaktit.«

»Was von unten nach oben wächst, ist ein Stalagmit, mein lieber Ben.«

»Das ist mir doch vollkommen egal!«, schimpfe ich und schaue kurz nach draußen, ob meine Kinder hersehen.

»Ja«, sagt Marie mit einem bitteren Kratzen in ihrer Stimme, als hätte sie zwanzig Jahre lang geraucht. »Dir ist mittlerweile alles egal, oder?«

Ich spüre, wie der Zornpunkt in meiner Brust auf Touren kommt. Von Null auf Schläfenpochen in einer Hundertstelsekunde. Marie sagt, mir sei alles egal. Dabei kann ich nur deswegen nicht in die Tropfsteinhöhle fahren, weil mir überhaupt nichts egal ist. Weil ich mich um diese Familie kümmern will und man mich nicht lässt!

Ich brauche nichts zu sagen. Nicht zu schimpfen. Marie sieht mir den Zorn an. Er sprudelt aus meinen Augen wie aus einem übervollen Gefäß.

»Gut, Ben. Weißt du was? Wir lassen dich in Ruhe. Wir lassen dich alle in Ruhe. Ich nehme jetzt die Kinder und fahre in diese Tropfsteinhöhle. Ich warte nicht länger darauf, dass mein Mann irgendwann wieder in den Zustand zurückkehrt, in dem er sich wie ein netter Mensch verhält und nicht wie ein verbitterter Bahnbeamter.«

Sie lässt ihren Worten Taten folgen und öffnet die Terrassentür. Ich halte Vinci auf, die schon wieder zu einem Fluchtversuch lossprinten will. Fest graben sich meine Finger in den weichen Katzenbauch. Schmerzhaft verhaken sich Krallen und Zähne in meinen Händen und Unterarmen. Ich mache keinen Laut. Meinetwegen dürfte die Katze mich in Stücke reißen. Ich hätte es verdient. Gäbe es einen Passus in meiner Lebensversicherung, der Marie und den Kindern für den Fall meines Todes durch Katzenkrallen ein schuldenfreies Leben beschert, wäre ihnen damit wahrscheinlich besser gedient als durch meine Anwesenheit.

DER SOMMERSCHLUSSVERKAUF

Es ist still im Haus.

Marie ist mit den Kindern in der Tropfsteinhöhle. Wupper ist in sein Büro zurückgekehrt und wird erst in ein paar Stunden zur Probe in der Scheune wiederkommen. Die einzigen Geräusche, die ich höre, sind das leise Schaben, Kratzen und Schnaufen der zwei jungen Männer, die den Graben rund um den Bambus in den letzten Stunden von sechzig auf vierundsechzig Zentimeter vertieft haben.

»Auf gar keinen Fall geben wir auf, Klitschi!«, hat Lasse vorhin verkündet, als Marie und die Kinder sich verabschiedeten. »Das Wichtigste im Leben ist, eine positive Haltung zu bewahren.«

Der Rotbart garniert solche Aussagen mit mehr als nur einer Prise Ironie, doch Marie sieht ihn dabei immer an, als wolle sie mir lautlos mitteilen: ›Siehst du Ben, das ist die richtige Haltung!‹ Und es ist ja auch so. Obwohl Lasse immer alles lustig meint, bringt er seine Aufgaben mit manueller Muskelkraft und maximaler Humorlosigkeit in der Sache zu Ende. Er würde die Wurzeln auch noch mit einem Eiskugelportionierer aus der Erde pulen, hätte ihn jemand dazu herausgefordert.

Den Kindern hat Marie erzählt, dass ich wegen massiven Kopfwehs nicht mit in die Höhle könnte, da ich nach dem Foul beim Hinfallen zu sehr durchgeschüttelt worden sei. Um die Geschichte glaubwürdig zu machen, habe ich mir stöhnend einen Eispack vor den Schädel gepresst, bin aufs Sofa gesunken und habe mehrfach gesagt: »Bitte, fahrt ruhig. Wenn die Höhle toll ist, zeigt ihr sie mir ein andermal. Dann seid ihr meine persönlichen Scouts.«

Nun sind sie weg, und ich müsste mich schlecht fühlen.

Ein fürchterlicher, fürchterlicher Vater.

Aber ich spüre, wie ich den Kokon genieße, der sich für ein paar Stunden aufgetan hat, bevor sich heute Abend das halbe Dorf im wahrsten Sinne des Wortes mit Pauken und Trompeten auf dem Gelände versammelt.

Mit einem Becher Kaffee in der Hand laufe ich durchs Haus und überlege angestrengt, was ich tun könnte, um die Geldprobleme zu beseitigen. Das Fatale an Schulden ist ja, dass sie – einmal vorhanden – einen negativen Überhang schaffen. Das ist ganz so wie mit den Mülltonnen. Einmal waren Marie und ich bei Schwiegermutter in Köln, als daheim die Abholung der Restmülltonne auf dem Plan stand. Ich hatte allerdings vergessen, sie am Morgen an die Straße zu stellen, und so saßen wir weitere vier Wochen lang auf einer vollen Tonne. Den neuen Müll, der in dieser Zeit entstand, sammelte ich in gut zugeknoteten Tüten hinter dem Podest. Als der Restmüll einen Monat später endlich wieder dran war, tat das Entsorgungsunternehmen seine Pflicht, und ich packte die zugeknoteten Tüten in die nun wieder frei gewordene Tonne. Die Ladung füllte rund neunzig der hundertzwanzig Liter Fassungsvermögen augenblicklich wieder auf, und schon nach wenigen Tagen mussten wir erneut Tüten neben dem Podest sammeln. Es ist eben wie mit den Schulden, die man im Grunde unter keinen Umständen machen sollte – zieht man *ein Mal* die Tonne nicht vor, wird man bis zu seinem Tode nie mehr in den würdevollen Zustand geraten, ausreichend Volumen für den Restmüll zur Verfügung zu haben, anstatt seinen Unrat daneben stapeln zu müssen. Einen Ausweg aus diesem Dilemma gibt es nur, indem man eine Sonderabholung beantragt oder gleich eine größere Tonne bestellt … oder den Müll heimlich in tiefer Nacht irgendwo in öffentlichen Mülltonnen verklappt. Ersteres ist damit gleichzusetzen, alte Kredite mit neuen zu bezahlen. Letzteres lässt sich mit dem verwerflichen, aber wirksamen Begleichen von Schulden durch Schwarzgeld vergleichen.

Ich trinke einen Schluck schwarzen Goldes aus Schleichkatzenmägen und erinnere mich an die Maßnahmen, die ich in meiner alten Position vorschlug, wenn das Möbelhaus unter Druck geriet. Sommerschlussverkauf. Winterschlussverkauf. Schlussverkauf zwischen den Jahreszeiten. Würstchentage mit Rabattsonntag. Dreißig Prozent auf Polstermöbel. Fünfzig Prozent auf Dekorationsartikel.

Achtzig Prozent auf den Nippes aus unserer Haushaltsabteilung. Der Chef war jedes Mal von neuem schwer zu überzeugen, doch ich als leidenschaftlicher Controller fand gute Bilder, um ihm die Maßnahmen schmackhaft zu machen. Einmal nahm ich ihn bei der Hand, führte ihn aus den Büros rein in die Warenwelt, klopfte auf Sofas, Sitzgruppen und Teppichstapel und sagte: »Das ist alles nichts weiter als Geld, Boss. Zu Stoff, Holz und Polster gewordenes Geld. So, wie Wasser als Eis Skulpturen bildet. Wir sind gerade nicht liquide? Wir können unsere Rechnungen nicht begleichen? Dann müssen wir ein paar dieser Eisskulpturen eben wieder flüssig machen. Nicht morgen, nicht übermorgen, sondern jetzt! Und wenn der Wasserstand wieder hoch genug ist, investieren wir und machen aus dem Geld neue Vollpreismöbel. Das ist das ganze Geheimnis. Fließen und Verfestigen. Fließen und Verfestigen. Alles zu seiner Zeit.«

So lief das im Möbelhaus, doch denke ich darüber nach, was sich aus unserem Hausrat daheim schnell verflüssigen ließe, fällt mir nichts ein, dass sich halbwegs sinnvoll zu Geld machen ließe. Das liegt nicht daran, dass es nichts gäbe. Doch alles, was einigermaßen Wert hat, gehört Marie und mir zusammen. Die paar Taschenbücher, CDs, Jeans, Hemden, Socken und Sportgeräte, die sich einwandfrei mir zuordnen lassen, kann man nur noch der Wohlfahrt spenden. Und zöge ich los, um etwa meine Armbanduhr zu verkaufen oder zumindest zu beleihen, fände ich keine Ruhe mehr. ›Wo ist deine Uhr abgeblieben?‹, würde Marie fragen und mir bei einer ehrlichen Antwort einen Vortrag darüber halten, dass das Verpfänden von Dingen zwar kurzfristig Geld bringen mag, psychologisch und universell aber ein fatales Signal darstelle und die Armut verstärkt ins Haus locke. Mal abgesehen davon, dass die Uhr ein teures Geschenk zum Hochzeitstag war. Vor einigen Wochen hat Marie mich sogar gezwungen, neue Schuhe zu kaufen, da ich in meinen alten, abgelaufenen Slippern nicht mehr auf die Straße gehen, geschweige denn berufliche Termine wahrnehmen könne. Das sei so, als trete ich das Geld symbolisch mit den Füßen. Zähneknirschend erwarb ich mit ihr ein neues, »anständiges« Paar, wobei »anständig« hieß, für die Anschaffung vorbei am Discountschuhmarkt fünfzehn Kilometer in einen unabhängigen Schuhladen des nächsten Ortes zu fahren und nach dem Kauf noch in Ruhe einen Cappuccino in der Eisdiele nebenan trinken zu müssen. Ein schöner Ausflug, wenn man im Plus ist, so aber für den Erbsenzähler, der ich nun mal bin, in etwa, als hätte ich damals im Möbelhaus bei massiven Liquiditätsengpässen vorgeschlagen, erst mal im gesamten Gebäude den Teppich auszutauschen.

Mein Handy klingelt. Auf dem Display erscheint der Name meines besten Freundes und zurzeit Heimatspions. Ich freue mich.

»Hallo, Greg!«

»Hallo, Ben. Na? Wie geht's dir auf der Southfork-Ranch?«

»Könnte besser gehen«, antworte ich ehrlich.

»Das klingt nicht gut«, sagt Gregor. »Was ist los?«

»Kein Bock, jetzt ins Detail zu gehen«, erwidere ich, und Gregor akzeptiert es sofort. Das ist das Schöne an Männerfreundschaften und der Grund dafür, warum sie so lange halten. Würde ein bester Freund jemals an dieser Stelle nachhaken oder gar bei einem persönlichen Treffen, Schenkel an Schenkel auf der Couch vor dem Fernseher, aus heiterem Himmel heraus, fragen: »Was denkst du gerade?« – Männerfreundschaften wären fortan nicht viel länger terminiert als die durchschnittliche Amtszeit eines Bundesligatrainers bei Schalke, Hertha oder Wolfsburg.

»Hier ist was im Gange«, sagt Gregor und meint damit sicherlich nicht sein bewundernswert sorgenlos vor sich hin plätscherndes Leben als geschiedener Erneutjunggeselle mit in den Röhrenfernseher eingebranntem Sport1-Logo, sondern sein Beobachtungsobjekt Alfons Abelhammer.

»Was heißt, es tut sich was?«

»Nun ja, eine Veränderung.«

»Eine Veränderung?«

»Ja, ich dachte mir, das sollte ich melden. Das macht man doch so, als Detektiv und Profiler. Oder? Man achtet vor allem darauf, wann sich das Verhalten des beobachteten Objekts ändert. Das ist dann ein Indiz. Für was auch immer.«

»Was ändert sich denn?«

Gregor nimmt an seinem Ende der Leitung ein Schluck Kölsch aus der Flasche. Es gluckert.

»Bisher hat unser Millionär nur die Einfachheit des Daseins im bescheidenen Einfamilienhaus genossen. Im Bademantel rumlaufen. Am Vormittag Brötchen holen. Pflege an Haus und Garten endlich mal wieder selber verrichten. Ich glaube, der Mann hat in der Kürze der Zeit schon fünfmal den Rasen gemäht. Und einen leidenschaftlicheren Algenangler habe ich auch noch nicht erlebt. Er hat sogar das Podest von den Mülltonnen abgekärchert. Ganz schön hartnäckig war er dabei. Sah fast so aus, als hätte er daran den Knies von Jahren entdeckt.«

Nur vom Tütenzwischenlager, denke ich.

»Sogar die Haustür hat er geputzt. Den Briefkasten. Die Hausnummer. Und die kleine Laterne mit dem Bewegungsmelderlicht. Aber jetzt, so seit einigen Tagen, fängt er an, lange Spaziergänge zu machen.«

»Und?«, frage ich. »Was ist daran besonders?«

»Ich spreche hier nicht von einer Runde rauf ans Feld, Ben. Wenn ich ›lang‹ sage, dann meine ich lang. Viele Stunden, über Stock und Stein. Einmal bin ich ihm nachgefahren. In gemessenem Abstand, versteht sich. Ich dachte: ›Der Mann hört nicht mehr auf, der läuft jetzt bis St. Petersburg.‹«

Gregor wartet kurz ab, ob ich lache, nimmt mir aber nicht übel, dass ich lediglich ein ganz leises Schnäuferchen von mir gebe.

»Es ist dieses nachdenkliche Spazieren«, fährt Gregor fort. »Er führt Selbstgespräche dabei. Seine Lippen bewegen sich, als diskutiere er die ganze Zeit mit sich selbst. Ich wollte das genau wissen und bin eines Tages den Weg entlanggegangen, den er auch gewählt hat.«

Ich halte kurz die Luft an.

Gregor spürt es. »Keine Sorge. Ich mache das ganz vorsichtig. Weit genug weg von eurem Gelände, so dass kein Nachbar, der mich als deinen Freund kennt, mich aus Versehen grüßen kann. Das ist auch ein Vorteil an den Distanzen von Abelhammers Lauferei. Jedenfalls, ich habe seinen Weg gekreuzt, ihm zugenickt wie ein ganz normaler Wanderer … und in der Tat: kein Headset im Ohr. Kein Diktiergerät in der Hand. Der begüterte Bierbrauer führt wandernd Selbstgespräche.«

Ich nehme einen Schluck von meinem Kaffee. Gregor gluckert Gaffel. Möglich, dass er in Abelhammers Verhalten zu viel hineininterpretiert. Möglich aber auch, dass es was zu bedeuten hat.

»Ich will mich nicht zu weit aus dem Fenster lehnen«, sagt Gregor, »aber das sind die klassischen Existenzkrisenspaziergänge.«

»Ach, Greg …«, seufze ich und gebe ihm wortlos zu verstehen, dass ich seinen Einsatz zwar sehr zu schätzen weiß, gleichzeitig aber glaube, ein Beschatter-Gen zu viel in ihm geweckt zu haben.

»Ben, glaub mir das. Ich bin ein geschiedener Mann. Ein Mann mit Erfahrung. Und ich weiß: Es gibt im Leben eines Mannes fünf Arten stundenlanger Spaziergänge. Erstens: Du hast einen sehr ausdauernden Hund. Zweitens: Du telefonierst beim Laufen stundenlang mit einer neuen Fernbeziehung. Drittens: Du bist Naturbeobachter. Vogelfreund, Pflanzenkenner. Die ganze Welt ist für dich eine Gratisausstellung. Viertens, und das kommt leider selten vor, weil sich ein Mann das als Erwachsener nicht mehr traut: Du gibst zur Entspannung lauter ausgedachte Interviews in der Rolle des Bundestrainers oder imaginierst eine komplette Phantasie-Fußballsaison, an deren Ende der FC Meister wird und Lukas Podolski in die Heimat zurückgekehrt ist. Oder eben, fünftens: Du befindest dich in einer Sinnkrise und glaubst, dir die Unklarheiten aus den Socken laufen zu können und irgendwo am Horizont zu einem Schluss zu kommen, der dich weiterbringt.«

Ich denke über die Worte meines Freundes nach. Gregor ist geschieden und lebt nach dreiundzwanzig Jahren wieder allein in einer Vierzigquadratmeterwohnung. Aber er ist es, der *mir* Geld leihen konnte. Und bei dem, was er sagt, hat er meistens recht. Im Grunde stellt diese Kölner Kodderschnauze für mich das dar, was Lasse für Kilian ist. Dennoch ärgert mich der Grund seiner Überlegungen.

Es gefällt mir nicht, dass Alfons Abelhammer Zeit und Muße hat, den halben Tag lang spazieren zu gehen. Wann hatte ich das letzte Mal Zeit und Muße?

»Greg. Ich habe keine Lust über mögliche Sinnkrisen eines Mannes nachzudenken, der sich den Luxus leisten kann, bei langen Spaziergängen über Sinnkrisen nachzudenken, weil er so etwas Profanes wie Geldkrisen überhaupt nicht kennt.«

Ich überlege kurz, Gregor von den Forderungen der Stadtverwaltung zu erzählen, entscheide mich aber dagegen. Er soll sich nicht genötigt fühlen, mir noch mehr Geld leihen zu müssen. Im Gegenteil. Ich möchte meine Schulden bei ihm abbauen.

»Was machen die Platten?«, frage ich ihn und spiele damit auf den Dachbodenfund von Herrn Werning an, den ich ihm neulich als Anzahlung überlassen habe.

Gregor lacht. »Also, Boston und Chicago hätte ich mir sicher nicht selbst als Vinyl gekauft, aber es ist schon ganz lustig, mal wieder ›More Than A Feeling‹ und ›Hard To Say I'm Sorry‹ von Platte zu hören.«

»Es freut mich, dass du Spaß hast, aber … ist auch was Wiederverkaufbares dabei?«

Gregor öffnet sich eine neue Flasche, bevor er antwortet: »Einen halben Karton habe ich bislang eingegeben. Bei Amazon Marketplace, bei ebay und bei Plattensammeln.de.«

»Und?«

»Ich sag mal so …« Wenn Gregor »Ich sag mal so« sagt, klingt er wie eine ältere Version von Lasse, der das ironische Keckern beginnt. »… die Sammlung bricht einen Rekord.«

»Wirklich?«

Für den Bruchteil einer Sekunde befällt mich die vage Hoffnung, dass ein möglicher Erlös aus den Schallplatten, die Gregor nicht behalten will, wenigstens einen kleinen Teil meiner Schulden begleicht. Und wenn es nur hundert von zweitausend Euro sind. Das große Geld besteht aus vielem kleinem Geld. Damals im Möbelhaus war es eine Freude, mit jedem verkauften Schreibtischstuhl aus dem Schlussverkauf die Schulden um ein paar Cent schrumpfen zu sehen … auch wenn ein Schreibtischstuhl keine Schrankwand war. Es war dennoch ein Schritt, ein kleiner, aber ein echtes Vorankommen. Kein esoterisches Anlocken von Wohlstand durch den Erwerb neuer Schuhe, sondern handfester Schuldenabbau.

»Ja, die Sammlung bricht einen Rekord. Sie enthält keine einzige Platte, deren Gebrauchtwert die Preisgrenze von fünf Cent überschreitet. Bei Amazon liegen sie alle im Tarif von 0,01 Euro.«

Ich denke darüber nach, was ich meinem Freund vorbeigebracht habe. Sicher, es war viel Schruz in der Kiste. Schlagersammlungen, Kuschelrock, Heino vor seiner Karriere als Erfolgsrocker. Aber auch der hat sich bei den Aufnahmen Mühe gemacht. Ist in ein Studio gegangen. Hat Musiker bezahlt. Graphiker für das Cover. Fotografen. Toningenieure. Alles, was Menschen auf diese Art erzeugen, ist das Ergebnis von so viel Arbeit. Ein einziges, industriell gefertigtes Weingummi kostet in der Einzelauslage am Kiosk, aus der sich die Kinder ihre Tüten zusammenstellen, so viel wie fünf ganze Platten aus Gregs Gebrauchtkarton.

Gregor wechselt das Thema und beginnt, mir ungefragt die neuesten Entwicklungen beim FC mitzuteilen. Die Sportpresse munkelt, der Club müsse bald Christian Clemens verkaufen – ein junger Mann, aber seit der Jugend dabei und schon ein Urgestein. Und der Einzige, dessen Marktwert steigt. Alle anderen Spieler hätten an Wert verloren. Gregor zählt die Summen auf, während ich ins Spielzimmer gehe und die prallgefüllten Regale mit den Hunderten gepflegter Videospiele betrachte. Die sind mit Sicherheit mehr als nur einen Cent im Wiederverkauf wert.

»Der Matthias Lehmann: minus dreihundertfünfzigtausend. Der Chihi: minus zweihundertfünfzig. Genau wie der Matuschyk oder der Brecko. Wobei der ja wirklich als Verteidiger seine Nachteile hat. So viele rote Karten. Man kann schon froh sein, dass er seine Gegner auf dem Rasen nicht niederschießt.«

Ich lache und gebe bestätigende Laute ab. Was für Summen. Wertverlust von einer Viertelmillion. Nicht Gesamtwert. Nur Verlust. Und das sind noch kleine, unglamouröse Spieler. Eine Viertelmillion, mal rauf, mal runter. Und ich streite mich mit meiner Frau, enttäusche meine Kinder und mindere all meine Lebenslust wegen einer kleinen fünfstelligen Schuldensumme. Das ist alles nicht richtig.

»Ich würde den Clemens behalten und dafür ein paar von den Bankdrückern verkaufen«, sagt Gregor im Hörer. »Das merkt doch keiner, wenn die nicht mehr im Kader sind.«

Der Satz meines in breitestem Kölsch über Fußball palavernden Freundes klingt in meinem Kopf nach. *Das merkt doch keiner, wenn die nicht mehr im Kader sind.* Das Geld ist überall um mich herum, und ich darf nicht ran. Waren sind Geld, das zur Form geworden ist. So, wie Wasser als Eis Skulpturen bildet. Bevor man es wieder flüssig macht …

Ich gehe in die Küche, wo sich in einer Schublade auch Kugelschreiber und Notizblöcke befinden, kehre ins Spielzimmer zurück und schreibe einige der Titel aus Abelhammers dekadent großer Sammlung auf den Block. Es sind Spiele, die weder ihr Besitzer noch meine Kinder bislang angefasst haben. Ein paar sind sogar noch in Folie eingeschweißt. Bei ihnen schreibe ich OVP für »originalverpackt« hinter den Titel. Dann gehe ich ins Wohnzimmer und kritzele ein paar Buchtitel aus der jeweils hinteren Reihe auf meinen Block. Abelhammer hat seine Bücher in Zweierreihen stehen. Während des Schreibens klemme ich den Hörer zwischen Schulter und Ohr und sage »Mhm«. Als zwei Zettel des Blocks voll sind, gehe ich die Treppe hinauf, werfe den Laptop am Schreibtisch im Schlafzimmer an und tippe einige der Produkte ins Internet ein. Bereits das erste Spiel bringt im Zustand OVP bis zu sagenhaften zweiunddreißig Euro auf die Uhr. Einige der Bücher aus dem Regal werden bei ebay Kleinanzeigen sogar explizit von jemandem gesucht. Ich klicke, tippe und notiere. Nach einem ersten Überschlag sind allein die paar Sachen, die ich auf zwei kleinen Zetteln notiert habe, im Verkauf rund hundertsechzig Euro wert.

Das merkt doch keiner, wenn die nicht mehr im Kader sind.

Abelhammer lebt im Überfluss. Er hat mir Urlaub in seinem Haus versprochen, doch seit ich hier bin, spiele ich seine Vertretung. Draußen im Garten öffnen zwei Kinder in Männerkörpern jubelnd ein Bier und rufen: »Siebzig Zentimeter!!!«

Nur ein paar Klicks, ein paar Mails … so wie damals … einfach ein paar Schreibtischstühle verkaufen.

»Na ja, und dann habe ich deine Frau gevögelt.«

»Wie bitte?«, sage ich, und meine Stimme reißt eine Oktave nach oben aus.

»Ich wollte nur testen, ob du mir noch zuhörst«, sagt Gregor.

Das hatte ich in der Tat nicht.

»Du, Greg. Ich muss jetzt Schluss machen. Danke für deinen Einsatz als Detektiv. Du hast einen gut bei mir.«

»Einen was? Einen Mercedes?«

»Mindestens.«

Wir verabschieden uns.

Einen Moment lang sitze ich vor dem Monitor und frage mich, was zur Hölle ich gerade tue. Ich bin im Begriff, die Sachen eines Mannes zu verkaufen, der mir sein Haus anvertraut hat.

Das kann ich doch nicht machen.

Oder?

Ist der alte Spruch nicht unvollständig? *Im Krieg und in der Liebe ist alles erlaubt.* Muss es nicht heißen: *Im Krieg, in der Liebe und bei einer drohenden Insolvenz*? Während andere so viel haben, dass sie es nicht mal wissen?

Ich klicke auf das Windows-Symbol, um den Rechner wieder auszuschalten. Ich sollte mich lieber für bessere Ideen aufs Bett setzen. Lichtbälle machen. Den Pfad der Tugend beschreiten. Tief atme ich durch … da dreht Lasse im Garten das Kurbelradio lauter. Peter Maffay singt: »Du bist nie der Kassierer / du bist der, der bezahlt / du wirst niemals Kassierer / du bleibst der, der verteilt.«

Ich ziehe den Mauszeiger wieder in die Mitte des Bildschirms, lasse im Eingabefeld den Cursor erscheinen, gebe den ersten Titel ein und wundere mich: Als ich tatsächlich den Button *Diesen Artikel verkaufen* drücke, macht es einfach nur leise »Klick!«

Als wäre nichts Böses geschehen.

TOMMY TRIBAL

Eigentlich ist es vollkommen bizarr … und dann auch wieder logisch.

Plausibel.

Naheliegend.

Die Marschkapelle unter Leitung von Mayer senior spielt das klassische Rumtata. Die große Trommel rumpelt, die kleinen Trommeln scheppern, der Schellenbaum klingelt, und jemand schlägt alle paar Takte die Becken aneinander.

Die Querflötenspieler und die Männer am mit Bommeln verzierten Bogen mit den metallenen Klangplättchen, der – wie ich heute schon erfahren durfte – Lyra heißt, erzeugen mit ihren Instrumenten die Melodien, die sie dann wie mutige kleine Vögel durch die von der Rhythmusgruppe in die Luft gerammten Slalomstangen schicken. Das funktioniert besonders gut bei den Märschen, die ein wenig mehr Melodie zu bieten haben. Der »Regimentsgruß« beispielsweise, »Preußens Gloria«, der »Fliegermarsch« aus der Operette *Der fliegende Rittmeister* oder auch »Alte Kameraden«, einer der »besten deutschen Militär- und Traditionsmärsche«, wie ich heute Abend ebenfalls in der Scheune lernen durfte, in der überall ausgedruckte Blätter mit der »Setlist« hängen, so dass die alte Kapelle und die junge Band den Überblick behalten. Die steigt bei jedem Marsch nach einigen Takten mit ihren Gitarren und ihrem Schlagzeug ein und spielt das Rumtata als hartes, metallisches Riff. Abgehackt und aggressiv, laut und unnachgiebig. Die Jungs wirbeln dabei sogar ihre Instrumente herum. Bass, Rhythmusgitarre und Drums übernehmen dann die Aufgabe, die in der Kapelle die Schlaginstrumente hatten, während die Leadgitarre die Melodien des Marsches spielt … singend, kreischend und klagend wie in klassischen Heavy-Metal-Solos. Patrick am Mikrophon wartet derweil darauf, mit dem Schreien anzufangen, was er dann auch tut, sobald sich der als Metal oder meinetwegen auch als »Mosh« oder »Screamo« gespielte Marsch schließlich in ein Stück der Band selbst verwandelt.

Auf den besagten, überall aufgehängten Blättern, welche die Reihenfolge des gesamten Programms verzeichnen, steht neben jedem Marsch auch gleich der Song der Band, in den sich der Marsch verwandelt. Es liest sich vollkommen irrsinnig:

Alte Kameraden → The After Show Payback
Die Rosen von Málaga → The Third Wrong Makes You Feel Right
Hoch- und Deutschmeister Regimentsmarsch → We're The Best in Ruining Our Lives, Part I

Und doch. So bizarr es auch ist, wenn ein deutscher oder österreichischer Militärmarsch des Spielmannszugs Mayer sich langsam zuckend wie ein Werwolf in ein Krachstück der Gruppe The Early Bird Catches The Worm verwandelt, hat das irgendwo auch eine faszinierende Folgerichtigkeit …

»Das ist vielschichtig, oder?«, brüllt Jens Wupper in mein rechtes Ohr. Seine blaue Hornbrille füllt mein rechtes Blickfeld. Dahinter: zufriedene Augen. Wir stoßen an. Mit Abelhammer Pils. Braune Flaschen mit Bügelverschluss. Jeder in der Scheune trinkt heute Abend das Heimatbräu. Es stehen so viele Kisten herum, dass die Musiker nur in die Hocke gehen müssen, um sich eins zu greifen. Das klappt sogar blind.

»Vielschichtig?«, frage ich den blaubrilligen Kulturverwalter brüllend zurück. Wupper zeigt mit seiner Flaschenhand auf das rumpelnde Geschehen.

»Wie die Marschmusik und der Metal sich ähneln. Das bringt dieses *Treffen der Generationen* ans Tageslicht. Eine enge Verwandtschaft scheinbar ferner Welten. Das kann man als musikalische Enthüllungsreportage betrachten. Oder auch, wenn man will, als Satire.«

»Fragt sich nur, auf was?«, bölke ich. »Zieht der Metal den Marsch durch den Kakao oder umgekehrt?«

Wupper zuckt mit den Schultern: »Ich sag's ja. Es ist vielschichtig!«

Ich nicke.

In meinem Kopf entstehen die möglichen Reden, die ich während der Veranstaltung als Moderator schwingen könnte. Ich habe mir die Suppe eingebrockt, also löffele ich sie auch aus. Seltsam, wie wenig mich das heute Abend stört, während ich in diesem akustischen Inferno stehe. Liegt das am Bier oder vielleicht doch daran, dass ich von dem Mann, der mich in diese Lage hineinmanipuliert hat, in den einsamen Nachmittagsstunden bereits Spiele und Bücher im Wert von satten 192,75 Euro übers Internet verkauft habe? Morgen schon dürften die Vorauszahlungen der Kunden auf meinem Konto sein.

Kapelle und Band unterbrechen ein Stück genau im Übergang. Die Instrumente verstummen. In einer Box quietscht die Gitarre nach. In meinem Ohr hält das Piepen und Fiepen an. Lasse und Kilian stehen mit Marie im Tor der Scheune – halb drinnen, halb draußen – und trinken ebenfalls aus den Bügelflaschen. Lisa sucht in der sachte anbrechenden Dämmerung nach der siebzehnten Obstsorte. Tommy wartet in Reichweite sämtlicher Schlaginstrumente auf genau solche Pausen der großen Probe wie ein Balljunge beim Fußball, der in der Halbzeit das Feld betreten und ein paar Bälle selber schlagen darf.

»Irgendwie fehlt da noch was!«, ruft Mayer senior durch das Mikrophon seines Sohnes in die Runde. »Ihr macht das toll, spielerisch«, sagt er und nickt sowohl seiner Kapelle wie auch der Band seines Sohnes zu, »aber trotzdem fehlt da was. Ich weiß noch nicht, wie ich es anders sagen soll.«

Die Musiker des Spielmannszuges und der Band lassen ein wenig die Köpfe hängen. Mayer senior lächelt, als sei doch alles kein Grund zur Trübsal, geht in die Hocke, zieht blind ein Bier aus einem Kasten, hebt es in die Höhe und sagt: »Trinken wir erst mal einen. Auf *Abelhammer Kultur* und unsere beiden Präsentatoren, die das Ereignis auch ohne Alfons mit Herzblut ans Publikum bringen werden!«

Damit sind Wupper und ich gemeint.

Wir erheben unsere Flaschen und nicken.

Alles klimpert, klappert, grölt.

Es fühlt sich an, als sei ich in die Piratenkneipe von Pippi Langstrumpfs Papa gefallen. Allgemeines geselliges Gemurmel beginnt, und Mayer senior kommt zu uns rüber.

»Prost«, sagt er noch mal, und wir stoßen persönlich an.

Warum rege ich mich nicht auf?

Warum ist alles in mir so ruhig?

Warum macht mir dieser Abend sogar Freude, obwohl ich von Menschen umgeben bin, die sich über die wirklich dringenden Probleme des Lebens keinerlei Gedanken machen und die ganze Zeit so tun, als sei alles genau umgekehrt? Als seien Biersaufen, Musikmachen und gemeinsam in einer muffigen Scheune zu schwitzen die eigentliche Hauptsache des Lebens und Schuldenabbau, Kontoprüfung und Haushaltsplanung lediglich der Bonus, auf den man so wenig Zeit wie möglich aufwenden sollte?

»Ach ja«, seufzt Mayer senior zufrieden und schaut dabei so liebevoll auf das Etikett der Bierflasche wie eine Frau auf ein Diamantcollier. »Was wären wir bloß ohne unseren Mäzen.«

Wupper lächelt.

Ich trinke einen Schluck. Abelhammers Bier ist köstlich.

Tommy darf wie beim letzten Mal auf einer der Trommeln des Spielmannszuges spielen und lässt einen Wirbel ertönen, der so ebenmäßig ist wie die Marmorstufen des Pantheon. Mein kleiner, konzentrierter Blechtrommler.

Mayer senior hebt den Kopf und sieht mich an: »Wussten Sie, dass mein Sohn und ich die Einzigen im gesamten Bundesland sind, die noch alte Röhrenfernseher bis zurück in die Schwarzweißzeit reparieren können?«

Respektvoll schüttele ich den Kopf.

»Die meisten Techniker kümmern sich nicht mal mehr um die Geräte, die noch kurz vor dem Umschwung zu LCD und Plasma herausgegeben wurden. Ist ihnen zu viel Aufwand. Aber wir … wir wissen sogar noch, was zu tun ist, wenn jemand mit einem Schwarzweißgerät der Firma Nordmende in unseren Laden kommt. Können wir alles wieder löten. Wenn es irgendwie noch zu retten ist, retten wir es. Dann lebt ein Gerät, das schon seit fünfzig Jahren in Betrieb ist, noch zehn Jahre weiter.«

Ich muss zugeben, tatsächlich beeindruckt zu sein. Als Mann und als Controller. Einen Fernseher sechzig Jahre lang zu betreiben bedeutet schließlich auch die maximale Ausschöpfung des Wertes. Selbst wenn das Gerät bei seiner Anschaffung sechstausend D-Mark gekostet hätte, wäre man bei sechzig Jahren Betrieb gerade mal bei heute fünfzig Euro Kosten pro Jahr angelangt, Strom und etwaige Reparaturen nicht gerechnet natürlich. Aber wenn man bedenkt, dass viele Menschen heute ein Tausend-Euro-Gerät oft nur zwei Jahre lang behalten …

Mayer erzählt weiter: »Sie glauben gar nicht, was für Wünsche die Leute haben, wenn Sie mitkriegen, dass es solche Tüftler wie uns noch gibt. Die reisen aus dem gesamten Bundesgebiet an. Neulich kam einer die ganze Strecke von Bremen gefahren, weil er eine Lösung dafür suchte, sein uraltes Gerät aus den Siebzigern mit den modernen Programmen, die über DVB-T kommen, zu speisen. Wir haben es hinbekommen. Einfach das Videosignal am DVB-T-Receiver mittels eines AV-to-RF-Converters in ein Hochfrequenzsignal umwandeln, den Ausgang des Converters in die VHF-Buchse des Fernsehers stecken und den Tuner auf die Frequenz abstimmen. Et voilà – modernes Programm auf antikem Gerät!«

Wupper grinst. Wahrscheinlich versteht er genauso wie ich kein Wort von dem, was Mayer senior da eben mit glänzenden Augen erzählt hat, aber er glüht vor Stolz darauf, dass solche Dinge in diesem Ort möglich sind.

Tommy ist mit dem Trommeln erst mal fertig und lässt sich vom Besitzer des Instrumentes ein Riesenglas Limonade einschenken. Eine Fassbrause Holunder-Zitrone aus dem Hause Abelhammer.

»Selbstredend können wir das auch mit Kühlschränken. Oder Waschmaschinen.«

»Was?«, scherze ich, »sie für ein DVB-T-Signal empfänglich machen?«

Mayer senior grinst, trinkt einen Schluck und sagt in das Glucksen hinein, das noch aus seinem Brustkorb tönt: »Diese Reparaturen. Der Zeitaufwand. Das würde sich alles nicht rechnen, würde Abelhammer es nicht unterstützen.«

Wupper lächelt gütig.

Ich frage: »Die Kulturstiftung subventioniert auch den Laden?«

Wupper sagt: »Nur die Teile davon, die sich nicht selbst tragen könnten. Und was ist der Erhalt uralter Technik, wenn nicht Kulturpflege?«

Mayer senior sagt: »Die Stiftung erhält auch einen Bauerngarten, der vergessene Gemüsesorten anpflanzt.«

»Und den Fußballverein«, sagt Wupper.

»Ach«, sage ich. »Fußball ist natürlich auch eine vom Aussterben bedrohte Sportart.«

Wupper sagt: »So, wie die ihn spielen, schon. Mit Vorstopper und echtem Libero.«

Wir drei Männer lachen herzlich, werfen die Köpfe nach hinten und halten uns die Bäuche. Wie lange habe ich schon nicht mehr so befreit herumgeplappert? So getan, als hätten alle Pflichten tatsächlich Zeit bis morgen?

Patrick Mayer kommt hinzu.

»Wir haben gerade über unsere Werkstatt gesprochen«, sagt sein Vater und legt den Arm um seine Schulter. »Und über alles Abelhammer'sche sonst.«

»Ja«, sagt Patrick, »die Stadt wäre ein weißes Nichts ohne Alfons. Ein Blatt ohne Beschriftung.«

Mayer senior schaut seinen Sohn stolz und liebevoll an: »Der Kleine hier lernt, Geräte zu reparieren, die tausend Jahre vor seiner Geburt auf den Markt gekommen sind, als wäre es nichts.«

Patrick lächelt verlegen. Er sagt: »Am Ende rechnet es sich für Abelhammer dann doch. Zumindest in Image-Kapital. Vor einem Jahr hat die Stadt offiziell das Label *città slow* verliehen bekommen. Kennen Sie das? Ein Preis für lebenswerte Städte. So wie bei besonders gutem Essen, bei Slow Food, gibt es das für Slow Cities, für Entschleunigung. Die Vereinigung, die das Label vergibt, ist sehr streng. Nur zehn Orte in Deutschland haben es überhaupt jemals bekommen. Es geht um Umwelt, um Gastfreundschaft, um lokale Kultur, vor allem aber um eine eigene Identität.«

Mayer senior nickt: »Ohne Abelhammer wäre längst der Teufel in den Ort eingezogen. Oder besser gesagt: An den Ortsrand. Shopping-Malls, Saturn, Media Markt, die großen Baumärkte. Und die Stadt wäre gestorben, einen langsamen, siechenden Tod.«

Ich hebe die Flasche und sage: »Auf Alfons!«

»Auf Alfons!«, erwidern meine Piraten.

Ein kleines schlechtes Gewissen zwickt mich in Leber und Milz, da ich an die Sachen aus Alfons' Regalen denke, die ich heute verkauft habe. Der Mann fördert ein Leben jenseits der kulturlosen Schnelligkeit. Und ich? Ich war Controller in einem Billigmöbelhaus und verscherbele heimlich seine Sachen.

Mayer senior setzt die Flasche wieder ab und schaut rüber zum Bereich vor und auf der Bühne.

»Irgendwas fehlt …«, nimmt er den Faden wieder auf, den er beim Abbruch der Probe in den Raum geworfen hat. »Der Übergang vom Marsch zum Metal. Irgendwas passt mir da nicht …«

Ich leere mein Bier, gehe in die Hocke und finde blind einen Kasten, in den ich die Flasche absinken lassen kann, um mir sogleich eine neue zu nehmen. Ein wunderbares Prinzip. Den Schüsseln mit Kartoffelsalat und Brot, die auf den Klapptischen am Scheunenrand für alle bereitstehen, werde ich nachher auch noch meine Aufwartung machen. In meiner Brust, wo sonst der Zorn pocht, glüht jetzt die wohlige Wärme der Vorfreude auf jede nächste Minute dieser lauten, seltsamen Party. Das Bier und die rätselhafte gute Laune bilden in meinem Kopf einen Satz, der sogleich ungefiltert aus meinem Mund plumpst.

»Der Witz ist erzählt.«

Mayer senior und junior sowie Blaubrille Wupper sehen mich an wie einen genialen Regisseur, dessen gedankliche Brillanz nur noch von seiner Maulfaulheit übertroffen wird. Das fühlt sich toll an. Ich wechsele das Standbein, trinke einen Schluck, um es spannend zu machen, und gönne meinen Schäfchen schließlich die nähere Erläuterung meiner Idee.

»Der Übergang zwischen dem Marsch und dem Metal ist toll gespielt«, sage ich, »aber wenn man ihn zwei, drei Mal gehört hat, hat man den Witz verstanden.«

Jetzt begreifen sie es.

Patrick Mayer hebt die Hand und wedelt mit der Flasche.

»Wir brauchen mehr Abwechslung …«, sagt er.

»… was Überraschendes«, bekräftigt sein Vater.

»Nur was?«, überlegt Wupper, der wahrscheinlich die ganze Zeit innerlich darüber nachgrübelt, wie sich die angekündigten Musikredakteure in zwei Wochen noch mehr beeindrucken lassen.

Am Klapptisch fällt dem Lyra-Spieler ein Pappteller mit Kartoffelsalat auf den Boden. Der Mann ist etwas ungeschickt, aber auch putzig. Sein Bart wächst ihm über die pummeligen Wangen wie das größte Waldstück einer Märklinlandschaft.

In einer unbenutzten Ecke der Scheune kriecht Tommy unter eine riesige braune Plane. Was immer sich an Gerümpel darunter verbirgt – ich sehe giftige Spinnen vor mir, die meinen Sohn in die Schulter beißen. Gerade will ich unsere kleine Beratungsgruppe verlassen und ihn unter der Plane hervorholen, da kommt er von selbst wieder heraus. Er hält eine Trommel in der Hand. Keine deutsche Militärumhängetrommel mit Gurt, sondern eine afrikanische Djembe. Dunkles Holz, helles Fell. Eine Taille zwischen Klangkörper und Standfuß. Schwarze, geflochtene Seile rund um die schöne, bemalte Form.

Tommy hockt sich damit auf den Boden vor der Bühne und beginnt, dem Instrument mit den flachen Händen rhythmische Töne zu entlocken. Erst zaghaft, dann immer entschlossener. Die Djembe klingt vollkommen anders als die Trommeln des Spielmannszugs und das Schlagzeug der Band. Sie tönt tief und warm, seelenvoll und organisch.

»Das ist es!«, sagt Patrick und betrachtet meinen trommelnden Sohn wie ein Weltwunder. Er geht zu ihm. Wir folgen. Der Rest der musikalischen Gesellschaft senkt den Plauderpegel. Tommy spielt einfach weiter.

Patrick sagt: »Wir lassen unser kleines Talent hier bei einigen Stücken einfach den Übergang auf der Djembe trommeln. Erst Marschmusik, dann afrikanischer Rhythmus, dann unsere harten Riffs. Wie damals, bei Sepultura.«

Wupper scheint zu begreifen, wovon der Junge redet, doch Mayer senior und ich schauen ihn fragend an.

»Sepultura? Kennt ihr nicht? *Roots*? Die haben damals Heavy Metal mit brasilianischen Trommelrhythmen gekreuzt. In den frühen Neunzigern.«

Ich erinnere mich vage.

In den frühen Neunzigern waren Gregor und ich gerade Anfang zwanzig. Wir hatten die Gene des klassischen Rocks in uns und waren seit der Teenagerzeit Fans der Rolling Stones, von Led Zeppelin und Jimi Hendrix. Wir hatten uns das Wissen um diese tolle Musik als Teenager mittels speckiger alter Musikkassetten draufgeschafft, die man damals in der Stadtbibliothek leihen konnte. Meine Mutter hatte bei ihrer allabendlichen Buchhaltung immer nur Chris de Burgh oder Michael Bolton gehört. Gregors Eltern waren mit Richard Clayderman und diversen Panflöten-Platten noch schlimmer drauf. Von derlei Schwulst geprägt, das erste Mal *Sticky Fingers* von den Stones oder *Electric Ladyland* von Jimi Hendrix auf Kassette zu hören war eine Offenbarung. Als dann Nirvana, Pearl Jam oder Soundgarden modern wurden, mochten wir deren Musik auch. Nur die ganz harten Sachen strengten uns immer zu sehr an. Doch wo Patrick es jetzt erwähnt, erinnere ich mich langsam an dieses brasilianische Experiment mit Metal und tribalistischen Stammestrommeln. Es lief damals sogar auf MTV, als das »M« im Sendernamen noch für Musik statt für »mannigfaltigen Doku-Soap-Unsinn« stand.

»Das ist eine geniale Idee«, sagt Wupper, und ich sehe schon, wie sich in seinem Kopf die Pressemitteilung und auch meine Rede und Moderation verändert. Er diktiert einen Versuch und unterstreicht die Worte dabei mit der Hand, als stünden sie wie eine Neonschlagzeile in der staubigen Scheunenluft: »Das Maschinelle und Militärische, das sowohl die Marschmusik wie auch der Metal in sich tragen, wird verbunden durch das Natürliche und Naive afrikanischer

Trommelei. Nicht einfach so, sondern auch noch aus der Hand eines Kindes. Das Treffen der Generationen deutet so mit der dritten Generation hoffnungsvoll in eine friedlichere Zukunft.«

»Oh, mein Gott, ist das pathetisch!«, sagt Patrick.

»Es unterstellt auch, dass wir Alten nicht friedlich sind«, sagt sein Vater.

»Das schreibe ich schon noch um!«, sage ich selbstbewusst, denn ich will, dass mein Sohn bei der Veranstaltung trommelt. Vor meinem inneren Auge läuft bereits seine gesamte Karriere ab. Aufgemalte Tätowierungen entstehen in seinem Gesicht und auf seinen Armen, während um ihn herum farbige Menschen mit deutschem Pass und Tanzausbildung an der Folkwang-Hochschule Flickflacks schlagen und so tun, als seien sie ein afrikanischer Stamm. Ich sehe eine Trommelshow oder ein Musical, eine Mischung aus *Lord Of The Dance, Tarzan* und *Stomp* – und im Zentrum steht Tommy Tribal, der neue Star am Trommelhimmel.

Patrick geht zu Tommy, beugt sich an sein Ohr und beginnt, ihm die Idee zu erläutern. Ganz erwachsen, von Musiker zu Musiker, als sei Tommy kein Junge, der bis vor wenigen Wochen noch Fußballer statt Percussionist werden wollte, sondern ein vollwertiges Mitglied des Ensembles. Ich sehe, wie es ihm schmeichelt. Die Leute gehen wieder an ihre Instrumente. Der Lyraspieler mit dem Vollbart nimmt noch schnell einen Schluck Cola aus einer der Flaschen neben der Schüssel mit dem Nudelsalat. Eine Spirelli mit Mayonnaise klebt in seinem Bart wie ein Knochen.

Mayer senior setzt dazu an, zu seinem Dirigentenposten zurückzukehren, stoppt aber im ersten Schritt und sagt zu mir: »Ach ja. Ich habe gehört, dass mein Sohn Sie neulich zu Frau Heubach geschickt hat, weil er keine Zeit hatte und alleine im Laden stand.«

Ich schlucke und überlege mir innerlich mehrere Entschuldigungen. Eine dafür, dass ich den Auftrag überhaupt angenommen habe. Eine dafür, dass ich den Auftrag für Geld angenommen habe. Eine dafür, dass ich den Auftrag schon nach zwanzig Minuten wieder abgebrochen habe.

Mayer senior sagt: »Ich war gestern auch wieder da. Und ich soll

Ihnen von Frau Heubach ausrichten, dass Sie ein sehr netter Mann sind. Also, indirekt soll ich es ausrichten. Sie hat lediglich auf den Sessel und die Küchentür gezeigt und gesagt: ›Da war ein sehr netter Mann. Er hat mich besucht. Ein sehr, sehr netter Mann.‹ Und sie hat so liebevoll geguckt dabei. So dankbar.«

Ich schlucke erneut. Diesmal, weil mir das Lob durch Mark und Bein geht.

»Aber …«, stammele ich, von Ehrlichkeit und schlechtem Gewissen getrieben, »ich war gar nicht so lange dort.«

»Es kommt nicht immer auf die Zeitspanne an«, sagt Mayer senior, »sondern darauf, womit man sie füllt.«

Er nickt väterlich, geht zu Spielmannszug, Band und Tommy Tribal, die alle wieder auf ihrem Posten stehen, hebt die Hände und erläutert, was er möchte. Sie üben erst mal nur den Übergang. Ein paar Takte Marschmusik, dann Tommy, dann die harten Gitarren. Es ist unglaublich anzuschauen, wie sehr sich mein kleiner Sohn auf seinen Einsatz konzentriert. Der Trommler des Spielmannszugs, auf dessen Instrument er schon öfter wirbeln durfte, hilft ihm mit Handzeichen. Ich schaue zum Scheunentor, um Marie zuzunicken und auch den Stolz in ihren Augen zu erblicken, doch da ist kein Stolz, weil keine Marie mehr im Scheunentor steht. Die Kapelle spielt ein paar Takte, und Tommy trommelt die Djembe. Noch klingt der Übergang holprig, alles andere wäre auch ein Wunder. Sie probieren es wieder. Und wieder.

Ich gehe hinaus, um Marie zu suchen, und finde sie nach ein paar Schritten in der Wildwiese an der Skulptur mit den zwei Spielkarten aus Stahl. Sie sitzt vor dem schweren Kunstobjekt mit Kilian im Schneidersitz neben dem kleinen Kurbelradio der Jungs und lacht, während Lasse mit nacktem Oberkörper zwischen den zwei Stahlplatten steht und seine Rückenmuskeln hervortreten lässt. Würde man ihn auf der Stelle in Bronze gießen und genau so zwischen den Stahlplatten stehen lassen, sähe es aus, als wäre die Skulptur nie anders geplant gewesen. Sie hätte dann lediglich einen anderen Namen. *Herkules im Spiel des Lebens* oder so was. Maries Wangen erröten schon wieder bei Lasses Anblick. Der griechische Held zwischen dem Stahl dreht seinen Kopf über die Schulter und lässt scherzhaft seine Augenbrauen sausen. Was ist schlimmer als ein stählerner Athlet, der mit preußischem Ernst vom Cover einer Fitnesszeitung auf uns normale Menschen hinabblickt? Ein stählerner Athlet, der so tut, als meine er seine Posen selbstverständlich nur ironisch. Ich nähere mich dem obszönen Geschehen und kann nach einigen Schritten auch hören, was vor sich geht. Das Kurbelradio spielt wie immer den örtlichen Schlagersender, und Kilian erläutert Marie in unnachahmlich anschaulichen Worten weitere Aspekte der Kernkraft.

»Also … wenn die Steuerstäbe zwischen die Brennelemente gefahren wurden und als Fliegenfänger alle Neutronen eingesammelt haben, dann bleiben immer noch sieben Prozent der thermischen Leistung bestehen. Mit anderen Worten: Es ist knallheiß.«

Die letzten Schritte schleiche ich mich an. Sie bemerken mich nicht. Ich lasse den Blick vom mythischen Schirmherrn aller Sportstätten über meine Frau und den schmalen Nuklearphysiker gleiten. Es ist, als hätte Gott den perfekten Mann erfunden, in zwei Teile gerissen und dann in Form von Lasse und Kilian über Abelhammers Gelände abgeworfen. Lasse der Körper, Kilian der Geist.

»Wie viel sind sieben Prozent?«, fragt Marie, aufgeregt und naiv wie ein kleines Mädchen, das einen Popstar getroffen hat.

Kilian rechnet: »Ein typisch deutsches Kernkraftwerk hat die Kraft von ungefähr 50 000 Wasserkochern.«

Marie scheint fast enttäuscht: »Das klingt nicht nach viel.«

Kilian erklärt: »Es ist eine Sache der Dauer. Zu Hause geht der Wasserkocher aus, wenn das Wasser kocht. Aber im Kernkraftwerk ist es so, als wenn diese 50 000 Kocher permanent Wasser heiß machen. Ohne Unterbrechung. Über Stunden. Stell dir vor, ein Wasserkocher in der Küche liefe einfach weiter. Was wäre dann? Das Wasser verdampft. Solange es das tut, kühlt es den Kocher. Aber ist es vollständig weg und er geht immer noch nicht aus, beginnt der Wasserkocher zu schmelzen. Obwohl geschmolzen, geht er immer noch nicht aus. Als Nächstes schmilzt die Anrichte. Dann schmilzt der Küchenboden. So ist das mit den Brennstäben im Kernkraftwerk, wenn nicht mehr gekühlt werden kann. Wie in Japan, wo sie das ganze Meerwasser da durchpumpen.«

In der Scheune probieren sie den sechsten Anlauf. Im Kurbelradio trällert ein Schlagerfuzzi: »Verdammte Liebe, verdammte Liebe / ich kann das alles nicht kapiern / ich wollte dich doch nicht verliern …«

Ich räuspere mich.

Marie dreht sich um.

»Ben!«, ruft sie erfreut, als ginge nichts Schlimmes vor sich. Zwischen ihr, Kilian und dem Podest mit Lasse-Herkules stehen diverse Flaschen Abelhammer Pils.

»Wir sind ein bisschen geflüchtet, weil es uns zu laut wurde mit Marsch und Metal«, erklärt Marie lächelnd. »Aber jetzt klingt es besser. Wer spielt denn da drin plötzlich so schön die Bongotrommeln?«

»Das sind keine Bongotrommeln, das ist eine Djembe«, erwidere ich schnippisch, »und derjenige, der sie spielt, ist dein eigener Sohn.«

»Das ist ja super«, sagt Marie. »Das schauen wir uns gleich an!« Sie dreht ihren Kopf zu Körper und Geist.

»Ach nein«, frotzele ich und bremse den aggressiven Tonfall nicht, der aus mir herausfällt, als sei ich Kurt Cobain auf seiner allerersten Platte, die noch keine Popmelodien unter dem Schmutz verbarg. »Bleibt ruhig hier sitzen, ihr drei. Ist ja nicht so wichtig, ob unser Sohn gerade inmitten gestandener Musiker sein Talent entdeckt. Ist ja nur so, als würde er direkt bei der Tour de France das Fahrradfahren lernen.«

Maries Blick verfinstert sich.

Ich werde lauter: »Das ist ein Spitzenprojekt da drin! Und ihr sitzt hier bei … was ist das für ein Müll?«

»Das ist Michael Wendler mit dem besten Lied von seinem bescheiden betitelten Album *Superstar*«, antwortet Herkules zwischen dem Stahl.

»Ja. So sieht's aus …«, sage ich, so verächtlich ich kann.

Marie zeigt auf die Scheune: »Sprechen wir bei diesem Spitzenprojekt da drin von demselben Projekt, das dich seit Tagen so wütend macht, dass du kaum eine Stunde ohne Anfall verbringen kannst? Von dem Projekt, dessen angekündigte Probe dich heute Mittag so auf die Palme gebracht hat, dass du nicht die Ruhe hattest, mit in die Tropfsteinhöhle zu fahren?«

»Ich bin halt lernfähig, Marie. Ich öffne mich neuen Konzepten. Ich habe nicht die sechs Fächer im Auto-CD-Wechsler mit sechs CDs vom gleichen Künstler gefüllt.«

Marie springt aus der Wiese auf wie von der Hornisse gestochen.

»Das ist ja wohl die Höhe! Du weißt ganz genau, Ben, dass ich das nur im Auto so brauche. Wer hat denn bei uns im Haus die ganzen CDs von Mozart bis Miles Davis und nicht nur Rock, Rock, Rock?«

»*Dein Sohn* trommelt sich darin die kleine Seele aus dem Leib, und du hockst hier mit diesen … diesen …« – Lasse und Kilian schauen mich gespannt an, was für ein Schimpfwort ich mir wohl ausdenken werde – »… gedopten Hauselfen beisammen und hörst Schlagermusik.«

Marie schüttelt fassungslos den Kopf.

Lasse steigt von der Skulptur hinab und stellt sich neben sie.

»Wisst ihr was?«, sage ich, »bleibt einfach draußen.«

Wir schweigen einen Augenblick. Dann ertönt neben uns, zwischen den Margeriten, den Gänseblümchen und der Gundelrebe, die leise, traurige Stimme unserer Tochter. Sie hält eine kleine, dunkle Kugel in die Höhe und sagt: »Fruchtsorte Nummer achtzehn: die Schwarze Maulbeere.«

Es klingt, als habe ihr Erfolg keinerlei Bedeutung mehr, da ihre Eltern sich wieder anschreien. Bevor ich ihr sagen kann, wie stolz ich auf sie bin, wirft sie die Beere auf den Boden und verschwindet im Trommellärm der Scheune.

DIE POCKEN IM DENKEN

Der Tau glitzert gerade erst auf den Stängeln der Wildwiese, als ich mich am frühen Morgen in die Scheune schleiche. Es dürfte noch dauern, bis auf dem Gelände irgendjemand aufsteht. Ich habe mir einen neuen Morgenkokon gesponnen, doch dieses Mal dient er nicht der Meditation, sondern praktischen Maßnahmen. Die Spiele und Bücher, die ich im Internet verkauft habe, müssen verpackt werden. Das Geld ist da, und die Kunden erwarten eine pünktliche Lieferung. Weil ich keine Lust habe, die Waren erst im Postamt zu verschnüren und im Haus keinerlei Kartons finden konnte, hoffe ich, unter der großen Plane in der Scheune fündig zu werden. Mit dem Rücken schiebe ich das Tor auf, in der Hand die Klappkiste mit den verkauften Waren. Das Schlagzeug der Band, die Verstärker sowie einige der Spielmannszuginstrumente wurden einfach stehen gelassen, da vor dem großen Ereignis ohnehin fast täglich eine Probe stattfindet. Die Salate auf dem Klapptisch sind verschwunden und teilweise mit Frischhaltefolie in Abelhammers Kühlschrank eingelagert; die Bierkästen stehen weiterhin wild im Raum verteilt, so dass blindes Bierbücken auch bei der nächsten Probe möglich ist.

Ich schleiche in die Ecke und lüfte die Plane. Sie raschelt und knarrt. Ich sehe alte Möbel, Tische, Stühle, ein paar weitere Klappbänke, eine Feuertonne. Aber tatsächlich auch: Pappe. Kartons. Alte Bananenkisten. Wer sagt's denn? Ich ziehe an dem Knäuel aus Material und freue mich über den Fund. Packband habe ich im Haushaltsraum aufgetan. Schneiden kann ich es mit einer Schere, über die der Katalog der guten Dinge sagt, sie habe *gepließtete Scherenaugen.* Die Zettel mit den Adressen, die ich bei der Post nur noch gegen echte Aufkleber austauschen muss, habe ich auch dabei. Ich trage die Kiste mit den Sachen zum Klapptisch, der bei der nächsten Probe wieder mit Salaten gefüllt werden wird. Danach die Kartons. Dann setze ich mich auf die Bank vor den Tisch, meine Versandwerkbank am heutigen Morgen. In einer Flasche ist noch ein Rest Cola. Fast so gut wie Kaffee.

Gleich ist es also so weit: Ich verpacke die ersten Produkte, die gegen den grundlegenden Paragraphen alles Gebrauchtwarenhandels verstoßen: die Versicherung, dass die veräußerte Ware mir selbst gehört. Tief atme ich durch, öffne den ersten Karton und lege zwei Spiele hinein.

Es röchelt.

Ich zucke zusammen und sehe mich um.

Es röchelt wieder. Schnorchelt. Schluckt.

Ein großer Kopf mit Bartlandschaft guckt aus einem dicken Schlafsack links neben der Bühne. Der Lyraspieler. Er muss zu viel getrunken haben, um noch nach Hause gehen zu können, und hat hier übernachtet.

Ich erstarre in der Bewegung, stehe langsam auf, entledige mich meines Pullovers und bedecke die Dinge in der Klappkiste mit dem Kleidungsstück. Auf Samtpfoten trage ich die Kiste in die Wildwiese hinter die Stahlskulptur, weil es das Erste ist, das mir einfällt. Es ist Kinderlogik, aber womöglich funktioniert es. Im Haus kann ich die Sachen nicht verpacken, und bei der Post würde ich für Stunden den Schalter blockieren und neugierige Fragen aufwerfen.

Dann hole ich die Kartons aus der Scheune. Der Lyraspieler schnarcht tief und fest. Vorsichtig schließe ich die Tür und setze meine Aktion in der feuchten Wiese hinter den stählernen Spielkarten fort, ohne bemerkt zu werden.

Nach einer Stunde packen, schneiden und kleben trage ich die Kiste mit den Kartons behutsam durch das Haus zum Wagen, der auf dem weißen Kies am rosenbewachsenen Eingang steht. Da der Vorplatz selbst aus dem herrlichen großen Granitstein gelegt ist, hört man meine Schuhe kaum. Es macht fast Spaß, die Kiste ins Auto zu laden, die frische Morgenluft in den Lungen und den Blick den Hügel mit der Terrakotta-Armee hinab, die schweigend zwischen den frisierten Buchsbaum-Bonsais steht. Ich schließe die Klappe des Wagens nahezu lautlos. Den Rest erledigt die elektrische Schließautomatik. Die Kiste im Heck des Kombis ist nun von der ausgefahrenen Kofferraumabdeckung verborgen. Meine Hand zieht an der Klinke der Fahrertür, die sich mit einem tiefen, warmen Klang öffnet, als hinter mir die Stimme von Lasse erklingt: »Guten Morgen, Ben!«

Der alte Grieche trägt seine Gärtnerhose und hält eine lange Heckenschere in der Hand. Sein radioaktiver Kompagnon schiebt die Schubkarre für den Grünschnitt.

»Es ist gerade mal kurz vor acht«, sage ich.

»Deswegen ›Guten Morgen‹. Anderenfalls hätte ich ›Guten Tag‹ gesagt. Oder ›Moin, Moin‹. Das geht natürlich immer.« Lasse keckert wieder.

Kilian schaut rüber zum Buchsbaum-Bonsai, um die Stellen ausfindig zu machen, an denen einzelne Zweige sich erdreisten, leicht überzustehen. Ob die Jungs gesehen haben, was ich in den Kofferraum getragen habe? Ob sie jemals schlafen? Gestern waren sie jedenfalls noch lange auf, ich habe sie auf der Terrasse mit meiner Frau gehört. Kilian erläuterte das Wesen der Isotope, und der Schlagersender im Kurbelradio spielte das Mitternachtsprogramm: Chansons aus den Fünfzigern und leichten Bar-Jazz von Coco Schumann.

»Ich, ähm …«, stammele ich, »fahre Brötchen holen. Kriege nicht genug von der Gourmetbäckerei in eurer Stadt.«

Lasse strahlt: »Die sind toll, oder? Haben einen Preis gewonnen. Sämtliches Getreide stammt aus fairem Handel. Keine Zusatzstoffe. Und trotzdem kein Brötchen über sechzig Cent. Geht nur, weil Alfons sie unterstützt.«

»Natürlich«, sage ich.

Die Jungs lassen sich nichts anmerken.

»Wir müssen die Buchsbäume trimmen. Und Unkraut jäten«, sagt Lasse.

»Unkraut schläft nicht«, stimmt Kilian ihm zu.

»Beständigkeit ist des Gärtners erste Tugend«, keckert Lasse.

»Von nix kommt nix«, sagt Kilian.

Lasse schaut ihn entrüstet an und hält sofort seine Hand auf.

»Also Klitschi, das waren jetzt ganz deutlich drei Euro fürs Phrasenschwein.«

Kilian lässt den Kopf auf die Brust sinken. Die übliche spontane Nackenmuskelauflösung. Lasses Finger zucken. Kilian zieht seine Geldbörse aus der Hosentasche und fummelt drei Münzen heraus. Während Lasse sie annimmt, sagt er: »Ich muss mich doch sehr wundern, wie wenig acht du manchmal auf deine Sprache gibst.«

Sie sind verrückt, denke ich, und steige ins Auto. »Ich fahr dann mal.«

»Bis nachher!«

»Ja«, sage ich und gleite zwischen der gruseligen Terrakotta-Armee aus Fröschen, Igeln, Vögeln und Schildkröten den Hügel hinab.

Das Postamt der Stadt ist klein. Nur zwei Schalter und je ein schmales Sideboard auf Brusthöhe, auf dem man seine Päckchen und Briefe beschriften kann. Was ich auch tue. Hier hätte ich die Sachen niemals verpacken können. Links und rechts der beiden Schalter stehen die großen silbernen Waagen für Päckchen und Pakete. Ich stelle meine Kiste vor der rechten ab und wuchte das erste Paket auf das rotgelbe Rechteck in der Mitte. Es ist satte neun Kilo schwer. Meine Antwort auf die Suchanzeige *Suche Kriminalromane und Fitnessratgeber* bei ebay Kleinanzeigen. Abelhammer hat von beiden Buchsorten mehr als genug. Der Kundin habe ich für diese Kollektion per Mail solide achtundzwanzig Euro abgeschwatzt.

»Guten Morgen, Herr Breuer«, kommentiert der Postbeamte mein erstes Paket zu meinem Schrecken mit namentlicher Anrede. Ich reiße den Kopf hoch. Kenne ich den Mann?

»Lechleiter«, sagt er, als sei es doch ganz offensichtlich, »ich spiele den Schellenbaum. In der Marschkapelle Mayer.«

»Natürlich!«, sage ich und schlage mir vor die Stirn. Über den Schaltertresen hinweg gebe ich ihm die Hand. Er schaut auf meine Kiste. Die Wartenden hinter mir grummeln.

»Das lohnt sich aber«, sagt Lechleiter. »Nach der Ladung kann ich den Schalter für heute zumachen.«

Die Wartenden raunen. Lechleiter hebt die Hand: »Kleiner Scherz!«

Ich spüre, wie mein Herz rast, obwohl es unsinnig ist. Lechleiter weiß zwar, dass ich im Urlaub bin, und es ist ungewöhnlich, im Urlaub so viel Post zu verschicken, aber wie sollte er auf die Idee kommen, dass sich in den Kartons der halbe Hausstand seines Mäzens verbirgt? Wobei, es ist nicht mal ein Hundertstel Hausstand, wenn man ehrlich ist. Dennoch. Das Herz rast wie damals, als ich mit fünf Jahren zwecks einer Mutprobe im Kiosk ein Kaugummi stahl.

Schellenbaumschüttler Lechleiter macht seinen Job, frankiert alle Pakete und überreicht mir die Quittung.

»Wir sehen uns übermorgen in der Scheune, oder?«

Ich nicke.

Lechleiter legt den Kopf schief und zeigt auf mich wie ein Schlagersänger auf einem gestellt lässigen Plattencover: »Die Idee mit Ihrem Sohn und der Djembe als Übergang – absolut genial!«

Mit einem gequälten Grinsen bedanke ich mich und husche aus dem Amt, so schnell ich kann.

Auf der Straße überwältigt mich die Scham. Ich habe soeben tatsächlich das Eigentum eines anderen Mannes verkauft. Weil ich Schulden habe. Ich wünschte mir, Frau Heubach stünde jetzt hier am Straßenrand, hilflos, weil sie nicht hinüberkommt. Ich wünschte mir, ich könnte ihr über das Pflaster helfen und sie nach Hause bringen, sie in den Sessel setzen und in ihrem Beisein die Redaktion von Bibel TV anrufen und die Verantwortlichen dort überzeugen, dass die Predigt wieder ganz genau zu der Zeit läuft, in der Frau Heubach sie über die Jahre gewohnt war. Aber Frau Heubach tut mir nicht den Gefallen, morgens um Viertel vor neun hilflos auf der Straße zu stehen und sich als Ablassinstrument meiner Schuld zur Verfügung zu stellen. Und ich kann schlecht zu ihr hingehen, sie aus dem Bett klopfen und sagen: ›Machen Sie auf. Ich muss mich um Sie kümmern, sonst vergehe ich vor schlechtem Gewissen.‹

Die leere, zusammengeklappte Kiste in der Hand, gehe ich zum Wagen und versuche, diese Gedanken zu vertreiben. Ich denke daran, dass Abelhammer die ganze Stadt gehört und dass er so viel Geld hat wie ein Scheich. Ich denke daran, dass die meisten der eben verkauften Spiele noch verschweißt waren und die Taschenbücher keinerlei Knick in ihrem Rücken aufwiesen, also niemals gelesen worden sind. Ich denke daran, dass der Mann sich rund um die Uhr zwei persönliche Assistenten halten kann. Ich denke daran, dass ich zurzeit nicht mal eine kleine Trommel, geschweige denn den Schellenbaum der Kapelle bezahlen könnte und Alfons wahrscheinlich das gesamte Equipment gesponsert hat.

So denke ich, während ich zur Villa zurückfahre, den Friedhof passiere, den Feldweg entlangrumpele und nach dem schützenden Waldstück hinter dem Tor wieder das Parkparadies mit den Buchsbaumbonsais und Terrakotta-Tierchen erreiche. Lasse und Kilian müssen ihren Beschnitt bereits erledigt haben, denn sie sind nirgends zu sehen. Ich stelle den Wagen ab, betrete das Haus und finde die beiden mit Marie auf der Terrasse. Sie haben den Tisch gedeckt, für sechs Personen. Die Eier ragen bereits aus den dunklen Holzbechern. Frisch gepresste Säfte stehen in Karaffen zwischen den Brettchen mit Käse und Marmeladenschüsseln.

»Ben!«, ruft Marie. Sie tut so, als hätten wir uns gestern nicht gestritten. Das liebe ich an ihr. Jeder Tag ist für sie ein Neuanfang. Vielleicht, hat sie mal gesagt, gehen wir am Ende eines Tages mit neuen Fehlern auf unserer persönlichen Liste ins Bett, aber wir haben am nächsten Morgen die Chance, es besser zu machen.

»Die Kinder sind noch im Bad«, sagt sie. »Sie kommen jeden Moment. Hier stehen die Körbe für die Brötchen.«

Die Brötchen.

Oh, mein Gott.

Ich habe Lasse und Kilian gesagt, ich führe Brötchen holen.

Mein Blick lenkt die Aufmerksamkeit aller auf die Tatsache, dass meine Hände leer an mir herunterbaumeln.

»Wo sind die Brötchen, Ben?«, fragt Marie.

Ich winde mich wie ein Schuljunge.

»Ja. Wo sind die Brötchen, Ben?«, wiederholt nun Rotbart Lasse die Frage meiner Frau, und der beschämte Schuljunge in mir verwandelt sich in Sekundenschnelle in einen bissigen Terrier. Was hat *der* mich zu fragen, wo die Brötchen sind? Als sei er ein Teil meiner Familie, vor der ich mich zu rechtfertigen habe!

»Warum ist hier für sechs gedeckt?«, gehe ich zum Angriff über.

Marie sieht mich an, als hätte ich damit schon mal den ersten Fehler auf meiner persönlichen Tagesliste gemacht.

»Ich mein ja nur«, sage ich und hebe die Hände wie ein Fußballer, der behauptet, kein Foul begangen zu haben.

»Was machst du morgens in der Stadt, wenn du keine Brötchen holst?«, fragt Marie.

»Ich gehe in der Spielhalle meiner heimlichen Glücksspielsucht nach und rauche dabei Ernte 23«, sage ich.

»Es gibt keine Spielhalle in unserer preisgekrönten Stadt«, sagt Lasse.

»Jetzt haltet ihr doch mal die Klappe!«, motze ich.

Kilian schaut auf den Boden und murmelt: »Ich habe nicht mal was gesagt.«

Marie sagt: »Ben!«

Ich sage: »Marie!«

Mein Handy klingelt.

Dankbar nutze ich die Chance und gehe mit dem Telefon ins Haus. Vinci versucht zu entkommen, ich kriege gerade noch meinen Fuß dazwischen. Die Katze prallt aus vollem Lauf gegen meinen Unterschenkel. Während ich schnell die Terrassentür schließe, krümmt sie sich auf dem Boden und tut so, als wäre mein Foul außerordentlich schlimm gewesen. Als sie merkt, dass ich in die Küche gehe, um ihr zum Trost ein Leckerli hinzuwerfen, sind sämtliche Prellungen plötzlich vergessen, und sie fordert nicht mal mehr die rote Karte für mich.

»Ja?«, melde ich mich, während Vinci sich auf die mit Käse gefüllten kleinen Krustis stürzt, von denen ich gleich eine Handvoll auf die Fliesen werfe, so dass sie wie winzige Insekten durch die Gegend springen und die Katze auch noch Jagdspaß dabei hat.

»So, jetzt ist es nämlich passiert!«, ertönt die Stimme meiner Schwiegermutter.

»Was ist passiert?«

»Der Wassermann hat endgültig gekündigt. Er sagt: Drei Mal eine Abbuchung versuchen und jedes Mal zurückgewiesen werden wäre ihm genug. Er wäre ein guter Mann, aber er lässt sich nicht zum Narren halten.«

Mir wird heiß. »Das ist unmöglich, Mutter! Ich habe dafür gesorgt, dass ausreichend Deckung auf dem Konto ist.«

Eigentlich verrate ich mit diesem Satz schon zu viel. Marie möchte schließlich, dass ihre Mutter glaubt, sie hätte es bei ihren Kindern mit überaus wohlhabenden Menschen zu tun. Daher rede ich sonst immer von Missverständnissen und Buchungsfehlern. Das Wort »ausreichende Deckung« im gleichen Satz wie das Wort »Konto« zu erwähnen, ist da unklug. Zum Glück erreicht das Ausmaß der Bedeutung dieses Satzes das Gehirn meiner Schwiegermutter nicht, da sie längst weiterspricht. Sie betont jeden zweiten Satz mit einem schweren Klagelaut. Heute wählt sie den schnalzenden Schluchzer.

»Dann muss ich wohl ab sofort mein Wasser wieder selber die Altbautreppen raufschleppen. Gut, gut … die Ärztin sagt ja auch, dass ich trotz der schweren Arthritis nicht aufhören sollte, meine Hände und Finger zu benutzen. Ich werde dann zusehen, dass ich wieder diese Sechserpacks beim Lidl kaufe. Das ist zwar nicht zu vergleichen mit dem Heilwasser vom Getränkemann, aber die Ärztin sagt auch, man solle es mit dem Kalzium und dem Natrium und dem Magnesium nicht übertreiben. Es ist auch sicher gut für mich, wenn ich die Treppen öfter mal rauf- und runtergehe. Ich nehme dann nicht das ganze Sechserpack mit rauf, sondern immer pro Gang zwei Flaschen, eine in jeder Hand. Und wenn mir wegen der Finger eine aus der Hand rutscht und die Treppen wieder runterpoltert, dann ist es gut, dass sie aus Plastik sind. Da kann dann nichts passieren. Die Ärztin sagt sowieso, dass es Unsinn wäre, aus Prinzip aus Glasflaschen zu trinken. Die paar Giftstoffe, die in den PET-Flaschen sind, wären gar nicht so wild, sagt sie. Dieses Antimon zum Beispiel, das fast so was Ähnliches ist wie Arsen. Das kann in der geringen Konzentration allerhöchstens alten Menschen schaden und dann auch nur, wenn sie bereits durch andere Krankheiten geschwächt sind. Wie Arthritis, zum Beispiel …«

»Mutter!«, sage ich und bin derweil längst die Treppe hinauf zum Laptop im Schlafzimmer geeilt, »du musst keine giftigen Plastikflaschen mit bloßen Händen die Treppe hinauftragen. Ich regele das. Ich bin Controller.«

Der Rechner fährt hoch.

Schwiegermutters Klagestimme wechselt augenblicklich in den Plauderton. Das geht bei ihr so schnell wie bei der Katze der Umschwung von Foul zu Fressen. Hat sie ein Thema abgehakt, verliert sie jedwede Lust daran. Mein Rechner ist noch nicht mal im Netz.

»Dieser Mann, der da in eurem Haus wohnt – das ist vielleicht ein Guter!«, sagt sie so begeistert, als hätte ich ihr Bruce Willis nackt in die Wohnung geschickt.

»Neulich hat er mir in aller Ruhe mit meinem Mailprogramm geholfen. Nichts gegen dich oder gar gegen Gregor, Ben, aber so was hast du noch nicht erlebt. Das war wie … allein die Stimme … das war wie eine akustische Massage. Ich habe mich extra doof gestellt, damit er nicht aufhört zu sprechen.«

Ich würde an dieser Stelle schmunzeln, sähe ich nicht, was ich gerade – frisch in mein Onlinebanking eingeloggt – sehe. Die fünfzig Euro, die ich für die Betreuung von Frau Heubach bekommen habe, und die 192,75 Euro aus den verkauften Sachen haben nicht ausgereicht, um Mutters Getränkerechnung zu begleichen. Wieder mal hat eine andere Abbuchung dem Wasserlieferanten das Geld kurz vor dem Fuß weggegrätscht. Eine Kreditkartenabrechnung über 202,50 Euro. Aber die habe ich doch seit Wochen nicht benutzt! Schnell wechsle ich das Fenster und logge mich bei MasterCard ein, um nachzuschauen, was von dem Geld gekauft wurde. Der Betrag ging an eine Firma namens Seifenspender24.de. Das glaube ich nicht.

»Ich weiß gar nicht, wie ich das beschreiben soll, Ben. Es ist nicht nur die Stimmfarbe dieses Mannes. Dieses Warme und Brummige. Es ist vielmehr so, als hätte er die Gelassenheit in jeder Pore verinnerlicht, verstehst du? Als wäre die Gemütsruhe selbst aus dem Himmel gefallen. Ich glaube, ich rufe ihn heute noch mal an und behaupte, meine Tastatur würde auf einmal spinnen und Zahlen tippen, wo Buchstaben hingehören.«

»Mach das, Mutter«, sage ich, »aber gib mir vorher bitte noch mal die Nummer von deinem Getränkelieferanten.«

Sie gibt mir die Nummer.

Bevor ich wieder auf die Terrasse gehe, schließe ich mich im Bad ein und mache auf den warmen Fliesen vor der Wellness-Wanne den Kotau vor dem Lieferanten. Es ist demütigend. Wir einigen uns darauf, dass ich ihm das Geschuldete bis morgen in bar per Einschreiben schicke. Meinem Konto traut er nicht mehr. Ich überlege bereits, was ich heute noch aus Abelhammers Haus in die Kleinanzeigen hauen und dafür *freie Lieferung im Umkreis von fünfzig Kilometern* anbieten kann, um den Erlös bar auf die Hand zu bekommen.

Dann stapfe ich die Treppe hinab und auf die Terrasse.

Die Kinder sind inzwischen unten und spielen im Garten. Sie werfen einen Bumerang. Natürlich keinen aus Kunststoff. Er ist aus dem Katalog. Den Text dazu kenne ich auch auswendig. Er wird *in Handarbeit von einem der deutschen Bumerang-Experten schlechthin gefertigt. Dank seines Fachwissens und mit handwerklichem Geschick trimmt er sie auf optimale Flugeigenschaften.*

Lasse und Kilian sitzen neben Marie an der Frühstückstafel und schauen mich an wie ihren Butler, der immer noch keine Brötchen anbietet.

Ich zwinge mich äußerlich zur Gemütsruhe.

»Marie? Kommst du bitte mal?«

Lisa und Tommy können mich auf die Entfernung nicht hören, doch Lisa schaut schon wieder misstrauisch herüber. Marie steht auf, entschuldigt sich bei den Hüttenbewohnern, als verlasse sie eine Tafel voller Gentlemen, und folgt mir rauf ins Schlafzimmer. Ich zeige auf den Rechner, auf dem das Fenster der Kreditkartenabrechnung geöffnet ist.

»Was ist Seifenspender24.de?«

»Ein Versandhaus für Badezimmer- und Hygienebedarf.«

»Und warum haben die über zweihundert Euro von unserer Kreditkarte abgebucht?«

»Weil ich bei denen vor einem Monat vier neue Seifenspender bestellt und im Übrigen überall daheim angeschraubt habe. Das ist dir gar nicht aufgefallen, dass die siffigen alten Dinger durch glänzenden neuen Edelstahl ersetzt worden sind, oder?«

»Nein, das ist mir nicht aufgefallen, Marie. Ich dachte, die alten wären einfach nur geputzt oder poliert worden.«

Marie sieht mich schon wieder traurig an.

Meine Stimme entgleitet mir. »Wieso zum Teufel bestellst du in diesen Zeiten neue Seifenspender für fünfzig Euro das Stück?«

»Aus demselben Grund, aus dem ich dir geraten habe, nicht länger mit löchrigen Schuhen herumzulaufen.«

Ich schaue meine Frau an, als wüchsen ihr Federn aus den Ohren.

»Jetzt sag nicht, das hat wieder mit Fengshui oder dem Universum zu tun.«

»Wenn Sie die Früchte verändern wollen, müssen Sie zuerst die Wurzeln ändern.«

»Was?«

»Das ist das, was wir den Leuten sagen, wenn wir ihr Haus umgestalten wollen. Wer sich jeden Tag aus Seifenspendern die Hände wäscht, die heruntergekommen sind, signalisiert sich damit, dass seiner Hände Arbeit nichts wert sind.«

»Marie! Jetzt hör doch mal mit diesem Quatsch auf! Bloß weil wir unseren Kunden weismachen, sie hätten mehr Erfolg, wenn sie ihre Innenarchitektur auf mehr Erfolg ausrichten, heißt das doch nicht, dass wir selbst diesen Schmonz glauben müssen. Wir wissen doch beide, dass diese Leute, wenn überhaupt, nur auf die Beine kommen, weil ich ihnen das Controlling mache und sie zum Beispiel von unsinnigen Ausgaben abhalte.«

Maries Lippen werden in einer Hundertstelsekunde schmal wie ein Bleistiftstrich. ›Das hätte ich nicht sagen sollen‹, denken Herz und Kopf. ›Das war schon ganz richtig so‹, denken Wutbauch und Zornpunkt.

»Und du wunderst dich noch, dass unser Geschäft den Bach runtergeht …«

»Es geht den Bach runter, weil du in klammen Zeiten Seifenspender kaufst!«

»Es geht den Bach runter, weil du so voller negativer Energie steckst, dass die Kundschaft schon vor ihrem Anruf bei uns merkt, dass bei dir momentan nur mit Hass gekocht wird. Dann bestellen sie lieber bei einem anderen Restaurant.«

Das Schlimme ist … tief in mir drin weiß ich, dass Marie recht hat. Aus ähnlichen Gründen wasche ich trotz des unverschämten Preises von mittlerweile 8,50 Euro vor jedem Geschäftstermin unseren Wagen. Aber so viel ich auch einsehen mag, dass es stimmt, wie sehr gefühlter Wohlstand echten Wohlstand erzeugt, so wenig kriege ich als Controller die Fakten aus dem Kopf. Und die Fakten lauten: Wir sind pleite, die Stadtverwaltung pfändet in zwei Wochen unser Konto wegen der Schulwegrückzahlung, und Marie hat für zweihundert Euro Seifenspender gekauft.

»Eine Frage, Ben.«

Ich lasse Marie fragen. Der Lüfter des Laptops surrt und schnauft, als müsse das Gerät drei Zentner Staub aus sich rausschaufeln.

»Würdest du jemanden umarmen, der die Pocken hat?«

Ich brumme etwas, das »natürlich nicht« bedeuten soll.

»Aber du erwartest, dass deine Kunden, und – was viel mehr wiegt – deine Ehefrau sich freudig mit dir abgeben, während du gerade die Pocken im Denken hast?«

»Das ist ja wohl die Höhe!!!«

»Da … und jetzt geht es mit dem Brüllen wieder los.«

Ich fühle mich wie jemand, der noch zwanzig Sekunden Zeit hat, eine Bombe zu entschärfen, während alle anderen neben ihm stehen und sagen: ›Mein Gott, jetzt sei doch nicht so angespannt. Mach dich erst mal locker!‹ Meine aktuelle Bombe sind die Schulden bei der Stadt. Womöglich ist es jetzt an der Zeit, sie Marie vor die Füße zu werfen. Aber ich verkneife es mir. Doch die Tatsache, dass ich das muss, macht mich noch giftiger.

»Ihr spinnt alle! Leicht und locker wie die Hippies. Tirili, das Universum!« Ich tanze auf der Stelle herum und simuliere mit meinen beiden Zeigefingern Antennen auf meinem Kopf.

»Okay, Ben«, sagt Marie, und ich höre in ihrer Stimme, wie das Bergmassiv unserer Ehe, von dem kürzlich die rechte Flanke abgebrochen ist, nun auch die zweite verliert und sich unter der Felskruste nur noch ein Hügelchen auftut. »Dann sage ich es dir nun in der klaren Sprache, die ein Controller versteht. Ich stelle eine einfache, transparente Regel auf. Einen Algorithmus, wenn du so willst. Er lautet: Sobald du brüllst oder auch nur aggressiv wirst, verschwinde ich auf der Stelle und begebe mich für zwei Stunden zu Lasse und Kilian. Die Kinder nehme ich mit, wenn sie das wollen.«

Ich bekomme Schnappatmung.

Marie hebt die Hand, denn sie ist noch nicht fertig.

»Komme ich wieder und du hast dich noch nicht beruhigt und brüllst womöglich weiter, gehe ich sofort wieder zurück und verlängere den Aufenthalt um eine Stunde. Ich bleibe dann also drei.«

Da stehe ich, Ben Breuer, Vater und Controller, und bekomme ernsthaft zwei junge Männer als Kontrahenten hingestellt, die nichts im Leben ernst nehmen und von einem Millionär ausgehalten werden.

»Gut«, schimpfe ich, »dann geh doch nach drüben!«

Marie nickt, die Bleistiftlippen mittlerweile ganz verschwunden. »Alles klar.«

Und sie geht.

Lässt mich stehen mit dem erstickenden Laptop und Seifenspender24.de auf dem Monitor. Am Fenster sehe ich, dass sie Lasse und Kilian etwas sagt. Dann stehen sie zu dritt auf, nehmen die Kaffeekanne und eine Saftkaraffe mit und gehen Richtung Waldstück, wahrscheinlich um in der Hütte zu frühstücken. Als sie auf Höhe der Kinder sind, nehmen sie sie mit. Lisa schaut aus der Ferne zum Schlafzimmerfenster hinauf, erspäht mich und schüttelt langsam den Kopf.

Dass ich jetzt für mindestens zwei klare, transparente Stunden allein bin, hat natürlich auch Vorteile. Während meine Familie und die zwei Mutanten aus dem Wald in Ruhe frühstücken und durch positive Energie beim Kauen unsere Schulden zu beseitigen versuchen, recherchiere ich im Netz, was ich verkaufen könnte, um auf der Stelle an das Bargeld für den Getränkehändler zu kommen. Ich tippe die

Postleitzahl des Abelhammer-Städtchens bei ebay Kleinanzeigen ein und klicke auf *Gesuche.*

Ein Mensch in 38 Kilometer Entfernung sucht Koi-Karpfen für seinen Teich. Ich stelle mir vor, in Abelhammers Anlage angeln zu gehen, aber ich weiß nicht, wie ich die Fische lebendig überbringen sollte, und außerdem bietet der Mann lediglich dreiste ein Euro pro Stück. Eine Zweizimmerwohnung habe ich nicht zu bieten. Eine *Nebentätigkeit ab 16 Uhr auf 450-Euro-Basis* ebenso wenig. Ich muss spezifischer nach Gesuchen schauen und klicke auf die Kategorie *Musik, Film und Bücher*. Die ersten Treffer sind von einem Scherzkeks, der unter *Gesuche* eingegeben hat, dass er *Käufer* für seine Bücher suche. Diejenigen, die wirklich etwas zum Kaufen suchen, haben Dinge eingetippt, die so speziell sind, dass ich mich frage, wer ihnen jemals antworten wird. Zum Beispiel die *Notenhefte 1 und 2 der Zillertaler Schürzenjäger für Steirische Handharmonika.*

Ich wechsele in die Kategorie *Haus und Garten* und traue meinen Augen nicht, dass das Universum mir Miesepeter nach ein paar unbedienbaren Wünschen wie Motorsägen oder Aufsitzmähern für je *20 Euro VB (habe nicht viel Geld)* doch tatsächlich die perfekte Möglichkeit auf den Monitor spült. Jemand sucht *Terrakotta-Figuren für den Garten* in *gutem Zustand*, und zwar *am liebsten Vögel, Igel und Schildkröten*. Der User ist bereit, *bis zu zehn Euro* pro Stück zu zahlen und *unbegrenzte Mengen* abzunehmen.

Ich schaue auf die Uhr.

Der Kunde sitzt bloß 27 Kilometer entfernt. Ich habe zehn Minuten lang gesurft. Bleiben noch eine Stunde und fünfzig Minuten von Maries Strafzeit übrig, um ihn anzurufen, den Deal zu machen, einige Figuren zwischen Buchsbaum-Bonsais hervorzuziehen, in den Ort zu fahren, das Bargeld per Einschreiben an den Getränkehändler zu adressieren und wieder zurück zu sein, bevor jemand etwas merkt.

Schnell rechne ich es durch.

Das passt.

Gelobt sei die Angabe der Telefonnummer bei ebay Kleinanzeigen. Ich wähle und danke dem Universum, das Menschen mit Pocken im Denken eigentlich nicht helfen dürfte, als jemand rangeht.

Zwei Minuten lang preise ich die Vögel, Igel und Schildkröten aus makellos hellem Material, das nahezu täglich gereinigt wurde, einige mich auf eine Lieferung von zehn Stück für achtzig Euro und gehe auf den Vorplatz. Niemand beobachtet mich. Alle frühstücken in der Hütte. Die Terrakotta-Tiere sehen mich unschuldig an. Die Scham ist verschwunden. ›Lass mich stehen! Lass mich stehen!‹, bettelt eine Schildkröte, doch ich nehme sie und stelle sie auf den Weg. Danach einen Igel. Einen Spatz. Die Figuren, die bleiben, sortiere ich subtil neu. Schiebe sie zusammen, so dass die Lücken nicht auffallen. Ich verrücke jede nur um ein paar Zentimeter, aber das Gesamtbild wirkt am Ende wieder so, als sei nichts entfernt worden. Ist ja auch kein Wunder, wenn zehn von mehr als hundert gehen. Mit leerem Magen reduziere ich unverschämten Überfluss, um der Mutter meiner Frau, die gerade in Ruhe frühstückt, das lebensnotwendige H_2O zu bezahlen.

Ich soll mich schämen?

Ich bin Robin Hood!

Als die Figuren verladen sind und ich am Friedhof vorbeirolle, lasse ich den Wechsler sämtliche CDs ausspucken und schiebe stattdessen meinen *Road Mix* in den Schlitz, der zwar im Handschuhfach liegt, aber schon lange nicht mehr zum Einsatz kam. Mick Jagger rotzt und quäkt: »Hey! Think the time is right for a palace revolution!«

Ich klopfe auf das Lenkrad und gebe Gas, sobald die Reifen die Landstraße berühren.

DIE REALISTEN

Ich trete aus dem Postamt und schaue in den Himmel. Wäre es Herbst und hätte ich somit einen Mantelkragen, würde ich ihn nun hochschlagen. 87 Euro und 55 Cent haben mir die Waren eingebracht, die ich eben abgeschickt habe. Das ist nicht viel. Siebzig der achtzig Euro für die Terrakotta-Figuren von neulich habe ich dem Getränkelieferanten meiner Schwiegermutter eingetütet. Der restliche Zehner wurde für die Einschreibengebühr angebrochen und das Kleingeld als Vorrat in meiner Geldbörse verstaut. Von irgendwas muss ich die Brötchen bezahlen, die ich nun tatsächlich mitbringe, wenn ich morgens in die Stadt fahre. Heute bin ich bereits zum zweiten Mal auf der Post, da ich mich schon wieder in einer Strafzeit befinde, die ich durch beständiges Muffeln absichtlich herbeigeführt habe. Ich brauche mehr Zeit, um Sachen zu verkaufen. Im Grunde müsste ich es den ganzen Tag machen. Unser Kontostand beträgt gerade kaum ein Zehntel des Betrags, den die Stadtverwaltung bald von mir haben will. Mir läuft die Zeit davon.

Meine Füße schmerzen, und mein Kiefer knackt. Es gibt nicht mehr viel Körper in den 1,84 Meter Fleisch und Blut gewordener Verspannung, die ich darstelle. Von der zweistündigen Strafzeit, die Marie ausgerufen hat, sind gerade mal vierzig Minuten abgelaufen. Ich beschließe, einen Spaziergang quer durch die kleine Stadt zu machen. Nach zehn Minuten stehe ich vor der Kneipe am Kirchplatz. Darf ich 2,50 Euro ausgeben, wenn ich schwer arbeite, während meine Familie Urlaub macht? Ich denke schon. Nur ein Griff zur Klinke, ein Schritt auf die flache Stufe, und das Licht des Tages ist ausgeschlossen. An der Theke sitzt, als wäre sie niemals aufgestanden, die Bürgermeisterin.

»Ich glaube, Bürgermeister werde ich auch mal«, sage ich und hocke mich daneben.

Roswitha lässt den linken Arm hochschnellen, so dass mir ihr Handrücken einen Klaps an der Schulter verpasst. Sie trinkt wieder kein Abelhammer. Genauer gesagt, trinkt sie gar kein Bier, sondern Whiskey. Ich zögere einen Moment, doch dann denke ich an das wahre Leben. An dunkle Ledersofas in kroatischen Hotelbars. An erwachsene Männer, die tun und lassen können, was sie wollen.

»Ich nehme auch so einen«, sage ich, und der Wirt gehorcht wie eine Spielfigur. In der Sitznische hocken wieder plaudernde Menschen. Es sind nicht dieselben wie beim letzten Mal, doch das ändert nichts daran, dass diese Wirtschaft weiterhin so wirkt, als hätte Commander Riker auf dem Raumschiff Enterprise das Holodeck betreten und als Programm befohlen: »Dunkle Gaststätte, südliches Deutschland, frühes 21. Jahrhundert.«

Alles nur eine Animation.

Der Wirt, der sein schwarzes Polohemd und seine Schürze mit goldenem Abelhammer-Aufdruck niemals ablegt, stellt mir den Whiskey hin. Im breiten, schweren Glas klimpert Eis. Ich hebe es zum Anstoßen von der Theke.

Roswitha prostet mir zu, dann nippen wir so langsam und sinnlich, wie es sich für eine preisgekrönte Slow City gehört, am Single Malt.

»Wie sich allein das Glas anfühlt«, sage ich und lasse den goldbraunen Glückssaft hin und her schwappen.

»Was Schallplatten für die Musik sind, ist Whiskey für die Getränke«, sagt Roswitha und hat damit schon wieder zehn Punkte bei mir gemacht.

»Richtig«, sage ich. »Und Bier ist gerade mal die CD.«

»Kassette«, erwidert Roswitha und hebt mahnend den Finger, während sich ihre Krähenfüße beim Lächeln zusammenziehen. »Bier ist die Musikkassette. Wenn sie denn überlebt hätte. CDs sind Bier mit Limonade.«

»Und Downloads sind Alcopops.«

Roswitha nickt: »Alkoholische Süßgetränke. Was für eine absurde Verirrung. Wodka, Whiskey, Rum mit Zuckerwasser gemischt. Dafür wurden sie nicht erfunden, die geistigen Getränke.«

»Nun sind es geistlose Getränke«, sage ich.

»So sieht's aus«, sagt Roswitha.

Wir lachen.

Danach starren wir eine Weile auf den Tresen, wie gescheiterte Existenzen es am Nachmittag hinter Braunglas eben so tun.

»Ich moderiere dieses Konzert mit der Kapelle und der Krawallcombo«, sage ich. »Weil mein Sohn mitspielen darf.«

Beinahe hätte ich gesagt, »weil Alfons mich reingequatscht hat«, aber so ehrlich muss ich auch bei hochgeistigen Getränken nicht werden.

»Alfons hat dich reingequatscht, oder?«

Ich zögere einen Augenblick.

Dann nicke ich.

Unter Saufkumpanen sollte man ehrlich sein.

Roswitha trinkt aus, knallt das Glas auf den Tresen und bekommt wortlos ein neues hingestellt.

»Vor einem Jahr gab es die Chance, dass sich bei uns ein Factory-Outlet-Center ansiedelt. Direkt vor den Toren der Stadt.«

»Was für'n Ding?«

»Ein Fac-to-ry Out-let Cen-ter.« Roswitha betont es Silbe für Silbe und formt ihren Mund dabei zu einem großen, abgerundeten Quadrat. »Das sind viele Geschäfte teurer Markenartikler zusammengefasst in einem künstlichen Kaufpark, in dem sie ihre Waren zu günstigeren Preisen anbieten als in den Einzelfilialen von München, Hamburg, Düsseldorf oder Berlin. So wie das *Ingolstadt Village* in Ingolstadt.«

Ich schmunzle, weil ich es lustig gefunden hätte, wäre das *Ingolstadt Village* in Gelsenkirchen gebaut worden.

»Die sind noch nicht mal hässlich, diese Dinger. Das sind keine 08/15-Shopping-Malls. Das sind richtige Einkaufsdörfer mit schmucken Fassaden und schnuckeligen Gassen. Wie eine Stadt für sich. Hochwertig. Man könnte sogar von Kultur sprechen. Konsumkultur. Aber sag das mal dem werten Herrn Abelhammer.«

»Was hat der damit zu tun?«

»Er hat es verhindert. Fünfhundert potentielle Arbeitsplätze. Gewerbesteuer, sprudelnd in Strömen!«

»Ein privater Bierbrauer verhindert, dass die Kommune ein neues Gewerbegebiet baut?«

»Ein Fac-to-ry Out-let Cen-ter!«

»Mein ich ja.«

»Es gab ein Bürgerbegehren gegen den Bau. So viele Stimmen für eine Seite habe ich noch nie gesehen. Alles Abelhammer-Anhänger. Wäre das Ding gebaut worden, hätte die Stadt keine Auszeichnung für Kultur und Entschleunigung bekommen.«

»Aber die Arbeitsplätze …«

»Interessiert nicht. Wir haben so gut wie keine Arbeitslosen. Die Mayers reparieren in ihrer Bude Waschmaschinen, die sind vorm Erscheinen von Grass' *Blechtrommel* gebaut worden. Der Bäcker kennt jedes Sesamkorn, das auf den Brötchen landet, beim Namen. Würde sich nicht rechnen ohne Abelhammer? Macht nichts!«

Roswitha trinkt. Ich nestele einen Eiswürfel aus dem Glas und lutsche darauf herum. »Aber wehe, der große Mann gibt die Brauerei eines Tages ab.« Die machtlose Bürgermeisterin nickt nachdrücklich. Ihre linke Hand schnellt wieder nach oben, verschont diesmal jedoch meine Schulter. Sie zeigt lediglich kurz hinter uns, auf das gedachte Draußen. »Wenn der Windhof was zu sagen hätte …«

»Abelhammers stellvertretender Geschäftsführer?«

»Ja. Teilt im Grunde mein Schicksal hoch zwei. Sitzt in der Firma und darf ohne den Boss keine Entscheidung treffen. Er war für das Factory-Outlet. Wollte allein drei verschiedene Event-Kneipen reinbauen. Denkt an die Zukunft. Nicht an verrückte Waschmaschinenliebhaber, die auf Tiefladern ihr Nachkriegsmonster vor Mayers Werkstatt karren. Ist auch schön und gut. Aber wenn der allein entscheiden könnte, würde hier im Ort wahrscheinlich jede Subvention wegfallen, *ohne* dass ich das durch irgendeine große Firma kompensieren könnte. Oder noch schlimmer: wenn die ganze Brauerei an eine größere verkauft würde! Dann fiele unsere ganze Stadt in sich zusammen, die nur von Abelhammer gehalten wird. Wie ein Zelt ohne Stangen. Und obendrauf kommt der Orden für die Slow City zum Liegen.«

Ich liebe den Klarblick dieser charmant verbrauchten Verantwortungsträgerin. Es ist fast, als hätte sich ein erfrischender Realist wie Dr. House in eine Frau verwandelt. Womöglich stellt sie gleich noch die These auf, Abelhammer sei bloß so ein guter Mäzen für alle, weil er einen Hirntumor hat.

Ich schaue auf die Uhr. Der Whiskey kostet mehr, als ich geplant hatte. Außerdem muss ich Geld verdienen. Meine Schulden subventioniert keiner.

»Du kommst?«, frage ich, als ich aufstehe und zahle.

»Wohin?«

»Zum *Treffen der Generationen*. Marschkapelle, Metal und mein Sohn.«

Roswitha nickt.

Ich klopfe auf die Theke, als hätte ich seit Wochen nichts anderes getan.

Als ich vorfahre, kommt mir Lisa von den Rosenstöcken vor dem Haus entgegen.

»Papa, Papa!«, ruft sie, aufgeregt wie eine junge Archäologin, die eine Saurierelle gefunden hat. Zwischen Daumen und Zeigefinger hält sie eine schlichte, leicht schrumpelige Hagebutte.

»Ich glaube, der Alfons hat das richtig schön schwierig gemacht mit den siebenundzwanzig Obst- und Fruchtsorten, die ich hier finden kann.«

Ich verstehe nicht.

»Die Hagebutte, Papa. Sie ist auch eine Frucht! Sie ist die Frucht der Rose, und natürlich findet man hier kaum welche, weil Lasse und Kilian alles, was auf den Boden fällt, sofort aufsammeln und wegharken. Aber sie ist eine Frucht. Mit Vitamin C und Pektin!«

Ich schaue meine Tochter an. Die Passion, mit der sie sich dieser Suche hingibt. Das Wissen, in das sie sich vertieft. Wenn Tommy als weltberühmter Trommler mit seiner Musicalshow durch die Gegend zieht, werde ich sie in Oxford besuchen, in ihrem Professorinnenbüro im Department of Plant Sciences. Was für ein Nichtsnutz ich gegen meine Kinder bin.

»Papa?«, sagt Lisa weiter und wechselt vom enthusiastischen in den flehenden Tonfall.

»Ja, mein Schatz?«

»Kannst du bitte aufhören, mit Mama zu streiten?«

Ich denke: ›Nein, ich brauche die freie Zeit, um heimlich die Sachen unseres Gastgebers zu verkaufen, weil ihr mal lieber all die Jahre die 1,983 Kilometer zur Schule gelaufen wärt, statt auf Staatskosten Bus zu fahren.‹

Ich sage: »Ja, Schatz. Ich hab euch doch alle lieb.«

Lisa prüft meine Augen auf Anzeichen der Lüge. Ich denke intensiv an schöne Szenen mit Marie und den Kindern, so dass in diesem Augenblick keine bösen Gedanken aus mir herauszuzupfen sind. In einem finsteren Thriller wäre meine Tochter eine feindliche Telepathin, und mir würde bereits vor Anstrengung der Gedankenabwehr die Nase bluten.

Lisa lässt von mir ab und sagt: »Dann such ich mal weiter.«

Ich betrete das Haus, gehe durch den Wohnzimmersaal auf die Terrasse und in den Garten, nehme mir eine Abelhammer-Limonade, da gerade ein Kasten neben dem Grill steht, und schreite über den Rasen. Tommy sitzt mit der Djembe neben dem Bambusgraben und trommelt. Im Graben steckt ein dicker weißer Stab mit einem schwarzen Strich auf Bodenhöhe und der Beschriftung *71 Zentimeter*.

Tommy hört nicht auf, als ich mich nähere. Erst bringt er seinen Rhythmus um genau die Takte zu Ende, die er gerade in seinem Köpfchen gehört haben mag.

»Du bist so gut«, sage ich.

»Danke, Papa. Es fühlt sich irgendwie so an, als hätte ich es immer schon gekonnt, weißt du? Immer schon gekonnt und jetzt erst gemerkt.«

Ich reiche ihm die Limonadenflasche. Er trinkt daran wie ein erwachsener Kumpel, dem man ein Bier angeboten hat. Es fühlt sich an, als hätte ihn seine beginnende Musikerkarriere in den letzten Tagen um mehrere Jahre reifer gemacht.

»Wo ist Mama?«, frage ich.

Tommy streckt seine linke Hand aus und zeigt auf den See.

»Da!«

Das Boot ist auf dem Wasser.

Ich kneife die Augen zusammen.

Marie sitzt in der Mitte des Kahns. Kilian hockt am Ruder und redet. Lasse richtet sich gerade in Badehose auf und lässt seine Muskeln spielen. Dann springt er ins Wasser. Er schwimmt eine Runde um das Boot herum und zieht sich dann in einer einzigen, flüssigen Bewegung wieder an Bord. Der Augenblick, in dem er sich über den Rand hebt und die Wassertropfen von seinem roten Bart auf die Brustmuskeln tropfen, während sich jedes Molekül des Sees darum reißt, bitte schön auf seinem Bizeps und Trizeps verdampfen zu dürfen, wirkt wie in Zeitlupe. Marie jauchzt. Ich höre es bis hierher.

Es kann nicht sein, dass ich auf diese Kinder eifersüchtig bin!

Aber da sitzt sie, meine Frau, die jauchzende Lebensfreude, und legt nun sogar den Arm um beide Jungs. Sie verteilt Wangenküsse. Kilian legt den Kopf in ihren Schoß. Lasse reibt ihren Rücken.

Er reibt ihren Rücken!

Rückenreiben ist keine Lappalie.

Rückenreiben kommt direkt nach der Fußmassage.

Quentin Tarantino hat in seinem besten Film jemanden aus dem vierten Stock werfen lassen, weil er der Frau eines anderen eine Fußmassage gegönnt hatte. Und womit? Mit Recht!

Lasse reibt Maries Rücken!

Und Kilian lauscht der Stimme ihres Schoßes!

Mein Telefon klingelt.

Ich gehe ran und belle mein »Ja?« so biestig hinein, dass Tommy zusammenzuckt.

Es ist Gregor.

Ich gehe den Rasen hinauf zur Teichanlage und hocke mich eine Wasseretage tiefer auf die Holzbohlen. Wütend ziehe ich meine Socken aus und stecke meine stinkenden Käsefüße absichtlich zwischen die teuren Koi-Karpfen. Das klare Teichwasser schwemmt schwarze Flusen aus den Zwischenräumen meiner Zehen. Für eine Sekunde denke ich unwillkürlich an Wolfgang, den ehemaligen Lebenspartner meiner Schwiegermutter, dem die Sockenflusen zwischen den Zehen am Ende zum Verhängnis wurden.

»Was ist?«

»Oh, da scheint wieder jemandem die Sonne aus dem Arsch«, erkennt mein bester Freund perfekt die Lage.

Ich schweige und schaue mir an, wie die teuren Karpfen in Verkennung der Lage mit spitzen Mäulchen von den Flusen kosten.

»Was machst du gerade?«, fragt Gregor.

»Ich stecke die Füße in den Teich meines reichen Gönners und hoffe, dass seine dekadenten Karpfen an meinen Sockenflusen ersticken.«

»Oh«, lacht Gregor rustikal, »höre ich da etwa Ressentiments gegen Reiche? Denk an die weisen Regeln, Ben! Nur wer selbst ganz sicher arm bleiben will, neidet den Großen ihren Erfolg.«

»Nicht du auch noch, Greg!«, schimpfe ich, aber nur im Scherz, denn ich weiß, dass Greg die Ratgebersprüche der Positivdenker nicht im Ernst zitiert. Mein bester, alter Freund lebt auf meiner Seite der Wirklichkeit. Er sieht die Dinge nüchtern und handfest. »Es ist wie im Fußball«, hat er es mal nach sieben Sion Kölsch perfekt auf den Punkt gelallt, »der beste Wille und der größte Optimismus helfen dir nichts, wenn Uli Hoeneß sein Scheckbuch zückt und dir alles, was laufen kann, unter dem Arsch wegkauft, bis am Ende der Zeugwart mit leeren Hosen ohne Spieler drin schulterzuckend im fahlen Flutlicht steht.«

Gregor gluckert in den Hörer, dieses Mal aber kein Bier, sondern Kaffee. Ich kann das sehr gut am Klang unterscheiden. Hätte ich Zeit zum Üben, wäre das eine *Wetten, dass..?*-Fähigkeit. Wobei ich die dort ausgelobten Prämien für den Wettkönig immer schon lächerlich fand, wenn man sie in den Stundenlohn für die benötigten Trainingseinheiten umrechnet.

»Abelhammer spaziert nicht mehr«, sagt Gregor.

»Das klingt wie der Titel eines Romans, der den deutschen Buchpreis bekommt«, sage ich.

Gregor ignoriert den Scherz mangels Verständnis. Er liest ausschließlich den Sportteil. Das Feuilleton nutzt er, wenn die Schuhe feucht geworden sind.

»Jetzt spaziert er nicht mehr alleine in der Gegend herum«, sagt Gregor, »jetzt trifft er sich mit Geschäftsleuten in Landgasthöfen. Und frag nicht, wie versteckt die liegen. Ich wundere mich selbst, wie wenig ich unser Umland kenne.«

»Woher weißt du, dass es Geschäftsleute sind?«

»Sie tragen Anzüge, Ben. Agenten oder V-Männer werden es wohl kaum sein.«

»Hast du was belauschen können?«

»Ich finde es einerseits schmeichelhaft und andererseits verwegen, dass du davon ausgehst, ich würde mich auch noch mit Hut und Brille an die Bar setzen, während ich für all die Ermittlungsarbeit nicht mal bezahlt werde.«

»Greg …«

»Ich hab's tatsächlich versucht, Ben, aber sie haben nicht im öffentlichen Gastraum gegessen. Die Herren bekamen ein Séparée.«

Die Koi-Karpfen des Millionärs haben die Flusen verspeist und knabbern nun die alte Haut von meinen Füßen. Entweder vergessen Lasse und Kilian neuerdings, sie zu füttern, weil sie zu viel mit dem Umgarnen meiner Frau zu tun haben, oder die Viecher haben einen Appetit wie Hauskatzen.

»Was denkst du, was das bedeutet?«

»Ich weiß es nicht, Ben. Ich weiß nur, dass es seltsam ist für einen Mann, der Urlaub von seinen Unternehmerpflichten macht.«

Ich denke nach. Es hilft, wenn einem tausend Euro teure Fische dabei die Füße abnagen.

»Greg. Du bist ihm doch mal beim Spazieren begegnet, oder?«

»Ja.«

»Geht er gar nicht mehr spazieren oder nur nicht mehr so weit?«

»Nur nicht mehr so weit. Die kleine Feldrunde am Abend lässt er sich nicht nehmen.«

»Dann begegne ihm noch mal. Bitte. Nimm einen Hund mit, wenn es nötig ist.«

»Wo soll ich denn plötzlich einen Hund hernehmen?«

»Oder finde einen anderen Eisbrecher. Komm mit ihm ins Gespräch. Lad ihn auf ein Bier ein. Mach ihn betrunken.«

»Ich mache einen Brauereibesitzer betrunken. Na prima. Und morgen mache ich den Weltmeister im Hot-Dog-Fressen satt.«

»Greg! Wenn einer einen Brauereichef unter den Tisch bechern kann, dann doch wohl du!«

Mein alter Freund schmunzelt. Auch so was kann ich hören. Ich muss jetzt schnell in diese Kerbe der guten Laune vorstoßen, bevor sie verebbt.

»Du hast doch Spaß an der Ermittlersache bekommen, oder? Und du machst sie so verdammt gut!«

Oh nein.

Benutze ich jetzt etwa die Manipulationstechniken bei meinem besten Freund?

Lobe ich ihn in etwas hinein?

»Gewinne sein Vertrauen. Frag ihn ein bisschen aus. Trink Kölsch mit ihm, das verträgt er womöglich nicht.«

»Und zu jedem Kölsch einen Schnaps«, sagt Gregor. In ihm regt sich Vorfreude. Ein Mann, ob jung oder alt, will im Grunde immerfort trinken. Nur dass er nach Ablauf seiner »wilden Tage« eine Rechtfertigung dafür braucht.

»Du schaffst das«, sage ich. »Gehen wir nicht den halben Weg, Greg. Wenn da doch was faul ist an der ganzen Sache, müssen wir das wissen.«

Ich sage »wir«, obwohl es eigentlich nicht Gregors Problem ist. Verbrüderungstaktik. Wahrscheinlich verwende ich gerade ein Dutzend Beeinflussungsstrategien an, ohne es zu merken.

»Gut«, sagt Gregor, »ich sehe, was sich machen lässt.«

»Du bist der Beste«, sage ich.

»Ach ja …«, fügt Gregor hinzu, bevor ich auflegen kann, »mit den Platten wird es auch immer besser. Jetzt habe ich in Wernings Karton schon eine gefunden, die an den Gebrauchtbörsen ganze fünfzig Cent bringt.«

Ich seufze.

Mein Freund legt auf.

Am Abend stehe ich in der Küche und koche. Ich habe etwas gutzumachen, und die Vorräte aus Abelhammers Kammern kosten mich keinen Cent.

Ich versuche mich an Kartoffelküchlein nach Christian Rach. Der Mann ist zwar auch zum Verrücktwerden erfolgreich, aber immerhin sieht man seinem Gesicht an, dass ihn die Arbeit aufzehrt. Ich habe das Rezept aus dem Netz. Es ist einfach und erfordert doch Gespür. Die Technik ist weniger entscheidend als die Seele. Kurzum: Rachs Kartoffelküchlein sind wie ein Stones-Song.

Die Kinder spielen am Nintendo, und Marie dürfte oben in der Wellness-Wanne liegen. Oder sie macht Sport im Fitnessraum, was allerdings weniger wahrscheinlich ist. Ehrlich gesagt haben wir dieses Zimmer während der Ferien noch niemals benutzt. Im Grunde verhält es sich mit Sportgeräten wie mit Süßigkeiten: Hat man viele davon im Haus, rührt man sie nicht an. Ihren kleinen Seeausflug mit Herkules und Oppenheimer sehe ich ihr nach. Der Tisch in der lauwarmen Abendluft ist bereits gedeckt. Ich habe die Kartoffeln gekocht, abgegossen, geschält und ausdampfen lassen, dann durch ein Passiersieb gestrichen, mit Mehl und Eiern verrührt und schließlich flüssige Butter untergeschlagen. Salz, Pfeffer, Muskat drangemacht, die schmiedeeiserne Superpfanne auf den Gasherd geschmissen und die Teighäufchen elegant ausgebacken und gestapelt. Dazu grüne Bohnen und zerstoßener Kümmel. Es sieht phantastisch aus. Ich trage die riesige schwarze Form, in der ich alles versammelt habe, nach draußen und rufe auf dem Weg die Kinder. Sie lassen von den Steuerknüppeln der Konsole ab, halten mit allen Beinen, die sie zur Verfügung haben, die nach draußen drängende Katze auf, schließen die Tür und setzen sich an den Tisch.

»Das riecht gut, Papa«, sagt Tommy.

»Nenn mich Rach«, sage ich.

»Eben haben wir ein Spiel gesucht«, sagt Lisa, »*More Game Party*. Ich hätte schwören können, dass es im Regal gestanden hat, aber jetzt ist es weg.«

Ich muss husten. *More Game Party* ist mit den letzten Paketen den Weg alles Abelhammer'schen in Richtung neuer Besitzer gegangen.

Ich hätte mir nicht vorstellen können, dass das jemals auffällt angesichts der Tatsache, dass Abelhammer auch *Game Party 1, Game Party 3, Great Party Games, Wii Party* sowie *Mario Party 8* und *Mario Party 9* besitzt. Aber so sind halt Kinder …

»Wo ist eure Mutter?«, frage ich.

»Keine Ahnung«, sagt Tommy und nimmt sich bereits das erste Rach-Küchlein. Deftig glitzert es im Abendlicht.

»Zuletzt habe ich sie Richtung Wald gehen sehen«, sagt Lisa.

Der Wald.

Die Hütte.

Die Jungs.

Ich stehe auf, gehe katzenschiebend ins Haus und die Treppe hinauf. Marie liest nicht im Schlafzimmer auf dem Bett. Ebenso wenig liegt sie in der Wellness-Wanne, wie ich vermutet hatte. Ich schaue aus den Fenstern, die nach vorne raus zeigen, um zu prüfen, ob sie auf den Wegen zwischen den Buchsbaum-Bonsais wandelt. Fehlanzeige. Wahrscheinlich hat Lisa recht. Sie ist bei den Jungs. Und das, obwohl ich gerade keine alberne Strafzeit habe. Dieses Konzept ist sowieso nur eine Ausrede. Ein Vorwand für sie, zu den Männern zu gehen, die sie wahrscheinlich längst erobert haben. Die jungen Pakete aus Muskeln, Testosteron, Britpopcharme und nuklearem Hirnschmalz, gegen die ich bierbäuchiger Ex-Controller mit anstehender Kontopfändung nicht anstinken kann.

Zurück auf der Terrasse, denke ich innerlich wieder ganz fest an einen friedlichen Familienmoment, damit meine telepathische Tochter nicht spürt, wie es in mir brodelt. Fröhlich nasche ich eines der Küchlein und trällere: »Ich hole Mama eben. Fangt schon mal an. Es wird kalt!«

Tommy lässt sich das nicht zweimal sagen. Auch Lisa lässt mich ziehen. Kaum bin ich aus ihrem Blickfeld, stapfe ich in den Wald und knacke Äste wie Knochen. Ich bin aus Prinzip noch nicht in der albernen Hütte dieser hinterlistigen Schergen gewesen. Sie geht mich nichts an. Sie interessiert mich nicht. Bis eben.

WAS WÄRE, WENN …?

Als das Blockhaus zwischen den Bäumen in Sichtweite kommt, bereite ich mich innerlich bereits auf die Bilder vor, die mich womöglich gleich erwarten werden. Marie mit den Jungs auf dem Sofa, flirtend, knutschend. Womöglich mehr. Ich kann, ich will es nicht glauben, aber als Opponent des positiven Denkens muss ich es zumindest in Betracht ziehen.

Mit ausladenden Schritten laufe ich um die beachtliche Hütte, poltere über die Veranda und stürze durch die Tür.

In der Millisekunde, die es braucht, die Schwelle zu überschreiten, laufen ganze Spielfilme in meinem Kopf ab. Eine romantische Komödie, in der die Frau aus ihrem beengten Leben ausbricht und mit dem Holzfäller in seine Hütte nach Kanada flieht. Ein französisches Kammerspiel, in dem nur alle drei Minuten ein Satz gesprochen wird, um die Entfremdung des Paars zu verdeutlichen, dessen Ehe wie ein Uran-Nuklid zerfällt. Und, am schlimmsten: Ein tiefenpsychologischer Kunstporno, in dem die Ehefrau und Mutter ihre verborgenen Bedürfnisse entdeckt, die ihr Gatte niemals befriedigen konnte, da er als Controller nicht mal bei der Begattung aus sich herauskommt, während die virilen Männer, die – welch Holzhammersymbolik – wie wilde Tiere im Wald leben, jede Faser der leidenschaftlichen Frau zum Schwingen bringen.

Das alles sehe ich, höre ich, fühle ich in mir während der einen Millisekunde auf der Schwelle der Hütte – und muss mich aus Erleichterung fast übergeben, als ich Kilian brav auf dem Sofa sitzen und Lasse an der Spüle Tassen trocknen sehe, beide vollständig bekleidet, beide ehrlich überrascht von meinem Besuch.

Ich stelle mir vor, was ich nun eigentlich tun müsste. Was geschehen würde in einem Film, in dem ich die zweite Hauptrolle spiele, den eifersüchtigen Gatten, rasend vor Misstrauen und Selbstzweifel.

Ich müsste herumschreien – »Wo ist sie???« – und Schränke aufreißen. Die Männer am Kragen packen und mit dem Rücken gegen Möbelkanten schieben. Hinter Regale greifen und sie beidhändig umschmeißen, so dass der Inhalt sich als zerstörerische Flut durch den Raum verteilt. Allein: Kein Schrank im Hauptraum der Hütte ist groß genug, dass eine erwachsene Frau sich hineinfalten könnte, die jungen Männer tragen statt Hemden ausgeleierte T-Shirts, die mir kaum Kragen zum Packen bieten, und statt Regalen sind nur ein paar einzelne Bretter an der Blockhüttenwand festgeschraubt.

»Ben«, sagt Lasse und poliert die billige Werbetasse eines Autoherstellers so sorgsam weiter, als kümmere er sich um altes Familienporzellan, »das ist ja mal eine Überraschung!«

Ich sehe mich um. Im Hauptraum der Hütte findet sich eine kleine Küchenzeile an der linken Wand, rechts ein Schlafsofa mit Couchtisch auf einem alten Flokati und an der Türseite eine Werkbank, über der ordentlich sortiert Hunderte von Schraubenschlüsseln, Hämmern, Zangen, Ratschen, Sägen und weitere, mir unbekannte Werkzeuge hängen. Lasse und Kilian scheinen große Unterschiede zwischen Ablageflächen zu machen. Befinden sie sich auf einer Höhe über der Gürtellinie, sind sie aufgeräumt und sauber, doch auf dem Boden liegen die Dinge wild durcheinander wie in den ersten Tagen einer Studenten-WG. Eine Spur aus Kleidungsstücken führt durch eine Tür in den zweiten Raum des Holzhauses. Ich folge ihr und finde ein kleines Schlafzimmer mit Einzelbett und Kleiderschrank. Über dem Türrahmen zum dritten und letzten Raum – dem Bad – hängt eine Klimmzugstange mit schwarzen Griffen an beiden Enden.

Kurz überlege ich, ob ich den Kleiderschrank öffnen und dabei laut »Aha!« rufen soll, doch meine Eifersucht hat sich längst in ein inneres Kopfschütteln über mich selbst verwandelt. Die Vorstellung, Marie könne sich in diesem Moment, nur mit einem Badetuch bekleidet, im Schrank verstecken, erscheint mir wenige Sekunden nach den Kopffilmen auf der Türschwelle schon wieder völlig absurd. Und das wiederum lässt so viele Steine von meinem Herzen fallen, dass ich vollkommen erschöpft in den Hauptraum zurücktorkele und mich knochenlos wie ein Turnbeutel neben Kilian aufs Sofa plumpsen lasse.

Das alte Möbelstück gibt nach wie die seit Jahrzehnten durchgesessenen Polster der Wohngemeinschaften, in denen Gregor und ich als junge Männer Rast machten, während wir mit dem Bus durch Europa rumpelten. Der Flokati, in dem Kilians Füße gerade sockenfrei bis zu den Knöcheln versinken, riecht wie ein Budapester Antiquariat. Die Küchenzeile, an der Lasse mit äußerster Gemütsruhe Geschirr abtrocknet – kein Teil passt irgendwie zum andern –, besteht aus mit Nussbaumfurnier beklebtem Pressspan.

Mein Herz rast immer noch. Es muss auf der roten Tartanbahn auslaufen wie ein Hundertmetersprinter, um keinen Krampf zu kriegen. Verlegen ob meiner eigenen inneren Paranoia sage ich, den Zeigefinger durch den Raum schwenkend: »Die Bude hat aber nicht Alfons eingerichtet.«

Lasse zieht Brauen wie Kinnbart nach oben: »Wieso? Gefällt sie dir nicht?«

Kilian beugt sich leicht nach vorn, um ein frisches Abelhammer aus dem Kasten zu ziehen, der vor der linken Lehne des Sofas steht. Er öffnet es mit einem »Plopp!«, hält die Flasche in beiden Händen auf seinen Schenkeln und sagt, während er auf ihre Öffnung starrt: »Alfons hätte eine Echtholzküche gebaut. Bücherregale aus Eibe. Der Teppich unter dem Tisch wäre aus Kaschmir.«

Lasse sagt: »Uns ist es lieber, er sieht wie ein explodiertes Lama aus.«

Kilian fügt hinzu: »Wir mögen das Einfache.«

Mir fällt auf, dass es in dem ganzen Raum keinen Fernseher gibt. Keine Videospielkonsole. Keine Stereoanlage. Lediglich das winzige würfelförmige Kurbelradio und alte Bücher auf den Regalbrettern. Auch zwischen den Hosen, Socken, Lappen und Plastikflaschen auf dem Boden liegen welche, gestapelt wie in der Kulisse eines alten Zauberladens. Sie sind allesamt Trödelware. Gebundene Ausgaben aus den Siebzigern und Achtzigern und abgegriffene Taschenbücher, deren Einband viele Dutzend Knicke von den Vorbesitzern hat.

»Wo ist die Glotze?«, frage ich.

»Haben wir nicht«, sagt Lasse, kommt zu uns, streckt die Hand aus und findet an genau der richtigen Stelle in der Luft eine Flasche Bier zum Greifen vor, die Kilian bereits dorthin gehoben hat, bevor er den ersten Schritt machte. Der Rotbart wackelt mit dem Hintern, um mir zu signalisieren, dass ich rücken soll, und setzt sich neben mich auf das Sofa. Lasse rechts, Kilian links, bin ich nun im Sandwich, ein Männerabend aus dem Nichts, Schenkel an Schenkel auf dem Sperrmüll-Kanapee.

Lasse greift nach dem Kurbelradio, das auf dem Couchtisch steht.

»Musik?«, fragt er rhetorisch und schaltet es bereits ein.

»Bier?«, fragt Kilian rhetorisch und reicht es mir bereits rüber.

Der Schlagersender spielt ein Karnevalslied, obwohl wir Sommer haben: »Am Montag mal von hinten / Am Dienstag mal von vorn / Am Mittwoch mal mit Liebe / Am Donnerstag im Zorn / Am Freitag mal ganz langsam / Am Samstag wieder schnell / Ja selbst am Sonntag reib ich meiner Muschi übers Fell.«

Ich bin so fassungslos, als ich das höre, dass ich meinen Schluck Bier nicht mal mehr ausspucken kann.

Die jungen Männer neben mir schunkeln leicht in entgegengesetzte Richtungen, so dass sie mich bei jeder Bewegung nach innen leicht zwischen sich einquetschen.

Lasse unterbricht den schweren Seegang und dreht etwas leiser.

Ich hebe die Arme, Handflächen nach oben. Fragende Zischgeräusche stoßen mir aus Nasenlöchern und Ohren.

»Wir brauchen keine Fernsehsendungen«, erklärt Lasse, als wäre dies das Einzige, was mich wundert. »Wir brauchen nur Aufgaben. Und unsere Phantasie. Heute zum Beispiel wollten wir eigentlich *Was wäre, wenn …?* spielen. Machst du mit?«

Ich denke an die Kartoffelküchlein, die oben auf der Terrasse warten. Aber irgendwie kann und will ich jetzt auch nicht von diesem Sofa aufstehen. Ich will noch einen Augenblick sitzen bleiben, hier, bei diesen albernen, seltsamen Männern, die meine Frau nicht bei sich haben und die die elendig perfekte Ordnung, für die sie auf dem Gelände des Millionärs dort draußen sorgen, auf ihrem eigenen Fußboden nicht praktizieren. Ich nehme einen kräftigen Schluck Abelhammer, erlaube mir ein schüchternes Bäuerchen und frage: »Wie geht das Spiel?«

Kilian erwacht aus seiner Müdigkeit und setzt sich enthusiastisch auf. »Einer postuliert, dass etwas Gewohntes ganz anders ist als sonst, und die anderen müssen dann herumspinnen, wie die Welt in diesem Fall aussehen würde.«

»Zum Beispiel?«

»Zum Beispiel ...« – Kilian überlegt – »... zum Beispiel: Was wäre, wenn unter Bienen mit einem Mal die Monarchie abgeschafft würde?«

Lasse schüttelt den Kopf: »Klitschi, den hatten wir schon ...«

Kilians Kopf plumpst augenblicklich Richtung Brust, macht aber auf halbem Wege Halt, als ich seine Halsmuskeln mit den Worten reanimiere: »Stopp! Ich kenne ihn noch nicht!«

Lasse referiert, als hätte er diesen Vortrag schon tausendmal gehalten: »Wie allgemein bekannt ist, hat die Menschheit für den Fall, dass die Bienen aussterben, höchstens noch vier Jahre zu leben.«

Kilian erläutert: »Keine Bienen, keine Bestäubung, keine Pflanzen, keine Tiere, kein Mensch. Einstein hat das Zeitfenster geschätzt, insofern dürfte es recht zutreffend sein, auch wenn er Physiker und kein Biologe war.«

»Ihr zitiert Einstein und hört Schlager, in denen der Muschi übers Fell gerieben wird ...«

Lasse ignoriert meine Bemerkung und sagt: »Jedenfalls, wenn die Bienen plötzlich die Demokratie bei sich einführen würden, wäre für uns ebenfalls Schicht im Schacht. Stell dir das mal vor: Die Arbeiterdrohnen gründen eine Gewerkschaft, die Königin hat nur noch repräsentative Aufgaben und muss sich regelmäßig mit Elton John treffen. Da ginge nichts mehr voran mit der Bestäubung.«

Ich muss kichern. Rechts drücken sich Lasses stählerne Muskeln an mein Bein, links fühlt es sich an, als hätte Kilian mit Handtüchern umhüllte Birkenzweige als Glieder.

»Gut, ich hab einen neuen!«, sagt Kilian. Lasse schaut gespannt. Kilian sagt: »Was wäre, wenn alle Zugvögel ihre Winterreise in den Süden tatsächlich mit dem Zug absolvieren müssten?«

Diesmal tadelt Lasse seinen Mitbewohner nicht, sondern lehnt sich zurück und legt den Zeigefinger an den Ziegenbart. Die Muskeln in seinem Oberschenkel treten hervor und schmiegen sich stählern an mein Bein. Dann sagt er: »Ich überlege mir gerade, wie diese Züge aussähen. Da, wo sonst die Abteile mit den Schiebetüren sind, wären dann Volieren. Man müsste die Eingangstüren des Zuges breiter machen. Stell dir mal vor, was das für ein Theater gibt, wenn da ein Albatros einsteigen muss. Mal abgesehen davon, dass so ein Albatros sowieso viel zu stolz wäre, mit dem Zug zu fahren. ›Seid ihr denn bekloppt‹, würde er rufen, ›ich habe fünf Meter Spannweite, ich fahr doch nicht hier unten mit dem Zug!‹«

Ich schalte mich in die alberne Diskussion ein. Was soll's?

»Warum sollten die Vögel überhaupt mit dem Zug in ihr Winterquartier fahren?«

Winterquartier … wie das klingt. Ich stelle mir Vögel mit Skifahrerbrillen vor, Pelikane mit Pudelmützen, Langlaufstöcken und Schals. Gänse, die zu den Schlagern der *Après Ski Hits* im Zug ihre ersten Obstler trinken.

»Die Prämisse selbst wird nicht hinterfragt, Ben!«, sagt Lasse wie ein Kind, dessen Papa immer noch nicht verstanden hat, wann man beim *Mensch ärgere Dich nicht* zweimal würfeln darf. Lasse ist dennoch so gütig, mir einen Grund zu geben. Mit der Hand durch die Luft wischend, sagt er: »Mein Gott. Sagen wir, der Grund lautet: Vulkan. Wie damals, als keine Flugzeuge mehr fliegen durften. Jetzt dürfen eben keine Vögel mehr fliegen. Wegen Flügelverrußungsgefahr.«

»Und wer bestimmt das?«, frage ich. Meine Gesichtsmuskeln zucken.

»Greenpeace«, sagt Lasse. »Die gründen dann auch ein internationales Konsortium mit der Deutschen Bahn, Siemens und der UNO, das diese ganzen Gleise quer durch Afrika baut. In Kooperation mit den örtlichen Kommunen, natürlich. Die Bürgerkriege hören auf, weil alle Schienen bauen müssen. Der Weltfrieden ist in greifbarer Nähe, wären da nicht Russland, China und die Mongolei, die beleidigt sind, weil bei ihnen keine Arbeitsplätze durch den Bau der Zugvogel-Linie entstehen. Sie fordern im Weltsicherheitsrat eine

Umprogrammierung wenigstens einiger Vogelrassen, damit die im Winter nicht nach Süden, sondern nach Osten wollen. Das ist aber gar nicht der Punkt hier.«

»Nicht?«, frage ich und kann das Kichern nicht mehr zurückhalten.

»Nein«, fährt Lasse gespielt ernsthaft fort. »Der Punkt ist vielmehr: Wie kriegt man Preisgerechtigkeit bei den Zugtickets hin? So ein Albatros nimmt so viel Platz im Zug weg wie ein paar hundert Möwen. Die werden sich beschweren, wenn sie gleich viel zu zahlen haben.«

»Möwen fliegen nicht in den Süden«, sagt Kilian.

»Nein?«, sagt Lasse. »Die schälen im Winter ihre Makrelen mit einem Heißluftfön aus der gefrorenen Elbe, oder wie?«

Ich nehme einen Schluck Abelhammer, nutze den Augenblick des kurzen Schweigens und sage in die nach Mufftepich und alten Holzbohlen duftende Männerstille hinein: »Mein Gott … nehmt ihr beide im Leben eigentlich irgendwas ernst?« Ich meine es gar nicht als Vorwurf. Fast schon als Kompliment, in diesem Augenblick wenigstens, dieser unschuldigen Sekunde. Obwohl, ein wenig doch auch als Vorwurf. Denn Lasse und Kilian sind ja immer so, ohne Pause. Sie kehren niemals zwischendurch in ein Leben mit Sorgen und Mahnungen zurück.

Die Spitze von Lasses rotem Ziegenbart wandert in meine Richtung, als sei sie aus Stahlwolle und ich magnetisch. Dann folgt der Kopf.

»Ben«, sagt Lasse, »das Leben ist nichts Abstraktes. Du kannst es zählen. Wie die Schrauben und Dübel und Nägel in den Schubladen unserer Werkbank dort.«

Ich schaue geradeaus zum aufgeräumten Teil der Hütte.

»Nehmen wir an, wir werden achtzig Jahre alt«, sagt Lasse. »Mehr wird es nicht werden bei der ganzen Biersauferei.«

Kilian lässt den Kopf sinken, als fände er das tragisch, könne aber nicht anders, als in gleichem Maße zu trinken wie sein rothaariger Herr.

»Achtzig Jahre. Das sind 29 200 Tage, also 700 800 Stunden. Nun schläft man aber auch, was die Zeit auf 467 200 Stunden reduziert. Im Schnitt. Nicht wundern, dass ich so schnell Kopfrechnen kann. Das sind auswendig gelernte Zahlen, ich habe das schon mal durchkalkuliert. 467 200 sind dann also in achtzig Jahren netto ganze 19 466 ganze Tage. Das ist eine sehr konkrete Zahl. Das ist gar nicht so viel. Das ist begrenzt. Und jetzt frage ich dich, Ben: Wer nimmt das Leben ernster? Derjenige, der viele dieser Tage mit Streit und Ärger und unnützen Grübeleien verbringt? Oder derjenige, der versucht, so viele Stunden wie möglich Spaß zu haben?«

Betroffen schweige ich.

Lasse fügt hinzu: »Oder, wenn dir Spaß zu viel ist, sagen wir: Zufriedenheit. So, wie man zufrieden ist, wenn man erfolgreich Unkraut jätet. Oder den Bambusgraben irgendwann fertigkriegt. Hast du gesehen, wir stehen mittlerweile bei 75 Zentimetern!«

Ich weiß weiterhin nichts zu erwidern.

Kilian kurbelt den Kopf wieder nach oben und hilft seinem Freund: »Du kennst doch diese Heißlufthändetrockner auf öffentlichen Toiletten, oder?«

Ich nicke.

Kilian sagt: »Wir glauben, dass es zwei Sorten von Menschen gibt auf der Welt. Diejenigen, die nur kurz ihre Hände drunterhalten, in Gedanken schon wieder im Auto, und dann mit feuchten Pfoten rausstürmen. Und diejenigen, die sich in aller Ruhe davorstellen und so lange reiben, bis die Haut tatsächlich trocken ist. Hast du das mal gemacht? Bis zum Schluss?«

Ich schüttele den Kopf.

Lasse sagt, Kinn und Bart Richtung Himmel gerichtet: »Die letzten Sekunden sind die schönsten. Die unglücklichen Menschen glauben gar nicht daran, dass diese Dinger die Hände wirklich vollständig trocknen könnten. Aber die Glücklichen … dieser finale Moment, wenn du spürst, das wirklich kein Wassermolekül mehr übrig ist. Dieses Gelingen, dieser Lohn der Geduld. Das ist Lebensglück!«

Kilian klopft mir auf den Oberschenkel und sagt: »Komm, Ben. Mach du jetzt mal ein *Was wäre, wenn …?*«

Ich fühle mich etwas unter Druck. Wie ein Junge, der den Bolzplatz als Fremder betritt und das erste Mal in eine Mannschaft gewählt werden will. Gleichzeitig fühle ich mich – eingezwängt zwischen den Schenkeln – so frei, wie seit langem nicht mehr. »Was wäre, wenn …«

Vor lauter seltsam guter Laune habe ich schlagartig einen Einfall, wie sich das Witzige mit dem Nützlichen verbinden ließe. Womöglich haben diese Verrückten ja eine Idee für mich. Ich sage: »Was wäre, wenn deine Kinder vier Jahre lang mit vom Staat bezahlten Bustickets zur Schule fahren und dieser wohlmeinende Staat auf einmal feststellt, dass ihr Schulweg genau siebzehn Meter zu kurz für die Berechtigung der Fahrtkostenerstattung war?«

Die Jungs drehen langsam ihre Köpfe zu mir.

Ich hebe die Hände: »Rein hypothetisch …«

Die Köpfe rattern wieder in die Ausgangsposition zurück. Nach kurzem Trinken und Denken kommen die ersten Vorschläge.

»Die gesetzlich vorgegebene Strecke kann man nicht verkürzen, also muss man die vorhandene Strecke vom Haus zur Schule verlängern.«

»Wie?«

»Die Kinder müssten einen zwingenden Umweg machen.«

»Vielleicht schüttet man mitten auf der Strecke einen Hügel auf, den zu umlaufen genau siebzehn Meter schindet.«

»Klitschi! Ich muss mich doch sehr wundern. Der Hügel hätte dann ja schon vier Jahre da sein müssen. Und wo Hügel aus dem Boden schießen, überwacht die Stadt.«

»Dann verlängert man den Weg eben anders.«

Die Jungs denken nach. Kilians nackter Fuß knetet den Flokati.

Lasse sagt: »Hat das Haus, wo die Kinder wohnen, eine Hintertür?«

»Eine Terrassentür, ja.«

»Was wäre, wenn man sagt: Die Kinder sind jeden Morgen aus der Terrassentür zur Schule gestartet? Nicht aus der Haustür. Würde das für siebzehn Meter reichen?«

Ich stelle mir unser Haus vor. Wahrscheinlich steht Abelhammer gerade in seinem weißen Bademantel im Garten.

»Ja«, sage ich. »Das würde für siebzehn Meter reichen.«

»Dann brauchen wir nur noch einen Grund, warum die Kinder vier Jahre lang nicht aus der Vordertür rauskonnten.«

»Weil gegenüber bei den Nachbarn ein riesiger Hund lebt, vor dem sie klinisch nachgewiesene Todesangst haben.«

»Weil die Tür seit vier Jahren klemmt.«

»Weil die Religion der Familie es verbietet, durch die Vordertür das Haus zu verlassen.«

»Welche Religion soll das denn sein?«

»Weiß ich nicht. Wird sich schon eine finden. Glaubensfreiheit geht immer.«

Die Jungs sind genial. Alle Controlling-Lampen in mir springen an wie die Warnleuchten in einem Flugzeug. Ich muss sofort herausfinden, ob da was dran ist. Meine Oberschenkelmuskeln spannen sich an, und ich spreize meine Beine ein wenig, um die Schenkelklemme zu lösen. Nach ein paar kraftvollen Rucklern lassen die Jungs locker, und ich stehe auf.

»Ihr Lieben, entschuldigt mich, es war schön bei euch, ich muss jetzt dringend jemanden anrufen!«

Die Jungs wirken für einen Moment beleidigt, doch dann erinnern sie sich an ihre Lebensphilosophie, sich so wenig wie möglich zu ärgern. In einer schnellen Bewegung, die an Synchronschwimmen erinnert, rücken sie auf dem Sofa wieder zusammen und schließen die entstandene Lücke.

»Immer wieder gern!«, sagt Lasse.

Kilian hebt wortlos die Flasche.

Ich stelle meine auf der Anrichte ab und verlasse die Hütte der abseitigen Ideen.

Kaum außer Hörweite, rufe ich unseren Anwalt an. Rüdiger hebt schnell ab. Augenblicklich schwappen Lärm und Musik samt seiner Stimme aus dem Hörer.

»Ben Breuer!«, ruft er. »Warte eben.«

Der Lärm wird leiser, eine Tür schließt sich, dann hört man die Partygeräusche nur noch wie durch eine Wolldecke gedämpft.

»So, bin jetzt im Bad«, sagt Rüdiger, und ich höre daran, wie er spricht, dass er einen im Tee hat. Seine Zunge lutscht die Konsonanten rund. Aber egal, Anwälte können immer denken. Das haben sie mit Controllern gemeinsam. Ich nehme ihm das Versprechen ab, dass er Marie nichts von diesem Gespräch erzählt, da ein besorgter Mensch in den Ferien reicht, und erläutere ihm mein Problem. Nach ein paar Minuten schließe ich mit der Frage: »Und? Was meinst du? Könnte das funktionieren?«

»Du willst also der Stadt gegenüber behaupten, dass deine Kinder jeden Morgen aus der Terrassentür raus zur Schule sind?«

»Ja. Das Gegenteil kann doch keiner beweisen. Die Stadt hat keine Überwachungskameras an den Laternen, die über unsere Hecke ragen.«

Rüdiger schmatzt und schluckt. Dann rauscht es.

»Was rauscht denn da?«, frage ich.

»Habe den Wasserhahn an der Wanne aufgedreht. Schönes warmes Wasser. Die haben hier Badezusatz aus Rosmarin. Hast du schon mal auf einer Party heimlich in der Wanne des Gastgebers gebadet?«

»Rüdiger! Konzentrier dich!!!«

»Tschulligung! Der ganze Wein … boah, guck mal hier, Ben, ein Quietsche-Entchen mit der Frisur von Mozart! Ach nee, du kannst mich ja gar nicht sehen.«

»Rüdiger!!!«

»Ja, gut, gut … also … im Prinzip würde ich sagen, kann das funktionieren. Es muss aber einen zwingenden Grund geben, warum die Kinder nicht durch die Vordertür konnten. Hast du gehört, Ben? *Zwingend.*«

»Hab ich gehört.«

Rüdiger stöhnt wie ein alter Mann, der sich bücken muss. Wahrscheinlich zieht er sich jetzt, den Hörer zwischen Ohr und Schulter geklemmt, gerade die Hose aus. Das Badewasser rauscht weiter.

»Rüdiger!«

»Ja?«

»Was wäre ein zwingender Grund?«

»Ja, was weiß ich?« Rüdiger kichert.

»Was?«

»Ach, Ben …«

»Was? Sag schon!«

»Ja, nun … ein echt zwingender Grund wäre, wenn es die Vordertür niemals gegeben hätte, nicht wahr?«

Rüdiger muss husten, dann lachen. Er verschluckt sich, kommt anscheinend ins Schwanken und fällt in die teilgefüllte Wanne. Es kracht, platscht und dröhnt.

»Jawoll!!!«, ruft er, »Handy ist immer noch trocken!!!«

Ich schmunzele, rufe einen Dank in den Hörer und lege auf.

Als ich den Wald verlasse und das Trampolin neben dem Bambusgraben in Sicht kommt, sehe ich am Horizont des Areals meine Marie mit den Kindern am Tisch auf der Terrasse sitzen. Ich mache mich auf ein Gewitter gefasst, weil ich erst so schön koche und dann einfach abhaue, um saufen zu gehen, doch statt des Unwetters erwartet mich eine strahlende Marie, die wie zur Betonung ihres Glücks noch mal in aller Ruhe ihre Mundwinkel mit der Serviette abtupft.

»Das war unglaublich lecker, Schatz!«

»Ja, Papa!«, unterstreichen meine Kinder Maries Urteil im Chor.

»Wo warst du?«, frage ich Marie.

»Spazieren. Die große Runde. Runter zum Wald, durch den Wald zum Friedhof, über den Friedhof, die Rumpelstraße wieder rauf und durch die Buchsbaumhügel wieder zum Haus. Ab und zu braucht auch eine Frau den einsamen Gang.«

Ich schaue zur Seite und schüttele leise den Kopf über meine Eifersucht von vorhin.

Marie fragt nicht, wo ich war, sondern sagt sofort: »Ich dachte, ich lasse dich mal ein bisschen bei Lasse und Kilian. Dann siehst du vielleicht, was so erfrischend an ihnen ist.«

Das kommentiere ich nicht, setze mich aber und schnippe eine letzte Kartoffelscheibe in die Luft, um sie mit dem Mund zu fangen. Sie landet auf meiner Wange. Die Kinder lachen.

Leise und in diesem erwachsenen Tonfall, der dazu führt, dass unsere Kinder sich automatisch für einen Augenblick mit sich selber beschäftigen, frage ich Marie: »Hat Lasse dir auch schon mal von den Lebensstunden erzählt?«

»Ja«, sagt sie, und ihre Stimme klingt ganz weich und zart wie in der Sonne gewärmte, eingeölte Haut.

»Sollen wir …«, setze ich an und moduliere mich zum ersten Mal seit langem wieder in meine Verführertonlage, »die restlichen Stunden heute mal … schöner verbringen?«

Mein Herz klopft schuljungenhaft, als ich das frage. Wie oft hatten wir in den letzten Tagen Streit. Time-out. Französisches Entfremdungsdrama.

Marie schaut zu den Kindern, um zu prüfen, dass sie nichts mitbekommen haben, nimmt meine Hand, versenkt ihre schimmernden grünen Augen in meine und nickt.

DIE FRIEDHOFSRUHE

Vom Sex beschwingt, verbringe ich den kommenden Vormittag auf dem Friedhof. Meine Tochter wollte nach dem Frühstück mal wieder zwischen den Grabsteinen wandeln, und ich habe die Ruhe, diesem Wunsch nachzugeben. Eine Weile schlendern wir wortlos zwischen den Gräbern, nur begleitet vom Rauschen der Baumwipfel und dem regelmäßigen, behaglichen »Gurriguuu-gurriguuu« der Tauben, die grundsätzlich gern in den Bäumen über letzten Ruhestätten leben. Man kann gut schweigen mit meiner Tochter, doch irgendwann sehe ich mich verpflichtet, etwas zu sagen.

»Lisa …?«

»Ja, Papa?«

»Kennst du schon die Geschichte mit den Bienen?«

Meine Tochter bleibt auf der Stelle stehen, klatscht die Hände auf ihre Oberschenkel und legt den Kopf zur Seite: »Also wirklich, Papa! Ich werde Biologin! Ich habe schon neunzehn von den siebenundzwanzig Fruchtsorten auf dem Gelände gefunden. Und in der Schule haben wir längst Aufklärungsunterricht!«

Ich lache: »Schatz, doch nicht *diese* Bienen! Ich rede von der Abschaffung der Monarchie und der Bienengewerkschaft.«

Fragend sieht sie mich an.

Ich erkläre ihr das Konzept von Lasse und Kilian und die gar nicht alberne Tatsache, dass wir ohne die Bienen in vier Jahren aussterben würden. Sie ist fasziniert. Wieder sehe ich ihr zukünftiges Büro in Oxford vor mir. Auf einem Grabstein, den wir passieren, steht: *Nicht nur der Weg ist wichtig, den du gehst, sondern auch die Spur, die du hinterlässt.* Ich denke an die Philosophie aus der Hütte und sage mir: Wer den Weg gut hinbekommt, hat schon einiges erreicht.

Zur Villa kehren Lisa und ich über den Vordereingang zurück. Kaum kommen die Buchsbäume und der sich gepflegt schlängelnde Weg in den Blick, hören wir schon die aufgeregten Stimmen von Lasse und Kilian. Fassungslos laufen sie auf dem Hügel hin und her.

»Drei Igel! Zwei Schildkröten! Vier kleine Vögel! Mindestens!«

Marie steht mit einer Kaffeetasse dabei und beobachtet die herumflatternden jungen Männer. Mir wird flau im Magen.

»Ben!«, rufen Lasse und Kilian, als sie uns sehen. »Ben, stell dir vor! Auf dem Gelände wurde eingebrochen!«

»Wie bitte?«, frage ich, so überrascht ich kann.

Lasse geht halb in die Kniebeuge und schleudert seine Hände Richtung Wegesrand: »Jemand hat Terrakotta-Figuren gestohlen! Erst hätten wir's fast nicht gemerkt, denn der Mistkerl hat die anderen geschickt zusammengeschoben, um die Lücken zu füllen. Aber dann sind uns die Augen aus dem Schädel gefallen!«

Wie können die so was bemerken?

Wie können sie auf dem Gelände so genau sein?

In ihrer Junggesellenhütte wissen sie bestimmt nicht genau, welche Taschenbücher in dem Chaos auf dem Boden herumliegen.

Kilian lässt nicht nur wie üblich seinen Kopf auf die Brust sinken. Er fällt zuvor sogar auf die Knie wie ein Pilger, der Gott um Gnade bittet. Lasses Augen werden schmal.

»Wir müssen das Gelände besser beschützen«, sagt er und gerät wieder in seinen Survival- und Soldatenmodus. »Wachposten an den neuralgischen Punkten. Nachtschichten. Hochsitze. Stolperdraht.«

Kilian setzt einen Fuß wieder auf und schaut zu seinem Offizier.

Lasse wedelt mit dem Zeigefinger: »Komm, Klitschi. In die Hütte. Wir brauchen ein Sicherheitskonzept. Auf der Stelle. Es wird nicht mehr geschlafen!«

Kilian steht auf und folgt Lasse, der längst losgestapft ist.

Ich bemühe mich, nicht rot zu werden.

»Und ihr wart unten bei den Gräbern?«, fragt Marie. »Die frische Luft hat euch gutgetan. Du hast ganz rote Wangen, Ben.«

Ich muss husten. »Ja, das …« Mein Handy klingelt. Entschuldigt mich!«

Da ich nur weg will aus der peinlichen Situation, gehe ich mit dem Gespräch nicht zum Haus, sondern wieder in das schützende Waldstück zwischen Hügel und Tor zurück, das Lasse und Kilian nun wohl bald mit Fallen gegen Einbrecher bestücken werden. Erst im Schatten der Bäume schaue ich aufs Display. Es ist meine eigene Nummer.

»Ich dachte, wir haben eine strenge Abmachung«, sage ich, als ich drangehe.

»Das Gas ist aus!«, erwidert Alfons Abelhammer.

»Wie, das Gas ist aus?«

»Ihre Heizung! Alles weg. Flamme erloschen. Ich würde mich im Sommer ja nicht beschweren, aber das Gas heizt hier im Haus ja auch das Wasser, und ich erwarte durchaus, mich in meinem Urlaub warm duschen zu dürfen.«

Erst jetzt dringen die Worte zu mir durch. Das Gas ist abgestellt. Dabei hat Herr Neurath mir versprochen, es noch einen Monat lang anzulassen. Der Monat ist noch nicht rum. Allerdings ... in rund zehn Tagen wäre es ohnehin so weit. Das hatte ich über die Sorgen mit den Schulwegschulden und Schwiegermutters Wasser fast wieder verdrängt.

»Wieso stellt man Ihnen das Gas ab, Herr Breuer?«

Abelhammer fragt das auf eine Art und Weise, die klarmacht: Er kann sich tatsächlich nicht vorstellen, dass ich diese Art von Schulden habe. Wahrscheinlich kann er sich grundsätzlich nicht vorstellen, dass jemand überhaupt diese Art von Schulden hat. Ich frage mich, was er Lasse und Kilian im Monat zahlt. Und wo sie ihr Geld aufbewahren, da sie augenscheinlich kaum etwas brauchen.

»Das, äh ... ist ein Fehler in der Einspeisung. Unser Wohngebiet wurde damals nicht nach den nötigen Vorgaben erschlossen. Ich regele das.«

»Das will ich auch hoffen!«

Abelhammer bemüht sich heute nicht um rhetorische Tricks. Keine Verbrüderung, kein Du, kein »Sie schaffen das schon, Herr Breuer!«, keine gemeinsame Lästerei über die Gaswerke. Einfach nur offener Ärger. Ist das ein gutes Zeichen oder ein schlechtes? Und wenn ja, für was? Ich denke an die einsamen Spaziergänge und die geheimen Treffen, die er in Landgasthöfen abhält.

»Sonst alles gut?«, frage ich.

»Ja«, sagt er, kurz angebunden. »Gestern hat Ihre Schwiegermutter wieder angerufen. Irgendwie hat sie es geschafft, die Belegung sämtlicher Tasten an ihrem Computer auf eine andere Sprache umzustellen.«

Ach, Mutter …

»Wie dem auch sei«, sagt Abelhammer, »meinem Bäuchlein hat das Gespräch gutgetan. Es begann nach dem Frühstück und endete so spät, dass neben dem Mittagessen und dem Kuchen zum Tee auch das Abendbrot obsolet war.«

»Ja, meine Schwiegermutter hält einen auf Trab.«

»Rufen Sie die Stadtwerke an, Herr Breuer.«

»Das mache ich, Alfons.«

Ich lege auf.

Meine Beine haben mich derweil bis ans Tor getragen. Mit der Hand streichle ich über das Fischauge der Kamera neben der Klingel, vor dem ich vor gar nicht so langer Zeit mit unserer Hausmappe herumturnte. Es kommt mir allerdings vor, als lägen Monate dazwischen. Der Efeu wuchert immer noch um die Kamera herum. Dass Lasse und Kilian den Abwehrwald des Vordereingangs unberührt lassen, verstehe ich ja, aber die Kamera könnten sie durchaus mal freischneiden.

Ich wähle die Nummer der Stadtwerke und verlange nach Herrn Neurath. Zu meiner Überraschung werde ich tatsächlich zügig durchgestellt.

»Herr Breuer!«, erhebt sich die Stimme des Urkölners mit einer Wucht und Freude, als seien wir alte Kollegen.

»Herr Neurath«, sage ich so kühl und trocken wie möglich und noch dazu in akzentfreiem Hochdeutsch. »Das Gas ist aus!«

»Ich weiß, Herr Breuer, ich weiß.«

»Zehn Tage vor Ablauf der versprochenen Zahlungsfrist.«

»Herr Breuer!«, holt Neurath wieder im Kölschen Singsang aus, »glauben Sie mir eines: Ich habe für sie gekämpft wie ein Löwe!«

Es ist rührend, wie sich unsere öffentlichen Dienstler für mich einsetzen. Würden sie sich für alle Bürger derart ins Zeug legen, wäre längst das ganze Land von der Bürde des Wohlstands befreit.

»Sie können sich das überhaupt nicht vorstellen, wie ich für Sie hier gekämpft habe. Herr Breuer. Sie machen sich keinen Begriff.«

»Das Gas ist aus!«

»Tagelang habe ich nicht geschlafen. Habe mich gewälzt neben meiner Frau. ›Norbert‹, fragte sie, ›was ist denn los mit dir?‹ Und ich sagte: ›Eine Lösung, mein Schatz, ich brauche eine Lösung für den Herrn Breuer!‹ Ich habe nicht mehr gegessen. Sogar mit dem Hund bin ich nur zweimal statt dreimal am Tag raus, um mehr Zeit für dieses Problem zu haben.«

»Das Gas ist aus!«

Endlich ist Herr Neurath ruhig. Nach ein paar schweren, rasselnden Atemzügen sagt er: »Es wurde an höherer Stelle entschieden. Keine Fristverlängerungen mehr außer der Reihe. Das betrifft ja nicht nur Sie. Es betrifft alle Kunden von uns, also alle, die selbständige Unternehmer sind. Ich glaube, es hat mit dieser Direktive von der SPD-Politikerin zu tun, der Brunswicke-Fahrenheit.«

»Unternehmer endlich in die Pflicht nehmen …«, zitiere ich.

»Ja, genau. Sehen Sie, Herr Breuer? Ich konnte nichts mehr machen.«

»Und jetzt?«

»Müssen Sie FDP wählen«, sagt Herr Neurath.

»Nein, ich meine mit dem Gas.«

»Das bleibt aus. Bis Sie zahlen. Aber sobald das Geld da ist, setze ich mich dafür ein, dass die Leitung auf der Stelle wieder zischt. Ohne Verzögerung. Das verspreche ich Ihnen, Herr Breuer. Wie ein Löwe werde ich mich dafür einsetzen. Wie ein Lö-«

Ich lege auf.

Meine Hand liegt auf dem Fischauge.

Am liebsten würde ich es aus der Mauer reißen und auf ebay stellen, *guterhaltene Fischaugenkamera*, doch stattdessen stapfe ich zum Haus zurück und wähle derweil Rüdigers Nummer.

Der Anwalt geht ran, ohne zu lallen, klingt aber nach kolossalem Kater.

»Ben?«

»Rüdiger. Du erinnerst dich, worüber wir gestern gesprochen haben?«

Er schweigt.

»Als du mit der Mozart-Ente in die Wanne gefallen bist.«

»Ach so, ja. Schulweg. Siebzehn Meter. Vordertür. Hintertür.«

»Ja. Ich simse dir jetzt eine Telefonnummer. Das ist die Frau Grabinski-Bleichwasser von der Stadtverwaltung. Sag ihr, du seiest mein Anwalt. Sag ihr, du legst Einspruch ein und meine Kinder seien jahrelang über die Terrasse gelaufen.«

»Aber wie genau lautet dann …?«

»Mach es erst mal einfach!!!«

»Ben, ich habe eine Sorgfaltspflicht …«

»Muss die Stadt die Forderung erst mal aussetzen, wenn ein Einspruch vorliegt?«

»Ja, aber …«

»Dann reich ihn ein. Pronto! Und kein Wort zu Marie. Kriegst von mir später zehn Mozart-Enten und eine Karte für die Reunion-Tournee von Fleetwood Mac.«

Rüdiger braucht zwei Sekunden, um seinen inneren Schweinehund zu überwinden. Ich höre das Tier quieken. Dann stimmt Rüdiger zu. Derweil bin ich auf den riesigen Natursteinplatten vor der Haustür angekommen, von denen jede einzelne wahrscheinlich so viel wert ist, wie meine gesamten Schulden bei den Gaswerken betragen. Wie konnte ich bloß gestern Nacht Sex haben? Und heute Morgen über den Friedhof spazieren? Ich muss arbeiten, jede Sekunde, Schulden abbauen. Ich habe keine Zeit für Kinkerlitzchen!

Jetzt bin ich nicht nur wütend wegen der beschämenden Schulden, sondern plötzlich auch, weil ich das denke. Weil ich Sex mit meiner Frau und einen Spaziergang mit meiner Tochter als Kinkerlitzchen bezeichne. Und dann bin ich sauer darüber, dass ich darüber sauer bin, denn es ist doch schließlich, wie es ist, und kein positives Denken der Welt, kein Herz und keine Liebe können daran etwas ändern: Ich muss handeln, und ich darf mich nicht länger ablenken lassen.

Im Wohnzimmer kommen Lisa und Tommy auf mich zugestürmt. Marie steht in der Tür zur Küche. Vinci rast herbei, stürzt sich auf meinen Fuß, packt ihn mit den Vorderpfoten und beginnt, mit den Zähnen die Schnürsenkel aufzunesteln. Dabei macht sie psychotische Geräusche, als hätte man eine Hyäne mit einem kleinen Panther gekreuzt und vier Tage mit dem Muschi-Schlager beschallt.

»Papa, spielst du mit mir eine Runde *Wii-Boxen*?«, fragt Tommy.

»Papa, kommst du mit, die zwanzigste Fruchtsorte gucken?«, fragt Lisa.

»Schatz, zeigst du mir mal eben, wo du den Rosmarin abgestellt hast?«, fragt Marie.

»Jetzt haltet doch alle einfach erst mal die Klappe!!!«, brülle ich, die Augen zugekniffen und die Arme emporgewirbelt. Ich erschrecke mich selber darüber. Meine Familie, mein Lebenssinn – angemotzt wie ärgerliche Störenfriede, die in der Firma während des Jahresabschlusses an meine Bürotür klopfen.

Die Kinder werden bleich. Tommy läuft zu Marie, die ihre Hände auf seinen Kopf legt. Lisa schaut mich traurig an. Marie bereut jede Sekunde des nächtlichen Geschlechtaktes.

»Das sind mehr als vier Stunden«, sagt sie, leise und bedrohlich die Spanne der nun anbrechenden Strafzeit ankündigend. »Kommt Kinder, ich glaube, euer Vater braucht jetzt ganz viel Zeit für sich.«

Sie öffnet die Terrassentür. Die Katze lässt sich ausnahmsweise nicht zu einem Fluchtversuch verleiten. Sie hat meine Schnürsenkel erst zur Hälfte gefressen. Tommy und Marie folgen ihrer Mutter, über die Terrasse, die Wiese hinab, in Richtung Steg, See und Waldhütte.

Und ich beginne, mich unendlich dafür schämend, auf der Stelle mit den Überlegungen, was ich alles aus dem Haus schaffen kann, um in den kommenden paar Stunden das Geld für die Gaswerke aufzutreiben.

Als ich vor dem Regal mit den Videospielen stehe, höre ich den Anlasser unseres Wagens. Leise gehe ich durchs Wohnzimmer zur Haustür und spähe durch die kleine Scheibe. Die Kinder steigen ins Auto. Alle vier, meine eigenen und die jungen Männer. Marie fährt. Ein heiterer Familienausflug in den Park. Mein Laptop surrt auf dem weißen Ledersofa im Wohnzimmer, genau in der Mitte zwischen den Spielregalen nebenan und der Bibliothek im großen Saal. Ich schreibe Titel auf Zettel und füttere mit ihnen das World Wide Web. Sehe zu, welches in Waren gebundene Kapital um mich herum ich noch verflüssigen kann. Das Netz spuckt Zahlen aus, deprimierende Zahlen. Achtzig Cent. Zwei Euro fünfzig. Ein Spiel, das erst vor zwei Monaten erschienen ist, wird bereits jetzt im ladenneuen Zustand für 6,99 Euro verschleudert. Ich stelle mir vor, wie das für die Entwickler sein muss. Die jungen Männer, die nächtelang unter ihrem Schreibtisch schlafen und bis zur Erschöpfung Code programmieren. Den Schriftstellern aus Abelhammers Bücherregal geht es noch schlechter. Viele der alten Titel stehen im Zustand *gebraucht/gut* bei Amazon für einen Cent ein, genau wie Gregors Platten. Die Menschen, die ein Buch für einen Cent verkaufen, leben von den drei Euro Versandkostenzuschuss, den Amazon bezahlt. Ist das Buch dünn, kostet die Verschickung nur 1,45 Euro Porto. Hat es mehr Umfang, liegt man mit 2,40 Euro immer noch knapp im Gewinnbereich.

Ich habe keine Zeit, die 675 Euro, die ich den Gaswerken schulde, aus Waren zusammenzusammeln, die zwischen einem Cent und drei, vier Euro einbringen, doch das ändert nichts daran, dass ich notiere und tippe. Buch für Buch, Spiel für Spiel, in der Hoffnung auf ein paar gute Treffer.

Nach zwei Stunden geht die Haustür. Schnell stecke ich den Zettel weg, werfe mich auf das Sofa und tue so, als würde ich auf dem Laptop Mails beantworten. Lasse und Kilian durchqueren das Haus mit einem Zentner alter Technik vor der Brust. Ihre langen Arme tragen flache braune Gitterkisten, in denen jeweils ein grauer Monitor in Würfelform mit runden Ecken in einem Nest aus Kabeln, Adaptern, Drähten und Schrauben liegt. Tommy schleppt einen riesigen Helikopter in Rotweiß, Marie einen weiteren in Dunkelblau und Schwarz. Lisa hält die Fernbedienungen der jagdhundgroßen Flugmaschinen in der Hand. An Maries Handgelenken baumeln außerdem ein paar Tüten. Sie sind mit dem Logo von *Haushaltswaren Mayer & Sohn* bedruckt.

»Hallo, Ben!«, begrüßen mich die Jungs.

Meine Familie schweigt eisern. Die Strafzeit läuft noch.

»Ist kein Spielzeug«, erklärt Kilian, ohne dass ich gefragt hätte. »Das wird unser neues Überwachungssystem für das Gelände.«

Lasse nickt: »Hier klaut keiner mehr unbemerkt Terrakotta-Schildkröten!«

Der ganze Trupp marschiert schnurstracks auf die Terrassentür zu. Nur Marie macht einen Schlenker, um Kekse und zwei Tüten Milch aus der Küche zu holen. Proviant für die Truppe, die den Tag wohl damit verbringen wird, mit den Elektrosachen zu spielen.

»Halt die Katze!«, befiehlt Marie kurz angebunden mit Blick auf Vinci, die neben mir auf dem Sofa ihre Muskeln anspannt, mit dem Hintern wackelt und sich bereit macht, aus der Terrassentür zu flitzen. Meine Hand gehorcht dem Befehl meiner Frau instinktiv, saust auf den Rücken des Tiers nieder und drückt es aufs weiße Leder.

Nach einer weiteren Stunde habe ich die Preislage sämtlicher Sachen überprüft, die unauffällig zu veräußern wären, und stehe kopfschüttelnd im Wohnzimmer. Im Grunde müsste ich das gesamte Spielregal und die halbe Bibliothek leerverkaufen, um an das Geld für die Gaswerke zu kommen, und das würde nun doch auffallen. Ich laufe durch das Haus, die Hand am Kinn, die Hast im Herzen. Irgendwas muss raus, das den gewünschten Ertrag auf einen Schlag erbringt oder wenigstens auf zwei bis vier Schläge. Nur was?

Ein Möbelstück?

Der kleine Sekretär neben der Haustür? 19. Jahrhundert, winzige Schubladen, zierliche geschwungene Beinchen? Die uralte Nähmaschine von Singer oben im Flur vor dem Schlafzimmer, die dort einfach nur als Dekoration herumsteht, hundertfünfzig Jahre alt, mit breiter Pedalplatte zum Antrieb per Fuß, ihr Laufseil aus Leder bereits vertrocknet und brüchig? Eine Kollektion von Pfannen, Brätern, Kuchenformen und Steakmessern aus dem Katalog der guten Dinge?

Mein Handy klingelt. Dankbar für die Ablenkung gehe ich ran. Es ist mein Anwalt.

»Rüdiger, hallo.«

»Hallo, Ben. Also … ich habe bei dieser Frau Grabinski-Bleichwasser angerufen und erst mal Einspruch eingelegt. Deine Kinder sind ihr Leben lang über die Terrasse zur Schule gegangen. Das genaue Wie und Warum müssen wir nachliefern. Jetzt ist erst mal wichtig, dass du selbst kein Wort mehr mit der Frau redest, okay? Hast du verstanden? Das darf jetzt nur noch über die Kanzlei laufen.«

»Was hat sie gesagt?«, frage ich.

»Sie war menschlich sehr enttäuscht. ›Erst kämpfe ich wie eine Löwin, und dann das‹, meinte sie.«

»Zu der Forderung, meine ich. Ist die jetzt ausgesetzt durch den Einspruch?«

»Ich denke schon. Sie sagte aber, sie muss erst die höhere Stelle anrufen, um es zu bestätigen. Sie selbst könne das alles nicht bestimmen, im Gegenteil, sie hätte ja gegen diese Unbill gekä-«

»Ist schon klar. Ich danke dir, Rüdiger. Muss auflegen. Ist nicht meine einzige Baustelle.«

»Moment noch, Ben!«

»Ja?«

»Ich weiß, wir sind alte Freunde, aber wenn das schiefgeht und wir verlieren, dann muss ich dir die Kanzleikosten noch auf deine seltsamen Schulwegschulden obendrauf berechnen.«

»Kriegst du. Und die Mozart-Enten.«

»Tschüs, Ben.«

»Tschüs, Rüdiger.«

Im Garten vor der Terrassenfront erheben sich wie in einem amerikanischen Kriegsfilm zwei Hubschrauber in der schimmernden Hochsommerluft. Langsam steigt der rotweiße über dem Grün auf, gefolgt von seinem blauschwarzen Bruder. Am Horizont dahinter erscheint Marie und lächelt, als sei sie glücklich darüber, mit ihren Freunden am ersten Weihnachtstag die Geschenke ausprobieren zu können. Der blauschwarze Helikopter fliegt im Kreis Patrouille über dem Bambus, der Wildwiese und den Teichen. Der rotweiße nähert sich der Terrasse, bleibt vor der Glastür schwebend in der Luft stehen und starrt mich dabei an. Er hat Augen bekommen. Die Jungs haben eine Kamera unter seinem Bug angebracht. Nervös wie die Fühler einer Wespe wackelt die kleine schwarze Antenne im Wind. Jetzt verstehe ich auch, warum die Jungs mit den Fernbedienungen nirgendwo auf dem Rasen zu sehen sind. Sie sitzen sehr wahrscheinlich in ihrer Hütte vor den zwei alten Monitoren, die sie vorhin durchs Haus getragen haben, und lenken ihre neuen Überwachungshubschrauber wie amerikanische Kampfdrohnen aus der Ferne. Tommy und Lisa tollen über den Rasen, den Blick auf den Fluggeräten. Tommy ist so enthusiastisch, dass er erst mal auf das Trampolin steigt und sich selbst in Helikopterhöhe aufschwingt.

Wie der Hubschrauber vor dem Fenster stoisch in der Luft stehen bleibt, wird mir langsam unheimlich. Sein Auge, das mich anstarrt, ist das Auge der Jungs – allein das ist schon schlimm –, aber darüber hinaus wirkt es, als hätte der Helikopter selbst eine eigene, böse Seele. Einen Moment lang starrt er mich noch an, dann reißt er die Schnauze nach oben und dreht ab.

Ich habe die Nase voll vom Aufenthalt vor den Fensterfronten und verstecke mich am Schreibtisch oben im Schlafzimmer. Vor dem Rechner, den Kopf auf die linke Hand gestützt, schaue ich mir die Bilanzen unserer Firma seit ihrer Gründung an. Öffne alle Konten, die wir besitzen. Rechne weiter, über die akuten Schulden hinaus. Schiebe Zahlen hin und her. Wälze Gedanken, während ich meine Familie draußen bei zwei jungen Männern weiß, die mit Freude und flinken Fingern eine Luftabwehr für das Gelände ihres reichen Gönners bauen, als wäre das Leben nur die Materie gewordene Phantasie eines kleinen Jungen.

Was wir mit der Firma erwirtschaften, bricht uns das Genick auf Raten. Wir sind wie eines dieser Restaurants, die nicht mal mehr Christian Rach retten kann. Würde ich unseren Audi gegen einen kleineren Wagen tauschen, höben sich der Wiederverkaufswert der über zweihunderttausend Kilometer gelaufenen Kiste und der Preis eines halbwegs stabilen Nachfolgers wirkungslos auf. Auf dem Geldmarktkonto, das ich vor Jahren als Unterabteilung des Girokontos eröffnet habe, um flexibel zu sparen und ein paar Zinsen einzufahren, befinden sich seit Monaten exakt 0,13 Euro.

Ich starre auf diese Summe.

13 Cent.

Auf einem Geldmarktkonto.

Die Schande kräuselt mir die Rückenhaare.

13 Cent auf einem Konto sind schlimmer als kein Konto. Schlimmer sogar als handfeste Schulden im fünfstelligen Bereich. 13 Cent auf einem Konto wirken, als sei ich hier der kleine Junge in der Runde, der Geschäftsmann und Controller bloß spielt, sich im Kinderzimmer ein Büro eingerichtet hat, irgendwelche Phantasiezahlen auf Blätter kritzelt, eine unleserliche Unterschrift simuliert und es dann genießt, lautstark auf Tacker und Locher zu hauen.

Nach einer Dreiviertelstunde, die ich brauche, um die mir bekannte Ausweglosigkeit der Lage noch mal durchzurechnen, finde ich mich plötzlich im Angebotsmenü der Kleinanzeigen wieder, wo ich die Rubrik für Uhren geöffnet habe. Neben dem Rechner liegt meine Armbanduhr auf dem Schreibtisch. Ich muss sie abgenommen haben, ohne es zu bemerken. Auf dem Monitor habe ich bereits ihre Daten und Spezifikationen eingegeben und einen Verkaufspreis, der mit achthundert Euro ungefähr die Hälfte ihres Wertes beträgt. Die 13 Cent auf dem Sparkonto müssen sämtliche Hemmnisse und Gedanken in mir ausgehebelt haben, so wie man einen Sprung vom Zehn-Meter-Brett nur bewältigt, indem man einen Augenblick lang überhaupt nicht denkt.

Das kann ich doch nicht machen.

Meine Uhr.

Ein Geschenk von Marie, zum einen. Zum anderen: Was signalisiere ich mir damit, wenn ich sie zu einem Spottpreis verkaufe, um einmalig Schulden bei den Gaswerken zu begleichen? Ich verschleudere meine Zeit, bedeutet das, ich schätze sie im wahrsten Sinne des Wortes gering.

Jetzt denke ich schon in Maries esoterischen Kategorien.

Was bedeutet das?

Jetzt auf *Artikel einstellen* zu klicken?

Es bedeutet nicht mehr und nicht weniger, als dass ich tue, was getan werden muss. Schulden begleichen. Die oberste Priorität. Der Kampf gegen Schulden folgt den gleichen Regeln wie die Notwehr. Alles ist erlaubt, bis der Angreifer nur endlich verschwunden ist. Und außerdem: Wenn ich will, dass in meinem eigenen Haus wieder das Gas angeht, damit Alfons Abelhammer warmes Wasser bekommt und nicht glaubt, ich sei ein verschuldeter Wurm, ist es wohl würdevoller, meine eigene Uhr zu veräußern, als seine Regale leerzuräumen.

Mein Zeigefinger liegt auf der linken Taste des Touchpads.

Nur ein Klick.

In meinem linken Ohr ertönt ein Geräusch, eine seltsame Mischung aus Surren und Rattern. Der rotweiße Helikopter erscheint im Fenster, weiter aufgerüstet. Neben der Kamera unter dem Bug sind nun zwei gelbe Tanks links und rechts angebracht, deren Schläuche zu je einer Spritzdüse führen. Ehe ich vollständig begreife, was die Jungs getan haben, feuert die Kampfmaschine mit Hochdruck eine Salve Wasser aus beiden Düsen gegen die Fensterscheibe. Es knallt, als würde das Doppelglas gleich bersten. Für Sekunden bilden sich schimmernde Seen und lassen den Helikopter verschwimmen. Ich erschrecke mich derart, dass meine Hand zuckt und mein Kopf automatisch in Deckung geht.

Der Hubschrauber dreht wieder ab.

Auf dem Monitor steht: *Artikel erfolgreich eingestellt.*

Ich starre die drei Worte an.

Meine Uhr.

Nebenan im Badezimmer steigt Vinci in den Katzenkasten, scharrt Sand zur Seite und beginnt mit Inbrunst ihr Geschäft. Die stinkenden Haufen landen mit einem lauten Geräusch im teuren Naturton mit Blau-Zeolith. Es klingt, als würde ein Karatekämpfer seine Faust abhärten, in dem er auf einen Sandsack schlägt.

Mein Handy klingelt.

»Ja, Breuer?«

»Guten Tag. Habe eben die wunderschöne Uhr im Netz entdeckt. Ist sie noch zu haben?«

Ich zögere.

Vinci schaufelt ihr Geschäft wieder zu.

Auf dem Monitor sind mehrere Tabs im Browser gleichzeitig geöffnet. Einer davon ist das Geldmarktkonto. Ich klicke darauf.

13 Cent.

Ich sage: »Ja. Die Uhr ist noch zu haben.«

Da kein Mensch eine Uhr für achthundert Euro im Internet bei einem Privatmann per Vorauskasse bestellt, verabrede ich mich für morgen mit dem Käufer. Er wohnt rund hundert Kilometer von hier, wir werden uns auf halbem Wege treffen, in dem Rasthof mit dem mittelalterlichen Marktplatz als simuliertem Innenhof.

Nach dieser Aktion muss ich selbst erst mal raus und spazieren gehen. Wie Marie gestern, wie meine Tochter, die so gerne Gräber schaut. Wie der Millionär, der bei uns daheim die Landstraßen und Wälder abschreitet. Ich wende mich nach links und grüße die Koi-Karpfen im Teich. Sie fragen mich nach frischen Flusen. In der Wildwiese lasse ich meine Füße durch die Pflanzen streifen, dass es nur so ratscht. Morgen wird es in der Scheune wieder eine Probe geben. Das Tor ist geschlossen, doch in meiner Vorstellung sehe ich meinen Sohn dahinter spielen, ganz in seinem Element zwischen den großen Männern. Tommy Tribal, die Augen halb geschlossen, im Fluss und in der Trance. Umdrehen und zur Wiese zurück, am Bambusgraben vorbei. Hier hat sich nichts getan, immer noch steht die Skala bei 75 Zentimetern. Die Helikopter sind nicht mehr in der Luft. Der See liegt ruhig da. In der Hütte im Wald brennt bereits das Licht, da es unter den dichten Kronen niemals richtig hell wird. Ich mache keinen Laut, als ich durch das Fenster spähe. Lasse steht mit Tommy und Lisa an der Werkbank. Vor ihnen liegen die gelben Behälter, aus denen die Hubschrauber ihre Ladung abschießen, und daneben stehen diverse Flaschen und Tuben. Wie es aussieht, wollen sie testen, ob die neuen Kampfgeräte mehr als nur Wasser verschießen können. In einem Glas hat Lasse Senf, Ketchup und ein wenig Ölfarbe mit Wasser verdünnt. Kilian und Marie kann ich nicht erkennen. Vielleicht hocken sie auf dem Boden und sortieren die ineinander verwachsenen Bücher, während der Junge ihr seine Lach- und Sachgeschichten aus der Nukleartechnik erzählt.

Ich gehe den Schleichweg entlang durch den Wald zum Friedhof. Das hintere Tor steht offen. Es ist verwittert, wurde wahrscheinlich zuletzt vor hundert Jahren lackiert.

Sobald meine Füße den Kies der Friedhofswege berühren, werde ich ruhiger. Langsam verstehe ich, warum meine Tochter so gern zwischen den Gräbern wandelt. Es ist, als dämpfe dieser Ort alle Geräusche. Innere wie äußere. Die Schritte schmiegen sich ans eigene Ohr. Der Takt der Welt pendelt sich auf eine herzfreundliche Frequenz ein. Auf dem Friedhof zu spazieren ist so, als läge mit einem Mal Schnee.

Ich lese die Inschriften.

Geburtsdaten, Sinnsprüche.

Niemand hat die Weisheit auf seinen Grabstein gravieren lassen, die mir gerade im Kopf herumgeht: *Das letzte Hemd hat keine Taschen.*

Das hat meine Mutter immer gesagt, den spitzen Bleistift in der Hand, das Haushaltsbuch und das Weinglas neben sich. Und ich dachte mir: ›Was hilft das, wenn man bis zum letzten Atemzug die Münzen zählen muss?‹

Eine winzige Rentnerin lässt am Hahn ein bisschen Wasser in die Gießkanne. Ihre Hände zittern. Einen Augenblick lang denke ich, es sei Frau Heubach, doch es ist nur eine der vielen alten Damen, die mit den Jahren als Witwe weiter und weiter schrumpfen, während das Volumen ihrer runden, bauschigen Filzwollmützen wächst. Ich gehe hin und helfe ihr. Halte die Kanne, bis sie voll ist, und trage sie zu einem Grab, das sie mir zeigt. Wir sprechen nicht. Es ist seltsam und angenehm zugleich. Lautlos deute ich mit der vollen Kanne auf das Grab. Sie nickt. Ich gieße an ihrer statt die Blumen und die Buchsbaumhecke, deren Wurzeln ihre Nährstoffe aus dem verstorbenen Mann der kleinen Frau zieht. Er hieß Wilhelm. Zwei

Gänge weiter steht ein Paar vor einem Grab, dessen Stein aus einem behauenen Findling besteht. Im Vergleich zu der alten Dame neben mir ist das Paar jung. Das Wasser rieselt aus den hundert kleinen Löchern des Kannenaufsatzes in beruhigender Beständigkeit auf die Erdkrume und Blüten nieder. Das Paar am Findling-Grab dreht sich einander zu. Sie nimmt seine Hand. Er sieht ihr tief in die Augen. Ich gieße den gesamten Rest der Kanne auf ein einziges Stiefmütterchen, da ich den Blick nicht mehr abwenden kann.

Er ist Kilian.

Sie ist Marie.

Nach einem gefühlt endlosen Blick nähern sich ihre Nasen und Lippen. Augen schließen sich, und in einem Moment, der die Welt aus den Angeln hebt, küssen sie sich.

»Die Blu-«

Die alte Dame will ihre ersten gesprochenen Worte vollenden, da das Stiefmütterchen längst in einem See aus Wasser und Erde ertrinkt, doch sie kommt nicht dazu, weil ich die Kanne fallen lasse und weglaufe. Nicht renne, so dass Marie und Kilian mich bemerken würden. Nur laufe, leise und zügig, wie ein Witwer, der auf direktem Wege nach Hause geht.

Und das bin ich ja jetzt auch.

Sobald der Wald mich wieder umschließt, stolpere ich, statt zu gehen, spüre meinen Magen rebellieren, presse meine linke Hand in Kopfhöhe gegen die scharfkantige Rinde eines Baums und übergebe mich ins Unterholz.

DIE KERNSCHMELZE

»Und Sie sind sich wirklich ganz sicher?«

Der Mann, der meine Uhr kaufen wird, schaut mich aus großen, von wuchtigen Tränensäcken untermalten Augen an. Er sieht aus wie eine Mischung aus Jean Reno und Horst Tappert, mit der Gesichtsbehaarung des Europaparlaments-Präsidenten Martin Schulz. Über der Tischplatte des Rasthofs hält der Mann das gute Stück in beiden Händen. Mit einer Lupe hat er die Gravur des Herstellers auf der Gehäuserückseite überprüft. Ich bin froh, dass er so genau ist. Ein Kenner. Durch seinen grauen Bart murmelte er Fakten über meinen Chronographen, die nicht mal ich selbst kannte. Einem Blindkäufer, der mir ohne Ansicht des Stückes Geld überweist, hätte ich die Uhr ungern anvertraut.

»Ich sehe doch, dass sie in gute Hände kommt«, beantworte ich seine Frage.

»Da können Sie ganz sicher sein, Herr Breuer.«

Ein leichter Singsang durchzieht die Sprechweise des Mannes.

Ich wechsele selber in meinen breitesten Dialekt: »Darf ich womöglich sogar davon ausgehen, dass diese guten Hände die eines Landsmannes sind?«

Der Mann lächelt. Seine Augäpfel glitzern wie Spiegeleier.

»Geboren in Köln. Aber seit dreißig Jahren hier im Süden.«

»Einmal kölsche Jung, immer kölsche Jung.«

Er hebt sein Glas an und schaut auf das Logo von Abelhammer: »So lecker es ist: Ich vermisse schon mein Früh.«

Wir sitzen unter einem der simulierten Fenster mit hölzernen Laden. Der zwei Meter lange Knoblauchstrunk an der Wand scheint etwas kürzer geworden zu sein. Ob sie ihre Dekoration stückweise an Durchreisende verkaufen? Unser Gespräch unter Männern wird an diesem frühen Nachmittag von einem kleinen Bier begleitet. Eins geht immer, auch wenn man fährt. Eins muss immer – schließlich sind wir hier in Abelhammerland. Mit Ingrimm lasse ich es meine Kehle hinabgleiten, vor allem da ich weiß, wie viel Marie dagegen hätte. Gestern Abend ist sie ins Schlafzimmer gekommen und hat so getan, als wäre nichts gewesen. Ich habe mich schlafend gestellt. Heute Morgen habe ich das Frühstück serviert. Wir saßen auf der Terrasse, während Lasse und Kilian den Bambusgraben auf 78 Zentimeter vertieften. Am Morgen hatte ich das Surren der Hubschrauber bei ihrer Sonnenaufgangspatrouille gehört; in der Nacht waren die jungen Wächter mit ihren grellen Stirnlampen über das Areal geschlichen.

»Also gut«, sagt der Graubart, beugt sich ächzend nach vorn und zieht seine Geldbörse aus der Gesäßtasche. »Einhundert. Zweihundert. Dreihundert …«

Die Scheine, mit denen er zahlt, sind sauber und neu. Ich bin der Erste, der sie in die Hand bekommt. Mit einer lässigen Geste, als wäre ich ein Trenchcoat tragender Detektiv aus einem Raymond-Chandler-Roman, stecke ich sie in meine Hemdtasche. Ich zahle die Runde, und wir verlassen den Rasthof. Auf dem Parkplatz drückt der Käufer fest meine Hand, als wolle er mir versichern, dass alles gut wird. Nachdem er eingestiegen ist und ich meine Uhr in einem dunklen Citroën ihrer Wege ziehen sehe, drehe ich mich um, betrachte einen Augenblick die rustikale Rasthoffront aus Backstein und Holz samt Abelhammer-Logo über der Tür und erinnere mich daran, wie wir das erste Mal hergekommen sind. Wie Tommy vor dem kostenlosen Klo stand und sich nicht traute, es zu betreten. Wie ich noch nicht ahnte, dass der Mann, in dessen Haus wir fuhren, hinter dem Brauerei-Logo steckt … dieser Tag ist gefühlte Jahrzehnte her.

Ich gehe zum Wagen. Meine Schritte sind schwer wie Blei, und doch fühle ich mich auf kranke Art erleichtert. Der Schock über den Kuss auf dem Friedhof hat meine Welt erschüttert … und mir gleichzeitig das gesamte Schuldgefühl von der Seele gewaschen.

Ich schimpfe, motze und verringere die Lebensqualität meiner Frau durch schlechte Laune? Marie küsst Kilian!

Ich bestehle meinen Haustauschpartner, um Rechnungen zu begleichen? Marie küsst Kilian!

Ich verkaufe eine phantastische Uhr, die ein Geschenk zum fünften Hochzeitstag war, für die Hälfte ihres Wertes an einen Fremden auf einem Rasthof? Marie küsst Kilian!

Es ist grauenvoll, so wütend und verletzt zu sein, aber es stemmt mir einen Stein vom Herzen, dass ich nicht mehr der böse Bube in dieser Geschichte bin. So schmerzhaft es auch sein mag – diese Entschuldung spendet mir eine unerwünschte, übermütige Kraft.

Ich gehe zum Wagen, die rauschende Autobahn unter mir und ein paar bewaldete Hügel im Rücken, und rufe Frau Grabinski-Bleichwasser an. Rüdiger hat gesagt, ich darf nicht mehr persönlich mit ihr sprechen, aber was scheren mich jetzt noch Regeln? Marie küsst Kilian! Und ich will auf der Stelle wissen, ob die Schulwegschulden vorläufig vom Tisch sind. Danach werde ich mir die Stadtwerke vornehmen.

Nach dreimaligem Tuten geht die Beamtin ran.

»Stadtverwaltung, Abteilung Soziales II, Grabinski-Bleichwasser, guten Tag?«

»Ben Breuer.«

Frau Grabinski-Bleichwasser antwortet nicht, macht aber ein Geräusch. Ich kenne es von früher, von meiner Mutter. Ein kurzer, trockener Laut der Enttäuschung. Er bedeutet so viel wie: Womit habe ich diese Undankbarkeit verdient? Meine Schwiegermutter benutzt ihn nicht. Sie arbeitet mit den Waffen der gespielten Unterlegenheit, der seufzenden Opferrolle. Doch dieser Laut erhebt die Frau über ihr Gegenüber, macht es zu einem ungezogenen Jungen, der Jahre von mütterlicher Hingabe eiskalt mit Füßen tritt.

»Ich komme direkt zur Sache, Frau Grabinski-Bleichwasser. Sie haben einen Anruf von meinem Anwalt erhalten. Kann ich davon ausgehen, dass die Zahlung der 2730 Euro damit vorläufig unter Vorbehalt weiterer Prüfung augesetzt ist?«

Frau Grabinski-Bleichwasser kann sich immer noch nicht dazu durchringen, zu sprechen. Zu sehr habe ich sie verletzt.

»Wie eine Löwin …«, tönt es schließlich aus dem Hörer. Sie gibt sich alle Mühe, den Dolch in ihrem Rücken zum Klingen zu bringen. »Wie eine Löwin …«

Ich ignoriere den Tonfall. Früher hätte sie damit bei mir einen Nerv getroffen. Wider besseres Wissen hätte ich ein schlechtes Gewissen bekommen und mich womöglich gar am Hörer gewunden. Aber heute will diese Beamtin mir suggerieren, dass ich mich um ihre Gefühle zu scheren habe? Eine fremde Frau? Marie küsst Kilian!

So kalt, wie es mir möglich ist, sage ich, tief befriedigt, dass mir ein Tonfall wie Gletschereis gelingt: »Ist die Zahlung ausgesetzt oder nicht?«

Grabinski-Bleichwasser atmet schwer. »Man wird einen Gutachter schicken«, sagt sie und bejaht damit meine Frage.

Ich lache.

Laut und anmaßend und herrlich lache ich sie aus, hier auf dem Rastplatz an der Außengrenze von Abelhammers Land.

»Schicken Sie einen Gutachter«, rufe ich, und eine Familie, die bei offenen Türen Brote isst und Limo trinkt und alles Übel noch vor sich hat, sieht sich zu mir um. »Schicken Sie ihn!«

Dann lege ich auf, hoffend, dass Frau Grabinski-Bleichwasser weint und tobt und in ihre Radiergummis beißt wie damals die Referendarin im Religionsunterricht der achten Klasse, die Gregor und ich so lange ärgerten, bis sie heulend aus dem Zimmer lief. Damals wussten wir noch, wie man das Leben zu nehmen hat und dass einen Schuldgefühle nur schwächen. Wir waren jung und ungerecht und scherten uns nicht darum. Nun fühle ich mich wieder so, narrenfrei durch die mir geschlagenen Wunden, einen Freifahrtschein in der Tasche. Ich rufe Maik und Jan an, die während unserer Ferien ebenfalls Urlaub haben, und gebe ihnen ohne mit der Wimper zu zucken den Auftrag, dafür zu sorgen, dass der Gutachter der Stadtverwaltung vor unserem Haus bald Bauklötze staunt. Wie ein Computerprogramm, das sich erst nach zig verschiedenen Dialogfenstern tatsächlich installiert, stellen Maik und Jan mir mindestens zehnmal die Rückfrage, ob sie wirklich richtig verstanden hätten. Als ich beim elften Mal so deutlich werde, dass die Familie auf dem Parkplatz ihren Kindern die Ohren zuhält, haben sie es verstanden und versprechen, den Auftrag auszuführen. Ich stecke das Telefon in die Tasche und grinse die Familie vollkommen ohne schlechtes Gewissen an. Marie küsst Kilian! Ich bin ent-schuldet.

Bei der Bank in der Stadt kümmere ich mich um die andere Entschuldung. Ich zahle siebenhundert der achthundert Euro ein, rufe Herrn Neurath an, damit er das Gas wieder anstellt, und betrachte eine Werbetafel im Schaufenster der Bank, während der Kölner Energiebeauftragte mir Versicherungen macht und seine Löwenhaftigkeit beteuert. Der Mann vor mir im Schaufenster hat ein Haus und eine Familie, seine Frau steht in der Haustür, und seine Kinder spielen im Vorgarten. Es soll Glück und Zufriedenheit darüber vermitteln, dass er sich all das aufgebaut hat und fortan dreißig Jahre lang bei der Bank in der Kreide steht. Der Fotograf hat ihm einen Zwei-Tage-Bart stehen lassen, um Bodenständigkeit und Tatkraft zu signalisieren. Mir fällt ein, dass ich behauptet habe, zwecks eines Frisörbesuches in die Stadt zu fahren, um die Wahrheit über den Uhrendeal zu kaschieren. Es widerstrebt mir, fünfzehn der hundert Euro in meiner Tasche für diese Tarnung auszugeben, doch ich suche mir einen Coiffeur und setze mich in den Stuhl. Außer mir lässt sich nur eine Frau die Haare machen. Sie sitzt unter einer Trockenhaube, die aus den Sechzigern übrig geblieben sein muss.

»Die ist noch aus den Sechzigern«, sagt der Frisörmeister, kaum dass er mit dem Kürzen begonnen hat. Die Hand mit Schere löst sich von meinem Kopf und gestikuliert in Richtung des mächtigen Geräts. »Wenn mal was dran ist, repariert sie der alte Mayer.«

Den restlichen Smalltalk über das Dorf und den Lobpreis auf den Mäzen lasse ich einseitig verlaufen. Ich höre zu, gebe ein gutes Trinkgeld, trete vor die Tür und gehe zum Wagen, der an der Ringstraße neben einer Grünfläche parkt. Im Fond liegt noch eine leere Capri-Sonne. Direkt gegenüber der Wagentür hängt ein Mülleimer am gusseisernen Zaun der Grünfläche. *Slow City – Clean City* steht darauf, darunter ein buntes, kindliches Bild glücklicher Menschen mit Hund. Ich nehme die Capri-Sonne, knülle sie zusammen und werfe sie neben den Abfallbehälter.

»Gut! Gut! Spiel das ruhig noch länger!«

Mayer senior ist begeistert von meinem Sohn. Wupper lässt nickend seine blaue Hornbrille auf- und abschwingen. Der Abend liegt schwülwarm über der Scheune, in der ein paar Dutzend Leute den Marsch auf den Metal prallen lassen und die afrikanische Trommelei meines Sohnes dazwischen als Puffer benutzen. Oder, so kann man es auch sehen, als Hauptattraktion. Als Salz in der Lärmsuppe.

Tommy schaut zu den Musikern auf. Euphorisch. Stolz. Irritiert. Niemand behandelt ihn hier wie ein Kind, das aus Güte auch mal mitspielen darf. Tommy Tribal ist eine tragende Säule dieses Konzerts. Ich habe ihm noch nicht verraten, dass er in meiner Phantasie so heißt. Zu viel Druck kann er jetzt nicht gebrauchen. Stattdessen jubele ich ihm zu, bei jedem Takt, meine Brust geschwollen wie die eines aufgeplusterten Hahns in einem Disney-Comic.

Marie und die Jungs schauen sich die Probe dieses Mal in der Scheune an. Ich ignoriere sie und übe konzentriert meine Zwischenmoderationen. Alle zwei, drei Stücke erzähle ich etwas zu dem Gespielten. Den Rohstoff dafür haben mir die Musiker und Jens Wupper geliefert, aber ich flechte mit eigenen Worten einen rhetorischen Kranz daraus und lasse meinen Sohn in keinem Block unerwähnt. Die Veranstaltung soll ein Erfolgserlebnis für ihn werden. Der Startschuss einer Laufbahn als Drummer, auf der ich ihn begleite. Ich sehe uns schon in ein paar Jahren, zwei gebrochene Männer, unterwegs in der weiten Welt, in einem Hotelzimmer in diesem blaubeleuchteten Turm in Las Vegas oder in einer Künstlerwohnung im finstersten Viertel von Paris. Tommy hat Tribal-Tattoos an den Armen und seine einzige große Liebe gegen bedeutungslose Affären und Scotch getauscht. Ich bekomme jährlich eine Weihnachtskarte von Kilian und Marie. Die Redakteure der Musikmagazine lieben uns, den Meistertrommler und seinen Vater und Manager, »eigentlich kein Vater, sondern ein bester Freund«, wie ich immer sage, sie lieben uns, weil wir keine Balladen schreiben und den Glauben an die Liebe hinter uns gelassen haben.

Die Marschkapelle spielt ein paar Takte, auf die Tommy einsteigen soll. Er übernimmt und trommelt drauflos, die kleinen Hände liebkosen das Fell der Djembe, sein ganzer Körper trommelt mit, schwankt vor und zurück, zuckt in der aufkeimenden Ekstase.

In meiner Hosentasche vibriert das Telefon. Tommy schaut rüber zur Band von Patrick Mayer, und die jungen Männer nicken. Noch ein paar Schläge auf der afrikanischen Trommel, und sie übernehmen. Erst der Schlagzeuger, dann der Bassist. Schließlich schreit die Gitarre. Ich verlasse die Scheune und laufe zur Wildwiese hinter die stählernen Spielkarten.

»Breuer?«

»Da sind zwei junge Männer mit Ziegeln und einem Mörtelmischer!«, schreit Abelhammer ins Telefon. »Sie haben die Haustür aus den Angeln gehoben! Sie behaupten, sie hätten den Auftrag, sie zuzumauern! Von Ihnen!«

»Das ist korrekt.«

Abelhammer erwidert erst mal nichts. Zu unfassbar scheint ihm meine Antwort.

»Das ist korrekt???«

Er hält den Hörer zur Seite und teilt anderen Menschen, die in der Nähe stehen müssen, mit: »Er sagt, das sei korrekt …«

Im Hintergrund höre ich meine Nachbarn – Rolf und Rita Heyerdahl – miteinander sprechen. Das River Rafting in der Schweiz ist augenscheinlich beendet. Diese beiden haben ein Talent dafür, grundsätzlich aus dem Urlaub zurückzukehren, wenn man es gar nicht gebrauchen kann. Und natürlich mischen sie sich ein. Immerhin ist Maik, der gemeinsam mit Jan die Tür verschwinden lassen soll, nicht nur mein Mitarbeiter, sondern auch ihr Sohn.

Abelhammer bellt wieder in den Hörer: »Erst stellen Sie mir das Gas ab, damit ich beim Duschen erfriere, und jetzt wollen Sie mich bei lebendigem Leib einmauern?«

»Ich kann mit meinem Haus machen, was ich will«, sage ich. »Das können Sie übrigens auch meinen Nachbarn mitteilen!«

Abelhammer tut, wie ihm geheißen. Maik fragt, ob er nun mauern solle oder nicht. Rita sagt im Hintergrund: »Ich rufe jetzt mal Marie an.«

»Nein!«, rufe ich in den Hörer. »Nicht meine Frau anrufen!«

»Aha!«, sagt Abelhammer.

»Ben, was ist denn los?«, ruft Rolf in den Hörer.

Von der unvorhergesehen Wendung überwältigt, laufe ich um die Stahlskulptur herum, während hinter mir die Scheunenwände wackeln, und stammle unstrukturierte Äußerungen in den Hörer. Ich lege auf, als Marie vor mir steht. Sie hat die Strecke zu den Stahlkarten schnell zurückgelegt, denn das Scheunentor schwingt erst jetzt vollständig zu. Es schluckt den letzten Streifen Licht und ein paar Dutzend Dezibel des herausschwappenden Orkans.

»Rita sagt, du lässt daheim unsere Haustür zumauern???« Maries Stimme überschlägt sich.

Ich stecke mein Telefon in die Tasche. »Rita hat sich nicht in Dinge einzumischen, die sie nichts angehen!«

»Aber *mich* geht es etwas an!« Marie hat ihre Stimme wieder im Griff. Das heißt nicht, dass sie nun ruhiger spricht, sondern dass sie alle Laute, die eben noch wie Mücken um sie herumschwirrten, zu packen bekommt und mir als eine einzige große Wutwoge entgegenschleudert. »Mal abgesehen davon, was das für eine Symbolik in sich trägt – das eigene Zuhause zuzumauern! –, stellt sich mir verrücktem Huhn bei dieser Sache die dir sicherlich vollkommen unverständliche Frage: *Warum* lässt du unsere Haustür zumauern???«

Die Schallwellen von Maries Stimme lassen die Stahlkarten auf ihrem Sockel schwingen. Eingequetscht zwischen meiner Frau und der Skulptur, ist für Ausreden nun kein Platz mehr.

»Wegen des Schulwegs, gottverdammt!«

»Was für ein Schulweg?«

Jetzt überschlägt sich *meine* Stimme. Mein ganzer Körper glüht vor Aufregung und den gleichzeitig zu sagenden Dingen, die aus ihm herauswollen. All den Gründen und Erklärungen und Zusammenhängen, warum *ich* hier nicht derjenige bin, der im Unrecht ist.

»Siebzehn Meter!«, kreische ich. »Zweitausendsiebenhundertdreißig Euro!«

»Wie? Was? Ben?«

Marie denkt, ich verfalle dem Wahnsinn. Instinktiv bewegen wir uns beim Sprechen von der Skulptur fort Richtung Garten, da wir beide Angst haben, dass die Kinder aus der Scheune treten und etwas mitkriegen könnten. Am Bambus angekommen, erläutere ich Marie das so lange verheimlichte Problem. Die Schulden bei der Verwaltung. Den ganzen, gähnenden Abgrund.

Kopfschüttelnd läuft sie über den Rasen. Lasse hat ihn gemäht, während ich meine Uhr verkaufen war. Er riecht wie das reine Leben, wie eine Kindheit mit Träumen von der Zukunft. Es ist eine Schande, dass wir auf ihm so eine Szene spielen müssen, anstatt einfach nur wie normale Menschen Ferien zu machen.

Mit ausgestreckten Armen, die angelegten Daumen nach oben, zeigt Marie auf mich, als müsse sie meine Silhouette für das Museum der Blödheit rahmen.

»Ich kann es nicht glauben … du machst es schon wieder!«

»Was?«

»Du verheimlichst mir die wichtigsten Probleme. Wie damals, als du mit der Hausarbeit nicht zurechtkamst und Tommy fast an der Haselnussschnitte erstickt wäre.«

»Das hier sind Finanzprobleme, Marie. Das ist mein Metier.«

»Das ist *unser* Leben, Ben! Unser beider Leben.«

»Ja, und ich kümmere mich darum, dass es überhaupt irgendwie am Laufen bleibt. Die Stadtwerke haben bei uns im Haus das Gas abgestellt, wusstest du das? Womit soll ich die bezahlen? Mit den 13 Cent auf unserem Geldmarktkonto?«

Marie hat keine Antwort. Natürlich nicht.

»Ich habe heute Nachmittag meine Uhr verkauft, um das zu regeln!«

»Du hast was?« Marie wird bleich.

Mein Zornpunkt speit Feuer. »Ja, da guckst du! Glaubst du, mir macht das Freude? Aber ich tue, was getan werden muss!«

»Du lässt die Eingangstür unseres Zuhauses zumauern und du verkaufst den emotional wertvollsten Besitz nach deinem Ehering? Du tust nicht, was getan werden muss – du trittst unser Leben mit Füßen!«

»Und du küsst Kilian!!!«

Das war laut.

Hätte ein Schwarm Vögel in den Wipfeln gesessen, wären sie nun mit Geflatter aus den Bäumen gestoben und über den See davongeflogen. So verhallt mein Geschrei zwischen Terrasse und Bambus, und in die darauffolgende Stille mischt sich nur das dumpfe Quietschen der Pfoten unserer Katze, die von innen die Scheibe bearbeitet.

Marie lässt die Arme hängen. Fehlt nur noch, dass sie – ganz wie ihr radioaktiver Lover – den Kopf auf die Brust sinken lässt.

»Ich habe euch gesehen«, sage ich, und meine Stimme bricht. Der Übermut, die Narrenfreiheit, die Phantasien von mir und Tommy Tribal in Las Vegas – alles weg. Nur noch Herzweh und Verletzlichkeit.

»Auf dem Friedhof. Am Grab mit dem Findling. Du hast ihn geküsst.«

»Ben …«

Ich winke ab. »Nix, Ben! Es hat sich ausgebent! Mag sein, dass ich mich in letzter Zeit wie ein Arschloch benehme, aber du hast ihn *geküsst*!«

Marie senkt den Kopf. Nicht comichaft schnell wie Kilian, sondern langsam und traurig. Erwachsen.

Vorwurfsvoll schleudere ich meine rechte Hand Richtung Wald. »Wieso ihn? Wieso nicht wenigstens den muskulösen Rotbart mit dem atemberaubenden Körper?«

Marie schaut mich an. Mädchenblick. Schuldgefühl. Aber auch der Versuch, mich zu zähmen, in dem sie das schlechte Gewissen, das sie *wirklich* haben muss, mit ihren großen Augen nur spielt.

»Wie?«, begreife ich. »Sag nicht, du hast Lasse auch …?«

»Einmal«, sagt sie. »Im Boot. Auf dem See. Es war nur ein Küsschen. Schneller als das ›Blubb!‹, das ein Fisch macht, wenn er kurz aus dem Wasser auftaucht.«

»Auf dem Friedhof, das war kein Blubb! Das war ein halbstündiger, in aller Ruhe zelebrierter Walgesang!«

Marie senkt ihren Kopf erneut. In mir kommt alles durcheinander. Sie hat *beide* jungen Kerle geküsst. Meine Frau. In unseren Ferien!

»Wie konntest du nur?«, klage ich. »*Diese* Jungs? Sie leben in einer Hütte und basteln Abwehrhubschrauber. Jeder Satz, den sie sagen, ist eine einzige, überdrehte Albernheit. Das sollen Männer sein? Wenn ein Notarzt sie morgen tot auffindet, diagnostiziert er den plötzlichen Kindstod!«

»Sie geben mir das Gefühl, begehrt und geachtet zu werden, Ben.« Maries Kopf schnellt wieder hoch. Nun glänzen ihre Augen von Tränen.

»Und ich tue das etwa nicht? Was war denn neulich Nacht? Wäre diese Nacht ein Lied gewesen, es hätte drei verschiedene Refrains gehabt!«

»Ich rede hier nicht vom Körperlichen, Ben! Ich rede von der Seele.« Marie legt beide Hände auf ihr Herz. »Diese jungen Männer lassen mich irgendwie leuchten. Sie interessieren sich für mich als Mensch. Sie erzählen mir Geschichten. Sie erhellen meine Stunden, auch und gerade mit ihren Albernheiten. Aber du, du …«

»Was, ich?«

»Du gibst mir nur noch das Gefühl, ein Klotz an deinem Bein zu sein! Ein Loch in dem Fass, in das du Wasser hineinschüttest. Eine einzige große Belastung.«

Ich drehe den Kopf zur Seite. Vinci wischt die Scheibe. Es stimmt, was Marie sagt. Genau das Gefühl gebe ich ihr. Es ist hässlich, dass ich das tue, aber ich kann nicht anders. Ich kann nicht anders?

»Du sagst, das sei Kümmern und Sorge um uns. Aber was ist das für ein Kümmern, wenn jeder um dich herum das Gefühl hat, er würde dir das Leben stehlen und du wärst ohne ihn besser dran?«

Mein Kopf und mein Herz wissen längst, dass sie recht hat. Doch in Bauch und Zornpunkt ist die Nachricht noch nicht angekommen. »Du kaufst Seifenspender für zweihundert Euro, während ich mir als Controller den Kopf über unsere Schulden zerbreche, Marie! Wie soll ich das nicht als Loch im Fass empfinden?«

Marie atmet tief ein und schließt halb die Augen. Dann sagt sie leise: »In dem Grab mit dem Findling liegt Kilians Schwester. Sie ist vor drei Jahren bei einem Autounfall gestorben. Der Wagen war kurz vorher in der Prüfung. Die Plakette war frisch. Der Prüfer hatte den Defekt an der Bremsleitung übersehen.«

Ich frage mich, ob sie das gerade erfindet. Es klingt wie aus einer Dramaserie. Ich schäme mich dafür, dass ich mich das frage. Marie ist nicht diejenige von uns beiden, die gerne und gut Geschichten erfindet.

»Was glaubst du, warum Kilian von seinem ehemaligen Job in der Nukleartechnik so viel erzählt, Plappermäulchen Lasse von seiner Zeit als Autoprüfer aber kein Wort? Glaubst du, er hätte keine Geschichten? Er hat Hunderte. Und alle handeln davon, was für ein Karnevalsverein dieses Geschäft ist und wie seine Kollegen einen nicht länger verstellbaren Rückspiegel als Fehler eintragen, während sie übersehen, dass das Lenkrad fehlt. Mal überspitzt gesagt. Er selbst hat immer gut gearbeitet, aber er schämt sich für seine Kaste.«

»Und deswegen muss man küssen?«

»Kilian hat das mit seiner Schwester nie überwunden. Sie hatte Pläne für das Leben. War Journalistin. Wenige Tage nach dem Unfall sollte sie als Korrespondentin nach Italien gehen. Bis zu dem Punkt hat Kilian immer für die Zukunft gelebt. Seinen Enkeln wollte er erzählen, wie er das Problem mit dem Atommüll gelöst hat, das dieses Land mal hatte. Jetzt sagt er, dass er niemals mehr Pläne machen wird. Er sagt, Pläne seien das beste Mittel, um Gott schallend zum Lachen zu bringen, wenn er denn an Gott glauben würde.«

»Und deswegen muss man küssen?«

Marie sieht mich an, als wolle sie sagen: ›Mach es mir doch bitte nicht so schwer.‹

Mache ich aber. Noch einen Augenblick.

»Weißt du, was ein Core-Catcher ist, Ben?«

»Nein.«

»Wenn in einem Kernkraftwerk die Kühlung ausfällt und man auch kein Wasser mehr hineinpumpen kann, dann verschmelzen die Brennstäbe miteinander zu einem riesigen, unfassbar heißen Klumpen. Wenn niemand etwas tut, brennt sich dieser Klumpen durch den Boden des Beckens. Dann durch den Boden des Kraftwerks. Danach bohrt er sich in die Erde hinein, Schicht für Schicht, da die Teilchen in ihm ja weiter miteinander reagieren und er heißer und heißer wird. Wenn er die Schicht mit dem Grundwasser erreicht, verdampft es – alles auf einen Schlag. Der Boden bricht auf, und überall schießen radioaktive Fontänen aus dem Asphalt.«

Ich stelle mir vor, was Marie da ausmalt. Die Apokalypse. Es klingt so absurd, dass es wahr sein muss.

»Um das zu verhindern, bringt man unter neueren Kraftwerken eine gigantische Wanne aus Beton, Keramik oder Gussstein in Stellung. Der glühende Klumpen verteilt sich darauf, die Fläche wird größer, und die Hitze nimmt ab. Zumindest so weit, dass sie unter der Dampftemperatur von Wasser liegt. Dann kann sie nämlich auch kein Gestein mehr schmelzen, und der Höllenklumpen frisst sich nicht durch die Erdoberfläche.«

»Das ist eine faszinierende Geschichte, das gebe ich zu, Marie, aber …«

»Kilian ist ein Core-Catcher, Ben! Er hat den glühenden Klumpen in sich abgefangen und gekühlt, damit seine Trauer und sein Zorn über den Unfall seiner Schwester nicht die ganze Welt vernichtet. Aber da, am Grab, da ist die Schutzschicht aufgebrochen, und ich musste ihn halten, damit er nicht zum Erdkern durchschmilzt. Ich *wollte* ihn halten, weil es in diesem Moment so … echt war. Es war echt. Kein unterkühlter Zorn. Keine stillen Vorwürfe. Einfach nur ein Mensch.«

Ich nicke langsam und setze einen Fuß vor den anderen, um Richtung See und Steg zu gehen. Marie folgt mir. Sie hätte es womöglich männlicher gefunden, wenn ich wegen unserer Schulden und all der Sorgen um die Familie einfach mal weinend unter einem Baum gesessen hätte. Vielleicht wäre das wirklich besser gewesen. Einmal eine richtige Kernschmelze statt jeden Tag ein paar missverständlich blinkende Lämpchen auf dem Steuerpult.

Wir erreichen den Steg. Unter uns schwappt das Wasser ans vom Grünspan benetzte Holz.

»Und Lasse?«, frage ich.

»Das war gar nichts«, sagt sie. »Ein Küsschen, wie ich es beim Karneval jedem gutaussehenden Mann geben würde. Und du jeder Frau, die als Catwoman verkleidet ist und Lipgloss aufgetragen hat.«

Ich lächele und erinnere mich an den Rosenmontag, auf den sie anspielt. Es scheint Jahrhunderte her. Und es stimmt. Was wir an dem Tag zwischen Neumarkt und Dom weggeküsst haben … ein Wunder, dass wir ohne Herpes aus dieser Party gingen.

Ich ziehe die Schuhe aus, setze mich auf den Steg und senke die Füße ins Wasser. Es ist warm. Marie tut es mir gleich. Das Wasser glitzert um ihre schönen Füße. Wir planschen leise. Aus einem Baum stößt sich flatternd ein Vogel ab. Zwei, drei Blätter schweben wie Federn auf den See hinab. Neben dem Steg schwankt das kleine Boot und bumpert fast lautlos gegen die Poller.

»Ich wäre lieber mit dir rausgefahren als mit den Jungs«, sagt Marie. Die Rückseite ihrer Hand berührt tastend meine, wie bei einem Schulmädchen im Kino während des Dates mit dem ersten Freund. »Aber du warst nicht da, Ben. Die ganze Zeit über bist du nicht da. Verstehst du? Du bist körperlich vorhanden, aber du bist nicht bei mir.«

Ich nehme ihre Hand und drücke sie. Meine Schulter nähert sich ihrer, bietet sich an. Sie lehnt sich leicht dagegen.

Eine Weile betrachten wir schweigend den See. In der Scheune schlagend tausend Trommeln. Der Schellenbaum rappelt.

Marie sagt: »Kurz vor der Abfahrt in die Ferien, da habe ich mal in einem deiner Bücher gelesen.«

Ich drehe den Kopf.

»Weiß gar nicht mehr, wie es heißt. So ein politisches. Konflikte, Krieg, Verderben. Halt das, wovon ich sage, dass du es nicht lesen sollst.«

Zaghaft lächle ich.

»Jedenfalls habe ich darin geblättert. Trotz meiner Haltung zum positiven Denken. Und da stand ein Satz, der lässt mich nicht los. Im Buch bezieht er sich darauf, dass man manche Verhandlungen einfach abbrechen muss. *Wenn du entdeckst, dass du ein totes Pferd reitest, dann steig ab.* Im Amerikanischen ist es angeblich eine Redewendung. Die nutzen es jeden Tag, das *dead horse*, um sich daran zu erinnern, wann sich etwas ändern muss.«

Eine Ahnung dämmert in mir, warum Marie das sagt. Mehr als das. Eine Hoffnung. Eine Hoffnung, von der ich bis eben, bis zu dieser Sekunde nicht wusste, dass ich sie hatte.

Marie dreht ihrerseits den Kopf, sieht mich an und bestätigt es mir: »Ben? Glaubst du, unsere Firma ist ein *dead horse*?«

»Ja!!!«, rufe ich aus, so schnell, so laut, so klar und so sicher, als hätte ich lediglich auf die Erlaubnis gewartet. Alles, wofür ich die ganzen Wochen gekämpft habe, verliert mit einem Mal seine Bedeutung und macht in Windeseile in meinem Kopf einem neuen Leben Platz. »Ja, das glaube ich, Marie.«

»Ich will nur nicht, dass du denkst, ich möchte alles wieder rückgängig machen. Ich die Architektin, du der Hausmann. Wir haben die Firma gegründet, weil das nicht funktionierte, und …«

Ich springe auf, erregt wie ein kleiner Junge. »Ich werde wieder Hausmann, Marie! Das ist überhaupt kein Problem! Wir konnten nicht wissen, dass wir aufs falsche Pferd gesetzt haben. Gegen dieses Geschäft, das nicht läuft, erscheint mir der Haushalt wie ein Paradies. Ehrlich! Ich poliere sogar jeden Tag die Seifenspender!«

Marie lacht, melancholisch, den Blick auf dem Wasser. Es fällt ihr nicht leicht, unser Versagen einzugestehen. Ich empfinde es nur noch als Befreiung. Jede Zelle meines Körpers ist von zwei Bar Druck befreit. Es ist wie der Moment, in dem zwei Menschen, denen beiden schon lange klar ist, dass sie ihre Beziehung beenden wollen, und die nur den Mund gehalten haben, um den anderen nicht zu verletzen, feststellen, dass es einen Ausweg gibt. Nur dass wir beide hier gerade neue Hoffnung schöpfen, unsere Ehe zu retten, indem wir unser gemeinsames Geschäft begraben.

Marie klopft neben sich auf das Holz des Stegs. Ich setze mich und lasse die Füße wieder ins Wasser gleiten. Mit dem linken Fuß streichele ich über Maries rechten Spann.

»Weißt du, dass deine Zehen aussehen wie dicke Teppichfransen?«

»Du machst einer Frau immer noch die schönsten Komplimente, Ben …«

»Nein, nein! Das ist positiv gemeint. Die sind unglaublich niedlich! Du kennst doch diese Teppiche mit den süßen bommeligen Fransen? Ich habe als Kind schon immer gern damit gespielt und sie in den Mund genommen.«

»Ben … ist gut.«

Sie streichelt mir kurz den Nacken. Ich räuspere mich. In der Scheune übt Tommy sein nächstes Trommelsolo.

»Willst du meine Teppichbommel in den Mund nehmen, Ben?«

Mein Herz bleibt kurz stehen, um Anlauf zu nehmen und Vollgas zu geben. Wie sie das gesagt hat, versetzt alles in mir in Aufruhr. Wäre ich das Objekt eines Comiczeichners, verwandelte ich mich auf dem Steg augenblicklich in eine einzige Erektion.

»Aber vorher machst du mir das Zehenklavier!«, sagt Marie, zieht die Füße aus dem Wasser, steht auf, nimmt ihre Schuhe und geht zurück zur Wiese. Ich laufe hinterher, hechelnd wie ein Labrador.

»Wie viel schulden wir diesem Amt wegen der Schulbustickets?«, fragt sie, schon auf der Terrasse, die Hand an der Tür.

Die Summe, an die ich seit Tagen rund um die Uhr denke, fällt mir nicht mehr sofort ein. In meinem Kopf sind nur noch Zehen und Bommel.

»Knappe dreitausend Euro.«

Marie öffnet die Tür und schiebt das linke Bein ins Haus. Vinci stürzt sich auf ihren Unterschenkel und umschließt ihn mit allen vier Pfoten. Es sieht aus, als sei Marie mit nackten Füßen in einen russischen Fellstiefel geschlüpft. Wir gehen hinein, die Katze schwingt an Maries Bein, doch als die Tür zu ist, schält sich der Fellstiefel wieder ab und läuft in die Küche. Wir haben allerdings keinen Kopf für die Fütterung. Das Schlafzimmer wartet.

Auf der Treppe nach oben sagt Marie: »Dann nehmen wir das Geld aus dem Bett.«

»Wie bitte?«

Wir sind im Schlafzimmer. Marie zerrt an meinem T-Shirt. Ich greife unter ihres und nestele den BH auf. Unsere Lippen finden sich zur Kernschmelze.

»Ich habe eine eiserne Reserve. Also, im beinah wörtlichen Sinne.«

Meine Hände lassen kurz von ihr ab. Der BH rutscht zu Boden.

»Du hast was?«

»Ich habe Gold. Und Silber. In kleinen Barren. Ungefähr zehntausend Euro. Beim Kauf lag der Wert übrigens gerade mal bei der Hälfte. Der Finanzkrise sei Dank.«

»Du hast Edelmetall gekauft?«

»Ein paar. Direkt nach Zürich. Mehr als fünftausend wollte ich von meinem Honorar und unserem Startkapital nicht abzwacken. Ich habe das gebraucht, als Gefühl der Sicherheit. Nicht irgendwo draußen, in der Bank. Nicht abstrakt, in Derivaten oder Fonds. Ganz praktisch, in den hohlen Bettpfosten.«

Ich trete einen Schritt zurück.

»Wir schlafen seit über einem Jahr auf Gold und Silber, und ich weiß das nicht???«

»Wenn du es wüsstest, wäre es längst weg, oder? Ich kenne dich doch, Ben. Du machst alles flüssig, egal, wie hart es ist.«

»Aber …«

»Ich brauche diese Sicherheit, Ben. Ich brauche das Gefühl eines greifbaren Notgroschens. Eines Core-Catchers für den GAU. Unsere Schulden bislang, die waren schlimm, aber kein GAU. Das, was du mir jetzt erzählst, das Schulbusgeld … okay, das sehe ich ein, das ist ein Notfall.«

Da stehe ich, im Schlafzimmer des Mannes, dessen Regale ich halb ausverkauft habe, und meine Frau lagert die Barren im Bettpfosten.

»Du musst einfach nur mit mir reden, Ben. Wir schmelzen was ein. Danach schlachten wir das Pferd und holen uns das Geld wieder zurück.«

Ich sehe sie an, in Sommerhose und T-Shirt, ohne BH, ihre süßen Füße auf dem Teppich vor dem Bett.

»Du bist so heiß«, sage ich.

»Ich habe dicke Bommelzehen«, sagt sie und lässt sie auf dem Teppich tanzen, als spiele sie damit auf Klaviertasten.

»Und weißt du was?«, höre ich mich sagen und kann es selbst kaum glauben. »Dass du den Rotbart, unseren Poseidon geküsst hast, finde ich auch irgendwie heiß.«

Sie lächelt, gespielt verschämt. Ihre großen grünen Augen glänzen. Dann werfen wir uns aufs Bett, beseelt und erhitzt von dem Gefühl, dass alles, was wir durchgemacht haben, uns nur wieder eines beweist: Wir sind anders als alle anderen. Ein einzigartig verrücktes Team.

BLACK HAWK DOWN

Ich stehe am Rand der Bühne, im Zugang zu den Künstlergarderoben. Auf den Brettern der Stadthalle sind die Instrumente und Notenständer der Kapelle aufgebaut. Und die Anlage der Band, mit Schlagzeug und schwarzen Verstärkern, an denen bedrohlich die Gitarren lehnen. In der Mitte steht auf einem kleinen Podest, von einem Spezialspot grüngelb beleuchtet, die Djembe. Das Bindeglied. Die Bühne auf der Bühne, für meinen Sohn.

Durch den Wald der Instrumente schaue ich in den Zuschauerraum. Die Stuhlreihen füllen sich bis auf den letzten Platz. Aufgeregtes Gemurmel. An den Seitenwänden der Halle hängen riesige Transparente mit dem vergrößerten Plakatmotiv. *Wir blasen euch den Marsch! Treffen der Generationen.* Das Bild ist ergänzt worden: Zwischen der Kapelle und den tätowierten Jungs der Band hüpft jetzt ein kleiner Junge mit Djembe umher. Es ist eine liebevolle Karikatur, Tommy ist gut getroffen. Wie sich herausstellte, ist Jens Wupper der Zeichner des Plakats. Die Blaubrille hat viele Talente. Gerade eben steht er neben mir und spricht dem Redakteur des *Rolling Stone* kluge Worte ins Mikrophon. Der Mann heißt Jochen Hantschel, ist weit über die fünfzig und ähnelt dem Graubart, der meine Uhr gekauft hat. Wahrscheinlich hat er schon die Artikel verfasst, die ich mit zwanzig auf meinen Touren mit Gregor las.

»Sind Sie stolz auf Ihren Sohn?«, fragt er mich. Wupper hat ihm gerade erklärt, wie die Idee mit der Djembe entstanden ist. Tommy wartet mit den anderen Musikern im Gang vor den Garderoben. In fünfzehn Minuten geht's los.

»Lassen Sie es mich so formulieren«, antworte ich dem Redakteur meiner Lieblingsmusikzeitschrift. »Nehmen wir an, eine Kugel aus Titan von der Größe des Mondes nähert sich alle hunderttausend Jahre einmal der Erde, und diese Kugel kommt der Erde so nah, dass ein Mann auf dem Gipfel des Mount Everest sie für eine Sekunde mit einem Wattebausch berühren kann. So lange wie es dauert, bis diese Titankugel von der Watte auf Erbsengröße abgeschliffen ist, so stolz bin ich ungefähr auf meinen Sohn.«

Der Redakteur starrt mich an. »Leck mich am Arsch«, sagt er, »in meiner ganzen Laufbahn als Journalist habe ich keine originellere Antwort bekommen.«

Ich lächele und schaue auf die Uhr auf meinem Handy. Wo bleibt nur Roswitha? Sie muss zu Beginn auch ein paar Worte sagen. Das haben wir so verabredet. Meine Rede kann sie natürlich nicht toppen. Ich habe die halbe Nacht daran gefeilt. Jedes Wort klingt in mir und will raus. Marie, Lisa, Lasse und Kilian nehmen in der ersten Reihe Platz und winken mir zu. Neben ihnen sitzt Herr Windhof, Abelhammers stellvertretender Geschäftsführer. Die Vorfreude darauf, meinen Sohn, der auf der Hinfahrt in den Urlaub noch ein kleiner Luftschlagzeuger war, gleich bei seinem ersten Auftritt zu sehen, flutet mich mit Glücksgefühlen. Ich sehe uns nicht länger als trinkenden Männerbund in einem Hotel in Las Vegas, sondern stelle mir die ganze Familie in einem Tourneebus vor. Der lange Koloss ist mit afrikanischen Mustern bemalt und – als Dekoration über den Radbögen – mit den siebenundzwanzig Früchten, die Lisa mittlerweile alle im Garten des Mannes gefunden hat, in dessen Scheune Tommy Tribal zum Leben erweckt wurde. Ich bin wieder da. Anwesend. Mit jeder Faser.

Um Punkt 19 Uhr dimmt der Techniker das Saallicht, und der unauffällige Poprock, der die Wartezeit zwischen Einlass und Beginn beschallt hat, wird leiser. Die erste von drei Klingeln ertönt. »Bing – bäng – bööööing.« Wie eine Pausenglocke. Der Hinweis für das Publikum, langsam die im Foyer aufgebauten Bierstände von Abelhammer zu verlassen und die Plätze einzunehmen.

Mein Herz klopft.

Ich gehe zu Tommy, der im Garderobenflur direkt hinter Mayer senior und Mayer junior steht. Als Kapellmeister und Bandleader werden sie die Bühne als Erste betreten, und dann – vor allen weiteren Musikern – kommt schon mein Sohn. Ich hocke mich vor ihn und fasse ihn an den Schultern. Er hat rote Wangen, aber er wirkt trotzdem ruhiger als ich.

»Trommel sie schwindlig, mein Sohn!«

»Mach ich, Papa!«

Fest drücke ich seine Schultern, dann stehe ich auf und klatsche in die Hände.

»Alle bereit?«

Mayer und Mayer nicken. Ihre Musiker ebenfalls.

Wupper sagt, den Blick halb auf dem Bühnenzugang: »Die Bürgermeisterin fehlt noch.«

Ich denke an Roswithas Gepflogenheiten. »Erst kommt ja noch meine Rede. Wenn sie nicht auftaucht, bis ich fertig bin, ist es ihr Pech. Das Publikum hat es verdient, nicht zu warten.« Ich spreche wie ein Theaterregisseur. Wie ein Boss. Ich vertrete ja auch den Boss. Und ich bereue es nicht mehr. Es ist schade, dass er nicht mal gekommen ist, um es sich als Zuschauer anzusehen, und sei es auch inkognito, verkleidet mit Hut und Bart oder unbemerkt vom Publikum hier hinter der Bühne. Ich hätte gern, dass er sieht, was mein Sohn mit den anderen in seiner Scheune entwickelt hat.

Der zweite Gong ertönt.

Mein Handy klingelt. Gregor. Es ist ja schön, wie pflichtbewusst er ist, doch ich kann mir jetzt keinen Routinebericht von der Observation anhören und schalte das Gerät aus. Ich brauche die volle Konzentration für meinen Auftritt als Moderator. Das hat mein Sohn verdient. Das hat dieses ganze, gottverdammte, drollige Dorf verdient.

Der dritte Gong.

Das Publikum ist drin.

Die Türen werden geschlossen. Das Saallicht verschwindet völlig, und stattdessen erleuchten Scheinwerfer in verschiedenen Tönen die Instrumentengruppen. Weißlich und rot den Bereich der Marschkapelle. Gräulich und blau die Bühnenhälfte der Metal-Band. Und in der Mitte, im nun vollaufgedrehten Dschungelgelbgrün, die Djembe meines Sprösslings. Die Technik spielt eine Fanfare vom Band, dann beginnt »Eye Of The Tiger« aus *Rocky*, und zu den Klängen des sportlichen Klassikers treten die Musik-Athleten ein. Mayer senior lächelt verschmitzt, sein Sohn tänzelt wie Sylvester Stallone, Tommy läuft souverän und ernsthaft zu seinem Instrument. Die anderen Musiker schwärmen an ihre Plätze, als hätte man die Bühne wie einen Strand geflutet und jede Muschel käme beim Abfließen des Wassers perfekt zum Liegen. Das Lied wird ausgeblendet, das bunte Licht gedimmt, und ein runder Spot erleuchtet den Platz in der Bühnenmitte, zwei Meter vor Tommy, den ich nun betreten soll. Wupper schaltet das Handmikrophon ein und drückt es mir in die Hand.

Ich klammere mich an meinen Moderationszettel, atme tief durch und betrete die Bühne. Für einen Augenblick sehe ich meine Familie und die Menschen des Ortes in den Zuschauerstühlen. Dann sehe ich nur noch das gleißende Licht des Scheinwerfers. Die Leute klatschen. Ich warte ab und lasse ein paar Sekunden verstreichen, damit ich in eine gespannte Stille spreche. Das Publikum soll ganz bei mir sein, denn das hier ist längst keine lästige Pflicht aus unserem seltsamen Haustauschvertrag mehr. Die folgenden Worte habe ich sorgsam wie ein Bildhauer aus meinem Herzen gemeißelt. Das Buch über Rhetorik im Regal des Meisters hat mir dabei geholfen. Heute werde ich es zum Guten nutzen. Ich habe es zu Ende studiert und mir gemerkt: *Egal, vor wem und zu welchem Anlass du sprichst – beginne immer mit etwas Persönlichem.*

»Als ich in diesen Ort kam«, sage ich, und meine Stimme füllt perfekt verstärkt jeden Winkel der Stadthalle, »war ich ein bitterer Mann.«

Das Publikum ist vollkommen ruhig. Man könnte das Wattebäuschchen fallen hören, mit dem der Redakteur des *Rolling Stone* fortan in seinen Träumen die Titankugel aus dem All abschleift.

»Es fällt mir schwer, das zu sagen, aber es ist so. Ich war … ein bitterer Mann. Ich fühlte mich gehetzt und leer. Mein Kopf war voller Zahlen. Der Tag war für mich kein Tag mehr. So mit Morgen, Mittag und Abend. Mit Aufstehen und Arme ausstrecken und sich auf ein Brötchen freuen. Mit der Freude darüber, etwas zu erleben. Der Tag war nur … eine Portion Zeit, um alles zu erledigen, was zu erledigen ist. Viel zu viel. Immer zu viel.«

Kunstpause. Die Leute sind bei mir. Sie wundern sich. Mit so einer Rede haben sie nicht gerechnet. Würde ich jetzt noch länger über mich sprechen, könnte es kippen. Das spüre ich. Und das weiß ich, denn es steht ja in dem Buch. *Zwischen Sympathiegewinn durch persönliche Öffnung und Sympathieverlust durch Egozentrik liegt nur ein schmaler Grat.* Deshalb schwenke ich nun auf das eigentliche Thema.

»Doch dann … kam ich hierher. In diesen Ort. Tauschte mein Haus für die Ferien mit der Villa von Alfons Abelhammer, den ich heute vertrete, weil auch er mal eine Verschnaufpause braucht. Ich lernte Menschen kennen, deren Herz nicht voller Hast ist und für die der Tag noch Abenteuer birgt. Ich ging durch diese Slow City wie Alice durchs Wunderland. Hinein in den Scheunenbau, in dem eine Marschkapelle und eine Metal-Band gemeinsam proben. Hinein in den Haushaltswarenladen, wo Vater und Sohn zusammen Fernseher und Trockenhauben reparieren, die schon liefen, als die Beatles ihre erste Single herausbrachten. ›Love Me Do‹, übrigens …«

Meine kleine Anmerkung schickt ein sanftes Lachen durch das Publikum. Ich schaue nach dem Musikredakteur, kann aber gegen das Licht nichts sehen. Also weiter. Zeit, die Gestik zu integrieren.

»Dieser Ort« – ich breite die Arme aus, nur kurz, denn zu lange, und ich wirke wie ein Fernsehprediger – »steckt voll von Tradition und Schönheit. Er ist eine Oase, eine Enklave in der modernen Welt. Wer weiß das besser als Sie, die Sie alle auf Ihre Stadt stolz sind? Aber ich sage Ihnen als Außenstehender: Es ist noch viel mehr Wunderland, als Sie selbst glauben. Auf diesen Ort passt ein Wort, das auch beschreibt, was wir gleich hier auf der Bühne hören werden. Ein Wort, das eigentlich aus dem Fußball stammt, wo die Väter auch ihr Können an die Söhne weitergeben, die etwas Neues daraus machen. Es lautet: Spielfreude.«

Zustimmendes Raunen. Vereinzelte Klatscher. Ich hebe die Hand. Schaue kurz zum Bühneneingang. Wupper schüttelt den Kopf. Roswitha ist immer noch nicht aufgetaucht. Ich rede weiter: »Das alles wäre nicht möglich ohne Alfons Abelhammer und seine Stiftung. Sie machen es möglich, dass diese Stadt nicht so schnell ticken muss wie der Rest der Welt da draußen. Sie sind der Beweis dafür, dass

Unternehmertum zu etwas Gutem führen kann. Alfons Abelhammer ist …«

Ein Rumpeln in meinem rechten Ohr. Harte Absätze auf der Treppe zur Bühne. Da ist Roswitha, sie schubst Wupper zur Seite und stampft auf mich zu, leicht schwankend, nicht vor Trunkenheit, sondern vor Wut. Ohne den Ansatz einer Vorwarnung reißt sie mir das Mikrophon aus der Hand. Es quietscht in den Boxen. Sie hält einen Ausdruck in der Hand, ein DIN-A4-Blatt. Ihre Stimme zerreißt die Utopie, als die ich diesen Ort gezeichnet habe, in der Luft. Als sie die ersten Worte ins Mikrophon bellt, wird deutlich: Sie schwankt vor Wut *und* vor Trunkenheit.

»Ich will Ihnen sagen, was Alfons Abelhammer ist! Ich, als Ihre Bürgermeisterin will es Ihnen sagen! Ein falscher Hund ist er. Jawohl!«

Das Publikum raunt und tuschelt. Ein paar Leute buhen.

»Hier«, sagt Roswitha und schlägt mit der rechten Hand, die das Mikrophon hält, auf das Blatt in ihrer linken. »Jetzt können wir alle mal so richtig begreifen, was die Redewendung *verraten und verkauft* bedeutet!!!«

Ich nehme ihr das Blatt weg und lese, was da steht. Es ist eine Wirtschaftsmeldung auf einem Twitter-Kanal, der sich @businessleaks nennt.

Traditionsbrauerei Abelhammer im Gespräch mit Bitburger Holding

Steht die legendäre Privatbrauerei Abelhammer vor dem Verkauf? Laut Insiderberichten soll der Inhaber, der das Haus in der vierten Generation betreibt, mit der drittgrößten Brauereigruppe des Landes in Verhandlungen stehen.

Ich schlucke. Das Publikum wird unruhiger, da es begreift, dass die Trunksucht seiner Bürgermeisterin nichts an der schlechten Nachricht ändert, die auf dem Blatt stehen muss. Roswitha nimmt mir das Blatt wieder weg und will es vorlesen.

»Das muss doch alles nichts heißen!«, rufe ich, bevor sie damit beginnt, und das ist genau das Falsche. Wenn ich als Vertreter von Abelhammer etwas laut und empört bezweifle, hält das Volk es erst recht für wahr.

Roswitha liest die Meldung vor.

Dem Publikum stockt der Atem. Auch auf der Bühne geraten die Menschen in Wallung.

»Was???«, keucht Mayer senior, und der Bassist der Band stößt sein Instrument auf die Holzbohlen.

»Der Bitburger Holding gehört Gerolsteiner und König. Köstritzer und Licher und Wernesgrüner. Für die ist Abelhammer einfach nur ein weiteres Bier!«

»Ich fasse es nicht!«, ruft ein Mann aus dem Publikum.

»Was ist dann mit der Stiftung?«, fragt Patrick Mayer.

Im Zuschauerraum rücken Stühle. Stimmen klingen durcheinander. Der Techniker fährt das Saallicht zur Hälfte hoch. Lasse und Kilian sind aufgesprungen und führen Marie und Lisa über die Seitentreppe hinauf und dann zum Bühnenausgang. Eine instinktive Fluchtmaßnahme. Wupper empfängt sie, das Gesicht kreidebleich unter der blauen Brille. Der stellvertretende Geschäftsführer Windhof ist ebenfalls aufgesprungen und scheint genauso erstaunt wie wir alle.

Roswitha ruft durch das Mikrophon: »Das ist genau das, wovor ich immer gewarnt habe! Aber ihr wolltet euch ja alle von Alfons abhängig machen. Nun wollen wir doch mal sehen, wer demnächst noch in der Slow City alte Fernseher lötet!«

Mayer senior glüht vor Zorn und tritt auf mich zu: »Haben Sie das gewusst?«

Ich hebe die Hände: »Natürlich nicht!«

»Aber klar hat er das gewusst!«, schreit jemand aus dem Publikum und wirft einen Plastikbecher. Ein paar weitere folgen.

Herr Windhof ruft in die Menge: »Nicht mal ich wusste es!«

»Lügner!«

»Betrüger!«

Mayer senior tut nichts, um die Lage zu entspannen.

Ich winke Tommy, zu mir zu kommen, und lege die Hand auf seinen Rücken.

»Vorerst sind es doch alles nur Gerüchte«, versuche ich, die Menge zu beruhigen.

Patrick Mayer, der ebenfalls keine Anstalten macht, sich auf meine Seite zu stellen, obwohl wir bis eben die Bühnenbretter geteilt haben, zeigt auf Lasse und Kilian, die neben Wupper, Marie und Lisa in der Tür stehen: »Aber ihr müsst etwas davon gewusst haben! Lasst uns in der Scheune wochenlang proben, als sei nichts, und währenddessen macht sich der alte Herr heimlich aus dem Staub!« Patricks Augen glühen.

Die Kapelle rückt näher. Ich schiebe meinen Sohn rückwärts zum Bühneneingang, umringt von zornigen Augen wie in einem Horrorfilm, wenn die Zombies sich langsam nähern.

Kilian sagt, direkt an mich gerichtet, als spüre er, dass ich mir Patricks Frage gerade auch stelle: »Wir wussten von nichts. Ehrlich.«

Herr Windhof schaut hilfesuchend zu Roswitha. Immerhin wollte er mit ihr damals gegen den Bürgerwillen das Factory-Outlet-Center bauen. Doch heute lässt auch sie ihn im Stich. Ich sehe ihm an, dass er wirklich nicht wusste, was sein Chef vorhat. Ich sehe es in seinem Blick, in der tiefen Verletzung, dass man einen guten Job macht und dann doch so kalt erwischt wird. Ich kenne diesen Ausdruck. Es ist der, der in meinen Augen gelegen haben muss, als die Heuschrecken von Blackwater damals ins Möbelhaus kamen und mir aus heiterem Himmel verkündeten, mein Boss sei abgehauen und habe die Firma veräußert.

»Die lügen alle!«

»Dorfzerstörer!«

»Schnappt sie euch!«

Das Publikum gerät außer Rand und Band. Eine ganze Halle voller Menschen, die ihre Berufe, ihr Leben und ihre Zukunft darauf aufgebaut haben, dass diese Stadt auf ewig vom großen Mann gestützt wird. Alle setzen sich in Bewegung. Lasse, Kilian und Wupper schieben Marie und Lisa aus der Tür. Ich folge mit Tommy. Herrn Windhof kann ich nicht mehr helfen. Er wird von der Menge umringt. Sein Mund diskutiert noch, als sein Körper bereits zwischen den Leibern versinkt.

Es ist unwirklich. Vollkommen absurd.

»Los! Los! Los! Zu den Wagen!«, treiben Lasse und Kilian uns an, als hätten sie nun endlich den Einsatz, auf den sie so lange gewartet und für den sie so hart trainiert haben, mit Paintballpatronen und Wassergewehren. Zwei Soldaten und ein paar Zivilisten zum Beschützen, eine ganze Stadt auf den Fersen.

»Aber das Konzert!«, klagt Tommy.

»Alles wird gut«, hechele ich instinktiv. »Mein Sohn, du wirst dein Konzert noch bekommen!«

Hinter der Halle stehen unser Audi und der Kleinwagen von Jens Wupper. Wir steigen ein und starten die Motoren. Im Rückspiegel strömen die Menschen aus der Halle über den Platz, winken und rufen sich gegenseitig zu. Ich gebe Gas und rase über den Ring Richtung Ausfallstraße zum See. Marie däumelt auf ihrem Handy. »Tatsache, hier steht's«, sagt sie und zitiert noch einmal die Twittermeldung.

»Das sagt doch noch gar nichts«, schimpfe ich. »Business Leaks … irgend so ein Twitterer.«

»Insider haben meistens die besseren Informationen, Ben.«

Ich kurbele am Steuer. Wir erreichen den Feldweg neben dem Friedhof. Vor uns rumpelt der Wagen von Wupper mit Lasse und Kilian darin durch die Schlaglöcher und wirbelt gelben Staub auf.

»Papa …?«, fragt Lisa mit Angst in der Stimme. »Wollen die Leute uns jetzt etwa was tun?«

Ich antworte ihr nicht direkt, sondern sage verärgert zu Marie, während das Tor aufgeht und unsere Autos zwischen den Buchsbäumen den Hügel hinaufpoltern: »Das ist unglaublich, Marie. Da werden unsere Kinder von diesen Leuten in Angst versetzt.«

Marie dreht sich zu Lisa und Tommy um und sagt: »Keine Sorge, wir sind jetzt in Sicherheit.«

Lasse und Kilian sehen das anders. Kaum dass wir aus den Autos gestiegen und alle gemeinsam in die Villa gelaufen sind, sagen sie: »Weiter, weiter! Kommt mit in die Hütte!«

»Wieso das?«, frage ich.

»Weil sie sicherer ist«, sagt Lasse. »Nur ein Zugang. Eine Tür. Besser zu verteidigen!« Der Rotbart ist erregt. Er sagt mir indirekt, dass der Mob bereit wäre, meine ganze Familie zu meucheln, hat aber gleichzeitig sichtlich Freude an diesem irrsinnigen Ernstfall.

»Mein Gott«, sage ich, »das sind Mayer senior und Mayer junior da draußen! Der Trommler, der Tommy das erste Mal ans Fell gelassen hat, und Ludwig, der bärtige Lyraspieler. Das sind doch Freunde!«

»Das sind Menschen, die Angst haben, alles zu verlieren, Ben«, bekräftigt Kilian Lasses Vorschlag, uns in der Hütte zu verkriechen. »Wie irrational wirst du, wenn du zu dem Schluss gelangst, schon morgen bankrott zu sein?«

Ich schaue ihn an. Ich weiß, dass er meine Frau geküsst hat. Weiß er, dass ich seinen Hausherrn bestohlen habe? Selbst wenn nicht … ich lese Bücher über Konflikte und Kriege. Ich bin Controller. Ich weiß, dass das Fressen noch jede Moral übertrumpft hat.

»Schnapp dir die Katze, Marie!«, sage ich.

Drei Minuten später schließt sich die Tür der Waldhütte hinter uns.

Es dauert nicht lange, bis das Volk das Gelände erreicht.

Wir sehen sie auf den alten Monitoren, die Lasse und Kilian auf der Werkbank aufgebaut haben. Hochkonzentriert sitzen die beiden davor und halten die Fernbedienungen der Helikopter in der Hand, deren Kameras uns die Bilder des Mobs senden, der von zwei Richtungen auf das Areal drängt. Eine Gruppe kommt von vorn und wird von Mayer senior angeführt. Zornig rütteln einige an den Buchsbäumen oder heben unschuldige Figuren vom Boden auf. Die Terrakotta-Armee aus Vögeln und Schildkröten kann gegen den Volkszorn nichts ausrichten. Die andere Gruppe, angeführt von Patrick, dringt über den Friedhofsweg ein. Welche Ironie: Auf den alten Bildschirmen, die Lasse und Kilian bei Mayer & Sohn persönlich zum Schutz des Geländes erworben haben, bildet je einer der beiden den Hauptdarsteller einer Invasion.

»Gut, dass wir die Luftabwehr haben«, sagt Lasse, die Fernbedienung in der Hand und die Augen konzentriert auf dem Monitor.

»Das kriegst du zu Fuß niemals verteidigt«, stimmt ihm Kilian zu.

Ihr Tonfall ist ungebrochen wie bei kleinen Jungs, die mit Plastikgewehren in der Hand und mit größtem Ernst in der Deckung hinterm Sofa hocken und Krieg spielen.

Auf dem linken Bildschirm schleudert jemand eine Terrakotta-Schildkröte gegen das Auto von Jens Wupper.

»Hey!«, ruft Wupper, der hinter Lasse und Kilian steht. So fassungslos wie wir alle, die wir nicht glauben können, was wir da sehen. Früher musste es mindestens Gotteslästerung sein oder die Schändung von Weib und Vieh … heute reicht schon die Ankündigung, Subventionen zu streichen, um das Volk zu entfesseln.

»Feuer!«, zischt Lasse, und der Helikopter schießt die Mischung aus Ketchup, Senf und Öl auf Mayer senior und seinen Mob, die Lasse kürzlich mit meinen Kindern angemischt hat. Tommy klatscht. Lisa ruft: »Mach sie fertig!«

»Lisa!«, entfährt es Marie.

»Ist doch wahr!«, sagt Lisa.

Auf dem rechten Monitor hat Kilian nun ebenfalls begonnen, die anstürmenden Massen aus vollem Rohr zu beschießen. Patrick Mayer und seine Bandkollegen ducken sich angeekelt weg und stürzen ins Unterholz.

»Was ist in dem Gerät?«, frage ich.

»Abelhammer-Bier«, sagt Kilian und kichert dämonisch. »Getrunken und gefiltert durch meine Blase.«

»Iiiiihhhhhhhhhhhhh!«, quietscht Lisa.

Marie senkt ihre Stirn in die flache Hand.

Am liebsten würde ich laut sagen: ›Und den hast du geküsst!‹, aber ich verkneife es mir. Wir sitzen jetzt alle in derselben Hütte und können froh sein, wenn wir das überstehen.

Zwar sind Patrick und seine Band unter Kilians Attacken geflüchtet, doch hinter ihnen strömen andere Dorfbewohner unerschrocken in den Wald. Ein paar werfen Äste nach dem Hubschrauber. Lasses Fluggerät steht ebenfalls unter Beschuss. Kleine Vögel aus Terrakotta rasen, von der Hand zorniger Transferempfänger getrieben, auf die Linse der Kamera zu.

»Ich hab hier Vogelschlag!«, keucht Lasse.

»Mir geht gleich die Munition aus«, klagt Kilian.

Vier Vögel verfehlen den Helikopter vor dem Vordereingang, dann schleudert ein rasender Bürger einen Igel in die Höhe. Das Tontierchen blickt für eine Sekunde in die Kameralinse, als wolle es sich für die Zweckentfremdung entschuldigen, dann verschwindet das Bild auf dem Monitor in einem schwarzgrauen Geriesel, und Lasse knallt die Fernbedienung auf die Werkbank.

»Black Hawk Down! Black Hawk Down!«, schreit er, und ich frage mich, woher er das kennt, wenn sie keinen Fernseher haben. Er springt auf, stürzt ins Schlafzimmer, holt eines der Paintballgewehre aus dem Kleiderschrank und will die Tür öffnen.

Ich halte ihn zurück. »Warte …«

»Was???«, fährt er mich an. Seine Augen brennen. Wenn man ihm jetzt ein echtes Gewehr in die Hand drücken würde, er würde auf Notwehr plädieren und es benutzen.

»Das ist doch Wahnsinn.«

»Ach ja?«, sagt Lasse. »Jetzt rammen sie wahrscheinlich gerade die Haustür ein.«

»Sie können außen rum.«

»Die werfen kleine Spatzen aus Ton durch die Gegend. Denen ist alles zuzutrauen!«

»Kilian«, sage ich, »hast du die Handynummern der Mayers im Telefon?«

»Ja.«

»Dann sims ihnen, dass wir in der Hütte sind.«

»Wie bitte?«

»Den Rest mache ich. Ich bin Controller. Ich kriege das unter Kontrolle.«

Unschlüssig steht Lasse an der Tür mit seinem Gewehr, das Farbkugeln verschießt, die Augen ausschlagen können. Marie nickt ihm zu. Er lässt das Gewehr sinken. Kilian tippt die Nachricht an die Anführer der zwei Artillerie-Einheiten.

Fünf Minuten später nähern sich Schritte der Hüttentür. Es klopft. Ich öffne. Marie und die Kinder verstecken sich im Schlafzimmer. Wupper steht neben der Werkbank. Lasse und Kilian geben mir Deckung. Sie haben ihre Wassergewehre auf die Tür gerichtet.

Mayer senior und sein Sohn schauen in die Kunststoffläufe.

»Da ist Katzenpisse drin«, sagt Lasse. »Frag lieber nicht, wie wir sie gesammelt haben.«

Wie zur Bestätigung gibt Vinci einen Klagelaut aus dem Badezimmer ab. Sie findet es spannend, hier zu sein, aber sie hat kein Klo. Beschämt und zornig scharren ihre Pfoten in der Duschwanne.

Mayer seniors Hemd sieht durch den Beschuss mit verdünntem Ketchup und Senf aus wie verschmiert von Blut und Eiter. Einen Schritt hinter ihm steht sein Sohn, dann folgt die Traube der Ortsbewohner. Eine wilde Horde vor einer Hüttentür im Wald. Wir sind in einem Horrorfilm gelandet. Ich nehme all mein Wissen aus Abelhammers Buch zusammen und kombiniere die Manipulationstechniken vier und fünf. *Verbrüderung*, obwohl wir gerade gegeneinanderstehen, und *Schuldgefühl erzeugen*, obwohl *wir* diese Menschen soeben mit Kampfhubschraubern beschossen haben.

»Ich bin stinksauer!«, sage ich und warte eine Sekunde ab, um die Irritation zu nutzen, »… auf Alfons!!!«

Mayer und Sohn stutzen.

»Er hat uns reingelegt. Uns alle zusammen. Glaubst du, wenn ich davon gewusst hätte, hätte ich zugelassen, dass Roswitha es öffentlich herausposaunt?«

Mayer senior senkt kurz den Blick. Er glaubt es nicht. Sein Sohn guckt weiter giftig. Das würde ich an seiner Stelle auch. Immerhin hat er Schlimmeres im Gesicht als Ketchup und Senf.

»Ich wollte heute Abend meinen Sohn spielen sehen. Mit euch!

Nichts anderes ist mir wichtig gewesen. Und was macht ihr? Jagt uns wie die Tiere und erschreckt meine Kinder zu Tode!«

Jetzt schaut auch Patrick zur Seite. Ich bin auf dem richtigen Weg. Technik Nummer fünf funktioniert immer.

»Ich meine … könnt ihr euch vorstellen, wie das für einen Elfjährigen ist? Tagelang mit euch zu proben, sich mit euch anzufreunden …« – ich mache meinen Hals lang und spreche über Mayer seniors Schulter hinweg zur gesamtem Musikerschar – »… und dann sehen zu müssen, wie sich diese guten Menschen, die bis eben noch mit ihm seinen ersten Auftritt spielen wollten, in wilde Monster verwandeln, die ihn und seine Familie jagen? Das kann ein Kind zerstören!«

Ich werde immer lauter, da mir mit jedem Wort klarer wird, dass ich hier nicht nur einen Trick anwende, sondern die Wahrheit sage. Sie verfehlt ihre Wirkung nicht. Die Mayers schämen sich. Und mit ihnen der gesamte Anhang.

Lasse und Kilian nehmen die Gewehre dennoch nicht herunter. Sie haben nicht umsonst jahrelang trainiert.

Mayer senior sagt: »Wir bleiben hier, auf dem Gelände. Bis Alfons heimkommt und sich persönlich erklärt.«

»Genau«, sagt sein Sohn und hebt die Faust, die sonst das Mikro umklammert. »Occupy Abelhammer!«

»Jawohl!«, rufen seine Freunde und Teile des Volks.

Lasse wackelt mit dem Gewehr.

Mayer senior hebt seine alte, knorrige, alles reparierende Hand, bis wieder Ruhe herrscht.

»Wir bleiben vorne, auf dem Hügel. Und in der Scheune. Wir lassen euch in Ruhe. Aber wir bleiben.«

»Gut«, sage ich.

»Gut???«, empört sich Lasse. »Die Taliban sagen, ›Wir bleiben auf dem Gelände‹, und du sagst ›gut‹???«

»Das sind nicht die Taliban, das ist ein Occupy-Camp.«

»Genau!«, sagt Patrick.

Lasse krümmt den Abzugsfinger.

Ich hebe die Hand: »Die durften den Zuccotti Park an der Wall

Street sogar zwei Monate lang besetzen, ohne dass jemand sie rausgeworfen hat.«

Lasse grummelt, nimmt aber den Finger vom Abzug.

Ich reiche Mayer senior die Hand. »Wir kriegen das hin, oder?«, sage ich.

Mayer senior schlägt ein.

Ich lege meine Hand auf seinen Unterarm, wie ich es aus dem Manipulationsbuch gelernt habe. Ein paar Sekunden bleibe ich so stehen. Atme nur. Ich mag so gut wie pleite sein, aber ich bin immer noch Controller. Ich habe die Lage in den Griff bekommen.

Mayer senior und das von seinem Mäzen verratene Volk ziehen sich zurück. Als sie den Wald verlassen haben, schwärmt Kilian aus, um den defekten Hubschrauber an der Friedhofsflanke zu holen. Den anderen, der vor der Villa zum Absturz gebracht wurde, geben sie verloren. Er liegt in dem Gebiet, in dem das Volk nun sein Protestcamp errichtet.

ANABELLE

Als Kilian wiederkommt und das angeschlagene Flugobjekt auf die Werkbank legt, sind wir noch immer in der Hütte. Marie und die Kinder wollen nicht zum Haus zurück. Zu unheimlich ist ihnen die Vorstellung all der Menschen vor der Tür und in der Scheune. Der Wald erscheint ihnen sicherer, und Lasse trägt nichts dazu bei, diesen Eindruck zu relativieren. Er kocht Tee für alle Anwesenden und lässt den Kessel pfeifen. Aber er hat recht. Bevor wir beraten, wie es weitergeht, brauchen wir dringend eine Pause.

Marie sitzt auf dem Sofa und hält die Kinder im Arm, die im Moment keine Botaniker oder Weltentrommler mehr sind, sondern zwei schutzbedürftige kleine Wesen, die ihre Füße buntbesockt in die Sofaritzen pressen. Neben ihnen schnurrt Vinci. Sie hat mangels Katzenklo in die Dusche geschissen und sich danach neugierig angeschaut, wie das Geschäft von den Menschen beseitigt wurde. Wupper und ich lehnen an der Holzbohlenwand. Kilian repariert konzentriert den Hubschrauber und nickt, als Lasse ihm seine Tasse auf die Werkbank vor die ausgeschalteten Monitore stellt.

Draußen wird es langsam dunkel.

In die glucksende und löffelklimpernde Teestille hinein sagt Kilian, die Augen wie ein Chirurg unverwandt auf seine Helikopter-OP gerichtet: »Es überrascht mich nicht.«

Sein kleiner Schraubendreher klackert. Wupper schlürft.

»Was überrascht dich nicht?«, fragt Lasse.

»Dass Alfons die Firma verkaufen will.«

»Hä???« Lasse reißt die Augen auf, als hätte er von seinem Kopfsenkkumpel noch niemals etwas derart Absurdes gehört. »Klitschi! Ich muss mich doch sehr wundern … willst du etwa sagen, du weißt mehr als ich?«

Kilian lässt kurz von seinem Patienten ab und dreht sich um. »Ich heiße Kilian. Und ja, ich weiß mehr als du.«

Lasses Unterkiefer fällt Richtung Teetasse.

Behutsam legt Kilian den Schraubendreher ab, als sei er aus Porzellan, nimmt seinerseits einen Schluck und erzählt. »Einmal abends, ich war allein, da kam Alfons runter zur Hütte.«

»Und wo war ich?«, fragt Lasse. Seine Stimme verliert mit jeder neuen Information an Volumen wie eine Dauerwelle, die mit Discountershampoo gequält wird.

»Auf dem See. Alleine Boot fahren und Bier saufen.«

Lasse schüttelt den Kopf, als würde er so was nie tun.

Kilian fährt fort: »Alfons war rotzbesoffen. Hatte eine Flasche Schnaps in der Hand. Bergwasser, Urkorn, irgend so ein brutales Gesöff, das garantiert nicht in der Brauerei hergestellt wird. Die Hälfte war schon weg. Er warf sich aufs Sofa, hatte ein Foto dabei, ein Bild von einem jungen Mädchen, vielleicht achtzehn, neunzehn Jahre alt. Es stellte sich heraus, dass es seine Ex war. Anabelle.«

Maries schöner Hintern macht auf dem Sofa zwischen den Kindern einen kleinen Ruck im Polster. Den kenne ich von ihr, wenn wir gemeinsam Serien schauen und etwas Dramatisches offenbart wird.

»Anabelle war ein wunderschönes Wesen. Haare wie Honig. Augen wie eine Katze. Die Einzige, die Alfons jemals etwas bedeutet hat. Sie stammte auch aus einer Unternehmerfamilie, nur leider am anderen Ende der Skala. Ihre Eltern hatten eine Buchhandlung vor die Wand gesetzt und waren hoch verschuldet. Sie stritten sich viel wegen der Sorgen. Die Mutter versuchte, über Putzjobs das nötigste Geld reinzukriegen. Der Vater war sich für einfache Arbeiten immer noch zu fein. Alfons sagte, wenn er bei Anabelle war, hätte er sich dennoch gefühlt wie in einer anderen Welt. Sein Vater brachte ihm Buchführung bei, aber Anabelle führte ihn durch wirkliche *Bücher*. Ihr Geist war ein einziges Wunderland, sagte er, von ihrem Körper mal ganz zu schweigen. Die beiden planten, einfach durchzubrennen, Rucksack packen, InterRail, die ganze Welt. Womöglich irgendwo bleiben. Ganz neu anfangen. Ihr könnt euch vorstellen, was Alfons' Vater davon gehalten hat. Dann verschwand Anabelle aus Alfons' Leben. Einfach so. Von heute auf morgen. Familie unbekannt verzogen.«

Marie reagiert auf diesen Wendepunkt mit einem weiteren niedlichen Popo-Sofa-Ruckler.

»Alfons suchte sie, aber vergebens. Stürzte sich in die Arbeit, in sein Schicksal, sein Erbe. Baute die Kulturstiftung aus, die sein Vater nur aus Image-Gründen in die Welt gesetzt hatte. Zwanzig Jahre später traf er Anabelle zufällig wieder, auf einer Benefizgala. Sie war mittlerweile zu Geld gekommen, und spät am Abend – ihr Mann war gerade nicht zugegen – hielt sie es nicht mehr aus und erzählte Alfons die Wahrheit. Dass sie ihn damals als junge Frau niemals verlassen wollte, aber dass ihre Familie ihr noch wichtiger war. Ihre Eltern. Ihr Vater hatte Magengeschwüre. Ihre Mutter eine Gürtelrose. Sie hatte Angst, dass sie noch Schlimmeres bekämen, dass sie an der Sache zugrunde gingen. Also akzeptierte sie das Angebot, das Alfons' Vater ihr heimlich gemacht hatte: Sie verschwindet aus dem Leben seines Sohnes, und im Gegenzug befreit er ihre Familie von allen finanziellen Sorgen.«

Jetzt stößt Marie einen Laut aus. Es ist ihr Seriengeräusch für besonders schlimme Auflösungen.

Lasse lacht: »Klitschi! Das erfindest du doch gerade!«

Kilian macht sich nicht mal die Mühe, auf diesen Einwurf zu antworten. Er erzählt einfach weiter: »Anabelles Eltern wussten nichts von dem Deal. Sie dachten, ihre Tochter hätte das Geld bei einem Gewinnspiel gewonnen. Alfons' Vater ließ die Unterlagen dafür aufwendig fälschen, und Anabelle machte ihnen weis, dass es mit Alfons vorbei wäre. Sie war jung, da gehen Beziehungen schnell mal auseinander. Ob die Eltern das wirklich glaubten oder es gegen das eigene Gewissen nur glauben wollten, tja … Aber man weiß ja, wozu Menschen fähig sind, wenn sie vor dem finanziellen Abgrund stehen.«

»Das ist unfassbar …«, flüstert Marie.

Lisa und Tommy verstehen nur halb, was Kilian da erzählt, aber sie begreifen, dass ein Mensch tief verletzt wurde.

»Als Alfons also zwanzig Jahre später an diesem Abend die Wahrheit erfuhr, hat er Anabelle sofort vergeben. Die Schuld lag bei seinem Vater, der die Notlage anderer Menschen so schamlos ausgenutzt hatte. Es wunderte ihn nicht, auch wenn das der Gipfel aller Rücksichtslosigkeiten war, die sein Vater sich hatte zuschulden kommen lassen. Dass allerdings sogar seine Mutter davon gewusst hatte, brach ihm endgültig das Herz. Dass eine Frau einem solchen Handel zustimmt, hat er gesagt. Eine Frau, die doch wissen muss, was Liebe bedeutet! Von jenem Tag an sprach er kein Wort mehr mit seinen Erzeugern, und als Alfons' Vater starb, verfrachtete er seine Mutter aus dem Anwesen der Eltern in das kleine Fachwerkhaus am Marktplatz und schraubte ihren Mädchennamen an die Tür. Da war sie schon leicht verwirrt. Wenn heute jemand nach ihr sieht, spricht sie von allem Möglichen, aber nicht von ihrem Sohn. Als hätte sie niemals einen gehabt. Manche im Ort behaupten, ihre Demenz sei ein Selbstschutz ihrer Seele, weil sie weiß, was sie getan hat. Warum sie ihn verlor.«

Ich starre Kilian an. »Frau Heubach ist Alfons' Mutter???«

»Ja. Niemand spricht darüber. Niemand klagt ihn an, weil er sie nicht besucht. Keiner weiß genau, was dahintersteckt, aber alle wissen: Das ist sein wundester Punkt. Und wer bohrt schon dem Mann, der einen füttert, in seiner schlimmsten Wunde herum?«

Kilian dreht sich zum Helikopter zurück, um die Reparatur zu Ende zu bringen. »Wir sind die Söhne, die er niemals hatte, weil ihn keine Frau nach Anabelle interessierte, hat er mir noch gesagt. Dann sah er mich an, die Pupillen stecknadelklein, hob die Flasche, schwenkte sie, sagte mir, er gedenke, sie heute noch komplett zu leeren, und nahm mir das Versprechen ab, ihn niemals auf die ganze Sache anzusprechen.«

»Und Anabelle?«, flüstert Marie, »… als er sie wiedergesehen hat … auch wenn sie verheiratet war … er muss doch …«

»Das habe ich ihn auch gefragt«, sagt Kilian. »Er antwortete darauf nur: ›Zwanzig Jahre.‹ Schluck für Schluck aus seiner Flasche wiederholte er das. ›Zwanzig Jahre.‹ Ich denke, er wollte mir sagen, dass die Wirklichkeit nicht wie eine romantische Komödie funktioniert, wo man die erste Liebe einfach aus ihrem neuen Leben zurückholt. Vielleicht hat er sich aber doch gedacht: ›Sie hätte kämpfen müssen … und jetzt ist es einfach zu spät.‹«

Hinter den breiten, blaugerahmten Gläsern von Wuppers Brille bildet sich Wasserstand. Das Leben ist die Dramaserie, die am meisten ergreift.

Kilian hebt den Schraubendreher, den er gerade wieder ansetzen wollte, ein letztes Mal nach oben und sagt, damit gestikulierend: »Was glaubt ihr eigentlich alle, warum es auf dem gesamten Gelände kein Firmenlogo gibt? Keine gerahmten Unternehmensurkunden im Haus? Oder Plakate von den Events der Stiftung? Stellt euch einen Schlagersänger vor, an dem wir viel Spaß haben, der aber selber nur Jazz hört oder gar kein Musiker werden wollte. Und dann muss er immer wieder auf die Bühne, am Ballermann, und den gleichen Hit singen, Nacht für Nacht. Die Sekretärinnen hängen ihm am Gürtel, und ihre Freunde kotzen ihm draußen vor der Diskothek *Oberbayern* auf die Schuhe. Ungefähr so, wie diesen Mann sein Job anwidert und das mal hunderttausend … dann habt ihr eine Vorstellung davon, mit welchem Gefühl Alfons zur Arbeit geht. Oder ging.«

Wupper schluchzt jetzt ganz offen. Wahrscheinlich nicht nur, weil die Geschichte so traurig ist, sondern weil er mit echtem Herzblut für eine Stiftung arbeitet, die auf einer Lüge aufgebaut ist.

Lasse stellt seine Tasse ab und läuft wie ein nervöser Tiger vor der Küchenzeile auf und ab. Ihn rührt das Schicksal seines Hausherrn weniger als die Tatsache, dass Kilian davon weiß und er nicht.

»Das erfindest du doch! Das ist eine Seifenoper!«

»Ja?«, sagt Kilian. »Und wer sponsert diese leichte Kost? Ihre freundliche Suizidhilfe aus der Schweiz?«

»Warum erzählt Alfons so was dir und nicht mir?«

»Weil du es fertigbrächtest, dir das anzuhören, dich auf das Sofa zu setzen, auf das Polster neben dir zu klopfen und nach allem, was du soeben erfahren hast, zu sagen: ›Komm, Alfons, trink ein Abelhammer, und es wird alles wieder gut.‹ Oder du würdest herumalbern.«

»Aber das ist doch unser Ding.« Lasse klatscht die Hände auf seine Brust, als wolle er sich eine Schicht Kleidung vom Leib reißen und sie auf seinen Mitbewohner schleudern. »Klitschi! Unser Ding! Unsere Philosophie. Nur 467 200 wache Stunden im Leben. 19 466 Tage. Und darin möglichst viel Spaß.«

»Ja, ja, viel Spaß …«, raunt Kilian, »und keine Probleme. Bloß nicht über Gefühle sprechen. Oder Traurigkeit.«

»Aber so willst du es doch!«

»Man kann seine Meinung auch ändern. Besonders, wenn einem jemand einen anderen Blickwinkel zeigt.« Kurz schaut Kilian zu Marie, ganz kurz nur, den Bruchteil einer Sekunde. Wahrscheinlich sehe nur ich es.

Alle Anwesenden in der Hütte schweigen betreten.

Kilian schraubt weiter am Helikopter.

Wupper tupft leise sein Auge.

»Oh mein Gott!«, rufe ich in die Stille.

»Was?«, fragt Marie.

Meine Hand schnellt in meine Hosentasche und reißt das Handy heraus. Es fällt auf den Boden zwischen die abgegriffenen Bücher. Ich klaube es auf. »Das fällt mir erst jetzt wieder ein!«

»Was fällt dir wieder ein?«

Ich schalte das Telefon an. »Gregor! Er hat versucht, mich anzurufen. Kurz vor dem Konzert. Ich habe ihn weggedrückt.«

Das Telefon ist hochgefahren und beginnt wütend zu vibrieren. Zehn neue Mitteilungen. Zehn Anrufe in Abwesenheit. Marie holt ihrerseits ihr Gerät aus der Tasche. Es war ebenfalls ausgeschaltet. Bei ihr hat unser heimischer Spion es siebenmal versucht.

Wir sehen uns an.

Ich wähle Gregors Nummer.

Es dauert nicht mal ein Zehntel des Klingelns, bis er rangeht. Ich schalte auf Mithören. Aus dem Lautsprecher schießt das laute Rauschen eines schnellfahrenden Autos.

»Ja großartig. Da ruft der Herr zurück!«

»Wir hatten heute diese Veranstaltung. In der Stadthalle. Wo bist du?«

Rauschen. Scheppern.

»Ich folge dem flüchtenden Vogel. Habe ja sonst nichts zu tun!«

Marie setzt sich auf dem Sofa auf. Wupper kommt näher zum Hörer. Lasse macht erneut sein »Hä?«-Gesicht.

»Dem flüchtenden …?«

»Euer seltsamer Millionär hat vor drei Stunden das Haus verlassen, mit gepackten Koffern. Da hielt ich es für ratsam, hinterherzufahren. Jetzt sind wir auf der Zufahrtsspur zum Frankfurter Flughafen.«

Der Frankfurter. Nicht der Düsseldorfer. Das ist gut. Der Frankfurter liegt genau in der Mitte zwischen unserer Heimat und dem Ort, an dem wir uns gerade befinden.

»Was soll ich tun … Boss?«, fragt Gregor spöttisch.

»Vor jedem Flug muss man heutzutage Stunden früher da sein«, antworte ich. »Geh rein. Bleib dran. Schau dir an, wo er hinwill. Ich komme!«

»Ich fahr mit!«, sagt Wupper.

»Nein«, sage ich, »das muss ich allein machen. Sie bleiben hier bei den Jungs und meiner Familie.« Ich schaue zu Lasse und Kilian: »Verteidigt sie. Wenn's nötig ist, bis auf die Knochen. Und mit Paintballkugeln.«

Lasse stellt sich stramm hin: »Das machen wir!« Dann lockert er sich, schnappt sich tatsächlich sein Farbgewehr und sagt: »Ich bring dich zum Wagen.«

Gregor ruft aus dem Hörer: »Hallo? Ich bekomme aber die Spesen. Und die Parkhauskosten!«

»Selbstverständlich!«, erwidere ich.

Danach verabschiede ich mich von Frau und Kindern.

Auf der Fahrt nach Frankfurt drehe ich das Autoradio so leise, dass es gerade genug wispert, damit ich mich nicht allein fühle. Ich habe die Stones wieder aus dem Schlitz gezogen und höre freiwillig Maries Supermusiker. Ich suggeriere mir damit Kompetenz. Wohlstand. Selbstkontrolle. Macht. Die Lüftung brummt. Die Reifen wechseln zwischen alter Piste und Flüsterasphalt hin und her.

In meinem Kopf übe ich die Worte, die ich Abelhammer sagen könnte, um ihn auf deutschem Boden zu halten. Das ist etwas anderes als eine Rede, einerseits, und andererseits auch wieder nicht. Ich erinnere mich daran, wie ich 1988 mit Gregor fürs Abitur übte, für unsere mündlichen Prüfungen in Geschichte. Wir hatten uns beide ein großes Programm von Antworten festgelegt, die wir auf jeden Fall geben wollten, *egal*, was der Lehrer und seine Beisitzer uns fragen würden. Dies war unser Wissen, unser Unterpfand, und wir würden es in den Raum und auf den Tisch schmeißen, ob es zur Frage passte oder nicht. Im schlimmsten Falle bliebe der Kommission nichts übrig, als uns eine Drei zu geben, da wir nachweislich genug zu bieten hatten. Genau das mache ich jetzt auch, während ich die Tachonadel auf 175 km / h treibe und sich die Dunkelheit ganz langsam über die Hügel der Bergstraße senkt. Ich lege mir mein Unterpfand zurecht, so dass Alfons nicht mehr guten Gewissens in ein Flugzeug steigen kann, da ich genug zu bieten habe, egal, was er sagt oder nicht.

Gregor lotst mich an der offenen Handyleitung durch die hohe Halle mit den Dutzenden von Schaltern in einen breiten Gang hinein, bis zum Beginn einer großen quadratischen Lounge mit Geschäften, Cafés und Bars. Ein Indoor-Village mit Pflanzen, Cafétischen, Zeitschriftenauslagen und einzelnen Wartesitzschalen, von dem Wege zu den verschiedenen Gates abgehen. Obwohl ich in ernster Mission hier bin und meine Lippen die vorbereiteten Worte fast schon im Alleingang formen, überkommt mich an diesem Ort dieses aufgeregte Zittern, das nur ein Flughafen auslösen kann. Das Fernweh und die Verheißung unendlicher Möglichkeiten. Der Gedanke, dass unser Leben tatsächlich mehr sein kann als eine Straße, die zwar vier Spuren hat, aber letztlich doch immer in die gleiche Richtung führt. Das Gefühl verleitet mich dazu, Verständnis für Alfons' Flucht zu entwickeln, doch das ist nicht von Vorteil, wenn ich ihn aufhalten will. ›Konzentrier dich, Ben‹, sage ich mir und spreche innerlich meinen Text.

Dann steht Gregor vor mir. Augenränder wie ein Mann, der seit Wochen nur im Auto geschlafen hat. Weil er mein Haus beschatten musste.

»Greg!«

»Ben.«

Er zeigt in die Lounge-Halle, zwischen die Menschen, welche die Tische und dunkelbraunen Rattanstühle eines Cafés bevölkern. Es sind viele, doch ich erkenne Alfons sofort. Sein rechtes Bein wippt auf und ab, und mit den Händen umklammert er eine kleine Espressotasse, als würde er einen wehrlosen Siebenschläfer würgen.

»Ab hier übernimmst du«, sagt Gregor. »Und ich, ich fahre nach Hause und betrachte meinen Job als beendet. Was auch immer das hier bedeutet – ich sehe dir an, dass es eine Art von Finale ist. Und dass du nicht gerade von einer friedlichen Veranstaltung kommst, nach der man noch bis Mitternacht in Ruhe gemeinsam Sekt trinkt.« Er will sich auf dem Absatz zum Gehen wenden.

Ich halte ihn fest, sehe ihm in die Augen, als hätten wir 1988 und stünden auf dem Schulflur der Prüfung, und sage: »Greg? Danke.«

Er nickt.

Ich gehe in die Lounge-Halle. An einer Seite des rege bevölkerten Quadrats ist ein Marketingstand der Firma Nintendo aufgebaut. Sie scheinen schon wieder eine neue Spielkonsole auf den Markt gebracht zu haben. Kein Wunder, dass die Preise für die anderen Titel in den Keller rutschen. Erwachsene und Kinder probieren die Geräte aus, auf großen Bildschirmen hüpft und fliegt Super Mario durch sein neues Abenteuer. Es gab ihn schon vor meiner mündlichen Prüfung in Geschichte. Er ist die Spielfigur gewordene Beständigkeit.

Alfons Abelhammer zuckt zusammen, als ich lautlos an seinen Tisch trete.

»Scheiße!«, sagt er.

»Nein, Breuer«, sage ich.

»Was machen Sie hier? Woher wissen Sie …?«

»Ich habe meine Quellen.«

Der Satz war nicht geplant, doch er schindet Eindruck. So viel, dass Alfons verärgert aufspringt, einen Fünf-Euro-Schein unter das weiße Tellerchen klemmt, den Griff seines Rollkoffers aufzieht und davongeht. Das klobige Gepäckstück bleibt an Stuhlbeinen und den geparkten Habseligkeiten anderer Reisender hängen. Der Millionär braucht zwei Minuten, um allein dem Areal der Tische zu entkommen. Gepäcklos bin ich schneller auf dem Gang daneben und stelle mich ihm in den Weg. Rechts von uns liegt nun die offene Nische einer winzigen, braungetäfelten Bar für Männer, die auf Flughäfen leben und da stets einen heben, weil ihre Frauen, die es ihnen verbieten könnten, sie dort nicht sehen.

»Vor ein paar Stunden stand ich in der Stadthalle auf der Bühne und habe das *Treffen der Generationen* anmoderiert. Bevor es losgehen konnte, liest Roswitha die Meldung aus dem Informantenkanal für Wirtschaftstratsch vor, und ich finde mich mit meiner Familie auf der Flucht vor einem wütenden Mob wieder, der in diesem Augenblick übrigens unter dem Motto *Occupy Abelhammer* Ihr Gelände besetzt hält.«

Alfons wirft den Kopf hin und her. Die Magnetkraft des schlechten Gewissens.

Ich beschließe, es zu verstärken: »Sie haben mich hintergangen. Haben mich als Puffer eingesetzt, als Poller am Steg. Dachten sich – gut, tausche ich mein Haus auf Basis eines seltsamen Knebelvertrags, während die Sache über die Bühne geht, dann lynchen die Leute nicht mich, sondern meinen Stellvertreter.«

Alfons hebt die Hand: »Das war *so* nie geplant.«

Ich winke ab: »Natürlich nicht!«

Die Lautstärke meiner Stimme sorgt dafür, dass zwei der Geschäftstrinker in der Kneipennische ihr Gespräch unterbrechen und zu uns herüberschauen. Beide tragen teure Anzüge und trinken Glenfiddich für mindestens acht Euro das Glas.

»Wenn Sie meinen, Sie müssen einen anderen Mann Ihre Suppe auslöffeln lassen, ist das unfair, aber okay. Jeder begeht mal ein Foul in diesem Spiel. Aber ich habe Frau und Kinder. Mein Sohn hat sich mit den Mayers angefreundet und bei dem Musikprojekt mitgespielt. Meiner Tochter fehlen nur noch sieben der Obst- und Fruchtsorten, die Sie auf ihrem Grund angekündigt hatten.«

Diesen Absatz habe ich geübt. Er kommt gut. Dramatisch, zornig und doch mit leicht gebrochener Stimme.

Alfons lässt die Hand sinken. Er steht kurz davor, sich zu verteidigen, sich zu erklären, doch er ist auch ein erfahrener Taktiker und hat das Manipulationsbuch lange vor mir gelesen. Kopfschüttelnd startet er mit seinem Koffer und geht an mir vorbei. Sein Schritt zeigt mir, dass ich nun die härteste Waffe auspacken muss, um ihn aufzuhalten, da er anderenfalls einfach nicht mehr anhalten wird. Sein Schritt ist der Schritt, in dem Männer alles in sich betäuben, bis sie nur endlich rauskommen aus der Situation. Sein Schritt ist das doppelte Z: zügig und zornig.

Ich sage: »Ich weiß von Anabelle!«

Alfons hält an, als sei er vor eine gläserne Wand gelaufen. Die Geschäftsmänner beugen sich aus der Trinknische heraus, um das Geschehen weiterverfolgen zu können. Alfons dreht sich um. Er sieht aus, als wolle er mir am liebsten eine verpassen. »Woher wissen Sie von Anabelle?«

»Kilian hat's mir erzählt. Du hast ihm das Versprechen abgenommen, dass er dich niemals darauf ansprechen darf.« Ich hoffe, meine Taktik, ins Du zu wechseln, kommt nicht zu früh. »Leider hast du damals vergessen, dir auch versprechen zu lassen, dass er es niemand anderem erzählt. Und erst recht, dass dieser andere dich dann auch nicht damit belästigt.«

Alfons schüttelt den Kopf und lacht wie ein alter Pokermeister, dem ein Grünschnabel gerade die ersten Scheine abgenommen hat.

»Ja, gut, Ben …«

Sein Wechsel ins Du ist sarkastisch. Er spuckt das »Ben« wie einen alten Kaugummi auf den Boden zwischen unseren Füßen, aber das macht nichts. Ich habe ihn trotzdem, denn er redet mit mir.

»Ja, ich habe nicht erwähnt, was dich auf meinem Gelände erwartet, weil ich unbedingt wollte, dass du mit mir das Haus tauschst. Und ja, nichts war mir wichtiger, als in deinem Zuhause wirklich in Ruhe gelassen zu werden. Nichts mehr zu hören aus diesem …« – er tritt ein wenig zurück, aber nur um Anlauf zu nehmen und nun mit desto größerer Verachtung hinauszuschleudern – »verdammten, verfluchten Ort. Keine Anrufe von Windhof, diesem eifrigen Optimierer. Keine Gespräche mit Wupper, der mir bei jedem Wort das Gefühl gibt, ich schlachte kleine Kinder, wenn ich der Stiftung auch nur eine Sekunde mal keine Aufmerksamkeit schenke.«

Die Geschäftsmänner drehen sich auf ihren hohen Hockern, so dass ihre Beine bequem in den Gang baumeln und sie besser zuhören können.

Ich lasse Alfons kommen.

»Ja, sicher habe ich mich schon lange mit dem Gedanken getragen, alles hinter mir zu lassen. Und ja, die Angebote der Holdings lagen mir vor. Seit Monaten. Und nicht nur eins. Aber in dem Moment, als ich dein Haus betrat, wusste ich *wirklich* noch nicht, ob ich darauf eingehen soll. Das war ja der Sinn dieses Tauschs. Kein Urlaub in einem Hotel, wo mich alle drei Minuten jemand fragt, ob ich noch was brauche. Kein fremdes Land, das mich nur ablenkt und mich vom Nachdenken abhält, weil ich mich dazu verpflichtet fühle, mir die Umgebung anzusehen. Ich habe einen echten …« – er sucht nach einem Wort – »Kokon gesucht. Verstehst du?«

Unwillkürlich nicke ich, denn *das* verstehe ich wirklich.

»Es hätte sein können, dass ich aus diesem Kokon wieder rausschlüpfe und in die Firma zurückkehre, als wäre nichts gewesen. All die Jahre hatte ich doch niemals die Ruhe, in mich reinzuhorchen. Aber dann … als ich durch euer Viertel spazierte und all die friedlichen Familien gesehen habe. Dieses einfache Leben. Söhne, die samstags im Auto sitzen, während Papa es ordnungswidrig wäscht, und dabei so tun, als würden sie fahren, obwohl drinnen eine Spielkonsole auf sie wartet, die es viel besser simulieren kann. Töchter, die Hüpfkästchen auf den Asphalt malen. Sogar in den Wäldern sind sie mir begegnet, diese Familien. Immerfort fahren sie Fahrrad oder besuchen versteckte Minigolfplätze mit völlig verwitterten Bahnen. Mein Gott, was für miserable Minigolfplätze ihr habt.«

Ich lächele.

Alfons greift sich mit Daumen und Zeigefinger an die Nasenwurzel, als habe er Migräne.

Ich zeige auf seinen Koffer und sage: »Und jetzt? Jetzt läufst du weg wie ein kleiner Ausreißer, der nicht mal weiß, wohin?«

Alfons nimmt die Hand aus seinem Gesicht: »Ja. Genau. Endlich.«

Ich sage nichts. Stattdessen zische ich verächtlich.

Alfons ruft: »Ich wollte auch so eine Familie haben in meinem Leben! Und auf miesen Plätzen Minigolf spielen. Weißt du, was ich gesehen habe, als ich einmal abends an einem Badezimmerfenster vorbeiging? Einen Mann mit Frau und Tochter. Gemeinsam stehen sie vor dem Klo und betrachten in meditativer Ruhe den neuen Deckel mit Absenkautomatik, den er aufgeschraubt hat. Er stupst ihn an, der Deckel fällt ein Stück, die Frau zuckt und will die Hand dazwischenbringen, da hält der Deckel in seinem Fall inne und sinkt die restliche Strecke in Zeitlupe hinunter. Den ganzen Weg des Deckels haben sie sich angeschaut, in seliger Erstarrung. Und der Mann? Stolz wie Oskar. Das ist Lebensglück!«

»Klobrillen mit Absenkautomatik sind Lebensglück?«

»Ben …«

Ich hole Luft und erinnere mich an meine Ansprache, die ich auf dem Hinweg hundertmal durchgegangen bin. Jetzt ist der Zeitpunkt dafür. Die Geschäftsmänner winken der Bedienung und lassen sich zwei neue Gläser hinstellen.

»Du *hast* eine Familie gegründet, Alfons. Deine Stadt. Dein Dorf. Unsere Nachbarschaft ist ein Haifischbecken dagegen. Glaubst du, der Mann mit der Absenkautomatik schert sich um irgendein Badezimmer außer um sein eigenes? Denkst du, der Autowaschvater würde irgendeinen anderen Jungen an sein Steuer lassen, so wie Mayer und Sohn meinem Filius eine zentrale Rolle in ihrem Konzert geben, obwohl der gerade erst sein Trommeltalent entdeckt hat?«

Nicht übel, lobe ich mich selber. Spontane Variation. Aber jetzt muss ich wieder in meinen geplanten Text zurück.

»Diese Menschen in deiner preisgekrönten Stadt sind unglaublich. Sie würden füreinander durchs Feuer gehen. Sie nehmen sich Zeit für alte Fernseher und Brötchen, auf denen sie das Sesamkorn beim Namen kennen.«

Der Hauch eines Schmunzelns will sich in Alfons' Gesicht drängen. Noch lässt er es nicht zu, aber das Schmunzeln schwebt vor ihm in der Luft und zerrt mit unsichtbaren kleinen Händen an seinen Mundwinkeln.

»Keiner muss in deiner Stadt Angst um seinen Job haben. Alle gehen ihrer Berufung nach und tun, wofür sie geboren wurden. *Das* ist der absolute Kokon, Alfons. Eine Zauberstadt in einer Schneekugel.«

»Sag nicht immer *meine* Stadt. Ich bin bloß der Geldgeber.«

»Nein, du bist Sinngeber. Du bist Zusammenhaltgeber. Du bist der Vater. Diese Menschen kümmern sich sogar stillschweigend um deine Mutter …«

Alfons schießt zwei Schritte nach vorn. Ich hebe die Hände. Die Geschäftsmänner wippen erfreut auf den Hockern und sehen mich schon spektakulär niedergehen.

»… und ich kann verstehen, dass du es nicht tust!«

Alfons schnauft, bleibt aber stehen.

»Ich finde es nicht gut, aber ich kann es verstehen.«

Der Punkt ist so wund, hier darf ich nicht weiterbohren. Eigentlich wollte ich noch erwähnen, dass sogar ich ihr schon den Mikrowellenfisch erhitzt habe, aber ich lasse es lieber.

»Du hast eine Familie gegründet, Alfons, ob du willst oder nicht. Und jetzt verlassen sie sich auf dich.«

Eine letzte Pause vor meinem finalen Satz.

»Du willst sie nicht verraten, wie deine Eltern dich verraten haben.«

Er schaut zur Bar, zu den Videospielen, auf die Monitore. Departure. Arrival.

Einen Satz braucht er noch.

Herrlich, wie so etwas funktioniert.

Gefahren, geprobt, gesprochen, gewonnen.

Ich bin Controller.

»Alfons. Auch aus schlechtem Boden kann Großartiges wachsen. Lass es stehen. So wie die Wildwiese und die siebenundzwanzig Fruchtsorten.«

Er reibt sich die Nase. Seine linke Hand drückt klackernd den Einrastknopf seines Koffergriffes.

»Ich will endlich frei sein. Ich kann die Firma nicht weiterführen.«

»Das heißt aber nicht, dass du sie wütend verschleudern musst wie eine Uhr, die man unter Aussetzung seines Verstandes für einen Spottpreis in die Kleinanzeigen pfeffert.«

Diese Bemerkung war nicht geplant. Alfons versteht nicht, was es damit auf sich hat, aber er spürt das Feuer, das darinsteckt. Die zornige Reue.

»Komm nach Hause, und wir finden eine Lösung.«

Alfons schluckt.

Ich sage: »Wenn du willst, dass ich hier jetzt vor allen Leuten die Hand ausstrecke, damit du sie in Zeitlupe nehmen kannst, während wir uns vorstellen, dass U2 ein dramatisches Abspannlied dazu spielen, hast du dich geschnitten!«

Er lacht.

Da ist es geschehen.

Die kleinen unsichtbaren Hände an den Mundwinkeln haben gewonnen.

»Lass mich nur noch schnell einen trinken«, sagt er und schaut zu der getäfelten Bar.

Schnell drehen die Geschäftsmänner sich um, als hätten sie das Drama nicht verfolgt, und machen sich bereit zum Gehen.

Ich nicke ihnen zu, als ich an der Bar mein Glas mit goldbraunem Ginger Ale gegen Alfons' fast gleich gefärbten Glenfiddich stoße.

DIE BRAUNE SCHACHTEL

Die Beratungen dauern mehrere Tage und finden im großen Zelt des *Occupy-Abelhammer*-Camps statt, das Mayer und Sohn während meiner Abwesenheit auf dem Buchsbaumhügel errichtet haben. Wir sind wieder in die Villa gezogen, Alfons schläft bei seinen Ersatzsöhnen in der Hütte. Marie und ich wohnen auf Alfons' Wunsch den Verhandlungen bei. Noch heißen wir schließlich *Breuer & Breuer Consulting*. Der Kaffee für die nächtelangen Sitzungen wird nicht etwa im Zelt von provisorisch angeschleppten Zehn-Euro-Filtermaschinen, sondern im roten Ferrari der Küche aufgebrüht und in Thermoskannen nach draußen getragen. Alfons verwöhnt seine Wutbürger mit Bohnen aus den Mägen von Schleichkatzen. »Keine einzige« soll mehr übrig sein, wenn der Entschluss gefasst ist, hat er gesagt.

Nur Herr Windhof nimmt nicht an den Verhandlungen teil. Er hat seine Kündigung schon am Morgen nach dem abgebrochenen Konzertabend verfasst. Der Mob hatte ihm in der Stadthalle übel zugesetzt. Roswitha hingegen ist da. Sie hat sich bei Alfons und mir entschuldigt, dass sie die Enthüllung auf diese Art hinausposaunen musste, und hat sogar ihren Rücktritt angeboten, wegen ihrer Trinkerei. Natürlich wurde ihr dieses Opfer von uns wie erwartet ausgeredet – es ist gut möglich, dass sie auch sorgsam im Manipulationsbuch gestöbert hat. Lisa fertigt ein Album mit den gepressten Blättern jeder Fruchtpflanze an, die sie gefunden hat. Sie sind nun vollständig, Alfons hat ihr beim Aufstöbern der fehlenden Gattungen mit der guten alten »kalt!«- und »heiß!«-Technik geholfen. Tommy nutzt die Zeit, in der die Erwachsenen ihre seltsamen Gespräche führen, um in der Scheune weiterzuüben. Es mag der rosarote Blick eines Vaters sein, aber ich denke, es ist nicht übertrieben zu glauben, dass der friedlich-exotische Klang seiner Djembe, der aus der Ferne die Debatten im Zelt begleitet, seinen Teil zu der Lösung beiträgt, die sich schließlich findet: Die Abelhammer-Brauerei wird nicht verkauft, sondern verwandelt. Aus dem Privatunternehmen wird eine Betriebsgenossenschaft im Besitz aller. Jens Wupper wird Geschäftsführer, und Roswitha bekommt einen Platz im Aufsichtsrat, anstatt weiter als machtlose Politikerin Almosen zu empfangen. Der Maler, der irgendwann in der Zukunft beauftragt wird, die Ahnengalerie im Flur der Brauerei mit einem fünften Gemälde fortzuführen, muss keine Porträts mehr beherrschen, sondern vielmehr ein Experte für Wimmelbilder mit vielen Dutzend Menschen darauf sein. Alfons selbst wird nicht dazugehören. Er wird die Firma verlassen … und die Stadt. Dieses Mal mit einem guten Gewissen.

»So«, sagt Alfons, als der letzte Hering der Besetzer aus seinem Buchsbaumhügel gezogen und die Zukunft der Firma und der Slow City gesichert ist. Wir stehen mit ihm und den Jungs im Wohnzimmer der Villa. Eine Sekunde lang bleibt sein Blick auf dem Bücherregal kleben, als bemerke er, dass das Manipulationsbuch einen Zentimeter weiter herausgezogen ist als der Rest. Oder dass etwas fehlt. Dann klatscht er in die Hände und wendet sich an Lasse und Kilian: »Und es ist und bleibt mein Ernst: Es gehört euch. Das alles hier.«

Kilian lässt den Blick über die Treppe hinauf und über das Geländer der Galerie schweifen, als betrachte er das Haus zum ersten Mal. Seit dem Abend in der Hütte, als er von Anabelle erzählte, hat er nicht ein einziges Mal mehr den Kopf auf die Brust kippen lassen. Vinci schabt an der Scheibe. Unser Wagen ist gepackt. Im Bambusgraben draußen steckt ein Markierungsstab mit der Beschriftung: *81 Zentimeter.*

Lasse schüttelt den Kopf: »Das können wir nicht annehmen.«

Kilian sagt: »Können wir doch.« Im Kopf verplant er bereits die Räume.

»Aber wir fangen von vorne an«, beharrt Lasse. »Alles kommt raus. Wir bauen unsere eigenen Möbel. Und einen besseren Abwehrriegel. Mit Hochsitzen und Schützengräben. Nur für den Fall der Fälle.«

»Da stimme ich allerdings zu«, sagt Kilian. »Man kann nie wissen …«

Alfons holt seinen Laptop aus der Küche, stellt ihn auf den Wohnzimmertisch und sagt: »Kommt her. Ich möchte euch was zeigen.«

Auf dem Bildschirm ist eine Immobilienseite geöffnet. Zu sehen ist ein einfaches, kleines Haus mit Garten und Carport. Die Adresse liegt im Bergischen, nicht weit entfernt von unserem Heimatort.

»Das werde ich kaufen«, sagt Alfons. »Habe gestern mit dem Besitzer telefoniert.«

»Willst du es dir nicht erst einmal ansehen?«

»Habe ich schon. Während des Urlaubs. Nach einem Treffen in einem Landgasthof. Eigentlich bin ich nur in dem Ort spazieren gegangen. Der Mann hatte ein Schild draußen.«

»Er hatte ein Schild, das Haus ist im Netz, und es ist immer noch nicht weg?«

»Muss viel dran gemacht werden. Ziemlich ungünstiger Schnitt. Kleine Küche. Garten etwas vernachlässigt. Da kommt ihr ins Spiel.«

»Wir?«

»Ja. Ihr gestaltet doch Häuser und Gärten. Innenarchitektur, Planung, gutes Fengshui und so. Ich vertraue euch das an. Ihr wisst, was gut ist, habt aber anders als mein größenwahnsinniger Stammarchitekt ein Auge für Maß und Mitte. Nur eine einzige Sache schreibe ich vor: Klodeckel mit Absenkautomatik. Und einen Teich mit ganz normalen Goldfischen. Und Algen. Ich will etwas zum Reinigen haben.«

Marie sagt: »Eigentlich haben wir beschlossen …«

Ich greife nach ihrer Hand und drücke sie. Sie bricht den Satz ab. Ich bringe ihn zu Ende: »… nach diesen Ferien erst mal in die Ferien zu fahren. Aber bei so einem Kunden machen wir natürlich eine Ausnahme.«

Marie sieht mich dankbar an. Ich habe gespürt, dass sie nur protestiert hat, um sich an unseren Beschluss zu halten, während die Architektin in ihr bereits auf der Stelle hüpft wie ein aufgeregtes kleines Mädchen.

»Ihr macht doch außerdem den Rundum-Service, nicht wahr?«,

sagt Alfons und wartet keine Antwort ab. »Dann bitte ich euch, den gesamten Inhalt dieses Hauses hier einfach gut zu verkaufen. Kleinanzeigen, ebay, was weiß ich. Außer das, was die Jungs behalten wollen.«

»Wir wollen nichts behalten«, sagt Lasse. »Draußen im Feld ist man auch auf sich allein gestellt.«

Alfons schmunzelt. »Meine Überlebenskünstler.« Er rüttelt mir an der Schulter: »Ben? Schafft ihr das? Den großen Sommerschlussverkauf?«

»Ich muss mir erst mal einen Überblick über die Sachen verschaffen«, sage ich. »Das ist ja ein ganz neuer Ansatz, diese Villa als Ausverkaufsladen zu sehen.«

Alfons nickt. »Und wenn das alles erledigt ist«, sagt er, »nehme ich mal schwer an, dass die Genossenschaft Interesse daran hat, ihre Liegenschaften nach all den Jahren auch mal ein wenig aufpeppen zu lassen. Das kann ja so nicht weitergehen mit dem Kackbraun in der Stadthalle und den Gruselfluren in der Firma.«

Ich lächele. Sosehr ich verstehe, warum Alfons diese Gebäude vernachlässigt hat wie ein passiv-aggressiver Vater seine Familie, sosehr wird es Zeit, dass diese Orte endlich wieder mit Liebe behandelt werden. Marie drückt meine Hand fester. *Breuer & Breuer* sind zurück in der Spur. Wer hätte das gedacht. Man muss eben positiv denken, dann springt das tote Pferd aus seinem Grab und tanzt wie Phoenix aus der Asche.

Ich reiche Lasse und Kilian die Hand. »Wir sehen uns spätestens nächste Woche, wenn das Konzert endlich stattfindet.«

»Du bringst Tommy vorher nicht noch mal zur Probe vorbei?«

»Ich glaube, das macht Marie.«

Kilian lächelt.

Lasse lässt seine Muskeln spielen.

»Und wir sehen uns bei uns im Atelier zur Besprechung für das neue Haus«, sage ich zu Alfons.

»Ich kenne den Weg.«

Mein Handy klingelt. Schwiegermutter ist dran.

»Bei euch geht keiner mehr ans Festnetz. Wo ist der nette Mann?«

»Die Ferien sind vorbei, Mutter. Du musst wohl wieder mit mir Vorlieb nehmen.«

»Och, nein. Ich hatte mir extra so schön ausgedacht, dass beim Computer immer das Bild weggeht, wenn ich die rechte Maustaste drücke, damit er herausfindet, woran das wohl liegen könnte.«

Alfons lächelt und streckt die Hand aus. Seine Finger zucken. Ich gebe ihm das Telefon.

»Thea? Ja, Alfons hier. Möchtest du meine Nummer haben?«

Er gibt sie ihr.

Für einen Augenblick überlege ich, ihm zu sagen, dass er selbst eine Mutter hat, die tatsächlich nicht versteht, warum bestimmte Bilder nicht mehr auf dem Schirm zu sehen sind, aber ich verkneife es mir. Noch ist nicht die Zeit dafür.

Zwei Tage später klingelt das Telefon. Marie geht nicht ran. Sie sitzt im Atelier über dem Grundriss von Alfons' neuem, bescheidenem Eigenheim und macht sich Gedanken. Ich stehe im Garten und bewache die Katze, die endlich wieder Ausgang in ihrer gewohnten Umgebung hat.

»Breuer?«

»Sie haben es nicht verdient«, meldet sich Frau Grabinski-Bleichwasser ohne Namen, »aber wenn ich einmal für jemanden kämpfe, gebe ich nicht auf. Selbst dann nicht, wenn er mich mittlerweile als Feindin betrachtet.«

Ich seufze.

»Und deshalb sage ich Ihnen jetzt, was ich Ihnen eigentlich gar nicht sagen dürfte, Herr Breuer. Weil die Überraschung der Sinn der Übung ist. Aber ich sage es Ihnen trotzdem, denn ich bin eine Löwin.«

»Sie sind eine Löwin.«

»Morgen, Herr Breuer. Morgen Vormittag kommt der Gutachter und schaut sich an, warum Ihre Kinder niemals durch die Vordertür rauskonnten. So. Jetzt wissen Sie's. Und wenn …«

»Frau Bleichwasser?«

»Grabinski-Bleichwasser. Ja?«

»Es ist nicht nötig.«

»Wie bitte?«

»Der Gutachter kann den Termin streichen. Er würde seine Zeit verschwenden. Er würde nur eine ganz normale Haustür finden.«

Ich denke an Maik und Jan. An meinen Auftrag, unser Haus zumauern zu lassen. *Das Haus ist die Erweiterung des Körpers*, so steht es sogar in der neuen Broschüre von *Breuer & Breuer Consulting*, die Marie und ich gerade entwerfen. Nach unserem Neuanfang mit Alfons und den Genossenschaftsgebäuden werden wir uns durch die Firmen und Golfclubs plaudern. Uns nur noch solvente Kunden suchen. Alfons hat uns sein Adressbuch versprochen. Wir werden nie mehr Dachböden ausmisten.

»Aber Herr Breuer, ich dachte, Sie …«

»Ich habe das Geld bereits überwiesen«, sage ich. Das stimmt. Es stammt aus dem Vorschuss, den Alfons uns für die Gestaltung seines neuen Heims gezahlt hat. Marie und ich schlafen immer noch auf Gold und Silber. Ich habe sie zu einem Nachlass auf den Gesamtpreis für Alfons' Auftrag überredet, der ungefähr dem entspricht, was ich aus seiner Villa flüssig gemacht habe. Natürlich weiß sie nichts davon. Ich habe den Rabatt mit meiner neuentdeckten Großzügigkeit begründet und meiner Einsicht, dass es einen tatsächlich unter dem Strich reicher macht, wenn man lernt, mit warmen Händen zu geben.

»Es tut mir leid, dass ich Ihnen solche Umstände gemacht habe«, sage ich zur Löwin. »Ich hoffe, die Stadt legt das Geld gut an.«

»Aber …«

»Auf Wiedersehen, Frau Grabinski.«

Ich lege auf.

Aus Tommys Zimmerfenster ertönt die Djembe.

Vinci steht am Rand unseres perfekt sauberen Teiches und beobachtet die Fische.

Das Telefon klingelt erneut.

Ich drücke den grünen Knopf und sage: »Sie sind eine Löwin!«

»Nein, ich bin Schütze«, antwortet Gregor.

»Greg!«

»Wann willst du kommen?«, fragt er. »Ich muss gleich noch weg.«

Er weiß über alles Bescheid, was nach dem Flughafeneinsatz passiert ist. Wir sind verabredet, weil ich ihm seine Schulden zurückzahlen will. Endlich.

»Wann du willst.«

»Dann bitte um sechs.«

»Gut, um sechs. Sion oder Abelhammer?«

»Greg, ist das eine Frage? Ich bin wieder zu Hause.«

»Guter Junge.«

Um zwei Minuten nach sechs knacken in Gregors Bude die Kronkorken, und das Zischen frischen Kölschs erfüllt den Raum mit Seligkeit. Der Fernseher läuft, wie immer. Auf Sport1 quietschen die Schuhe von Handballern auf dem Hallenboden. Meine ehemaligen Schulden liegen in mehreren, frisch von der Bank geholten Fünfhunderten hübsch aufgefächert auf Gregors Schreibtisch.

»Auf unerwartete Chancen«, sagt er und hebt die Flasche.

Wir stoßen an.

Neben dem Sofa stehen die zwei Kisten mit den Platten von Herrn Wernings Dachboden. Ich fixiere sie mit einem Blick und muss lachen.

»Was?«, fragt Gregor.

»Ach, nichts …«

»Nun sag schon.«

Ich zeige auf die Kartons. »Ich dachte, na ja … als du vorhin gesagt hast, dass du noch mal weg musst, da hatte ich eine Phantasie.«

»Ach ja?«

»Ja. Wusstest du, dass ich mittlerweile Lichtbälle hinkriege?«

»Was für'n Ding?«

»Egal. Ich dachte jedenfalls, jetzt, wo aus heiterem Himmel alles wieder läuft, da findest du womöglich in der Kiste, ganz am Ende, als letzte aller Platten, ein Exemplar, dass richtig viel wert ist. Eine alte Promo-Pressung der Beatles. Eine signierte Lou Reed. Was weiß ich? Und du musstest noch mal weg, weil du sie zu ihrem Käufer bringst, und wir wären schon quitt, wenn ich hier ankomme, weil ich jetzt, wo ohnehin Geld da ist, auch wieder Glück habe.«

Gregor reibt seinen mächtigen Rücken an der abgewetzten Lehne seines Schreibtischstuhls und schmatzt. Der Stuhl knarrt.

»Die letzte Platte war *Doch die Sehnsucht bleibt* von den Kastelruther Spatzen. Marktwert etwa 42 Cent.«

Ich lache. Schön, dass das Universum meine Controller-Welt nicht in allen Dingen Lügen straft.

Gregor wuchtet sich aus dem Stuhl, geht in die Küche, zieht eine Schublade auf und kehrt mit einer kleinen braunen Schachtel zurück.

»Allerdings hatte ich wirklich einen Termin bei einem Käufer. Er durchforstet das Internet nach unfassbaren Vollidioten, die wertvolle Dinge für einen lächerlichen Preis verschleudern. Zumindest, wenn man ihn auf diese Vollidioten ansetzt.«

Mein alter Freund öffnet die Schachtel.

Zum Vorschein kommt … meine Armbanduhr.

Ich will etwas sagen, aber meinen Lippen entfährt nur ein strukturloses Stottern.

»Der Mann auf dem Rasthof war mein alter Kumpel Friedrich. Er ist tatsächlich Uhrensammler. Ich dachte mir, es könnte nicht schaden, wenn er glaubhaft rüberkommt.«

»Aber woher wusstest du, dass ich …?«

»Ich bin dein EDV-Mann, Ben. Und ich kenne dich seit über dreißig Jahren. Ich verfolge deine Accounts im Netz, seit du die Geldprobleme hast, damit du keine allzu großen Dummheiten machst. Du bist ein guter Freund und sicherlich ein patenter Controller … aber die ruhige Hand in der Notlage, die haben eher andere erfunden.«

Gregor überreicht mir die Schachtel.

»Aber … dann habe ich neue achthundert Euro Schulden bei dir.«

»Was bedeutet, dass du mir die nächsten drei Monate so schön die Wäsche zusammenlegst wie neulich. Außerdem sagte ich dir: Bei den Platten waren auch Boston und Chicago dabei. Die reichen dann für die Zinsen.«

Ich umarme meinen alten Freund oder, besser gesagt, drücke meine Brust an seine, die Arme über Gregors Schultern ausgestreckt, in der einen Hand die Schachtel, in der anderen das Bier.

»Und ich will freien Eintritt für das Konzert mit Tommy. Plus Backstage-Pass!«

»Ich stelle dich sogar dem Redakteur des *Rolling Stone* vor«, sage ich.

»Mann, Mann, Mann …«, sagt Gregor, »du hast vielleicht Kontakte.«

Ich lache.

Aus dem Fernseher quietschen die Schuhe.

NACHTRAG

VÄTER UND SÖHNE

Das musikalische Experiment Wir blasen euch den Marsch! *lässt einen Spielmannszug auf eine Metal-Band treffen – und bringt einen kleinen Jungen als Sieger hervor.*

Für das, was er eben gehört hat, findet der Vater von Tommy Breuer große Worte. »Nehmen wir an, eine Kugel aus Titan von der Größe des Mondes nähert sich alle hunderttausend Jahre einmal der Erde«, sagt er nach dem Konzertereignis, das am 29. August in der Stadthalle von Deutschlands zehnter Slow City stattfand, »und diese Kugel kommt der Erde so nah, dass ein Mann auf dem Gipfel des Mount Everest sie für eine Sekunde mit einem Wattebausch berühren kann. So lange wie es dauert, bis diese Titankugel von der Watte auf Erbsengröße abgeschliffen ist, so stolz bin ich ungefähr auf meinen Sohn.«

Man ist geneigt, ihm zuzustimmen, denn wie der erst elfjährige Trommler an der Djembe ganz allein die zwei ungleichen Hälften von Marschmusik und Metallgewitter durch ebenso lebendige wie passgenaue Übergangs-Soli zusammenhielt – das war ganz großes Kino. Die Idee zu diesem musikalischen Gelenk kam den Musikern des Spielmannszugs Mayer (den Lesern dieses Magazins nicht bekannt) und der von seinem Sohn Patrick geführten Band The Early Bird Catches The Worm (den Lesern dieses Magazins aus der Rubrik »Quickies« bekannt) durch ein ungeplantes Vorspiel bei den Proben. »Tommy war Urlaubsgast im Haus unseres Mäzens«, erklärt Patrick Mayer, »er zog die afrikanische Trommel aus einem Haufen Gerümpel und stellte sie im wahrsten Sinne des Wortes ins Zentrum des Geschehens.«

Man ist geneigt, diesen »Zufall« eher als besten Einfall einer schönen Geschichte zu betrachten, vor allem, da das afrikanische Element im hemdsärmeligen Rahmen der Sache auf augenzwinkernde Art unterstreicht, wie nah sich die scheinbaren Gegensätze von Marsch und Metal doch sind, wenn man sie vor den Spiegel der organischen Rhythmen hält. So bekommt ein etwas bemühter Versuchsaufbau eine charmante Doppelbödigkeit … und die Welt einen kleinen Drummer, von dem mehr zu erwarten ist als mediokres Getrommel auf den Zeltplätzen von Festivals. Wer aus der Kollision zweier tonaler Dampframmen mit bloßen Händen als Sieger hervorgeht, hat eine Zukunft vor sich. Vor allem, wenn er so klug ist, den Künstlernamen, den der Herr Vater ihm nach dem Konzert geben wollte, instinktiv abzulehnen. Tommy Tribal war dem kleinen Mann mit Groove im Blut dann doch zu offensichtlich. Guter Junge.

JOCHEN HANTSCHEL

Wilko Weiss
Der Hausmann
Roman
Band 19197

Ein Mann guckt aus der Wäsche

Ben Breuer macht seine Sache ordentlich. Er ist schließlich Controller. Als seine Firma pleitegeht und seine Frau Marie ein interessantes Job-Angebot bekommt, ist es für ihn keine Frage: »Wir sind ein modernes Paar, da bleibe ich jetzt bei den Kindern und arbeite nebenher von zu Hause.« Das ist fair, spannend, erfüllend und überhaupt kein Thema! Oder?

»Wirklich superlustig.«
SWR 3

Fischer Taschenbuch Verlag

fi 19197 / 1